춘향이 살던 집에서,

한국문학산책

구보씨 걷던 길까지

춘향이 살던 집에서, 구보씨 걷던 길까지 — 한국문학산책

초판 발행 2005년 11월 25일/ **엮은이** 민족문학사연구소/ **펴낸이** 고세현/ **편집** 신채용 김경태 황혜숙 권나명 하명희/ **미술·조판** 윤종윤 한충현/ **펴낸곳** (주)창비/ **등록** 1986년 8월 5일 제85호/ **주소** 경기도 파주시 교하읍 문발리 513-11 우편번호 413-756/ **전화** 031-955-3333/ **팩시밀리** 영업 031-955-3399 · 편집 031-955-3400/ **홈페이지** www.changbi.com/ **전자우편** human@changbi.com

ISBN 89-364-7110-4 03810

* 사진사용에 협조해주신 남원문화원 이석홍 선생님, 진천읍 웹갤러리, 제주4·3연구소, 강화군청에
  감사드립니다.

춘향이 살던 집에서,

한국문학산책

구보씨 걷던 길까지

민족문학사연구소 엮음

창비

춘향이 살던 집에서, 구보씨 걷던 길까지—한국문학산책

이 책은 시간상 과거에 이루어진 문학의 창조를, 공간상 지금의 현장을 연구자들이 직접 답사하여 스케치한 기록이다.

무릇 시간과 공간은 인간이 무엇을 인식하는 기본 요소이다. 우리 인간의 삶 자체가 애당초 시간과 공간을 떠나서는 존립할 수 없기 때문이다. 여기에 문학이라고 하여 예외일 수 없음은 물론이다. 그래서 우리가 어떤 작품을 읽거나 어떤 작가에 대해 알고 싶어할 때 저절로 시대적 상관성이 떠올려 역사성을 염두에 두게 된다. 뿐만 아니라, '어디서' '어떻게'라는 의문이 아울러 자연스레 일어나는 것이다.

그런데 씨줄과 날줄처럼 교직(交織)된 시간과 공간의 두 축에서 시간적 상관성은 주의해서 살핀 반면, 공간적 상관성에는 상대적으로 시선이 덜 미쳤던 것 같다. 공간적 요소를 소홀히하고 보면 구체적 현실성을 놓칠 우려가 없지 않다. 문학의 실감을 포착하기 위해서는 그것이 과연 어떤 공간적 상황에서 이루어졌던가에 대해 아무쪼록 자상히 둘러볼 필요가 있다.

　우리 문학의 연구를 제대로 해보자는 취지에서 결성한 '민족문학사연구소'는 자신을 학문적으로 표현하는 도구로서『민족문학사연구』라는 학술지를 발간해왔다. 이 책은 바로 이 학술지에 1994년부터 2004년까지 모두 15회에 걸쳐 기획 연재된 글들을 정리해서 묶은 것이다. 매회 주제 및 대상 지역을 달리 잡고 담당 필자도 달리해서 전부 15꼭지이다(토오꾜오의 경우는 두 주제를 한 사람이 집필하였다).

　전체를 3부로 구성한바, 통상적 구분을 따라 고전문학 영역과 현대문학 영역으로 나눈 다음, 따로 해외의 발자취를 추적한 제3부를 설정한 것이다. 제1부 '고전문학의 향기를 찾아서'는 옛 작가의 유적이나 작품의 배경을 방문하고 있다. 제2부 '현대문학의 현장을 가다'는 현대문학이 산생된 인문지리적 배경, 운동의 역동적 장소 혹은 작가의 고향을 탐사한 내용이다. 근현대로 와서 한민족의 해외 진출이 활발하였거니와, 식민지 시기 토오꾜오는 우리 지식인들에게도 주요한 무대였으며, 중국의 뻬이징은 애국지사들의 발길이 머문 거점이기도 하였다. 제3부는 이 두 곳에 초점을 맞춘 보고서이다.

　"산천은 의구한데 인걸은 간데없다"는 옛 노래가 있다. 유독 근대적 시간을 경과한 공간은 인걸만이 아니라 산천마저 의구하지 못하다. 우리 근대의 폭력적 형태가 공간까지 마구잡이로 개변시킨 결과이다. '백문(百聞)이 불여일견(不如一見)이라'고 일렀듯, 공간적 상관성은 눈으로 확인하는 것이 필수적임은 말할 나위 없다. 그러나 한반도에서 공간의 시간여행을 하면 공백감과 허탈감을 일으키는 경우를 항용 당한다. 오히려 그렇기에, 그나마 남은 허전한 자취에 각별히 관심을 기울여서 찾고 돌아보는 일이 소중하고도 절실하게 여겨지는 것이다.

　당초 우리 문학사를 현재적으로 실감코자 하는 취지에서 '한국문학산책'의 기획을 세우고 한동안 밀고 나간 것이다. 한편으로 우리는 민족문학사에 대한 독서 대중의 관심과 흥미를 불러일으키려는 의도를 가지고 있었다. 그래서 걸음도 가볍게, 필치도 경쾌하게 하자는 의미에서 표제도 '산책'이라고 붙인 것이다.

물론 여기 담겨진 내용을 두고 우리 스스로 만족해하는 것은 아니다. 다수의 집필자들이 각기 자기의 소견과 취향에 따라 조사하고 진술한 것이라서 다양한 면모는 약여하지만 들쭉날쭉 될밖에 없다. 또 필자 자신 크게 부족하다고 여기는 점이 있다. 15꼭지에 이르는 테마가 결코 적은 것은 아니지만 문학사 전체에 비추어보면 자의적으로 드문드문 짚어낸 꼴이다. 이 부족 상태는 언젠가 후속 작업으로 채워져야 마땅하다.

그리고 필자는 또 은근히 기대하는 바가 있다. 이 책이 독서 대중의 관심과 흥미를 끌어 판매고를 부쩍 올렸으면 하는 것이다. 이처럼 세속적인 욕망을 감추지 않고 노출하는 데는 까닭이 있다. 수요는 확대재생산의 조건임을 현대사회를 살아가자면 느끼지 않을 수 없다. 만약에 이 책을 향해서 열렬한 박수가 일어나면 그 후속 작업이 신속히 진행될 것 아닌가. 그렇게 되면 '문학사적 공간의 시간여행'이 폭넓게 펼쳐져서 문학사의 인식이 보다 구체화되고 국민적 교양이 건실해질 수 있을 것이다.

끝으로 이 기획에 몸소 참여하신 집필자 여러분들께 경의와 감사를 드려 마지않는다. 창비는 민족문학사연구소 출범 당시부터 여러모로 도움을 주었거니와, 이 책의 출간을 흔쾌히 맡아주신 후의와 편집 담당자분들의 노고에 거듭 감사드린다.

2005년 11월

임형택

차
례

제3부 ◉ 동아시아에서 한국문학의 흔적을 더듬다

제1부

고전문학의 향기를 찾아서

삼각의 구상화

일연과 『삼국유사』에 대하여

길 위의 『삼국유사』

한달에 한번꼴로 보따리를 싸는 나를 보고 외우 김현양(金賢陽) 형은 좋은 전공을 잡았다고 오히려 부러워했었다. 일연(一然)과 『삼국유사(三國遺事)』를 논문 테마로 정한 다음 그 현장을 다녀보던 때의 이야기이다. 도서관에서 서가만 붙들고 맴돌아야 하는 자신에 비하면, 산천경개 구경하며 좋은 공기 마시고 돌아다녀도 공부가 되고 그것으로 논문을 쓰니, 이야말로 공부가 아니라 신선놀음이라는 시샘이었으리라. 분명코 비아냥이 아닌 다음에야 나 또한 그의 말에 더불어 즐거웠던 것이 사실이다.

왜 보따리를 싸기로 했던가? 정녕 『삼국유사』는 서안(書案)의 영역에서 이루어진 책이 아닌 까닭이다. 그 저자가 수고로운 땀을 길 위에 뿌렸을진대, 참으로 그 뜻을 캐고자 한다면, 같은 애를 쓰는 데서 시작해야 하지 않을까?

이런 생각을 불러일으킨 계기는 우연히 읽은 어느 글의 한 구절 때문이었다.

　가능한 한의 필요한 전고(典故)가 과부족(過不足) 없이 일연으로 해서 정복되었을 것은 『유사(遺事)』의 내용을 아는 이로서 상상키 어려운 일이 아니려니와 또한 우리 후학으로 하여금 놀라 마지않는 점은 그 철저한 실증벽(實證癖)이다. 신라에 관한 한의 기사(記事)에 한해서 어느 것 하나 일연 손수 발로 찾아 걸어가서 몸으로 실험해본 나머지의 것 아님이 없다. 탑상 편의 천룡사(天龍寺) 조에서 저자는 최제안(崔齊顔)의 사서(私書)를 동사(同寺)에서 목도(目睹)해 있고, 의해편 보양이목(寶壤梨木) 조에서는 진양부오도관찰사(晉陽府五道觀察使), 각도선교사원시창년월형지안(各道禪敎寺院始創年月形止案) 그밖의 당사자들의 수고(手稿)를 낱낱이 점검하고 있다. 원용한 자료가 상반된 내용의 것일 때 양자를 원인(援引)함으로써 저자 자신의 경솔한 판단을 경계한다.[1]

　일연이 인용한 전고에 대해서는 일찍이 최남선(崔南善)의 자상한 해제로 그 대강을 짐작할 수 있다. 우리는 그 방대함에 빠져 언저리를 헤매었지만, 더러는 구체적 물증을 대기 어려운 것이 있고, 어떤 경우 저자가 깔아놓은 선의(善意)의 트릭일 수 있다는 생각이 머리에 스치는 것도 사실이다. 인용한 글에서 지적한바, 일연의 실증벽과 그에 따른 실험정신을 놓쳐서는 『삼국유사』 이해의 중요한 열쇠를 잃어버리게 된다. 더 나아가 위의 논자는 "『유사』의 행문(行文)이 일견(一見) 단장되지 않은 것 같은 인상을 주는 것은 대개 이러한 실증주의에서 오는 것이 많을 것이다"[2]라는 데까지 논의를 끌고간다.
　물론 '신라에 관한 한'이라는 단서가 있다. 심지어 『삼국유사』를 신라 중심의 불교문화사라고 자리매김한 주장도 있거니와, 그가 태어나고 주요한 활동무대가 되었던 옛 신라의 강역(疆域)만큼 더이상 세밀한 답사기를 얻지 못해 다른 곳이 상대적으로 초라해져버린 혐의를 굳이 꼬집지 않는다면, 우리의 『삼국유사』 이해는 구체적인 현장에서 그의 발걸음을 뒤쫓는 일로 출발해야 마땅하다. 일연과 실증주의, 이것은 내 연구의 화두였다.

그렇게 시작한 『삼국유사』 현장 답사가 만 3년을 넘겼을 때, 나는 몇편의 논문을 쓸 수 있었고, 그것을 학위논문[3] 주제로 삼았다. 매우 분명하게도 그의 필력(筆力)이 힘을 얻는 곳은 그 자신의 발길이 주어진 곳과 맞아들어갔다. 승려들의 삶이 대체로 그렇듯이 그도 많은 곳을 옮겨다니며 살았다. 다만 그가 가보고 머물렀던 곳의 이야기와 기록들을 소중히 건사하고, 끝내 하나의 통일된 서사물로 만들어냈다는 데 그만의 특별한 점이 있다. 그러면서 나에게 잡힌 하나의 오롯한 이미지가 있었는데, 그것은 문학적으로 파고들어간 일연의 삶에, 어머니라는 존재가 드리우고 있는 짙은 그림자였다. 아홉살 어린 아들을 절로 보내고 80여년을 홀로 살다간 어머니이다. 일연에게는 그런 어머니가 평생의 화두였다.

문학은 인정(人情)의 기미(機微)이다. 일연과 어머니를 통해 『삼국유사』의 현장에서 내게 도드라진 느낌으로 다가온 몇가지 사실을 적어 이해의 한 단서로 남기려 한다.

진전사와 낙산사의 거리

첫번째 삽화. 「낙산이대성관음정취조신(洛山二大聖觀音正趣調信)」조 (이하 「낙산이대성」조라 약칭함)와 그에 따르는 이야기들이다. 이 조는 「탑상」

편에 실려 있는 점으로 미루어 알 수 있듯이, 근본이 낙산사 창건 연기설화이다. 그러나 이 근본과는 다르게 넓어진 내용이 오늘날 우리가 『삼국유사』와 일연을 이해하는 데 중요한 사실을 던져주고 있다.

「낙산이대성」조에는 크게 세가지 이야기가 실려 있다. 첫째는 관음진신의 이야기로, 의상(義湘)이 바닷가에서 관음진신을 만나고 그가 마련해준 땅에 낙산사를 세웠으며, 또 그곳에 원효(元曉)도 찾아들어 에둘러 진신을 만난다. 둘째는 정취보살의 이야기이다. 중국에서 공부하던 범일(梵日)이 한 사미승으로부터 명주(溟州) 근처의 같은 마을 사람이라며 고향에 돌아가면 자기 집을 찾아가줄 것을 부탁받는데, 한쪽 귀가 잘린 이 소년이 사실은 정취보살이다. 셋째는 우리에게 잘 알려진 조신(調信)의 꿈 이야기이다. 지방 관리로 파견된 조신은 세상의 헛된 꿈에 빠져 있다가 그 허무함을 깨닫고 착실히 정토신앙을 닦는다.

세 이야기의 무대가 모두 낙산사이다. 제목을 「낙산이대성」이라 한 것은 관음과 정취 두 보살이 주인공인 까닭에 나왔으리라 보이지만, 이와는 별도로 마지막에 조신의 이야기를 꽤 비중있게 실어놓았는가 하면, 낙산사에 보관된 보물이 어떤 경로로 일연 자신이 사는 시대에까지 전해졌는가를 하나하나 설명하고 있다. 이 조를 읽는 새로운 문제의식은 바로 여기서 잡힌다. 곧 이만큼 자세한 기술이라면, 그가 이곳과 긴밀한 연관이 있은 다음에야 가능하리라는 추측을 하게 하고, 거기서 일연이 지닌 정서까지도 파들어갈 수 있다.

어떻게 일연이 낙산사와 가까이하게 되었는가. 그것을 알자면 일찍이 그가 산문(山門)에 들어가는 열네살 때로 돌아가야 한다.

경상도 경산에서 태어난 일연은 이미 아홉살 때 전라도 광주의 무량사(無量寺)에 취학하지만, 이것을 단순한 공부 이상의 어떤 것 곧 불가(佛家)와의 인연으로 바로 연결시키기에는 무리가 따른다. 다만 어린 소년이 경산에서 광주까지 그토록 먼 길을 걸어야 했던 필연적인 이유를 알기 어려운 지금으로서는 이 거리가 심상치 않다는 정도에서 마무리해두자. 정작 승려로 입문하기 위해 다시 더 먼 길을 걸어 강원도에서도 궁벽진 산골로 찾아드는데, 이 기나긴 여행 끝에 자리잡은 곳이 진전사(陳田寺)이다. 바로 일연이 열네살 때였다.

진전사는 지금 강원도 양양군 강현면 둔전리에 위치해 있다. 속초에서 강릉으로 7번 국도를 달리다, 속초비행장을 끼고 들어서는 지방도를 8킬로미터쯤 가면 그 마을이 나온다. 마을에서 얼마쯤 걸어올라간 평평한 밭에 삼층석탑이 덩그러니 놓여 있다. 이곳이 진전사 터임을 알려주는 유일한 표지이다. 진전사는 지금 자취를 찾을 수 없다. 아마도 조선 중기 이전에 폐

삼성산 경북 경산군 압량면에 있는 삼성산. 뒤에 희미하게 봉우리가 보인다. 원효와 설총 그리고 일연이 이 산 아래 마을에서 태어났다고 해서 그렇게 부른다고 한다. ⓒ양진

사가 된 듯한데, 해방 이후 이 지역이 38선 이북으로 편입되는 바람에 손도 대지 못하고 있다가, 전쟁이 끝나고도 상당한 시간이 지난 1965년에야 문화재관리국(현재의 '문화재청')이 대대적인 조사를 벌여 절터나마 찾게 되었다. 절 아래 마을에서는 예로부터 '탑골' 또는 '진전 터'라는 이름이 전해 내려왔다고 하니, 비록 기록으로 그 지점을 입증할 수 없으나 심증은 있어왔다. 그러다 발굴 당시 '진전(陳田)'이라 새겨진 와편(瓦片)이 발견되어 확증되었다.

처음 진전사를 연 분은 도의(道義)이다. 선종의 효시로 알려진 가지산문(迦智山門)의 초조(初祖) 도의는 신라 선덕왕 5년(784) 중국에 유학하여 남종선(南宗禪)의 지취(旨趣)를 한 몸에 가득 담고, 그의 스승 서당지장(西

진전사 터 강원도 양양군 강현
면에 있다. 대청봉에서 내려오는
골짜기가 거의 바다에 이르러 있
는 곳, 이 터에서 멀리 낙산사가
있는 오봉산이 보인다. ©양진

堂地藏)의 심인(心印)까지 받고 돌아온다. 그때
가 헌덕왕 13년(821)이었으니 유학 수도 기간은
무려 37년. 그러나 각고면려(刻苦勉勵)의 종장
에 도의를 기다리는 무대는 유감스럽게도 넓지
못했다. 그가 수행한, 오늘날 우리가 선종이라
부르는 불교의 한 종파는 당대에 이단이나 마
찬가지였다. 선종 초기 중국 쪽 사정과 마찬가
지로 신라땅에서도 금기시되거나 폄하되고만
있었다. 도의가 때를 기다리며 깊은 산골로 숨
은 곳이 바로 설악산의 진전사이다.

앞서 밝힌바, 일연이 진전사에 발을 들여놓
기는 그의 나이 열네살, 곧 고종 6년(1219)이다.
최씨무인정권을 열었던 최충헌(崔忠獻)이 죽고,
아들 우(瑀)가 권력을 인계받던 해이다. 우는 곧
이(怡)로 이름을 바꾸었다. 그는 아버지의 뒤를
이어 정권을 튼튼히 쌓아갔지만, 바로 그 정권을 지키자니 무리하게 몽고
와 전쟁을 치러야 했다. 정권유지 차원에서 보면 이야말로 명분은 살리고
실리는 챙기지 못한 전쟁이었다. 바로 그 무렵 진전사에서 일연이 보낸
햇수가 8년, 그러니까 열네살부터 스물두살 곧 선불장(選佛場)에 나가 상
상과(上上科)로 합격하기까지이다. 그렇다면 감수성 예민한 청소년기를
강원도 땅의 정취를 한 몸에 받으며 보냈다고 할 것이다. 한편, "여기에서
여러 사찰을 돌며 공부하는데 명성이 대단했다. 같은 도반(道伴)들은 구
산사선(九山四選)의 우두머리가 되리라고 예상했다"는 일연 비문[4]의 기록
을 참고하건대, 일연의 수행생활이 남달랐음을 짐작하거니와, 우리가 놓
치지 말아야 할 중요한 단서는 "두루 여러 사찰을 돌았다"는 대목이다. 수

행승으로 사찰을 편력하는 것은 자연스러운 일이되, 이같은 경험이 곧 그에게는 훗날 『삼국유사』 찬술의 기반이 되었다는 점은 차치하고라도, 이 시기를 이해하는 기록을 『삼국유사』 안에서 구체적으로 찾자면, 진전사 근처의 절들을 그의 편력대상에 올릴 수 있다는 점에서 그렇다. 이 절 가운데 틀림없이 낙산사가 끼여 있었으리라는 추측은 매우 손쉬운 일이다.

진전사는 동해안의 유서깊은 관음사찰인 낙산사와 이웃해 있다. 길로는 삼십리 남짓 되지만, 중간에 장애물이 없어 멀리 육안으로도 서로 보일 정도다. 낙산사에서 바라보면 대청봉을 정점으로 하는 설악산이 마치 피라미드처럼 뻗어내리는데 그 중간쯤에 진전사 터가 아스라하다. 진전사 터에서 보면 검푸른 동해 바다가 땅을 덮칠 듯 병풍처럼 펼쳐져 보이는데, 낙산사에 새로 세운 해수관음상(海水觀音像)이 하얗게 빛나며 서 있다. 여기서 우리는 앞서 소개한 「낙산이대성」조가 일연이 손수 취록(取錄)한 이야기임을 어렵잖이 연결해보게 된다.

그런데 「낙산이대성」조를 이루는 여러 이야기 가운데, 일연과 어머니

진전사 새 절 진전사 터에서 조금 올라간 곳, 부도탑이 있는 자리 옆에 마련하였다. 2005년 봄에 점안식을 가졌다.

에게 연결된 끈을 찾고『삼국유사』의 정서를 이해하는 자료로, 범일이 정
취보살을 만나는 이야기가 단연 주목할 만하다. 한 귀가 잘린 채 이역에
서 고국의 스님을 만나, 고향에 돌아가거든 자기 어머니를 찾아가달라고
말하는 소년은, 정취보살이기에 앞서 일연 자신인지도 모른다. 어머니를
떠나 머나먼 강원도 산골에 와 있는 소년 일연의 마음이 그러했을 터이니
말이다.

어머니, 아스라이 겹쳐지는 얼굴

범일은 신라 말기 선종의 용립(聳立) 시기에 활동한 승려이다. 그가
중국에서 수학하다 귀국한 것은 문성왕 8년(846)이었는데, 처음에 충청도
백달산에서 수행하다 강원도 명주 도독의 요청으로 강릉 굴산사(堀山寺)
로 옮기고, 여기서 구산선문(九山禪門)의 하나인 사굴산문(闍堀山門)을 연
다. 문성왕 12년(850), 그의 나이 마흔두살 때였다.

굴산사가 있는 지금의 명주군 구정면 학산리는 다름아닌 범일의 고향
이었다. 여기 재궁마을의 우물가 학바위에서 처녀가 아이를 낳았는데, 이
여자는 표주박에 해가 담긴 물을 마시고 와서 잉태를 했다고 한다. 이렇
게 태어난 아이가 바로 범일이다. 처녀가 남자와 관계하지 않고 아이를
낳은 이야기는『신약성서』만의 독점물이 아니다. 지금 절은 거의 허물어
지고 몇개의 탑과 범일의 부도만 남아 있지만, 이런 전설은 이 마을에 지
금까지 소중히 전해 내려오고 있다.

「낙산이대성」조의 정취보살 이야기는, 범일이 중국에서 공부하고 있
을 때, 왼쪽 귀가 잘린 한 사미승을 만나는 것에서 시작된다. 사미승이 말
하기를, 자신은 스님과 같은 고향 사람이니 뒷날 돌아가거든 자신의 집을

찾아달라 한다. 무슨 이유로 어린 나이에 귀까지 잘려 이 먼 곳까지 와 있는지에 대해서는 아무 소식이 없다.

고국으로 돌아온 범일이 정취보살을 만나는 본격적인 이야기는 그다음에 펼쳐진다.

①범일 스님의 꿈에 사미승이 나타나 자신과의 약속을 지키지 않음을 원망하다. 스님이 서둘러, 익령 근처, 일러준 곳으로 가서 여자를 만나다.

夜夢昔所見沙彌, 到窓下曰: "昔在明州開國寺, 與師有約. 旣蒙見諾, 何其晩也?"祖師驚覺, 押數十人, 到翼嶺境, 尋訪其居. 有一女居洛山下村, 問其名, 曰德耆.

②여자에게 아들이 있는데 금색동자와 함께 논다고 말하다.

女有一子, 年才八歲. 常出遊於村南石橋邊, 告其母曰: "吾所與遊者, 有金色童子." 母以 告于師.

③스님이 가서 확인해보니, 왼쪽 귀가 잘린 석불이 나오는데 정취보살의 상이요, 그 모습으로 예전에 만난 사미승이 바로 정취보살임을 알다.

師驚喜, 與其子尋所遊橋下, 水中一石佛. 舁出之, 截左耳, 類前所見沙彌. 卽正趣菩薩之像也.

한쪽 귀가 잘린, 미천해 보이기만 하는 사미승을 주의깊게 기억해두지 않은 것은 범일의 잘못이었다. 귀국한 다음 여러 곳에서 바쁘게 활동해야 했던 범일의 행적을 놓고 보면 한 소년과의 약속을 잊어버린 점 수긍이 간다. 꿈속에 사미승이 다시 나타난 것도 범일이 귀국한 지 11년이 지난 다음이다. 여기서부터 이야기는 새로운 국면으로 접어든다. 꿈속에 나타난 사미승은 그 옛날 자기와 한 약속을 저버렸음을 원망하는데, 깜짝 놀라 잠에서 깨어났을 때까지도 범일은 다만 가련한 아이의 소망을 들어주지 못한 데 대한 죄스러운 마음뿐이었을 것이다. 그런데 사미승이 일러준 곳에 이르러 만난 여자와 그의 아들에게서 뜻밖의 사태와 마주친다. 마을의 남쪽 돌다리 밑에서 금빛 나는 어린아이와 같이 논다는 여자의 아들. 비로소 범일에게는 가슴을 치는 깨달음이 닥쳐왔다. 본문에서 '놀라 기뻐했다[驚喜]'는 표현은 이를 두고 말함이다.

그런데 익령에 사는 여자와 그의 아들의 존재가 문제를 확대시킨다. 이 두 사람은 범일이 중국에서 만난 사미승과 어떤 관계일까? 사미승은 보살의 전신(前身)이고 아들은 현신(現身)이라고 볼 수 있을까? 그렇다면 범일은 보살의 전신과 현신을 함께 본 것이요, 시냇가에서 돌부처를 발견함으로써 확신의 경지에까지 이른다. 우리는 여기서 범일이 정취보살을 만나는 이야기 구조가 이 땅의 불교에 대한 강한 주체성을 드러내면서 전개되고 있음을 읽어야 한다. 사미승이 꿈에까지 나타나 길을 인도했던 범일의 성인 만남은 이처럼 이야기 구조와 등장인물이 복잡하면서도 완결미가 있다. 중국에서 수행하던 중에 만난 성인을 정작 성인으로 알아보기는 제 나라에 돌아와서였다.[5]

그러나 여기서 나는 본문의 기술 목적을 넘어 이 기록을 대하고 적는 일연의 또다른 의중을 헤아려본다. 십대 후반, 아직 감수성 예민한 청소년기를 보내고 있던 일연은 어느 날 이웃 절 낙산사에 전해오는 이 이야기를 들었을 것이다. 그 자신이 직접 낙산사에도 가보았을 것이며, 평소 그의 태도로 보아 익령이라는 곳과 모자의 집이 있었다는 곳도 한번쯤 찾아보았을지 모를 일이다. 이때 일연은 지난날의 한 스님이 성인을 어떻게 만났는가를 곱씹는 데 그치지 않았던 것 같다. 그의 뇌리에 불현듯 고향이 다가오고, 아홉살에 떠난 고향땅의 산천이 눈앞에 어른거리고, 드디어

굴산사 터 강원도 강릉시에 있다. 멀리 대관령을 뒤로 두고, 너른 들판 한가운데 서 있는 당간지주 받침대만 보아도, 당간이건 절이건 규모가 만만치 않았으리라 짐작된다. ⓒ양진

어머니의 얼굴이 환하게 다가오며 사무치는 그리움에 떨지는 않았을까?
이국땅 먼 하늘 아래서 고국의 승려를 만나 간절한 부탁을 하던, 그리하
여 무심한 스님의 꿈속에까지 찾아오던 한쪽 귀가 잘린 소년 사미승. 그
리고 그를 기다리는 어머니는 인생의 모진 인연의 줄기이고 운명이다. 거
기에다 소년 일연은 자신과 어머니의 얼굴을 겹쳐보았을 터이다.

　　범일은 신라시대 말기에 살았다. 정치나 사회 상황뿐만 아니라 불교
계의 변화는 매우 가파른 것이었다. 그리고 이같은 상황은 몽고와의 전란
을 겪으며 살았던 일연의 시대와 비슷하다. 그 때문일까, 일연이 범일의
이야기를 다루는 태도는 다른 경우와 사뭇 다르다. 일연에게 다른 점은
독자에게도 다를 수 있을 터, 설화적 성격을 지니고 있으면서도 현실감

있게 다가온다는 점이 중요하게 지적될 수 있다. 이러한 현실성이 범일의 성인 만남에서 우리가 주목할 점이다. 일연이 범일의 행적과 사상에 상당히 경도되었다는 점은 조심스럽게 제기되었던바,[6] 이 이야기에서 저변의 가닥이 어느정도 잡힌다.

정취보살은 낙산사에 모셔졌다. 그리고 전승과정은 소상히 이어져, 일연 또한 「낙산이대성」조의 마지막 부분을 이 소식으로 장식하고 있다. 일연은 진전사에 머물던 청소년기에 낙산사와 관련한 일련의 이야기를 들었을 것이다. 아홉살에 어머니를 떠나 구도의 길을 걸어간 사람, 일연에게는 귀 하나가 없는 사미승의 이야기가 가슴깊이 오래도록 새겨져 있었을 것이다.

시대가 던진 민족이라는 이름

다시 말하거니와, 진전사는 지금 터만 남아 있다. 덩그러니 탑 하나가 외로울 따름이다. 그러나 좀더 눈을 돌려보면 거기에는 대청봉에서 내려와 진전사 터를 감싸고 흐르는 계곡이 있고, 멀리 동해가 보이고, 바다를 칸막이하듯 야트막한 낙산이 있고, 그 산 한쪽에 낙산사가 서 있다.

일연은 이 계곡에서 8년을 지냈다. 소년 일연이 청년이 되기까지, 그는 이 골짜기에 머물면서 어른과 벗들과 더불어 세계를 터득해나가는데, 시절은 하수상하기만 했다.

일연은 그의 일생을 거의 무인정권하에서 보냈고, 더욱이 칭기즈 칸의 몽고시대와 같이한 사람이다. 개인의 운명은 시대와 함께 모진 법이다. 그가 태어나던 해 칭기즈 칸은 원(元) 태조에 등극하였다. 원과 최씨 무인정권의 알력은 어두운 전쟁의 분위기를 불렀고, 일연이 이 골짜기를 떠난 2년 뒤, 결국 고려에 대한 몽고의 첫 침입이 벌어진다. 그렇게 시작된 전쟁이 20여년 뒤 고려의 항복으로 끝나, 시절은 기나긴 원 간섭기로 이어지지만, 일연이 눈을 감던 해까지 보거나 보지 말아야 할 일들은 끊임없었다.

그렇다고 전혀 아무 소득이 없었던 것은 아니다.

고려 후기 문인 이규보(李奎報)가 영웅서사시 「동명왕편(東明王篇)」을 쓴 것은 1193년, 그의 나이 스물다섯 때의 일이다.

고주몽의 생애를 그린 「동명왕편」에 대해서는 오늘날 학계의 평가가 풍성하다. 고구려가 다름아닌 우리 민족사의 줄기에 오롯이 자리잡고 있다는 사실을 극적으로 그려낸데다, 역경을 이겨내는 슬기로운 왕의 모습을 통해 후손에게 자긍심을 심어주었다는 점에서 그렇다. 그뿐인가. 이로부터 80여년쯤 뒤에 일연의 『삼국유사』가 나오는데, 민족사의 자랑으로 여겨지는 이 책의 출발점도 여기에 있다.

이야말로 젊은 시인의 시 한 편이 고구려의 역사를 우리의 것으로 자리매김시키고 웅변한 일대 사건이었다.

1193년이라면 명종 23년이려니와 이는 곧 무인정권이 들어선 지 23년째임을 말한다. 일연이 태어나기로는 13년 전이다. 이 무렵 무인정권의 두번째 실권자 이의민이 10년째 그 권세를 누리고 있었다. 이의민이 누구인가? 아버지는 소금과 체를 파는 장사꾼이요, 어머니는 절에서 일하는 노비였다. 힘있는 자가 오직 힘만으로 권력을 잡고 전횡을 부리던 시절이었다.

살벌한 세월, 왕이 있으나 허울뿐이고, 같은 무인들끼리도 더 힘있는 자가 약한 자를 죽이고, 나라는 풍전등화와 같은 형세였다. 고려인이 그토록 사모해 마지않던 송나라는 북쪽 오랑캐에게 쫓겨 남쪽으로 옮겨간 지 오래되었다.

비극적인 시대에 태어난 이규보는 듣기만 해도 가슴이 설레는 옛 영웅을 떠올린다. 앞선 시기의 김부식이 버렸던 자료 더미 속에서 그는 먼저 동명성왕 주몽을 만난다. 그의 고백은 이렇게 시작한다. "처음에는 믿을 수 없어서 귀신이고 환상이라 생각했는데, 세 번 거푸 탐독하고 음미하니 점차 그 근원에 이르게 되어, 환상이 아니고 성스러움이며, 귀신이 아니고 신(神)이었다."

요사이 정부와 학계가 중국의 역사왜곡에 발끈해하는 것은 당연하다. 그러나 가만히 돌아보면 이규보만 한 투지와 감각도 없이 우리는 무심히 살아왔다. 그동안 어디에 한눈팔다 이제 와서 호들갑이란 말인가.

이규보에서 일연으로 이어지는 이같은 계보는 기실 위기가 가져다준 대응이었고, 그것이 소득이라면 소득이라 할 만한 부분이다.

다시 말해 이규보나 일연이, 앞선 사람들은 합리적이지 않다고 말한 것들을 어떻게 받아들였느냐에 논의의 핵심이 있다. 앞서 이규보는 환상이 아니고 성스러움이며, 귀신이 아니고 신이라 했다. 이 고백 앞에는 다음과 같은 말이 먼저 나온다.

세상에서 동명왕의 신통하고 이상스러운 일을 많이들 이야기한다. (…) 내가 일찍이 그것을 듣고서 웃으며 말하기를, "공자님은 괴력난신(怪力亂神)을 말하지 않았다. 동명왕의 일은 실로 황당하고 기괴해서 우리가 이야기할 바가 못된다"고 했다. (『동명왕편』 서)

이 말은 어디선가 들어본 바이다. 바로 『삼국유사』에서 단군조선을 쓰기 앞서 일연이 한 말과 비슷하다.

대체로 옛 성인들은, 예악을 가지고 나라를 일으키거나 인의를 가지고 가르침을 베풀고자 했지, 괴력난신(怪力亂神)을 말하지 않았다. (『삼국유사』 서)

여기서 '괴력난신'을 나는 "괴이한 힘이나 자자분한 귀신 이야기"라고 번역한다. 일연의 말은 이어진다. 그럼에도 불구하고 중국에서 제왕이 일어난 데에는 온갖 기이한 이야기가 남아 있다고. 그러므로 우리 삼국의 시조가 모두 신이한 데서 출발한다는 것이 어찌 괴이한 일이냐 반문한다.
두 사람의 어법은 너무나 닮아 있다. 먼저 성인 곧 공자의 말씀을 끌어들여 바탕을 칠해두고, 거기서 더 나아가는 뭔가가 있다고 말하는 품이 그렇다. 이같은 어법은 그냥 생긴 것이 아니다. 한 시대가 주었던 민족적 각성의 결과물이다.

안개 속에 만나는 역사의 바다

새로 생긴 초지대교를 건너 강화도로 들어가는데, 강과 바다가 만나는 저 아래로 안개가 가득했다. 강화도는 영욕의 역사를 지니고 있다. 그리고 거기서 우리는 『삼국유사』의 저자 일연의 생애에서 한 가지 짚고 넘어갈 일이 있다.

강화도 농사는 한 번 지어 3년을 먹는다는 말이 있다. 섬이면서도 논이 많고 비옥해 그만큼 풍성하게 거두어들인다는 뜻이다.

그러나 거기에는 '누가 빼앗아가지만 않는다면'이라는 전제가 있다. 그러므로 그 이면에 자기들이 지은 것을 자기들이 다 먹지 못한다는, 뭔가 비극적인 상황이 깔려 있다. 강화도의 역사를 돌이켜보건대, 이 나라의 어느 곳이 그렇지 않겠는가만, 제가 가진 것을 제것으로 누리지 못한 슬픈 장면 장면들이 새겨져 있다. 가까이로는 구한말 개항 논쟁의 와중에 벌어진 싸움에서 선명히 드러난다.

지금도 강화도 곳곳에 흔적이 남아 있는 광성진, 초지진 같은 진지들은 그때의 상흔을 그대로 우리에게 전해준다. 외세의 파고는 이 섬사람들에게 가장 먼저, 가장 뜨겁게 피부에 와닿았다. 이제는 그것이 문화유적으로 관광객을 끌어들이는 한가한 수단이 되어 있지만.

거기, 나라의 자존심을 세우자는 어떤 극점에, 우리는 강화도 출신 이건창(李建昌)이라는 사람을 만난다. 열다섯에 과거에 급제해 나이가 너무 어려 마땅한 보직을 줄 수 없었다는 천재다. 그런 그가 말년에 모든 벼슬자리를 물리치고 이곳에 돌아와 칩거했지만, 몇 사람의 제자를 키운 것으로 생애의 보람이라 만족하고 눈을 감아야 했던 사정을 여기서 다 말하기는 힘들다. 마흔일곱의 안타까운 삶이 마감된 것은 1898년의 일이다.

그로부터 10년 후, 이미 죽기를 결심한 매천(梅泉) 황현(黃炫)은 마지막 서울 나들이를 한다. 자신을 알아주었던 오직 한 친구 이건창의 묘소에 참배하기 위해서였다. 묘소는 바로 강화도에 있었다. 그는 돌아오는 길에 남산에 올라 궁궐을 바라보며 이런 말을 남긴다. "나는 강자가 약자를 삼키는 것을 원망하지 않습니다. 약자가 강자에게 먹히는 것이 서러울 따름입니다."

그 말이 그 말인 것 같지만 묘한 울림을 느끼지 않을 수 없다. 약자가 강자에게 먹힌다 할 때 약자는 바로 우리이고, 그것이 그저 서러울 따름이다. 강화도는 그런 상징처럼 오늘도 우리를 맞는다.

시간을 거슬러 13세기로 발길을 옮겨보자. 거기서 우리는 몽고에 대항한 고려의 항쟁을 만난다. 인류 역사상 진정한 세계의 패자 몽고군을 일러 그 말발굽으로 사람은 둘째치고 지나간 자리의 풀도 자라지 못하게 한 군대였다고 말한다. 그런 군대에게 20여년을 유린당한 저편에 강화도가 존재한다. 알다시피 결사항전을 맹세한 최씨무인정권이 개성을 버리고 이곳 강화도로 왕을 모시고 피해왔기 때문이다.

더러 이 시기를 우리는 외세에 저항한 자랑스러운 역사라고 말하지만, 본토의 무고한 백성들은 버려둔 채, 말로만 외치는 항전이 무슨 뜻이었는지 조용히 물어볼 필요가 있다.

어쨌건 그러기에 그때 강화도는 전쟁의 피해 없이 온존할 수 있었다. 그러나 그 온존은 차라리 부끄러운 살아남음이 아니었나 싶다. 온 국토의 백성들이 아무 방어수단도 없이 무방비상태로 버려져 있었고, 초토화 작전을 벌인다고 산으로 바다로 소개(疏開)되는 고통 속에서 살았다. 일견 아름답게만 보이는 저 고려가요 「청산별곡」이 실은 그렇게 산과 바다로 쫓겨다니던 유민의 노래였다고 주장하는 학설이 있을 정도이다. 그 와중에 강화도는 적의 칼날을 피해 있었다.

강화도 한 중앙에 이규보의 묘가 있다. 앞서 「동명왕편」을 소개하였거니와, 미상불 그는 고려 무인정권기를 풍미했던 문호다. 그러나 그가 남긴 농민시 몇편 덕택에 대단한 민중시인인 양 떠받들어지지만, 실은 무인정권의 비호 아래 그들을 위한 글을 써주며, 이 섬에서 평안히 한 생애를 마칠 수 있었노라고 비판한 학자도 있다. 나는 그 말에 귀가 번쩍 뜨인다. 13세기의 강화도는 그런 사람들로 우글거렸을 게다.

그나저나 한때는 외세의 침략에 훤히 몸을 드러내 싸워야 했던 곳, 다른 한때는 강과 바다로 둘러싸인 지리적 조건으로 막강한 세계 정복군의 칼날을 피할 수 있었던 곳, 그렇게 복잡한 내력을 지닌 곳이라 해도 한 가지만은 분명하다. 한 해 농사로 3년을 먹는다는 비옥한 땅의 주인은 그 섬사람들이 아니었다는 사실.

일연은 그의 나이 쉰여섯 되던 해, 곧 1261년 왕의 부름을 받고 강화도로 간다. 최씨무인정권에 휘둘리고 몽고와의 전쟁에 좌불안석이던 고종이 죽고, 새로 등극한 원종이 재위 이태째를 맞던 해였다. 기어코 몽고와의 결사항전을 주장하던 최씨무인정권이 무너진 지도 5년이 지난 다음, 그러나 왕은 아직 강화도에 있었다. 일연은 선월사(선원사라고도 한다)에 머물면서 3년을 지냈거니와, 한 가지 의아스럽기로 이때 그의 행적이 묘연하다는 것이며, 비문에 적힌 한 줄도 실체를 따지는 데 궁금증만 더해준다는 사실이다.

우리가 지금 읽는 『삼국유사』에는 일연이 거처했던 곳과 관련하여 단 한 군데도 그냥 넘어가는 법 없이 한두 가지 이야기를 적어놓고 있음을 알고 있다. 우리는 거기에 기대어 그의 행적을 찾아가기도 한다. 거기에 예외가 있다면 오로지 이 강화도이다.

왜일까? 왜 강화도 이야기는 『삼국유사』에 한 줄도 비추지 않는 것일까? 3년이라면 짧은 체재기간이 아니다. 그리고 전등사며 보문사 같은 유서 깊은 절에다, 최씨무인정권 기간에 팔만대장경을 다시 새긴 선월사가

오어사(ㄴ경) 강도(江都) 생활을
버리고 내려온 곳. 경북 포항시
오천면에 있다. ⓒ양진

있거니와, 지금 폐사가 된 이 절에서는 그 자신이 머물기도 했었는데 말
이다. 당시 대장경의 유입과 조판을 『삼국유사』에 꽤나 자세히 싣고 있는
그이련만, 그 근거지랄 수 있는 강화도를 애써 외면하듯 건너뛰고 있다.

　만약 한 가지 상상이 허락된다면 나는 이때 일연의 심중을 헤아려 그
까닭을 대고 싶다. 저 잘난 사람들 못지않게 이 땅에서 살다간 민초들에
게까지 따뜻한 눈길을 아끼지 않은 일연이고, 그런 이야기가 실린 『삼국
유사』이다. 본디 심성이 그러했을 일연으로서는 강화의 분위기가 어쩐지
어울리지 못할 것들로 꽉 차 있었을 터이다. 최씨무인정권이 무너졌다지
만 여전히 정권은 무인들의 손에 있었고, 그들 또한 정권욕에 눈이 멀었
던 무리에 지나지 않았다. 그런 이들이 활보하는 강도(江都)는 일연이 꿈
꾸는 세상이 아니었다. 하루라도 빨리 벗어나고 싶은 무거운 짐이었을 것
이다.

그런 마음의 끝이었을까, 일연은 쉰아홉 되던 해, 멀리 포항 가까운 산속 절로 내려오고 만다. 3년의 시간에 대해 아무런 기억도 간직하지 않은 채.

생애의 반영으로서 『삼국유사』

국사(國師)의 자리에 올랐지만 일연은 고향으로 돌아가기를 간청한다. 노모를 모셔야겠다는 이유에서였다. 왕도 그런 사정은 어쩔 수 없다고 생각해서였는지 일연의 청을 받아들였다. 높은 자리에 오를수록 더 높은 자리를 원하고, 한번 그 자리에 오르면 내놓기 싫어하는 것이 인지상정인바, 일연의 이같은 행동은 주위 사람을 놀라게 했다.

인각사 전경 일연이 78세 이후 주석하다 입적한 곳. 경북 군위군 고로면에 있다. 1991년에 찍은 사진인데, 이제는 절의 모양이 많이 바뀌었다. ⓒ양진

일연이 하산을 결심하고 결행한 것은, 국사에 책봉된 충렬왕 9년(1283) 봄이 지나고, 바로 그해 곧 그의 나이 일흔여덟 되던 가을이었다. 하산소는 비문에서 '구산(舊山)'이라 했다. 그렇다면 이제까지 일연의 전기를 말하는 가운데 고쳐야 할 것이 있다. 일반적으로 하산소가 경북 군위군의 인각사(麟角寺)라고 했었다. 그러나 처음부터 인각사로 오지는 않았다. 비문은 '구산'이라고만 적은 다음, 이듬해 어머니가 아흔여섯을 일기로 생을 마쳤다고 적고 있다. 인각사행은 그다음의 일이다.

일연과의 나이 차이는 열아홉, 그러니까 스물도 안된 꽃다운 나이에 아들 하나 낳고 77년을 혼자 산 어머니이다. 보기 드물게 장수하였으므로 경하할 일이지만, 그토록 오랜 시간을 혼자 살다간 어머니에 대한 일연의 향념(向念)은 국사의 자리와도 바꿀 수 없었다. 아마도 그는 고향 가까운 어디에 노모를 모시고 평생 마지막 효도를 다했을 것이다. 이미 출가한 신분으로 세속의 인연에 너무 연연해하지 않았나 의아해할지도 모르나, 일연에게 효심은 신앙 그 자체였다. 일연의 비문에 그런 효심이 단적으로 나타난 구절이 있다. 어머니 모시기를 지극히 하였는데, 목주(睦州) 진존숙(陳尊宿)의 모습을 사모하여, 스스로 목암(睦庵)이라는 호까지 지었다는 대목이다. 진존숙은 황벽(黃蘗)의 수제자로 성명(聲名)이 자자했지만, 말년 고향땅 목주에 은거하며 오직 홀로 계신 어머니를 모셨다. 깊은 밤이면 부지런히 왕골 짚신을 삼아 곡식으로 바꾸어 어머니를 봉양했으며, 어머니가 돌아가신 후에는 짚신 꾸

인각사의 일연 부도탑 인각사
안에 일연 비석과 함께 그의 흔적
으로 남은 유물이다. ⓒ양진

러미를 남몰래 지고 나가 큰길가 나뭇가지에 걸어두어 오가는 길손들이 쓰도록 하였다.[7] 일연이 그려본 인생살이의 참모습이 거기 있다. 그것은 『삼국유사』의 면면을 장식하고 있는 모습이기도 하다.

그 가운데에서도 「진정사효선쌍미(眞定師孝善雙美)」조의 진정(眞定) 이야기는 읽는 이의 눈시울을 적신다.

의상의 십대제자[8]에 드는 진정은 무척이나 한미한 집안 출신이다. 아버지마저 일찍 여읜 그는 장가도 들지 못하고 늙으신 어머니를 봉양하며 가난하게 사는데, 어느 날 산에 가서 나무를 해오는 길이었다. 집 안으로 들어서는 아들을 보고 어머니가 조심스럽게, "스님 한 분이 절에서 쓸 쇠붙이를 구하더구나. 그래서 우리집 솥을 시주하였다"고 했다. 비록 솥이라지만 그것은 그 집에 하나 남은 재물이었다. 그러나 진정은 기쁜 얼굴을 하고 어머니를 위로했다. 진정은 질그릇 동이로 솥을 만들어 밥을 지었다. 도리어 어머니의 불심이 이미 남다른 것을 안 진정은, "어머니, 의상법사께서 설법을 하신다는 말을 들었습니다. 이제 어머니께 효도하는 일을 마치면 그곳으로 가서 머리를 깎을까 합니다"라고 말했다.

효도를 마친다 함은 어머니가 돌아가신 다음이라는 소리였다. 그 말을 듣자 어머니는 단호히 아들에게, "불법(佛法)을 만나기는 어렵고 인생은 짧은데 어찌 효도를 다 마칠 때를 기다리겠느냐. 내가 죽기 전에 네가 도(道)를 닦는다는 말을 듣는 것이 나에게는 더 좋은 일이다. 머뭇거리지 말고 가거라" 하였다. 그러나 진정은 선뜻 어머니의 말을 받아들일 수 없었다. 쇠붙이 솥 하나 없는 집에 어머니를 홀로 두고 갈 수 없었던 것이다. 아들의 그런 심정을 헤아린 어머니는 부엌으로 나가 남은 양식을 털어 주먹밥을 만들었다. 그것을 아들에게 건네주며 이렇게 말한다.

"나는 남의 집 문간에서 걸식을 하더라도 편안히 살 수 있다. 비록 네가 진수성찬으로 모신다 한들, 그것이 너의 출가에 방해가 된다면, 나에게는 아무 유익이 없느니라. 길을 가려거든 행로에 밥 짓는 시간도 아깝다. 이 밥을 먹으며 갈 길을 재촉하거라."

어머니를 홀로 두고 떠나기도 염려스러운데, 있는 곡식마저 털어 밥을 지어주니, 진정은 어찌할 바를 몰랐다. 재차 사양했으나 어머니의 뜻은 굳었다. 진정은 그렇게 어머니 곁을 떠나 사흘 밤낮을 쉬지 않고 걸어 의상의 문하에 들었다.

어머니가 싸준 주먹밥을 먹으며 먼 길을 가는 발걸음마다 진정은 무슨 생각을 했을까? 만감이 교차되는 이 순간, 불교사학자 민영규 선생의 어떤 글에는 이 대목이 다음과 같이 감동적으로 묘사되어 있다.

의상대사 십대제자의 하나로 오르기까지, 진정사(眞定師) 모자 이야기는 마냥 우리를 울리고 만다. 늙으신 어머니 한 분을 모시는 것이었지만, 날품팔이 머슴살이로 그날그날 끼니를 잇기가 어렵다. 어머니는 쌀독에 남은 알곡을 모조리 털어 주먹밥 일곱 덩어리를 만들어주며, 떠나기 싫다는 아들의 갈 길을 재촉한다. 사흘 낮 사흘 밤을 달려서 의상회하(義湘會下) 부석사(浮石寺) 중이 된 지 삼년 만에 그 어머니가 죽었다. 공부가 무엇이 그리 중하기에, 어머님 홀로 두고 내사 떠나지 못하오 울부짖는 아들을 호령호령 밀쳐 보내던 이 모진 마음의 어머니. 소식이 알려오자, 법당 돌바닥에 이마를 찧고 칠일칠야(七日七夜) 결가부좌(結跏趺坐)한 채, 마음을 가누지 못해 안간힘을 쓰던 시련의 그 아들.[9]

글의 끝에 민선생이 "이렇게 진정사 조를 적어 내려가면서 일연은 어쩌면 스스로의 모습을 여기에 겹쳐놓고 있었을지 모른다"[10]고 붙인 것은 친절하시기까지 하다. 나는 어떤 면에서 『삼국유사』 자체가 일연의 모습을 겹쳐놓았다는 착각을 할 때가 있다.

삼각의 구상화

12세기부터 동북아시아 주요 세 나라의 상황에는 커다란 변화가 일어났다. 중국에서는 몽고족에 의해 원(元)이 섰고, 일본에서는 카마꾸라(鎌倉) 막부가, 한국에서는 무인정권이 섰다. 어디나 다 스스로의 역사에서 처음 벌어진 혁명적인 사건이었다.

세계의 변화에 당대의 지식인들은 어떻게 대처했을까. 한국에서 『삼국유사』는 그같은 질문에 답해주는 책이다. 저자는 승려로서 사회의 하층부부터 상층부까지 접해가면서 전국을 돌았고 많은 경험을 했다. 몽고와의 전쟁과 항복, 일본 원정에 따라 치러야 했던 희생, 그것은 민중의 생활을 구렁텅이에 빠뜨렸다. 구렁텅이에 빠진 시대는 철저한 자기성찰에 의하지 않고는 다시 일어설 수 없다. 일연으로 하여금 『삼국유사』를 쓰게 했던 것은 다름아니라 이러한 자기성찰이었다.

그리고 어머니. 강원도 양양의 진전사를 조사하면서, 나는 앞서 「낙산이대성」조의 이면에 깔린 분위기와 메시지를 그의 어머니와 관계지어 생각해보았다. 취학하기 위해 걸었던 고향 경산에서 광주까지의 길, 승려가 되기 위해 걸었던 광주에서 양양까지의 길. 긴 여정 가운데 소년의 마음에는 고향에 두고 온 어머니의 모습이 평생 지워지지 않았으리라.

경산—광주—양양은 하나의 삼각형을 이룬다. 그런데 『삼국유사』에서 중요한 기사의 현장은 이 삼각형의 안팎에 위치하고 있다. 이론이나 논리가 아닌 구체적인 현장의 이야기들이다. 그리고 그것은 나아가 어머니와

시대와 역사의 삼각형이 된다. 나는 그것을 『삼국유사』 찬술의 원리라고
생각해 우선 삼각(三角)의 구상화(具象畵)라고 이름 붙여둔다.

‖ 고운기 ‖

주 |

1 민영규 「釋 一然 三國遺事」, 『韓國의 名著』, 동아일보사 1969, 120면.
2 민영규, 같은 글.
3 고운기 「一然의 世界認識과 詩文學 硏究」(연세대 박사학위 논문 1993).
4 일연의 비는 잔해만이 경상북도 군위군 고로면 인각사 경내에 남아 있다. 다행히 여러 탁본이 있어
  전모는 알 수 있다. 한글 번역은 고운기, 『일연』(한길사 1997)에 부록으로 실어놓았다.
5 흔히 『삼국유사』에서 「성인 만남」은 깨달음의 확증을 의미한다. 이에 대한 구체적인 해석은 이 책
  제2부를 참고 바람. 「낙산이대성」조의 성인 만남의 양상을 분석하면서, 의상을 치밀하고 정성스런
  만남, 원효를 우연히 스치듯한 만남, 범일을 현실과 신이가 하나된 만남으로 규정했다.
6 채상식, 『高麗後期佛敎史硏究』, 일조각 1990, 148~54면. 여기서 채교수는 일연의 저작이 후대에 말
  끔히 사라져버린 사실을 규명하면서, 범일과 일연의 관련양상을 제시하였다. 채교수는 범일이 8세
  기 중반 전후부터 밀교적인 경향을 띤 문수신앙을 9세기 중반에 이르러 오대산을 중심으로 퍼뜨린
  장본인으로 보고, 이때 만들어진 진귀조사설(眞歸祖師說)을 소개하고 있다. 진귀조사설은 진귀조
  사가 석가보다 우위에 있음을 밝혀, 당시의 화엄에 맞서 선의 우위를 표방한다. 일연은 이 설의 신
  봉자였다는 것이다. 후대에 이것이 배척되는 분위기 속에서 일연의 저작이나 유적이 모두 파괴되어
  버린 것이 아닌가 추측하고 있다. 현재의 논의 수준으로는 크게 신빙성을 부여할 수 없으나, 이 부
  분은 일연의 사상적 경향을 논하면서 반드시 밝혀야 할 것이다.
7 진존숙의 존숙도 이름이 아니거니와 그에게는 본명조차 전해오지 않는다. 왕골 짚신 공양을 했다
  해서 '포혜(蒲鞋)'라는 별명만이 남아 있다.
8 「의상전교」조에서는 십대 제자를 오진(悟眞)·지통(智通)·표훈(表訓)·진정(眞定)·진장(眞藏)·도융
  (道融)·양원(良圓)·상원(相源)·능인(能仁)·의적(義寂)이라고 밝혀놓았다.
9 민영규 「一然과 陳尊宿」, 『四川講壇』, 우반 1994, 74면.
10 민영규, 같은 글 75면.

민족문학과 민족지성의 산실, 강화도
강화도의 문인과 문학세계

강화도와 민족사

강화도는 강도(江都) 혹은 심주(沁州)라고도 한다. 안으로 마니·혈구의 첩첩한 산이 웅거하고, 밖으로는 동진·백마산의 요새가 사면에 둘러 있으므로, 고려, 조선시대 다섯 도(道)의 뱃길이 닿는 길목이었으며, 금성 탕지로서 만세 제왕의 도읍이라고 일컬어졌다.

그렇기에 고려 중엽의 문인 최자(崔滋)는 「삼도부(三都賦)」를 노래하면서 삼도의 하나로 강화를 손꼽았다. 삼도는 평양(서도)·송도(북경)·강화(강도)를 말하는데, 서도의 변생(辮生)과 북경의 담수가 강도의 정의대부를 만나 논변하는 문답체로 되어 있다.

> 안으로 마니(摩尼)·혈구(穴口, 穴窟山)의 첩첩한 산이 웅거하고, 밖
> 으로는 동진(童津, 通津山)·백마산의 사면 요새가 둘러 있도다. 출입을

단속함에는 동편의 갑화관(甲華關, 甲串津), 외빈(外賓)을 맞고 보냄엔 북쪽의 풍포관(楓浦館)이니, 두 화산(華山)의 봉우리가 문턱이 되고, 두 효(崤)가 지도리 되니, 참으로 천하에 오구(墺區)이네. (…) 이는 금성탕지(金城湯池) 만세 제왕의 도읍이로다.[1]

최자는 강도가 국방과 치민(治民)에 좋은 곳이며 지금 군주가 여기서 몸소 검소하고 백성을 후덕하게 대하고 있다고 하여, 강도 천도의 합리성을 말하였다. 물론 최자는 무인집권 정권 아래에서 직업관료로 있으면서, 고려 무인정권이 몽고군에게 저항하지 못하고 강화로 천도한 사실을 합리화하려는 뜻이 없지 않을 것이다. 그런데 고려, 조선시대에는 부(賦) 형식의 글이 많이 나왔지만 위진시대의 강건한 부나 한나라 때 대부(大賦)의 형식에 비길 만한 작품은 드물고 단형의 소부(小賦)나 문부(文賦)가 많다. 최자의 이 글은 소부의 형식이면서도 위진의 부(이를테면 좌사〔左思〕의 「삼도부」)와 내용상 통하는 면이 있다. 또한 강화 천도를 부정적으로 여기지 않고 강화가 가지고 있다는 도읍지로서의 장점을 환기하고 있다는 점에서, 엄중한 현실 속에서도 나름대로 자존의식을 지키고 있음을 엿볼 수 있게 한다. 뿐만 아니라 그가 강도로서의 강화를 중시한 것은 그 이전부터 강화를 중시하여왔던 국토지리의식을 계승한 것이라고 말할 수 있다.

강화도와 김포 사이의 손돌목〔孫乭項〕은 교통의 요지였다. 조선시대에는 소금배가 황해에서 임진강, 벽란도를 거쳐 강화도 손돌목 앞으로 하여 강화해협을 빠져나가 한강으로 들어와 마포를 거쳐 양수리에서 남쪽으로 내려가 충주에 닿아, 거기서 소금을 팔고 목면을 사서 다시 해주로 돌아갔다. 손돌목에는 주사(舟師) 손돌공 진혼제가 치러져서, 1983년에 재현된 바 있다. 손돌은 몽고군을 피하여 강화도로 건너가는 고종을 배로 모시다가 억울하게 죽었다고 하는 전설의 인물이다. 손돌목은 어원상으로 물살이 빠른 곳을 지칭하는 듯하다. 그렇기는 하지만 손돌목의 옛 전설은 이 지역에 남은 훌륭한 구비문학이다.

강화도는 이렇게 제왕의 도읍지로서 손색이 없고 많은 물살이 오가는 수로의 요지였다. 그러나 우리나라가 거꾸로 외침을 당할 때 많은 시련을 겪어야 하였다.

즉 강화도는 몽고 침략에 맞서 싸울 때나 만주족의 침략을 당하여 많은 억울한 주검을 품어야 하였다. 진강산(鎭江山) 남쪽 기슭인 이곳에는 개성 땅을 밟지 못하고 외로운 혼령으로 화한 고려 고종의 능(홍릉)을 비롯하여 모두 세 개의 고려 왕실 능이 있다. 하일리에는 충렬왕의 생모 김씨의 능(가릉)이 있다. 병자호란 때는 이곳으로 피난하였던 사대부들과 일반 서민들이 참혹한 화를 입었다. 최남선이 「강화기행시(江華紀行詩)」에서 "병자년 부끄럼이 강화보다 더 심하랴"라고 한 것은 우연이 아니다. 근세에 들어서는 병인년과 신미년에 프랑스와 미국의 외침을 당한 이른바 양요(洋擾)를 겪었다.

홍릉 진강산 남쪽 기슭에 있는
고려 고종의 능이다.

가릉 하일리에 있는 충렬왕의
생모 김씨의 능이다.

　　이러한 역사는 강화도와 관련이 있는 문인들에게 여러가지 형태로 민
족주의적 정신을 시문으로 담아내도록 하였다. 외침에 맞서려는 기개가
강화도를 소재로 한 시문에 넘쳐나는 것은 결코 우연이 아니다.

　　또한 강화도는 개성이나 한양에서 하루거리에 위치하여 세속을 비판
하는 많은 묵객(墨客)과 학인(學人)들에게 잠시 발걸음을 머물며 분만(憤
懣)의 감정을 삭이거나 일정 기간 장수(藏修)할 수 있는 시간과 공간을 제
공하여주었다. 산과 바다가 정(靜)과 동(動)이 어우러진 세계를 만들어내
고, 계곡과 염전이 천연의 멋과 인간의 불굴의 의지를 곧잘 연상시켰다.

민족정기의 발양

강화도의 마니산은 백두산과 한라산의 중간에 위치하며, 일찍이 단군이 참성단을 쌓고 나라와 백성의 앞날을 빌었다는 전설을 가지고 있다. 그러한 전설이 하나의 서사적 구성체로 완결되어 전해지지 않는 것은 애석한 일이다. 그러나 고려 때에도 천자가 하늘에 제사지내는 의식인 교사 (郊祀)를 이곳에서 행하였다는 이야기가 있는 것을 보면, 이 지역은 진작부터 우리 민족에게 성지(聖地)로 인식되어왔음을 의심할 필요가 없을 듯하다.

다만 조선후기의 고증주의 사학가이자 시인이었던 김정희(金正喜)는 단군의 참성단 제사나 고려의 교천 사실이 확실하지 않다고 하였다. 그는 정조 때 왕명을 받아 정족산성으로 실록(實錄)을 모셔오러 갔다가, 마니산 꼭대기에 올라 「실록을 모셔오라는 명을 받들고 강화사고에 가서 마니산 절정에 오르다(奉陪來實錄之命往江華史庫登摩尼絶頂)」라는 제목으로

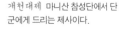

다섯 수의 시를 지었다.[2] 그 마지막 수에서는

> 고려시대 교천(郊天)은 사실인지 알 길 없고
> 단군의 옛날 일도 무어라 말하기 어렵다.
> 스님은 부처님 공덕이 대해의 무량의라 말하지만
> 내가 받은 큰 은혜에 비하면 오히려 적고말고.

> 麗代郊天未究原　檀君舊史最難言
> 僧言大海無量義　較少微臣被大恩

라고 실록을 모셔가게 된 벅찬 감격을 토로하되, 민족의 상고사에 대하여
는 지나치게 유보적인 태도를 취하였다.

　하지만 강화도는 우리 민족이 자주적으로 상고시대부터 하늘에 제사
를 지내온 신성한 지역임에 틀림없다. 조선 선조 때의 호방한 문인 권필
(權韠)이 일찍이 「마니산」이란 시를 지어 신성한 풍광을 이렇게 기렸다.[3]

> 옥경(광한전, 달)과 한 자도 떨어지지 않아
> 신선의 패옥 소리 영롱하게 울리는 듯해라.
> 범궁(절간)은 허공에 솟아 철 봉황이 튀어오른 듯하고
> 일만 골짝의 남기(산 기운)는 처마 모서리에 이어졌네.
> 저녁나절 돌아와 포단에 앉아 신묘한 향을 맡으매
> 객 살이 티끌은 다 없어지고 정신이 집중되는군.
> 산빛과 구름 그림자는 바깥채 주렴에 감돌고
> 서너 곡조 새울음이 길손 발걸음을 머물게 하누나.

마니산 마니산의 능선.

玉京去此不盈尺　想聞仙佩鳴玲瓏

琳宮駕虛鐵鳳騰　萬壑嵐翠連舠鯪

晚歸蒲團聞妙香　客塵滅盡神魂凝

山光雲影繞箱箔　數聲蹄鳥留歸客

　　권필은 특히 마니산을 사랑하여, 장편 칠언고시 「마니산에 노닐며 관등행의 운자를 이용하여 짓다(遊摩尼山用觀燈行韻)」, 칠언율시 「마니산 천단에 올라 목은(牧隱)의 운자를 이용하여 짓다(登摩尼山天壇用牧隱韻)」를 문집에 남겼다.[4] 후자를 보면 다음과 같다.

　　　　넝쿨 붙잡고 곧바로 바닷산 머리에 올라

　　　　강남 만리 떠나는 배들을 앉아 전송하노라.

　　　　목로(목은)의 옛 글은 현판에 있고

　　　　단군의 옛 자취는 예부터 그대로 남았도다.

　　　　또렷하게 해와 달은 현포(천상의 선경)에 임하였고

　　　　넓게 깔린 아지랑이 속으로 흰 갈매기 잠기네.

　　　　하늘땅도 궁할 때 있고 사람도 쉬이 늙나니

　　　　이 인생에 몇번이나 다시 와 놀 수 있으랴.

　　　　捫蘿直上海山頭　坐送江南萬里舟

　　　　牧老舊題餘板在　檀君陳迹古擅留

　　　　分明日月臨玄圃　浩蕩風烟沒白鷗

　　　　天地有窮人易老　此生能得幾回遊

　　고려 중엽에 무신정권은 원의 침략을 피하여 일단 강화도로 천도하였

고려 궁지 강화도로 천도해서
세웠던 고려 궁터이다.

다. 강도가 항몽의 기지가 된 것이다. 그때 이곳으로 이주한 지식인의 고
뇌를 담은 시로, 유승단(兪升旦)의 「혈구사(穴口寺)」가 있다.[5] 강화도에는
신라 문성왕 6년(844) 이래 혈구진(穴口鎭)이 있었다. 혈구산이란 산 이름
도 남아 있는데, 그 동쪽 계곡에 절이 있었던 모양이다. 유승단은 고려
「한림별곡」의 첫 장에서 '원순의 문장(元淳文)'이라 칭송받은 인물이다.

> 땅이 우그러져 열흘 넘게 걸리는 길
> 하늘은 나지막하여 지척이로군.
> 비 오는 밤에도 달을 보고
> 바람 부는 낮에도 티끌을 밟지 않는 곳.
> 초하루 그믐이면 밀물 썰물로 달력 삼고
> 무성했다가 시드는 풀로 일진을 기억하네.

난리북새통 세상을 보자니
구름 속에 누운 스님이 부럽구나.

地縮兼旬路　天低近尺隣
雨宵猶見月　風晝不蹄塵
晦朔潮爲曆　寒暄草記辰
干戈看世事　堪羨臥雲人

　　도연명의 시에 "달력을 기억하지 않아도, 계절이 넷 지나면 또 한해
(雖無紀曆誌 四時自成歲)"라는 구절이 있고, 당나라 시에 "스님은 날짜를
헤아리지 않아도, 지는 잎 하나에 천지가 가을임을 아누나(山僧不解數甲
子 一葉落知天地秋)"라는 구절이 있다. 유승단은 그 시상을 발전시켰다. 혈
구사의 스님이 있는 곳은 세월갑자를 잊고 사는 선계이다. 법계의 진면목
이다. 조선 성종 때의 문인인 서거정(徐居正)은 『동인시화』에서 이 시의
세번째 연이 참 교묘하다고 하였다.[6]

　　그런데 이 시에는 여운이 있다. 비 내리는 밤과 바람 부는 한낮이란
말로 상징되는 지극히 혼란스런 세계 속에 시인은 갇혀 있다. 그 때문에
구름 속에 묻혀 일체 현실을 잊은 사찰의 경계가 부럽다. 부러움은 부러
움일 뿐, 시인은 혼란의 세계를 벗어날 수 없어 우울하기만 하다.

　　문호 이규보(李奎報)는 강화도에서 죽어 고혼(孤魂)이 되고 말았는데,
생전에 개경을 그리워하여 이러한 시를 남겼다.

　　황량한 고국(옛 도읍)을 어이 차마 생각하랴
　　다 잊고 짐짓 바보가 됨만 못하이.
　　그래도 못내 마음에 걸리는 하나는

귀법사 개울에서 다리 뻗고 술잔 돌리지 못하는 일.

故國荒凉忍可思　不如忘却故憨痴
猶餘一段關情處　歸法川邊踞送厄

　　이규보와도 교유하였던 고려 중엽의 승려 혜문(惠文)은 「보현원(普賢院)」 시를 남겨, 청담(淸談)의 청미(淸味)를 노래하였다.[7]

　　향로 연기 속에 범어소리 울리는데
　　그윽한 집에서 고요히 흰빛[8]이 일어나네
　　문밖 긴 길엔 사람들 남북으로 오가고
　　바윗가 늙은 소나무에 달은 언제나 한결같네
　　텅 빈 사원 새벽바람에 목탁소리 요란하고
　　작은 뜰 가을 이슬에 파초 이울었네
　　고승과 자리하여 큰뜻을 부치나니
　　하룻밤 맑은 담론 천금의 가치있네

　　爐火烟中演梵音　寂寥生白室沈沈
　　路長門外人南北　松老巖邊月古今
　　空院曉風饒鐸舌　小庭秋露敗蕉心
　　我來寄傲高僧榻　一夜清談直萬金

　　혜문은 서른살 무렵 승과(僧科)에 급제하였는데, 시를 잘 지어 산인체(山人體)를 체득하였다고 한다. 이 시의 함련(頷聯, 한시의 율구에서 제3,4구. 즉 제2연)이 너무나 유명하여 송월화상(松月和尙)이라고 일컬어지기도 하였다.

조선시대의 강화도는 국난에 대비할 해도로서 중시되었으나, 조선전기에는 이렇다 할 문화적 성과는 나오지 않았다.

그러다가 광해군 연간의 호방한 문인 권필이 일시 은둔하면서, 볼 만한 시들이 많이 나왔다. 권필은 호를 석주(石洲)라 하는데, 어려서 형들과 함께 송강 정철(鄭澈)의 문하에서 공부하였고, 열아홉살(1587)에 사마시에 장원하고 복시에서도 장원하였으나 답안지에 시사(時事)를 비판하는 뜻이 있다는 이유로 출방(黜榜)을 당하였다. 그는 스물여섯 때와 스물여덟 때에는 호남을 방랑하고 서른한살 때에는 장성의 황계에 우거하였으며, 서른둘부터는 출생지인 현석촌(玄石村, 현재의 서울 마포)에 칩거하였다. 그런데 서른여섯 이후로는 주로 강화에 초당을 짓고 들고나기를 반복하였다. 과거는 보지 않았으며, 지인들의 후의로 동몽교관(童蒙敎官)에 제수되었으나, 그 직에도 눌러 있지 않았다. 그러다가 방달(放達)한 문인 임숙영이 책문시(策問試)에서 시정을 풍자하는 글을 쓴 것 때문에 광해군의 처남 유희분의 미움을 사서 급제가 취소되자, 권필은 임숙영을 위로하여 궁류시(宮柳詩)라는 시를 지었고, 뒷날 그 시 때문에 곤장을 맞고 귀양가다가 죽었다. 그의 나이 마흔셋이었다.[9]

강화도의 최대 비극은 병자호란 때의 실함(失陷, 적에게 진지나 성을 빼앗김)이라고 말할 수 있는데, 그때의 사실을 소재로 한 시와 문이 상당히 많이 남아 있다. 특히 17세기에는 전란의 사실을 기록한 실기(實記) 문학작품이 상당히 많이 나왔다. 남급이 지었다는 「강도록(江都錄)」, 나만갑의 『병자록(丙子錄)』, 이형상의 「강도지(江都志)」, 정양의 「강도피화기사(江都被禍記事)」, 어한명의 『강도일기(江都日記)』, 김창협의 『강도충렬록(江都忠烈錄)』, 윤선거의 「기강도사(記江都事)」, 조익의 「병정기사(丙丁記事)」 등이 그것이다.[10]

이 실기 문학작품들이 전하는 강화도 실함의 참상은 이렇다.

1636년 12월에 청나라 군사가 의주·안주를 거쳐 송도로 들어오자 조선 조정은 파천을 결의하여, 예방승지 한홍일에게 종묘사직의 신주와 빈궁을 모시고 강도로 향하게 하고, 김경징·이민구로 하여금 빈궁과 두 대군(봉림대군·인평대군) 및 원손(소현세자의 아들)을 호위하게 하였다. 또한 대문학가 장유의 아우 장신이 유수의 직책으로 강화도 수비를 책임지고 있었다. 하지만 일부 관리들은 매우 한심한 작태를 보였다. 적이 도성을 급습하자, 강화도로 피난하려는 양반 사족들로 통진 일대는 발디딜 틈이 없었고, 건널 배도 변변한 것이 없었다. 김경징은 영의정 김류의 아들이건만 체통을 잃고, 통진 나루에 이르러 빈궁 일행을 돌아보지 않고 자기 가속들만 챙겼다. 이민구는 추위를 이기려고 술을 마시느라 시간을 허비하였다. 그는 뒷날 자기 아내가 적에게 붙잡혀 음행을 당했는데도 순절한 것처럼 포장하였다. 적병이 통진에 달려들자 피난민들은 찔려죽거나 혹은 강물에 몸을 던졌다. 요충지라고 할 북단의 연미정(燕尾亭)과 갑곶(甲串)에는 초병이 하나도 없었으며, 일부 관군은 적의 도강을 막으려고 총기를 발사하였으나 화약에 습기가 차서 불발하였다.

　　『강도록』은 도성에서 강도까지의 피난 과정, 강도의 함락과 참화, 그리고 관원들의 실책을 서술하였다. 「강도피화기사」에는 정철의 손자 정양이, 자신과 집안식구, 그리고 강화도민이 겪은 참상을 생생하게 기록하였다. 이형상의 『강도지』는 강화도의 인문지리 사항을 적고, 그 후반부에 강화도에서 일어난 역대 전화(戰禍)의 기록을 함께 실었다. 김창협의 『강도충렬록』은 병자호란 때 강화도에서 순국한 인물들의 사적을 기록하였다.

　　『강도록』에 따르면, 강화도에 진군한 청나라 군대는 마구 노략질을 하였으며, 빈궁 일행을 포로로 삼았다. 원손은 다시 주문도(注文島)로 피신하였으나, 인민들은 해골이 되어 산야를 덮었다. 『강도록』에는 강도성이 함락되는 과정이 다음과 같이 서술되어 있다.

적은 성밖에 이르러 거짓으로 말하였다. "우리들이 여기에 온 것은
장차 우호를 맺으려는 것이다. 듣자하니, 지금 정승이 성안에 있다고 하
는데, 나와서 우리말을 들어라!" 이에 윤방(尹昉)이 나가자, 적들은 "화
약(和約)의 일을 성에 들어가 의논해야 하니, 속히 성문을 열라. 우리 군
대는 오른쪽에 위치하고 귀국 군대는 왼쪽에 위치하여 서로 상의하여
화약을 맺자"고 하였다. 윤방은 하는 수 없이 성문을 열고 맞아들여 그
약속처럼 군대를 양쪽에 정렬케 하였다. 얼마 후 빈궁과 양 대군을 윽박
질러 나오게 하더니, 급기야 적의 병사들은 멋대로 성안을 노략질했다.
집채는 불타고 망루는 부서졌으며, 적의 화살은 비 오듯 쏟아졌다. 행궁
(行宮)은 화염에 휩싸였다. 유격병이 사방에서 노략질을 하니, 섬 전체
가 어육(魚肉)이 되었다.[11]

적의 위협에 우리 조정 대신들이 아무 저항도 못하고 성문을 열어주
는 광경은 지금 읽어보아도 한심할 정도이다.

한편 「강도피화기사」는 해변으로 피난한 사람들의 공포를 아주 생생하게 묘사하였다. 정양 일가는 다른 섬으로 피신하려고 한밤중에 마니산 부근 해변으로 달려갔다. 그곳에는 이미 피난민들로 가득하였는데, 한겨울 칠흑 같은 어둠 속에서 단 한 척의 배를 얻어타려고 아우성이었다. 정양 일가는 우여곡절 끝에 배를 탔으나, 수십보를 가지 못해 썰물이 되어, 갯바닥에 육중한 배의 밑이 붙어 배는 더이상 움직이지 않았다. 그렇게 날이 밝고, 다시 산 쪽으로 피신하려 할 때, 적의 기마가 달려들었다.

배에 가득했던 사람들은 여기저기로 흩어져 도망가는데, 모두 바다에 빠져 죽을 생각이었으나 바다까지는 아직 백보 남짓이나 남았다. 적병은 돌진해와서 날쌔게 약탈을 자행하였다. 그런데 어제 다리까지 빠졌던 갯벌이 지금은 추위로 얼어붙었으니, 마치 하늘도 적을 도와주는 격이었다. 적이 쳐들어왔을 때, 제수와 아내는 바다에 빠져 죽을 수 없을 것으로 판단하여, 목을 베어 자결을 시도했다. 그 흐르는 피가 목을 덮고 얼굴을 가려 마치 희생에 쓸 소를 잡는 것 같았다. 나도 그 칼로 세 번이나 찔렀으나, 죽지 못했다. 적이 배에 올라와서는 내가 아직 죽지 않은 것을 보고 다섯 발의 화살을 쏘아 상처를 입혔다.[12]

한편 『강도몽유록(江都夢遊錄)』은 몽유자 청허선사(淸虛禪師)가 연미정을 찾았다가 도성 함락 때 자결하거나 살해당한 여인들의 원혼을 만나 그녀들의 넋두리를 듣는다는 내용이다. 이른바 몽유록계 소설인데, 우리 문학에서는 유례를 찾아보기 어려울 만큼 음산한 분위기를 뿜어낸다. 그 분위기는 마치 일본의 노우(能)의 그것과 오히려 유사하다. 연미정은 병자호란이 나기 불과 10년 전 정묘호란 당시 인조가 행차하여 병사를 격려하고 도민들이 감격하여 눈물을 흘렸던 바로 그곳으로, 강화도에서는 군사적 요충지로 꼽혀왔던 곳이다. 『병자록』에 따르면 병자호란 때 자결한 부인들로는 김류·이성구·김경징·정백창·여이징·김반·이소한·한흥일·홍명일·이일상·이상규·정선흥의 아내와 서평부원군 한준겸의 첩 모자와 연릉부원군 이호민·정효성의 첩 등이라고 한다. 김진표는 자기 아내를 독촉하여 자결하게 하였고, 김류의 부인과 김경징의 아내는 며느리가 죽는 것을 보고 따라서 자결하였다.[13] 『강도몽유록』에 열번째로 등장하는 원혼은 이렇게 하소한다. "마니산 바위굴에서 백골이 된 자기 신세는 슬플 것이 없지만, 남편은 어지러운 세상을 만나 뜻을 펴보지도 못하고 더없는 불효를 저지르게 되었으니 그것이 원통할 뿐입니다." 그 원혼은 순절한 자신을 두고 남편마저 의심을 하건만 그 원한을 증명할 길이 없음을 안타까워하였다.[14]

그런데 당시 궁녀 다섯이 고려 궁터 행궁에 있는 나무에 목매어 죽은 일이 있었다. 그들의 죽음은 오랫동안 주목받지 못하다가, 1766년(영조 42년)에 이르러 비로소 추숭되었다. 영조는 그곳에 제단을 모아 그들의 절개를 기리게 하였는데, 1769년에 강화유수가 된 노론계의 명문장가 황경원(黃景源)이 기문(「궁아제단기문(宮娥祭壇記文)」)을 썼다. 황경원은 춘추시대 열녀들의 사적을 환기한 뒤 다음과 같이 논하였다.

삼가 듣자오니, 정사(靖社) 이래로 군주의 교화가 아름답고 밝으시어, 비록 궁녀라 하더라도 의(義)에 죽는 것이 즐겁고 절개를 잃는 것이 수치스러움을 알았다고 합니다. 그렇기에 오랑캐가 강화에 침입하였을 때에 궁녀들은 그 몸이 오랑캐에게 능욕당하는 것을 참을 수가 없어서 피할 줄을 모르고 서로 스스로 죽었습니다. 이것이 어찌 선왕의 교화가 궁중에까지 파급되어 그런 것이 아니겠습니까? 오랑캐의 난리에 문충공 김상용, 충숙공 이상길, 의열공 홍명형 등이 그 일로 죽었습니다만,

연미정 강화읍 월곶리에 있는
정자. 인조 5년(1627) 정묘호란
때 강화조약을 체결한 곳이기도
하다.

성이 함락되면 대부가 순절하는 것은 마땅한 일입니다. 궁녀의 경우에
는 여자이므로 죽지 않아도 되거늘 죽었으니, 더욱 맵다〔烈〕고 하겠습니
다. 지금 성상께서는 궁녀들이 의롭게 죽은 것을 마음으로 불쌍히 여기
시어, 그들을 위하여 단(壇)을 모으고 그들의 절개를 빛내주셨으니, 이
것은, 『춘추』에서 송나라 백희(伯姬)를 부인이라고 기린 것〔포(襃)〕[15]과
다르지 않습니다. 단의 높이는 세자, 너비는 열여섯자이며, 행궁의 북쪽
이백보에 있습니다. 강화부 남녀 백성들이 그 아래를 지나가면서 눈물
을 흘리지 않는 이가 없습니다. 유수로 있는 자가 말씀올리지 않을 수
없기에 이 글을 적었습니다.[16]

성이 함락되고 사직이 망할 때 대부가 죽는 것은 마땅한 일이지만, 궁
녀의 경우에는 꼭 죽어야 할 의리는 없다. 하지만 궁녀들은 오랑캐에게
몸이 더럽혀질 것을 두려워하여 죽음을 택하였으니 그 매운 자취는 칭송
하여 마땅하다는 논리이다. 오늘날의 관점에서 보면, 조정 대신들이 적절
한 대처를 못하고 우왕좌왕할 때 할 수 없이 죽음을 택한 궁녀들의 처지
는 너무도 애처로울 따름이다.

강화도는 근세에 이르러 국운이 걸린 소용돌이에 휘말렸다. 1866년
(고종 3년)에 프랑스는 식민지 경략의 일환으로 조선을 침략하여, 강화도 정
족산의 외사고(外史庫)에 소장된 왕실 관련 문헌들을 약탈해갔다. 이른바
병인양요다. 프랑스군이 약탈한 사고는 마니산의 실록각이 1653년(효종 4
년) 11월에 불타자 1660년(현종 원년)에 정족산성에 새로 마련한 외사고였
다. 현재는 사고와 선원보각(璿源譜閣)이 모두 없어지고 전등사만 있다.

이때 조정대신을 각성시키고 백성들을 독려하고자 강화학파의 학자
이시원(李是遠)[17]이 스스로 목숨을 끊었다. 당시 일흔여덟 고령이었다.
1866년(고종 3년) 9월, 선교사를 구출한다는 명목을 내걸고 우리나라에 왔

던 프랑스 군대는 서울을 공격하기 어렵게 되자 일곱척의 군함을 동원하여 강화를 공격하였다. 조선 조정은 정규군 6백명, 강화 수비대 6천명, 2~3만의 연해 동원병력으로 대항했지만 역부족이었다. 이에 다시 순무영(巡撫營)을 설치하였다. 이때 천총(千總) 양헌수(梁憲洙)의 부대가 정족산성을 공격하여 승리하고, 그것을 발판으로 프랑스 군대를 퇴각시켰다.

처음에 적이 쳐들어왔을 때 강화유수 이하 대부분의 관원들이 달아났다. 일혼여덟의 고령이던 이시원은 이질을 앓고 있었지만 유소(遺疏)를 쓰고 들것에 몸을 실어 선영에 하직하였다. 그 유소에서,

> 내가 이곳에 세거하였으니 옛날의 향대부(鄕大夫)에 해당한다. 어찌 일시의 벼슬에 견주겠는가? 이미 늙었고 병들어 친히 북을 울리며 의병을 모아 적들을 없애 보국할 수 없는 마당에 어찌 난을 피하여 살기를 구할 수 있겠는가? 오직 죽음만이 내 마음을 밝힐 수 있을 뿐이다.[18]

전등사 정족산성에 있는 사찰로 현존하는 최고(最古) 도량 중 하나이다.

라고 하였다. 둘째 아우 이지원(李止遠)도 같이 순절하기를 청하였다. 이시원은 다음과 같은 시를 지어, 그 뜻을 받아들였다.[19]

첫째 수
장강(한강)의 요새를 방어하지 못해 내성이 텅 비어
궁전(강화행궁)에 비린 먼지가 허공에 가득하다.
어진(어용)이 파월(播越)하는 것을 어이 말하랴
흐느끼는 야로의 눈물이 가슴팍을 적시네.

長江失險內城空 宮殿腥塵積氣中
忍說御眞播越路 呑聲野老淚霑胸

셋째 수
한 사람의 죽음이 백만 군사보다 나은 법
동래성에선 왜놈들이 송공(송상헌)을 두려워하였지.
몸이 여귀(귀신) 되어 능히 적을 섬멸하리
일곱자 몸이 새털처럼 가볍다 말하지 마오.

一死勝於百萬兵 萊城倭憎宋公名
身爲厲鬼能殲敵 莫道鴻毛七尺輕

　이시원은 막내아우에게 뒷일을 부탁하고서 이지원과 함께 극약을 나누어 먹었다. 형제가 평소와 다름없이 담소하고 구국의 시책을 건의하는 소(疏)를 적었다.[20]

동치(청나라 연호) 5년 9월 아무 날에, 장차 죽으려고 하는 신하 지종정경(지중추부사) 이 아무개는 백번 절하고 통곡하면서 주상전하에게 말씀을 올립니다. 삼가 생각건대, 천부적 요새가 함락되고, 우리 숙묘(숙종)와 영묘(영조)의 어진(임금 초상)이 먼지를 무릅쓰고 파월(播越)하게 되어 어느 곳에 봉안되어 있는지를 모르는 형편이니, 신하와 백성들이 애통하여 하늘을 향해 울부짖어 그칠 줄 모릅니다. 신은 대대로 이 땅에 거처하여, 나라의 은혜를 두텁게 입어왔습니다. 지금 요기가 새까맣게 뒤덮고 이류(축생)가 제멋대로 날뛰는 날을 당하여, 마땅히 날카로운 칼날이 빽곡히 서 있고 화살과 돌이 날아다니는 사이에서 간과 뇌가 땅에 짓밟히고 피와 살점이 문드러져야 할 것입니다. 그렇지만 신은 지금 일흔여덟살입니다. 거처하는 곳이 바닷섬의 궁벽한 곳인데다가 병도 또한 깊고 오래되었습니다. 여러달 동안 이질로 고통을 겪고 있기에, 자리맡에서 몸을 요양할 뿐이고 몸을 꼼짝할 길이 없습니다. 식지 않은 시체나 다름없는 몸을 들것에 싣게 하여서 두 아우와 함께 돌아가신 부친의 무덤 앞에 나아가, 온 가족이 늙은이든 젊은이든 모두, 북쪽을 향하여 한번 통곡한 뒤에, 권속에게 막내아우와 자질을 부탁하였습니다. 신은 전 군수로 나이 예순여섯인 둘째 아우와 함께 약을 먹고 스스로 목숨을 끊어 나라의 은혜에 보답하려고 합니다. 이것이 무슨 분의(分義)가 있어서 그러는 것이겠습니까. 다만 몸이 여귀(귀신)가 되어 추악한 무리가, 불같이 뜨거운 하늘의 만물을 생성하는 태양 아래에서 절로 섬멸되게끔 하려는 것입니다. 신이 지금 죽으면 온갖 상념이 모두 끊어질 것입니다. 다만 해를 향하여 기우는 해바라기는 그 본래의 물성을 빼앗을 수 없으며, 장차 죽으려는 새는 그 울음소리가 절로 슬픈 법입니다. 고인은 "난리가 많으면 나라를 일으키고, 큰 근심이 있으면 성군을 계발한다"고 하였다고 합니다. 또 "적국이 바깥의 환난을 끼치지 않는 그런 나라는 언제나 망하기 마련이다"라고도 하였다고 합니다. 그러니 오늘 저 서양 선박들이 감당할 수 없을 정도로 날뛰는 것이야말로 우리나라가 중흥할 기회를 만들지 않을지 어찌 알겠습니까. 재상 가운데는 독서인이 많고 조종에는 무신이 충분하므로, 외적의 침략을 막고 적의 선봉을 꺾는 계책이 반드시 있을 것입니다. 전하께서는 영명하시고 특출한 성군의 자질을 지니셨으므로 적절한 사람을 얻어 임명하시면 난리를 평정하고 시국을 올바른 상태로 되돌려 비린내를 말끔히 씻어버리는 데 무슨 걱정이 있겠습니까. 신은 또 책에서 읽기를, "경건함이 태만함을 이기는 자는 길하고 태만함이 경건함을 이기는 자는 멸한다"고 하였고, 『논어』에는 "씀씀이를 절약하여 백성을 사랑하는 것이 다스림의 도리이다"라고 하였습니다. 정치는 이러저러 많은 말에 달려 있는 것이 아니라 힘써 실천함이 어떠한가에 달려 있을 따름입니다. 신은 감히 스스로를 사어(史魚)의 시간(尸諫)에 견주지는 못하겠습니다만, 말린 미나리를 피난중의 임금에게 바치는 그런 충정이 어찌 없겠습니까. 부디 바라건대 전하께서는 생각 하나 사려 하나, 정치 하나 법령 하나라도 반드시 경건함과 태만함의 분별을 참작하시고, 비용을 절약하여 백성을 사랑함을 정치의 근본으로 삼으십시오. 선왕이 이룩한 헌장을 거울삼으시고 성학을 빛내고 인정(仁政)을 행하신다면 온 우리나라 안의 억만 창생이 마음으로 기뻐하고 진심으로 따라서, 적을 분개하는 충성과 올곧은 절개와 바른 기운이 우주를 한껏 뻗쳐올리게 될 것입니다. 그렇게 된다면 바깥에서 오는 사악함과 더러움이 어이 감히 태청의 하늘에 요사한 무지개를 드리우겠습니까. 부디 성명께서는 깊이 성찰하시옵소서. 신은 피눈물을 흘리면서 가슴을 쥐어뜯어, 우려와 분노 때문에 절박하고 무너질 것만 같아 견디기 어렵나이다.

이시원의 죽음은 헛되지 않아, 기세를 되찾은 우리 관군이 침략군을 격퇴시킬 수 있었던 것이다.

개화기 지식인이자 시인이었던 강위(姜瑋)는 이시원의 자결 소식을 듣고 울분과 흠모의 정을 시로 남겼다. 「프랑스 도적놈들이 강화도에 들어오자 사기 이상서께서 소를 남기고 김포에서 중씨와 함께 약을 마시고 돌아가셨다는 소식을 경상도 감영에서 듣고서(嶺營城中聞番寇入沁李沙磯是遠尙書遺疏仰藥卒)」라는 제목이다.[21] 그는 선생의 평소 가르침을 저버리고 의리의 정신을 드높이지 못하였다고 자책하였다.

바다 섬에 파도 거칠 때 생사 도리 따르시어
왕가 출신 신하로서 의리 지켜 그 행적이 빛나시다.
국난에 임하여 국가 방어의 책임을 자임해서
세상을 분격시키고자 순국의 성심 다하셨네.
차분히 힘을 양성하라 늘 강론하시더니
이렇게 창졸간에 평소 의지 보이셨도다.
일생 가르치심을 나는 못 지켜
서풍에 부질없이 눈물만 거듭 쏟노라.

環海奔波慕死生　宗臣蹈義自崢嶸
臨危摠任封疆責　激世先輪殞國誠
講到從容須定力　偏因倉卒見生平
受知半世成遼濶　謾倚西風涕屢傾

처음에 프랑스군이 강화에 상륙하였을 때 진무사(鎭撫使)도 달아나버린 남성에서, 수문장인 강화 사람 이춘일(李春日)이 조선에 사람이 있음

을 보여주었다. 그는 술을 마셔대고는 적에게 맞섰는데, 적이 칼로 찌르자 술기운이 부글부글 뱃속으로부터 나왔으며, 숨이 넘어갈 때까지 적을 욕하여 그치지 않았다. 이시원의 손자 이건창(李建昌)이 「이춘일전」을 지어, 그의 의로운 행위를 기록으로 남겼다.[22]

우부천총 양헌수는 정족산성에서 프랑스군 160명을 쳐부수었다. 양헌수의 막부에서 종사한 일이 있는 이건창이 그 사적을 「공조판서양공묘지명(工曹判書梁公墓誌銘)」에 상세히 묘사하였다.[23] 양헌수는 우리 군사의 중군(中軍)이 통진에 진주한 채 진군을 머뭇거리자, 손돌의 무덤에서 기도하고 스스로 5백여 병사를 데리고 정족산성으로 들어가 매복하여 프랑스군을 쳐부수었던 것이다. 1976년 남문을 다시 복원하고 문루를 세워 예전대로 종해루(宗海樓)라는 현판을 달았다.

강화도는 1871년(고종 8년)에 미국군이 쳐들어온 이른바 신미양요 때에도 수난을 겪었다. 당시 경영병(京營兵)이 달아난 뒤 진무중군(鎭撫中軍) 어재연(魚在淵)은 5백여 군사들과 광성진(廣城鎭)에서 적과 백병전을 벌였다. 어재연은 포탄이 쏟아지고 피가 흩뿌리는 곳에서 종일 격투하였기에, 그가 죽고 군대가 궤멸했어도 적은 그의 의기에 놀라 감히 전진하지 못하고 하루저녁 만에 물러갔다고 한다. 역시 이건창이 「진무중군어공애사(鎭撫中軍魚公哀辭)」와 「애사후서(哀辭後書)」를 적어 그 사실을 기록으로 남겼다.[24]

이건창의 「이춘일전」 「공조판서양공묘지명」 「진무중군어공애사」(와 「애사후서」)는 모두 근세에 이르러 반외세의 민족정기를 뿜어낸 지사문학의 대표작이라고 말할 수 있다.

서슬 퍼런 지사였던 이건창은 남달리 민중의 처지에 공감하고 그들의 애환을 시문으로 표현하고 위정자들의 실정을 비판하였다. 나이 마흔 되던 1891년에는 강화도 동쪽에 있는 광성진에서 풍어굿을 보면서 어민들의 삶에 동정하는 시를 남겼다. 「광성진에 투숙하여 배에서 벌어지는 풍어굿풀이를 기록한다(宿廣城津記船中賽神語)」라는 제목의 시로, 모두 36구인데 네구씩 운자를 바꾸었다.[25]

> 큰배가 북을 친다 둥둥 두두 둥둥
> 작은배는 덩달아 박자 없이 북을 쳐댄다.
> 긴 장대 끝에 큰 깃발은 불같이 빨간색
> 너풀너풀 강에 비쳐서 강물이 끓는 듯.
> 뱃머리에 돼지는 말만 한 놈을 잡아놓고
> 뱃사람들은 봉창 아래서 술을 붓는다.
> 장년 남자는 대머리를 마늘 찧듯이 하고
> 무당은 넓은 소매를 어지럽게 뒤흔든다.

밀물에 배가 기울어 한자는 높았고

하늘 가득 명월인데 파도도 잔잔하다.

금빛 가지 비취 깃털은 빛깔도 요란하고

신령이 내린 듯 강언덕엔 구름 자욱.

"취하고 배부르구나, 너에게 무얼 줄까.

수궁의 보배를 가져다 너를 줄까.

연평 조기에다 칠산의 준치

다 싣지 못할 만큼 줄까.

와서 계산하면 본전을 제하고

꿰미 돈이 수천수만 냥.

그러면 일생 노를 안 잡아도

밭 사고 집 사서 여생을 잘 보낼 게다."

뱃사람은 신령이 내리는 걸 사례하고는

우물우물 공수를 한다.

"임금님 어지셔서 농사꾼과 상인을 돌보시지만

고을마다 여전히 고약한 아전이 있지요.

지난해 조칙 내려 수세(水稅)를 파하셨으나

금년에도 항구 막아 거둬들여요.

삼남지방에는 조운선을 보내셨으나

연안에선 어선 징발로 폐단이 심하답니다.

또 신령께서 돈을 많이 주신대도

밭 사고 집 사고를 어찌한답니까?

공문에 붉은 도장이 말[斗]만 하게 찍혔고

마미립(馬尾笠, 말총갓)이 잔뜩 이마를 죄는걸요."

신령 말이, "이 일은 내가 못하니

일백번을 청한대도 소용없구나.

기슭의 시인에게 하소연하여

풍요에 채록해서 도성에 올려달래라."

大船擊鼓鼓三四　小船打鼓聲無次

長竿大旗如火紅　風颭照江江水沸

船頭殺猪大如馬　船人瀝酒鑪窓下

長年禿頭搗如蒜　女巫廣袖紛低亞

潮來舟動一丈高　明月滿天江無濤

金支翠羽光晻靄　靈來如雲滿江皐

旣醉旣飽何錫予　水宮之寶持與汝

延平石首七山鱐　只恐船重擧不擧

歸來計利淸本錢　緝算恰嬴三萬千

便可一生不操檝　買田買宅終汝年

船人聞之謝神賜　口中又有祈請事

聖主寬仁恤農商　郡縣處處猶苦吏

去歲明詔罷水稅　今年截巷覓抽計

三南特遣運漕艘　濱海捉船仍煩獒

又如神賜得錢多　買田買宅誰耐過

紅泥躢紙字如斗　馬尾壓頂事如何

神言此事非我職　汝雖百拜請無益

往訴岸上吟詩人　採入風謠獻京國

　　1889년(고종 24년)에 조선 조정은 명목 없는 잡세를 폐지하고 공용선박
이나 어선을 관리가 사사로이 징발하는 일을 금하였다. 하지만 어부에게

는 혜택이 돌아오지 못하였다. 또 한 해 전에는 삼남 지방에 근대식 기선을 조운선으로 파견하였으나, 연해에서는 어선이나 주판 선박을 함부로 징발하여 조운을 맡겼다. 어부들은 설사 풍어가 들어도 큰돈을 벌기란 불가능하다. 공납으로 바쳐야 할 액수가 턱없이 책정되어 있고, 어부가 쓰는 말총갓이 앞이마를 죄고 있어 평생 고기잡이 신분을 벗어날 수가 없었다. 이건창의 위의 시는 어민들의 그러한 곤궁상에 깊이 동정하면서, 부패하고 무능한 정치 제도를 개혁하려는 강한 의지를 드러내었다.

강화학파의 산실

강화도는 고난의 땅이기만 한 것이 아니다. 강화도는 조선후기에 인간 본연의 가치를 새롭게 발견한 강화학파가 배태된 곳이기도 하다. 정제두(鄭齊斗)가 표연히 서울을 떠나 안산에 칩거하여 강학을 하더니, 만년에는 다시 강화읍에서 남서로 칠십리 떨어진 하일리(霞逸里)로 이주하였다. 그리고 그곳 지명을 따서 호를 하곡(霞谷)이라 하였다. 이때 이광려와 이광명, 그리고 신대우가 그를 흠모하여 강화도로 이주하여 학문을 이었다. 두만강 아래 부령으로 귀양간 이광사도 그 혈연과 학맥을 이었다. 그들은 경전을 우리의 시각에서 연구하고 우리의 문자, 음운, 역사를 탐구하는 한편, 인간존재의 본질을 생각하는 시와 글을 지었다. 그뒤 이긍익, 유희, 신작이 각각 국사학, 국어학, 경학 방면에서 탁월한 업적을 이루었다.

정제두는 언젠가 강학의 뜻을 「산계(山溪)」('산 시내'라는 뜻)라는 시로 토로하였다. 이 시는 반드시 강화에서 지은 것은 아니지만, 우주 이법의 세계에 동참하기 위하여 부단히 자기를 연마하는 강인한 정신태도를 엿볼 수 있게 하므로 여기에 소개하여둔다.[26]

졸졸 흘러나오니 그 무심함이 사랑스럽구나
작은 수원의 맥이 맑아서 보기 좋아라.
강과 호수를 만나며 천만리를 가나니
큰 파도도 바로 이곳에서 생겨남을 누가 알랴.
험준한 천암만학을 두루 거치다니
어찌하여 밤낮으로 한가하질 못하는가.
도도하게 만리를 내달려가는 뜻은
다만 대해의 창파를 목표하기 때문.

涓涓流出愛無情　好看纖源一脉淸
去會江湖千萬里　洪波誰識此中生
歷盡千岩萬壑艱　如何日夜不曾閑
滔滔萬里奔歸意　只在滄波大海間

세계금속활자중흥기념비
강화역사관 마당에 있는 기념비
이고, 용정리 비석군이라 불리던
비석들이 뒤쪽에 늘어서 있다.

　　소론의 정객이면서도 온건한 학자풍의 인물
이었던 최규서(崔奎瑞)도 만년에 6년간 하일리 부근으로 이주하여, 정제
두와 당시의 정치문제를 논하는 한편 양명학적 심학에 대하여 토론을 하
였다. 이때「새로 집을 얽고서 느낌이 있어(新構有感)」란 시를 지었다.[27]

편경 치던 선생(공자)을 따르려는 만년 계획에
진강산 아래에다 초가 하나 얽었다.
구름 낀 수풀은 골짜기를 에워쌌고 마을 사립 고요한데
바람이 바다를 휘몰고 하늘을 흔들어 외론 섬이 위태로워라.
일천날을 잠자다 사람이 이미 늙고 말았으니
백년 인생 다 산 뒤엔 세상에 누가 나를 알랴.

살아 순명했고 죽는대도 평안하기에 유감없다만
승화(乘化)하여 본댁으로 돌아감이 더뎌서 한스러울 뿐.

晚計遙追擊磬師　鎭江山下一茅茨
雲林護壑村扉靜　颶海掀天島嶼危
千日睡中人已老　百年身後世誰知
沒寧存順無餘憾　乘化歸眞獨恨遲

　최규서는 6년간 하일리에 거주하다가 한강 용호(龍湖) 가로 옮기게 되는데,[28] 하일리에 있을 때는 서재의 편액을 수운헌(睡雲軒)이라 하여 장와(長臥)의 뜻을 담았다.[29]

구름이 산굴에 있어, 말았다간 펼치고, 펼쳤다간 마누나.
사람은 난간에 있어, 졸다가는 깨고, 깨었다간 자누나.
(구름이) 말면 (사람은) 자니, 사람은 산굴에 있고, 구름은 난간에 있도다.
(구름이) 펼치면 (사람은) 깨니, 사람은 난간에 있고, 구름은 산굴에 있도다.

雲在峀　捲復舒　舒復捲
人在欄　睡復醒　醒復睡
捲則睡　人在峀　雲在欄
舒則醒　人在欄　雲在峀

구름으로 상징되는 자연의 세계와 난간에 위치한 인간이 어우러진 모습을 조금 해학적으로 묘사하여, 여유있고 풍요로운 정신세계를 드러내었다.

이후 강화학파의 문인-학자들은 정제두와 최규서가 하일리에서 은둔하며 함께 강학하였던 것을 이상적 교유로서 상상하게 된다.

정제두의 고제였던 이광명은 호를 해악장인(海嶽丈人)이라고 한다. 전주이씨 덕천군파의 가문이 성하였지만, 열살에 부친을 잃은 뒤 마니산 동쪽에 집을 가려 살면서 진강산 아래로 정제두를 찾아가 20년간 수학하였다. 평생 관직에 나아가지 않고 학문에만 힘쓴 스스로의 생활을 술회하여, 뒷날 국문가사에서 "과환도 뜻이 없어 세망을 피ᄒ리라, 경낙굿치 번화지롤 전성시의 하딕ᄒ고, 희곡으로 깁히들어 암혈에 곱쵀이니, 경화긱 못맛나니 인간시비 내아던가, 지원을 일우거냐 복지가 여긔로다"[30]라고 하였다. 그는 조석으로 모친 송부인을 극진히 봉양하면서, 도성에 발을 들이지 않았다. 그러다가 을해옥이 일어나 연좌되어, 북쪽의 갑산으로 귀양을 갔다.[31]

이긍익·이영익과 사촌인 이충익(李忠翊)은 강화도 초피봉(椒皮峯) 아래에 거주하면서 불교와 양명학에 심취하였다. 본래 이광현의 아들인데, 1760년 무렵에는 함경도 갑산으로 귀양가 있던 이광명의 양자로 들어갔다. 그는 갑산과 서울을 오가며 양부를 모시다가, 양부가 거기서 죽자 강화도로 운구하였다. 양부의 삼년상을 마친 뒤 가족을 데리고 경기도 당량(幢梁), 개성이나 장단 도납산(都納山) 등지를 옮겨다니며 숙사(塾師) 노릇을 하였다. 쉰넷 되던 해(1787, 정사년) 봄에 장단에 거처를 마련하고 쓴 「구사설(龜槎說)」에서는 유랑의 고통을 회고하여 신산(辛酸)을 되씹었다. 무려 스무 해를 그렇게 유랑하다가 노년에야 강화도 초피산(椒皮山) 아래로 다시 들어왔다.[32]

이충익은 허학(虛學)을 배격하고 실학을 이룰 것을 일생 목표로 삼아,

「가설(假說)」이라는 논문을 지었으며, 『노자』를 애독하여 『담로(談老)』를 남겼다.[33] 1768년(영조 44년) 무렵에는 승려 혜운(慧雲)과 함께 마니산 망경대(望京臺) 폭포 아래에 일곱간 암자를 지었다가 관가의 벌을 받을까 두려워 스스로 철거하였다. 이영익이 허허 웃으면서 이런 시를 지어 보냈다.[34]

아뿔싸, 부처에게 바칠 돈을 조금 나누어
닭 사고 술 사서 군관을 먹이지 않았다니.
가으내 나무 깎으며 고단함도 몰라놓고는
하룻밤에 죄다 묻다니, 어려움을 깨달아.

恨不少分供佛錢　買鷄買酒餉軍官
三秋樸斲曾忘倦　一夜藏埋始覺難

이영익은 불교의 교리가 양명학과는 합치될 수 없다고 보았다. 그래서 평소 양명학을 한다던 이충익이 불교에 빠져드는 것을 이해하지 못하고, 망행(妄行)을 버리라고 충고하였다. 열네번째 수를 보면 이렇다.

불교의 말을 계산(稽山)의 학[35]에 붙이지 마라
계산의 실리(實理)는 공관(空觀)과는 천리나 먼 것을.
불설을 말할 수 있는 자들은 모두 상(相)에 집착하나니
어느 누가 묘리를 터득해 이 관문에 이르렀던가?
莫將夷語附稽山　實理空觀千理間
能說佛家都着相　何人妙解到斯關

이 주필시(走筆詩)를 받아본 초원은 「망경곡에다 작은 암자를 영건하였다가, 관금으로 저지되는 바가 있어 재목을 묻고 후일을 기다린다. 유공(유공) 종형이 시를 써서 조롱하기에 내키는 대로 붓을 놀려 스스로 해명한다(營小庵于望京谷 有以官禁沮 埋材以俟後 幼公從兄以詩嘲 信筆自解)」라는 제목으로 연작시를 지었다. 아홉수가 전하는데,[36] 그 첫 수에서 이충익은 이렇게 답하였다.

폭포암의 병든 사내
푸른 하늘이 날 위해 머리를 덮어주네.
문앞에 좌선해도 알아주는 이 없으나
삼승(三乘)[37]의 즐거움을 이미 깨달았도다.

瀑布庵中一病夫　靑天與我盖頭顱
門前露坐無人識　已得三車自在娛

연작시의 열네번째 시에서 이충익은 이렇게 설파하였다.

계산(稽山)을 배워 건넌 뒤에는 그것도 버릴 일[38]
삼승(三乘)의 때맞춘 가르침도 결코 참이 아니네.
연기(緣起) 따라 설법할 일, 자취는 따져 무엇 하나
문 닫고 문을 엶도 다만 이 한몸의 일.

捨筏稽山已度人　三乘時教摠非眞
隨緣導說何論跡　閉戶開門只一身

이충익은 오랫동안 고기를 먹지 못하고 나무뿌리로 연명해야 했지만, 현실의 부조리에 그냥 눈을 감고 있을 수는 없었다. 백성과 나라에 대하여 지극한 정을 지녀서, 술을 마시고 나면 시절을 슬퍼하여 눈물을 흘렸다. 언젠가 아들 이면백에게 말하길, 세상이 이 지경에 이른 것은 '당론(黨論)의 화(禍)' 때문이라고 하였다.[39]

당시 백성들은 솔피로 근근이 연명하고 있었다. 이충익은 「향촌기사(鄉村紀事)」에서 "산중 온갖 풀을 다 먹을 수 있되, 죽을 만들어도 곡식 한 톨 없구나"라고 하였는데, 그 자신도 솔가루를 섞어 죽을 만들어 먹어야 하였다. 「찬송(餐松)」이라는 시에서 그는 이렇게 적었다. "솔가루 섞어 죽을 만드니, 여러번 삼키며 날마다 두 끼만 먹는다." 이충익은 삼정의 문란으로 백성들이 도탄에 빠진 현실을 목도하고, 「백아곡획도(白鵝谷獲稻)」의 시에서 이렇게 인민의 삶을 애도하였다.[40]

가을도 오기 전 농부가 굶어죽었으니
가을걷이하는 자는 누구, 며느리와 시어미.
몸 죽어도 이름은 군적(軍籍)에 남았기에
첫 걷이 쌀을 세금으로 보내야 한다네.

先秋饑死耕田夫　穫者爲誰婦與姑
死身名在軍書裏　頭米還須送稅租

이충익은 이모부인 신대우와, 신대우의 아들로서 그와는 이종 관계인 신작, 이광사의 아들로서 그와는 재종인 이영익, 그리고 동갑내기 정동유와 학문을 논하였다. 1814년에 신작 형제가 30년 만에 강화에 들어갔을 때, 이충익은 거친 밥이나마 끼니를 거르기 일쑤로되 근심하는 빛 없이 흰죽을 끓여내었다.[41] 1816년에 일흔셋으로 생을 마감하였는데, 이충익의 아들 이면백은 부친의 주체적인 역사관과 당화를 염려하였던 평소 뜻을 이어 『해동순사(海東惇史)』와 『감서(憨書)』를 저술하였다.

신대우(申大羽)는 정제두의 손자사위였는데, 정조 말년에 음보로 벼슬에 나가기 전에는 하일리 부근에 거처하면서 아우 및 아들들과 강학을 하였다. 그의 문집 『완구유집(宛丘遺集)』 10권은, 시를 전혀 싣지 않고 잡저(雜著)·묘지(墓誌)·행장(行狀)·제뢰(祭耒)의 산문만 실었다. 둘째 아들 신작이 팔분(八分)으로 쓰고, 세 아들 진(縉)·작(綽)·현(絢)이 손수 교정하여 목판에 새긴 희귀한 문집[42]이다. 정조 원년인 1777년, 초목들이 바람과 이슬에 몸을 맡겨 무성하게 자라고 초야의 사람들도 조정 반열에 참여할 기회를 얻었거늘, 신대우는 적막함을 곱씹었다. 신대우는 『장자』의 제물론을 끌어다가 억새쑥과 다북쑥의 규정은 세간 통념에 따를 것이 아니니, 산림에서 덕성을 길러 자유자재함을 취하자고 다짐하였다.[43]

한자의 길이라도 짧은 것이 있고 한치의 짧은 것에도 긴 것이 있기 마련이다. 천하지 않고 귀하며 가난하지 않고 부유하기를 사람 마음이라면 누구나 원한다. 하지만 의(義)와 명(命)에 의한 것이 아니면, 군자는 구차하게 원하지 않는 법이다. (…) 설사 그대가 불행히도 동량재와 선박재의 쓰임에 들지 못한다고 하더라도, 깊은 산 큰 골짝에서 자유분방할 뿐이요, 하늘에 치솟거나 엎디어 쓰러지는 것을 모두 바람과 이슬이 생성해주는 바에 맡기리니, 어찌 썩은 땅에서 싹을 내어 억새쑥·다북쑥과 높이를 다투고 무성함을 다투겠는가?[44] 그렇다면 억새쑥이 될 수 없을 뿐만 아니라, 또한 다북쑥이길 바랄 필요도 없는 것이다.[45]

강화도에서부터 신대우는 참된 유학자[眞儒]이기를 추구하였으며,

참된 유학자의 전형을 정제두와 이덕윤의 삶 속에서 발견하였다.[46] 특히 신대우는 강화도 이주 직후, 정제두가 회양도호부사로 있을 때의 치적을 「기정선생회양치사(紀鄭先生淮陽治事)」로 적었다. 뒷날 그는 비록 지방관으로서 활동하고 교거지를 서울에 두고 경화세족으로 발돋움하려 하였으나, 진실무위(眞實無僞)의 정신태도를 중시하여 엄격한 윤리의식을 계속하여 의고체(擬古體) 산문에 담아내었다. 그의 산문은 조선시대 산문의 역사에서 매우 특이하고도 높은 위치를 차지한다.

소론의 당색에 속하였던 강화학파 학자들은 노론이 집권하던 순조 연간에 사실상 높은 관직에 오를 수가 없었으므로, 벼슬길을 찾지 않고 민족과 인간을 사랑하는 마음을 국학과 시문에 쏟았다. 그러다가 철종이 등극하면서 사기리(沙器里)의 이시원을 중앙으로 불러 벼슬을 주었다. 판서를 지낸 뒤 이시원은 고향에 은퇴하여 있다가, 병인양요 때 일흔여덟의 고령으로 자결하였다. 그뒤 구한말에 이시원의 손자 이건창이 조부의 강매한 성격을 이었다.[47] 스물여섯 되던 1877년(고종 14년)에는 충청우도 안렴사가 되어 조병식의 탐학을 규탄하다가, 민규호와 조병식의 무고로 오히려 벽당(碧潼)으로 귀양을 갔다. 1년 만에 민영익의 주선으로 풀려났으나, 민영익이 어윤중·김옥균과 결성한 개화당에는 협력하지 않고 강화도에 거처하였다. 그뒤 1891년(고종 28년)에는 한성소윤, 1892년에는 안핵사 일을 훌륭하게 처리하였으나, 다음해 승지로 있을 때 매관매직의 관리를 탄핵하다가 오히려 보성으로 유배되었다. 유배에서 풀려난 뒤에 갑오정국에서 법무협판·경연시강 등에 임명되었으나 모두 거절하고, 사기리의 옛집으로 돌아갔다. 당시 정원하, 홍승헌, 그리고 이건창의 아우 이건승, 사촌 이건방이 모두 강화도에 모여 강학하였다.[48] 이건창은 당쟁 때문에 정치이념이 구현되지 못하는 현실을 개탄해서 붕당정치사인 『당의통략(黨議通略)』을 집필하였다.

또한 이건창의 아우 이건승은 1906년, 사기리에 계명의숙(啓明義塾)을 설립하여 교육구국운동을 전개하였다. 광무 11년 5월 24일, 계명의숙의 숙장(塾長)으로서 그가 공표한 「계명의숙취지서」를 보면, 국민개학(國民皆學), 무실(務實), 심즉사(心卽事), 개광지식(開廣知識)의 이념이 나타나 있다. 1910년에 국치를 당하자 그는 정원하의 뒤를 따라 만주 회인현(懷仁縣)으로 망명하였다.[49]

그들의 친구였던 황현(黃玹)은 1910년 음력 8월 7일에 국가의 치욕을 보다 못해, 강화의 친구들을 돌아보고, 고향 구례로 돌아가 더덕술에 아편을 타 먹고 자결하였다. 나라가 망하는 날 국민이면 누구나 죽어야 옳다고 여겼고, 사대부들이 직분을 다하지 못하여 나라를 망쳐놓고도 자책할 줄 모른다고 통탄하였다.[50]

강화도의 재평가를 위하여

정제두가 살았던 하일리와 신대우 일가가 살았던 옹일리는 부르면 들릴 정도의 지척간이었다. 그런데 일제가 지맥을 끊으려고 그 사이로 길을 내었다. 하일리에서 이십리 떨어진 사기리에 들렀다가 되돌아나와 전등사 쪽으로 올라가다보면 선두리의 삼랑산성 밑에 이건방이 거주하던 곳이 있다. 본래 그 주위는 모두 바다였으나 간척이 된 지 오래다. 다시 전등사를 지나쳐 김포로 오다보면 온수리가 있다. 강화도 곳곳은 걸출한 문인들과 학인들이 문학과 학문을 하였던 자취를 지니고 있다.

전등사에는 기이한 석상에 얽힌 전설이 있다. 하지만 여러 문인들과 학인들이 남긴 자취에 비하면 그다지 흥취를 유발하지 않는다. 시인 고은(高銀)이 『절을 찾아서』에서, 그 절의 주지로 있었던 때를 회상하여 "그 남문 너머의 허술한 숲, 절답지 않은 경내, 정족산의 갈가마귀 울음만이 스쳐가는 황량한 상봉, 가랑잎이나 구르는 산기슭 어디에도 나를 감동케 하는 얼굴이 없었다"라고 한 말을 떠올리는 것으로 족하지 않을까 한다.

‖ 심경호 ‖

주 ┃

1 최자 「삼도부(三都賦)」, 서거정 외 『동문선(東文選)』 2권. "內據摩利穴口之重匝, 外界童津白馬之四塞, 出入之誰何, 則岬華關其東. 賓(擯)入之送迎, 則楓浦館其北. 兩華爲闉, 二崎爲樞, 眞天地之奧區也. (…) 是金湯萬世帝王之都也."

2 김정희 「봉배래실록지명왕강화사고등마니절정(奉陪來實錄之命住江華史庫登摩尼絶頂)」, 『완당전집(阮堂全集)』 10권, 신성문화사 1972 영인본.

3 이 시는 동관 박헌용이 편찬한 『강도고금시선(江都古今詩選)』(1924)에 수록되었고, 강화문화원 역본 『강도고금시선』(1988)에 번역문이 실려 있다. 동관선생의 강화도 관련 시선집 편집과 강화문화원의 번역 시집은 강화도의 문인과 문학세계를 이해하는 데 매우 중요한 자료이다. 다만 역본의 번역과 주석에는 오류가 적지 않으므로, 앞으로 개정본을 낼 필요가 있을 듯하다. 권필의 문집 『석주집(石洲集)』(민족문화추진회 한국문집총간본)에서는 이 시를 찾아볼 수가 없다.

4 권필 『석주집』 2권 「유마니산용관등행운(遊摩尼山用觀燈行韻)」; 3권 「등마니산천단용목은운(登摩尼山天壇用牧隱韻)」.

5 유승단 「혈구사(穴口寺)」, 서거정 외 『동문선』 9권.

6 서거정 『동인시화(東人詩話)』, 조종업 편 『한국시화총편(韓國詩話叢編)』, 동서문화원 1989.

7 『동국이상국집(東國李相國集)』 『보한집(補閑集)』 『백운소설(白雲小說)』 『동문선』 13권 『청구풍아(靑丘風雅)』 『기아(箕雅)』 『대동시선(大東詩選)』 『동국여지승람(東國輿地勝覽)』에 수록되어 전한다. 다만 시의 제목이 『보한집』에는 「천수사(天壽寺)」로 되어 있으나 『동국이상국집』과 『백운소설』에는 「보현사(普賢寺)」로 되어 있다. 『동국여지승람』에는 '煙'이 '香'으로, '蕉'가 '荷'로 되어 있다. 또 『동국이상국집』에는 '邊'이 '頭'로 되어 있으며 함련(頷聯)만 실려 있다.

8 '생백(生白)'은 흰빛이 생긴다는 말로 사람이 무념무상하게 되면 저절로 진리에 도달할 수 있음을 가리킨다. 『장자』 인간세(人間世)에 "瞻彼闋者 虛室生白 吉祥止止"가 나온다. 여기서 '室'은 '心'을 비유한 것이다.

9 권필 『석주집』 7권에 실린 「임무숙의 급제 취소 소식을 듣고(聞任戊叔削科)」라는 글이다. "궁궐의 버들 푸르고 꽃잎 어지러이 흩날리는데, 온 성안의 벼슬아치들 봄빛에 아양을 떠는구나. 조정에서 태평성대의 즐거움 함께 축하했는데, 누가 위태로운 말을 포의에게서 나오게 하였나(宮柳靑靑花亂飛, 滿城冠蓋媚春暉. 朝家共賀昇平樂, 進遣危言出布衣)."

10 정환국 「병자호란시 강도 관련 실기류 및 몽유록: 강도의 참화를 중심으로」, 『한국한문학』 23호, 1999.

11 『강도록』. "賊至城外, 謬言, '我之來此, 將以爲和好也. 聞政丞在城中, 出聽我言.' 尹昉卽往見之, 賊云, '和事不可不入城相議. 速開城門, 我軍居右, 貴軍居左, 相議完好事, 可也.' 昉不得已開門引入, 始如其約, 分隊兩邊. 已而, 逼出嬪宮及兩大君, 遂縱兵大掠城中, 焚燒閭舍, 毀撤樓櫓, 虜箭如雨, 行宮大紅. 游兵四搶, 一島魚肉."

12 『강도피화기사(江都避禍記事)』. "滿舟之人, 奔波爲走, 溺於海中之計, 而海尙有數十百步之遠. 故賊已突至, 而驅掠如飛來然者. 昨之泥淖沒脛之地, 今以朝寒而氷堅, 若有天助於賊也. 賊來之初, 自度不及走溺於海, 與嫂妻皆自刎以絶, 則流血被體滿面, 其坐若宰牛之地也. 瀕則凡三刎而不能死也. 賊登舟而見不死, 連發五矢而害之也."

13 『병자록(丙子錄)』. "婦人之自決者, 金瑬・李聖求・金慶徵・鄭百昌・呂爾徵・金槃・李昭漢・韓興一・洪命一・李一相・李尙圭・鄭善興之妻, 西平府院君韓浚謙之妾母子, 延陵府院君李好閔, 鄭孝誠之妾也. 其他婦人之死節者甚多, 未能盡知可惜. 金震標迫其妻, 使之自盡, 金瑬夫人及慶徵妻, 見其婦死, 繼以自決."

14 『강도몽유록(江都夢遊錄)』. "郞君士也. 月池相逢, 才逾數月, 大禍飢迫, 義不可生, 投身碧海, 魂骨浮沈, 則嗟予死節, 旣無其證. 知之者天, 照之者日, 而一片貞心, 郞獨不知, 或疑生入胡地, 或疑身死路邊. 寧我孤魂, 飛入君夢, 以說怨懷, 而九原茫茫. 人間千里, 則於此於彼, 魂夢何期?"

15 송나라 백희는 궁실에 불이 났는데도 부모(傅姆, 왕족 여인의 곁에서 일상을 돌보는 여자 스승이나 유모)가 없이는 궁실에서 나가서는 안된다고 하는 가르침을 지켜 불에 타죽었다. 『춘추』는 그 여인을 '부인'이라고 불렀는데, 그녀를 기리기 때문이라고 해석된다.

16 황경원 「궁아제단기문(宮娥祭壇記文)」. "臣伏聞, 靖社以來, 王化休明, 雖宮女猶知死義之爲可樂而喪節之爲可羞也. 故奴兒之入江華也, 宮娥不忍以其身爲虜所辱, 相與自殺而不知避, 豈非以先王之化, 被於宮中者深歟? 奴兒之亂, 文忠公金尙容, 忠肅公李尙吉, 義烈公洪命亨等死其事. 然城陷大夫死之也宜矣. 至於宮娥, 以女子, 可以無死而死之, 爲尤烈也. 今聖上心愍宮娥之能義死, 爲之壇以章其節, 與春秋襃宋伯姬無以異其. 壇高三尺, 廣十六尺, 在行宮北二百步, 府民男女過其下, 莫不流涕. 爲留守者, 不可以不爲之言也, 於是乎記." 인용문은 『강화고금시선』의 부록에서 발췌하였다. 황경원

의 문집 『강한집』(민족문화추진회 한국문집총간본)에는 실려 있지 않은 듯하다.

17 자는 자직(子直), 호는 사기(沙磯)이다. 진사 이면백(李勉伯)의 아들로, 강화도에서 출생하였다. 어려서 몹시 가난하여 돗자리를 짜 팔아서 부모를 봉양하였는데, 현달한 뒤에도 그렇게 하였으므로 사람들이 이를 '이승지석(李承旨席)'이라 하였다고 한다(『매천야록(梅泉野錄)』之一上).

18 「조고증시충정공부군묘지(祖考贈諡忠貞公府君墓誌)」, 『전집』 하권 1028면. "吾世居玆土, 古之所謂鄕大夫者, 豈一時官守比哉! 旣老且病, 不能親枹鼓募義旅, 滅賊以報國. 寧可避難求活, 惟死可以明吾心耳".

19 「성함후작(城陷後作)」(병인구월), 『사기집(沙磯集)』 책 2.

20 「유소병인구월(遺疏丙寅九月)」, 『사기집』 책 3. 이 상소문은 이시원의 문집 『사기집』 책 3에 「유소병인구월」이란 제목으로 실려 있고, 서울대 규장각 소장 『청치(淸治)』(古 4206~41, 편자 미상 필사본 영본)의 권두에도 실려 있다. 표지에 "청치육(淸治六)"이라 기재되어 있으므로 적어도 6책 이상으로 편찬된 책에서 1책만 남은 영본으로 보인다.

21 강위 「영영성중문번구입심이사기상서유소해기중씨김포앙약졸(嶺營城中聞番寇入沁·李沙磯尙書遺疏偕其仲氏金浦仰藥卒)」, 『청추각수초(聽秋閣收草)』(『강위전집(姜瑋全集)』, 아세아문화사 1978년 영인본 수록).

22 이건창 「이춘일전(李春日傳)」, 『명미당집(明美堂集)』(『이건창전집』, 아세아문화사 1978년 영인본 수록) 15권. "賊旣薄門, 春日俛取衣衣, 且拔劍. 賊怪問, 何爲者, 獨不走. 春日張目罵曰, 我南城門守也. 我守此門, 羯狗, 汝不得入. 必欲入者, 殺我乃可. 賊怒而刃割之, 酒氣拂拂腹中出, 而口益罵, 至死不絶."

23 이건창 「공조판서양공묘지명(工曹判書梁公墓誌銘)」, 『명미당집』 19권.

24 이건창 「진무중군어공애사(鎭撫中軍魚公哀辭)」·「애사후(哀辭後)」, 『명미당집』 15권.

25 이건창 「숙광성진기선중새신어(宿廣城津記船中賽神語)」, 『명미당집』 4권.

26 정제두 「산계(山溪)」 2수 가운데 첫째 수, 『하곡전집(霞谷全集)』(려강출판사 집성 1988) 7권. 「산계」는 『강도고금시선(江都古今詩選)』에 선록되어 있지만 반드시 강화에서 지은 것이라고는 할 수 없다. 오히려 중장년기 작으로 보인다.

27 이 시는 최규서의 『간재집(艮齋集)』에서 확인할 수 없었고 『강도고금시선』에 선록되어 있다.

28 최규서 「장리심도 차하곡운유별(將離沁都 次霞谷韻留別)」 및 「제잠와(題蠶窩)」 용호당편(갑인), 『간재집』(민족문화추진회 영인본 한국문집총간본) 1권 참조.

29 최규서 「제수운헌(題睡雲軒)」 심도당편(기유), 『간재집』 1권.

30 이광명 「적소시가(謫所詩歌)」 가사「북찬가(北竄歌)」).

31 이충익 「선고비합장지(先考妣合葬誌)」, 『초원유고(椒園遺稿)』 건 참조. 이광명의 문집은 아직 발견되지 않았고, 적소(謫所) 시문집만 전한다. 이광명의 「이쥬풍쇽통」에 대하여는 윤병석 「이광명의 생애와 이쥬풍쇽통에 대하여」, 『어문연구』 15~6집 1977 ; 정기호 「이광명의 적소 시가에 대하여」, 『인하대 인문과학연구소 논문집』 3집 1977 참조.

32 이충익 『초원유고』 건 「구사설(龜槎說)」과 이면백 『대연유고(岱淵遺稿)』 곤 「선고비합묘지」 참조.

33 심경호 「椒園 李忠翊의 『談老』에 관하여」, 이종은 편 『한국도교문화의 초점』(아세아문화사 2000), 437~79면 참조.

34 이영익은 부친 이광사(李匡師)의 유배지인 신지도에서 시봉하고 있다가 그 소식을 듣고서 연작절구 14수를 보내어 기롱하였다. 「이우신이 최근에 불교 이치에 빠졌다. 듣자니 마니산 망경대의 폭포 아래에다 승려와 함께 작은 암자를 짓고, 스스로를 폭포암주인이라 호하였는데, 암자가 채 낙성된 뒤 관금이 두려워 곧바로 철거하고 불상을 묻었다 한다. 부지불식간에 절도할 지경이라 주필로 14절구를 지어 부친다(虞臣近長佛理 聞與釋子 構小庵於摩尼山望京臺瀑布下 自號瀑布庵主人 甫落 畏官禁 旋撤材藏埋 不覺絶倒 走筆寫十四絶句以寄)」라는 긴 제목이다. 『신재집(信齋集)』 참조. 또한 이

영익의 사상과 문학에 대하여는 심경호 『江華學派의 文學과 思想(4)』(한국정신문화연구원 1999) 참조.

35 '계산'은 왕양명을 가리킨다. 왕양명은 절강성 여요인(餘姚人)인데, 여요는 소흥(紹興)의 동방에 있어 회계도(會稽道)에 속하였으며 거기에 회계산이 있기 때문에 계산이란 말로 그를 가리킨 것이다.

36 이충익 「營小庵于望京谷 有以官禁沮 埋材以俟後 幼公從兄以詩嘲 信筆自解」, 『초원유고』.

37 삼거는 불교에서 성문(聲聞)·연각(緣覺)·보살(菩薩)의 삼승을 비유하는 우거(牛車)·양거(羊車)·녹거(鹿車)의 세 수레이다. 양명학은 인간 존재의 근원을 공공연하게 드러내는 방법에 있어 선(禪)의 체질과 통하는 면이 있다.

38 사벌(捨筏)은 본래 『금강경』의 「정신희유분」 "知我說法, 如筏喩者. 法尙應捨, 何況非法"이란 구절에서 나온 말로, 고인의 시문을 학습한 뒤에는 방법상의 속박을 벗어나야만 능히 창조가 있다는 비유로 사용되었다. 양명학도 불법도 연기에 따른 하나의 방법일 뿐이고 진리 그 자체는 아니다. 오로지 이 한 몸의 주재하에 진리에 도달할 수 있을 뿐이라고 이충익은 주장하였다.

39 이면백 「선고비합묘지」, 『대연유고』 곤.

40 이충익 「향촌기사(鄕村紀事)」 「찬송」 「백아곡획도(白鵝谷獲稻)」. 시는 이충익의 문집 『초원유고』 참조.

41 신작 「초원공묘표(椒園公墓表)」, 『석천유고(石泉遺稿)』 참조.

42 신대우 『완구유집(宛丘遺集)』(국립도서관 소장 목판본, 민족문화추진회 한국문집총간 수록). 신대우의 산문에 대하여는 심경호 「주체의 윤리적 긴장과 산문」, 『한문산문의 내면풍경』(소명출판사 2002년 수정증보) 참조.

43 신대우는 4월에 박희성이란 인물이 자기 서실 이름을 '호암(蒿庵)'이라 하고 글을 청하자 「호암기(蒿庵記)」를 써서 그러한 마음을 다잡았다.

44 『시경』에 "어느 것이 억새쑥이고 어느 것이 다북쑥이며, 어떤 것이 이울고 어떤 것이 울창한가?(誰蒿誰莪, 何枯何菀)"라는 구절이 있다. 어려서는 누구나 다 부모의 사랑을 받으면서 다북쑥이 되리라 기대되었건만 자라나서는 억새쑥마냥 이울고 말 처지에 놓일 수도 있다는 뜻이다.

45 신대우 「호암기」, 『완구유집』 4권. "尺有所短, 寸有所長. 不賤而貴, 不貧而富, 人情之所同欲. 然莫義與命, 君子不拘. (…) 使夫子雖不幸不得托棟樑舟檝之用, 亦自在深山大壑而已. 昂宵傴仆, 一任風露之生成, 孰肯芽苗糞壤之間, 與莪蒿占高下枯菀哉? 夫然則不但蒿不可爲, 莪亦不足尙已."

46 심경호 「완구 신대우론」, 심경호·정양완 공저 『강화학파의 문학과 사상(1)』, 한국정신문화연구원 1993 참조.

47 이건창은 이상학의 장남으로 강화도 사기리에서 출생하였다. 호는 영재(寧齋)인데, 당호는 조부 이시원 '질명미진(質明美盡)'의 가르침을 주었던 글에서 따와 명미당(明美堂)이라 하였다. 어려서 김시습에 버금가는 신동으로 이름이 났고 1866년(고종 3년)에 15세로 강화별시에서 등과하여, 1869년(고종 7년)에 17세로 기거주(起居注)에 뽑혀 옥당(홍문관)에 제일 어린 나이로 들어갔다.

48 정원하는 정제두의 7대손, 홍승헌은 정조 때의 개명한 관리였던 홍양호의 6대손이다. 이건방은 담원(위당) 정인보(鄭寅普)의 스승이다.

49 심경호 「19세기 말 20세기 초 강화학파의 지적 고뇌와 문학」, 『어문논집』 41(안암어문학회 2000. 2), 5~43면과 심경호 「강화학파의 가학(假學) 비판」, 『양명학』 13(한국양명학회 2005) 245~92면 참조.

50 네 수의 절명시(絶命詩) 가운데 셋째 수는 지식인으로서의 자책감을 토로하였다. "새 짐승 슬피 울고 산과 바다도 찡그리누나. 아아 무궁화 삼천리가 영락하고 말았도다. 가을 등불 아래 책 덮고 천고 역사를 생각하니, 살아 식자인(識字人) 구실하기 어려운 줄 알겠노라(鳥獸哀鳴海岳嚬, 槿花世界已沈淪. 秋燈掩卷懷千古, 難作人間識字人)."

봄향기의 행로를 따라

「춘향전」산책

―――――――――

봄향기를 찾아서

『구운몽』에서 성진이 팔선녀를 만나는 장면은 대단히 인상적이다. 성진은 육관대사의 명으로 용궁에 갔다가 용왕의 강권에 못 이겨 술을 마시고 귀로에 오른다. 술기운을 씻기 위해 냇가에 가서 세수를 하다가 냇물을 따라 흐르는 기이한 향기를 맡는다. 정신이 호탕해진 성진은 상류에 기이한 꽃이 있는가 하여 그 향기를 따라 거슬러오른다. 그리하여 석교 위에서 춘삼월 경치를 완상하는 팔선녀를 만나게 된다. 석교를 먼저 차지한 팔선녀에게 길을 빌리기 위해 성진은 복숭아꽃을 꺾어 공중에 던져 여덟개 명주를 만들어주고, 팔선녀는 그것을 받아쥐고 찬연히 웃으며 공중으로 날아간다. 이것이 이른바 석교기연(石橋奇緣)이다. 선방에 돌아온 성진은 번뇌에 빠지고 급기야 인도환생(人道幻生)하는데, 그 계기가 춘삼월의 향기였다.

돌다리에서 성진이 팔선녀를 만나는 이 장면은 대단히 인기가 있어서 민화로도 많이 그려졌다. 「한양가(漢陽歌)」에 보면, 광통교(지금의 서울 을지로1가) 밑에 그림 파는 가게가 있는데, "구운몽 성진이가 팔선녀 희롱하여 투화성주(投花成珠)하는 모양"이 횡축(橫軸) 그림으로 걸려 있다고 했다. 성진이 여성의 분내음에 이끌려 찾아가서는 복숭아꽃을 던지고 그것을 선녀들이 찬연히 웃으며 받는 장면, 이 장면을 이름없는 민중화가들은 인생이란 무엇인가라는 『구운몽』의 화두(話頭)로 포착했던 것이다.

이 『구운몽』과 여러모로 대척되는 위치에 있으면서 우리 고전소설에서 쌍벽을 이루는 작품이 「춘향전」이다. 그런데 이 「춘향전」 모티프 역시 봄이 아닐까? 이도령은 봄흥취에 못 이겨 광한루에 나가 술 한잔 하고 놀다가 역시 봄기운에 끌려 그네 뛰러 온 춘향을 만났다. 이들의 인연은 그러니까 봄 때문이었다. 봄이 새로운 시작이듯, 이들의 인연 역시 성진과 팔선녀처럼 파란만장한 역정의 시작이었다. 그리고 이 시작은 저 길고긴 중세의 내리막길과 관련이 있었다. 『구운몽』이 완벽한 사대부의 삶을 낭만적으로 착색하여 그려내고는 그것을 뒤집어보는 회의의식을 드러냄으로써 중세의 흔들림을 드러냈다면, 「춘향전」은 양반과 하층민의 결합을 낭만적으로 그려내면서 민중의 정서와 의식을 바로 그 민중의 구어로 전면적으로 형상화하여 이제는 중세가 본격적으로 해체되고 있음을 나타냈다. 이러한 『구운몽』과 「춘향전」의 차이, 그것은 중세의 오후와 중세의 황혼만큼의 차이가 아닐까? 예컨대 성진은 분내음을 맡고 정신이 호탕해진 반면, 이도령은 속곳이 펄렁일 뿐만 아니라 알몸으로 목욕하는 춘향을 눈으로 보고는 거의 정신을 잃고 만다. 후각과 시각의 차이, 그것은 저 30년대 유성기 세대와 오늘날 비디오 세대만큼의 차이이다.

이러한 차이를 벌리면서 등장한 춘향은 이도령에 의해 발견되었을 뿐만 아니라 문학사에서, 나아가 역사에서 거듭 발견되었다. 판소리 12마당

중 「춘향가」가 단연 인기를 끌었고, 소설 『춘향전』이 우리 고전소설 중 가장 많은 이본을 파생시켰을 뿐만 아니라 창극, 영화 등으로 끊임없이 재창작되어온 것이나 해마다 사월 초파일이면 남원에서 춘향제가 열리는 것이 그 증거다. 서울에서 찍어낸 목판본 중에는 16장짜리 「춘향전」이 있었으니, 요새로 말하자면 다이제스트판조차 인기가 있었다. 그런가 하면 1910년대 소설 중에서도 근대 「춘향전」의 대표격인 『옥중화(獄中花)』가 가장 많이 팔렸고, 사양길이었던 창극에서도 「춘향전」만은 흥행이 되어 귀신 붙은 작품으로 불렸다. 영화에서도 마찬가지였다. 그래서 「춘향전」은 이제 문학사, 예술사에서 커다란 숲을 이루고 있다.

이 숲에서는 종종 길을 잃을 수도 있다. 그것은 엄격히 말하면 이 숲의 지도가 완벽하게 작성되지 않았기 때문이다. 아니 가혹하게 말하면 우리는 이 숲으로 흘러든 냇물 몇개와 언덕 몇개, 그리고 큰 나무 몇그루만 표시된 지도를 겨우 갖추고 있는 상황인지도 모른다. 물론 이 숲이 과거형이 아니라 지금도 그 일부가 천이과정을 밟고 있는 현재진행형이기 때문에 길을 잃기도 할 것이다. 우리가 지금 시작하고자 하는 산책 역시 길에서 벗어날 수도 있고, 내친김에 새 오솔길을 개척할 수도 있다. 그러나 역시 산책이란 마음편하고 자유로워야 하는 법. 우리는 남원에 남아 있는 몇가지 지형지물을 쉼터와 옹달샘 및 반환점으로 삼아 산책을 해보기로 한다. 산책로의 이름은 '봄향기' 다.

남원 가는 길, 그 공간인식의 의미

서울에서 남원 가는 길에는 국도가 있고, 전주까지 고속도로를 타는 길이 있고, 철도가 있다. 오늘날 교통이 발달한 것은 사실이지만 남원은 춘향의 수청을 빨리 받고 싶어 육백리가 넘는 길을 하루 만에 도달하고자 했던 변학도가 지금 재등장한다 해도 결코 가깝다고는 하지 않을 것이다. 말이 전라북도이지 실상은 저 지리산 쪽에 있다.

「춘향전」에는 서울에서 남원 가는 여로(旅路), 이른바 노정기(路程記)가 두 번 나온다. 변학도가 남원부사로 부임하는 길이 그 하나이고, 이도령이 암행어사가 되어 내려가는 길이 다른 하나이다. 두 사람의 목적은 정반대였지만 조급한 심정에 느껴진 남원의 지리적 거리감은 같았다고 할 수 있다. 이제 그들이 간 길을 우리 산책의 첫 길목으로 삼아본다.

남대문 밖 내달아 칠패 팔패 청파 배다리 너푸내 얼풋 건너 오야고개 바삐 넘어 동작이 월강(越江)하여 승방들 내달아 남태령 바삐 넘어 과천읍내 중화(中火)하고, 찬우물 자진골 사그내 얼른 지나 지지대 하마(下馬)하고 미륵당에 내려가니 포기정이 거기로다. 화성을 다다라 북문 안 넌짓 들어 남문 밖 숙소하고, 이튿날 내달아 상류천 하류천 비껴놓고, 떡전〔餠店〕거리 중미고개 장개울 넘어가니 오미〔烏山〕장터 거기로다. 청외를 얼른 지나 진위읍내 새둑거리 소골 지나 칠원 소사 말을 몰아 애고다리 개평이 홍경이 지나가니 성환 술막 대자거리 웃비뚜리 아랫비뚜리 천안읍내 얼른 지나 삼거리 숙소하고, 이튿날 내달아 도넘피 바삐 넘어 굴머리 부처댕이 지나가니 김제역촌 거기로다. 신덕평 구덕평 원터 가 중화하고, 차령을 잠깐 넘어 인주원 바라보고 팔풍정이 지나가니 광정역촌 거기로다. 활원 지나 모로원 장터 숙소하고 이튿날 내달아 일신 지나 금강 건너 장거내 말을 몰아 높은 행길 바삐 지나, 소지역 말 기사원 널터 지나 경미역에 숙소하고, 풋개〔草浦〕다리 건너서서 미구경 말을 몰아 사교장터 가니 황화정이 지경이라. 지애미고개 넘어 여산읍내 쑥고개 연봉정이 능개울 통새암 바삐지나. 삼례 긴동 말을 몰아

삼례역에 중화하고, 가오내 지나 죽엽정이 말을 몰아 숲정이 들어가니 전라감영 거기로다. 전주 경개 구경하자. 한벽당 만화루 좋은 경처 잠깐 보고, 남천교 건너가서 노고바위 태령 넘어서서 임실땅 지나가니 남원이 지경이라. 오리정에 다다르니.

「춘향전」에 나오는 이 노정은 광대들이 생각나는 대로 주워섬긴 것은 아니다. 당시 서울에서 전국의 주요지역으로 통하는 주도로가 아홉개 노선으로 나 있었는데, 남원 가는 길은 서울에서 통영(統營) 가는 제6로에 속했다. 통영 가는 노선은 충주, 상주, 성주, 함안, 진해로 가는 제5로가 있고 또 전주, 남원을 거쳐 운봉, 팔량치를 넘어 함양, 진주를 경유해가는 제6로가 있었다. 『증보문헌비고』에 나와 있는 이 제6로의 남원까지의 노선은 이렇다.

서울—동작나루—과천—갈산참—미륵당—유천—중저—청호역—진위—소사—성환역—천안—김제역—덕평—차령—광정창—모로원—공주—경천역—노성—초포교—사교—은진—여산—탄현—삼례역—전주—만마동—오원역—마치—오수역—율현—남원

『증보문헌비고』에는 각 구간마다의 거리가 표시되어 있는데 이를 합해보면 남원까지는 636리이다. 공재(恭齋) 윤두서(尹斗緖)의 『동국여지도』에는 거리 대신 소요시간을 표시했는데, 남원까지는 7일이다. 각 「춘향전」마다 노정기에 약간의 차이는 있으나 대체로 이 제6로 노선을 따르고 있다. 그런데 이 「춘향전」의 노정기는 당시 이용되던 교통로이기만 한 것은 아니다. 우선 중요 경유지만이 아니라 그 사이사이의 세세한 토착지

명까지 들고 있다. 짚신에 감발을 하고 봇짐을 지고 서울을 오르내린 사람들의 애환이 깃든 고개, 주막이 있던 곳, 잠을 자던 곳 등등을 자세히 열거함으로써 그것이 지도상의 여정이 아니라 땀에 전 생활의 길임을 보여준다. 그리고 점심식사하는 곳, 숙박하는 곳 등 매우 자세하고도 정확하게 노정을 노래한 것은 당시 사람들의 지리에 대한 관심, 나아가 공간인식의 심화 확대와 관련이 있다. 조선후기의 지리에 대한 관심이 지도 작성, 인문지리학, 영토 연구 등등으로 드러났거니와 이러한 관심은 무엇보다 인간을 구체적이고 정확한 시공의 좌표 위에서 인식하는 것으로 이어진다고 하겠다.

그런가 하면, 판소리사설에서 늘 보는 이 끝없는 나열이 지향하는 바가 도대체 무엇인지를 엿볼 수 있는 좋은 자료가 이 노정기이다. 이도령이 춘향의 집을 처음 찾았을 때 차려진 주안상 부분 역시 대표적인 무한나열식 표현이다. 이 부분을 읽거나 판소리로 들어보노라면 보거나 듣는 것만으로도 이미 정신없을 정도로 온갖 음식을 다 맛보고 또 배부르게 된다. 보거나 듣는 사람으로 하여금 이런 주안상 말고 또다른 주안상이 이 세상에 있을까 하는 생각이 들 정도로 그것은 완벽한 주안상이 아닐까. 바로 이 완벽하고 총체적인 것의 추구가 세세한 부분의 무한나열로 이루어진다고 할 수 있는데, 이 노정기는 그 대표적인 사례가 아닐까 한다. 이 노정기는 서울에서 남원까지의 여로를 완벽하게 재현하고 있다. 서울서 남원까지 내달으면서, 바삐 지나고 얼른 지나고 비껴가고 잠깐 보고 갔지만 어디 한군데 빠뜨린 곳 없고, 점심을 먹기로 되어 있는 곳에서 점심 거른 곳도 없다. 어느 곳도 길목으로서 제 위상을 갖고 있는 법, 아무리 바빠도 모퉁이 주막집 주모에게 눈인사라도 하고 지나가야 그 길이 제대로 남원 가는 길이라는 생각까지 들게 하는 것이 이 노정기이다.

이 완벽한 여정의 재현 위에서 비로소 서울서 남원 가는 두 사람, 이도령과 변학도의 심정에 대한 추정이 가능해진다. 서울에서 남원이 아니라, 건너고 지나고 내닫고 넘고 비껴가고 먹고 잠자고 말 갈아타고 다시 건너고 지나고 그 와중에 잠깐 짬내어 구경하고 또 내닫고 해야 할 곳이 첩첩이 벌여선 길, 그 길이 636리 남원길이다. 그래서 변학도는 한 보름은 착실히 걸린다는 방자에게 버럭 화를 내어, 주기로 했던 방임 자리를 물리고, 사또가 보름 걸린다면 보름 걸리고 하루에 간다면 하루 만에 간다는 노회한 아전의 말에 겨우 마음을 진정하고 길을 떠났던 것이다.

남원의 춘흥과 두 청춘

「춘향전」의 무대는 책방(册房)에서 시작된다. 책방은 지방수령의 자제나 개인비서가 거처하던 곳이다. 춘향을 만나고 돌아온 이도령이 울렁거리는 마음을 다잡지 못해 이 책 저 책을 뒤적거리다 '춘향을 보고지고'라며 소리를 지르자 동헌에서 졸던 그 부친이 놀라 떨어졌다 했다. 동헌 자리에는 지금 남원군청이 들어서 있는데, 『용성속지(龍城續誌)』에 따르면 내아(內衙)가 남원군청의 회의실이 되었다고 했으니 책방 역시 지금의 군청 안 어디일 것이다. 동헌은 근민당(近民堂)이라 했는데, 1910년 이후 군청이 되었다. 이전 고종 32년(1895)에 지방관제 개정에 따라 남원부가 남원군이 되면서 부사는 군수로 바뀌었다.

공간적 배경이 지방관아의 책방이라면 시간적 배경은 봄이다. 「남원고사(南原古詞)」식으로 하면 '잔디 잔디 속닢 나고, 고양이 성적(成赤)하고 시집가고, 너구리 늦손자 보고 과부 기지개 켜는 봄'이었다. 이런 화창한 봄날에 이팔청춘 이도령은 어떻게 지내고 있었던가. 「남원고사」에 따르면 학업에 방해될까 하여 책실에는 기생은커녕 암캉아지조차 출입금지였다. 서울 있을 때에는 청루에도 일쑤 출입하며 호협한 남자로 살았던 이도령으로서는 비명소리가 날 지경이었다. 이렇게 억압된 청춘이 봄날의 정취를 이기지 못해 밖으로 나가고자 한다. 그때 방자가 추천한 남원의 명승지는 어디어디였던가.

　　동문 밖 나가오면 장림숲 천은사 좋삽고, 서문 밖 나가오면 관왕묘는 천고 영웅 엄한 위풍 어제오늘 같삽고, 남문 밖 나가오면 광한루, 오작교, 영주각 좋삽고, 북문 밖 나가오면 청천삭출금부용 기벽하여 우뚝 섰으니 기암 둥실 교룡산성 좋사오니 처분대로 가사이다.

　　지금 남원시내에 동서남북 문은 하나도 남아 있지 않다. 『용성속지』에 따르면 향일루(向日樓, 동문), 망미루(望美樓, 서문), 완월루(翫月樓, 남문), 공신루(拱宸樓, 북문) 등 네 문은 모두 갑오농민전쟁 때 운봉 농민군에 의해 불탔다고 한다. 이중 남문은 이도령이 처음 광한루 갈 때에도 통과한 곳이고, 그날 밤 춘향의 집에 갈 때에도 지나는 곳이다. 또 시각을 알리던 종도 이 남문인 완월루 위에 있어서, 이도령이 어사가 되어 내려와서는, 춘향집에서 월매의 구박 속에 밥 한 술 먹고, 파루(罷漏, 조선시대 오경 삼 점에 큰 북을 세른세번 치던 일) 치기를 기다려 옥으로 갈 때에도 여기를 지나갔다. 그런 남문은 지금 제일은행 남원지점 있는 사거리로 변했다. 성곽은 도로를 내면서 없어졌는데, 지금 남원시내에서 동서남북의 문이 있었던 자리를 가지고 추정해보면 남원성은 참으로 아담한 크기였음을 알 수 있다.

　　그러나 방자가 든 명승지는 현재에도 모두 남아 있다. 이러한 명승지는 전국적으로 존재했고, 특히 조선후기에 와서는 경제발전으로 명승지를 중심으로 한 행락(行樂)이 유행했다. 서울의 경우 필운대의 살구꽃 구경, 북둔(北屯)의 복사꽃 구경 등 성 내외에 산재했던 명승지에서의 행락

선원사 대웅전 신라 헌강왕 때
인 875년 도선국사가 남원의 번
영과 발전을 위해 비보(裨補) 사찰
로 창건한 사찰이다. ⓒ이석홍

이 그 대표적인 사례이다. 그러니까 방자가 든 남원의 명승처도 이런 문
맥에서 이해해야 한다.

　　동문 밖 천은사는 백공산(百工山)에서 뻗어나온 만행산(萬行山) 자락
에 자리잡은 선원사(禪院寺)로서(천은사〔泉隱寺〕는 구례에 따로 있다), 신
라 헌강왕 1년(875)에 도선국사가 창건했고, 왜란 때 병화를 입었다가
1755년(영조 31년) 당시 부사 김세평이 중수한 절이다. 도통동에 자리잡은
이 절은 보물로 지정된 고려시대 철조 여래좌상이 볼 만하고, 법당 내부
의 탱화들도 보존상태가 상당히 좋은 편이다. 나는 법당 뒤에 있는 기다
란 괘불통만 보았지만 요천 가에서 야외법회 때 내건다는 대형 괘불(掛
佛, 높이 12미터, 폭 7.5미터)도 유명하다. 퇴색해가는 절문, 찌그러진 종루, 유
치원과 연결된 언덕에 방치된 듯이 자리잡은 불상, 절살림을 맡고 있는
노파, 구슬치기를 하러 온 어린이 등의 모습에서 퇴락해가면서 그냥 생활

선원사 철조여래좌상 현재 불
신만 남아 있는데, 불신은 철제이
나 금칠이 돼 있다. 나발에 육계
가 있고, 용모는 원만하고 자비로
우며, 어깨로부터 가슴·무릎으로
내려오는 법의라든지 결가부좌한
자세가 흐트러짐이 없다. ⓒ이석홍

관왕묘 남원시 왕정동에 위치해
있다. ⓒ이석홍

봄향기의 행로를 따라 ☀ 91

의 일부가 되어가는 절 분위기를 느낄 수 있는 곳이다. 그러나 모든 사찰이 그렇듯 경내에 새로 조성한 탑은 이런 분위기를 여지없이 깨뜨린다.

　서문 밖의 관왕묘는 지금은 주택 속에 들어앉아 있다. 본래 관왕묘는 임진왜란 때(1599, 선조 32년) 명나라 장군 유정(劉綎)이 동문 밖에 세웠던 것인데, 1741년(영조 17년)에 지금의 자리로 옮겨졌다. 관우의 소상(塑像)이 모셔져 있고, 한쪽 벽에는 전남 보성에서 온 대형 관우그림이 걸려 있어 볼만하다. 이 서문 밖 관왕묘 앞을 지나 순창 가는 길로 조금만 따라 나가면 『금오신화』 중 「만복사저포기」의 무대 만복사지가 있다. 사월 초파일에 열리는 춘향제에는 이 만복사에서 탑돌이가 행해진다. 기린산 밑에 자리잡은 만복사는 고려 문종 때 세워진 사찰인데, 고려말 왜구의 침략으로 피해를 입은 듯 『동국여지승람』에 서술된 만복사의 규모는 그다지 크지 않다. 이때까지는 있었다는 35척 동불(銅佛)도 지금은 없으니 정유재란 때 재차 피해를 입은 모양이다. 지금 만복사에는 도로에 있는 석상과 당간지주, 오층석탑, 석불입상 등이 건물터와 함께 남아 있다. 이 만복사는

관왕묘 내부　관왕묘란 삼국지에 나오는 현덕 유비의 장수였던 관우를 신앙하기 위해 건립된 묘당이다. ⓒ이석홍

『옥중화』에 잠깐 등장한다. 어사가 내려오다가 만복사에 들렀는데, 그때
스님들이 춘향을 위해 재를 올리고 있었다. 물론 작중 만복사의 위치는
현재의 위치와 전혀 다르다.

북문 밖 교룡산성은 해발 518미터의 교룡산에 부분적으로 남아 있다.
전략적 요충지라서 백제와 신라가 각축을 벌일 때부터 이 산성이 만들어
졌다는데, 현재는 조선시대에 축성된 것으로 보이는 약 300여 미터의 성
곽과 동쪽 홍예문이 옛모습을 간직하고 있다. 갑오농민전쟁 때에는 김개
남이 군수물자를 대거 비축하고 주둔했던 곳이기도 하며, 최제우가 숨어
서 수도한 은적암도 이 안에 있었다고 한다. 산성 안에는 유사시 군 지휘
소가 자리잡았던 선국사(善國寺, 원래 용천사〔龍泉寺〕)가 있다. 지금 산성
위에는 염소들이 놀고 있고, 선국사 오르는 길에는 빈집들에 벌통들만 늘
어서 있다. 교룡산성에서 남원을 내려다보면, 저 멀리 지리산을 배경으로
하여 자리잡은 남원을 두고 황수신(黃守信)이 「광한루기」에서 "옥야백리
천부지지(沃野百里 天府之地)"라고 한 것이 사실임을 알 수 있다. 이 교룡

교룡산성 현재의 산성은 남원시 서북방에 독립되어 있는 해발 518미터인 교룡산 꼭대기를 정점으로, 양쪽 능선을 따라 남원시가지 쪽으로 내려와 동쪽과 성을 둘러쌓는다. ⓒ이석홍

산성은 윤사월이 되면 부녀자들이 성밟기를 하여 장수를 기원한다고 했으니, 저 고창 모양성의 성밟기와 같은 것이다. 교룡산성에서 내려오는 길에는 만인의총을 들러 참배하는 것이 좋다.

이 세 곳에는 관광객의 발길이 별로 닿지 않는 것과는 달리 남문 밖 광한루, 오작교, 영주각에는 신혼부부를 비롯해 관광객이 물밀듯이 스쳐가고 있다. "말로 듣더래도 광한루, 오작교가 경개(景槪)로다"라는 이도령의 말처럼 이름부터 매력적인데다가 「춘향전」으로 해서 그 성가가 더욱 높아진 탓이다. 광한루는 원래 광통루(廣通樓)였는데 황희가 세웠고, 정인지가 광한루로 이름을 바꾸었으며, 송강 정철이 연못 가운데에 봉래 방장 영주의 삼신산(三神山)을 만들고 영주에는 영주각(瀛州閣)을 세웠다. 정유재란 때 소실된 것을 인조 16년(1638)에 다시 세웠고, 그뒤에도 거듭 개수(改修)되었다. 이 광한루에는 경향 각지의 문인들이 와서 읊조린 시와 기(記)들이 현판에 새겨져 즐비하게 걸려 있다. 그중에는 한때 「춘향전」의 원작자로 알려진(이른바 양진사 창작설) 양주익(梁周翊)의 시 「등

광한루(登廣寒樓)」도 있다. 그런가 하면 남원군수 재임시에 이 광한루의 직실(直室)을 만들고 또 작자 미상의 「수산광한루기」 재판을 찍어낸 백정기(白定基)의 시도 있다.

광한루는 장식과 단청 등을 보면 그 자체가 호사를 질끈 한 건축물임을 알 수 있다. 직실 쪽 기둥에는 화려한 채색의 용이 그려져 있고, 천장에도 역시 아름다운 문양이 그려져 있다. 이러한 장식 중 판소리와 관련하여 흥미 있는 것으로는 뒤편 왼쪽 추녀 밑에 달아놓은 거북과 조선시대 말에 후면 중앙에 만든 층계 기둥 위에 있는 거북과 토끼 조각이다. 푸른 채색을 한 거북은 목을 길게 뺀 채 밑으로 향해 있고, 토끼를 업은 거북은 소박하게 만들어졌다. 토끼를 업은 거북 조각은 광한루 뒤편에 있는 춘향 사당의 문 위에도 있고, 선원사의 칠성각에도 있다. 민화에도 거북이가 토끼를 업고 바다로 떠나는 것이 있는데, 토끼는 거북이의 달콤한 유혹에 솔깃하면서도 두 귀를 쫑긋 세우고 반신반의하는 표정을 짓고 있거나 아니면 두고 떠나는 청산을 회한의 눈빛으로 돌아보고 있고, 거북은 토끼를 달콤한 말로 유혹하거나 아니면 백전노장 노룡(老龍)의 얼굴을 하고 바다로 향하는 모습이다. 춘향사당에 있는 것을 보면 거북과 토끼를 유인하는 데 성공하여 힘차게 물살을 헤쳐나가고 있고 토끼는 눈을 동그랗게 뜨고 앞만 주시하는 것이 영락없이 혼이 나간 표정이다.

광한루 뒤에는 비석들이 늘어섰는데, 곧 송덕비들이다. 원래 이 자리에 있던 것이 아니고 동문 밖에서 이리로 옮겨놓은 것이다. 이중에는 전라관찰사를 지낸 이서구(李書九) 것도 있다. 이 비석들과 약간 떨어져 광한루에서 춘향사당으로 가는 길에 따로 서 있는 비석이 하나 있으니, 이것이 60년대에 춘향이 실존인물이냐 아니냐는 재미있는 논쟁을 불러일으킨 '부사성공안의선정비(府使成公安義善政碑)'이다. 만력(萬曆) 39년 (1611) 8월에 세워진 이 비는 1965년 4월에 동문 밖에서 도로 확장공사를

하다가 발굴되었는데, 이로부터 한 달이 넘게 성안의(1561~1629)가 춘향의 아버지냐 아니냐를 둘러싼 논쟁이 일어났고, 그 여파가 여러가지로 번지 기도 했다. 성안의는 1607년에 남원부사로 부임했고 다음에 부임한 부사 가 어우당(於于堂) 유몽인(柳夢寅)인데, 어우당이 성안의의 선정비를 세우 는 것을 반대하여 비석 건립 주관자를 체포하기까지 하여 당시 전라감사 우복(愚伏) 정경세(鄭經世)가 중재했다는 기록도 성안의의 문집에 있다고 하니, 이 비석은 세워질 때나 다시 발굴될 때나 시비를 끌고 다니는 묘한 사연을 갖게 되었다. 더욱이 어우당의 손자인 유진한이 전라도를 여행하 고서 1754년에 지은 「가사춘향가이백구(歌詞春香歌二百句)」가 지금까지 알려진 가장 오래된 「춘향전」이니 성안의와 유몽인은 당대에는 당색(黨 色)이 달라서, 지금은 「춘향전」으로 해서 기이한 인연이 이어지고 있는 셈이다.

광한루에서 이 비를 지나 조금 더 뒤로 가면 춘향사당이 있다. 일제 때에는 남원의 기생들이 자발적으로 춘향의 제사를 지냈다고도 한다. 춘향이 매맞고 나올 때, 기생 낙춘(落春)이 "얼씨고절씨고 우리 남원에도 현판감이 생겼구나"고 했는데, 열녀문 정도가 아니라 사당이 섰으니 실제 그렇게 된 셈이다. '열녀춘향사(烈女春香祀)'라는 편액은 김태석(金台錫)이 썼고, 사당 안의 춘향영정은 이당(以堂) 김은호(金殷鎬) 화백이 그렸다. 춘향의 모습이 꼭 그러해야 하는지 그림에 문외한인 나로서는 알 수 없다. 한 평론가는 우리 현대시에 등장하는 춘향은 천(千)의 얼굴을 하고 있다고 했거니와, 원작을 읽고 느낀 감흥을 가지고 영화를 보면 대부분 실망하듯, '이렇다' 하고 춘향의 모습을 가시화해버리면 어딘가 허전해지는 것이 아닐까. 나는 이 영정을 여러번 보았지만 그때마다 내가 그려오던 춘향의 모습을 잃어버린 채 멍했을 뿐이었다. 이 사당이 그나마 생동감을

광한루 남원에 귀양왔던 황희 정승이 지은 광통루를 정인지가 광한루로 개칭했다. 광한루 앞의 다리는 오작교이다. ⓒ임지현

갖는다면 앞에서도 말한 바 있는 토끼와 거북 때문이다. 편액 밑에 조각이 하필이면 토끼와 거북일까? 그 이유야 어떻든 이것을 바라보고 있노라면, 이도령과 이별하고 울고 있는 춘향에게 월매가 "어따 이년아, 우리는 너만 한 때 행창으로 이별을 여러번 했어도 저다지 해본 적은 없다"며 깨끗이 잊어버리라고 한 권고나, "수청하게 되면 관고 돈이 다 네 돈이 될 것"이라는 변학도의 회유, 또 어사가 이도령인 줄 모르고 춘향에게 이번만은 눈 질끈 감고 수청 들라는 월매의 간청 등등의 목소리가 들려오는 것 같다. 누구의 인생이 아닌 내 인생을 산다는 것은 현실을 수락하거나 그것과 타협하라, 그러면 또다른 행복이 보장되리라는 수많은 유혹들과의 끝없는 싸움이 아닐까.

광한루 주변이 이런저런 사연들을 갖고 있지만 그것들은 광한루를 찾아온 봄기운 속에 녹아 있었다. 다시 이도령을 광한루까지 이끌어낸 봄기운으로 되돌아가자. 광한루 앞 오작교에는 신랑신부들의 기념사진 촬영이 계속되지만, 그들의 차림이 이도령과 춘향만큼이나 될지는 의문이다.

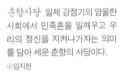

춘향사당 일제 강점기의 암울한 사회에서 민족혼을 일깨우고 우리의 정신을 지켜나가자는 의미를 담아 세운 춘향의 사당이다.
ⓒ임지헌

이도령의 봄나들이 행차는 어떠했는가. 당시 의류, 패물로는 극상품들을 가지고 머리에서 발끝까지 호사를 있는 대로 부렸고 나귀조차 그러했다. 이를 두고 어떤 연구자도 귀족의 사치스런 행락이라고 비판하지 않으니 이 점에서는 균형감각을 가지고 있는 셈이다. 화려한 치장을 하고 이도령은 호기있게 남문을 지나 광한루에 오른다. 광한루에서 그가 완상한 경치는 어떠했던가?

춘향영정 이당 김은호의 작품으로 춘향을 양반댁 규수로 그리고 있다. ⓒ임지헌

     적성(赤城)의 아침날 늦은 안개 떠어 있고, 녹수에 저문 봄은 화류동풍(花柳東風) 둘렀는데, 요헌기구하최외(瑤軒綺構何崔嵬)는 임고대(臨高臺)를 일러 있고, 자각단루분조요(紫閣丹樓紛照耀)는 광한루를 이름이로구나. 광한루도 좋거니와 오작교가 더욱 좋다. 오작교가 분명하면 견우직녀 없을쏘냐. 견우성은 내가 되려니와 직녀성은 게 뉘라 될꼬. 오늘 이곳 화림(花林) 중에 삼생연분을 만나볼까.

이 대목은 왕발(王勃)의 「임고대(臨高臺)」 구절들을 주로 이용하여 광한루의 봄을 표현했는데, 공교롭게도 남원에 연접한 순창에 적성산(赤城山), 적성강(赤城江), 적성진(赤城津)이 있어 이 시에 나오는 적성(赤城)과 맞아떨어지고 있다. 적성강은 임실 쪽에서 흘러내려와 광한루 앞으로 흐르는 요천과 합하여 구례 섬진강으로 흐른다. 이 대목은 진양조로 부르는데, 「춘향가」 전반부의 분위기를 잘 압축하여 표현하고 있어서 나는 「춘향가」중 이 대목을 가장 좋아한다. 춘흥(春興)은 결국 삼생연분을 찾는 쪽으로 방향이 잡혔고, 방자, 후배사령 등과 상하동락(上下同樂)으로 술 한잔 한 이도령의 눈에 비친 존재가 춘향이다.

춘향 역시 춘흥을 못 이겨 꽃 꺾어 입에 물기도 하고, 그네를 타기도 하고, 물에 들어가 목욕하기도 한다. 이 모습을 취기에 본 이도령이 어떤 심정이었을지는 설명할 필요가 없다. 다만 지금까지 고상하고 우아하게 진행되던 작중상황이 일시에 농담과 욕설의 세계로 이행하고 마는 점은 되새길 필요가 있다. 춘향의 정체를 두고 방자와 이도령이 주고받는 말도 절반은 육두문자이거니와 자기를 부르러 온 방자에게 하는 춘향의 말은 이보다 더 윗길이다. 요조하고 똑똑하기로 삼남제일이라는 춘향의 입에서 나온 말은 어떠했던가?

어따 그 자식 미친 자식일세. 도련님이 나를 어찌 알아 부른단 말이냐. 네가 도련님 턱밑에 앉아 춘향이니 난양이니 기생이니 비상이니 네미니 네 할미니 종조리새 열씨 까듯 조랑조랑 외워 바치라드냐? 이 개씹으로 나서 소젖 먹고 도야지 등에 업혀 자란 두더지 잡년의 자식아.

어떤 인물도 광대의 희극적 시선에 걸려들면 영락없이 이렇게 된다. 그리고 모든 인물이 희극의 세계에 한 발을 걸치고 있다. 어떤 상황에서도 희극적 면모를 찾아내고, 즐기는 이 정신의 행로 역시 우리가 놓쳐서는 안되는 길이다. 어떻든 월매의 표현대로 하면 방자가 노란 수건이 되어 두 사람은 만났다. 그리고 기생과 그 수요자 사이의 관습적 수순에 따르기도 하고 벗어나기도 하면서 두 사람은 인연을 맺는다.

춘향의 신상명세서

임자(壬子)년 사월 초파일생, 퇴기 월매의 딸, 미인에 성격이 강함, 이런 것들이 어느정도 공통된 춘향의 신상명세이다. 그 외에는 불분명하기도 하고 또 시비도 많다.

춘향이 실존인물이라는 주장이 있었거니와 춘향의 아버지는 누구였던가? 남원부사를 지낸 성안의일 것이라는 주장이 나왔는가 하면 그 반대로 성안의가 이도령의 아버지일 것이라는 주장이 나오기도 했다. 모두 「열녀춘향수절가」에 나오는바 월매가 자하골 성참판이 남원부사일 때 수청 들어 낳았다는 말을 근거로 이런저런 주장을 한 것이다. 그러나 바로 그 「열녀춘향수절가」의 첫머리에 춘향은 월매가 퇴기가 된 뒤 성가(成哥) 양반을 데리고 살다가 지리산에 빌어 낳은 딸로 나온다. 물론 이 부분은 다른 소설의 기자치성(祈子致誠)을 수용하면서 생긴 당착이다. 말할 것도 없이 춘향이가 성참판의 딸이라는 것은 신빙성이 없다. 「남원고사」에는 성이 김씨이고 춘향의 꿈풀이하러 온 허판사와 그 아비가 친구지간이다. 신재효의 「남창」에는 그 아비가 성천총(成千摠)이다. 천총은 군교(軍校) 중 장관(將官)이다.

지방 기생들의 생태로 본다면 신재효가 그 아비를 성천총으로 한 것이 가장 실상에 가깝다 할 수 있다. 천총이란 주로 평민부자 출신이 했거니와, 읍내에서 기생을 끼고 술 마시며 세월을 보내는 축들이 주로 군교들이었다. 지방 읍내의 풍속에 밝았던 아전 출신의 신재효로서는 퇴기 월매가 몸을 의탁할 곳으로 천총 부류가 적격이라고 보았던 것이다. 변학도가 춘향에게 수청을 요구하면서 그녀에게 응당 애부(愛夫)가 있을 텐데 관속이냐 한량이냐고 묻고, 또 춘향이가 매맞고 하옥될 때 한량 또는 왈짜들이 옥에까지 따라가면서, 기생이 투옥되면 자기들이 들여다보는 것이 당연한 일이라고 말했듯이 물러난 기생들이 갈 곳이란 이런 범주의 부류밖에 없었을 것이다. 그러니 춘향이 성참판의 딸이니 하는 것은 당시 법적으로 보장된 대비정속(代婢定贖) 같은 방법을 통한 신분변동의 소설적 표현이다.

춘향의 집은 어디일까? 이도령이 춘향에게 집을 물으면 춘향이 직접 손으로 가리키기도 하고 방자가 대신 말하기도 한다. 춘향의 집은 작품 속에서는 그 마을이 분명하게 나온다. 「별춘향전」에는 남원부 천변리라고 했고, 「남원고사」에는 부내면 향교리로 되어 있다. 그런가 하면 『옥중화』에 오면 봉죽면(鳳竹面) 강선동(絳仙洞)으로 변한다. 천변리는 천거리(川渠里)가 아닐까? 곧 광한루 앞 요천가의 마을이다. 향교리는 남원 북쪽이어서 광한루에서 건너편이 될 수 없다. 강선동은 물론 가공의 마을이다. 현재 이도령에게 손으로 가리킨 곳과 가장 근사(近似)한 곳은 천거리이다. 이도령이 밤에 춘향집을 찾을 때 남문으로 나오기 때문에 천거리 쪽일 가능성이 높다. 춘향의 집이 향교리, 강선동으로 바뀐 것은 역시 춘향을 미화하기 위한 것이다. 춘향의 집 역시 요조숙녀가 사는 집처럼 묘사되는데, 「남원고사」에서는 춘향이 자기 집 가는 길을 이렇게 가르쳐준다.

저 건너 석교상의 한 골목 두 골목 지나 홍살문 들이달아 조방청 앞으로 대로천변을 나가서 향교를 바라보고 종단길 돌아들어 모퉁이집 다음 집 엽장이 집 구석집 건너편 군청골 서천골 남편작 둘째 집 배추밭 앞으로 갈려나간 김이방집 앞으로 정좌수집 지나 박호장집 바라보고 최급창이 누이집 사잇골 들어 사거리 지나서 북작골 막다른 집이올시다.

다시 가르쳐주어도 못 찾아가겠다는 이도령의 말에 춘향이 자신도 가끔 물어서 자기 집을 찾아간다고 했다. 그래서 '춘향이집 가리키기'라는

남원향교 전라도 사장관도의 하나인 남원향교는 조선 태종 10년 남원시 서쪽 왕정동 대복사 부근에 세웠던 것을 세종 10년(1418) 요천 건너편 덕음봉으로 옮겼다가 세종 25년 다시 현재의 위치에 옮겨 세웠다. ⓒ이석홍

속담도 나왔던 것이다. 이 춘향집을 찾으려면 남원읍내를 샅샅이 누비고 다녀야 하는데, 그 사이에 남원읍내 관속배들 집을 비롯한 집과 길이 실감나게 떠오른다. 마치 연암 박지원의 「김신선전」에서 김신선을 찾는 과정에 서울 생활의 여러 모습이 약여하게 떠오르는 것과 비슷하다.

이 춘향의 집을 찾아가기 위해 이도령은 어떤 고초를 겪었던가. 『광한루악부』「이고본(李古本) 춘향전」(이하 「이고본」이라 약칭함) 「남원고사」 등에서는 한결같이 방자가 이도령에게 골탕을 잔뜩 먹이며 길안내를 하고 있다. 흡사 신혼 첫날 신랑 길들이기식이다. 「남원고사」에서 방자는 한밤중에 "염석문(내아의 바깥문) 네거리 홍살문 세거리 이 모롱이 저 모롱이 감돌아 풀돌아 엄벙덤벙 수루루 훨쩍 돌아들어 면면촌촌" 헤집고 다녀 춘향이를 보고 싶어 조급증이 난 이도령의 애를 태우고, 또 이도령이 기생에게 재미보러 가는데 자기는 무슨 재미로 따라가느냐고 어깃장을 놓는다. 그런가 하면 『광한루악부』에서는 빙빙 돌다가 방자가 숨어버려 이도령은 오도가도 못하고 길가에서 이슬에 푹 젖도록 서 있고, 「이고본」에서는 방자를 '아버지'라고 큰소리로 부르고서야 그 고초에서 해방된다.

그런 길이 남원에 애당초 없었다 해도 지금 춘향집 찾아가는 길은 물론이고 춘향집조차 너무 시시하다. 광한루원 안에는 월매의 집이라고 하여 오작교 건너편에 춘향의 집을 꾸며놓았다. 당시 남원의 기생집은 그러했는지는 알 수 없거니와 그 꾸며놓은 것을 보면 정말 「춘향전」을 보고 꾸몄는지 의심스럽다. 연못에 석가산이야 돈이 너무 든다 해도 그렇지 않은 경우 하나만 들어보기로 하자. 어느 「춘향전」이든 춘향집에는 대문에서부터 사방벽에 이르기까지 그림들이 붙어 있다. 마루나 방의 사방벽에 붙은 그림을 묘사한 부분을 '사벽도 사설'이라고 할 정도로 이 부분은 춘향집을 묘사하는 데 중요한 역할을 한다. 대문에는 울지경덕·진숙보 그림이, 마루나 방의 네 벽에는 「상산사호도」「삼고초려도」「구운몽도」 등

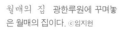

월매의 집 광한루원에 꾸며놓은 월매의 집이다. ⓒ임지현

주로 민화들이 붙어 있다. 이 그림들은 「한양가」에서 보는바, 광통교에서 내다팔던 그림들과 같은 것들이다. 한데 그런 그림 하나 붙어 있지 않다. 그것은 흡사 고부의 전봉준 생가를 보았을 때의 당혹감과 같은 것이다. 전봉준 생가 옆은 사적지를 조성한답시고 터를 사들여 잔디정원을 만들어놓았는데, 그러고보니 생가는 영화촬영용 세트 같았고, 잔디밭은 가든파티 하기에 딱 알맞지 않을까 싶었다. 또 서당을 겸했던 그의 방안 서안에는 동네 코흘리개들에게 가르치던 『천자문』이나 『통감』 대신 『명유학안(明儒學案)』이 얹혀져 있었다.

이런 춘향집에서야 그 화려하고 농염한 첫날밤이 떠오르지 않는다. 그렇다고 꼭 혜원의 춘화(春畵)류가 걸려 있어야 한다는 말은 아니다. 기생집 하나 재현해놓지 않고 춘향의 고을이라고 한다면 좀 우습지 않을까. 이 첫날밤의 농염한 성애(性愛) 묘사는 문학사적으로나 문화사적으로나 중요한 부분이다. 유교적인 성정의 도야에 대척되는 것으로서, 이른바 대항문화(對抗文化)로서 육체에의 탐닉이 이 첫날밤만큼 무대 위에 전면적으로 등장한 경우는 그리 흔하지 않다. 이 점을 탐색하기 위해서는 따로 날을 잡아 긴 여행을 떠나야 할 것이다. 다만 우리의 산책로에서 그 길로 들어서는 길목에 그럴듯한 기생집으로서 춘향집 정도는 서 있어야 제격인데 그렇지 못한 아쉬움이 있을 뿐이다.

어쨌든 춘향과 이도령의 짧지만 강렬한 사랑은 우리가 답사할 길이 없다. 이도령이 나돌아다니는 것을 안 사또가 어디를 다니느냐고 묻자 이도령이 제삿날 잡아 쓰려고 까치새끼 잡아 길들이러 다닌다고 거짓말을 했으니, 버드나무 사이를 날아다니는 까치나 바라볼밖에 수가 없다.

남원에 내려온 '항아리'

춘향과 이도령이 속절없이 오리정에서 이별한 후 얼마 지나지 않아 이 오리정에 새로 당도한 사람이 있다. 곧 변학도다. 이제 그 사람을 만나러 가보기로 한다. 오리정은 지금 전주에서 남원 들어가기 직전, 춘향터널 못 미쳐 오리정휴게소 건너편에 있다. 남원시내에서 십리는 족히 넘을 것 같은 곳이 오리정이다.

먼저 변학도란 인물의 초상화를 보기로 하자.

얼굴이 잘나고 남녀창우계면(男女唱羽界面)을 거침없이 잘 부르고 풍류속이 달통하여 돈 잘 쓰고 술 잘 먹고 일대 호걸이로되 한 가지 허물이 있던가보더라. 고집이 미련하여 좋은 말 그르게 알고 그른 말 옳게

오리정 춘향과 이도령이 이별하고, 변사또가 거쳐가는 장소이다.
ⓒ이석홍

알고 주색이라 하면 화약을 짊어지고 불조심 아니하니.

변학도는 탐관오리로만 그려진 것으로 알고 있는데 오히려 호색적 성격이 부각되는 경우가 더 많다. 「고대본(高大本)」에서는 '수십년 주린 색을 게걸떼임하려고 신연하인을 일각삼추로 기다린다'고 했고, 앞의 인용에서 보듯 『옥중화』에서는 완전히 왈자형 인물로 그려지고 있다. 변학도가 이렇게 그려지는 것을 두고 그의 탐관오리로서의 면모가 퇴색했다고 비판하기도 하나 꼭 그렇게 볼 것도 아니다. 조상 덕으로 고을살이를 하기는 하지만 본래 배운 것 없고 주색잡기에만 능통한 인물로 그린 것은 그가 18세기 이래 서울의 도시적 분위기 속에 등장한 기생적이고 소비적인 인물군상의 하나임을 말한다. 『옥중화』에 보면 변학도는 자신의 부임 행차를 구경 나온 남녀노소를 모조리 기생으로 알고 "내가 이제 기생 벼락을 맞는구나"고 하고, 도임 후 제3일에 실시하는 기생점고 때까지 이를 갈아가며 참고 기다리느라 앞니가 다 빠질 지경이었다고 했다. 「춘향전」 일반에서 그가 만사 제치고 기생점고부터 하는 것에서 이러한 그의 인물 형상이 도출될 소지도 있었다. 변학도는 다른 지방에서 관리로 근무하면서 기생들을 많이 다루었음이 자기 입으로나 책방 회계의 입으로나 드러나지만, 「남원고사」에 보면 기생 재미보는 데 일가견이 있음을 알 수 있다. 춘향이 단장하지도 않고 그대로 현신했지만 절색임을 한눈에 알아차리고는 책방 이낭청에게 소문과 다르다고 눙치고, 아첨하는 통인이 그렇지 않다고 하자 그제야 여염여자 같으면서 절대미색이라고 치켜세운다.

"네가 춘향이라 하느냐? 봄 춘자 향기 향자 이름이 우선 묘하구나. 네 나이 몇살이니?" 춘향이 동문서답 딴전으로 대답하되, "내일 몇을 캐어 원두한(園頭漢)의 집으로 대령하올지요?" "어허 이낭청, 요 산드러진 맛 보게. 그 말 더욱 듣기 좋으이.”

춘향이가 딴청을 부려, 수령과 그 가속이 먹는 채소류를 공급하는 책
임을 진 노비 원두한(園奴)의 집에 채소를 얼마나 대령할까요라고 대답
하자, 변학도는 그 대답이 산드러진 맛이 있다고 한다. 이런 수작은 다년
간 기생방 출입을 한 솜씨이다.

이런 인물인 변학도가 어떻게 남원부사에 제수되었는가? 남원부사는
종3품직으로 문음(文蔭), 곧 문과급제자나 유음자손으로 보임했다. 변학
도는 물론 남행(南行)이다. 서울 자하골에 살았다기도 하고 남촌 호박골
에 살았다기도 하는데, ‘조상이 받들어서’ 음직(蔭職)으로 남원부사에 제
수된다.

새로 임명된 수령은 사헌부와 사간원의 서경(署經)이 끝나면 왕에게
하직인사를 하고, 공경(公卿), 대간(臺諫), 전관(銓官) 등에게도 두루 하직
인사를 하고 출발하게 된다. 그런데 당시 풍습이 왕에게 하직인사를 할
때에는 대전별감과 승정원사령 들이 궐내행하(闕內行下)라 하여 신관에
게서 돈을 뜯는데, 많을 때는 그 액수가 수백냥이나 된다고 했다. 게다가
왕의 근신(近臣)들이 신관에게 기름진 고을의 수령이 되었으니 이들을 잘
대접하라고까지 했다. 대전별감과 정원사령 들이란 부류는 당시 일패기
생들의 기둥서방으로 호사를 부린 축들이었는데, 이들의 유흥비는 이런
데서도 충당되었던 것이다. 신관이 위엄과 호사를 부리느라고 부임행차
를 꾸리는 데 돈이 들고, 이처럼 궐내행하에 돈이 들고, 거기에다 엽관운
동으로 돈이 들었다면 신관이 부임지에 가서 할 일은 자연 정해지는 것이
다. 그래서 『목민심서』에 따르면, 신영 수리(首吏)가 처음 신관을 찾아뵙
는 날에 ‘읍총기(邑總記)’를 갖다 바치는데, 이 책에는 그 고을 관속들의
봉록이나 미전(米錢) 숫자를 비롯하여 백성을 우롱하여 착복하는 갖가지

방법이 나열되어 있다고 한다. 탐관오리들은 부임도 하기 전에 이 책을 가지고 그 수리에게 조목조목 캐물어서 그 묘리를 알아낸다고 했다. 「남원고사」에 보면 변학도 스스로 이 묘리를 이렇게 말하고 있다.

여보 임실, 나는 묘리있는 일이 있소. 심심한 때면 이방놈과 모두 은결(隱結) 찾아내어 단둘이 쪽반하니 그런 재미 또 있는가? 여보 함열현감 준민고택(浚民膏澤) 말자 하였더니 할밖에는 없는 것이, 정 없는 별봉(別封)이 근래에 무수하고 궁교빈족걸패(窮交貧族乞牌)들이 끊일 적이 바이없고, 원천강 예봉도 전보다가 배가 되니, 실살구는 할 수가 없어 주야경륜 생각하니 환자묘리(還子妙理)도 할 만하고, 또 사십팔면(四十八面) 부민(富民)들을 낱낱이 추려내어 좌수차첩(座首差牒), 풍헌차첩(風憲差牒), 아전의 환방(換房) 같은 것 내어주면 은근한 묘리가 있고, 또 봄이면 민간에 계란 하나씩 내어주고 가을이면 연계(軟鷄) 일수(一首) 받아들여 수합하면 여러 천수(千首) 맛뜩하고, 흉년이면 관포(官布) 받고 헐가(歇價) 주기, 이런 노릇 아니하면 지탱할 길 과연 없소.

이렇게 하지 않으면 부사 자리를 보전할 길이 없다는 말에서 이런 비리가 구조적임을 알 수 있고, 또한 그 역시 그러한 총체적 부패구조 속에서 부사 자리를 얻었음을 알 수 있다. 어쨌든 변학도는 19세기에 저 노론(老論) 일파의 무리들이 문벌을 앞세워 곡창지대인 호남 각 고을의 수령으로 다투어 내려가 배를 채웠듯이, 옥야백리(沃野百里)에다 춘향이까지 있는 남원인지라 기대를 잔뜩 가졌을 것이다.

그래서 변학도는 남원을 어떻게 다스릴 것인가는 생각하지 않고 빨리 신연하인들이 오기만 기다린다. 원래 신관이 임명되면 그 고을 관속들이 신임사또를 모시러 서울로 가게 되어 있었다. 변학도는 신연하인들을 목

빠지게 기다렸는데, 「남원고사」에서는 늦게 왔다고 화를 내어 변학도는 신연하인들을 남산 호박골 자기 집에서 내몰아 남산골 네거리를 거쳐 장악원을 지나 구리개 병문까지 쫓아버리고 만다. 「고대본」에서는, 다 내쫓고는 춘향 안부가 궁금하여 이방을 불러서는 물어보려는데 그만 춘향 이름을 잊어버렸다.

"여봐라. 네 골에 그 무엇이 있지? 옳다, 네 골에 양이가 있지?" "소인의 고을에 양은 없사오되 염소는 한 칠십여 마리 있삽더니 향교에 다 잡아 쓰옵고 사창에 열댓 마리 남은 줄로 아뢰오." "사람의 양이 있지?" "남원에 한량이 많삽더니 모두 잘양이 된 줄 아뢰오." 급창이 층계 위에 섰다가, "소인의 고을에 춘향이란 말씀이오?" "오오, 그게 방가위지관속(方可謂之官屬)이로고. 네 고을에 먹을 방임(坊任)이 몇자리나 되느냐?" "소인의 고을에 육직이가 여섯 자리이온데 다 천냥 방임으로 아뢰오." "다 너 하여먹으라. 내 춘향을 급히 보고 싶으니 내일 밝을머리에 떠나면 모래 한나절에 득달하랴?" "남원이 육백여리오니 아마도 보름이 되어야 도임할 듯하와이다." "이놈, 네 육직이를 내어놓아라." "아뿔사, 항아리로구나!"

「신학균본 별춘향전」에는 이런 대화 끝에 하인들이 변학도를 비웃으며, "우리 고을 단지가 내려간다"고 하며, 또 「이고본」에서는 이방이 "항아리는 큰 항아리를 가져간다"고 한다. 수많은 수령을 겪은 관속배들로서는 대화 몇마디에 그 수령이 어떤 인물인지 알아내는 것이다. 그중에 욕심이 잔뜩한 수령을 당시에는 '항아리' 또는 '단지'라는 은어로 불렀던 모양이다.

그러니까 우리가 이 글 첫머리에서 본 노정기는 이 항아리의 노정기였다. 이 항아리는 어떤 모습으로 남원에 내려갔던가? 수령이 새로 임명되면 그 고을에서 해야 할 신영(新迎) 예절이 있다. 첫째 신관에게 지장(支裝)이라고 하여 안장도구, 옷감, 종이, 반찬 등등을 바친다. 둘째 아사(衙舍)를 수리하고, 셋째 고을 경계에서 기치를 들고 영접하며, 넷째 풍헌, 약정 등이 신관에게 문안하고, 다섯째 부임하는 도중에 문안을 한다.

그런데 이러한 예절들은 결과적으로 그 고을 백성들에게 피해를 주기 때문에 간소하게 하거나 어떤 것은 생략해야 한다고 다산(茶山) 정약용(丁若鏞)이 주장한 바 있다. 지장을 줄이자는 것은 각 고을의 재정상태가 좋지 않으니 절약해야 하기 때문이고, 아사를 수리하는 데는 물품과 인력이 동원되어야 하기 때문이고, 기치를 들고 영접하는 데는 속오군(束伍軍)이 징발되는데 이에는 민폐가 적지 않기 때문이고, 풍헌, 약정, 장관(將官) 등이 읍에서 대기하는 것도 민폐가 되고, 부임 도중 아전들의 문안 역시 백성들에게서 거둔 돈으로 그 비용이 충당되기 때문이라는 것이다. 게다가 당시에는 수령을 맞이하는 데 드는 말, 곧 쇄마(刷馬) 비용이 공식적으로 지불되는데도 그 지방의 향청에서는 따로 쇄마전(刷馬錢)을 민간에서 거두었다. 남원 같은 경우는 도호부(都護府)인데다 거리가 멀고 큰 고을이기 때문에 말을 최대한 26필까지 쓸 수 있었다.

그래서 정약용은 쇄마전을 거두어서는 안되며, 신영하는 이방은 오지 못하게 하고 다만 형리 1인, 감상(監嘗), 행차공방(行次工房), 통인(通引) 각1인, 급창(及唱), 방자 각2인, 사령 3인만 서울로 올라오게 해야 한다고 했다. 그리고 임지로 출발할 때의 행장도 되도록이면 검소해야 한다고 했다. 만약 위세를 부리기 위해 사치스럽고 화려하면 노회한 아전은 싱긋 웃으며 알 만하다고 한다고 했다. 정약용은 구체적으로 일산(日傘)은 검은 색이어야 하고, 당하관(堂下官)으로 수령이 된 자는 쌍마교(雙馬轎)를 타서는 안된다고 했다.

그럼에도 불구하고 변학도의 신영행차는 대단히 화려하다. 정약용이 줄이거나 생략해야 한다고 한 것은 모조리 다 하고 내려온다. 그리고 오리정까지 마중 나온 관속들의 행차도 대단한 규모다. 호사를 있는 대로 부려 위엄을 과시하고 있는데, 이 신연맞이 대목은 30년대에 주로 활동한 명창 정정렬이 특히 잘 불렀다. 이 위엄있고 화려한 행차 속에 잔뜩 위세를 갖춘 주인공이 실상은 '항아리'라는 사실은 의미상 기막힌 부조화를 이룬다. 똥덩어리를 비단으로 싸놓은 격이다.

이 항아리의 첫 공사가 기생점고이고, 또 그중에 춘향에게 형벌을 함부로 가하여 살인에까지 이를 뻔했다. 이 과정에서 춘향이가 이도령과 만난 뒤 남원사람들에게 어떤 평판을 받았는가가 드러난다. 사령들과 기생들은 선망과 질시가 뒤엉켜 있는 상태인데, 일반적으로도 그러한 분위기였을 것이다. 속물적 근성과 인간적 긍지 사이를 왔다갔다하는 일상적 인간들의 모습이 약여하게 드러나는 대목이 여기다. 이 분위기가 완전히 걷히는 계기가 바로 춘향의 항거다. 이를 통해 춘향의 본질은 남원 민중들에게 뚜렷이 각인되고, 백옥 같은 존재로 추앙되기에 이른다.

이해조는 옥에 갇힌 춘향을 두고 '옥중화(獄中花)'라 하여 식민지로 전락한 조선에 은근히 빗대기도 했거니와, 춘향이 투옥된 형옥은 남원부 지도에 보면 객사 동편에 자리잡고 있다. 『용성속지』에 따르면 터만 남았다고 했고, 『전국지명총람』(전북편)에는 동충동 읍사무소 근처라고 했고, 또 현재의 법원 검찰청 자리라기도 한다. 춘향이 하옥된다는 말을 듣고 한량들이 활터에서 몰려왔다고 했는데, 활터는 동문 밖에도 있었고, 남문 밖 서남쪽에도 있었다.

임실 구홧들과 박석티

다시 이도령으로 초점을 옮겨보자. 「만화본(晩華本)」은 처음부터 끝까지 이도령을 서술의 초점으로 삼고 있어 이별 이후 이도령의 심정을 잘 보여주고 있다. 「만화본」에 따르면 이도령은 교룡산을 뒤돌아보며 석양에 탄식하며 슬치고개를 넘어 서울로 갔다고 했다. 슬치고개는 지금 임실군 관촌면 슬치리에 있는 고개로 현재 남원에서 전주 가는 도로도 이 고개를 넘어가고 있다.

춘향이가 수절을 위해 변학도에게 항거할 때, 이도령에 대한 남원사람들의 평판이 어떠했겠는가는 말할 필요도 없다. 이 점은 암행어사가 되어 내려오면서 이도령 스스로 확인하는 바이다. 그는 남행길에서 여러가지를 보고 겪는다. 이 여러가지 견문으로 해서 그는 확실히 남원 민중이 바라는 인물이 된다고 할 수 있다. 그 개인으로는 암행어사가 된 것이 춘향을 다시 만나고 합법적으로 데려갈 수 있는 방도였겠지만, 춘향의 문제는 그 사이에 그들만의 사사로운 차원을 넘어서 있었던 것이다. 따라서 그가 춘향이만 데리고 가는 것으로는 문제해결이 되지 못하므로 그가 민중의 입장에서 그 문제를 해결할 필요가 있었다. 그러한 입장 전환을 위해 필요했던 것이 그의 남행과정에서의 여러가지 견문이다.

과거에 급제하자마자 어사가 된 것이 부당하다는 지적은 옳다. 더구나 이도령 스스로 어사에 자원하는 것도 제도에 맞지 않다. 어사 선정도 그렇거니와 특별한 경우가 아니면 암행할 지역은 왕이 추첨하는 것이 일반적이었다. 이른바 추생(抽栍)이다. 이런 현실 제도가 무시되는 것은 역시 민중의 낭만적 상상력 때문이다. 어사가 되어 내려오는 현실적 기간과 춘향이 투옥되어 고초를 당하는 기간의 불일치를 의식하여 변학도가 바로 부임하지 않고 다른 사또가 두어 명 지나간 다음에 부임하는 것으로

춘향묘 남원시 주천면에 위치한
곳으로 1966년 '성옥녀지묘'라는
지석이 발견되어 묘지로 조성되
었다.

하고, 이도령도 급제 후 여러 관직을 거치는 것으로 씌어진 작품들도 있
으나 그런 것들은 별 재미가 없다. 이별 다음에 고난이 왔고, 그 고난을
해결하기 위해서는 암행어사가 필요했다. 이런 까닭으로 이도령은 어사
로 내려온다.

　어사 일행은 전라도 초입인 여산에서 구체적인 암행에 들어간다. 전
라도 각 지역을 나누어 암행한 다음 남원 광한루에 모이기로 하고 헤어지
는데, 이어사는 단신 남원으로 내려온다. 그 과정에서 그는 우선 각 고을
에서 어사 났다는 소문에 환상(還上), 세미(稅米) 등을 중심으로 장부 조작
을 해가며 대비하는 것을 보게 된다. 그런 다음에 그가 춘향의 소식을 듣
는 곳이 「열녀춘향수절가」에서는 임실 구홧들이다. 지금은 임실군 둔남
면 용두리에 있는 들이라고 주장하기도 하는데, 오수에서 남원 쪽으로 내
려온 곳이다. 오히려 둔남면 대명리의 괏들[菊坪]이 아닐까 한다. 오수와

114 ❀ 제1부

붙어 있고, 「장자백 창본(唱本)」에서 편지 가지고 가는 아이와 만나는 장소인 매초래기 역시 이 대명리에 속한다.

어쨌든 이 구홧들에서 그는 농부들에게 짐짓 춘향이 본관사또에게 수청 들어 뇌물을 많이 먹고 민폐를 끼친다고 하는데 사실이냐고 묻다가 된통 욕을 먹는다. 어떤 「춘향전」이든 농부들은 춘향을 동정하는 수준에서 나아가 숭앙까지 하고 있으며, 그에 반비례하여 변학도에 대한 반감은 깊어져 있다. 『옥중화』에 오면 춘향을 헐뜯는 어사의 뺨을 치고, 그 자리에 산 채로 파묻으려 하며, 변학도가 생일잔치 끝에 춘향을 때려죽인다는 소문에 미리 사발통문을 돌리고는 정말 그렇게 하면 짚둥우리에 태워 남원 지경 밖으로 내쫓겠다고 할 정도로 민란의 분위기가 팽배해 있다. 이 어사는 이 과정에서 춘향의 절개와 고초, 남원 민중의 원망 등을 체험하게 된다.

아울러 이도령은 춘향에 대한 변함없는 애정을 시험당하는데, 그것이 유명한 초분(草墳)사건이다. 고종 때 명창 장자백의 「춘향가」에 보면 어사가 임실읍내를 거쳐 말치재를 넘어 매초래기를 돌아드니 거기서부터 남원이라 하면서 곧 농부들을 만나 문답을 한다. 그런 다음 조금 더 오다가 나무하는 아이를 만나 춘향이 죽었다는 소식을 듣는다. 말치재는 지금 임실읍 대곡리와 둔남면 봉천리 사이의 고개로 두칫재라고도 한다. 매초래기는 둔남면 대명리의 상신촌이고 지금도 국평과 매초래기 사이에 매초래기 모롱이가 있다. 오수 들어오기 직전의 모퉁이다. 그러니까 오수 부근에서 박석티 못 미쳐서 어사는 초분사건을 당한 셈이다. 이어사는 초동에게서 춘향의 무덤을 알아낸 다음 그곳에 달려가 대성통곡하면서 옛날 춘향과 사랑을 나누던 것을 넋두리조로 늘어놓다 독장수인 형제에게 걸려 망신을 당한다. 이 부분으로 20세기 초 강용환이 「어사와 초동」이란 제목의 창극을 꾸미기도 했다. 초분소동을 겪은 다음 어사는 춘향의 편지를 갖고 서울로 가는 아이를 만나 춘향이 죽지 않았음을 확인하고, 또 춘향의 고생을 직접 확인하게 된다.

이런저런 사연을 겪고 어사는 박석티에 오르게 된다. 박석티는 향교리 뒷산에 있는 고개인데, 여기서 어사는 남원읍내를 바라보며 감회에 젖는다. 그 감회는 단순한 감상이 아니다. 광한루와 춘향집을 보면 옛날의 즐거움이 떠오르지만 옥을 바라보면 자기가 무슨 짓을 했는지, 또 무엇을 해야 하는지가 분명하게 각인되는 그런 감회이다. 그래서 「춘향가」에서 이 부분은 쉽게 부르고 지나갈 수 있는 대목이 아니다.

매서운 봄향기

춘향의 고난은 어사출도로 끝을 맺는다. 그런데 어사출도, 곧 지금까지 암행하던 어사가 종적을 드러내는 것(이를 노종〔露踪〕이라 한다)은 어떤 방식이었을까? 「춘향전」의 어사출도가 하도 극적이고 강렬해서 어사출도는 곧 육모방망이를 든 서리역졸들이 폭풍처럼 달려들어 뒤집어엎는 것인 줄 안다. 소설의 내용을 사실로 믿는 것은 동서고금을 막론하고 늘 있는 일이고, 또 이러한 착각은 유쾌한 것이기도 하다.

그런데 「춘향전」은 동헌에 벌어진 변학도의 생일연을 삽시간에 아수라장으로 만들어버리는 극적반전을 취하면서도 어사출도 과정은 상당히 사실적으로 그리고 있다. 이도령은 걸인 차림의 과객으로 생일연에 참석하는데, 출도 시간이 되자 역졸이 질청에 어사 비관(祕關)을 전달한다. 말하자면 출도 후 업무 처리를 위해 미리 이속들을 대기시키는 것이다. 그런 다음 서리역졸이 삼문(三門)을 두드리며 출도를 외치고 난 뒤 어사가 관복으로 갈아입고 행차하는 것이 일반적인 출도였다. 「춘향전」에도 역시 어사의 시를 본 각읍 수령들이 슬금슬금 내빼려 하자 어사가 신호를 하고, 서리역졸들이 삼문을 두드리며 암행어사출도를 외치고는 들이닥친다. 어사는 미리 준비한 관복으로 갈아입고 등장한다. 그런데 「열녀춘향수절가」를 비롯하여 몇작품은 어사가 좌기(坐起) 장소를 객사(客舍)로 옮기고 있다. 이유인즉슨 남원 동헌은 자기 부친이 부사로 좌정하던 곳이고, 이속들도 그 부친이 부리던 사람들이라는 것이다. 이것 역시 당시 관례였을 것이다. 가장 오래된 유진한의 「만화본」에서도 출도는 동헌에서 했는데, 춘향과의 재회는 객사에서 이루어지고 있다. 여규형(呂圭亨)의 「춘향전」에도 어사는 동헌에서의 생일연에 참석했다가 나와서는 광한루에 있다가, 서리역졸들이 암행어사출도를 외친 후 옷을 갈아입고 위의를 갖추어 객사로 행차하고 있다. 어사가 이처럼 객사에 좌기하면 해당 수령은 관찰사에게 하듯이 치알(馳謁)하게 되어 있었다.

동헌에서 객사까지는 거리가 멀지 않다. 우리도 동헌에서 객사로 잠깐 옮겨가보기로 한다. 남원 객사는 용성관(龍城館)이었다. 원래는 휼민관(恤民館)이었는데, 정유재란 때 왜적에 의해 불태워졌고, 숙종 16년(1690)에 중건되었다. 그뒤 1950년 7월 28일 한국전쟁 때에 폭격으로 소실되고 말았다. 남원 관아의 북쪽에 자리잡고 있었던 이 용성관 터에는 현재 용성초등학교가 서 있으며, 이 초등학교의 본관에 옛날 용성관의 석계단 2층과 기단 일부가 남아 있을 뿐이다.

출도 후 어사는 여러가지 검열과 처분을 하게 된다. 각종 문서 검열, 창고 확인, 옥에 갇힌 죄수 점검 등을 비롯하여 토호무단(土豪武斷)에 대한 처벌, 일반 백성들의 억울한 사연을 듣고 처리하는 일 등이 있다. 「춘향전」에서는 목숨이 경각에 달린 춘향의 일이 최대 현안으로 올라 있어서 별로 눈에 띄지 않지만, 우리의 이어사도 이러한 일들을 다 수행하고 있다. 이 과정에서 해당 수령의 불법이 상당한 정도로 드러나면 창고를 봉인하는데, 이것이 이른바 봉고(封庫)이다. 백지에 봉고(封庫)라 쓰고 마패로 날인하여 창고문에 붙였다. 「춘향전」에서 변학도는 대부분 봉고파직되는데, 어사가 즉석에서 파직하는 것이 아니라 봉고가 곧 파직을 의미했다. 봉고를 하면 그 지방관의 인신(印信)과 병부(兵符)가 압수되고 이 보고를 받은 정부에서 파직을 한다. 직위해제된 관리는 범법의 사실 여부가 가려진 뒤 유배 등의 처분을 받는데, 이 과정에서 물론 당사자의 변론 기회가 있다. 그러나 암행어사의 가장 강력한 처분인 이 봉고는 명백한 물증이 없으면 행할 수 없었다. 영조 때 새로이 마련된 암행어사 절목(節目) 제1조에 반드시 증거가 되는 문서를 확보한 뒤에 봉고하라고 되어 있다. 그러니 명령을 듣지 않은 기생을 투옥했다 해서 봉고할 수는 없는 노릇이다. 많은 사람들은 춘향이 때문에 변학도가 봉고파직된 줄 알지만 그렇지 않다. 그래서 여규형의 「춘향전」에서는 이어사가 춘향을 옥에서 만나고는 당장 출도를 하여 봉고를 하고 싶지만, 봉고를 하자면 변학도가 탐리(貪吏)임을 밝혀야 하는데 춘향에게 가혹한 형벌을 가한 것은 학리(虐吏)에 해당할 뿐이어서 고민하다가 비밀수행원의 조사기록을 받고서는 크게 기뻐한다. 즉 부자를 옥에 가두고 재산을 뺏은 일, 공금을 횡령하고 장부를 조작한 일, 생일연을 위해 백성들에게서 강제로 금품을 거둔 일 등 변학도의 불법행위가 자세히 조사되었던 것이다.

암행어사는 임무를 마치고 서울로 돌아와서는 왕에게 복명(復命)하는데, 이때 서계(書啓)와 별단(別單)을 올린다. 「춘향전」도 이 복명으로 끝이 난다. 그러니까 이도령이 과거시험에 응시하는 부분부터 끝까지는 암행어사의 임무수행 과정과 정확히 일치한다고 할 수 있다. 즉 작품의 후반부는 이것을 기본축으로 하여 곳곳에 민중들의 발랄한 의식, 낭만적 희망 등이 착종되어 이루어진 셈이다. 그래서 암행어사가 봉변에 가까운 여러 가지 일을 당하여 민중적 인물로 전화되고, 생일연이 난장판이 되는 일이

당연하고도 자연스럽게 받아들여진 것이다.

혹자는 암행어사출도의 방식으로 춘향의 갈등이 해소되는 것을 「춘향전」의 한계라고 보기도 하나 이 점은 재고되어야 한다. 「춘향전」이 17세기에 성립되었다고 한다면 이 시기에 봉건적 모순을 극복하는 근대적 방책을 기대하는 것도 우스운 일이라고 할 수 있다. 암행어사를 갈등 해결방식으로 수용한 것은 그 당대로서는 가능한 방식이었다. 그리고 정약용 같은 진보적 지식인도 암행어사제에 기대를 걸고 있었다.

아무튼 춘향은 극적으로 살아난다. 그리고 그것은 이도령이 다시금 춘향이란 존재를 재인식하고 새삼 발견하는 과정이기도 했다. 처음 만났을 때에는 기생 하나 데리고 논다는 기분이 농후했다가, 그녀가 예사 기생이 아니었음을 점차 깨달았다. 그러나 그 예사롭지 않음이 목숨을 건 항거와 그것에 대한 민중적 지지까지 동반할 정도였음은 다시 남원에 와서야 알게 된 것이었다. 그냥 봄향기가 아니라 그 속에는 매운 정신이 실려 있었다. 이 매운 정신이 엄혹한 형장과 차디찬 옥방에서의 막막한 기다림과 끊임없는 유혹을 견디고 마침내 다시 봄기운을 만난 것이다. "남원 읍내 추절(秋節)이 들어 떨어지게 되었더니 객사에 봄이 들어 이화춘풍(李花春風) 날 살린다"는 춘향의 말처럼 그녀는 다시 봄기운 속에 살아났다.

춘래불사춘(春來不似春)을 해마다 되뇌는 오늘날, 춘향이가 뿌린 매운 봄향기를 어떻게 지속시킬 것인가? 해마다 춘향의 생일인 초파일에는 남원에서 춘향제가 열리는데, 올해 전야제에는 남원 여학생들의 손에 청사초롱이 깜박이고 있었을 뿐이었다.

‖ 김종철 ‖

여기 다시 무엇을 구하랴!

퇴계와 도산

안동에 오는 사람은 도산서당에 들러서 간다

안동에 오는 사람은 다들 반드시 도산서원에 들러서 간다. 영국 여왕의 방문 때문에 그제서야 하회를 알게 된 사람이라도 하회마을에 들렀다가는, 어느새 소문을 듣고 도산서원도 꼭 들러보고 간다. 그러나 유명한 사람의 흔적이라는 것 외에 퇴계(退溪)에 대해 무엇을 알고 가는 것일까, 아니 무엇을 느끼고 가는 것일까? 그 점은 참으로 궁금하다. 도산서원에 들러본 사람은 천원권 지폐의 퇴계를, 과연 무심하지 않은 눈으로 보게 되기라도 하는 것일까?

안동에서 어른들께 퇴계의 어떤 점이 그렇게 위대한가 하고 물으면, 대개 성리학 사상이나 이론보다는 퇴계의 생활 일화 하나를 대답으로 들려준다. 학문의 완성이 인격이고, 삶의 실천이 바로 학문이기 때문에, 복잡하게 굴 것 없이 일화를 하나 들으면 학문의 경지를 다 느낄 수 있다는

도산서원 경상북도 안동시 도산
면 토계리에 위치해 있다. ⓒ황헌만

것이다. '존심양성(存心養性)'이 당시 학문의 중요한 목표임을 생각하면 생활의 자취 그 자체가 학문의 완성이라고 답한다. 안동의 어른들이 주로 들려주는 일화는 퇴계가 다른 사람을 어떻게 존중했는가, 그리고 도산의 자연을 얼마나 아끼고 사랑했는가에 관한 것들이다. 사실, 퇴계선생의 방대한 문집 대부분이 제자들과 왕복한 편지이고, 시는 대부분 도산의 자연 풍광을 그리워하거나 아니면 직접 감상하며 마음을 깨끗하게 가다듬었던 내용이니까, 일화도 대부분 그 두 가지 내용으로 압축되는 것이 당연할지도 모른다.

그런 이야기를 듣고 자랐음에도 불구하고, 워낙 성리학이며 사단칠정(四端七情) 논쟁의 명성에 지레 질려서, 나 자신도 퇴계선생의 문집을 읽어볼 의욕 자체를 느끼지 못했다. 한문학 전공자로서, 그리고 선생의 후손으로서, 선생의 문집을 진작에 읽었어야 마땅할 터이나 이래저래 미루기만 하다가 마흔살 즈음이 되어서야 무심하게 한번 선생의 편지글을 보게 되었다. 그런데 이게 웬일일까? 정신이 온전치 못한 권씨부인을 후처로 맞이하여 무척 속을 썩었고, 넉넉지 못한 살림에다 아들과 조카들의 과거급제 때문에 애태웠고, 공부보다 출세에 급급해하는 제자들 때문에 마음이 상했으며, 시기 질투하는 동료들 때문에 스트레스를 받았던 흔적들이 편지에 생생히 남아 있는 것이 아닌가? 참으로 재미있고 새로운 느낌이 들었다.

초취 부인인 허씨가 아들 형제를 남기고 7년 만에 세상을 떠난 후, 3년 뒤에 맞아들인 권씨부인은 친정이 신사무옥(辛巳誣獄)에 연루되어 그 충격으로 정신이 온전치 못했다. 그 때문에 퇴계는 자질구레한 집안일들도 때를 놓치는 일이 없도록 직접 챙겨야 했고, 수입을 헤아려 지출을 하여 불시의 용도에 대비하는 일도 직접 신경써야 했다. 제자 이덕홍이 기록한 『계산기선록』을 보면, 퇴계의 벼슬이 꽤 높아진 다음인데도 살림 형편은 여전해서 더러 끼니를 잇지 못했고, 여러차례 뒤주가 비어 집안이 온통 썰렁했으며, 띠를 엮어 비를 막기도 하고, 소나무 그늘로 해를 가리기도 했었다고 나온다. 인간적인 친밀감이 들었다. 그래서 선생의 문집에서 성리학 논쟁 부분은 빼고 생활이 드러난 부분만 골라서 읽기 시작했다.

1552년에 아들에게 보낸 편지에는 정말 생생하게 와닿는 아버지의 잔소리가 들어 있다. "너, 『시경』은 아직 다 읽지 않았느냐? 또 분주해서 과거시험을 폐기하게 될까 걱정이다. 근일 조정회의 소식을 들으니 비록 조정 중신(重臣)의 아들이라도 소속이 없는 자는 모두 종군(從軍)시킨다고 한다. 너는 이를 면할 길이 없을 것이다. 면하지 못하면 업유(業儒)도 불가능하겠다. 경전과 사서 하나씩 택해서 시험볼 준비를 해보아라. 네 사촌들에게도 잘 알려줘라"라는 당부가 있다. 그 외에도 여러 편지들에서 "밤낮 부형이 곁에서 감독하고 꾸짖어야 하겠느냐? 스스로 알아서 공부하는 사람이 되어야 한다. 과거를 목표로 하는 또래의 사람들처럼 영주의 거접(居接)에 가서 과거시험 공부에 필요한 과정을 잘 가르치는 선생을 찾아 공부해라. 같은 시험 준비를 하는 친구들을 사귀는 것이 차라리 너에게 더 좋을 거다" 등등의 당부들이 종종 발견된다. 오늘날 식으로 말하자면 아들의 병역특례자격과 학업 태도, 입시학원 문제로 속을 끓인 잔소리 편지들인 셈이다.

또 한가지 재밌는 사실은, 당시에 퇴계의 학문적 명성을 듣고 퇴계가 과거시험 공부 지도를 하는 줄 알고 찾아왔던 학생들이 있었다는 것. 아들에게 보낸 편지 중에는 아무리 시대풍조가 과거시험에 쏠려 있기는 하지만 나까지 그렇게 가르칠 수는 없다는 대목이 있다. 퇴계 역시, 세상 사람들이 추구하는 출세의 길과는 거리를 둔 채 학문의 길을 택한 사람으로서, 일정한 '부적응 스트레스'를 받았던 것이다. 제자들의 학문 태도에 대해 매우 따끔한 충고를 한 대목도 그와 무관하지 않다.

한두 가지만 예를 들어보면 이런 것이다. 금협지(琴夾之)에게 "선비는 모름지기 고고한 지조와 기개가 있은 연후에야 자신의 뜻을 세상에 세울 수가 있습니다. 근래에 공들을 보니 모두가 이 세상과 잘 지내면 된다는 뜻을 가지고 있습니다. 이러한 기분으로 안이하게 사분오열하면 도학을 공부하는 일은 바라지도 못할 것이고, 또한 한당(漢唐) 간의 인물도 기대하지 못할 것이니 한결같이 잘못됨이 얼마나 심합니까?"라고 충고한 것이나, 정자중(鄭子中)에게 "그대는 이 학문에 있어 급박하게 구하는 병이 있는 것 같습니다. 그렇기 때문에 빨리 성공하려고 궁리하고 언제나 초조하게 실행하기 어렵다는 근심에서 벗어나지 못합니다"라고 지적한 것은, 제자들이 원칙과 소신을 확립하지 못하고 세상과 우선 잘 타협하려고 드는 자세에 일침을 가한 것이라 하겠다. 이런 편지글을 읽고 있으면 퇴계가 갑자기 친근하게 느껴지면서 '사람 사는 것이 정말 다르지 않구나' 싶은 생각이 들고, 그 길을 헤쳐나간 지혜를 엿보고 싶은 호기심이 좀 살아난다. 도산서당에 들렀던 사람들은 퇴계의 이런 면을 전혀 모르고 성리학자 퇴계의 이름만 휘릭 듣고 가지 않았을까. 퇴계의 인간미를 느끼고 가게 할 수 있는 좋은 방법이 없을까, 이런저런 생각을 해보게 된다.

'퇴계'라는 호는 언제부터?

퇴계는 제자들에게 자기의 욕심을 줄여나가는 것이 제대로 학문을 하는 길임을 누누이 강조했다. 제자들에게 강조하기 전에, 누구보다도 퇴계 자신이 바로 그런 마음으로 고향으로 돌아왔다. 퇴계가 벼슬길에서 물러나 완전히 도산으로 귀향한 것은 쉰다섯살 때. 물론 그 이전부터, 즉 1545년 을사년부터 고향에 돌아올 마음은 더없이 간절했다. 인종이 재위 8개월 만에 승하하고 명종이 열두살 나이로 즉위, 문정대비가 수렴청정을 하게 되자 소윤 윤원형 일파가 득세하여 대윤인 윤임 일파를 제거, 그 이후 대윤과 소윤의 갈등이 5,6년 심화되는 동안 유배되거나 죽임을 당한 자의 수가 100명에 이를 지경으로 사태가 악화되어갔기 때문이다. 1545년 8월에 퇴계의 형님인 온계공은 성절하례사로 명나라에 가 있었고, 퇴계는 권력자의 미움을 사서 10월에 삭탈관직을 당했다. 9월에 스스로 사직을 청했으나 허락을 얻지 못하다가, 10월에 갑자기 파면을 당한 것이다. 퇴계의 나이 마흔다섯인 해였다. 도산으로 돌아오기 위해 양진암(養眞庵)을 지은 것이 바로 이때이고, 그 무렵에 '퇴거계상(退居溪上)'의 마음을 가졌으므로 자호를 퇴계라고 하였다.

퇴계선생 태실 퇴계선생이 태어난 집이다. ⓒ황헌만

중종 28년 서른넷의 나이로 과거에 급제하여 느지막이 벼슬길에 오른 지 불과 11년이었지만, 이 무렵 퇴계는 몹시도 간절하게 귀향을 원하고 있었다. 그 이듬해 3월 장인의 별세 소식을 듣고서야 그때를 기회로 고향에 돌아온 퇴계는, 장인의 장례를 치르고 나서 얼마 안된 그해 7월에 부인 권씨의 상(喪)을 치렀다. 마흔일곱에 월란암에 묵으면서 읊은 시구 가운데,

나 지금 홀로 방황할 뿐, 누구에게도 참된 비결 물어 따를 데가 없다.
온 세상이 함께 뒤틀려 고통을 겪는데, 중년에 깊은 병을 품었네.

我今獨彷徨 無從問眞訣
與世苦參差 中年抱沈疾

라는 구절은 그때의 정신적 고통을 담고 있다. 1550년에는 형님인 온계공이 유배지로 가는 도중에 병사했다. 퇴계가 쉰이 되던 해였다. 그때 퇴계는 상계 한서암(寒栖庵)으로 이사온 이후, 도연명의 음주시에 화답시를 지으며 "높은 자리는 나의 일이 아니니, 의연히 향리에 있으려네. 소원은 착한 사람 많이 길러내는 것, 이것이 바로 천지의 도리 아닌가(高蹈非吾事 居然在鄕里 所願善人多 是乃天地紀)"라고 읊었다. 그 무렵 퇴계의 심정과 의지를 있는 그대로 표현한 듯하다. 그럼에도 불구하고 고향에서 완전히 칩거할 수는 없었다. 여러 차례 조정의 부름을 받았고, 피할 수가 없었기 때문이다.

쉰다섯살이 되던 1555년에야 모든 직책을 사임하고 완전히 귀향했다. 물론 1558년에도 성균관 대사성으로, 또 공조참판으로 임명되었지만, 퇴계는 기어이 사임했다. 1558년 무오년에 올린 사직소에는 "신도 또한 신을 사랑하는 자는 적고 미워하는 자가 많다는 것을 알고 있사옵니다. 신은 외로운 한 몸으로 뭇 사람의 비난만 당하게 되니 신의 위태로움도

심합니다"라는 대목이 있는데, 동료간의 질시와 배척을 언급한 표현은 이 사직소가 유일하다. 다른 사직소들은 본인의 자질 부족을 근거로 들어 한사코 사양했던 것이다. 아무튼 퇴계는 쉰다섯살에 굳게 다짐하고 귀향한 이후, 예순다섯살까지 10년의 세월을 일체의 관직 생활을 단념한 채 도산에서 학문에 정진했다. 지금 도산 일대에 전해지는 퇴계의 자취는 상당 부분이 노년 시절인 이 무렵의 흔적이라고 해도 과언이 아니다.

도산에 돌아왔기에 퇴계가 되었다

1555년에 도산으로 돌아온 퇴계의 행적에서 두드러지게 눈에 띄는 것은 산책이다. 산수 자연 속을 맘껏 노닐면서 마음을 맑게 가다듬는 시간을 가졌다. 형제며 벗들과 청음석(淸吟石)이며, 월란암(月瀾庵)을 노닐고, 11월에는 청량산에 들어가서 한달이 지나서야 돌아왔다. 「십일월입청량산(十一月入淸凉山)」「유산서사(遊山書事)」 12수와, 을해년에 청량암에서 숙부를 뵈었던 추억을 읊은 시는 이때 지은 것이다. 시 속에서 퇴계는 이제 아무것도 흔들리지 않고 세상일에 관심을 끊은 채 학문에 정진할 것을 다짐하였다. "후세에 반드시 내 마음을 알아줄 사람이 있을 것이다. 지금 사람들에게 내가 입을 열어 뜻을 밝혀보았자 아무 이익될 것이 없다(後世必有知吾心者 若於今人則開口發明 無益)"라고 귀향의 솔직한 심정을 아들에게 전했던 퇴계는, 돌아와서 오업(吾業), 즉 자신의 사명을 이루기 위해 도산서당의 자리를 물색했다. 그리고 알맞은 터를 발견하고는 "계남에 도산이 있을 줄이야. 이렇게 가까이 두고도 몰랐으니 정말 이상도 하다(溪南有陶山 近秘良亦怪)"라고 기뻐했다. 1557년 3월의 일이었다.

그렇게 도산서당의 터를 잡아 11월에 완락재와 암서헌을 완성하였는

서당 전면 맨 왼쪽이 부엌, 그리
고 온돌방 완락재, 마루 암서헌으
로 이어진다. ⓒ황헌만

데, 1570년에 이르러 암서헌은 기와를 올리고, 완락재는 새로 건축하였다
는 것을 보면 처음에는 정말 보잘것없을 만큼 소박한 오두막이었던 모양
이다. 그렇다면 기와지붕을 한 지금의 도산서당은 1570년에 한 차례 수
리한 이후의 규모를 보존한 것 같다. 1960년대에 도산서원 전체 보수 작
업을 하면서 싸리로 야트막이 둘렀던 울타리를 흙과 돌로 바꿔 담장으로
두른 것을 제외하면, 서당의 규모 자체는 그대로 보존된 것이라 하니, 정
말 아주 조그만 오막살이다. 그런데도 퇴계는 암서헌에 기와를 입힌 것
도 본의와 멀어진 일이며, 자신이 잠시 자리를 지키지 못한 사이에 목공
이 완락재를 장황하고 고대하게 만들어놓았다고 하며, 부끄럽고 한스럽
게 여겼다. 한문학을 공부하는 후학의 입장에서는 '도산서당'의 소박하고
아담한 규모보다 더 맘 깊이 다가오는 것이, 선생이 방과 마루에 붙여둔
'완락재(玩樂齋)'와 '암서헌(巖栖軒)'의 의미이다. 방과 마루 이름을 통해
퇴계가 이곳에서 얼마나 즐겁게 학문의 길을 가고 있었는지, 그리고 얼마

나 겸손한 마음으로 추구하고 있었는지가 고스란히 느껴지는 것이다. '완'과 '락'은 주자의 「명당실기(名堂室記)」에서 뽑아낸 것으로, '완상하며 즐기니 여기서 평생을 지내도 싫지 않다'는 뜻이 담겨 있으며, '암서' 역시 주자의 「운곡(雲谷)」이란 시에서 따온 말로서 '오래도록 학문에 자신하지 못하여, 바위 곁에 깃들어 작은 효험을 바란다'는 뜻을 담고 있다. 주자의 학문을 흠모하는 마음과 도산의 산수에 대한 만족감과 퇴계 자신의 학문과 생활 자세가 정말 잘 압축되어 있는 명칭이라 하겠는데, 그중에도 가장 크게 다가오는 것은 겸손하고 소박한 마음 자세인 듯하다.

아무튼 도산서당이 완성된 후부터 퇴계는 산수 자연 속에서 심신을 더욱더 고요하고 깨끗하게 연마하며 학문에 정진하였다. 까닭에 사상적 문학적으로 중요한 저작들을 이 시기에 집중적으로 생산했다. 1561년에 농운정사를 낙성하여 도산서당에 온 제자들의 숙소를 마련했으니, 맘속으로 그토록 바라던 시스템을 완전히 갖춘 셈이다.

그해 4월에 퇴계는 조카와 손자 안도(安道) 및 제자 덕홍을 데리고 달밤에 탁영담에 배를 띄워 거슬러올라서, 반타석(盤陀石)에 정박했다가 역탄에 이르러 내려서, 「적벽부」를 읊조리며 일말의 구차함이라고는 없는 소동파의 깨끗한 마음에 대해 말했다. 도산에서 퇴계의 생활은 공부와 산책으로 요약된다. 「도산잡영(陶山雜詠)」과 「도산기(陶山記)」는 예순한살 때, 「도산십이곡(陶山十二曲)」과 그 발문은 예순다섯살 때 지은 것인데, 세 작품 모두 너무나 아름답고도 심오한 명작이다. 조사경(趙士敬)에게 준 시에, "학문 끊어졌으니 지금 사람에게 어찌 스승이 있겠는가, 마음을

도산서원 정면 ⓒ황헌만

비우고 이치를 살피면 아마 의문이 밝혀지겠지(學絶今人豈有師 虛心看理庶明疑)"라고 한 것은 제자에 대한 당부라기보다 퇴계 자신의 독백으로 들린다. 아무 곳에도 누구에게도 의지하지 않고 스스로 독실하게 탐구하는 경지를 장려하고 있으니 말이다. 이 무렵 퇴계의 생활 모습을 생생히 느끼게 하는 기록이 있다. 인용해보기로 한다.

1566년 10월 27일, 오후에 중들을 데리고 가서 낭영대(朗詠臺)의 일을 시켰다. 그런데 손에는 한 권의 '회암서(晦菴書)'를 들고 가서 소나무 밑에 앉아서 강독하였다. 시간이 오래되었으므로 일은 역시 끝나지 않았으나 식사를 한 다음, 곧장 고반대(考槃臺)로 가서 낭영대를 바라보다가, 다시 서실로 돌아왔다. 꼿꼿이 앉아서 저녁을 보내었다. 밤이 되어 해시(亥時)가 못 미쳐서 취침하였다가 겨우 자시(子時)가 되자 다시 일어나 옷깃을 단정히하고 묵묵히 앉아 있었다. 필시 무슨 하시는 바가 있을 것이나, 덕홍으로서는 도저히 짐작을 할 수가 없는 일이었다. 그리고 인시(寅時)에 일어나서 촛불을 밝히고 시를 기록해서 덕홍에게 주었다. 첫째는 「초은대(招隱臺)」, 둘째는 「월란대(月瀾臺)」, 셋째는 「고반대(考槃臺)」, 넷째는 「응사대(凝思臺)」, 다섯째는 「낭영대(朗詠臺)」, 여섯째는 「능운대(凌雲臺)」, 일곱째는 「어풍대(御風臺)」였다.

퇴계가 자연 속에서 명상을 하며 시를 짓고, 그 시 속에 자신의 모든 것을 압축해 담아내고 있는 현장을 포착한 기록이다. 제자는 퇴계의 정신 세계에서 일어나는 일을 짐작조차 하지 못한다고 했으며, 나중에 결과물로서 시를 받아들었다. 이 시에는 그때의 심정이 그대로 드러난다. 「초은대」에서 "어찌 알겠는가, 은둔지사 고달픈 일 없을 줄을. 반초가(反招歌)를 마치고 구름 깊이 들어가리라"라는 구절에서는 다시는 세상일에 불려나오지 않고 깊이 숨어 살고 싶은 심정이 전해지며, 「고반대」에서 '은사 자질 못되는 이내 몸 부끄럽네'라는 구절에서는 적막감에 흔들리는 마음이 얼핏 스치기도 하는 것이다.

퇴계는 도산에서 종종 제자들와 더불어, 혹은 홀로 유유자적하게, 시간을 내어 자연 속을 거닐었다. 쉰다섯살 이후에 지은 수많은 시들은 모두가 도산의 자연 속에서 지은 것이라 해도 과언이 아니다. 1567년 3월 8일에는 선생 홀로 신암(新巖, 동명. 우계 상류 십리쯤 되는 곳)을 찾아가서 노닐면서 시 6절을 남기기도 했다. 이렇게 생활하는 동안에도 조정에서는 거듭 벼슬을 내리고, 퇴계는 사양하기를 반복했으며, 다른 한편으로는 경상 감사들의 끊임없는 방문과 예안현감의 방문으로 번거로움을 겪어야 했

다. 1567년에는 박계현(朴啓賢) 감사의 방문을 받았는데, 퇴계가 조카 완
(完)에게 준 편지를 보면 "사양했는데, 그래도 왜 오려 하는지 알 수 없구
나"라는 구절이 있다. 퇴계가 벼슬길에 완전히 마음을 끊었어도 남들의
시선은 그렇지 않았던 모양인지, 늘 퇴계를 주시하고 경계하는 듯한 방문
이 이어져서 퇴계를 괴롭혔다.

『계산기선록』에는 퇴계 스스로 서울과 도산에서의 생활을 이렇게 비
교한 말씀이 전한다.

내가 출신〔과거급제〕한 초년(初年)에 서울에 있을 때 항상 사람들에
게 끌려서 매일같이 술잔치에 다녔는데, 잠깐 조용한 날이 있으면 문득
무료한 마음이 생겼다. 그래서 저녁이 되어 이를 생각해보면 미상불 부
끄러운 마음이 없지 않았다. 그런데 근년 이래로 다시는 이런 마음이 생

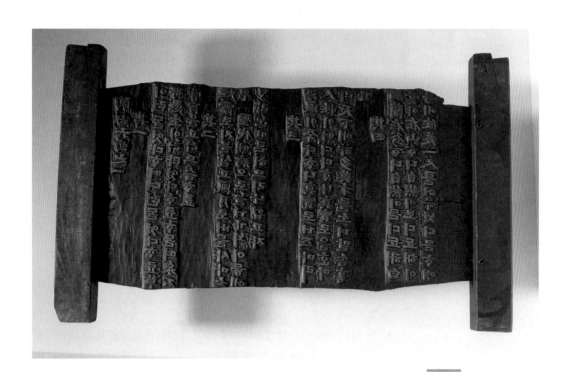

「도산십이곡」 판목 농암 이현보의 고택에 소장되어 있다.
ⓒ황현만

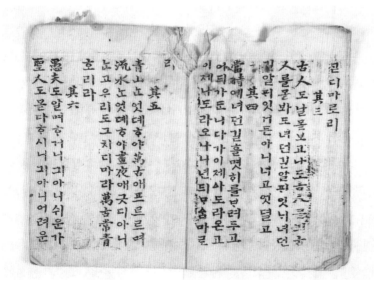

「도산십이곡」 퇴계선생의 친필 목판본이다. ⓒ황현만

기지 않았다. 맹자의 이른바, '생활이 기질을 변화시키고, 봉양이 신체를 바꾸어놓는다'는 말이 믿을 만한 말이라 하겠다."

제자들에게 이런 고백을 할 만큼 서울의 관직생활과 도산의 생활이 달랐던 것인데, 남들은 그걸 몰랐던 것 같다. 퇴계는 도산에 귀향한 이후로는 산수가 명려(明麗)하고 폭포가 까마득히 쏟아지는 곳이 있으면 빠짐없이 시간을 내어서 홀로 찾아가 이를 완영(玩詠)하고 돌아왔으며, 매양 냇물에서 낚시를 하여 고기를 잡으면 다시 놓아주곤 하였다. 이런 생활 속에서 쉰다섯살 이후 예순다섯살까지 『주자서절요』『계몽전의(啓蒙傳疑)』『송계원명이학통록(宋季元明理學通錄)』과 같은 중요 저술들을 모두 완성하였다. 그리고 예순여덟살에 임금께 「무진 6조소」를 올리고, 돌아가시기 한 해 전인 예순아홉살에 『성학십도』를 올렸다.

한 점 미련없이 마감한 삶

퇴계문집을 읽으면서 '선생의 삶이 학자로서 훌륭한 것은 둘째 문제요, 참으로 행복했구나' 하는 생각을 했다. 그 행복의 요소는 세 가지 정도로 정리할 수 있을 듯했다. 첫째는 사람들과의 인간관계가 진실되고 따뜻했다는 것, 둘째는 몸과 마음이 자연 속에서 정화되고 단련되었다는 것, 셋째는 자신의 욕심을 절제하고 철저히 자신을 성찰함으로써 참된 학문의 세계를 성취할 수 있었다는 것이다. 1570년 9월, 선생이 돌아가시기 석 달 전의 모습을 제자 이덕홍은 "바라보면 마치 진흙으로 빚은 소상(塑像)과 같았으며, 더불어 말씀하시는 것이 마치 한 줄기 봄바람과 같았다"고 했다. 아마 자신의 삶에 스스로 충만한 마음을 가지고 있었기 때문에

그토록 온화하고 화평할 수 있었던 것이 아닐까.

　　1570년 12월 4일, 병세가 위독해지자 퇴계는 조카 영(甯)을 불러서,
"조정에서 예장(禮葬)을 하려고 하거든 사양해라. 비석을 세우지 말고, 단
지 조그마한 돌에다 앞면에는 '퇴도만은진성이공지묘(退陶晩隱眞城李公之
墓)'라고만 새기고, 뒷면에는 향리(鄕里)와 세계(世系)와 지행(志行)·출처
(出處)를 간단히 쓰고, 내가 초를 잡아둔 명(銘)을 쓰도록 하라"고 당부하
였다. 퇴계가 초를 잡아둔 명(銘)이란 단지 4언 16구의 시로써, 시 한 수에
자신의 일생을 정리한 것이다. 선생이 직접 지은 비명(碑銘)은 퇴계의 삶
과 문학과 사상의 최종 압축본이고 해도 과언이 아니다.

　　　　나면서부터 크게 어리석었고
　　　　자라면서 병도 많았네.
　　　　중년엔 어찌하여 학문을 좋아하였으며
　　　　만년엔 어찌 외람되이 벼슬 높았던가!

학문은 구할수록 더욱 멀어지고
벼슬은 마다해도 더욱더 주어졌네.
환로(宦路)에 나감에 차질이 많으니
물러나 숨어 살기로 뜻이 더욱 굳혀졌네.
나라 은혜에 깊이 부끄럽고
진실로 성현 말씀 두렵구나.
산은 높고 또 높으며
물은 끊임없이 흐르고 흐른다.
시원스럽게 나부끼는 초복(初服)
모든 비방 씻어버렸네
나의 품은 뜻 이로써 막힘에
나의 패물은 누가 완상해줄까.
내가 옛사람을 생각하매
진실로 내 마음에 부합되누나.
어찌 내세를 알겠는가
지금도 알지 못하거늘.
근심 속에 즐거움이 있고
즐거움 속에 근심 있네.
저세상으로 떠나며 이생을 마감하노니
여기 다시 무엇을 구하랴.

生而大癡 壯而多疾
中何嗜學 晚何叨爵
學求猶邈 爵辭愈嬰
進行之路 退藏之貞

深慙國恩　亶畏聖言
有山巍巍　有水源源
婆娑初服　脫略衆訕
我懷伊阻　我佩誰玩
我思古人　實獲我心
寧知來世　不獲今兮
憂中有樂　樂中有憂
乘化歸盡　復何求兮

　　퇴계 문학의 한 특징이라고 한다면, 더할 나위 없는 솔직함과 소탈함이 아닐까. 늘 꾸밈이라고는 없는 소탈함, 그리고 깨끗함이 느껴진다. 그러면서도 차갑지 않은 은근한 온기. 퇴계의 시는 마음에 상처를 받았을 때 읽으면 치료되는 기분이 느껴진다. 정결하고 따뜻한 온돌방에서 나의 회복을 조용히 지켜보고 계신 아버지를 느끼는 든든함, 그런 위로를 받는

상덕사 퇴계선생의 신위를 모시고 향사를 지내는 사당이다.
ⓒ황헌만

여기 다시 무엇을 구하랴! 139

다. 퇴계는 자신의 못난 점과 상처들을 감추지도 않았고, 그렇다고 과장되게 엄살을 부린 적도 없다. 어려서 남들보다 어리석었으면 어리석었다고 쓰고, 벼슬길에서 지치고 곤하여 상처를 받았으면 그것도 있는 대로 기록했고, 자신의 소임을 마음이 흡족하도록 다하지 못해 마음이 위축되었으면 그것도 그대로 담아냈다. 위의 시에서 중년 무렵에 의연한 산하에 시선을 돌려 도산의 자연에서 큰 위안을 얻고, 관직에서 물러남으로써 모든 비방을 씻고 홀가분하게 고향으로 돌아온 부분부터는 도산에서의 생활이 압축된 부분이다. '나의 품은 뜻 이로써 막힘에, 나의 패물은 누가 완상해줄까'라고 고독감을 느끼고 절망한 것도 감추지 않았다. 그리고 결국 옛사람에게서 그 마음에 부합되는 점을 찾아 고독을 덜고 기쁨을 얻었던 것도 감추지 않고 그대로 드러냈다. 그러면서 퇴계는 자신의 역량과 역할에 일정한 한계를 긋고, 모든 것을 겸허히 수용하고 모든 것에 감사하면서 생을 마감하였다. 사람이 대체 얼마나 자기 자신을 수양하면 이토록 간단명료하고 겸허하게 자기 정리가 되는 것일까.

헬레나 노르베리 호지는 『오래된 미래』에서 인간의 행복을 받쳐주는 두 개의 기둥은 자연에 대한 친화감과 인간사회에 대한 소속감이라고 했다. 그런데 퇴계선생은 그 두 가지 외에 그 대전제 조건으로 이미 자기 정립을 먼저 했던 것 같고, 그 위에 자연친화적인 동시에 사회에 대한 사명감과 소속감이 깊은 생활을 겸했던 것 같다. 그러니 외적인 물질조건으로 보기에는 부족함이 드러날지 몰라도, 선생 자신은 이미 충분히 행복하고 후련한 삶을 사셨던 것이리라. 순암 안정복 선생은 『이자수어(李子粹語)』 후서에서 "퇴계선생 말씀은 사랑에 넘치는 아버지의 훈계와도 같다"라고 했고, 다산선생은 "재삼선생의 글을 읽으면 손뼉치며 춤추고 싶어지고 감격해서 눈물이 나온다. 도(道)가 천지간에 가득 차 있으니 선생의 덕화는 번성하기만 할 것이다"라고 했다. 두 분 모두 퇴계선생의 '자족감'을 진정으로 공감한 것이 아닐까.

안동에 와서 굳이 도산서원을 다녀가는 사람들은, 성리학자로 유명한 퇴계를 대충 기억하지 말고 퇴계의 진정한 행복을 엿보고 조금이라도 공감하고 간다면 좋겠다. 행여 도산서당 앞마당에 앉아서 「도산기」를 찾아 읽고, 그 산수자연의 아늑한 아름다움 속에서 퇴계처럼 심신이 깨끗하고 편안해져서 간다면 얼마나 기쁘겠는가?

2004년 7월에 안동대학교 퇴계학연구소에서 「퇴계공원 및 오솔길 관광 자원화 연구용역 보고서」를 낸 것을 보았다. 그 보고서는 퇴계의 발자취와 삶의 흔적을 현지 답사하여 고증하여 개발함으로써 관광자원으로 만들려는 의도에서 작성된 것이었다. 편의적·획일적으로 개발된 관광지가 아니라, 퇴계의 정신과 삶의 자취를 따라 거닐 수 있도록 독특한 길을 만드는 것이라면 참 좋겠다는 바람을 가진다.

‖ 이지양 ‖

지리산 자락 매화의 절조와 향기를 찾아

매천 황현 유적지 답사기

차창 밖으로 펼쳐지는 산들이 한결 완만한 능선을 그리고 있다. 끊길 듯하면서 부드럽게 이어지는 남도 특유의 산세가 시작된 것이다. 어머니 젖가슴과도 같이 포근한 느낌을 주는 남도의 산세는 너른 들판을 형성하여, 이곳을 국토 제일의 곡창지대로 만들었다. 하나 땅이 이처럼 넓고, 비옥하다 하여 이곳 백성들의 삶이 그만큼 넉넉했으리라 생각한다면, 이는 너무도 순진한 발상이다. 소출이 풍부한 만큼 타도(他道)에 비해 한층 가혹한 수탈이 따랐던바, 갑오농민전쟁의 불길이 이곳에서부터 타오른 데에는 그만 한 이유가 있었던 것이다. 선연히 타오르는 듯한 붉은 황토에는 강렬한 생명력과 함께 핏빛 저항의 의지가 응결되어 있는 듯하다.

상념에 잠겨 있노라니 기차는 벌써 남원을 지나 달리고 있다. 남원에서 구례, 순천으로 이어지는 전라선의 끝길은 섬진강을 따라 달리는 수려한 경관이다. 산자락을 끼고 굽이굽이 펼쳐지는 강변의 풍광은 보는 이로 하여금 여행의 지루함을 떨쳐버리도록 한다. 우리 국토의 척추라 할 소백

산맥의 끝줄기가 빚은 남도 제일의 진산(鎭山) 지리산과 그 능선을 감돌아 흐르는 섬진강이 만든 자그마한 고을, 구례 일대가 이번 산책의 목적지이다. 이곳 구례는 구한말의 격동기에 매천(梅泉) 황현(黃玹, 1855~1910) 선생이 평생을 은거하다가 국치를 당하자 자결로써 생을 마감한 땅이다.

더없이 어지러운 망국의 시대에 태어나 은둔과 자결로 생을 영위한 비운의 시인. 그 삶의 궤적을 더듬는 길은 산책이란 이름에 걸맞지 않은 다소 무거운 발걸음이 될 성싶다. 한편으로 난세에 꿋꿋하게 대응한 시인의 매서운 정신을 추적하는 이번 답사는 혼란스러워만 보이는 요즈음 현실을 돌아보는 계기가 될 수도 있을 것이다. 뒤틀리고 좌절된 근대화의 시발점에서 누구보다도 비판적·주체적으로 행동한 매천, 그 삶의 궤적을 더듬는 길은 오늘날 모순상황의 근저를 탐색하는 일의 하나로 여겨지기 때문이다.

오올(傲兀)한 기질의 전라도 촌 선비

매천은 전라도 광양의 서석촌(西石村)이라는 궁벽한 마을에서 생장했다. 장수(長水) 황씨인 매천의 집안은 먼 윗대에 청백하기로 유명한 황희(黃喜) 재상이 있으나, 매천 당시에 이르기까지 7대 200여년간 이렇다 할 벼슬을 지낸 이를 찾아볼 수 없다. 조선후기의 전형적인 몰락 양반층에 속하는 매천의 집안은 그의 조부가 광양, 순천 등지에서 상행위를 통해 치부함으로써 상당한 경제적 기반을 마련한다. 그 자신 가난 때문에 실학(失學)한 것이 한이 되었던 매천의 조부는 선생을 초빙하여 자질(子姪) 및 고을의 재사(才士)들을 공부시킨다. 학업에 별다른 재능이 없었던 매천의 아버지 시묵(時默) 또한 천여권의 서적을 구비하고 아들 교육에 열성을

다한다. 이에 영락한 가문 출신임에도 불구하고 비교적 여유 있는 형편에서 학업을 닦을 수 있었던 매천은 어린 시절부터 총명한 재질을 보여 몰락한 집안을 일으켜줄 인물로 기대를 모은다.

궁벽한 시골 마을에서 수학하고 있던 매천은 안목을 넓히고자 이십대 약관의 나이에 상경한다. 이때 영재(寧齋) 이건창(李建昌)과 추금(秋琴) 강위(姜瑋), 창강(滄江) 김택영(金澤榮) 등을 사귄다. 이중 창강과 영재와는 나이도 엇비슷하여 평생 지기로 자처하는 돈독한 우정을 나누었다. 당대 문단의 신예들이었던 이들과의 교유를 통해 매천의 문명(文名)은 서울에도 알

매천 황현선생 조선말 시인이자 순국지사인 황현선생의 생전 모습이다.

려지게 된다.

한미한 출신의 매천은 썩을 대로 썩은 당시 과거에 큰 기대를 가지지 않은 듯하다. 당시 과장의 부패상에 대해서는 『매천야록(梅泉野錄)』에서 상세히 기술하고 있거니와, 매천 자신 스물아홉살 때 특설보거과(特設保擧科)에 응시하여 초시초장에 일등 합격하였음에도 불구하고 시골 출신이라는 이유로 이등으로 내려져 본시를 치를 수 없었던 경험이 있다. 이후 매천은 서른네살의 나이로 생원시(生員試)에 응시하여 성균생원(成均生員)이 되었으나, 대과에는 응시하지 않고 곧바로 향리로 돌아간다. 집안의 간절한 염원을 저버릴 수 없어 과거에 응시하기는 하였으나, 부패한 현실에 참여할 생각은 없었던 것이다. 당시 서울 생활을 권유하는 친우의 말에 매천은 "그대는 어찌해서 나를 도깨비 세상 미친 사람들 속에 들어가 함께 도깨비 미친짓을 하라고 하는가!"라고 답하고 있다. 썩은 정권,

황현선생 생가 2002년 전남
광양시 서석마을에 복원되었다.

난장판 같은 세상에 휩쓸리기를 거부하는 재야선비의 깐깐한 자세를 엿
볼 수 있는 대목이다.

　고향으로 돌아온 매천은 이듬해 백운산 너머의 구례 만수동(萬壽洞)
으로 거처를 옮긴다. 이때는 이미 부친도 세상을 뜨고, 살림은 나날이 어
려워져가는 형편이었다. 매천은 이후 구례에서 일생을 마치는바, 광양에
는 묘소 외에 별다른 유적이 남아 있지 않다. 매천의 생가는 폐교된 광양
서초등학교 근방에 있었다고 하나 지금은 논으로 변해버려 남은 자취를
찾을 길이 없다.

　창강이 지은 「성균진사황현전(成均進士黃玹傳)」을 보면 "황현의 용모
는 예스럽고 괴이하며 눈은 근시라 오른쪽으로 틀어졌으며 기(氣)가 오올
(傲兀)하여 사람들에게 고분고분하지 않았다. 때문에 모르는 사람들은 그
를 오활한 선비로 지목하였다"라고 하였다. 타고난 오올한 기질이 그로

하여금 부패한 현실과 타협할 수 없게 만든 것이다. 바둑을 두면 절대로 물리는 법이 없다거나, 술은 잘 마시지 않았으며 마실 때에는 독주가 아니면 입에 대질 않았다는 일화 또한 타협을 모르는 그의 강직한 성품을 짐작케 해준다.

서석촌 석사리(石沙里)에 있는 매천의 묘소는 '애국지사황현지묘(愛國志士黃玹之墓)'라 새겨진 비석만이 단출하게 놓여 있는 초라한 모습이다. 이 비석은 보훈처에서 세운 것이라고 하는데, 그 형태나 재질이 규격화된 것이어서 주변의 경관과 전혀 조화를 이루지 못하고 있다. 국치 때 자결한 절사에 대해 최소한의 국가적 대접은 이루어졌다고 하겠다. 그런데 정성을 결한 획일적인 비문의 모습은 나라의 대우가 다분히 형식적이었다

매천사   전남 구례군 광의면에 있는 매천사 입구이다. ⓒ임지현

고 느끼게 만든다. 여기에는 우리에게도 일말의 책임이 없지는 않은 듯 느껴져 죄스런 마음으로 참배를 마쳤다. 오른쪽 아래편으로 조금 내려가니, 매천의 아우 되는 석전(石田) 황원(黃瑗)의 묘가 있다. 비문을 읽어내려가다가 "왜(倭)의 포악한 정치에 저항하여 방광저수지에 몸을 던졌다(抗倭暴政 投放光池)"라는 구절에 이르러서는 숙연한 마음을 금할 수 없었다. 일제의 포악한 침탈은 형에 이어 아우까지 죽음으로 내몬 것이다.

묘소 참배를 마치고 구례로 향했다. 광양에서 구례로 가는 오십리 길의 절반은 섬진강을 따라 달리는 빼어난 경관이다. 창밖으로 보이는 섬진강 물은 전날의 폭우로 수량이 무척 불어나 있었으며, 아직 흙탕이 가시지 않은 누런 탁류였다. 맑고 잔잔한 강물 대신 모든 것을 삼킬 듯 흘러내리는 탁류가 오늘은 더욱 가슴에 젖어든다. 거침없이 흐르는 흙탕물은 어쩐지 구한말의 격동기와 그 난세를 올곧게 살고자 했던 매천의 험난했던 삶을 떠올리게 만드는 것이다.

만수동의 구안실과 매화샘

백운산(白雲山) 자락에 위치한 만수동(萬壽洞)은 차로 십여분가량 올라가야 하는 산골마을이다. 스물아홉에 이곳으로 이거한 매천은 이후 20년 가까운 세월을 여기에서 보낸다. 1890년, 그의 나이 마흔에 이곳에 세운 '구안실(苟安室)'이란 서실은 지금 남아 있지 않다. 아랫집 할머니가 집터를 일러주어 가보니, 기껏해야 서너 칸이나 들일 만한 비좁은 곳으로 오른쪽으로는 계곡물이 세차게 흐르고 있다. 매천은 「구안실기(苟安室記)」에서 "집이 겨우 세 칸이 마련되었는데 둘로 나누어 종들이 각각 불을 때고 거처하게 하였다. 남는 동쪽 방을 독서하는 방으로 삼았으니, 대개

심히 좁고 누추하여 서실이라는 칭호가 어울리지 않는 것이었다. (…) '구안(苟安)'이라고 이름하였으니, 그 규모는 구차하지만 나에게는 편안하기 때문이다. 공자가 말하기를 '군자는 사는 곳에 있어 편안함을 구하지 않는다'고 하였다. (…) 이는 오히려 구차함이 능히 완미(完美)함을 보전할 수 있기 때문에 성인께서 일컬으신 것이다"라고 적고 있다. 세 칸 집 중 한 칸만을 서실로 사용하였다는 것이니, 참으로 '구안(苟安)'이라는 당호가 어울리는 시골선비의 검소한 서재라 하겠다. 할머니의 말로는 구안실 왼편에 위치한 작은 골짝에 샘과 매화나무가 있었다고 한다. '매천(梅泉)'이란 호를 혹 여기에서 취한 게 아닌가 하는 생각이 들어 살펴보니, 샘은 말라버렸고 매화나무도 남아 있지 않아 실감이 나질 않는다. 매천이 이곳에서 살았음을 느끼게 해준 것은 오히려 구안실 아랫집 할머니의 집 천장에 있었다. 어떤 연유에서인지 이 집 천장에 '운산서실(雲山書室)'이란 글씨 한 폭이 남아 있었던 것이다. 아마도 구안실을 허물 때 남은 글씨폭을 도배지 대용으로 붙여놓은 듯하다. 서실은 찾아볼 길 없고, 도배지로 쓰인 듯한 글씨 한 폭이 매천이 20여년간 생활한 자취의 전부라고 생각하니, 왠지 처연한 느낌이 들었다.

백운산 깊숙한 동천(洞天)에서 매천이 힘쓴 학문은 구체적으로 어떠한 성격이었을까? 창강은 매천의 학문 경향이 속류 도학자의 학을 추종치 않고 시류(時流)에 통할 수 있는 학을 주로 하였는바, 역사·군사·행정·재정 등에 관심이 깊었으며, 태서(泰西)의 이용후생(利用厚生)의 술(術)에도 마음을 두었다고 했다. 그리하여 '구시지간(求時之艱)', 즉 자기가 살고 있는 시대의 간난을 타개하는 데 보탬이 되는 학문에 그 근본정신이 있음을 지적하였다. 이미 그 자신 농사일을 하지 않으면 나날의 생계를 유지할 수 없었던 처지에서 매천은 자신의 학문 지표를 민중의 일상생활에 보탬이 되는 것에 두었다. 자신이 살던 백운산 일대 고을의 수로를 복구하면서 쓴 글에서 매천은 "선비들이 실학(實學)이 없으면 농민이 먼저 병이 드니 어찌 저 번지르르 옷만 잘 입은 사대부가 사민의 으뜸이 되리오? (…) 세상에 글을 안다고 자칭하는 사람을 쉽게 통유(通儒)로 인정할 수 없을지니, 고기잡고 나무하고 농사짓는 가운데 참다운 학문이 없지 않을 것이다. 따라서 이 세상에 인재를 구하는 자들은 산골에 사는 선비를 소홀히 여기지 말 것이다"라고 하여 일용에 도움이 되는 실학이야말로 참된 학문임을 강조하고 있다.

자신의 체험을 바탕으로 하였기에 매천은 시에서 노동의 현장을 실감 있게 그려낼 수 있었다. 담배농사에 대해 노래한 장시 중에서 담배 모종을 하는 모습을 그린 대목을 보기로 하자.

바다처럼 넓은 밭에 한 포기마다 손이 가야 하니
처음 시작할 땐 아득하여 언제나 마치런고
반평생 나를 먹여살린 것, 날래고도 굳센 손이라
잠깐만에 담배 삼태기를 다 비우네
두꺼비가 달을 갉아먹듯 야금야금 헤이쳐서
뻘밭을 기어가는 게처럼 옆걸음질 치다보니 길 막혔네
검은 땅에 푸른 잎 점점 많아지니
나비 나래 일만 조각이 봄숲에 엉겨붙었구나

一根一手田如海　始起杳然如難終
半生蓄我爪甲利　頃刻見此籃子空
蝦蟆吞月輪蝕入　郭索奔泥旁行窮
地墨葉靑靑漸多　蝶翅萬片粘春叢

시작할 때는 언제 다 심을까 하는 생각이 들기도 하나, 노동에 단련된 억센 농부의 손끝은 막상 일을 시작하면 날래게 움직인다. 게처럼 옆으로 기면서 이랑을 따라 모종을 하다보면, 두꺼비가 달을 갉아먹듯 어느새 일을 해치우는 것이다. 두꺼비가 달을 갉아먹는 전설을 끌어대고 게처럼 옆걸음질친다고 한 비유 자체가 참신하기도 하거니와, "나비 나래 일만 조각이 봄숲에 엉겨붙었구나" 하는 대목에는 모종을 다 끝낸 농부의 후련하고 기쁜 심리가 여실히 반영되어 있다. 자신의 노동의 체험을 바탕으로 하였기에 농민적 정감으로 노동 현장을 정밀하게 묘파할 수 있었던 것이다.

궁경(躬耕)하면서 실학을 연마하는 한편으로 매천은 인근의 자제들을 교육하는 일도 소홀히하지 않았다. 구안실 터 조금 아래에는 매천선생의 여섯 제자가 건립한 '육노정(六老亭)'이란 정자가 지금껏 남아 있다. 이들 매천의 제자들은 여기에서 춘추로 시회를 개최하여 망국의 한을 달래며 매천선생의 절의를 되새겼다고 한다.

월곡리의 매천사와 방광저수지

매천을 모신 사당은 지리산 노고단 입구에 위치한 광의면(光義面) 월곡리(月谷里)에 위치하고 있다. 매천사(梅泉詞)는 매천이 만수동에서 이거하여 자결하기 전까지 살았던 대월헌(待月軒) 뒤편에 세운 것이다. 대월헌 앞에는 커다란 오동나무 한 그루가 있어 『오하기문(梧下紀聞)』의 오동을 떠올리게 한다. 사당을 관리하고 있는 매천의 후손 황의강(黃義江)씨에게 물어보니, 지금 남아 있는 것 말고 더 큰 벽오동 한 그루가 있었는데 베어졌다고 한다. '아옥(俄屋)'이라는 제목의 매천 시에도 "여기 오동나무가 있으니, 마을 중에 내 집이 시원하다네(有此梧桐樹 村中我屋冷)"라는 구

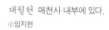

절이 보인다. 이로 미루어보면, '오하기문'이란 제명은 집앞의 '오동나무 아래에서 들은 것을 기록한다'는 뜻임을 알 수 있다.

대월헌 옆에 건립된 매천유물박물관에는 매천이 생전에 사용하던 안경과 벼루, 지구의 등의 유품과 약간의 저술이 복사본으로 보관되어 있다. 유물관은 연전에 도난을 당하여 「제병화십절(題屛畵十絶)」 등 상당수의 귀중품을 잃어버렸다고 한다. 「제병화십절」은 매천이 을사조약 체결의 비보를 듣고 중국 역대의 절사 십인의 행적을 기린 시를 짓고, 이를 그림으로 그려 병풍으로 만든 것이다. 을사조약 체결 소식은 매천에게 매우 큰 충격을 주었던 것으로 보인다. 「을사년 울분을 없애려 매화꽃을 보고 짓는다(乙巳歲除憂憤梅花雜絶)」는 연작시 중 하나는 다음과 같다.

> 달은 밝고 눈발 그쳐 잔 가득 술 따르니
> 경치는 오히려 태평시절 같구나.
> 하루종일 꽃 앞에서 무슨 일 하는가

통곡 한 번에 시 한 수라오.

月白雪晴酒滿卮 風光猶似太平時

竟日花前作何事 一回痛哭一回詩

망국의 운명을 절감한 매천은 한때 암울한 고국땅을 떠나 중국에 망명해 있는 지우(知友) 창강에게 가려고도 생각한 바 있다. 그러나 결국은 고국에 남게 된다. 여기에는 여비 마련이 여의치 않은 것 등의 현실적 이유가 있겠으나, 가장 중요한 요인은 망해가는 나라와 운명을 같이하고자 한 마음의 소산으로 보인다. 이에 절사의 뜻을 기려 적은 병풍을 친 방에서 자결하기 직전까지 망국의 역사서라 할 『매천야록』을 기록한 것이다.

매천사 바로 뒤편에는 지리산 자락에서 흘러내리는 물을 가둔 방광저수지가 있다. 상당히 큰 규모의 이 저수지는 바로 석전 황원이 투신 자결한 곳이다. 석전은 형 매천 못지않게 강개한 기질을 지녔으면서도, 형과는 사뭇 다른 호방함을 지녔던 듯하다. 다음의 편지글에는 석전의 이러한 성격이 잘 드러나 있다.

왕운초(王雲樵, '운초'는 왕수환의 자―인용자)와 황계방(黃季方, '계방'은 황원의 자―인용자) 같은 사람으로 단군 4237년의 갑신(1904) 제야에 살고 있으면서 어찌 썩은 선비들이 보내는 그대로 할 것인가? 한 가지 좋은 방도가 있으니, 큰 독에 술을 거르고 돼지 한 마리를 삶아 짊어지고, 낡은 옷에 떨어진 갓을 쓰고, 형이 앞에서 노래부르면 저는 뒤에서 춤을 추겠습니다. 혹 옆걸음질치고, 혹 뒷걸음질하며, 칼을 뽑아 이 세상의 나라를 팔고 백성을 좀먹는 자들을 베어 혹 끊어서 씹고, 혹은 강 가운데 던질 것이라. 그러면 기침과 침은 모두 비를 이루고, 토한 기운은 안개를

이룰 것입니다. 이어 다음의 노래를 부르겠습니다.

장검을 뽑아 크게 노래 부름이여

하늘 밖에서 놀고자 함이라

우주는 내 몸을 용납하기에 부족하구나

해와 달도 내 마음을 충분히 비추지 못한다네

끓어오르는 이 마음 어디로 갈 것인가

대붕(大鵬)을 일축하고, 육오(六鰲)를 채찍질하고자 하네

拔長劍以高歌兮 擬天外以遊戲

宇宙不足以容吾身兮　日月不足以照吾心

忼慨而安之兮　欲蹴大鵬而鞭六鰲

　　매천도 수학한 바 있는 왕석보(王錫輔)의 아들 왕수환(王粹煥)에게 준
편지의 한 대목인데, 제국주의 열강에 굴종하며 나라와 백성을 팔아먹는
권력층에 대한 증오가 전편에 넘쳐흐른다. 진시황을 저격한 형가와 고점
리의 고사에 빗대어 자신의 울분을 지기에게 토로하는 것이다. 황원은 부
인이 먼저 죽자 홀아비로 지내며 '강호려인(江戶旅人)'이라 자호하고, 머
리를 풀어 짐짓 미친 사람 행세를 하며 지냈던 기인이다. 그의 방달한 지
기를 짐작케 하는 일화 하나를 보자. 1913년 석전이 서울의 여규형(呂圭
亨)을 방문하였을 때 손님이 좌중에 가득하였는데, 그의 남루한 의관을
보고 벽의 괘종을 가리키며 "시골에도 저런 새로운 것이 있소?" 하고 묻
는 자가 있었다. 이에 석전은 "시골에도 저런 새로운 것은 다 있지만, 요
즘 서울에는 전에 없던 새로운 것으로 공후백자남(公侯伯子男)을 보았소"
라고 응수하니, 좌중이 숙연해졌다고 한다.
　　1944년 황원은 집 뒤의 방광저수지에 투신 자결함으로써 생을 마감한
다. 이때는 이미 그의 나이 일흔다섯이었으니, 살 만큼 살았다고도 할 수
있다. 그런데 자결의 이유가 일제가 주는 배급미를 먹지 않기 위한 것이
었다고 하니(후손 황의강씨의 증언이다), 죽는 날까지 치열했던 일제에
대한 적개심을 충분히 짐작할 수 있다.

구국의 영웅을 부르는 조고시(弔古詩)

　　매천이 만수동에서 월곡리로 거처를 옮긴 이유는 매천의 스승인 왕석

보의 자제인 왕사각(王師覺), 왕사천(王師天), 왕수환 등이 바로 아랫마을 인 지천리(芝川里)에 살고 있었던 때문인 듯하다. 왕석보는 당시 호남 제 일의 시인으로 문명이 높았는데, 어지러운 시국에 과거 보기를 포기하고 후진양성에 주력한 인물이다. 매천을 비롯하여 이기(李沂), 나철(羅喆) 등 호남 출신의 걸출한 인물들이 모두 그의 제자였다. 지천리에 살고 있는 개성 왕씨는 대대로 구례 지방에서 세거하여왔으며, 왕석보의 7대조 왕득 인(王得仁)은 정유재란 때 석주관(石柱關)에서 왜적과 싸우다 장렬히 전사 한 칠의사(七義士)의 우두머리였다.

여기서 잠시 석주관 전투에 대해 살펴보기로 하자. 석주관은 지리, 백 운의 두 거악(巨岳) 사이로 섬진강이 흐르는 협곡에 위치한 천연의 요새 로서, 역대로 영남에서 호남으로 들어오는 관문이다. 1597년 정유재란 때 하동, 광양 등지를 점령한 왜적은 왜장 코니시 유끼나가(小西行長)가 인솔 하는 약 십만 대병으로 이곳을 넘어 호남으로 진출하고자 했다. 이때 구 례현감 이원춘과 남원부사 임현 등이 패하여 죽고, 왕득인은 의병을 모집 하여 방어에 나섰다가 전사한다. 이에 왕득인의 아들 의성과 이정익, 한 호성, 양응록, 고정철, 오종 등이 천여명의 의병을 모집하고, 화엄사의 승 병 150여명이 합세하여 석주관을 일시 탈환했다. 이들 의병은 이곳의 험 준한 지형을 이용하여 몇차례 방어에 성공하나, 연패에 분개한 왜군이 대 병으로 내습하여, 산정에 진을 치고 있던 왕의성을 제외하고 나머지 다섯 은 장렬히 전사한다. 왕의성은 동지들과 함께 죽지 못한 것을 한하여 지 리산 서쪽에 은거하고 세상에 나오지 않았다고 전한다.

이들의 의거를 기리기 위해 석주성 아래에 일곱 의사와 현감 이원춘 의 위패를 매안(埋安)하고 단을 세워 향사하고 있다. '칠의사총(七義士 塚)'이라 이름하였으나, 실상은 여덟 분의 영령을 모신 것이다. 『매천집』 에 「칠의각상량문(七義閣上樑文)」이 있는 것을 보면, 매천이 살아 있던 당

칠의사총　전남 구례군 토지면
에 있는 석주관 칠의사총이다.

시에 이들 의사를 모신 사당을 신축한 듯하다. 일본 제국주의 세력이 우
리 강토를 시시각각 옥죄어오던 당시 매천은 칠의사의 유적지를 자주 찾
아 그들의 의기를 되새기곤 하였다.

　토지면 송정리에 있는 칠의사총은 깎아지른 바위가 빽빽이 솟아 있는
험준한 산록에 위치하고 있다. 칠의사(七義祠) 왼편으로 난 길을 따라 산
으로 들어서면 잣나무가 좌우로 늘어선 가운데 경사가 급한 돌계단이 이
어진다. 가파른 돌계단이 끝나는 곳에 이르러 자그마한 구릉지가 펼쳐지
고, 이곳에 여덟 기의 무덤이 나란히 늘어서 있다. 이를 대하노라면 계단
을 오르느라 가쁜 숨을 들이켤 여유도 없이 절로 고개가 숙여진다. 그 아
래로는 섬진강이 굽이쳐 흐르는데, 시퍼런 강물빛은 마치 의사들의 넋을
담고 있는 듯하다.

　이곳에서 매천이 지은 시를 한 수 보도록 하자.

　　생사의 갈림길에서 위험을 생각지 않고

곧바로 싸움터에 나가 죽음이 더딜까 염려했다
어지러이 솟은 봉우리는 군사의 깃발인 듯하고
성난 바위는 모두 순절을 기리는 비(碑)가 되었네
아득한 밤 모래밭은 무지개 이어지는 곳이며
찬 강물 단풍나무에 비 내리는 때로다
부질없는 걱정만으론 고래 물결 잠재우기 어려우니
공의 무리들이 지금에 더욱 생각나는구나

一判熊魚不見危　戰如旋踵死嫌遲
亂峯猶想疑兵幟　怒石渾成殉節碑
遙夜沙場虹貫處　寒江楓樹雨冥時
杞憂難保鯨波息　公輩于今汔可思

　칠의사의 의거를 되새기는 시인의 눈에 뭇 봉우리는 군대의 깃발처럼
보이고, 험한 바위는 의사의 순절비로 인식된다. 고래 물결, 곧 일제의 침
탈이 점차 거세지는 민족의 위기상황에 대한 깊은 우환으로 매천은 칠의
사와 같은 구국의 영웅을 간절히 염원한다.
　매천은 임진왜란 때 구국의 영웅들의 사적지를 돌아보며 많은 조고시
(弔古詩)를 짓는다. 그의 조고시에는 표충사의 서산대사, 촉석루의 논개,
행주성의 권율 등 많은 임란 영웅들이 등장하는데, 그중에서도 압도적인
것은 이충무공의 사적을 노래한 것이다. 거북선을 발명하여 왜적을 통쾌
하게 물리친 광경을 노래한 장편시 「이충무공귀선가(李忠武公龜船歌)」의
결구는 다음과 같다.

　충무공 가신 지 이백년에 세계는 동서가 트여

화륜선 동으로 밀려와 불꽃이 해를 덮었네

고요한 강산을 덮치니 호랑이가 양떼에 뛰어드는 듯

화포소리 하늘에 진동하고 총소리 울리네

구천의 충무공을 모셔올 수만 있다면

가슴속엔 응당 기발한 술수 있을 텐데

거북선 같은 슬기로 적을 제압하리니

왜놈들 살려달라고 빌고 양놈은 달아나겠지

二百年來地毯綻 輪舶東行焰韜日

慰平震土虎入羊 火器掀天殺機發

九原可作忠武公 囊底恢奇應有術

創智制術如龜船 倭人乞死洋人滅

임진왜란이 발발한 지 200여년이 흐른 지금 서세동점의 기운으로 세계
는 새롭게 열렸으나, 이는 총칼로 무장한 제국주의 열강의 약소국 침탈로
구체화되었다. 매천은 이같은 구한말 세계사의 조류를 정확히 인식하고,
민족의 위기상황을 타개할 구국의 영웅을 간절히 염원한 것이다.

풍전등화와도 같은 민족사의 위기상황을 절감한 매천은 무엇을 노래
하더라도 민족의 운명에 대한 고뇌를 떨치지 못한다. 마을에서 줄다리기
를 하는 풍습을 보고 흐뭇한 웃음을 짓다가도, 이에 만족지 못하고 "태평
세월에 태어나 한백년 늙는다면/이런 풍속놀이 모두 인정스런 것이련
만/아, 자네들 눈이 너무나 짧네그려/동해 건너 탐욕스런 고래 좀 보게
나(生老太平今百年 此等俗戱皆人情 嗟哉汝曹眼力短 試向東海看饞鯨)"라고 탄
식하고 있다. 함께 줄을 당기는 힘이 한때의 발산으로 그치지 말고, 민족
적 위기를 타개할 수 있는 국민적 역량으로 전화되기를 염원하는 것이다.

외세의 침탈에 맞설 수 있는 주체적 역량을 기르기 위한 염원으로 매천은 신학교 건설에 적극 동참한다.

호양학교의 동종과 자결의 참뜻

매천은 본래 개화의 의미를 '개물화민(開物化民)', 즉 문명을 개발하고 인민을 깨치는 것으로 파악하고 이를 긍정하였다. 이는 '척사위정(斥邪衛正)'의 수구적 유학자와는 궤를 달리한 것이다. 다만 개화의 정도에 있어서는, 당시 몰주체적 개화의 문제점을 잘 알고 있었기에 신중한 입장을 취했다. 그런 그가 신학교 건설에 적극 뛰어든 것은 민족의 절박한 위기 상황을 타개하기 위해서는 다른 대안이 없다고 생각했기 때문이다.

이 점은 당시 전주 지방에 세워진 양영학교의 취지를 설명한 「양영학교기(養英學校記)」에 잘 드러나 있다. 그 첫머리에서 매천은 "나라가 있으매 저절로 망하는 것을 내버려둘 수 없고, 백성이 있는데 스스로 죽도록 놔둘 수 없다(國焉而不可任其自亡 民焉而不可任其自殲)"라고 하여, 국가와 민족의 보존이 절대 당위임을 천명한다. 이어서 오직 힘을 길러 약육강식을 면해야 "천하에 나 또한 인간이다"라고 하며 국가의 주권을 유지할 수 있다고 하였다. 이러한 자강(自强)의 방법은 신학문을 연마하는 데 있을 뿐이고, 그것이 성인의 이용후생의 본뜻에도 합치하는 것임을 역설하고 있다.

여기에서 매천은 자신이 배운 구학문의 세계만을 절대시하지 않고 신학문의 가치를 적극 옹호하고 있다. 오히려 신학문이야말로 절박한 민족의 운명을 타개할 현실적 힘을 지니고 있음을 역설하여 이를 우위에 놓고 있는 듯하다. 이처럼 매천이 중세적 학문의 효용성을 부정하고 근대적 학문을 강조하게 된 것은 민족과 국가의 보존을 절대적 당위로 인식했기 때문이다. 이러한 태도는 조속한 개화에 사로잡혀 외세에 기대고자 한 몰주체적 개화론자와도 다르고, 중세적 세계관에 함몰되어 개화의 필연적인 추세를 인정하지 않으려는 수구적 유학자와도 다른 것이다. 매천의 민족주체적 개화관은 그가 민족 보존을 제일의 원칙으로 하고 개화, 곧 근대화의 의미를 고민한 소산이다. 근대화의 시발점에서 보인 매천의 민족주체적 자세는 이후 기나긴 근대화의 역사적 행정(行程) 속에서 우리가 굳게 견지했어야 할 제일의 원칙일 것이다. 그런데 이러한 근본원칙이 험난한 근대화의 여정 속에서 지름길을 찾거나 좀더 쉬운 길의 유혹에 빠져들다보면 곧잘 무시되곤 한 것이 우리의 실상이 아닌가 한다. 이 점에서 매천의 신학문 수용 자세는 재삼 음미할 가치가 있다.

1908년 매천은 신학교를 건립하기 위한 의연금을 모집하는 글을 지어 '호양학교(壺陽學校)'를 세운다. 720원의 의연금으로 건립된 이 학교는 매천이 살던 아랫마을 지천리에 세워졌는데, 1925년경 일제의 탄압을 견디지 못하고 문을 닫고 만다. 지금은 그 자리에 해방 직후 방광초등학교가 들어선다. 방광초등학교는 20여칸쯤 됨직한 한옥으로 지은 교사가 인상적이다. 문승이(文丞珥) 구례문화원장의 설명에 의하면 민비가 서울에 세운 풍문학교를 본떠 지은 것이라고 한다. 지금은 낡아 사용하지 않고, 민속자료학습관으로 개조하기 위한 작업이 한창이다. 신관에 들어서니 현관 벽면에 '황매천 선생의 업적'이라는 제목하에 선생의 영정과 유물, 그리고 「절명시」 등을 게시해놓았다. 방광초등학교의 교육이념이 매천의 민족주체적 자세에서 비롯되었음을 말해주는 것이니, 이 학교는 가히 호양학교의 후신이라 할 수 있겠다. 이를 살펴보고 있노라니, 어느새 연락을 받았는지 교장선생께서 나와서 안내하셨다. 이곳 교장실 금고에는 호양학교에서 사용하였다고 하는 동종(銅鐘)이 지금껏 소중히 보관되어 있다. 동종의 문양은 일반적인 비천상 무늬를 사용했으나, 앞뒤로 태극기를 뚜렷이 양각해놓은 점이 독특하였다. 수업 시작을 알리는 데 사용됐음직한 이 종에 새겨진 태극기 문양에는 '자주적 국권을 지키기 위해서 신학문을 열심히 배우라'는 매천의 간절한 염원이 담겨 있는 듯하다.

그런데 매천의 신학문 동참은 당시 일부 유림들에게 시비를 불러일으킨 듯하다. 예컨대 임병찬(林秉瓚)이 지은 매천의 제문(祭文)을 보면 "기유년(1909) 가을 선생이 신학문에 동참한다는 말을 듣고(호양학교 설립에 동참한 것을 가리킨다—인용자), 저는 마음속으로 참과 거짓을 분별하지 못하는가 의심하였는데, 오늘에야 비로소 선생의 참뜻을 만분의 일이나마 알게 되었습니다"라고 했다. 임병찬은 최익현(崔益鉉)의 휘하에서 의병활동을 하다가 1914년 일경에 피체되어 거문도로 유배되자 단식으로 자결한 인물이다. 매천 자신 최익현의 의병 투쟁에 격문을 초한 바도 있거니와, 임병찬과도 막역한 사이이다. 그런데 임병찬은 매천의 신학문운동을 '참과 거짓을 분별하지 못하는 행위'로 한때 의심하였다. 이러한 시각에서 본다면 매천의 자결은 봉건적 충군사상의 발로에 다름아닐 것이다. 우리는 매천의 신학문운동이 진위를 구별하지 못하는 행동이 아님을 잘 알고 있거니와, 매천의 죽음 또한 봉건사상의 테두리를 벗어나지 못한 소치로 오해해서는 안될 것이다. 매천이 남긴 「절명시」네 수 중 다음의 시를 보도록 하자.

새 짐승 슬피 울고 산천도 찡그리는데
무궁화 우리 강산 이미 사라졌도다
가을 등불 아래 책 덮고 천고의 역사를 생각하니
인간세상 글 배운 사람 노릇 하기가 쉽지 않구나

鳥獸哀鳴海岳嚬　槿花世界已沉淪

秋燈掩卷懷千古 難作人間識字人

　　나라가 망하는 날, 매천은 무엇보다도 지식인으로서의 책무를 절감하고 있다. "글 배운 사람 노릇 하기가 쉽지 않다"는 자책을 왕조의 멸망을 당하여 자기존립의 근거를 상실한 봉건적 충군사상의 발로로 한정지을 이유는 없다. 그 자신 임종 때 자제들에게 남긴 말에서 "내가 죽어야 할 의무는 없지만 (…) 평소 읽던 글에 부끄럽지 않기 위해서 죽는다"고 하였다. 이른바 "군자는 천하의 근심을 먼저하고 천하의 즐거움을 뒤로한다"는 유학 본연의 지식인의 소명의식으로 이해함이 온당할 것이다.

　　그가 자결하기 직전까지 『매천야록』을 쓴 점을 고려하면, 매천은 지식인으로서의 자기 책무를 망해가는 나라의 역사를 비판적으로 응시하고, 이를 충실하게 기록하는 것에 두었던 듯하다. 그 자신 직접 의병활동에 가담하지는 않았지만, 『매천야록』에 '의보(義報)'란을 마련하여 의병활동을 소상히 기록한 데에서 이 점을 느낄 수 있다. 매천에게 국가의 멸망은 망국의 역사일망정 기록대상의 소멸을 뜻했으며, 이는 곧 지식인으로서 자부했던 역사적 소임의 상실을 의미하는 것이었다.

　　그렇다고 해서 자결이 최선의 방책일 수는 없다. 나라가 망했지, 민족이 멸망한 것은 아니기 때문이다. 매천의 자결은 그가 봉건적 지식인의 행동준거를 완전히 탈피하지 못했음을 보여주고 있음에 틀림없다. 그렇지만 우리는 쉰여섯이라는 고령의 나이에 지식인으로서의 자기 책무에 대해 절실히 고뇌한 그 심정을 먼저 헤아려야 할 것이다. 아울러 매천의 자결은 자주적 근대화에 대한 좌절을 죽음으로 거부한 극단적 저항의 형태였음을 재삼 인식할 필요가 있다. 그의 자결은 우리로 하여금 근대화 과정에서 보인 자주성, 주체성의 상실을 되돌아보게 만든다.

　　매천의 죽음은 당시 사회적으로 상당한 반향을 불러일으켰던 것으로 보이니, 장지연(張志淵)이 주필로 있던 『경남일보』는 매천의 자결 소식과 함께 그의 「절명시」를 게재한 이유로 폐간당하기도 했다. 매천이 자결한 이듬해 평생의 지기 창강은 중국 망명지에서 서신을 보내 『매천집』 간행을 제안한다. 발간 경비는 매천의 아우 황원과 문인 권봉수(權鳳洙), 왕수환 등이 통문(通文)을 돌려 270여 인사들의 의연금으로 충당하였다. 이에 1912년 중국 샹하이에서 『매천집』 500질이 간행되어 국내와 중국에 배포되었다. 시국을 염려하여 연기하자는 신중론도 있었고, 배포시 간행한 책을 압수당하기도 하는 우여곡절을 겪으며 이루어진 쾌거이다. 일경의 눈을 피해 은밀하게 이루어진 위험한 일에 이처럼 많은 이가 참여한 것을 보면 암담한 당시 상황에서 매천의 존재를 통해 민족적 저항의지가 결집되었음을 알 수 있다.

답사의 마지막 일정은 구례문화원에서 주최한 '매천선생 탄신 140주년 기념강연회'에서 최신호, 임형택 교수가 주제 발표하는 것으로 잡혀 있었다. 점심을 먹고 강연장으로 가면서 혹 질문이 없을까 염려해서 일행 중 한두 명이 질문하기로 미리 입을 맞추었는데, 그것은 전혀 기우에 지나지 않았다. 강당을 가득 메운 참석자 중에는 오후 시간의 긴 강연 중에 한 사람도 조는 사람이 없었을 뿐 아니라, 질의시간에도 진지한 질문이 연이어져 시간상 사회자가 제지를 해야 하는 상황이었다. 구례 지역에서 매천 선생을 기리는 열의를 충분히 느낄 수 있는 자리였다. 그럼에도 사십대 이하의 젊은 층을 찾아볼 수 없었던 것은, 이 강연회가 갑자기 성사되어 홍보가 덜 되었다는 점을 고려해도 아쉬움으로 남는다.

자주적 근대화의 염원을 되새기며

매천이 간 지 90여년의 세월이 흘렀다. 길다면 길 수 있고, 짧다면 짧을 수도 있는 시간이 흐른 지금 우리나라는 그야말로 상전벽해라 할 만큼 엄청난 변모를 겪었다. 세계화의 구호 속에 전지구적으로 자본주의 원리가 관철되고 있는 오늘날 우리네 삶의 외형적 모습은 물론 의식세계에서도 매천의 자취는 희미하게 잊혀져가는 듯하다. 그동안 매천에 대한 조명이 없지는 않았지만, 아직까지 매천의 문학세계는 구(舊)문학적 형식에 가려 정당한 평가를 받지 못하고 있는 듯하다. 이는 서구적 문학 개념에 사로잡혀 동시대 신문학이 담아내지 못한 심각한 사상내용을 담고 있는 구형식의 문학세계 전반에 대한 이해 부족을 반영한 결과가 아닌가 한다.

황현선생 동상 고향인 전남 광양시 광양읍 우산공원에 세워져 있다.

매천을 죽음으로 내몬 자주적 근대화의 좌절은 민족이 둘로 찢기는 분단현실로 이어지고, 이는 우리의 근대 상황을 왜곡시킨 근본요인으로 작용하였다. 이에 남쪽의 경우 위로부터 강제된 급속한 근대화는 서구적 삶의 방식을 충실히 따라잡는 방식으로 수행되었다. 이 과정에서 서구적 근대화 방식에 대한 이의제기는 철저히 봉쇄당하였거니와, 때로는 민족주체적 자세 또한 청산해야 할 수구적인 것으로 치부되기도 한 것이 우리의 실정이었다. '황국신민(皇國臣民)'에서 유래한 '국민학교'란 명칭이 없어지는 데 50년의 세월이 걸린 사실은 우리 근대화의 비주체성을 단적으로 말해주는 것이 아닐까?

세기가 바뀐 지금까지 지구상에서 유일한 분단국가로 남아 있는 우리 민족에게도 봄날이 오려는지 남과 북의 교류가 점차 활발해지고 있다. 21세기를 맞이하여 새로운 문명사적 기운과 함께 한반도 남북의 통일이 목전의 절실한 문제로 대두하게 되었다. 서세동점의 세계사적 조류 속에 열강의 각축장으로 유린당하며 분단으로 이어진 우리 근대사의 질곡을 해결할 문제가 민족사적 과제로 떠오른 것이다. 어느 때보다도 민족의 역량과 지혜를 모아 외세에 현명하게 대처해야 할 지금, 포기할 수 없는 원칙 중 하나가 민족의 자주성이 아닌가 한다. 매천이 보여준 민족주체적 자세와 지식인적 책임감을 새롭게 음미해야 할 시점이다.

‖ 신익철 ‖

제2부

현대문학의 현장을 가다

1934년 경성, 행복 찾기
박태원 「소설가 구보씨의 일일」

광교에는 다리가 없다

지하철을 타고 을지로입구역이나, 종각역에서 내려 한 구역을 걸어가면 서로 맞보고 있는 조흥은행 건물이 나오고, 그 앞에 붙어 있는 광교라는 팻말을 볼 수 있다. 종로와 을지로에 나란히 있는 이 거리가 청계천로이고, 조흥은행 건물이 있는 네거리가 광교 네거리이다. 그리고 지금으로부터 70여년 전 「소설가 구보씨의 일일」이 시작하는 곳이 바로 이곳이다. 1934년의 어느 하루 청계천변에 있는 집을 나선 뒤, 무려 열두 시간 이상을 돌아다니고 새벽 두시가 넘어 집으로 돌아가는 구보를 따라 돌아야 할 우리의 발걸음이 시작되는 곳도 바로 여기 광교이다.

광교(廣橋)·북광통교(北廣通橋)·대광통교(大廣通橋)·광통교(廣通橋)·대광교(大廣橋)라고 불리던 광교는 본래는 흙과 나무로 만든 다리였는데, 홍수로 인한 유실이 심해지자 태종 때 정릉의 석물을 이용하여 돌

로 다시 만들었다 한다. 정릉은 태조 이성계의 계비 신덕왕후 강(姜)씨의
능으로 본래 정동에 있었다. 정릉을 지금의 정릉으로 이전할 때 석물들이
남았는데, 광교는 이 석물들을 이용해 만들어졌다. 특히 남북 양측의 석
벽을 이룬 열두개의 신장석(神將石)의 문양은 문화재로서 가치가 높다고
한다. 광통교라는 이름은 청계천에 있는 다리 가운데 가장 폭이 넓었고
사람이 많이 다녔기 때문이라고도 하고, '광통(廣通坊)'에 속해 있기 때문
이라고도 하나 어느 것이 먼저인지는 모른다.

　불과 1년 전만 해도 '광교'에 다리[橋]가 없었다. 청계천에서 청계천
을 볼 수 없었다. 1950년대부터 시작된 개발의 논리가 청계천을 '내'가 아
니라 도로로 만들었다. 유일한 '다리'라면 청계천을 따라, 청계천 대신에
놓인 '청계고가도로'만 있었을 뿐이었다. 청계천은 서울시의 하수구 노릇
을 하며 햇빛을 받지 못해 썩어 있었고, 광교는 그 밑에서 퇴색되어가고
있었다. 역사는 다리 밑으로 들어가고, 그 모조품만 조흥은행 앞에 축소
된 채로 남아 있을 뿐이었다.

　그런 청계천이 지금 새로운 모습으로 태어난다. '다시' 태어나는가?
'재생(再生)'? 알 수 없다. 어쩌면 광교는 놓일지도 모른다. 새롭게 놓일
지, 아니면 복원될지 잘 모르겠다. 굳이 알려 하면 알 수 없는 것도 아니
지만, 그러나 '모르겠다'. 청계천을 복원하는 심사를 나는 모른다. 청계천
이 복원되면 서울의 모습은 조금 더 좋아지리라. 그러나 잠시 본 '재생'된
청계천은, 다시 태어난 청계천은 옛날의 청계천이 아니었다. 굳이 옛것을
그대로 살릴 이유도 없겠지만, 그러나 다시 태어나는 청계천이 적어도 살
아 있어야 하는 것은 아닐까? 청계천을 복원한다고 해서, 거의 완공되어
간다고 해서 가본 청계천은 맑은 물이 흐를 것이고, 예쁘게 포장될 것이
지만, 하지만 그 또한 하나의 '전시물'에 지나지는 않을까 하는 의구심을
버릴 수 없게 했다. 구획된 청계천. 나무도 있고, 석벽도 있고, 작은 폭포

광교 2005년 10월, 청계천 복원으로 광교도 새롭게 모습을 드러냈다.

도 있지만, 그러나 살아 있는지는 의심스러운 청계천. 자기 물을 댈 수 없어서 강제로 딴 곳의 물을 가져다가 흘려보내야 하는 청계천. 주위를 아무리 둘러보아도, 박태원이 보았던 빨래터는 없고, 빨래터 아낙네들의 수다스러운 목소리도 없다. 이제 더이상 광교는 구보의 광교가 아니고, 청계천도 그의 청계천이 아니다. 그 사이에 있는 것이 역사이건, 아니면 단지 시간상의 차이이건, 여하간 그 사이에는 무어라 하나로 이름할 수 없는 차이들이 있고, 그 차이들도 인해서 구보의 발걸음과 우리의 발걸음은 어긋나고 있다.

청계천, 이중의 의미

청계천은 이처럼 이중의 의미를 지니고 있다. 삶의 냄새를 덧칠한, 도시적 환상의 구조물. 단정하게 정리되어 있는 물길과 사람길. 살아 있는

혼마찌 일정목의 거리 풍경. 일제시대 경성의 최고 번화가였다.

것처럼 보이지만, 어쩌면 물고기가 노닐지도 모르지만, 그러나 죽어 있는, 자기 스스로 생존할 능력을 갖지 못한 가상의 낙원.

　구보가 살았던 당시 청계천·청계천변은 여러 측면에서 이중의 의미를 지니고 있었다고 한다. 우선 청계천은 당시 남촌과 북촌을 가르는 경계였다. 청계천 남쪽의 남촌이 주로 일상(日商)들을 비롯한 외국인들이 자리를 잡았던 거리임에 비해, 청계천 북쪽의 북촌은 조선의 상인들이 자리를 잡았던 거리였다. 「장군의 아들」에 나오는 것처럼 청계천 남쪽 메이지쬬오(明治町), 혼마찌(本町)와 청계천 북쪽의 종로의 상권은 구역화되어 있었고, 그들의 대립은 일종의 민족적인 대립의 양상마저 띠고 있었던 것이 사실이리라. 또한 청계천은 도시의 중심과 주변이 혼재하는 공간이기도 하였다. 『천변풍경』에서 보이는 것처럼, 약국 주인이나 아니면 중절모 신사같이 도시적 삶에 편입해 있는 사람들이 사는 공간이면서도, 동시에 농촌에서 유리된 농민들이 도시로의 꿈을 안고 살아가는 공간이기도 하다. 이처럼 청계천의 이중성은 경제의 이중성이면서도 동시에 문화의 이중성이기도 하다. 박태원의 「소설가 구보씨의 일일」은 이 이중성 속에서, 경계 속에서만 제 자신의 의미를 드러내는 것은 아닐까.

박태원의 집이 청계천변에 있었다는 사실은 잘 알려져 있다. 박태원이 나고 자란 곳은 청계천변 다옥정(茶屋町), 지금의 다동(茶洞)이다. 이 지역의 본래 이름은 다방골이다. 다방(茶房)이 있었던 곳이라고 해서 붙은 지명이다. 물론 이때의 다방은 지금의 다방과는 거리가 멀다. 다방은 본래 다도(茶道)와 다례(茶禮)를 주관하던 관청으로, 궁중에 음식품을 조달하던 관청이었던 사옹원(司饔院)에 속했다. 지금과 같은 다방이 형성된 것은 근대 이후의 일이다.

청계천의 주변에 자리잡고 살았던 대부분의 사람들이 중인 출신이었듯이 박태원 집안도 중인집안이었다. 아버지 박용환(朴容桓)은 공애당 약국을 운영하였고, 숙부인 박용남(朴容南)은 공애의원을 경영하였다. 박태원이 중인집안이었다는 사실은 매우 주의를 요한다. 중인들이 근대화에 상당히 적극적으로 대응했음은 잘 알려진 사실이기 때문이다. 실제로 그의 숙부 박용남이 YMCA 촉탁의사로 있으면서 윤치호 등의 개화지식인들과 상당한 친분을 가지고 있었고, 그의 고모가 교사로서 이광수의 부인이었던 허영숙과 교분이 두터웠다는 사실이 이를 말해준다. 그러나 그럼으로써 눈뜨게 되는 문학이라는 직업은 사실 이러한 중인 출신의 생활과는 밀접한 연관을 갖지 않는지도 모른다.

문학이라는 것 자체가 이미 '돈'과는 거리가 멀었던 것. 박태원이 중인 출신이라는 사실은 바로 이 지점에서 중요하다. 근대에 가장 민감하게 반응했고, 또 근대화의 과정 속에서 일정한 지분을 얻고 있었으며, 어떻게 보면 근대화의 중심일 수 있었던 이들 중인 출신들, 곧 전문가들의 생활 속에서 자라났으면서도, 문학가는 근대 속에서 찬양받을 수 있는 이러한 전문가들과는 다른 자리에 있기 때문이다. 문학에 대한 소양과 글을 지을 수 있는 능력이라는 것은 근대 이전 지식인이라면 누구나 갖추어야 할 소양에 불과했다. 반면 이와는 전혀 다른 의미의 문학인이거나 가객, 아니면 광대 같은 대중예술가들의 경우, 철저히 화폐의 논리에 종속되어 있었고, 또한 그것이 그들의 삶의 방식이었다. 그러나 근대로 들어오면서 최소한 1920년대를 지나면서부터는 이러한 구분은 더이상의 의미를 갖지 못하게 된다. 근대의 예술, 근대 자본주의 속에서 자라나고, 그 덕택으로 모든 것에서 자유로워질 수 있었던 예술은 기실 근대의 논리 속에서는 살아나갈 수가 없었다. 근대적 예술가와 근대의 괴리, 바로 이 괴리가 박태원을 규정한 듯 보인다. 이런 점에서 역시 중인 출신으로 알려져 있는 염상섭과 비교될 만하다. 염상섭 문학의 핵심이 일상성에 있고 그리고 그 일상의 중심이 돈에 있다고 한다면, 박태원이 지향하는 문학에서 돈이란 설 자리가 없기 때문이다. 여하간 박태원이 이 균열의 지점에 있었다는 사실에 주목해두자.

어머니, 일상적 삶의 욕망

구보는 느지막이 일어나서, 결혼하기를 바라는 어머니의 걱정을 뒤로 하고 광교를 건너 종로로 나간다. 「소설가 구보씨의 일일」의 첫 장 「어머니는」은 구보 어머니의 시선으로 그려진다. 그리고 다음 장 「아들은」에서는 어머니의 시선과 구보의 시선이 교차한다. 그리고 구보는 집을 나서고, 여기부터 소설의 끝까지 구보의 시선이 지배한다. 이 소설의 시작이 어머니에서 시작한다는 사실은 주목할 만하다. 박태원의 의도가 숨어 있는지 아닌지는 여기서 상관이 없다. 박태원을 따라가는 것이 아니라, 우리는 「소설가 구보씨의 일일」을 따라고 있기 때문이다. 소설의 처음에 놓여 있는 이 어머니의 시선은 소설의 끝에까지 구보를 지배하고 있다. 절대적인 규정성, 결국 구보가 빠져나오지 못하는 이 규정성이란 어떤 것일까.

직업과 아내를 갖지 않은, 스물여섯살짜리 아들은, 늙은 어머니에게는 온갖 종류의 근심, 걱정거리였다. (『소설가 구보씨의 일일』, 문장사 1938, 222면. 이하 면수만 표시)

나이 찬 아들의, 기름과 분 냄새 없는 방이, 늙은 어머니에게는 애달팠다. (223면)

어머니는 어디 월급자리라도 구할 생각은 없이, 밤낮으로, 책이나 읽고 글이나 쓰고, 혹은 공연스리 밤중까지 쏘다니고 하는 아들이, 보기에 딱하고, 또 답답하였다. (223~24면)

아들은 지금 세상에서 월급자리 얻기가 얼마나 힘드는 것인가를 말한다. 허지만, 보통학교만 졸업하고도, 고등학교만 나오고도, 회사에서 관청에서 일들만 잘하고 있는 것을 알고 있는 어머니는, 고등학교를 졸업하고도, 또 동경엘 건너가 공불 하고 온 내 아들이, 구하여도 일자리가 없다는 것이 도무지 믿어지지가 않았다. (227면)

어머니의 시선은 평범한 사람들의 삶의 방식에 기대고 있고, 이러한 어머니의 욕망은 일상적 삶의 욕망이라고 할 수 있다. 1980년대에 시인 박노해가 "오! 어머니/당신 속에는 우리의 적이 있습니다"라고 눈물로 외치게 한 어머니의 모습이기도 하다. 이러한 어머니의 시선이 처음에 배치된 것은 소설 형식상 인물 소개를 위한 장의 역할을 담당하는 것으로 이

해될 수도 있다. 하지만 달리 생각하면 구보의, 아니 작가 박태원의 자의식이 드러나는 부분이기도 하다. 평범한 삶을 영위하고 있는 어머니의 당연한 걱정을 사는 주인공, 그의 삶이 일상적인 삶이 아닌 비일상적인 삶으로 보이게 하는 지점이 바로 여기이기 때문이다. 이제 구보는 결코 이 어머니의 몰(?)이해, 당연한 걱정의 자장에서 벗어나지 못한다. 구보의 삶의 배면에는 항상 어머니의 걱정과 욕망이 깔려 있게 된다. 이러한 욕망을 등에 진 구보를 뒤따라가보자.

기호로 남은 역사들

전차, 당시 두 개의 근대적 대중교통수단 중의 하나인 전차가 처음 놓인 것은 1898년 12월의 일이다. 서대문과 청량리 사이를 왕복 운행하는 단선 전차가 운행되다가, 1899년 종로에서 남대문을 운행하는 전차궤도

서울의 전차 1898년 개통된 전차는 이후 1960년대말까지 서울의 주요 교통수단이었다.

가 놓였다. 또 하나의 운송수단은 버스 곧 승합차이다. 처음 다니기 시작한 것은 1920년대 초, 본격적으로 다닌 것은 1928년부터라고 한다. 이러한 전차나 버스 모두 대중교통수단이라는 점에서 인력거나 자동차와는 의미가 다르다. 그러나 그러한 버스나 전차마저도 구보에게 있어서 의미가 같지는 않다. 「피로」에서 구보는 다방에서 글을 쓰다가 무엇 때문인가 소설쓰기를 계속하지 못하고, 역시 뚜렷이 갈 곳이 없는 채로 버스를 탄다. 하지만 구보는 여기서 삶의 한 양상을 발견한다. 그 삶은, 그가 거리에서 보았던 샐러리맨들이나, 한강인도교에서 보았던 사람들의 삶과 같은, 그리고 자신의 삶과 하등 다를 바 없는, 피로에 지친 삶이다. 하지만 「피로」의 버스와 달리 「소설가 구보씨의 일일」에서 전차 타기는 단지 걷기의 연장일 뿐이다. 순환하는 전차 속에서 구보는 타인들을 발견하는 것이 아니라, 자신의 내면으로 칩거한다.

참고로 구보가 탔을 것으로 생각되는 전차노선도를 살펴보자. 구보는 종로 네거리에서 전차를 탄다. 구보가 탄 전차는 서대문에서 오는 것으로 추측되는데, 종로2정목, 빠고다공원, 창덕궁 앞, 종묘 앞, 종로4정목, 종로5정목, 초교(初僑)를 지나 동대문에 이른다. 오늘날 지하철 1호선 노선과 그리 다르지 않다. 창덕궁에 들른다는 점이 다를까? '빠고다 공원'이야 지금의 탑골공원이고, 초교는 종로5가와 6가 사이에 있던 다리라고 한다. 동대문에서 종로로 오는 데 첫째 다리이므로 '첫다리' 또는 '초교'라고 하였다고 한다. 동대문에 이르면, 청량리로 가는 지선이 갈라진다. 이른바 교외선이리라. 구보가 탄 전차는 한강교로 팻말을 바꾸고 계속 운행한다. 이제 전차는 전차과 앞, 경성운동장, 황금정7정목, 훈련원, 사범학교 앞, 황금정5정목, 황금정4정목, 앵정정, 약초정, 영락정, 황금정3정목, 황금정 입구, 명치정을 지나, 선은(鮮銀, 조선은행) 앞에 구보를 내려놓고 남대문을 거쳐 종점인 한강교로 갈 것이다.

지금으로서는 거의 낯선 지명이니 잠깐씩만 살펴보자. 황금정은 지금의 을지로이다. 그러고 보면 동대문에서 갈라지는 전차노선은 지금의 2호선 일부와 비슷하다. 글쎄 뭐라고 말을 해야 할까. 이렇게 된 데에는 여러가지 이유가 있겠지만, 흡사 1930년대의 유물을, 아니 식민의 기억을 보고 있지 싶어 착잡하다. 사범학교는 물론 경성사범학교이다. 경성사범학교가 만들어진 것은 1922년 개정조선교육령에 따른 것이다. 1920년대에 들어 일제가 조선교육령을 개정한 이유를 굳이 물어야 할까? 우리나라에 처음 사범교육이 마련된 것은 1895년 고종 32년 한성사범학교가 만들어지면서부터이다. 물론 이 한성사범학교는 그리 오래가지 못하였다. 1911년 조선교육령이 공포됨과 함께 한성사범학교는 폐지되고 만다. 한성사범학교를 폐지하고, 사범교육을 관립고등보통학교에 부속으로 두었던 이유, 그리고 3·1운동 이후 1922년 사범학교를 다시 세운 이유는 짐작할 만하다. 소학교 교원을 체계적으로 양성한다는 것은 달리 말하자면, 이데올로기 교육을 강화하는 것이기도 하다. 소학교 교육이 '특별한' 의미를 가지게 된 것이고, 이는 물론 지배이데올로기에 대한 '동의'를 목표로 한 것이리라. 앵정정은 지금의 중구 인현동(仁峴洞). 인현동이 왜 앵정정으로 바뀌었는지는 알 수 없지만, 인현동이라는 이름은 선조의 일곱째 아들인 인성군(仁城君)의 집이 있는 고개이기 때문에 붙여졌다고 한다. 인현동을 굳이 앵정정으로 고친 일제의 의도야 눈에 보이지만, 1894년 갑오개혁 때 행정구역 개편을 하면서 인현동으로 했던 것도, 그리고 해방 후에 다시 이를 인현동으로 되돌린 것도 그리 탐탁하지는 않다. 조선 초기의 지명인 '성명방(誠明坊)' '낙선방(樂善坊)'이라는 이름을 두고 왜 '인현동'으로 하였는지 의문이다. 그러나 뭐 이것만이 의문이겠는가? 그러나,

전차를 타고 있을 때뿐만 아니라 전차를 내린 이후에도 구보는 대체로 풍경에 무감하다. 아니, 장소란 구보에게는 아무런 의미도 없다. 그것

은 아무런 역사를 지니지 않은, 그저 '공간'에 지나지 않는다. 「소설가 구보씨의 일일」이 독특하게 보이는 이유가 여기에 있다. 「소설가 구보씨의 일일」에는 구보가 돌아다녔던 길들이 상세하게 나타나 있다. 하지만 그 상세함에 비한다면, 그에 대한 구보의 관심은 너무 미약하다. 아니 전혀 신경을 쓰고 있지 않다.

구보가 탄 전차는 "방향판을 '한강교'로 갈고 전차는 훈련원을 지"나고 "약초정 근처를 지나" '조선은행' 앞에 선다. "생각에 피로한 그는 이제 마땅히 다방에 들러 한 잔의 홍차를 질겨야 할"것이기 때문에 "구보는 전차를 나려, 장곡천정(長谷川町)으로 향한다". 다방에서 만나고 싶어하는 벗은 오지 않아, 구보는 "백동화를 두 푼, 탁자 우에 놓고, 그리고 공책을 들고" 다방을 나선다. 그는 우선 "부청 쪽으로 향하여 걸으며" 벗들을 떠올린다. 그리고 "넓은 마당 건너 대한문을 바라"보면서, 사람의 마음을 우울하게 하는 "빈약한, 너무나 빈약한 옛 궁전"을 떠올린다. 그리고 "조그만 한 개의 기쁨을 찾아, 구보는 남대문을 안에서 밖으로 나가보기로 한다". 그리고 "약동하는 무리들이 있는 곳" 경성역으로 간다. 그곳에서 만나고 싶지 않은 친구 '전당포집 둘째아들' '중학시대의 열등생'을 만나고, "어느 틈엔가, 구보는 조선은행 앞에까지 와 있었다". 친구에게 전화를 걸고, 구보는 다시 다방으로 돌아간다. "시인이었음에도 불구하고, 극히 건강한 육체와 또 먹기 위하여 어느 신문사 사회부기자의 직업을 가지고 있"는 벗을 만나고, 벗과 함께 거리로 나서면 황혼, 벗은 집으로 돌아가고 "어느 틈엔가 구보는 종로 네거리에" 서 있다. 황혼을 나눌 사람을 찾아 구보는 "종로 경찰서 앞을 지나 하얗고 납작한 조고만 다료엘 들른다". 기다렸던 벗이 오고 벗과 함께 '대창옥'으로 가서 구보는 설렁탕을 먹는다. 다시 한길 위에 우두커니 선 구보. 벗은 급한 약속으로 다시 만나기를 약조하고 자신의 갈 길로 가고, 구보는 "어느 틈엔가 황토마루 네거리에까지 이르"고, "광화문 통 그 멋없이 넓고 쓸쓸한 길을 아무렇게나 걸어가" 던 구보는 다시 "좀 급한 걸음걸이로 온 길을 되걸어"간다. 다시 다방으로 되돌아간 구보. 벗이 오고 구보는 벗과 함께 거리로 나선다. 조선호텔 앞 을 지나 "맞은편에 경성우편국 삼층 건물을 바라보며" 구보는 벗에게, "조 그만 기쁨, 보잘것없는 기쁨"을 묻고, 그들은 술을 마시기 위해 "종각 뒤, 그들이 가끔 드나드는 술집을 찾"는다. 그러나 그 술집에 그들이 찾던 여 급은 없고, 그 여급이 지금 있는 '낙원정의 어느 카페'로 간다. 카페를 나 온 것은 비 내리는 '오전 2시의 종로 네거리'. 벗은 집으로 가고 구보도 집 으로 향한다.

동대문운동장, 당시의 경성운동장과 그 맞은편의 훈련원 터는 예전에 훈련도감의 군대주둔지였던 하도감(下都監)과 훈련원이 있던 자리이다. 임란 이후 군사조직의 재정비를 위해서 1953년에 훈련도감이 설치되었 고, 18세기 들어 상설기구가 되면서 이 지역에 하도감이 설치된다. 1881 년 신식군대인 별기군(別技軍)이 창설되고, 이 별기군에 대한 우대와 구 식 군대에 대한 차별대우로 1882년 임오군란이 일어났을 때, 내란을 진압 한다는 이유로 청의 우 챵칭(吳長慶)과 위안 스카이(袁世凱)가 군대를 주 둔시켰던 곳이 바로 이곳이며, 갑신정변 때 친일내각을 분쇄하기 위해 청 나라가 고종을 모셨던 곳도 바로 이곳이다. 일본은 바로 이 자리에 1926 년 경성운동장을 준공한다. 하지만 이곳의 역사는 여기서 끝나지 않는 다. 1926년 고종의 국상을 계기로 6·10만세시위가 벌어졌던 곳도 바로 이곳이고, 또 해방 후 신탁통치반대 시민대회가 개최되었던 곳도 바로 이 곳이다. 옛 군대주둔지이면서 동시에 외국의 군대주둔지였던 곳, 그리고 바로 준공된 그해 강한 민족적 항거가 일어났던 곳.

장곡천정. 지금의 소공동(小公洞). 소공동의 본래 이름은 작은공주골, 소공주동이다. 태종의 둘째딸 경정(慶貞)공주의 궁인 남별궁(南別宮)이

남대문통 1930년대 경성에서 가장 근대적인 거리로 꼽혔던 남대문통 거리이다.

있었기 때문에 붙은 이름이다. 이 작은공주골은 1904년 러일전쟁 당시 군사령관이었던 장곡천호도(長谷川好道)의 이름을 빌려 장곡천정으로 이름지어졌으며, 남별궁이 있던 자리에는 총독부철도조선호텔(조선호텔)이 지어진다. 이 조선호텔의 건립에서 일본의 조선 지배를 확인할 수 있지만, 다른 한편으로는 전근대에 대한 근대 '자본'의 승리 또한 읽을 수 있다. 조선호텔은 남별궁 터에 있던 원구단(圜丘壇)의 잔해 위에 세워진 것이기 때문이다. 원구단 또한 고종이 황제로 즉위하면서, 태조대왕을 고황제로 추존하고 천신지기(天神地祇), 곧 하늘과 땅의 신에 고제(告祭)하기 위해 1898년 쌓았던 단이다. 원구단이 헐린 것은 1913년의 일이고, 다음해 그 자리에 1914년에 총독부철도조선호텔이 세워진다. 또한 원구단의 정문인 광선문(光宣門)은 장충동에 있는 이또오 히로부미의 원찰(願刹) 본원사(本願寺)의 정문으로 이전되는 운명을 겪는다. 지금 남아 있는 것은 천신지기와 태조 고황제의 위패를 모신 팔각형의 황궁우(皇穹宇)와 고종의 업적을 찬양한 석고단(石鼓壇)뿐이다. 그나마 건물들 사이에 있어 잘

한국은행 1920년대 중반에 지어진 한국은행(전신은 조선은행) 앞 거리이다.

보이지 않는다. 오히려 황궁우가 가장 잘 보이는 곳은 조선호텔 커피숍이다. 호텔 건물의 효율적인 배치로 커피숍의 대형 유리창을 통해 황궁우의 전면이 드러나도록 되어 있다. 호텔의 부속물이며, 풍경으로 전락한 역사라고나 할까.

경성부청. 황금정·남대문통·태평통을 잇는 삼각지대에, 그리고 일본인의 주요 상업지역이었던 무교정과 외국인이 많이 거주했던 장곡천정과도 연락이 되는 요충지에 있는 지하 1층 지상 3층의 건물. 경복궁 내의 총독부 건물과 남북으로 나란히 대일본제국의 권위를 건축의 육체로써 증명하려 했던 지금의 시청 건물이다.

조선은행. 지금의 한국은행. 건물 내부는 들어가보지 않아 알 수 없지만 건물 외부는 설립 당시와 변함이 없다고 한다. 지금은 은행 건물로는 쓰이지 않고, 화폐박물관이 자리하고 있다. 한국은행의 전신이라고 할 수 있는 조선은행이 설립된 것은 1909년이다. 본래 1903년에 '중앙은행 조례'를 제정하고 은행설립 준비를 시작하였으나 그 시도는 무산되었고, 합방 전해인 1909년 일제의 주도로 설립되었다. 한국인이 창립위원회에 있었으나 형식적이었고, 실무 경영진에는 한 사람도 없었다고 한다. 중앙은행의 업무를 시작한 것은 1911년 3월부터이다. 건물은 지하 1층 지상 2층으로 1908년부터 지어지기 시작하였는데, 본래 용도는 일본 제일은행 서울지점 건물이었다.

그러나 이 모든 것은 그저 자극일 뿐이고, 기호일 뿐이다. 그가 부딪치는 공간은 그 자체로는 의미가 없다. 그것은 무엇인가의 기호일 뿐이다. 청량리는 교외이고, 교외는 그에게 곧바로 고독을 일깨워준다. 그리고 그가 지나치는 많은 곳, 경성운동장, 훈련원 그리고 그가 전차를 내리는 조선은행. 그는 그 어디에도 눈을 돌리지 않는다. 물론 잠깐 대한문을 바라보면서, 옛 궁성을 생각하기는 한다. 그러나 그뿐. 그것들은 단지 '정거장'이거나 눈에 비치는 풍경일 뿐이다. 그곳에서 그는 과거를 돌이키고 미래의 행복을 찾는다. 하지만 그 과거나 미래는 개인적인 시간성일 뿐이다. 그에게는 개인적 시간성과 역사적 시간성이 만나지 않는다. 개인적인 시간이 펼쳐질 때 역사적 시간성은 자신의 자리를 잃어버리고, 모든 역사성은 한낱 기표에 지나지 않게 된다. 기의를 잃어버린 기표. 아니 이제는 정거장이라는 새로운 기의가 덧씌워진 기표일 뿐이다.

행복 찾기 둘──'황금광시대'

화신상회에서 구보가 넋을 잃었던 것은 근대의 화려함이 아니라, 하나의 가정이었다고 했다. 그리고 그런 가정의 '소시민성'에 그는 경멸감을 가지려고 하다가 축복하여주기로 한다. 적어도 그들은 가정을 갖고 있기 때문에. 가정이란, 한 남자와 한 여자가 이루는 것. 적어도 그때의 구

보에게는 그러하다. 그리고 구보에게는 결핍된
것이다.

경성역으로 구보가 활기로운 삶을 찾아나
갔을 때, 그가 보았던 것은 옛 친구와 그 곁에
선 여인이다. 바로 이 장면에서 구보는 자신의
내면 얼굴을 그대로 드러낸다. "둥글넙적한, 또
비속한 얼굴에 웃음을 띄우고, 구보 앞에 그의
모양 없는 손을 내"미는 '중학시대의 열등생'
'전당포집 둘째아들'. 친구는 한 잔의 차를 청
하고, 구보는 용기 없어 그의 뒤를 따른다. 그리
고 그의 뒤를 따르는 한 여인. "어느 틈엔가 이런
자도 연애를 하는 시대가 왔다. 새삼스러이 그
천한 얼굴이 치어다보였으나, 그러나 서정시인
조차 황금광으로 나서는 때다"(253면). 그를 만나
기 이전에 구보는 "황금을 찾아, 황금을 찾아, 그
것도 역시 숨김없이 인생의, 분명히, 일면이다.
그것은 적어도, 한 손에 단장과 또 한 손에 공책
을 들고, 목적 없이 거리로 나온 자기보다는 좀
더 진실한 인생이었을지도 모른다"(251~52면)고
말하지 않았는가. 그러고 나서 곧바로, 그러한
인생에 대해 구보는 경멸의 감을 감추지 못한
다. 그리고 '확실히' 어여뻤던 그 여자가 그를
단지 황금 때문에 사랑할 것이라는 데 대해 안

화신상회
초기 화신상회의 금은방(맨위)
화신백화점(가운데)
화신상회의 야경(맨아래)

타까움을 느끼고, 그리고 그런 여자를 거리낌없이 애무할 그 친구의 야비
한 웃음에 마음이 불쾌해지고, 그리고 그의 손에서 덧없이 스러져갈 수많

은 황금을 생각해보고, 그런 뒤에 이번에는 여자를 저속한 여자로 몰아도 보고, 그러다가 구보는 결국 "행복이란 지극히 주관적인 것이다"(255면)라고 타협하고 만다.

구보의 행위의 전면에는 일종의 상처받은 자존심이 나타나 있다. 그 자존심이야말로 구보를, 아니 박태원을 이때까지 지탱하게 하여온 것이리라. 황금이 지배하는 근대사회에서 황금에, 그 속물성에 당당히 거부하여온, 그리고 교양있는 삶과 예술가로서의 삶을 찬양하여온, 그런 구보가 아니었던가. 「수염」(『박태원 단편집』, 학예사 1939)이 그렇고, 「길은 어둡고」가 그렇지 않았던가. 하지만 이제 구보는 당당하지 못하다. 그는 더이상 자신의 자존심을 지탱해나갈 수가 없다. 자신의 사유와 자신의 존재가 올바른 것이라 믿으면서도, 그것이 더이상 현실 속에서는 관철되지 못할 때, "그에게 온갖 불유쾌한 느낌을 주는, 온갖 종류의 사물을 저주하고 싶다"(256면)고 생각한다. 그의 삶의 기준은 동요한다. 그가 부정했던 모든 것들은 현실적인 힘으로 다가오고, 그는 부정도 하고 경멸도 해보지만, 그러나 그러한 현실적인 힘은 자신도 모르는 사이에 자신의 정신 속으로 파고들어와 자신을 괴롭히는 것이다. 자기가 무언가 잘못되었는지도 모른다는 생각으로 이제 삶의 기준은 동요하고, 이러한 동요와 자신과 삶 사이의 괴리가 신경쇠약을 낳는다.

행복 찾기 셋──여인들

구보가 화신상회 승강기 앞에서 한 가정을 보고, 그 가정에 넋 잃고, 그리고 자신의 행복은 어디에 있는가를 물은 이후, 그의 생각은 온통 이 '행복'에 집중되었다. 전차 안에서 만난, 자신과 한번 선을 본 적이 있는

여인을 보고도 알은체하지 못하고, 그저 자신이 저 여인을 사랑하는가 사랑하지 않는가를 자문하고, 또 저 여인이 자신을 생각하고 있는지를 생각해보고, 그리고 여인이 전차에서 내려 다른 전차로 갈아타버렸을 때, "마침내 여자의 모양이 완전히 그의 시야에서 떠났을 때, 구보는 갑자기, 아차, 하고 뉘우친다. 행복은, 그가 그렇게도 구하여 마지않던 행복은, 그 여자와 함께 영구히 가버렸는지도 모른다"(237면)고 생각한다.

그러나 그가 진정 가슴아파하는 것은 일본에서의 이루어지지 않은 사랑이다. 우연히 한 여인을 만나 통속소설처럼 사랑을 했는데, 그래도 구보는 좋았다. 그러나 그 통속소설의 마지막에서 그 여인은 구보의 벗의 약혼자였고, 그리고 구보는 소설답게 그 여인을 포기한다. 그리고 남는 회한. 그는 그녀를 그리워하는 자신의 감정이 어쩌면 이날, 그를 온통 지배하고 있던 오직 하나의 진정이었을지도 모른다고 한다. "격렬한 감정을, 진정한 욕구를, 힘써 억제할 수 있었다는 데서 그는 값없는 자랑을 얻으려 하였는지도 모른다. 이것이, 이 한 개 비극이 우리들 사랑의 당연한

귀결이라고 그렇게 생각하려 들었던 자기"(275면). 자신의 삶에 대한 지적
조작, 생을 건 유희, 그 종말은 회한일 뿐이었다. 그것은, 한편으로는 당
연히 자신의 여인이 총명하고 아름다운 여인이어야 하고, 그리고 자신은
아름다운 사랑의 주인공이어야 한다는 이 엄청난 자기 환상의 끝인 것이
다. 이 환상의 끝, 소설과 현실이 다를 수도 있다는, 아니 다르다는 통한
스런 자기 인식.

　행복 찾기 넷──벗을 그리며, 진정한 소통을 위하여

　구보는 일찍이 그가 원하는 최대의 욕망을 벗과 더불어 있는 것이라
하였다. "원거마의경구여붕우공폐지이무감(願車馬衣輕裘與朋友共弊之而
無憾)은 자로(子路)의 뜻이요, 좌상객상만준중주불공(座上客常滿樽中酒不
空)은 공융(孔融)의 원하는 바였다. 구보는, 저도 역시, 좋은 벗들과 더불
어 그 질거움을 함께하였으면 한다"(243면). 그런 벗을 그는 찾는다. 자로
가 한 말은 『논어(論語)』 「공야장(公冶長)」 제5장에 나오는 말로, 공자가
제자들에게 각자 품고 있는 뜻을 말해보라고 했을 때, 자로가 대답한 말
이다. "수레와 말, 속옷, 겉옷, 이 사치품들을 친구와 함께 쓰다가 다 해지
더라도 유감이 없으면 좋겠다." 공융의 말은 "자리에는 손님이 언제나 가
득 차 있고, 술독은 언제나 비어 있지 않다"는 뜻이다. 공융은 공자의 20
대 손으로 재능이 뛰어나고 문필에도 능해 '건안칠자(建安七子)'의 한 사
람으로 불린다. 조조를 비판하다가 일족과 함께 처형되었다고 한다. 공
융의 말은 『삼국지연의』에 나오는 말이다. 바로 그런 벗들을 구보는 찾는
다. 적어도 그들과 함께 있으면, 명랑을 가장할 수는 있기 때문이다. 그런
벗들이란, 적어도 그와 느낌을 같이할 수 있는 사람들일 것이다. 자신을

가장하지 않아도 좋고, 동질감을 느낄 수 있으며, 자신의 말과 생각을 알아들을 수 있는 벗들, 세상과의 괴리에 고통받는, 그리고 자신의 동요에 힘들어하는 구보가 바라는 것은 아마 진정한 소통의 관계일 것이다. 그리고 그런 벗들은 구보가 원하는 대로 그의 앞에 나타나곤 한다.

그러나 「소설가 구보씨의 일일」은 한편으로 전혀 다른 모습을 보여주고 있다. 구보를 만난 벗, "시인이었음에도 불구하고, 극히 건강한 육체와 또 먹기 위하여 어느 신문사 사회부기자의 직업을 가지고 있"는 벗, 아마도 김기림으로 추측되는 이 벗을 만났을 때, 벗은 문학에 대한 열정을 풀어내고, 구보는 그러한 벗의 이야기에 권태를 느끼며, 자기 자신의 속으로 빠져든다. 뜬금없는 '다섯 개의 임금' 이야기를 하면서 벗을 당황하게 하고, 벗의 진지한 이야기를 간단히 대꾸해버리고 만다. 구보가 바랐던 진정한 의사소통의 기도는 구보 자신에 의해서 배반되고 만다. 그가 "종로경찰서 앞을 지나 하얗고 납작한 조고만 다료"에 벗을 찾아갔을 때도 사정은 마찬가지이다. 아마 이 다료는 틀림없이 '제비'일 것이고, 그가 찾아간 벗은 '이상(李箱)'일 것이다. 종로경찰서는 지금은 경운동에 있지만, 1930년대 당시에는 옛날 의금부 터, 지금은 제일은행 본점 건물이 있는 곳, 다시 말해서 화신백화점 자리 맞은편이었다. 이상과 구보는 일종의 짝패였다고 한다. 조용만의 회고를 보자. "이상과 구보는 참으로 짝패이었다. 우선 풍채부터 이상의 더벅머리와 수염에 대해서, 구보의 갓빠 머리가 한 쌍이었고, 언변에 있어서 두 사람이 주고받는 곁말을 들으면, 포복절도할 만담가의 흥행을 보는 것 같았고, 술집에서 둘이 주거니 받거니 주인여자를 농담으로 웃겨놓으면, 다음부터 외상술 먹기는 문제없었다. 둘이 다 한가한 몸이므로 밤낮 붙어 다니면서 노닥거렸다"(조용만 『구인회 만들 무렵』, 정음사 1984, 73면).

이상을 만나서, 구보는 그와 함께 설렁탕을 먹으러 '대창옥'에 간다.

'대창옥'에 대해 지금으로서는 확인할 수 없다. 기록으로 볼 때, 화신백화점 뒤, 공평동과 인사동의 경계가 되는 지점에 '이문(里門)'——동리를 방수하고 도적을 경계하기 위해 동리 앞에 세웠던 문——이 있었고, 그로해서 화신백화점 일대를 이문 안으로 속칭한다. 여기에 막걸리와 곰탕술국이 맛있기로 유명한 집이 있었다고 전해진다. 지금은 이문설렁탕집만 확인할 수 있을 뿐이다. 이 이문설렁탕집과 대창옥이 어떤 관계인지는 알 수 없지만, 그들이 설렁탕을 먹었던 대창옥도 이 근처 어디가 아닐까 생각해본다(화신백화점 맞은편, 그러니까 지금 영풍문고 자리 어디쯤이라고도 하는데, 확인할 수는 없다. 하긴 무슨 큰 상관이 있겠는가).

여하간 구보는 이상을 만나서 설렁탕을 먹으러 가면서도 자신의 옛 여인, 자신이 진정으로 사랑했지만 용기 없어 그리고 자신에 대한 허위로 잃었던 옛 여인을 생각할 뿐이다. 그리고 벗과 다시 약속을 하고 밖으로 나왔을 때, 그는 벗들과의 서신교환을 욕망한다. 이러한 욕망이 결코 달성될 수 없음은 물론이다. 그는 벗을 보고 싶어하고, 벗과 서신교환을 하고 싶어하고, 무엇보다도 벗이 자신을 찾아주었으면 하고 바라지만, 그러나 이러한 욕망은 달성될 수 없다. 그 욕망이란 언제나 진정한 타인을 찾는 것이 아니라 또다른 자신을 찾는 것이기 때문이다. 그리고 그것은 '자기애'에 지나지 않는다. 그리고 자기애란 결코 충족되지 않는 욕망인 것이다.

피로·신경쇠약·만성위확장

구보가 이 하루 동안 네 번이나 들른 곳이 다방이다. 두 번은 장곡천정에 있는 '낙랑팔라' 또 두 번은 이상이 하는 '제비'.

다방의 오후 두시, 일을 가지지 못한 사람들이 그곳 등의자에 앉아, 차를 마시고, 담배를 태우고, 이야기를 하고, 또 레코드를 들었다. 그들은 거의 다 젊은이들이었고, 그리고 그 젊은이들은 그 젊음에도 불구하고, 이미 자기네들은 인생에 피로한 것같이 느꼈다. 그들의 눈은 그 광선이 부족하고 또 불균등한 속에서 쉴 사이 없이 제각각의 우울과 고달픔을 하소연한다. 때로, 탄력 있는 발소리가 이 안을 찾아들고, 그리고 호화로운 웃음소리가 이 안에 들리는 일이 있었다. 그러나 그것들은 이곳에 어울리지 않았고, 그리고 무엇보다도 다방에 깃들인 무리들은 그런 것을 업신여겼다. (241~42면)

「소설가 구보씨의 일일」에 나타난 대낮의 다방 풍경이다. 박태원을 비롯한 구인회 멤버들의 다방 생활은 유명하다. 박태원의 경우, 다방에 죽치고 앉아 글을 쓰고, 썼다가 지치면 원고를 맡겨놓고 거리로 "모데르노로지오"(modernologio)를 나갔으며, 이상의 경우, 화신백화점 맞은편 옛날 의금부 자리 혹은 종로경찰서 자리 위편에 '제비'라는 다방을 내기도 했었다. 다방은 처음에는 호텔에 부속된 것이었다. 본격적인 다방이 생긴 것은 1923년 전후라고 한다. 명치정과 본정에 '후다미(二見)'라는 다방이 생긴 것이 처음이고, 이어 본정에 '금강산'이라는 다방이 들어섰다. 이 둘은 물론 일본인이 경영하는 다방이었다. 우리나라 사람이 연 것으로는 1927년경에 관훈동에 영화감독이자 소설가이며 동화작가인 이경손(李慶孫)이 냈던 '카카듀'가 처음이다. 전문적인 다방으로는 '멕시코'를 꼽을 수 있다고 한다. 역시 주인은 미술전문가였고, 여기에는 춘원 이광수, 석송 김형원, 복혜숙 등이 찾아들었다고 한다. 구보가 두 번씩이나 들렀던 '낙랑팔라'는 장곡천정에 있던 다방으로 1930년대를 대표하는 다방이다.

이런 다방에서 그들이 할 수 있었던 것은 혹은 만날 수 있었던 것은

1930년대 충무로에 세워진
근대식 건축물

무엇이었을까. 구보가 본 다방은 '피로한 자들
의 자리'이다. 잠시 들러 차를 마시면서 시간을
죽일 수 있는 곳. 결코 피로를 풀어갈 자리가 아
니라, 피로를 겹쳐가는 곳. 그의 표현을 따라,
'인생에 피로한 자'들이 그들과 비슷한 사람들
을 발견하면서, 자신을 위로할 수 있는 자리. 십
전이라는 돈으로 향기 있는 '고히'와 시간을 살
수 있는 곳. 그러나 그 시간은 세낸 것에 불과하
고, 그 위안이라는 것도 세낸 것에 불과하다. 그
들은 언제까지나 그곳에 머물 수 없으며, 언젠
가는 다시 거리로 나가야만 하는 것이다.

　이들이 느끼는 피로가 무엇인지는 알 수 없
다. 어쩌면 이 '피로'라는 것은 구보가 집을 나
서면서 느꼈거나 요구했던 일종의 '시대병'인지도 모른다. 구보는 '다행
히' 약간의 신경쇠약과 중이염을 앓고 있었다. 병을 앓는 것을 다행이라고
느낀 그 심정은 어떠했을까. 폐병을 앓았던 김유정 그리고 이상. 수많은
병의 의혹을 느끼면서, 순간순간 찾아오는 격렬한 두통과 함께 자신이 그
러한 병의 징후를 갖고 있다는 것에 만족할 수 있는 구보. 그가 느낀 '피로'
라는 것이 무엇에서 오는지는 분명하지 않지만, 그것은 틀림없이 구보 자
신과 세계 사이의 부조화에서 오는 것임은 틀림없고, 육체의 질병은, 그것
이 중이염이건 아니면 만성위확장이건 그 부조화를 증명할 수 있는 하나
의 증거가 아니었을까. 그런데 그러한 부조화를, 혹은 '시대적인' 고통—
그 고통이 여하한 것인지, 또 어떻게 평가될 수 있는 것인지 간에, 「소설
가 구보씨의 일일」에서 그것은 개인적인 것이 아니라 시대적인 것으로
표출되고 있다—을 육체적인 질병으로써 증명하지 않으면 안되었던 구

보의 심정은 또 어떤 것일까. 그는 언제 자신의 질병을 느끼는 것일까.

생각할 수 있는 한 가지. 그가 글을 쓸 수 없음에서 그의 피로가 시작된다는 사실. 그가 격렬한 두통을 느끼고, 피로를 느끼며, 그의 병을 생각하는 것은 거의 언제나 그의 중단된 '글쓰기'와 연관을 갖고 있다. "한길 우에 사람들은 바쁘게 또 일 있게 오고 갔다. 구보는 포도 우에 서서, 문득, 자기도 창작을 위하여 어디, 예(例)하면 서소문정 방면이라도 답사할까 생각한다. '모데르노로지오'를 게을리하기 이미 오래다. 그러나 그런 생각과 함께 구보는 격렬한 두통을 느끼며, 이제 한걸음도 더 옮길 수 없을 것 같은 피로를 전신에 깨닫는다. 구보는 얼마 동안을 망연히 그곳, 한길 우에 서 있었다……"(246면) 모데르노로지오, 고현학(考現學)이란 무엇인가. 하세가와 이즈미(長谷川泉)가 1982년에 펴낸『문예용어의 기초지식』에 의하면, 고현학은 고고학(考古學)의 반대 개념으로 콘 와지로오(今和次郎)가 출간한『고현학전람회』(1927)에서 유래하였다고 한다. 이 책에서는 1923년 동경대진재 이후의 복구과정에서 급속히 도래한 서구화 풍속을 시대 변화를 대변하는 문명적 관점에서 고찰하고 있다고 한다. 결국 고고학이 과거의 유물들을 통해서 그 시대의 시대상과 삶의 방식들을 재구해내는 것이라고 한다면, 고현학이란 당대 삶의 풍속들 속에서 시대를 대변하는 삶의 방식을 보는 것이리라. 이러한 고현학이 현상을 통해서 본질을 보려고 하는 것임에는 틀림이 없지만, 한편으로는 시대의 본질이 무엇인가를 알 수 있게 해주는 공통된 세계관이 없다는 것을 고백함에 다름 아니다. 그 본질을 볼 수 있는 눈이 없을 때, 고현학은 풍속의 나열이나, 그렇지 않으면 삶의 현상적인 모습들을 그대로 본질로 환원하는 오류를 범하기도 할 것이다. 동경대진재 이후에 이 말이 나왔다는 점. 그리고 카프 해산 이후 김남천이 제창한 '풍속론'이 결국은 이와 크게 다르지 않을 수도 있다는 점에서 박태원이 말하는 '고현학'은 단지 방법 자체로서가 아니라, 당대 문학의 중요한 한 현상으로 파악되어야 한다.

구보가 창작의 기초가 되는 '모데르노로지오'를 게을리한 지 오래되었다는 것을 느낄 때, 그리고 책을 읽고 사색한 지 오래되었다는 사실을 느낄 때, 그에게 두통과 피로가 다가온다. 「소설가 구보씨의 일일」에서 단장과 모자가 구보의 환유이듯이, 두통과 피로는 구보의 삶의 현상태를 드러내는 일종의 증후이다. 그러나 글을 쓸 수 없다는 사실이 외적인 조건에 의해서가 아니라면, 이 사실에서 직접적인 사회와의 부조화를 생각할 수는 없다. 일단 부조화는 내적인 것이기 때문이다. 쓰려고 해도 쓸 수 없다면, 그것은 단 한 가지 이유일 것이다. '소진(消盡).'

그의 소설 속에서는 '소진'이라고밖에는 말할 수 없는 느낌이 깔려 있다. 소설 어디에서나 그 면면을 발견할 수 있지만, 구보의 친구가 구보를 평했을 때 말했던, 늙음 혹은 늙음의 과장을 들을 수 있다. 그에 대해 구보는 부정도 긍정도 하지 못한 채, 젊으면서 늙음을 과장하는지, 아니면 늙었기 때문에 늙은 모습을 보이는지를 자문한다.

무엇이 소진된 것일까. 문학에 대한 열정? 삶에 대한 열정? 자신감 혹은 자존심? 「수염」이라는 그의 첫 단편소설에서 보였던 그런 당당함이 「소설가 구보씨의 일일」에서는 보이지 않는다. 아니 어쩌면 겉으로만 그러할는지도 모른다. 「수염」은 일종의 선언이다. 수염을 기르면서 받았던 수모와 그러한 수모를 겪고 난 후에 당당히 내보이게 된 수염 기르기 이야기, 그런 것은 이전 문학에 대한 일종의 반발이며 도전이었다고 할 수 있다. 왜냐하면 이전의 문학적인 입장에서, 「수염」은 아무것도 아닌 이야기에 불과하기 때문이다. 그렇기 때문에 「수염」은 종전까지의 문학적 관행 자체에 대한 도전이며 반항이고, 그 속에는 당당함과 오만함이 깔려 있었다고 볼 수 있다. 어쩌면 모데르노로지오의 시작은 여기서부터라고 할 수 있을지 모르겠다. 아직 자신의 내용을 갖지 못한, 단지 부정이라는 형식으로서만 출발할 수 있었던 박태원이 그 부정성에 내용을 갖추기 위해서는 두 가지 길이 있었을 터인데, 하나는 자신의 내면을 키우는 방법이고, 또 하나는 이야기를 확보하는 것이라고 할 수 있다. 박태원이 먼저 택한 방법은 이야기를 확보하는 작업이고, 그가 「수염」 이후 「피로」 이전까지 발표한 대부분의 작품들이 이로써 창작되었다고 할 수 있다. 「사흘 굶은 봄달」이나 「길은 어둡고」와 같은 작품들이 그러하다. 이들 소설에서 보이는 여급, 실직자들의 삶의 모습을 찾아보려 하거나, 아니면 그들에 대한 박태원의 애정을 들추는 것은 어쩌면 틀린 일은 아니겠지만, 그렇다고 해서 박태원을 알기에 적실한 것도 아니다.

「적멸」에서 드러나는 선명한 글쓰기 방식. 소설을 써야 하는데 쓸 수가 없기 때문에, 그는 밖으로 뛰쳐나간다. 소설이라는 형식이 먼저 존재하고, 그리고 그 형식을 채울 수 있는 내용이 필요하다. 「적멸」은 그런 점에서 자신의 창작방법의 비밀을 고스란히 드러내주는 소설이다. 「수염」과 같은 소설, 단지 부정과 그 부정의 당당함만을 드러내주는 소설과는 달리 「적멸」은 「소설가 구보씨의 일일」에까지 이르는 세 가지 구보의 소설의 원형을 모두 갖추고 있다. 하나는 자신을 감추고 자신이 본 세상을 기술하기, 「길은 어둡고」 「진통」 같은 작품이 여기에 해당된다. 그리고 또 하나는 「피로」. 작가 자신의 세상 만나기, 마지막으로 「소설가 구보씨의 일일」 같은 자신의 내면 갖추기·드러내기.

그렇다면 「소설가 구보씨의 일일」의 핵심은 그 자신의 내면을 어떻게 갖추어나가고, 또 어떻게 드러내는가에 있다. 그에 비한다면, 모데르노로지오는 「소설가 구보씨의 일일」에서는 사족에 불과하다. 왜냐하면 진짜 모데르노로지오라는 방법론 자체를 보여주는 것은 「피로」이고, 모데르노로지오의 결과는 「천변풍경」이기 때문이다. 모데르노로지오의 방법론도 아니고, 그 결과도 아닌 어정쩡한 자리에 「소설가 구보씨의 일일」이 있다. 어쩌면 「소설가 구보씨의 일일」의 성과는 바로 그 어정쩡함에서 나오는지도 모른다.

근대인의 제자리 맴돌기——탈출의 욕망

구보는 이날 종일 돌아다닌다. 그러나 이날 구보가 돌아다닌 곳들은 매우 제한되어 있다. 전차를 탄 것을 제외한다면 동서로는 황토마루에서 낙원정, 그러니까 지금의 광화문 네거리에서 낙원동까지이고, 남북으로는 화신백화점에서 조선은행까지로, 불과 서너 블록에 불과하다. 그 작은 범위를 구보는 무려 열두 시간 이상 돌아다닌 셈이다. 구보는 갔던 곳을 또 가고, 자꾸 맴돈다. 그러한 맴돎은 우리에 갇힌 짐승을 연상시킨다. 구보 자신도, "경성은 너무 좁다"고 말하고 있다. 그러나 구보는 당시 가장 화려했던 명치정이나 본정, 그러니까 지금의 명동과 충무로로는 가지 않았다. 다만 토오꾜오의 '긴자(銀座)'를 머릿속에 떠올렸을 뿐이다. 여하간 구보는 갇혀 있었고, 그 탈출구를 발견하지 못하였다.

갇혀 있다는 의식. 무엇 때문일까. 우선 새로움의 부재를 말할 수 있을 것이다. 다옥정, 지금의 다동에서 태어났고, 동경유학 기간을 제외하고는 「소설가 구보씨의 일일」을 쓸 때까지 내내 청계천변에서 살았던 박태원을 생각한다면, 그가 그날 돌아다닌 모든 곳들은 전혀 새롭지 않았을 것이다. 자기 삶의 주변에 있는 아주 낯익은 거리들일 뿐이다. 토오꾜오에서 긴자를 돌아다니고, 최신식 유행의 '갓빠' 머리를 하고, 당대의 영화와 그림에 민감했던 박태원으로서는, 그가 보았던 '근대'에 비한다면 당시 경성의 거리는 아무래도 떨어지는 것이었으리라. 이 낯섦이 없다는 사실, 새로움이 없다는 사실은 그 스스로 '근대인'임을 자처하던 박태원에

명동 도시화가 가장 먼저 이루
어졌던 일인중심의 상가였다.

게는, 그리고 구보에게는 견디기 힘든 것이었을지도 모른다. 집에 있을
수가 없어 나오기는 하지만, 그러나 그러한 경성은 그에게는 권태였을 것
이고, 그 권태를 메울 수 있는 아무것도 없다. 연애도 없었고, 그렇다고
돈이 있었던 것도 아니었다. 그의 소설에 그렇게 많은 지명이 나오면서도
그가 실상 구체적으로 언급하고 있는 곳은 한 군데도 없다는 사실은 일단
이에서 연유한다. 그러나 단지 새로움이 없다는 이유뿐이었을까. 어쩌면
더 중요한 것이 있지는 않을까. 그의 정신적 편력의 마지막에 그가 내뱉
은 말, 바로 '생활'이라는 말에 단서가 있을지도 모른다.

　'생활'을 언급하는 것은 사실 이제까지의 삶 모두를, 「소설가 구보씨
의 일일」의 그날의 삶까지도 부정하는 것이다. 모든 것이 '금(金)'으로 환
원될 수 있는 시대, 사랑마저 살 수 있는 시대에, 그리고 바로 그러한 시
대에만 가능한 자신 같은 예술가의 존재와, 그러한 예술의 존재를 억누르

는 시대 사이에 그가 끼여서 고통받고 있었던 것은 아닐까. 행복과 불행, 박태원에게 이 둘은 서로 양립할 수 없는 것이었고, 양립할 수 없는 두 가지 사이에 끼여 있으면서 할 수 있는 일은, 그 모순을 끝까지 밀고 나가서 결국 파멸의 길에 이르든가, 아니면 타협하는 일일 것이다. 이 타협의 길을 그는 바로 '생활'에서 찾았던 듯하다. 그렇게 본다면 「소설가 구보씨의 일일」은 행복 찾기이고, 정처(定處) 마련하기이면서, 타협에 이르는 자신을 변호하는 변호장이기도 하다.

행복 찾기의 끝——다시 어머니, 그 찬란하고도 슬픈 이름

이렇게 밤늦게 어머니는 또 잠자지 않고 아들을 기다릴 게다. 우산을 가지고 나가지 않은 아들에게 어머니는 또 한 가지의 근심을 가질 게다. 구보는 어머니의 조고만, 외로운, 슬픈, 얼굴을 생각하였다. 그리고 제 자신 외로움과 또 슬픔을 맛보지 않으면 안된다. 구보는 거의 외로운 어머니를 잊고 있었던 것임에 틀림없다. 그러나 어머니는 그 아들을 응당, 왼 하루, 생각하고 염려하고, 또 걱정하였을 게다. 오오, 한없이 크고 또 슬픈 어머니의 사랑이여, 어버이에게서 남편에게로, 그리고 다시 자식에게로, 옮겨가는 여인의 사랑——그러나 그 사랑은 자식에게로 옮겨간 까닭에 그렇게도 힘있고 또 거룩한 것이 아니었을까. (…) 이제 나는 생활을 가지리라. 생활을 가지리라. 내게는 한 개의 생활을, 어머니에게는 편안한 잠을——" (195면)

이러한 그의 다짐은 "내일, 내일부터, 나 집에 있겠소, 창작하겠소——"(295면)라는 다짐과 맞닿아 있다. 그가 어떻게 자신의 길 없고 끝없는 산책을 마감하겠다고, 생활을 가지겠다고, 그리고 어머니의 소박한 바람을 받아들이겠다고 다짐하게 되었을까.

하나의 길은 무거움을 버리는 길이다. 문학이라는 것에 대한 무거움, 지적인 자만에서 오는 무거움을 버리고 가벼워지면서, 어머니의 바람을 받아들이는 것이다. 대부분 슬픔과 외로움으로 점철되어 있던, 그리고 끊임없이 피로를 느끼지 않으면 안되었던 구보가 그 하루가 끝나가면서 점차 유쾌하게 웃는 횟수가 많아지고 있다는 점은 유의할 만하다. 과연 구보는 언제 유쾌할까. 처음 "명랑한, 혹은 명랑을 가장한 웃음을 웃"은 것은 자기의 문학에 대해서, 그리고 율리시즈에 대해서, 앙드레 지드를 인용하면서 문학론을 펼치고 있는 벗에 대해서, 뜬금없이 「다섯 개의 임금」 문제, 다섯 개의 사과를 어떤 순서로 먹는 것이 가장 커다란 기쁨을 줄 것인가라는 문제를 내고, 그 진지한 친구를 어이없게 만든 때이다. 상대의 진지함, 아니 문학이라는 것의 진지함에 대해, 그와는 아무런 상관이 없는 사소해 보이는 문제를 제출하면서 그는 유쾌하게 웃는다. 그리고 여급을 만났을 때 했던, 약간의 악의를 지닌 유희, 지적 유희, 그러면서도 그들의 교양 없음을 경멸하지 않는 마음, 진지함과 가벼움의 대립, 그리고 그 가벼움 아래서 언제나 힘이 없어지는 진지함, 가벼움의 승리. 가벼움과 무거움 사이에 구보의 '권태'가 있다. '권태.' 삶의 단조로움에서 오는 것. 하늘 아래 더이상 새로운 것이 없음을 인정하는 것. 삶의 무의미에 이르게 하는 것. 그러한 권태로 가벼움이 무거움을 누를 수 있게 된다. 권태를 잊게 하는 것, 비록 순간적일지라도, 그것은 유희이다. 유희에는 시간성이 없다. 시간성이 없고 진지함이 없는 놀이, 그 놀이에서만 그는 비로소 유쾌함을 느낀다. 하늘 아래 새로운 것이 없다면, 굳이 그토록 그가 원하는 작은 기쁨, 여인에게서 오는, 아니 좀더 정확하게 말해서 가정에서 오는 작은 즐거움을 마다할 필요는 없지 않겠는가. 그렇게 구보는 생활로 들어간다.

또 하나는 그가 맨 처음 넋 잃었던 가정을 되살리는 것이다. 하지만 이 가정은 앞서 말한 가정과는 다르다. 여기에는 대단한 발상의 전환이 있기 때문이다. '남자-여자'의 관계에서 '모-자' 혹은 '부-녀'의 관계로의 이행. 구보는 친구의 아이들을 생각하면서, 그리고 자신의 늙음에 대해서 생각하면서, 자신의 욕망을 바꾼다.

구보는 호젓하게 웃는다. 애인도 좋았다. 애인 아닌 여자도 좋았다. 구보가 지금 원함은 한 개의 계집에 지나지 않는지도 몰랐다. 또는 역시 어질고 총명한 아내라야 하였을지도 몰랐다. 그러다가 구보는, 문득, 아내도 계집도 말고, 17,8세의 소녀를, 만약 그럴 수 있다면, 딸을 삼고 싶다고 그러한 엄청난 생각을 하여보았다. 그 소녀는 마땅히 아리땁고, 명랑하고, 그리고 또 총명하여야 한다. 구보는 자애 깊은 아버지의 사랑을 가져 소녀를 다리고 여행을 할 수 있을 게다── 갑자기 구보는 실소하였다. 나는 이미 그토록 늙었나. 그래도 그 욕망은 쉽사리 버려지지 않았다. (285면)

이제 그가 이 하루의 처음에서 그토록 눈멀었던 가정이 실상은 화신상회를 들어가는 남녀가 아니라, 바로 그들의 사이에 있던 한 아이였음이 드러난다. 수평적 연애관계에서 수직적인 가족관계로 전환한다. 그리고 그것은 그가 고통받아왔던 많은 것을 포기함으로써 가능해진다. 그가 되새겼던, 놓쳐버린 여인의 회상은 회한이 아니라, 그를 사로잡고 있었던 이전의 모든 관계를, 그리고 관계에 대한 자신의 사유를 버리기 위한, 일종의 입사식이었을 것이다.

이제 우리는 「소설가 구보씨의 일일」의 마지막 문장을 읽으면서, 산책을 마친다. "어쩌면, 어머니가 아제 혼인얘기를 꺼내더라도, 구보는 쉽게 어머니의 욕망을 물리치지는 않을지도 모른다"(296면). 사실 구보처럼 박태원은 어머니의 욕망을 물리치지 않았다. 1934년 구보는 숙명여고를 수석으로 졸업한 이정애(李貞愛)와 결혼을 하고, 그리고 1936년 첫아이를 낳는다. 그리고 『천변풍경』을 쓴다. 『천변풍경』이 보이는 낙관성은, 그리고 『천변풍경』에서 당당하게 펼쳐지는 인생론은, 어쩌면 이러한 생활의 안정에서 온 것인지도 모른다. 가정을 가짐으로써 비로소 구보는 「소설가 구보씨의 일일」을 지배하고 있던, 그 수많은 행복에의 추구에서 벗어날 수 있었다. 그를 두렵게 하던 고독에서 벗어날 수 있었고, 가정의 만족을 가질 수 있었고, 그렇기 때문에 이제 자신의 문제에서 벗어날 수 있었던 것은 아닐까. 이제 철저히 그는 바라보는 입장을 지닐 수가 있었다. 「천변풍경」 이후의 소설이 비록 「골목안」이나 「수풍금」 같이 초기의 「비량」 혹은 「길은 어둡고」와 유사한 모습을 지니고 있을지라도, 그 둘은 엄격하게 말하면 다른 것이다. 초기에 보이던 감상적인 '낙관'이 사라지는 대신에 이제 '어찌할 수 없음'의 의식이 그를 사로잡고 있다. 이 '어찌할 수 없음'은 일종의 운명적인 것이다. 그리고 「수풍금」이나 「골목안」은 그의 대표작이기는 하지만, 후기의 작품 속에서는 일탈적인 것이다. 그리고 그것은 자신의 운명이 아닌 타인의 운명이다. 소설 초기에 그는 비록 타인의 운명을 그리면서도, 또 그 운명에 어떤 빛을 던져주려 하면서도, 끊임없이 자신의 문제, '사랑'과 '행복'의 문제를 추구하고 있음에 비해, 이제는 그는 너무도 손쉽게 「윤초시의 상경」에서처럼 답을 내리고 만다. 그리고 더이상 자신의 문제를 돌보지 않는다. 자신에 대한 고민, 문학이라는 존재, 문학가라는 존재에 대한 고민, 어쩌면 근대의 문인으로서 희귀한 '자신의 존재증명'을 위한 노력은 「소설가 구보씨의 일일」에서 끝났는지도 모른다. 「자화상」 연작은 이제 일상의 일을 소설 속에서 반복할 뿐

이다. 어쩌면 「자화상」은 1940년대 초 박태원의 가장 정직한 모습일지도
모른다.

‖ 채호석 ‖

탁류 속의 인간기념물

채만식의 『탁류』를 찾아

상류의 맑음에서 하류의 탁함까지

인생이 유년 시절의 순수함에서 시작하지만 점차 타락을 통해서만 성인이 된다는 것, 그리고 인간이 생로병사(生老病死)의 슬픈 운명을 피할 수 없다는 것은 확실히 부조리하다. 그래서 빅또르 위고는 이렇게 한탄한 바있다. "신이시여! 왜 당신은 인간의 아름다움을 인생의 마지막에 두지 않고 인간의 시초에 두었습니까?" 이런 연유에서인지 인간은 타락하지 않았던 '시초'에 대한 그리움을 안고 살아간다. 성경에서도 하느님의 말씀이 함께하던 시대, 아담과 이브가 서로 부끄러움 없이 살아가던 시대, 노동과 출산의 고통을 겪지 않아도 되던 시대를 인류의 유년 시대, 곧 에덴동산의 시대로 보고 있다. 그리스 신화에서는 또 어떠한가. 인간은 황금의 시대를 거쳐, 은의 시대, 동의 시대, 철의 시대로 점차 타락하고 쇠락해가는 역사였다고 말하고 있지 않은가. 중국의 요순시대나 무릉도원에 대한 숱한 찬사들도 결국은 인류의 찬란한 유년기에 대한 그리움을 안고 있다.

개개인의 삶도 저마다 이러한 유년기의 유토피아를 가슴에 품고 있는 것. 혹 사내라면 눈이 맑았던 소년 시절을 그리워할지도 모르겠다. 그래서 작가들은 끊임없이 유년의 뿌리를 들추어내어 그 덧나기 쉬운 상처를 쓸어보고 또 만져보는 게 아니던가. 그러나 시간의 화살은, 마치 물이 상류에서 하류로 흐르듯, 덧없이 흘러간다. 상류의 맑은 물이 점차 탁해져 하류에 이르러서는 더 어찌할 수 없는 도도한 탁류가 되고 말 듯, 인생은 그렇게 흘러가고 있는 것이다.

채만식의 「탁류」(『채만식전집』 2권, 창작과비평사 1987. 이하 이 작품의 인용은 면수만 표시)는 이러한 한탄을 작품의 첫머리에 올려놓고 있다.

여기까지가 백마강(白馬江)이라고, 이를테면 금강의 색동이다. 여자로 치면 흐린 세태에 찌들지 않은 처녀 적이라고 하겠다.

백마강은 공주 곰나루〔熊津〕에서부터 시작하여 백제(百濟) 흥망의 꿈자취를 더듬어 흐른다. 풍월도 좋거니와 물도 맑다.

그러나 그것도 부여 전후가 한창이지, 강경에 다다르면 장꾼들의 흥정하는 소리와 생선 비린내에 고요하던 수면의 꿈은 깨어진다. 물은 탁하다.

(…)

이렇게 에두르고 휘돌아 멀리 흘러온 물이, 마침내 황해(黃海)바다에다가 깨어진 꿈이고 무엇이고 탁류째 얼러 좌르르 쏟아져버리면서 강은 다하고, 강이 다하는 남쪽 언덕으로 대처(大處:市街地) 하나가 올라앉았다.

이것이 군산(群山)이라는 항구요, 이야기는 예서부터 실마리가 풀린다. (8면)

군산시의 상징이라 할 만한 월명공원을 찾으면 서해와 금강하구, 건너편의 장항제철소 굴뚝까지 한눈에 들어오는 자리에 수시탑과 함께, 채만식선생 문학기념비가 세워져 있다. 이 기념비에는 위의 구절이 아로새겨져 있어, 채만식의 군산, 군산의 채만식 위치를 새삼 상기시킨다.

위의 구절을 다시 보자. 금강의 발원지를 설명하는 이 대목은 예사롭지 않다. 백마강의 맑음을 '색동'과 '처녀 적'에 비유하고, 하류의 탁함을 '장꾼들의 흥정하는 소리와 생선 비린내'로 가득 채우고 있는 이 묘사는, 작가 또한 돌아갈 수 없는 상류의 시절, 곧 유년 시절에 대한 그리움을 지니고 있다는 사실을 절절히 전한다. 돌이킬 수 없는 시절에 대한 그리움이기에 그 막막함은 더해지는 법이다. 그러나 이러한 회고조의 감상이 『탁류』의 전부는 아니다. 유년 시절에 대한 그리움이야말로 심리적 퇴행이지 않던가. 유년을 향한 막연한 꿈길에서 벗어나 엄밀하게 채만식의 『탁류』를 살펴보면, 그 '탁류'는 역사로서의 탁류임을 알 수 있다. 깨끗한 역사, 깨끗한 유년기의 추억을 오염시키는 것은 다름아닌 '일본제국주

채 만식 문학관 금강에 접하여
군산시 내흥동에 위치해 있다.
ⓒ임지헌

의'와 '자본주의'였던 것. 일제의 수탈 속에서 빈곤에 허덕이고, 자본주의의 '금색야차(金色夜叉)'에 눈먼 인간이 사는 곳이 바로 '탁류'였으니, 어느 누구도 여기에 몸을 담그고 있는 이상 몸이 젖지 않을 수 없었다. 청초한 초봉이도, 양반의 의젓함을 잃지 않고자 하는 정주사도 도도한 탁류의 흐름 속에서는 그 혼탁함에 휘말려 떠내려갈 따름이다.

역사란 다 그렇게 덧없는 것이며, 인간은 이토록 점차 타락해가는 과정이라는 식의 퇴영의식을 떨치고 난 후에도 『탁류』를 다 읽고 난 다음에는 뭔가 맥이 탁 끊기는 듯한 허망함에 사로잡힌다. 『탁류』 전체를 싸고도는 분위기는 정녕 그러하다. 이러한 허망함을 예감한 탓인지, 작가는 이 작품의 마지막 장을 '서곡(序曲)'이라 명명하고, 남승재와 정계봉의 러브스토리를 훗날로 기약해두고 있다. 그러나 두 젊은이의 행진 서곡이 그다지 밝지만은 않을 것이다. 고아 출신 의사와 살인을 저지른 언니를 둔 여동생 사이의 사랑이야기며 인생유전이 어찌 그리 흥성할 것인가.

채만식의 다른 작품들도 비슷하지만, 『탁류』의 색채는 매우 탁하다. 금강하구의 물이 '탁류'였다는 배경 설정에서부터 이러한 기색은 역력히 드러난다. 『탁류』는 1937년 10월 12일부터 1938년 5월 17일까지 198회에 걸쳐 조선일보에 연재된 작품으로, 1939년 박문서관에서 다시 단행본으로 간행되어 채만식의 작품으로는 거의 유일하게 대중적인 인기를 얻었던 작품이다. 채만식은 이 작품의 제3판 인세로 이리시(현재의 익산시) 모현동에 난생처음으로 남향의 네 칸짜리 집을 마련하고, 감격에 떨었다고 전한다. 군산시내를 배경으로 한 이 작품은 1937년 당시의 군산을 등신대(等身大)로 제시하고 있다. 콩나물고개에 굴이 뚫려 둔뱀이(현재의 둔율동, 뱀/밤/栗의 어휘 변천사를 읽을 수 있다)와 신흥동 사이에 큰길이 날 것이라든지, 곧 장항에 신(新)항만이 건설될 것이라든지 하는 언급은 이 당시의 군산시 역사를 그대로 재현하고 있다.

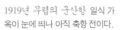
1919년 무렵의 군산항 일식 가옥이 눈에 띄나 아직 축항 전이다.

　우리는 이 작품을 흔히 일제 수탈에 대한 증언과 고발의 기록물로 읽는다. 미두장에서 파산당한 사람들의 이야기, 둔뱀이와 개복동의 판자촌과 토막에 사는 조선인들의 빈궁한 삶의 기록들은 분명 이러한 주제를 보여주는 데 기여하고 있다. 그러나 이 작품에서 수탈의 현장을 고발한다는 주제는 매우 약화되어 있다. 오히려 어엿한 딸을 팔아 생계를 도모하고자 하는 정주사나 명님이네 가족들, 사기와 횡령을 일삼다 맞아 죽는 고태수, 여자 장사와 수형 할인에 골몰하는 장형보, 고태수와 불륜 관계를 유지하는 황참봉네 마누라 김씨, 여주인공 초봉을 꾀어 첩 살림을 꾸미는 박제호, 병적인 의부증(疑夫症)에 시달리는 박제호의 부인 윤희 등은 수탈 현장의 고발이라는 주제와 거의 무관하다. 오히려 작품의 대부분은 사기, 횡령, 도박, 축첩, 사기결혼, 불륜, 인신매매, 엉터리 약장사, 매음 등으로 가득 차 있는데, 한참봉이 불륜 관계에 있는 자기 아내와 고태수를 죽이고, 초봉은 장형보를 살해하는 등, 작품 속에서 두 차례나 엽기적인 살인극이 벌어지기도 한다. 조선의 현실이 그만큼 암담했다는 변명만으로는 부족할 정도로, 작품에는 엽기적인 이야기들이 넘치고 있다. 심지어는 고태수를 은행원으로 취직시켜준 은행과장은 단 한 줄로 설명되어 있음에도 불구하고, '그는 남색가(男×家)이었었다'라는 사족을 덧붙여 굳이 그의 성격에 엽기성을 더하고 있을 정도이다. 물어뜯기를 좋아하는 김씨에 대한 여러 차례의 묘사, 장형보의 괴기스러운 몰골에 대한 묘사는 이 작품의 엽기성을 전형적으로 드러낸다.

김씨는 물기를 무척 좋아한다. 그는 태수가 이뻐서도 물고, 미워도 문다. 물어도 그냥 질근질근 무는 것이 아니라, 사정없이 아드득 물어뗀다. 이렇게 물어뗴는 맛이란, 잇념 속이 근질근질, 몸이 금시로 노그라지는 것 같아 세상에도 꼭 둘째 가게 좋지, 셋째도 가지 않는다. (97면)

고릴라의 뒷다리 듯싶게 오금이 굽고 발끝이 밖으로 벌어진 두 다리 위에, 그놈 등 뒤로 혹이 달린 짧은 동체(胴體)가 붙어 있고, 다시 그 위로 모가지가 있는 둥 마는 둥, 중대가리고 박박 깎은 박통만한 큰 머리가 괴상한 얼굴을 해가지고는 척 올라앉은 양은, 하릴없이 세계 풍속사진 같은 데 있는 아메리카 인디언의 '토템'이다. (87면)

우리는 여기에서 신문 연재소설로서의 통속 취향을 대번에 엿볼 수 있다. 임화가 이 작품을 통속소설로 분류한 까닭은 여기에 있다. 그렇다면 우리는 이 작품에서 무엇을 배울 수 있는가. 논자에 따라 다르겠지만, 결국은 제1장의 제목에서 제시된 바와 같은 '인간기념물'에 대한 풍자이지 않을까.

산수고 생물이고 간에 천연으로 묘하게 생긴 것이면 '천연기념물(天然紀念物)'이라고 한다.

그럴 바이면 입만 가졌지 수족이 없는 사람, 정주사도 기념물 속에 들기는 드는데, 그러나 사람은 사람이니까 '천연기념물'은 못되고 그러면 '인간기념물'이겠다. (20면)

그러한 인간기념물은 어느 시대, 어느 지방에나 있는 법이다. 그러면 작가는 왜 군산을 배경으로 이 모습을 그렸을까. 그의 고향이 거기였기 때문일까. 작가는 이에 대한 답변을 회피한 채 '군산을 살짝 들추면 아픈 현대사가 보인다'라고 애써 중얼거리고 있는 듯하다.

'인간기념물'에 대한 풍자

언덕비탈의 언덕은 눈으로는 보이지를 않는다. 급하게 경사진 언덕비탈에 게딱지 같은 초가집이며, 낡은 생철집 오막살이들이, 손바닥만한 빈틈도 남기지 않고 콩나물 길듯 다닥다닥 주어박혀, 언덕이거니 짐작이나 할 뿐이다. 그 집들이 콩나물 길듯 주어박힌 동네 모양새에서 생긴 이름인지, 이 개복동서 그 너머 둔뱀이〔屯栗里〕로 넘어가는 고개를 콩나물고개라고 하는데, 실없이 제격에 맞는 이름이다.

개복동, 구복동, 둔뱀이, 그리고 이편으로 뚝 떨어져 정거장 뒤에 있는 '스래〔京浦里〕', 이러한 몇곳이 군산의 인구 칠만명 가운데 육만도 넘는 조선 사람들의 거의 대부분이 어깨를 비비면서 옴닥옴닥 모여사는 곳이다. 면적으로 치면 군산부의 몇십분지 일도 못되는 땅이다.

그뿐 아니라 정리된 시구(市區)라든지, 근대식 건물로든지, 사회시설이나 위생시설로든지, 제법 문화도시의 모습을 차리고 있는 본정통이나 전주통이나 공원 밑 일대나, 또 넌지시 월명산(月明山) 아래로 자리를 잡고 있는 주택지대나, 이런 데다가 빗대면 개복동이니 둔뱀이니 하는 곳은 한 세기나 뒤떨어져 보인다. 한 세기라니, 인제 한 세기가 지난 뒤라도 이 사람들이 제법 고만큼이나 문화다운 살림을 하게 되리라 싶질 않다. (21~21면)

위에서 열거된 지명은 지금도 거의 그대로 남아 있다(예를 들어 '경포리'는 서울로 올라가던 쌀을 집산하던 포구였음). 군산은 부산, 원산, 제물포, 경흥, 목포, 진남포에 이어 1899년 5월 1일에 개항되는데, 지금도 그때의 지명이 약간의 개명을 거친 채 남아 있어, 군산이 일제에 의해 만들어진 신도시임을 알 수 있다(대정동, 대화정, 본정통, 명치동 등의 이름만 부분적으로 개명된 듯하다). 개항 초기인 1899년 군산 지역 인구는 한국인 511명, 일본인 77명으로 집계되어 있는데, 1934년에는 한국인 27,144명, 일본인 9,408명으로 늘어난다. 위의 구절에서 채만식이 군산의 인구를 7만으로 잡은 것은 옥구 지방을 포함한 숫자인지, 아니면 토막촌 자체가 불법으로 토지를 점유한 형태이기 때문에 그들의 숫자가 통계에서 누락되어 있는지 당장 확인하지는 못했다. 다만 이후에도 1940년까지 해마다 3천여명의 인구가 증가하는데, 이들이 모두 고향에서 이농하여 도시의 토막민으로 전락한 토막민들의 숫자라는 사실은 당시 신문기사 등을 통해 확인할 수 있다. 숱한 '정주사들'이 고향에서 군산으로 떠밀려 들어온 것이다.

군산에는 일본인들의 거주지와 조선인들의 거주지가 따로 분리되어 있었다. 지금 군산시내를 관통하는 주요도로인 대학로를 기준으로 볼·때, 바닷가 쪽에 해당하는 월명동, 영화동, 신흥동, 신창동 일대가 일본인 거주지였고, 대학로 건너편의 개복동을 중심으로 한 구릉지역이 조선인 거주지였다.

일명 '콩나물고개'라 불리는 구릉지역은 이후에 산을 동강내어 그 중턱에 대규모의 신작로가 뚫리는데, 그 동강난 부분이 정주사가 가족들과 옹기종기 모여 살던 산비탈이다. 정주사는 자기 집 바로 밑으로 아찔한 낭떠러지가 생기고 그 밑으로 큰길이 나면, 자기 집의 운명이 어찌될까 근심에 잠기는데, 그가 걱정한 바대로 '둔뱀이(지금의 둔율동)'와 신흥동 사이에 신작로가 곧 개통된다. 지금 이 길은 군산역에서 시내 중심으로 이르는 주요도로가 되어 있어, 예전의 콩나물고개는 반으로 잘린 채 앙상하게 드러나 있고, 양편의 비탈을 이어주는 육교가 높은 자리에 자리잡아 그 밑으로 부산하게 달려가는 자동차 행렬을 지켜보고 있는 형국이다. 정주사는 아침을 굶고 그 콩나물고개를 타닥타닥 걸어넘어 시내편의 미두장을 기웃거렸을 것이고, 그 빈민가에서 명님이네는 어린 딸을 색주가에 팔기로 결심하면서 식구들을 부여안고 대성통곡을 하였을 것이다.

고태수가 근무하던 조선은행(조선은행이라고 추정할 뿐이다. 1934년 당시 군산에는 5개의 은행을 포함, 10개의 금융기관이 있었음)과 장형보가 드나들던 미두점은 작품 속에서 큰길을 사이에 두고 마주 보고 있는 것으로 설정되어 있다. 이곳은 일본인들의 거주지와 상업지역에 해당한다.

미두장은 군산의 심장이요, 전주통(全州通)이니 본정통(本町通)이니 해안통(海岸通)이니 하는 폭넓은 길들은 대동맥이다. 이 대동맥 군데군데는 심장 가까이, 여러 은행들이 서로 호응하듯 옹위하고 있고, 심장 바로 전후 좌우에는 중매점(仲買店)들이 전화줄로 거미줄을 쳐놓고 앉아 있다. (9면)

지금 군산시내에 나서도 예전의 그곳들을 대부분 확인할 수 있다. 그만큼 군산은 변화가 적었다는 증거일 것이다. 지금 버스터미널이 있는 지점에서 내항, 외항에 이르기까지의 긴 도로를 해망로라 부르는데, 해망로의 중간쯤에서 이 소설의 무대인 '미두장'을 찾을 수 있다. 10여년 전의 해망로 확장공사로 미두장 건물은 헐렸으나 그 반대편의 건물, 아마도 고태수가 소절수를 끊어주던 은행으로 보이는 건물은 엄연히 남아 있다. 답사차 다시 들러보니 건물에 전면 보수공사가 진행중이었다. 워커힐, 플레이보이, 홀인원 등의 이름을 가진 유흥업소들의 낡고 부서진 간판이 남아 있는 이 건물은 매우 미관이 아름답고 장중하게 지어진 건물로 보였다. 최근까지 유흥업소로 사용되었는데, 당시의 건물을 허물지 않고 실내만 뜯어고치는 것을 보아 그 건물이 얼마나 단단하고 공들여 지어졌는지를 짐작하게 한다. 독일인이 설계한 이 건물은 1930년대의 건축사에서 언급되는, 매우 아름다운 건물이었다. 그 자리 앞에도 채만식의 문학을 기념하는 조촐한 초석이 놓여 있다(초석에는 위의 인용문이 새겨져 있다). 이처럼 아름답고 웅장한 은행 객장에서 은행원 노릇을 하던 고태수가 큰돈을 가진 일본인들과 상대하며 느낀 것은 무엇일까. 그가 꼬불꼬불한 콩나물 고개를 넘어 한참봉네 하숙으로 들어갈 때 만난 조선인들에 대해 그는 무슨 생각을 하였을까. 지금도 콩나물고개의 초입에는 만두가게, 허물어져가는 연탄가게, 쌀가게 등이 들어서 있어, 신세대들이 몰려드는 시내쪽(미두장과 은행객장이 있던 곳과 가까운 지금의 영동 일대)과는 선명한 대조를 이루고 있다.

　미두장 근처에는 많은 미창(米倉)과 은행 등이 몰려 있었는데, 미두장 주변에서 해안가로 길게 늘어선 미창 건물도 지금까지 여러 개가 고스란히 남아 있다. 군산에서 장항으로 연결되는 배편이 있는 도선장과 여객터미널 주변의 출입국관리사무소, 해운항만청, 세관, 대형 소비자유통센터인 코렉스 건물 등이 그때의 미창 건물들이거나 그 자리에 신축, 개축된

건물들이다. 미두장에서 벌어지는 사건은 『탁류』와 희곡 『당랑의 전설』
의 훌륭한 무대가 된다.

미창이 밀집된 이 지역 옆이 바로 정주사가 담배를 물고 금강 건너편
인 자기 고향 서천군을 바라보며 눈물 흘리며 자살을 생각하던 '째보 선
창'이다(여기에도 채만식기념비가 있다). 정주사의 모습이야말로 작가 채
만식이 부정하고 싶었던 자기의 분신일지도 모른다. 구스타프 융이 '그림
자'라고 불렀던 그것, 그는 이 그림자를 지우기 위해 정주사를 미워했고
가혹하게 풍자한 것이 아닐까. 작가는 정주사를 '명일(明日)이 없는 사람'
'입만 가졌지 손발이 없는 사람' '인간기념물'이라 몰아세운다. 정주사는
약간의 밑천을 얻기 위해 딸 초봉을 고태수에게 시집보내기로 결정한다.
작가는 딸을 팔아먹으려는 정주사의 막된 심사가 송두리째 묘사된 제3장
의 제목을 '신판 흥보전'이라 명명하고 있다. 딸 팔아 돈을 버는 정주사야
말로 매품 팔아 돈을 버는 흥보와 다를 바 없기 때문. 채만식은 이런 정주
사의 모습을 "비록 낡은 것이나마 교양이라는 것이 있어서 타성적으로 그

놈한테 압제를 받기 때문이다. 교양이 압제를 주니 동물적으로 솔직하지 못하고 인간적으로 교활하다"(136면)는 어구로 표현한다. 정주사는 교활한 인간이자 솔직하지 못한 동물인 것이다.

이런 정주사의 모습은 채만식의 다른 작품 곳곳에도 드러난다. 자신의 분신인 까닭이다. 약간의 교양과 학식이 있긴 하나 사회에 적응할 수 없는 인간군들, 이들이 바로 「레디메이드 인생」과 「치숙」, 촌극 「빈대떡 인생」의 주인공들 아닌가. 자식을 학교에 보내는 대신에 공장의 노동자로 내모는 「레디메이드 인생」의 주인공, 「냉동어」와 「민족의 죄인」의 창백한 지식인상, 채만식은 이들의 '그림자'에 늘 시달렸다.

심청 대신 심봉사의 내면에 초점을 둔 희곡 「심봉사」는 그 그림자가 가장 짙게 드리운 작품이다. 이 극의 초두에서 심봉사는 글을 읽고 있는데, 글의 내용이 『맹자』「공손추장(公孫丑章)」에 실린 '조장(助長)'에 관한 부분인 점이 의미심장하다. 성급하게 이삭을 뽑는 것으로 곡식을 자라게 하려는 송인(宋人)의 우매함을 지적하고 있는 이 부분은, 책을 읽어 세상을 경륜하려는 지식인의 어리석음과도 통하는 것이라 생각했기 때문이 아닐까. 지식인이 책을 읽어 세상을 바꾸고자 함은 송인이 조의 이삭을 뽑아 조를 자라게 하려는 우매함과도 통한다고 채만식은 자탄하고 있었던 것.

물론 채만식의 '그림자'가 인간기념물 정주사에게만 쏠려 있는 것은 아니었다. 빈한한 가정에서 출생하여 어엿한 은행원으로 출세한 고태수의 일생조차 사실 변변치 못하기로는 마찬가지였던 것. 고태수가 육장 입버릇처럼 되뇌이는 말, '죽어버리면 고만이지'에서도 이런 그림자를 볼 수 있다.

우리가 좀더 안타까운 심정으로 지켜보아야 할 인간기념물은 정초봉이다. S여학교를 졸업한 청순가련형의 초봉. 그녀는 청순한 미모와 고운

심성의 소유자이지만, 가장 가혹한 '여자의 일생'을 겪는다. 남편이 횡사하고 급기야 자신이 살인자가 되는 초봉의 일생은 『장화홍련전』 속의 장화와 홍련이요, 네프류도프 백작에게 버림받은 카츄샤의 운명이기도 했던 것. 우리는 그녀의 불행을 고태수와 장형보와 같은 불한당 탓으로만 돌릴 수는 없다. 초봉 스스로가 자기 운명의 책임자였기 때문이다. 초봉이 부모의 명령에 따라 고태수와의 결혼을 순순히 응락할 때, 맹랑한 동생 계봉은 언니더러 "케케묵게 심청전을 읽고 있나? 장한몽 같은 잠꼬대를 하고 있나"고 놀리며 초봉의 소극적인 처사를 나무라고 있다. 안타깝게도 초봉의 바보스러움은 작품의 뒷부분으로 갈수록 심해진다. 박제호의 첩이 된 다음에는, 첩으로서의 역할조차 변변히 하지 못하는 저능형의 여인으로 변해버린다. 초봉의 운명을 '수난의 여인상'으로 보고 그저 불쌍하다고 평가하는 것만으로는 뭔지 부족하다. 오히려 채만식의 독기서린 풍자는 초봉과 같이 무능력하고 무지한 여인들로 가득 찬 조선 현실에 대한 절망에 맞춰진 듯한 느낌을 줄 정도이다. 채만식의 독설이 미치지 않은 곳이 거의 없지만, 그중 유독 독설이 집중된 인물군은 지식인과 여성이다. 지식인에 대한 풍자는 잘 알려져 있지만, 여성에 대한 풍자는 몽떼뉴가 소포클레스의 『오이디푸스 왕』의 마지막 장면에서 따온 '언어와 눈물로도 표현할 수 없는 슬픔'(「슬픔에 관하여」 『몽떼뉴 수상록』 중에서) 속에 감춰져 있었던 것은 아닐까 생각이 들 정도로 눈물겹고 가열차다.

그러나 이처럼 여성을 가열차게 비하하고 비난하는 내면에는 여성성의 위대함에 대한 기대감도 있지 않았나 싶다. 채만식의 희곡 「제향날」이 그런 작품에 해당한다. 남편은 동학에 가담했다가 처형당하고, 그 바람에 시아버지도 죽는다. 또 아들은 3·1운동에 가담했다가 중국으로 망명하였기에 점차 그나마 가산마저 탕진하게 된다. 그런데 일본에 유학중인 손자마저 사회주의자가 되어 있다. 평생을 가난과 일제의 폭력 속에 시달리며 살아온 이 할머니의 일생이야말로 '수난의 일생'이지만, 어찌 보면 그녀야말로 이 땅을 지켜온 민중이었던 것. 자기 혼자 잘나 동학에 가담하고 사회주의자가 되고 중국에 망명하여 가산을 탕진하는 남성들에 비해, 묵묵히 생업의 현장을 지켜온 여성들의 역사야말로 더 위대한 역사일지도 모른다. '역사'(history)가 '남성들의 역사'(his story)일 수만은 없는 것. 「제향날」에서는 묵묵히 한 자리에 앉아 제사상에 올릴 알밤을 깎는 여인의 모습 뒷면에 신화 속의 인물인 노구할미를 제시하는데, 이 노구할미야말로 여성의 위대함을 강변하고 있어 인상적이다.

노구할미가 상전이 벽해되는 것을 보고는 입에 물었던 대추씨 하나를 뱉어놓고 벽해가 상전되는 것을 보고는 입에 물었던 대추씨 하나를 뱉어놓고 연해 그런 것이 대추씨가 모여서 큰 산이 되었다더니, 나도 이 애기를 하는 동안에 밤을 이렇게 많이 뱉어놓았구나! (「제향날」, 『채만식전집』 9권, 130면)

그러나 『탁류』에서 이러한 위대한 여성상은 잠복해 있고, 미련하되 불쌍한 여인 초봉의 일생만 작품 속에 앙상하게 드러나 있다.

인간기념물로 가득 찬 『탁류』 속에서 유일하게 긍정적인 인물은 남승재이다. 그는 제6장 「조그마한 사업」과 제19장 「서곡」의 주인공이 되어 있다. 그러나 매사에 둔감한 그가 보이는 현실인식은 그의 성품만큼이나 순진하고 미미하여, 이것이 이 작품의 결정적인 한계이지 않을까 생각된다.

군산을 살짝 들추면 아픈 현대사가 보인다

작가 채만식의 고향은 전북 옥구군 임피면이다. 임피와 옥구의 평야를 임옥평야라 부른다. 이 평야는 동쪽으로는 익산평야와 완주평야, 남쪽으로는 김제군의 금만평야와 부안, 정읍의 여러 평야로 이어져 함께 드넓은 호남평야를 이룬다. 지금의 호남평야는 전북 순창과 임실에 걸쳐 있는 운암댐 공사가 완공되어 진주와 하동으로 흐르던 섬진강의 물줄기를 호남쪽으로 돌리기 이전까지는 가뭄에 속수무책인 땅이었고, 이곳 임옥평야만이 기름진 곳으로 알려져왔다. 이곳의 나이든 주민들은 아직도 옛날에 임금이 나라 안의 다른 곳에 흉년이 들더라도 임옥평야의 농사만 제대로 되었다면 우선 한시름을 놓았었다는 옛이야기를 자랑삼아 한다고 한다.

작가 채만식의 생전의 모습

채만식의 가계는 이곳 임피면에서 중농에 속했던 것으로 알려져 있다. 조부는 노름으로 가산을 탕진했으나, 아버지 대에 이르러서는 제법 가계가 흥성해져서, 그 덕에 채만식은 일본 유학까지 갈 수 있었던 것이다. 임피면은 농사와 어업이 동시에 이루어지던 곳이었으며, 또 엄격한 유교적 질서가 지켜지는 가운데 일제의 도도한 개화 물결이 밀려들던 이중적인 장소였다. 채만식은 스러져가는 조선의 정취와 새롭게 밀려드는 문물 사이에서 작가로 성장한 것이다.

채만식의 소설 중에는 농민이 억울하게 가산을 탕진하여 빈궁민으로 몰락하는 장면이 자주 나온다. 해방 후에 발표된 「논이야기」에서

채만식의 묘

는 한 양민이 '양반 호랑이'와 '일본 호랑이'에게 논을 다 뺏기며, 『탁류』와 희곡 『당랑의 전설』에서는 점차 죄어오는 생활고와 미두에서의 파산을 이기지 못해 몰락한다. 이러한 파산은 채만식 자신이 두루 겪은 체험이기도 했다. 중농의 아들로 태어나 와세다대학 부속 제일와세다고등학원 문과에 다녔던 그가 금광에 파산하고 미두에 파산하여, 결국은 원고지 노동자로 전락한 과정은 채만식과 형이 만나는 장면에 눈물겹게 묘사되어 있다. 형은 펜을 쥐고 있느라 손가락에 마디가 맺힌 채만식의 모습을 보고 통곡한다. 『탁류』 제4장의 제목 '……생애(生涯)는 방안지(方眼紙)라!'에서 이처럼 고달픈 지식인 노동자로서의 한탄을 엿볼 수 있지 않을까. 인생이 200자 원고지의 답답한 틀에서 벗어나지 못한다는 한탄이야말로 소설가로서 그가 겪은 생애이다. 지금도 임피면 축산리에는 그가 낙향하여 글을 쓰던 집이 남아 있는데, 형의 생계까지 책임져야 했던 자신의 처지는 스스로의 표현대로 '참나무 장작같이 뻣뻣한 생활'이었다고 한다.

백제가 멸망하던 당시 금강의 상류격인 백마강(白馬江, 백강〔白江〕으로 불리기도 함)에서는 당과 일본이 원정군을 파견하고 고구려·백제·신라가 함께 맞붙어 5개국 사이의 전쟁, 즉 서양의 십자군전쟁에 비견되는, 이른바 동아시아 최초의 국제전쟁이 벌어진다. 마한에서 백제로 이어지는 동안에도 이 고장은 여전한 곡창지대였으며, 이 전쟁이 궁극적으로는 이 곡창의 쟁탈전이었으리라는 역사적 상상력이 가능할지도 모르겠다. 금강하구에 우뚝 솟은, 임피 언저리의 산이 오성산(五聖山)이다. 이 산에는 백제를 정복하러 쳐들어오던 소정방이 금강하구에 이르렀을 때 짙은 안개로 길을 잃고 헤매다 다섯 노인을 만나 이들에게 길을 물으니, '적들

에게는 길을 가르켜줄 수 없다'고 저항하다 무참히 살해되었다는 전설이 남아 있다. 오성산이라는 이름이 이들 다섯 성인(聖人)들에게서 붙여진 이름인 것은 당연하다.

　앞에서도 언급했지만, 지금의 군옥 지역(군산과 옥구)은 19세기 말까지는 그저 한적한 농어촌에 지나지 않았다. 오히려 금강하구는 채만식의 생가가 있던 옥구군 임피면 일대였고, 이를 좀더 거슬러올라가 강경포구와 연결되어 있었다. 물산이 집중되어 시장이 형성되던 포구는 임피와 강경이었고, 군산은 그야말로 바닷가에 지나지 않았던 것이다. 개항 당시의 군산은 대여섯개의 구릉 기슭에 약 150여호의 한옥이 산재하고 있었고, 저지대에는 조수가 드나들고 갈대가 무성한 습지였다고 전한다. 다만 지금 버스터미널이 위치한 경장동을 중심으로 서천 방면과 금강 연안에서 교역이 이루어졌던 것으로 알려져 있다. 군산 일대가 지금과 같은 형태로 정착된 것은 금강과 만경강 사이에 펼쳐진 커다란 삼각주가 간척사업으로 농지로 전환된 이후의 일이다. 지금도 옥구군 일대의 논밭은 약간만 파들어가면 개흙이 나온다고 말하는데, 이를 보아도 군산시 일대가 여러 차례 간척공사를 통해 형성된 곳임을 알 수 있다. 새만금 공사가 이루어진다면, 이곳이야말로 상전벽해의 한 전형이 될 것이다.

군산항은 그 배후에 국내 유수의 곡창지대라 불리우는 호남평야가 광활하게 전개되고 있을 뿐 아니라, 기타의 서남해안에 이에 버금갈 양항이 없었고, 중국과의 교역에서 전초기지 역할을 할 수 있다는 점 등 천혜의 입지조건을 가진 항구라는 이유로 1899년 5월 1일 개항되었다. 개항 당시인 1899년 군산의 인구는 조선인 511명, 일본인 77명이었고, 1900년에는 조선인 780명, 일본인 131명, 중국인 8명이 된다. 그러나 한일합병 이후 인구가 급증하였고, 일제는 1933년에 한국의 쌀 총생산량의 53.4퍼센트를 일본으로 반송했는데, 그 가운데 20.5퍼센트가 군산항을 통해 출하된 것으로 기록되어 있다.

사실 군산의 역사는 일본과의 몇차례 악연 속에서 태동된다. 군산 지방은 백제시대에 마서량이라고 불리다가 고려 공민왕 때인 1356년에 금강 하류에 포구를 설치하여 개성으로 가는 배들을 머무르게 한 뒤부터 진포가 되었다. 그러다가 조선 태조 6년인 1397년에 군산열도(현재의 선유도 일대)에 설치되었던 진영을 거두어 진포로 옮기자 진영의 이름까지 옮아오게 되어 진포는 그때부터 군산진이 되고, 예전의 군산열도는 옛 '고(故)'자를 붙여 고군산열도가 되었다. 이후 군산진은 1914년에 군산부가 되고, 1949년에는 옥구군 개정면의 일부와 미면의 일부까지 합쳐서 군산시로 승격되었다.

통일 신라 때부터 이곳은 조창이 서 있던 곳이었는데, 조창은 세금으로 거둔 쌀이나 베 같은 것을 임금이 있는 곳으로 실어나르기 전에 모아

두는 창고로서, 그때만 해도 이런 물자를 주로 배로 날랐기 때문에 조창은 강이나 바다의 어귀에 세워졌다. 옛적부터 왜구는 이곳의 쌀을 탐내어 여러 차례 노략질을 한 것으로 전해진다. 고려시대 최무선은 화포를 발명해 이곳 진포에서 왜적을 크게 무찔렀다. 군산에서는 매해 10월에 진포문화축제가 열린다. 군산의 옛이름 진포를 살린 이름인데, 고려 우왕 시절인 1380년에 왜구들의 침략을 맞아 대승을 거둔 최무선 장군의 '진포대첩'을 기념한 이름이기도 하다. 그러므로 군산은 외적과 맞서 싸워 이긴, 값진 승전지 중의 하나로 기억될 만한 장소이다. 일본에 대한 저항은 1908년의 '녹도학살사건'에서 극에 달한다. 군대가 해산된 이후 의병의 일부가 군산 앞바다의 녹도로 숨어들자 일본군 수비대 일곱명이 섬을 수색하였다. 그러나 진위대원들의 습격을 받아 이들이 전멸되고, 일본군 수비대는 녹도에 살고 있는 백 가구 정도의 양민을 모두 찾아내어 학살하고 집들을 모두 불태워버린다. 일곱명의 사망에 대한 보복으로 숱한 양민들이 희생된 것이다.

이러한 끔찍한 만행의 역사는 한일합병 이후 좀더 체계적이고 지속적인 수탈의 역사로 이어진다. 물론 이는 저항의 역사와 맞물리는 것이었다

1930년대 군산항 일제가 수탈한 농산물의 능률적인 선적을 위해 군산항에 설치했던 부잔교이다.

(3·1운동이 남부지방으로 파급된 것이 바로 3월 5일 군산 구암동의 봉기 사건이었으며, 군산이 남부 봉기의 시발점이 되었다는 자랑스런 역사는 월명공원의 3·1운동 기념비 속에 남아 있다). 일본인들은 쌀이 귀했으므로 이를 탐내어 토지조사사업 및 대규모 간척사업, 토지매입 등의 방법으로 호남평야를 거의 다 차지하였고, 이러한 일제와의 갈등은 그치지 않았다. 호남평야는 일본인 지주들의 대규모 농장이 들어서서 이들이 모집한 농원들에 의한 집단촌이 생겨나는데, 이들로 구성된 농민조합, 또 정미소를 중심으로 한 군산 일대의 정미조합, 군산항을 중심으로 한 부두노동자조합은 늘 일제와의 갈등 관계 속에 있었다. 당시의 신문들은 이들 조합원의 시위와 구속에 관한 기사를 끊임없이 보도하고 있다. 군산이 일본인에 의해 장악되었던만큼 충돌이 많았던 것이다. 군산이 일제의 수탈 속에서 어떻게 형성되었는가를 좀더 알고자 한다면 조정래의 대하소설 『아리랑』이 많은 부분을 시사해줄 것이다.

　얼마전 군산시내의 주택가를 영화 「8월의 크리스마스」의 무대로 삼아 화제가 된 적이 있다. 1970년대적 분위기가 고스란히 남아 있어 영화의 분위기와 잘 어울린다는 것. '70년대적 분위기'라? 아마도 가난과 결부된 절망, 아니면 가난과 결부된 깨끗함의 분위기일 것이다. 그러나 사실 군산은 1930년대에 성장했고, 바로 그 시기에 성장을 멈춘, 마치 화석과도 같은 도시라고 말한다. 1930년대 당시로서는 군산이 전국에서 가장 잘 발달된 철도와 도로망을 가지고 있었고, 그만큼 활기가 넘치는 곳이었다. 지금도 시내 곳곳에는 그 당시에 건설되었지만 이제는 거의 무용지물처럼 되어버린 철도망이 드러나 있는데, 지금으로서는 변변한 신호등도 없는 이곳에 기차가 과연 다니기나 하는지 의심스러울 정도다.

　정초봉이 근무하던 제중당약국, 남승재가 근무하던 금호병원의 위치는 군산역 바로 앞으로 추정된다. 군산역 쪽에서 볼 때 바로 앞쪽의 왼편에 있는 지금의 전북약국 자리가 제중당약국으로 추정된다. 또 그 맞은편의 낡은 일제식 2층 건물 자리에 있는 아세아의원이 금호병원으로 추정되는데, 아세아의원은 굳게 닫혀 있고, 2층에 미용학원이 남아 있을 뿐이다. 제중당약국의 흔적은 거의 찾을 수 없다. 그러나 아세아의원은 노의사가 은퇴한 지 매우 오래되었지만, 아직 건물 내부와 의료집기까지 그대로 보존되어 있어, 지금이라도 불쑥 남승재가 진료실의 하얀 커튼을 걷고 나올 듯한 인상을 준다.

군산역 앞에 서서 이곳을 보고 있노라면, 왜 채만식이 군산역에 대해 언급하지 않았나 하는 아쉬움이 없지 않다. 군산역에서 째보선창까지, 그리고 조선은행과 미두장까지의 거리는 불과 1킬로미터 정도밖에 되지 않는다. 당시 대부분의 노동자들은 틀림없이 군산역에서 째보선창까지, 혹은 조선은행과 미두장 근처의 미곡창고에서 일했을 것이다.

군산역에서 벌어지는 활기찬 물류(物流)의 움직임, 이곳을 중심으로 한 철도노동조합, 고향을 떠나고 토막을 찾아드는 조선 민중들의 움직임이 『탁류』에는 없다. 초봉이 박제호의 첩이 되어 군산역을 빠져나가는 장면만 한번 등장하는데, 이것만으로는 군산역의 역사적 의미를 가늠할 수 없다. 자본주의 문명의 핵심은 '흐름'이다. 『탁류』라는 소설 제목이야말로 자본주의의 흐름에 대한 비판이자 도전의식이지 않았던가. 이 작품이 '탁함'에 대한 전면적인 풍자를 다루되, '흐름'에 둔감했다는 사실이야말로 본격적인 리얼리즘을 다루는 마당에서 반드시 언급되어야 할 사안이다. 채만식의 『탁류』는 미두취인소를 중심으로 삼아 '흐름'의 세계를 향해 조금 열려 있었던 것. 그러나 채만식은 이 흐름의 깊이를 드러내지 못했다.

채만식이 이들의 세계를 애써 회피했던 것은 아닐까. 가혹한 절망 앞에는 작가라도 함묵할 수밖에 없는 것. 몽떼뉴의 「슬픔에 관하여」에서 이

집트 왕 프삼메니투스가 그러했다. 자기 딸이 끌려갈 때에는 울음조차 나
오지 않다가, 자기가 거느리던 노예가 끌려갈 때서야 비로소 눈물을 흘리
는 프삼메니투스의 슬픔을 우리는 조금은 이해할 수 있을 듯하다. 지금의
군산역 앞에는 새벽에 반짝시장이 열린다. 인근 농촌의 할머니들이 좌판
을 펼치고 앉아 있는 모습에서 세월이 흘러도 늘 한가지인 삶의 애환을
엿볼 수 있을 따름이다.

‖ 김만수 ‖

역사와 대면한 곤혹한 얼굴들

해방 직후 문학의 현장을 찾아

서대문형무소——옥문 열리는 날

광화문에서 사직터널을 지나 금화터널로 이어지는 고가도로를 지나 다보면 고가 바로 밑으로 독립문이 보이고 그 뒤쪽의 무악재 옆 현저동에 이르는 독립공원의 모습이 보인다. 1896년에 지어진 독립문이 1979년 고가도로 건설에 밀려 현재의 자리로 달랑 옮겨지고 1980년대 후반 그 주변이 온통 지하철 공사장일 때만 해도 매우 을씨년스럽던 그 모습은 공원이 생기면서 그래도 제법 사적(史蹟)다운 모습을 띠게 되었다. 이 독립공원 안에 있는 옛 서대문형무소 자리가 오늘 우리의 산책이 시작되는 곳이다. 해방 직후 문학의 현장을 찾는 산책이란 것이 아무래도 가벼운 발걸음이 되기 어려울 바에야, 아예 그날 이전의 신음과 그날의 함성이 가장 생생하게 아로새겨진 이곳 「옥문이 열리던 날」의 자리를 출발점으로 삼아보는 것도 뜻있는 일일 성싶다.

아아 옥문이 열린다! 옥문이 열린다!

서른여섯 해 굳게 잠겼던

서대문감옥 육중한 문이 열린다

여러 선배 동무들 뒤를 따라

설레는 심사로 옥문을 나섰다.

문앞엔 한창 폭풍이 일어났다

아아 얼마나 보고 싶던

헐벗은 형제의 얼굴들이냐

눈물이 솟는다

눈물이 솟는다

목이 찢어져라 맞아주는 아우성은

일본말이 아니로구나!

높이 들어 어지럽게 뒤흔드는 것은

일장기가 아니로구나!

—김상민, 「옥문이 열리던 날」 부분

일본의 제국주의 침략은 이른바 '근대적 행형제도'의 정비와 함께 이루어졌으니, 일제가 통감부를 설치하면서 제일 먼저 한 일이 전국에 여덟 개의 감옥을 만드는 일이었다. 그리고 서대문 밖 금계동(현재의 현저동 101번지)에 만 4천평 대지에 100채 가까운 건물을 앉히고 종로에 있던 경성감옥을 이전하였다. 그러나 일제 침략에 항거하는 민중의 거센 저항으로 수감자의 절대수가 증가하자 일제는 그 대책으로 1912년 마포에 다시 경성감옥을 신설하고 종래의 경성감옥을 '서대문감옥'으로 개칭했다. 그리고 1923년에는 현재 남아 있는 부채꼴형의 현대식 벽돌감옥을 신축하여 '서대문형무소'로 개칭했다. 예로부터 무당이나 점술을 하던 사람들이

특수부락을 이루어 살았으며, 명당은 명당인데 수천 홀아비가 모여 살겠
다는 무학대사의 예언이 남아 있기도 한 이곳은 해방 후에도 경성형무소,
서울교도소, 서울구치소로 몇번이나 이름이 바뀌면서도 1987년까지 대
한민국의 '교정시설'로 오랜 악명을 유지해왔다.

　독립문을 지나 팻말을 따라 조금만 걷다보면 서대문구치소의 낡은 벽
돌담이 반쯤 허물어지고 반쯤 보존된 자리가 나온다. 망루가 높이 솟은
그 벽돌담 문을 들어서면 전시관이 있고 그 전시관 뒤로 돌아들면 똑같은
모양과 크기의 붉은 벽돌건물이 서너개씩 한쪽은 모여 있고 한쪽은 벌어
져 있는 부채꼴 모양으로 들어앉아 있다. 모여 있는 중심에 선 형무관이
여러 건물을 다 살펴볼 수 있게 만든 형태이다. 그 건물들 뒤쪽으로 돌아
가보면 철문에 달린 작은 문구멍 안으로 감방의 전 모습이 한눈에 들어온
다. 1, 2층이 뚫려 있는, 이 아무도 없는 감방의 침묵이, 전시관에 피칠갑
된 밀랍인형의 고문실 모습보다 더 무시무시하다. 휴일을 맞아 공원에 놀
러 나온 아이들이 달려와서는 닫힌 철문을 소리나게 흔들어보고는 또 저
쪽으로 달려가버린다. 다시 문구멍을 들여다보면, 손바닥만 한 구명구(救
命口)가 달린 수십개의 작은 감방 문들이 열려 있는 게 보인다. 1945년 8월

서대문형무소 내부

16일 '옥문이 열리던 날'의 모습도 이러했을까.

　김상민의 장시 「옥문이 열리던 날」은 간수 야마모또가 칼소리 발자취를 죽이고 "오똑 창살 앞에 와 불러서 들여다보며/'앞을 보구 앉어 이 자식아'/'무슨 궁릴 하고 있어 저 자식이'/가진 오물려 잔소릴 깔리구 사라지곤 했다"는 데서 시작된다. 무더운 8월 감방, 옥 안이기에 범절은 더욱 무서워 땀이 흐를수록 옷깃을 여며야 했고, 아무리 맛난 이야기를 해도 배는 채워지지 않는 죄수들의 투덜거림과 밥 달라는 고함이 여전한 가운데, 8월 15일의 하루는 아무 일 없다는 듯이 저물어간다. "무둑둑한 철창에 여윈 이마를 대고/불덩이처럼 타오르는 구름을 바라보면" 대포소리에 육신이 부서지는 학병들의 모습과 보국대에 끌려가는 농군 청년의 모습과 고향의 전원이 스크린처럼 이어진다. 밖에서는 친구인 범(範)이 무악재 산마루를 넘으며 "똥통 메고 허덕이며 홍제원 넘어가는/허구많은 죄인 그 죄인들 틈에서" '나'의 모습을 찾는 줄도 모르고, '나'는 "창살을 우쩍 잡아당겨보다간/한숨을 터지며 자리에 돌아오면/은은히 부딪히는 종로행 전차소리에 가슴이 미어진다". 이윽고 밤마다 계속되는 십분간의 반성! "그러나 오늘두 또 가다듬어 생각한다만/무엇이 잘못이겠느냐?/나는 나의 겨레와 가난한 형제의 살 길을 근심한 것뿐." 괴괴한 밤, 좀처럼 잠이 들지 않아 뒤척이는데 아무 전조도 없이 형무소의 마지막 밤은 이렇게 깊어갔다. 그리고 이튿날, 콩밥이 채 끝나지 않았는데 불러대는 번호 소리, 천황이 항복을 했다는 간수의 맥풀린 소리, "형무소 넓은 마당에 홍수처럼 넘쳐 고이는/아아 얼마나 보구 싶던 동무들이냐!" 그러나 '나'는 친구 범의 일이 근심되어 불길한 장면이 자꾸 지나간다. 마침내 옥문이 열리고 감격이 치미는 사람들의 물결 사이로 "달려와 매달리는 수척한 청년!/오오 너 죽지 않았구나 범아". 범의 목을 힘껏 껴안은 '나'는 "군중에 싸여 앞으로 나아갔다/포성 끊긴 역사의 8월 16일!/하늘은 개이고/광명은 폭포수처럼/머리 위에 퍼부었다".

1944년 1월 협동단 별동대 사건으로 시인 김상훈 등과 함께 검거되어 투옥된 김상민의 이 시는 옥중시 계보의 첫머리에 위치한다. 그러나 이 시는 우리의 눈에 익은 김남주나 박노해의 서정성 강한 옥중시들과는 구별되는 면모를 보여준다. "감방/문턱 위에/걸쳐 있는/다람쥐 꼬리만한 햇살"(김남주, 「장난」)이나 푸른 새싹에서 느끼는 생명에의 감동, 자유에의 꿈 등 서정적 옥중시의 면모가 잘 나타난 해방기의 시는 김상훈의 「연」("옥창에서 바라보는 조각하늘에/누집 아히가 날려 보내는 고운 연이냐") 같은 시를 꼽을 수 있다. 이와는 달리 김상민 시의 뚜렷한 개성은 그 서사성과 더불어, 옥중의 시적 화자가 근심하고 그리워하는 '범'이라는 배역의 설정에 있다. "오로지 미숙한 전술로 말미암아/손과 허리를 묶여 온 것이/몇번이고 분하고 부끄럽다"는 회한이야 옥 안에 갇히게 된 혁명투사라면 누구나 가질 법한 것이고, 밖에 남은 동지에 대한 기대와 함께 그리운 사람에 대한 마음도 공통된 것이겠지만, 우리는 김상민의 시에서

처럼 그것이 직설적으로 표현된 예를 보지 못한다. 그 이유는 아마, '보안'이라는 절대명령 속에서 그리움이라는 감정에도 자기검열을 가해야 하는 옥중시의 특성에서 찾을 수 있을 것인데, 김상민의 시는 해방으로 인해 그 검열의 족쇄마저 완전히 풀린 상태를 보여준다. 즉 이 시에서 화자의 출옥은 한 사상범 개인의 출옥이 아니라 민족 전체가 감옥에서 해방되는 것을 표상하기 때문이다. 이 시의 전반부에 보이는 옥중생활에 대한 리얼한 묘사와 간수의 실감나는 목소리는, 후반부의 넘치는 감격과 흥분된 어조에도 불구하고 이 시를 해방의 감동을 객관화한 소중한 성과로 기억하게 해준다.

그러나 이날의 감격은 오래가지 않아, "자유의 몸이 되었을 때도 아직 창백하고 병약했건만 약을 먹기보다 부모에게 달려가기보다 새 조선의 요구 앞에 예술을 들고 거리로 뛰어나갔"(김상훈 시집 『대열』 후기)던 청년들의 꿈은 무참히 배반당하고, 그들은 쓰러진 학병동맹 청년들을 위해 조시(弔詩)를 지어야 했고, 문학가동맹의 문화공작대로 갔다가 돌팔매를 맞고 돌아와야 했으며, 끝내는 남한에서 설 자리를 찾지 못하고 월북하기에 이른다. 한편 이병철·김상훈 등과 함께 『전위시인집』(1946)을 발간했던 유진오는 1946년 9월 1일 국제청년데이 기념식장에서 「누구를 위한 벅차는 우리의 젊음이냐」를 낭독한 것이 문제가 되어 서대문형무소에서 8개월간 옥고를 치른 후, 지리산 문화공작대로 파견되었다가 다시 붙잡혀 전주형무소에서 처형된 것으로 알려져 있다. 해방과 동시에 전국에 걸쳐 2600명에 불과하던 형무소 수감인원은 46년에는 1만 1천명, 48년에는 2만 2천명에 육박하여 오히려 일제 말기의 수감인원을 넘어서기에 이르렀던 것이다. 임화가 "노름꾼과 강도를/잡던 손이/위대한 혁명가의/소매를 쥐려는/욕된 하늘에/무슨 깃발이/날리고 있느냐"(「깃발을 내리자」)고 분노 속에 노래했던 이 전도된 상황은, 좌익과 우익 양쪽에 비판적이었던 날카로

현재의 서대문형무소

운 풍자작가 채만식에 의해서 더욱 회화적으로 표현되었다. 일제시대 살인강도로 붙잡혔던 인물이 이제는 어엿하게 "칼 차구 정복 정모 잡숫구" 새 조선의 순사가 되어 나타난 것이다(「맹순사」). 강도를 잡던 손이 혁명가를 잡는 세상, 아니 혁명가만 잡으면 과거의 강도도 정복 입은 순사가 되는 이 극심한 가치관 전도 상황은 해방 직후의 과도기적 혼란이었던가, 아니면 '서대문형무소'가 '서울구치소'로 이름을 바꾸어 몇십년이나 계속되어온 지난날까지 위력을 떨치고 있었던 것인가. 고문실이 전시되고, 그 유산의 하나였던 무시무시한 고문기술자도 감옥에 가 있지만, 아직도 친일청산이 정치적 논쟁의 대상이 되는 시대, 우리는 아직 그만큼의 역사적 진보를 이룬 시대에 살고 있다. 이 해방기 '전위시인'들의 고난과 상흔이 어린 배경을 뒤로하고 우리의 발걸음을 해방기 문단의 중심 종로로 향하자.

한청빌딩——'새 간판을 갈아붙입시다!'

화신 앞. 종로 네거리의 다른 이름인 이 옛날 화신백화점 자리에는 거대한 빌딩이 들어서 있다. 지하도 출구의 안내도면에는 '삼성생명·신세계백화점'이라는 건물 명칭이 새겨져 있다. 해방 전에는 친일단체인 조선문인보국회(문보)가, 해방 후에는 조선문학가동맹이 있던 '한청(韓靑)빌딩' 자리는 그 맞은편 보신각 옆이었다고 하는데, 지금은 흔적도 없다. 장안파 공산당으로 유명한 장안빌딩도 이 근처 어디였다고 한다. 필자에게는 다만, 좌익 경력을 가진 노혁명가 세대들이 1980년대 말까지만 해도 종종 만났다고 하는 '태을당' 건물만이 기억 속에 선연한데, 지금은 그곳에마저 'POPEYES-chicken & biscuit'이라는 영어 상호의 패스트푸드점이 말끔한 모습으로 들어서 있을 뿐이다. 종로는 언제나처럼 바쁜 발걸음으로 붐빈다. 그러나 60년 전 이 거리를 휩쓸던 뜨거운 바람, 그 웅성거림의 흔적은 이제 어느 곳에도 없다. '서울 정도 600년'을 기념하는 사업으로 옛날 조선조 때 귀인들이 다니던 큰길을 피해 하층민들이 다니던 길이라는 '피맛골' 자리가 있고, 개화기 인사들의 집터를 표해놓은 지도들은 있어도, 해방 이후의 자취는 어디에도 없다. 1945년부터 2005년이라는 이 60년의 거리. 그것은 600년 혹은 100년에 비하면 의외로 짧은 시간이다. 구태여 기리고 보존해야 할 역사적 가치를 부여받지 못한 시간이다. 그러나 생각해본다. 누추한 과거를 뒤로하고 항상 똑바로 앞만 보고 달리는 것을 최고의 가치로 삼아왔던 해방 후 60년, 그 결과 이룩한 이만한 정도의 화려함, 이만한 정도의 안락함 앞에서, 인민·민족·계급 이런 단어들을 떠올려본다. 민족문학자들의 본거지 한청빌딩 자리 맞은편에 '세계 일류'를 지향하는 독점자본 빌딩이 들어서고, 반제반파쇼 민주주의 벽보가 어지럽게 붙어 있었을 곳에 다국적 자본의 음식점이 자리한 이 네거리의 모습에서 역사의 아이러니라는 것을 생각해본다.

역사의 아이러니란 무엇인가. 역사는 아무것도 가르쳐줄 수 없다는 것을 교훈으로서 가르쳐주는 것. 과거를 교훈삼아 대비했던 미래에 또다시 다른 방식의 역습을 당해야 하는 이 곤혹함. 해방에서 분단으로, 전쟁으로 치달았던 1945년에서 1950년 사이의 역사를 살았던 이들보다 이런 곤혹함을 더 심하게 느꼈던 경우를 우리는 찾기 어렵다. 그래서 우리의 산책은 이 곤혹한 역사적 순간, 그 속에 선 문학자들의 맨얼굴과 혹 잠깐이라도 마주할 수 있을까 하는 조그만 기대를 갖고 있다.

'한청빌딩'은 이태준 중편소설 「해방 전후」의 후반부 무대이다. 이 소설은 1946년 8월 『문학』에 발표되었으며, 1946년 3월 23일 탈고한 것으로 되어 있다. 소설 전반부는 이태준의 분신인 주인공 '현'이 일제 말기, 친일의 압력과 유혹을 피하기 위해 강원도 향리로 낙향하여 지내는 이야기를 담고 있고, 후반부는 1945년 8월 15일 이후 그가 '조선문화건설중앙협의회'에 참여하여 적극적으로 활동하게 되는 과정을 담고 있다. 16일에야 친구의 급전을 듣고 향리에서 상경한 그는 전해들은 이틀간의 서울 정황에 '불쾌하였다'. "현 자신은 그저 꿈인가 생시인가도 구별되지 않는 이 현혹한 찰나에, 또 문화인들의 대부분이 아직 지방으로부터 모이기도 전에, 무슨 이권이나처럼 재빨리 간판부터 내걸고 서두르는 것들이 도시 불순하고 경망해 보였던 것이다."

이 '간판부터 내걸고' 하는 대목에는 이틀간의 정황에 대한 좀더 많은 정보가 있어야겠지만, 예를 들어 백철의 기록은 두 가지 중요한 사실을 전해주고 있다. 『경성일보』 북경 특파원으로 있다가 해방 며칠 전에 귀국해 있던 그는 신문기자로서 누구보다 일찍 감격적인 소식을 접할 수 있는 처지에 있었던 셈인데, 16일 오후에 김팔봉으로부터 전화를 받는다.

> 팔봉도 퍽 흥분해서 떨리다시피 하는 목소리였다. 곧 좀 만나자는 것이었다. 다들 모여서 새로운 문학운동의 깃발을 세워야 하지 않느냐는 말이었다. "그래서 지금 어디서 전화를 하시나요" 하고 물었더니 "지금 문인보국회 자리에서 회월과 같이 전활 걸고 있는데 '문인보국회'라는 간판은 어제 오후에 벌써 떼어버리고 그 대신 이제 새로운 우리 간판을 갈아붙이고 일을 시작해야 하지 않겠소?" 하고 팔봉은 프롤레타리아 문학 때에 많이 쓰던 "새로운 술은 새로운 푸대에 담아야 한다!"는 말을 붙였다. (백철『속(續) 진리와 현실』, 박영사 1975, 294면)

이에 대해서 백철은 좀더 금후의 정세를 파악한 뒤에 일을 시작하자고 했고 팔봉도 이에 찬동했다고 한다. 일본 어용신문 『경성일보』 기자를 지낸 자신의 양심상 앞에 나서는 것이 떳떳하지 못하다고 생각했을 뿐 아니라 조선문인보국회 간부였던 김팔봉·박영희의 주창이란 더욱 그러하다고 생각했기 때문이었다. 그러나 당사자인 김팔봉의 경우는 어떠했을까. 백철의 의견에 찬동은 했지만, 한편 억울하다고 느끼지는 않았을까. 이후 전개된 문단의 친일파 비판 논리 속에서 철저히 소외되고 전쟁 때는 인민재판에서 사형까지 선고받아야 했던 팔봉의 경우를 살펴보는 것이 우리의 산책에서 그리 어긋난 걸음은 아니리라. 그는 어쨌든 8월 15일과 16일의 한청빌딩 사무실을 지키고 있던 당사자인 때문이다. 팔봉의 회고문에는 1944년 그가 조선문인보국회 상무이사가 된 후부터 해방 직후까지의 사정이 꽤 자세히 기록되어 있다. 그에 따르면 팔봉은 "몸은 문보 사무실에 앉아 있지마는 생각은 민족기간단체에 있는지라" 그 자리를 발판 삼아 해방을 대비한 민족기간단체를 구성할 생각에 골몰했으며, 1944년 11월에는 중국 남경에서 열린 문학자대회 참석을 기회로 정치자금을 구해 서울로 가져오려고 상해·남경·북경을 전전하던 와중에 1945년 6월 북경에서 일본 헌병대에 검거되어 평양으로 압송되었던 것이다. 7월 20일 평양 헌병대에서 풀려나와 서울로 올라와 지내던 그는 다시 쌀을 구하러 시골로 돌아다니다가 돌아온 지 하루 만에 갑자기 8·15 해방을 맞았다고 한다.

그동안 내가 이날이 오기 전에 만들어보려고 하던 민족단체는 태반에 자리도 잡기 전에 소멸된 셈이 아닌가. 공연히 헛되이 1년을 보냈구나 싶어서 한편으론 기쁘고 만족스러우나 한편으론 장차 닥쳐올 일이 근심스러워 상념이 착잡했다. 8월 16일 아침에 원서동 여운형씨 댁에 갔다가 문보 사무실에 나와 앉았더니 학생 하나가 심부름 와서 불러내기에 밖으로 나가서 박희도(朴熙道)의 동양지광사 편집실에서 현민과 임화를 만났다. 임화가 나를 보고 문보 사무실에 책상 하나만 쓰도록 빌려주면 문학자협의회 같은 것을 조직하기 위한 사무를 보고 싶다는 청을 하기에 나는 그럴 것 없이 8·15 동시에 문보라는 존재는 자연 소멸된 것이니까 내가 그 사무실 전체를 양도하는 터이니 너희들이 사용하라고 대답했다. 이래서 종로 한청빌딩 4층이 해방 후 좌익 문학가동맹의 사무실이 되고 만 것인데, 그날 현민은 임화와 함께 오기만 했을 뿐 그저 웃는 낯으로 아무 말도 안했다. (홍정선 편 『김팔봉 문학전집』 5권, 문학과지성사 1989, 162~63면)

이 부분은 백철의 증언과 어긋나는 부분이다. 팔봉은 '너희들이 사용하라'며 그 자리를 물러나왔다는 말이 되기 때문이다. 그러나 임화와 함께 왔던 유진오도 대동아문학자대회에 두 번이나 참가한 경력을 가진 인물이었음을 팔봉은 말하고 싶었으리라. 기실 '친일파'란 무엇인가. 해방 후의 사회상황에서 이 단어만큼 치명적인 위력을 가진 말은 없었다. 그러나 누구나 상대를 친일파라고 공격하며 매도하는 분위기 속에서, 정작 친일의 죄과에 대한 어떤 공개적 비판과 자기비판도 행해지지 않았던 상황에서 이 말만큼 결과적으로 공허해진 것도 없다. 해방 직후의 문단 분위기에서는 이광수나 김동인을 비롯한 극소수의 예외를 제외하고는 대부분 누구나 다소간의 죄의식과 함께, 또 누구나 '내가 남보다 더 잘못한 건 무언가' 하는 의식을 가지고 있었던 것 같다. 그런 상황에서 누가 '새로 간판을 갈아붙이자'고 선두에 나설 것이냐는 예의 주목되는 문제였다. 「해방 전후」는 그것을 "전날 좌익 작가 대부분"이라고 얘기한다. 그리고 현은 "이러고만 앉았을 때가 아니라 생각되어" 그 '조선문화건설중앙협의회'란 데를 찾아간다.

백철의 증언이 믿을 만하다면, 8월 16일 화신 앞에는 온갖 벽보의 홍수 속에 「檄! 전 문학인에게 알린다」라는 벽보가 붙어 있었다고 한다.

"이제 조선민족은 우리의 숙원이던 해방을 얻고 자주독립을 목전에 놓고 있다. 민족해방과 독립은 곧 문화예술의 그것임은 말할 나위도 없다. 문학 예술의 자유 만세! (…) 우리는 시간을 지체하지 말고 곧 새 역사의 창조과제에 응해야 하겠다. 다들 모여서 이야기도 하고, 곧 창조작업에 착수해야겠다. 내일(17일) 오전 10시를 기하여 한청빌딩으로 모이라. 우리는 일제의 앞잡이로 민족을 팔고 있던 문인보국회를 접수하고 그 문 앞에 큰 글씨로 새 문학운동의 대간판을 갈아붙입시다……" (백철, 앞의 책 297면)

이것은 물론 그의 기억 속에 남아 있는 벽보문의 취지이지만, 그 속에서도 우리는 '새 문학운동의 대간판을 갈아붙입시다!' 하는 생생한 목소리를 들을 수 있다. "문인보국회를 접수"하자는 좌익 특유의 표현도 두드러진다. 임화 등이 붙였음에 분명한 이 벽보를 보고 다음 날 30여명의 문인들이 한청빌딩에 모여든다. 10시에서 이십분쯤 늦게 도착한 백철은 한청빌딩 앞에서 서성대던 김남천을 만난다. 왜 들어가지 않고 서 있느냐고 물었더니 김남천의 말이 "지금 위층까지 올라갔다가 왔는데 다들 다녀서 딴 곳으로 몰려간 모양이야. 문앞에 약도가 그려져 있는데 원남동 창경원 정문에서 가까운 곳인 것 같애. 여기 약도를 가지고 왔네" 하더라는 것이다. 그러자 이태준이 나타난다. "이때 만나면 우선 감격적인 감탄사를 발하고 힘차게 악수를 하고 그리고 서로 무사히 살아남았다는 것을 축하하는 인사가 오고 갔다. 상허는 지금 막 강원도 고향으로부터 서울에 도착한 길이라고 했다. 해방이 된 것도 어제 16일 오후에야 전해듣고 알았다는 것이다"(이 당시의 정황을 소상히 알려주는 이 백철의 기록을 전적으로 신뢰할 수는 없지만, 적어도 이부분은 「해방 전후」와 일치한다).

다시 「해방 전후」의 그 장면으로 돌아가보자. 조선문학건설본부에 찾아온 현은 여기에서 "전날 좌익이었던 작가와 평론가가 중심"이 되어 "기초된 선언문을 수정하면서들" 있는 것을 본다. "현은 마음속으로 든든히 그들을 경계하면서 그들이 초안한 선언문을 읽어보았다. 두번 세번 읽어보았다." 그러고는 그들이 이만큼 조선 사정에 진실한 정신적 준비가 있었던가에 놀라고, 그리고 다행한 일이라 생각하고는 "즐겨 그 선언에 서명을 같이하였다". 이 서명으로부터 현의, 아니 이태준의 해방 이후 도정은 시작된다. 1945년 8월 조선문학가동맹 부위원장으로 해방 직후 문학운동의 실질적인 중심에 서게 되었으며, 미군정의 좌익탄압과 함께 1946년 7월 하순 월북, 8월 10일 소련방문사절단으로 이어지는 것이다. 그는 '새로운 대간판을 갈아붙입시다!' 하는 구호에 열렬히 호응하여, 좌우를 막론한 통일된 민족문학의 건설이라는 역사적 실천에 몸을 던졌던 것이다.

지금의 싯점에서 우리는 그의 선택이 순진한 것이었다든가, 이념적 무지의 소산이었다든가 하고 평가절하할 수도 있겠지만, 8월 17일 당시의 상황에서 그는 '대동단결'이라는 시대이념을 충실히 따랐던 것이라 할 수 있다. 그러나 좌익에 대한 '든든한 경계심' 속에서 시작되었던 이 행보는 「해방 전후」에서도 분명히 드러나듯 그 자신 좌익에의 경사로 귀결되고 만다. 이 소설은 그러므로 당시 이태준이 많이 들었을 법한 인사말, "그간 많이 변하셨다구요" 하는 소설 내의 김직원의 말에 대한 답변의 성격을 띠고 있다. 채만식의 「민족의 죄인」이 친일에 대한 자기비판을 의도해서 씌어진 것과는 달리 「해방 전후」는 해방 후 이태준의 변모과정에 대한 자기해명을 의도한다. 이 두 소설이 시간적으로 일제 말기부터 해방 직후를 그렸다는 공통점이 있음에도 불구하고, 그 차이는 본질적이어서 구성과 결말의 차이를 낳고, 두 작가의 행로에 판이한 차이를 낳는다. 또한 이 차이를 낳는 주요 원인이 일제 말기 친일 여부, 혹은 친일에 대한 자의식 여부라는 것은 말할 나위도 없다. 채만식을 그토록 사로잡았던

'민족의 죄인' 의식이 이태준의 소설 속에는 전혀 없는 것이다. 그 차이를 보기 위해, 또 해방 직후 문단의 친일파 비판 방식을 보기 위해 잠깐 이 소설의 전반부인 일제 말기 '현'의 모습에 주목해보기로 하자. 소설은 현이 동대문경찰서 고등계로부터 '시달서'라는 것을 받고 밤새 어떻게 할까를 고민하는 데서 시작된다. 그곳에서 형사는 "시국을 위해 왜 아무것도 안하십니까?" "그 허기 쉬운 창씨(創氏) 왜 안 허시나요?" 하며 뭘 좀 하라고 종용하고, 이에 현은 서에서 나오는 길로 출판사로 가, 『대동아전기(大東亞戰記)』의 번역을 맡아들고 온다. "심란한 남편의 심정을 동정해 아내는 어느 날보다도 정성들여 깨끗이 치운 서재에 일본신문의 기리누끼(스크랩북)를 한뭉텅이 쏟아놓을 때 현은 일찍 자기 서재에서 이처럼 지저분함을 느껴본 적이 없었다." 그는 '살고 싶다' 아니 그보다 '살아 견디어 내고 싶다'며 시골행을 결심한다. 그리고 소설은 강원도 어느 산읍에서 낚시질로 소일하며 김직원과 시국담을 나누는 이야기로 전개된다. 그가 강원도에 있는 동안 받은 친일의 유혹은 문인보국회의 문인궐기대회에서 '소설부를 대표한 무슨 진언'을 하라는 것이었다. 그 대회장에서 현은 자기 차례가 다가올 것을 의식하자 '무서운 꿈 속'을 벗어나듯 회장을 빠져나오고 만다. 그러면서 현은 생각한다. "'어찌 될 것인가?' 의장 가야마 선생은 곧 내가 나설 순서를 지적할 것이다. 문인보국회 간부들은 그 어마어마한 고급 관리와 고급 군인들 앞에서 창씨 안한 내 이름을 외치면서 찾을 것이다!"

이 전반부에서 독자는 현의 일제 말기 행적을 다음과 같이 정리할 수 있을 것이다. 그는 끝내 창씨개명을 하지 않았다는 것, 문인궐기대회에서 일본어로 보고를 해야 하는 위기 직전에 빠져나왔다는 것, 그러고는 시골에서 한 일이라고는 낚시질과 시국담뿐이라는 것 등이다. 그러나 실제로 이태준은 그가 그토록 지저분하게 느낀 『대동아전기』의 번역을 하지 않수 없었던 것으로 보인다. 이무영이 육군편, 이태준이 해군편을 맡아 집필했다는 이 '전기'는 1943년 1월 최재서를 제작 겸 발행인으로 하여 인문사에서 나왔다. 또한 그는 조선문인보국회 파견으로 목포조선을 시찰하고 와서 쓴 증산전선 시찰기 「목포조선 현지기행」(『신시대』 1944. 6)을 썼다 (깊은샘에서 간행한 『이태준 문학전집』 15권에 실린 이 글은 그러나 조선 (造船) 과정에 대한 감동적 묘사로만 일관되어 있다). 해방 직후 '이박사 노선'을 표명한 한 우익 주간지는 「민족반역은 누가 했나」라는 제목하에 문학가동맹 간부들의 친일 경력을 일일이 공격하고 있는데, 여기에서 이태준은 "대동아전기를 출판하여 일본의 '미영(米英) 격멸사상'을 고취"한 죄목으로 비판받고 있다(『신태평양』 1947. 8. 17). 여기에 실제로 이태준이 얼마만한 '기여'를 했는지는 분명치 않다. 그러나 이태준이 친일에 대한 자의식 없이 떳떳한 태도로 해방을 맞았다는 것은 분명하다. 그것을 잘 보여주는 한 일화가 있다(우리는 지금 8월 16일 현의 행적 이면에 숨겨진 이태준의 면모를 더듬어보고 있는 셈이다). 앞서 백철의 기록에서 세 사람은 원남동의 어느 건물을 찾아간다. 그곳에서 임화·이원조·유진오·이무영·엄흥섭 등 30여명의 문인들이 모여서 임화가 기초한 선언문을 읽어보고 있었다. 몇군데 문구 수정으로 선언문이 만장의 박수로 통과된 다음, 임시집행부의 명단이 발표되는데, 뒤늦게 참석한 이태준과 김남천이 노골적으로 불쾌한 표정을 지으며 반대의사를 표시한다.

이태준이 발언한 말로서 "일본놈 때도 출세를 하고 해방 됐어도 또 선두에 나서려 하다니…… 이럴 수야 있느냐?"고 하면서 그런 분자들을 빼지 않으면 자기네는 이 준비위에 참석할 수 없다고 잘라서 말하였다. 그리고 면전에서 Y씨와 L씨가 지적되었다. 그때 Y씨가 한 말이 "정치인들에게 비기면 우리 문학인들의 한 일은 아무것도 아닙니다. 그러나 다들 의사가 그렇다면 물러가지요" 하고 퇴장을 하겠다는 의사를 표시했다. (…) 하여튼 그렇게 하여서 Y씨와 L씨 두사람이 퇴장을 하고 돌아갔다. (백철, 앞의 책 300~301면)

해방된 상황에서 '이럴 수는 없다'는 이태준의 이 도도한 지사의식은 어디에서 나올 수 있었던가. 다시 「해방 전후」에서 현의 모습을 보자면, 그는 "문인 시국강연회 때 혼자 조선말로 했고 그나마 마지못해 춘향전 한 구절만 읽은 것이 군(軍)에서 말썽"이 되어 맡겨진 연설조차 하지 않았을 정도였던 것이다. 현은 "소위 시국물이나 일문에의 전향이라면 차라리 붓을 꺾어버리려는" 의지를 실천한 셈이다. 이 자부심 때문에 「해방 전후」에서 '해방 이전' 부분의 서술시각에는 일종의 여유가 엿보인다. 그 여유는 낚시질로 소일하며 "새 지저귀는 속에서 책을 읽고, 꽃 지는 앞에서 송사를 듣는다(觀書啼鳥裏 聽訴落花前)"라는 한시를 읊고 있는 데서 생기는 여유만은 아니다. 오히려 순사부장에게 낚시도구를 들켜 어쩔 줄 몰라하는 장면, 문인궐기대회에 참석하여 차례를 기다리는 장면 등의 절박한 상황을 서술할 때 그 특유의 태도가 두드러진다. 순사부장이 안 보는 새에 "날쌔게 그 시국에 태만한 증거물을 집어들고 허둥지둥" 내려오는 모습을 그릴 때, 또 모두 국민복에 예장을 찬 어마어마한 집회에서 "자기의 복장은 시국색조에 너무나 무감각했음이 변명할 여지가 없게 되"자 "그러나 갑자기 변장할 도리도 없어 그대로" 일종의 흥미를 가지고 이 대회를 바라보고 있는 현의 모습을 그릴 때, 서술의 시각은 태평양전쟁 말기의 불안하고 절박한 심정의 이태준의 것이 아니라 해방 직후, 그 시절을 '살아 견디어냈음'을 자긍심 속에서 바라보고 있는 이태준의 것이라고 할 수 있다. 그래서 43년 여름부터 46년 초봄까지를 시간적 배경으로 한 이 소설의 구성은 균형과 안정을 가지고 있으며, '멀어야 이삼년' '멀어야 이제부터 일년' '자연히 낙관적 관찰' 등의 선견지명을 곳곳에 드러낸다(이것은 예측 못하는 앞날에 대한 불안감 속에 나약한 친일 행위의 연속으로 이루어진 「민족의 죄인」의 역행적 시간 구성과 얼마나 대조적인가). 현은 '일본이 망할 것은 정한 이치다. 미리 준비를 하자!'라는 마음가짐 속에 해방을 맞고, 그리고 이러한 자부심 속에 전날의 신변적 작품세계를 벗어나 '문화전선의 통일'에 앞장서게 되는 것이다.

성북동 골짜기 '마음을 생각하는 집'

「해방 전후」에서 일제 말기 시골로 내려가는 현은 "집을 팔지는 않았다". "멀어야 이삼년이겠지 하는 심산으로 집을 최대한도로 잡혀만 가지고" 서울을 떠난다. 그리고 이태준은 해방 후 시골에서 돌아와 월북하기 전까지 그 집에서 살았다. 지금은 서울시의 '민속자료 지정가옥'으로 지정된 후, 상허의 후손이 '수연산방'이라는 전통찻집을 열고 있는 성북동 상허의 집, 「달밤」 「손거부」 「토끼 이야기」 등 수많은 단편의 배경이기도 한 그 유명한 집을 찾아가는 길은 아주 쉽다. 혜화동 로터리에서 보성학교와 경신학교를 거쳐 계속 성북 2동까지 올라가는 길이 하나 있는데, 이기형 시인이 전하는 바에 의하면 옛날에는 소나무 고목이 우거지고 새들이 지저귀던 이 고갯길을 지나 상허는 종로 한청빌딩으로 출퇴근했던 모양이다(『잃어버린 서울, 다시 찾을 서울』, 서울학연구소 시민문화대학 1994). 그러나 산책자에게 좀더 손쉬운 길은 삼선교 편에서 거슬러 올라가는 길이다. 맑은 개울물이 졸졸 흐르던 그 삼선천은 이미 복개된 지 오래이고, 게다가 지금은 '미아로 확장공사'까지 끝나서 번화한 길이 되었다. 그 길을 따라 몇 정거장을 계속 올라가면 성북 2동 동사무소가 나오고 그 바로 옆의 전통

찻집 '수연산방'이 상허 이태준이 살았던 '상심루(賞心樓)'이다. 필자가 10년 전 이곳을 찾아갔을 때에는 그냥 살림집이었고 상허의 집 앞에도 무슨 공사가 한창이었다. 그래서 산밑 개울가에 한적하게 들어앉은 옛모습을 상상하기는커녕, 대문에 기와가 얹혀진 조선식 한옥의 아담한 풍광을 집 밖에서 감상하기에 너무나 악조건이었다. 상허가 이 집을 처음 지었을 때의 한적함은 이내 훼손될 수밖에 없었을 터인데, 그 언짢음을 상허 자신은 이렇게 적고 있다.

뒷산은 처음에는 산대로여서 우리는 올려다보는 풍치가 그럴듯했는데 올 여름에는 산 임자가 와서 바로 우리 마당에서 빤히 쳐다보이게 집을 난짝 올려앉혔다. 그리고 우리 집을 그냥 내려다보면서 두부장수를 부르고 고기장수를 부른다. 키 큰 사람이 내 키 너머로 남과 이야기할

수연산방

때의 불쾌감이 그대로 나는 것이다. 어서 키 큰 상록수를 사다 뒤를 둘러막고 뒤를 많이 보게 하였던 마당 차림을 인제부터는 앞을 많이 보는 마당으로 고쳐야겠다. (「옆집 '냄새' 업(業)」, 『이태준 문학전집』 15권, 깊은샘 1994, 265면)

서울은 몇십년째 늘 어디나 '공사중'인 도시이다. 짓고, 부수고, 다시 더 크고 높게 짓기를 반복하는 도시. 구소련이 개방되고 그 나라 사람들이 서울에 와서 가장 감탄한 게 이 개발의 '활기'였다고 한다. '소련기행'을 썼던 이태준이 이 모습을 보고 이 이야기를 들었다면 뭐라고 했을까.

이태준 집을 찾아가는 산책로와 마음의 풍경에 대해서는 최인훈의 소설 『화두』만 한 읽을거리를 찾기 어렵다. 그 속에서 성북동 집 뜰에 선 화자는 자신이 북한의 고등학교 교실에서 배웠던 「영월영감」의 한 구절을 상기한다.

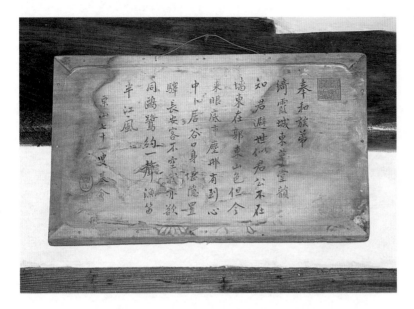

奉和族兄
綺霞城東艸堂韻
知君避世似君公不在
墻東在郭東山色但令
来眼底市塵邪有到心
中卜居谷口身德隱一壼
驛長安客不空戚亦欲
同鷗鷺約一舸漁笛
半江風
東山七十一叟基泰

"자연으로 돌아와야 할 건 서양 사람들이지. 우린 반대야. 문명으루, 도회지루, 역사가 만들어지는 데루 자꾸 나가야 돼……"

이렇게 영월영감은 목소리가 더 우렁차지며 얼굴이 더 붉어지며 가을비에 이끼 끼는 성익의 집 마당을 부산하게 나섰다. (『해방 전후』, 창작과 비평사 1992, 176면)

『화두』의 화자가 그랬듯이 필자 역시 해방을 맞아 "역사가 만들어지는 데루 자꾸 나가"는 이태준의 부산한 모습을 그려본다. 집채는 넓지 않다. 낡은 나무대문을 열고 들어서면 아담하고 조촐한 규모의 기역자 한옥이 있고, 대문 오른쪽과 왼쪽에 넓은 뜰이 들어서 있다. 대청마루 위에 나무현판 둘이 걸려 있고, 방문 위에도 현판이 걸려 있다. 뜰에는 우물이 막힌 채로 있고, 감나무인 듯한 보기 좋은 나무가 돌담 위까지 솟아 있다. 예로부터 집 안에 감나무를 심으면 한해 내내 기쁜 일이 그치지 않는다 하여 즐겨 심었다는 그 토종 감나무, 그리고 벌레가 타지 않아 깨끗하게 자란

다는 청단풍나무가 있다. 그 아래쪽에 가지런히 심겨 있는 노랑과 보랏빛 팬지꽃들만이 낯설다. 저건 상허의 손길이 닿은 것이 아니겠지 하는 생각 때문일 터이다. 상허는 이토록 아담한 집에서 처사 취미에 묻혀 세월을 즐길 수 있으리라 생각했던 과거의 자신을 뒤로하고, 일제 말기에도 팔지 않았던 이 집을 남겨두고 북으로 떠나 돌아오지 않았다.

상허의 '집 이야기'를 하다보면 채만식의 집 이야기를 지나칠 수 없다. 상허가 자신의 집 짓는 목수들의 솜씨를 미더워하여 남긴 수필 속에 들어찬 평화로움이나 정착에의 기대 같은 것이 채만식의 '집 이야기' 속에는 없다. 채만식은 서울을 가운데 두고 개성에서 안양으로, 안양에서 광나루로, 주변을 맴돌며 눈물겨운 셋집살이를 전전해야 했다. 그래서 일제 말기 고향으로 소개(疏開)를 가게 되었을 때도, 상허처럼 집 잡힌 돈으로 세월을 보낼 수가 없었고, 병약한 몸에 고된 농사를 지어야 했으며 해방 이후에도 시골의 셋집살이 신세는 변하지 않았다. 그는 아마 그 시절 시대나 역사보다도 더 무서운 가난과 질병 앞에서 굴복 훼절했던 것은 아니었

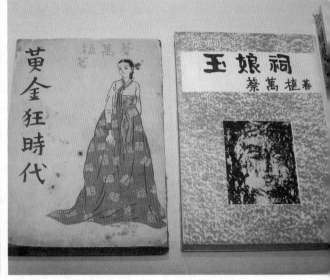

을지, 그래서 해방된 빛나는 마당 한복판으로 걸어나가기에는 너무 눈부신 상태가 아니었을지 모르겠다. 그러나 한복판으로 나아가지 못한 상태의 거리감 때문에 그는 결국 해방 후 현실을 남다른 눈으로 보고 담아내었다고도 할 수 있다. 이에 비하면 「해방 전후」에서 '현'의 자리는 역사의 광장 한복판에 있다. 골동품을 집안 가득 모아두고 즐기던 그의 돌연 부산한 움직임, 역사와 발맞추려는 행보는 모두에게 주목의 대상이었다. 그래서 오히려 이 소설의 해방 후 배경 속에는 성북동 집의 설 자리는 없어 보인다. 소설 속에는 성북동 특유의 분위기 묘사도, 어떤 소품도 등장하지 않는다. "역사가 만들어지는 데로 자꾸 나가"는 그의 눈에 비친 이 현판들, 자신의 뒷모습을 그려보며 '마음을 생각하는' 자리가 「해방 전후」에는 들어설 여지가 없을 정도로 그의 발걸음은 바쁘다. 그러나 바로 그 점이 성북동을 찾은 우리의 마음을 무겁게 한다. 역사의 수레바퀴에 온몸을 싣고 있을 때 그런 자신을 객관화하는 것이 얼마만큼이나 가능한 일일까 생각해보게 한다.

종로, 그 네거리에 다시 부는 바람

　이태준이 어떻게 해서 문학가동맹의 부위원장으로, 그리고 소련기행
으로까지 나아갔는지, 그 변화를 설명해주는 하나의 가설은 임화와의 인
간관계이다. 그러나 그것은 인간관계라기보다는 문학적 애정의 관계라
고 보는 것이 좀더 타당할 듯싶다. "크나큰 비극을 속에다 감춘 서사시의
감정"을 가지고 있다는 임화의 「농군」에 대한 극찬이 담고 있는 기대를
이태준은 배반하지 않은 것이다. 사실상 이태준의 일제 말기 문학세계는
「패강랭」(1938)의 지사적 울분에서 「농군」(1939)의 민족적 생명력, 「밤길」
(1940)의 민중적 비애에 이르기까지 하나의 뚜렷한 상승곡선을 그리고 있
다. 과거 카프 출신 프로문학 작가들이 이 시기에 보인 좌절과 후퇴의 양
상에 비하자면, 이태준이 초기부터 가졌던, 발랄한 생명충동을 민중생활
에 대한 공감과 애정이라는 긍정적인 방향으로 점차 발전시켜나가는 모
습은 우리 소설사의 빛나는 대목이 아닐 수 없다. 그래서 그의 변화는 같
은 구인회 출신이라 해도 정지용·김기림 등 모더니즘 시인들의 변화와
는 달리, 어느정도는 스스로에 의해 준비된 변화라고 할 수 있다. 그 변화
가 자신의 주체적 준비와 판단, 선택에 의한 변화였음을 웅변하고 싶어하
는 작가의 심정이 「해방 전후」 곳곳에 나타나 있다. 적어도 이 소설이 씌
어진 1946년 3월까지의 이태준은 역사의 전진 방향에 몸을 싣고 있다는
자부심과 기대감에 들떠 있었던 듯하다. 소설 속에서 몇차례에 걸친 좌편
향과의 갈등이 현이 옳다고 생각하는 방향으로 해결되는 양상을 보자.

　문협의 선언문에 즐겨 서명하고 그 간부가 된 현은 "그러나 도시 마음
이 놓이지는 않았다". "'모든 권력을 인민에게로!' 이런 깃발과 노래만 이
들의 회관에서 거리를 향해 나부끼고 울려나왔"기 때문이다. 현과 좌익의
갈등은 좌익 대중단체 주최의 데모가 종로를 지나는 날, '문협'의 한 책임

자가 소련 깃발을 한아름 뿌려대 거리가 온통 시뻘게진 데서 비롯된다. 현이 그것을 막자, 다들 모멸의 시선을 던지며 한 사람도 가까이 오지 않는다. 집에서 나오지 않았던 그에게 사과하러 온 친구는 "적색 데모란 우리가 얼마나 두고 몽매간에 그리던 환상이리까? 그걸 현실로 볼 때, 나는 이성을 잃고 광분했던 거요"라고 자신의 경솔을 시인한다. 그러나 곧이어 두번째 사건이 일어난다. 간부들도 모르는 새 '인민공화국 지지'라는 대서특필 드림이 내려진 일이었다. "안전지대에 그득한 사람들, 화신 앞에 들끓는 군중들, 모두 목을 젖히고 쳐다보는 것이다. 모두가 의아하고 불안한 표정들이다."

다시 종로 네거리에 서보자. 임화가 거듭 '다시 네거리에서'를 노래했던 바로 그곳이다. 1929년 '때묻은 넥타이'로 쫓기는 오빠가 동생의 손을 잡고 투쟁을 위한 모임에 함께 가길 권유하며 열정과 청춘의 노래를 불렀던 곳, "자 좋다, 바로 종로 네거리가 예 아니냐!/어서 너와 나는 번개처럼 두 손을 잡고,/내일을 위하여 저 골목으로 들어가자/(…)/이것이 너와 나의 행복된 청춘이 아니냐?"(「네거리의 순이」)고 노래했던 그곳이다. 1935년에는 "변화로운 거리여! 내 고향의 종로여!/웬일인가? 너는 죽었는가, 모르는 사람에게 팔렸는가?/그렇지 않으면 다 잊었는가?"(「다시 네거리에서」) 하고 쓰라린 좌절의 노래를 불렀던 곳이다. 이제 해방의 환희에 찬 물결 속에서 '새로운 간판'을 위한 벽보를 붙이고 한청빌딩의 문인보국회 사무실을 '접수'했던 임화는 1945년 '또다시 네거리에서'를 남겼다.

조선 근로자의
위대한 수령의 연설이
유행가처럼 흘러나오는
마이크를 높이 달고

부끄러운

나의 생애의

쓰라린 기억이

포석(鋪石)마다 널린

서울 거리는

비에 젖어

아득한 산도

가차운 들창도

현기로워 바라볼 수 없는

종로 거리

저 사람의 이름 부르며

위대한 수령의 만세 부르며

개아미마냥 모여드는

천만의 사람

어데선가

외로이 죽은

나의 누이의 얼굴

찬 옥방(獄房)에 숨지운

그리운 동무의 모습

모두 다 살아오는 날

그 밑에 전사하리라

노래부르던 깃발

자꾸만 바라보며

자랑도 재물도 없는
두 아이와
가난한 안해여

겨울비 차가운
길가에
노래처럼
죽는 생애의
마지막을 그리워
눈물짓는
한 사람을 위하여

원컨대 용기이어라

—「9월 12일 1945년, 또다시 네거리에서」전문

　　1945년 9월 12일은 조선인민공화국 서울시 인민위원회가 결성된 날
이다. 이미 그 전날 9월 11일 조선공산당 재건을 선언한 박헌영의 연설이
'마이크'로 울려퍼지는 이 경축시가행진이 아마 「해방 전후」에 그려진 그
날의 '적색 데모'일 것이다. 여기에서 우리는 '문협회관' 내의 두 얼굴을
볼 수 있다. "거리에 섰는 군중은 모두 이 데모에 냉정하다"고 보며, "적기
편에 선 것만이 대중의 전부가 아니다"고 보는 이태준의 얼굴과, "위대한
수령의 만세 부르며/개아미마냥 모여드는/천만의 사람"을 보는 임화의
얼굴이다. 그러나 이 두 얼굴은 모두 공식적인 목소리, 보편적 정치성의

목소리에 어울리는 얼굴일 뿐, 문학가 혹은 개인으로서 이들의 내면을 드러내는 맨얼굴은 아니다. 임화의 시에서 그의 내면은 부끄러움, 쓰라린 기억 등의 단어에 이어지는 "원컨대 용기이어라"라는 한 구절에 집약되어 있거니와, 그것은 그의 아내인 지하련의 소설 「도정」(『문학』 1946. 7)에 나타난 소시민 지식인의 자의식과 통하는 것이다. 일제 말기에는 한껏 움츠리고 있다가 해방이 되니까 "네가 이젠 공장엘 가는구나? 노동자를 운운허구…… 그렇지! 이젠 잽힐 염려가 없으니까" 하는 자의식, 배짱을 부려보다가도 "'용기'란 대목에 와서는 끝내 마음 한귀퉁이에서 '뭐? 용기?' 하고는 방정맞게 깔깔거리는 바람에" 스스로 웃고 말아버리는 이 자의식 끝에 그는 또 새로운 용기를 다짐하는 것이다. 그런데 이태준의 「해방 전후」에는 이러한 자의식이 없다. 오히려 작가는 현의 입을 빌려 독자에게 자신의 정당성, '문협'을 통한 문화전선통일의 당위성을 계몽하는 데 열중해 있다.

종로 네거리의 적색 데모를 둘러싼 갈등이 현에 대한 상대방의 사과나 해명으로 해소된 후, 소설의 갈등은 김직원이라는, 구왕조를 그리워하는 시대착오적 인물과의 갈등으로 중심 이동한다. 이 갈등 속에서 현의 우위와 결말의 승리는 너무나 필연적이다. 다시는 서울에 오지 않겠다는, 시골 가서도 두문동 구석으로나 들어가겠다는 김직원을 내려보내고 현은 회관 옥상 위에 올라가 그의 사라져가는 모습을 본다.

미국군의 짚이 물매미떼처럼 서물거리는 사이에 김직원의 흰 두루마기와 검은 갓은 그 영자 너무나 표표함이 있었다. (…) 오늘, 이 세계사의 대사조 속에 한 조각 티끌처럼 아득히 가라앉아가는 김직원의 표표한 뒷모양을 바라볼 때, 현은 왕국유의 애틋한 최후를 연상하지 않을 수 없었다. 바람이 아직 차나 어딘지 부드러운 벌써 봄바람이다. 현은

담배를 한 대 피우고 회관으로 내려왔다. 친구들은 '프로예맹'과의 합동
도 끝나고 이번엔 전국문학자대회 준비로 바쁘고들 있었다. (『해방 전후』
297~98면)

한 조각 티끌처럼 가라앉아가는 김직원의 뒷모습과 '바쁘고들' 있는 친구
들에게로 달려가는 현의 모습이 대조된 마지막 장면이다. 복잡다단해가
는 정세 속에서도 역사의 흐름에서 '부드러운 봄바람'을 느끼는 이태준의
낙관적 기대가 실려 있는 것을 볼 수 있다. 그러나 이 마지막 장면은 좌우
양 진영의 구심을 자처했던 그의 역할에 분명한 한계를 보여준다. 좌우합
작이 무원칙한 대동단결일 수는 없지만, 일제 말기 '서로 간담을 비추는
사이'였던 항일 민족주의자를 설득할 수 없었던 그의 입각점은 현실적으
로 좌선회의 길 이외에는 달리 없었을 것이기 때문이다. 「해방 전후」가
1946년 8월호 『문학』에 실리고 문학가동맹의 행동반경은 급격히 위축되
고 만다. 1946년 9월 유진오의 구속을 비롯하여, 1947년 3월에는 『문학』
임시호인 10월항쟁 특집호에 대한 판매금지 조치, 임화 시집 『찬가』의 삭
제 지시로 이어진 미군정의 탄압은 끝내, 1947년 8월 13일 문학가동맹의
폐쇄 조치로 이어진다. 해방 직후의 한청빌딩·문학가동맹 시대는 이로
써 막을 내리는 셈이다. 남한의 문단은 전국문화단체총연합회(문총)가
주최한 1948년 12월 27일의 '민족정신 앙양 전국 문화인 총궐기대회'로
문총에 완전히 주도권이 넘어가게 되기 때문이다. 그러나 1950년 6월, 역
사는 그 잔인한 모습을 여기에서도 여지없이 드러내는데, 한청빌딩은 인
민군을 따라 남하한 월북문인들이 남쪽의 문인들을 동원하여 만든 작가
동맹의 자리가 되는 것이다. 서울에 남아 있던 문인들은 모두 이 한청빌
딩에 모여 교양을 받아야 했다. '문화전선의 통일'을 위한 자리는 이제
'혁명'문인이 '반동'문인을 단죄하는 자리가 되었다. 그 자리에선 실제로

그 어느 편의 문인들도 역사의 진정한 주인은 될 수 없었다. 그리고 몇몇은 월북하고, 또 몇몇은 납북되었다. 인민군이 패퇴한 후에야 한청빌딩의 시대는 막을 내렸다. 그 종막이란, 남한의 문인과 북한의 문인은 이제 이 한반도 땅 어느 곳에서도 만날 자리가 없어졌음을 의미했다.

서울역——'한 폭의 측도'

옥문이 열리던 날, 서대문에서 출옥 혁명가들과 합세한 군중은 덕성여자 실업학교 교정에서 열린 '혁명자대회'를 거쳐 서울역으로 몰려갔다. '붉은 군대(소련군)'가 그날 오후 1시 서울역에 도착한다는 헛소문이 퍼진 때문이었다. 기다리던 소련군은 나타나지 않고 오히려 일본군이 군용 트럭을 타고 지나가자 '발포한다!'는 소리에 군중들은 사방으로 흩어져버렸다. 이후 서울역은 전재민을 싣고 오는 열차로 항상 만원을 이루었는데, 해방 직후의 소설 중에는 황순원의 「두꺼비」와 계용묵의 「별을 헨다」와 같이 전재민의 곤궁한 세태를 다룬 소설들이 다수 있다. 그러나 그보다도 우리의 발걸음이 이 서울역으로 돌려진 것은 이곳이 채만식의 「역로」가 시작되는 배경이기 때문이다.

서울역 역사나 광장은, 그 주변이 몰라보게 달라진 것에 비하면, 몇십 년 동안 해방 직후 당시와 별로 다를 바가 없이 보존되어오다가, 2004년 고속전철이 들어서면서 대변모를 하였다. 서울의 인구가 지금의 25분의 1쯤인 30만명에 지나지 않았던 1922년, 독일인의 설계로 지어졌다는 이 서울역 본체는 아직도 건재하다. 그러나 우리가 느끼는 지금의 서울역과 해방 당시의 서울역은 그 의미가 사뭇 다르다. 몇개의 고속터미널이 들어선 오늘날, 서울역은 전국 교통의 유일한 중심은 아니기 때문이다. 그래도 추석이나 설날 같은 '민족대이동'이 이루어지는 명절이면 서울역 광장은 귀향객들로 가득 메워져 해방 당시의 서울역 풍경에 근접해진다. 당시는 언제나 늘 민족'대이동'중이었기 때문이다. 「역로」의 화자가 "차 떠날 시각을 세 시간이나 앞두고" 서울역에 나와 "인간의 수효보다 보따리의 수효가 서너 갑절은 되는, 그리고도 부피로도 보따리의 부피가 갑절은 되는, 그래서 인간의 열이기보다는 보따리의 열에 더 가까운 그 괴상한 열에 가" 꼬리에 서자마자 "꼬리는 연해연방 뒤로 뻗어나가"는 모양을 상상해보자. 이렇게 사람보다 보따리의 수효가 더 많은 이유는 해방 후 무섭게 솟아오른 물가 때문이다. 물건을 팔고 싶은 사람은 '야미'로 비싸게 팔기 위해 집산지로 실어나르느라, 물건을 사고 싶은 사람은 산지에서 싼값에 사가느라 늘 장사진을 이루었던 것이다. 이 열차를 타기 위해 화자가 서 있는 이유는 고향에 가기 위해서이다. 그리고 화자는 채만식 자신으로 보인다.

행렬에 선 '나'는 담뱃불을 남에게 빌리지 않고 또 빌려주기도 싫어하는 결벽스런 성미인데, 실수로 담배를 피다 젊은 여인네에게 불을 빌려주게 된다. 어느결에 이 '오만한' 모양을 보고 웃으며 다가온 친구 김군과 '나'는 이리까지 동행해가면서 열차 안에서 여러 인물, 여러가지 풍경과 만나게 된다. 소설의 주된 화제는 '나'의 친일경력에 대한 자기비판과 좌우로 갈려 싸우는 정치 시국담이다. 그런데 소설 서두의 담뱃불 이야기는 웬 뜬금없는 시비인가. 채만식의 결벽성에 대해서는, 남의 집에서 식사할 때는 수저를 휴지로 닦아 먹었다는 유명한 일화가 있거니와, 특히 일제 말기의 수필을 보면 그 정도가 보통은 넘어 보인다. 일본어로 잡문이라도 써야 먹고살 수 있었던 그는 '일본말에 붓을 적셔' 해방까지 꾸준히 글을 쓴 셈인데, 그중에는 「홍대(鴻大)하옵신 성은(聖恩)」 등 노골적인 '황민문학'도 다수 있지만, 자신의 생활처지와 심중을 솔직하게 나타낸 글들도 많다. 그중 특기할 것이 「곤장(棍杖) 일백 도」와 「몸빼 시시비비」 등이다. 전자는 불결한 서울 거리의 쓰레기통에 관한 이야기로 "거리를 더럽히는 자는 곤장 일백 도에 처하자"는 이야기요, 후자는 여인네들이 비상전시하의 복장인 몸빼를 입는데 이왕이면 좀 보기좋게 입자는 이야기다. 일제 말기에 이런 글을 쓰고 있었던, 그리고 해방 후에 이런 자신을 되돌아봐야 했을 채만식의 심중이 얼마나 참담했을지는 상상하기 어렵지 않다. 「민족의 죄인」이 그 자기고백서이기 때문이다. 「역로」는 그에 앞선 연작이라 할 수 있는데, 그럼에도 그 죄의식은 한층 엷어 보인다. 과거의 친일파가 오늘의 애국지사가 되는 '땅재주'를 비판하는 목소리가 화자의 친구인 김군에게서 나옴으로써 그러한 '변절자'와 '나'의 차별성이 부각되고 있기 때문이다. 어쨌든 채만식은 낯 두꺼운 얼굴로 종로에 나서 '새로운 대간판을 갈아붙입시다!' 하고 외친 축은 아니기 때문이다. "팔월 십오일 오전 열한시 오십구분까지 두 흡혈귀 미영을 쳐부숴라" 하다가 "오정이 땅 치면서" "친일파를 없애라. 민족반역자를 벌하라". 이렇게 둔갑하지는 않았기 때문이다. 이런 알량한 자부심에 대한 냉소적 시각 때문에 채만식의 해방 후 소설의 현실풍자는 대부분 방관적 시선을 넘어서지 못한다. 열차 안에서 만난 좌익 청년과 우익 신사의 논쟁을 보면서 "한 폭의 축도(縮圖)"라고 웃어넘기는 장면, '쏘비에뜨'를 둘러싼 농담 등은 그 예이다. 그러나 천안에서 쌍보퉁이를 짊어지고 오른 젊은이의 좌우분열 비판에 심각해진 그들의 분위기는 대전역의 한 풍경 앞에서 할 말을 잊는다. 만원열차를 그냥 놓쳐보낸 비 내리는 역에서, 텅텅 빈 미군 전용차를 타려고 굽실거리는 노인에게 손가락을 들어 차 꼭대기를 가리키는 미국 병정의 모습은 외세가 지배하는 분단현실의 서글픈 축도이다.

이 우울한 현실 속에서 채만식은 문단활동에 나서지 않은 채 낙향하여 여러가지 모색을 계속한다. '총기 좋은 할머니'가 화자인 계몽적 소설

「역사」 연작, 「낙조」와 같이 반공 월남민 일가의 정신적·경제적 몰락을 형상화한 작품, 새로운 세대에 대한 기대를 담은 중편 『소년은 자란다』 등이 그것이다. 그리고 한편으로는 「처자(妻子)」같이 정치현실에 대한 더욱 적극적인 의식을 은밀히 드러내는 작품을 쓰기도 한다. 처자를 고향에 두고 먼 길을 떠나야 하는 시골 선생님의 정황을 담담하게 묘사한 이 소설의 이면에는 1947년의 8·15좌익폭동과 1948년 단선저지투쟁 등의 움직임이 내밀하게 숨어 있다. 1948년 8월 전야는 남한 내의 진보적 문학운동이나 좌우합작의 입장이 완전히 설 자리를 잃어버린 엄혹한 싯점이라는 점에서, 채만식의 유고 「처자」는 이 시기의 귀중한 성과로 기억될 것이다.

그가 일제 말기부터 끊임없이 겪었던 극심한 가난과 질병 속에서 끝까지 이러한 진보적 입장을 견지했다는 것은, 목소리는 높되 그에 걸맞은 전체적 시야를 확보하기 어려웠던 해방 직후의 문학운동 상황 속에서 하나의 조그만 감동으로 다가온다. 한때 동반자작가였던 그가 역사의 진보에 대한 신념을 잃어가고 일제 말기 훼절에까지 이르렀던 것을 상기할 때, 그리고 바로 그 이유 때문에 해방 직후 문단활동의 중심에 나서지 못하고 그 특유의 풍자적 눈으로 역사감각을 획득하려고 모색했음을 볼 때, 우리는 다시 한 번 역사의 아이러니라는 단어를 떠올리지 않을 수 없다.

‖ 임진영 ‖

문학유산의 복원과 문화적 개안

월북작가들의 생가와 문화유산

_____

1990년대의 문화 바람

돌이켜보면 지난 1990년대의 풍경을 대표하는 것은 단연 '문화'와 '문화담론'이었다. 각종 문화이론들이 인기 상품으로 수입되고 문화비평 전문 강좌가 유행처럼 개설되었으며, '문화비평가'라는 직함이 빈번하게 지면을 오르내렸다. 고고학적 차원의 향토발굴단이 아니라 문화유산의 재발견을 목적으로 하는, 즉 '문화적 개안'을 꿈꾸는 답사 행렬이 다양한 규모로 조직되는 것이 1990년대 이후 우리 사회에서 목격되는 문화현상의 하나일 것이다.

이러한 현상들은 여러가지 복합적인 요인을 갖고 있었다. 먼저 1990년대 초 유홍준의 『나의 문화유산답사기』가 불러온 문화적 반향을 떠올릴 수 있다. "죽봉(竹棒)으로 머리를 맞는 듯한 충격"을 받았다는 박노해의 고백은, 이 책의 반향이 이념적 공백과 더불어 불어닥친 진보진영의 내성과 성찰의 분위기와 무관하지 않았다는 것을 보여준다. 그동안 이념에 사로잡혀 무관심했던 주변의 일상에 대한 성찰의 계기를 제공한 것이다. 물론 보다 근본적인 것은 경제적인 변화에 있다. 한국경제가 보릿고개를 넘어서서 국민소득 1만불 시대로 접어들면서 문화 바람은 더욱 가속화되기 시작했음을 알 수 있다. 이것은 1990년대 중반 이후 붐을 이룬 뒤 지금은 일상생활이 된 듯한 해외여행이나 배낭여행, 그리고 각종 문화 행사의 범람을 통해서도 실감할 수 있는 일이다.

작가의 생가와 작품의 무대가 '자동차기행'(『문화일보』 1995)이라는 하나의 여행 정보로 포장되어 지면에 소개된 것도 문화유산 답사 바람의 기류를 탄 '90년대식 현상'의 하나였다. 또 정부가 '문학의 해'로 지정했던 1996년도 『경향신문』의 '문학의 해 특집' 제목은 '우리 문학유산을 찾아'였다. 그리고 같은해 한국문화예술진흥원의 기관지인 『문화예술』에서 필자에게 의뢰해온 원고의 제목은 '작가의 생가를 찾아서'였는데 이 역시 '문학의 해'라는 배경을 깔고 있긴 했지만, 90년대식 문화 시류에 편승한 기획물이었다. 물론 그 이전에도 '창작의 고향' '문학 기행' 유의 문예면 기사를 대할 수 없었던 것은 아니지만, 그것이 유행처럼 족출한 것은 분명 1990년대 중반을 전후한 변화인 것이다.

물론 이를 두고 단순히 유행성 기획이라거나 문화상업주의라고 일축할 수도 있을 것이다. 하지만 그동안에는 이 정도의 관심마저 받지 못한 채 국문학 서고에 방치되었던 게 우리 작가들이었다. 필자가 몇몇 작가들의 고향을 탐사해본 바에 의하면, 작가가 생전에 사용하던 온갖 자질구레한 유품까지 철저히 보존되고 국가적 유적으로 관리되는 외국의 경우와는 차마 비교할 수도 없을 정도로 초라하게 방치된 작가가 많았다(영국작가 로렌스의 경우는 두번째, 세번째 이사한 집까지도 보전되어 있다고 한다). 월북(혹은 납북) 작가들의 경우는 말할 것도 없고, 채만식이나 염상

섭 같은 유명 작가의 경우도 변변한 기념관 하나, 번듯한 표지판 하나 없
는 현실 앞에 서게 되면 충격의 차원을 넘어서서, 생전의 가난함을 사후
에까지 벗지 못한 듯한 민망함까지 느껴졌던 게 당시의 심정이었다. 실제
로 필자가 답사했던 1996년 당시 채만식 기념물은 임피면 길가에 세워진
조그만 표지석(그것도 차에 부딪혀 옆으로 기울어진 상태였다)뿐이었다.
요란하게 문학과 문화를 말했지만 사실은 육교 위에 걸린 계몽성 현수막
만큼이나 공허한 메아리였던 것이다. 사과나 포도 같은 명산물만이 그 고
장을 대표하는 특산물은 아니며, 그 고장이 낳은 위대한 작가 역시 그곳
의 명예를 높이는 명산물일진대, 그만한 대우조차 받지 못한 채 방치되고
망각되어 있는 현실, 그것이 바로 지난 1990년대까지 우리 문학유산의 주
소였다. 그러던 것이 5년이 흐른 2000년 6월에, 군산시를 비롯한 여러 단
체에 의해 군산시 내흥동에 '채만식기념관'이 건립된 데서 알 수 있듯, 급
격한 변화과정이 있었다. '채만식기념관'의 자료실에는 채만식 작품을 비
롯한 여러 유품들이 전시되어 있고, 강당에서는 내방객들을 위한 홍보용
비디오가 상영되고 있다. 불과 5년 남짓한 기간에 문화적 인식이나 정책
에서 큰 변화가 일어난 것이다.

　이 글에서 필자가 주목하고자 하는 것은 현대 문학사 속에서 권력과
이데올로기에 의해 그 이름이 유실되었다가 다시 복권된, 그로 인해 이런
변화의 바람 속에서 상대적으로 뒤쳐진 몇몇 작가들이다. 이들은 한때 남
한문학사에서 제적되었을 뿐만 아니라 고향에서조차도 이름이 묻힌 세
칭 '월북작가'들이다. 1988년 정부 당국의 공식적인 해금 이후 이름을 되
찾았다고는 하지만, 마치 오랜 복역생활 끝에 석방된 장기수의 피폐한 몰
골처럼 이들의 거취는 궁색하기 짝이 없다. 고향에서는 그 흔적조차 소멸
되었고, 그들의 출생을 기억해주는 사람 또한 찾아보기 힘든 게 월북작가
들이다. 그러므로 이들의 생가를 둘러보는 일은 마치 오랫동안 방치했던

선조의 선영을 뒤늦게 찾는 일과도 흡사한 느낌을 주었다.

상허의 문향루와 지용의 옥천 생가

'한국 근대 단편소설의 완성자'라는 이태준.

'월북작가'라는 낙인이 찍힌 채 금서의 어두운 창고 속에 유폐되었던 그의 작품이 다시 햇빛을 보기 시작한 것은 지난 1987년부터였다. 각 대학원에서 조심스럽게 작품이 연구되면서 점차 현대소설사의 주요 인물로 각광받게 된 것이다. 그런 흐름 속에서 지난 1994년, 이태준이 태어난 지 90주년이 되는 날, 그의 고향 철원에서 '문학비'를 건립하자는 움직임이 있었다. 상허를 연구하는 젊은 학자들의 모임인 '상허문학회'와 '철원군민회'가 주축이 되어 시작한 일이었다. 그러나 결국 그 일은 좌절되고 말았는데, "철원이 접적(接敵) 지역이고, 대북 관계 등을 고려할 때 아직은 시기상조"라는 마을 유지들의 반대, 심지어 "빨갱이 비석을 세우면 가만두지 않겠다"는 협박조의 의견까지 대두하는 등 지역의 반대 여론이 예상 외로 완강했기 때문이다. 비석 하나 세우는 일이 뭐 그리 어렵겠느냐고 반문할 수도 있지만 분단의 질곡 속에서 파인 냉전적 적의와 반목의 골은 한 작가의 기념비마저 허용하지 않을 정도로 깊고 완강했다.

지금은 철원 관광의 명소가 된 옛 노동당사 건물에서 백마고지가 있는 왼쪽 길로 접어들어 이십여분 정도 달리면(오른쪽 길로 가면 관광용으로 복원된 월정리역이 있고, 그 옆에는 철원 전망대가 있다) 이태준의 생가 터를 만날 수 있다. 이태준이 태어난 율리리(栗利里) 옛터에는 잡초 우거진 풀밭 가운데 '이태준 생가 터'라는 나무 표지판만이 초라하게 서 있다. 문학비 건립도 무망한 터에 생가 복원은 언감생심 꿈조차 꿀 수 없는

이태준 생가 터 민통선 내 철
원군 율리리에 있다.

일이고, 게다가 이곳은 필자가 처음 방문했던 1996년까지만 해도 민통선
내에 위치한 관계로 농사철에만 민간인의 출입이 허용되었다. 필자 역시
노동당사 앞의 초소에서 주민등록증을 제시하고 검문 절차를 거친 뒤에
야 민통선 안으로 들어갈 수 있었고 또 군인의 안내를 받아야 했다. 그러
던 것이 최근에는 관광지로 개발되어 자유롭게 출입이 허용되고 있다. 하
지만 생가 터는 아직까지도 여전히 잡초 속에 방치되어 있다. 그런데 놀
랍게도 지난 2000년대 초까지만 해도 생각할 수 없었던 문학비와 동상이
지난 2004년 11월 철원에 건립되었다. 이태준 탄생 100주년에 맞춰 민족
문학작가회의와 대산문화재단의 주관으로 이태준 문학비가 철원군 대마
리에 건립되었고, 한 독지가의 후원으로 인근 '두루미 평화관'에 흉상이
세워졌다. 상허문학회가 건립을 추진했던 1994년으로부터 10년이 흐른
셈인데, 이런 변화는 그동안 문학비를 세우려는 상허학회를 비롯한 유관
단체의 꾸준한 노력과 함께 사회 전반에서 냉전과 반공의식이 상대적으
로 약화된 때문으로 이해할 수 있다.

전화에 휩쓸려 흔적도 없이 사라진 옛 고향집과는 달리 다행스럽게도 상허의 흔적을 찾아볼 수 있는 곳이 있다. 이태준이 작가로, 그리고 신문 기자로 어느정도 기반을 잡으면서, 1933년 서울 성북동에 고향 옛집을 그 대로 본떠서 살림집을 마련했는데, 성북 2동 사무소 뒤편에 자리한 1백평 남짓한 고옥이 그것이다. 용담 옛집의 원형을 그대로 재현했다는 이 집은, ㄱ자형의 전면에 '문향루(聞香樓)'라는 현판이 붙어 있고 마당 구석에는 사란(絲蘭)의 파란 줄기가 무성하게 나 있다. 이 집은 이태준 문학의 산실이기도 한데, 여기서 이태준은 월북 직전까지 살면서 「달밤」「가마귀」「복덕방」「패강냉」「농군」 등의 대표작들을 집필하였다. 이 한옥은 서울시 지방문화재 11호로 지정되어 있으며, 아직까지도 등기대장상의 가옥주는 이태준으로 되어 있다. 지방문화재로 지정된 것은 물론 전통 한 옥이라는 이유 때문이다. 1990년대 초반까지도 이태준의 질녀 이애주씨가 이 집을 지키고 있었으나, 그후에는 이씨의 장녀가 관리를 맡고 있다. 1995년 방문 시에는 살림집이라는 이유로 외부인의 출입을 꺼렸으나, 최

정지용 동상 충북 옥천에 위치
해 있다.

근에는 전통찻집(찻집 이름인 '수연산방'은 서
재의 현판에서 따온 말이다)으로 개조하여 누
구나 자유롭게 출입할 수 있게 해놓았다.

정지용의 고향은 충북 옥천. 한때 포도의 명
산지로 이름이 났던 이곳은 박인수와 이동원의
「향수」가 대중가요로 널리 불리면서 차츰 정지
용의 고향으로 알려지기 시작한 곳이다. 옥천
구읍(舊邑) 사거리에서 조금 안쪽으로 들어가면
옥천읍 하계리 40-1번지 생가를 만날 수 있다.
150여평 남짓한 크기의 부지에 놓여 있던 옛집
은 1995년에 철거되고, 이후 생가 복원공사가
진행되어 1996년 7월에 옛 모습을 되찾았다. 초
가집이 옛 모습 그대로 정갈하게 자리잡고 있
고, 마당 한편에는 「향수」 전문이 새겨진 시비가 서 있고, 또 집앞에는 물
레방앗간이 조성되어 "그곳이 차마 꿈엔들 잊힐리야"라는 지용 시의 정
취를 느낄 수 있게 해준다. 이 부지는 원래 다른 사람의 소유로 넘어갔던
것을 '정지용 생가복원위원회'가 정지용의 시를 새긴 도자기, 티셔츠, 손
수건을 제작·판매한 수익금과 군지원금을 합쳐서 군 명의로 매입했다고
한다. 문학비 건립마저 좌절되는 수모를 겪었던 상허에 비하면 지용은
'생가 복원'까지 이루었으니 상당히 고무적인 일이다. 물론 상허의 경우
에는 고향이 휴전선 인접지역이고 월남민이 많이 사는 지역 특성상 반공
의식이 강하며 또 전쟁의 피해를 누구보다 많이 입은 곳이라는 것을 염두
에 둘 필요가 있을 것이다.

지용 문학이 오늘날처럼 각광받을 수 있기까지는 '지용회'의 숨은 노
력이 적지 않았다고 한다. 지용회가 결성된 것은 월북작가들에 대한 해금

이 있었던 1988년이었다. 문학인 애호가 모임으로는 우리나라에서 처음
으로 결성된 것이라고 하는데, 해방 후 정지용과 같이 이화여대에 재직했
던 방용구씨가 초대회장을 맡으면서 각 분야의 예술인들이 참여하여 결
성한 모임이었다. '정지용 시인을 아끼고 지용 시를 사랑하는 사람'이면
누구나 회원이 될 수 있게 문호를 개방하여 처음 54명이던 회원 숫자가
지금은 수만명에 이른다고 한다. 결성 첫해에 '지용제'를 개최하는 등 활
발한 활동을 전개해나갔는데, 김희갑 작곡의 「향수」도 지용회가 시비 건
립을 위한 모금 음악회를 할 때 탄생한 곡이었다. 옥천 신읍(新邑)에 있는
관성기념관 뒤뜰에 지용 동상과 시비를 세우는 일도 지용회가 주도한 것
이었다. 시비의 빗돌을 당시 옥천문화원 원장이었던 박호근씨가 속리산
에서 손수 바윗돌을 옮겨올 정도로 그 열기는 뜨거웠다.

   상허와 지용은 1930년대의 문단을 풍미한 작가이고 둘 다 순수문학을

지향한 구인회(九人會)의 핵심 성원이었다는 점, 그리고 후에 '월북작가'라는 불우한 운명을 짊어졌다는 점에서 닮았다. 그러나 상허가 1946년 일가족과 함께 자진 월북하고 이후에도 꾸준히 집필활동을 하다가 1955년 전후에 숙청되는 등 월북 이후의 거취가 비교적 분명하게 알려진 반면, 지용은 월북 자체에 의문이 제기되어, 즉 '자진 월북이냐, 강제 납북이냐'를 두고 논란이 많았다. 현재는 한국전쟁이 일어나자 정치보위부로 끌려가 정인택, 김기림, 박영희 등과 서대문형무소에 수감되었다가 평양 감옥으로 이감되었고, 이후 전쟁중에 폭사한 것으로 정리되고 있다. 옥천의 생가 복원 및 기념사업은 정지용이 월북작가가 아니라는 점을 강조하면서 전개된 일이라는 것은 다른 월북작가들의 경우와 비교해서 시사하는 바가 크다고 할 것이다.

물론 보다 근본적으로는 지용의 시를 사랑하고 그의 복권을 위해 힘써온 여러 사람들의 숨은 노력이 컸다. 정지용의 시는 어느 의미에서 '최초로 시의 품위를 갖춘' 것으로 평가되어 해방 후 초등학교 교과서에 실

리는 등 일찌감치 고전으로 평가받은 작품들이다. 지용 이후의 시인들 중
그의 영향을 받지 않은 사람이 거의 없다고 해도 과언이 아니다. 이런 시
인이 그 경위도 분명치 않은 월북 혐의를 받고 문학사에서 사라졌다는 것
은 시대의 비극이라 할 수 있다. 다행히 혈족까지 월북한 홍명희나 이태
준과 달리 지용은 직계가족이 살아남아 부친의 명예회복에 앞장섰다는
게 다른 작가들과 달리 좋은 여건으로 작용했음을 알 수 있다. 유족의 노
력과 애호가들의 후원이 없었다면 옥천의 생가 복원은 무망했을 것이다.
더구나 2005년 5월에는 지용의 작품세계를 한눈에 볼 수 있는 '정지용문
학관'까지 문을 열었다. 시인의 생가 옆에 지하 1층 지상 1층으로 지어진
문학관은 시인의 생애와 문학세계를 탐구할 수 있는 전시·영상실과 문
학교실, 낭송실 등을 갖추고 있다.

　　작가의 생가를 보존하고 기념관을 세우고 유적지로 가꾸어 그 고장이
낳은 문호를 자랑스러워하는 문화와 전통은 기본적으로 애정과 관심이
없이는 불가능한 일이다. 작가의 유적을 옛 모습 그대로 보존해놓고 외국
관광객들을 끌어들이는 나라들과 우리를 비교할 수는 없겠으나, 우리가
부러워하는 그런 모습은 다 문화예술을 아끼고 사랑하는 그들의 문화적
전통 속에서나 가능한 일인 것이다.

홍명희의 괴산 생가

　　신간회를 주도했으며 '조선의 3재(三才)'로 불렸던 홍명희의 사정은
정지용과 비교될 바는 아니지만 그래도 다른 월북작가들에 비하면 나은
편이다. 그의 직계조상들이 200년 이상 자리잡고 살아온 고향 괴산에는
생가 터와 생가가 보전되어 있다.

　　그런데 필자가 처음 방문했을 1996년 당시에는 벽초의 생가가 제월리
고택으로 알려져 있었다. 충북 괴산읍 시외버스 정류장에서 택시를 타고
이십분 정도 달리면 제월리에 도착할 수 있는데, 홍명희는 이 고장에서
전설적인 존재였기 때문에 '홍명희의 생가'를 물으니 바로 제월리 고택을
일러주었고 그래서 어렵지 않게 찾을 수 있었다. 벽초는 『임꺽정(林巨
正)』이라는 불세출의 명작을 남긴 작가이기도 하지만 그때까지도 고향에
서는 벽초를 '선생'이라고 예우할 정도로 명성이 높았다. 제월리에 들어
서면 무엇보다 다른 농촌에 비해서 집들이 낡고 초라하다는 사실을 목격
할 수 있는데, 그것은 제월리 일대의 17만평이 여전히 홍명희의 소유라는
사실과 관계되는 것이었다. 그 일대에 사는 마을 주민들은 소유주의 허가
없이는 개축을 할 수 없다는 이유로, 새마을운동이 한창이었던 1970년대
에도 감히 개축할 엄두를 낼 수 없었다고 한다. 마을 가옥들이 새마을운
동 이전의 쇠락한 모습으로 남은 것은 그런 이유에서였다.
　　괴강(槐江)을 옆에 두고 마을 가운데로 난 고샅길을 따라 올라가다보

면 선영 뒷산을 배경으로 자리잡은 벽초의 고택을 만날 수 있다. 사랑채
하나만 달랑 남아 있을 뿐이고 나머지는 채소밭으로 변해 있었는데, 그곳
이 안채와 별채가 놓여 있던 자리라고 한다. 40여년 동안 버려져 있던 고
가인지라 세월의 풍상 속에서 안채와 별채는 허물어졌고 서까래의 잔해
가 그 흔적으로 남아 있을 뿐이었다.

　집 뒤편에는 선영이 자리잡고 있다. 증조부 홍우길, 고조부 홍정주,
부친 홍범식의 묘소가 가지런히 놓여 있어 홍씨 집안의 남다른 풍모를 느
끼게 해준다. 홍명희 연구자 강영주 교수에 의하면 벽초의 집안은 명문
사대부가로 19세기 중반 이후에 당상관 이상의 고위직 관리를 가장 많이
배출한 10대 성관 중의 하나였다 한다. 홍명희의 증조부는 이조판서, 조
부는 참판이었고 더 거슬러 올라가면 숙종 때 재상을 지낸 홍국영이 있
다. 특히 부친 홍범식은 1910년 한일합방 당시 금산군수였는데 망국의
현실을 앞에 두고 비분 자결하였다. 벽초 가문의 이러한 내력은 당대 문
인 중 가장 화려하다 할 만한 것이고, 따라서 그 지역에서 홍씨 가문의 위

세가 어떠했으리라는 것은 능히 짐작되는 일이다. 이런 가문의 종가였으나, 종손인 벽초가 1948년 남북연석회의 참가차 김구와 함께 민주독립당을 이끌고 월북한 이후 쇠락을 거듭해 제월리 고택이 지금처럼 피폐해진 것이다. 그의 월북 이후 직계자손들도 모두 월북하여 고향에는 그의 피붙이가 거의 남아 있지 않다. 1996년 당시 사랑채에 거주하며 벽초의 고택을 관리하던 사람은 벽초의 5촌조카인 홍면씨였다. 방문 당시 제월리 집에서 홍면씨를 만날 수 있었고, 그 역시 이 집이 벽초가 살았던 집이라는 것을 전해주었다.

벽초의 생가가 이 제월리 고택으로 알려져 있었던 관계로 표지석 또한 거기에 세워져 있었다. "작가 홍명희의 고향— 이곳은 민족의 선각자로서 겨레의 수난기에 연전교수와 시대일보 사장 등을 역임하고 대하소설 『임꺽정』을 쓴 벽초께서 태어나 자란 옛집이다"라는 내용의 비문이 새겨진 비석은 '우리문학기림회'라는 동호회가 1993년에 사비를 털어 세운 것이었다. 지역 차원에서라도 생가의 수리나 보전작업이 진행되었으면 하는 아쉬움이 있었으나, 벽초가 북에서 부수상까지 지낸 거물의 전력을 지닌 인물이라 관의 눈치를 봐야 했고 그 결과 이렇듯 방치된 듯했다.

벽초의 생가가 제대로 밝혀진 것은 강영주 교수의 실증적 연구에 의해서였다. 홍명희가 실제로 태어난 집은 제월리 고택이 아니라, 괴산읍 동부리 450-1번지에 있는 인산리 고가라는 것, 장남 홍기문의 수필 「고원기행」을 근거로 강영주 교수가 찾아낸 것이었다. 즉 부친 홍범식의 출생지는 괴산군 인산리로 알려져 있고, 3·1운동 관련 재판기록에도 홍명희의 주소는 이 괴산면 동부리로 되어 있다. 또 토지대장에 의하면 1912년 당시 대지가 1,368평이나 되었던 인산리 집의 소유주는 홍명희였고, 그것이 1920년 12월 이우현에게 소유권이 이전되었다고 한다. 이후 홍명희 일가는 제월리 365번지로 이주했고 그 과정에서 본적까지 옮겼다는 것.

그런 연유로 제월리 고택이 생가로 알려졌으나, 사실은 인산리 고가가 바로 그가 태어나고 성장한 곳이었다. 말하자면, 홍명희 일가는 선대부터 인산리 고가에서 대가족을 이루며 살다가 부친이 순국한 뒤 경제적으로 몰락하면서 1919년에 인산리 저택을 처분하고, 그 이전부터 소유하고 있던 제월리 고택으로 이사한 것으로 정리할 수 있다. 인산리 고가가 생가라는 것이 확인되면서 1997년 '홍범식·홍명희 생가 보전을 위한 모임'이 지역유지와 애호가들을 중심으로 결성되었고, 이들은 2002년까지 복원을 위해서 청와대와 국회 등에 청원을 하는 등 갖은 애를 썼으며, 그 결과 2002년 11월 괴산군과 충청북도가 홍명희의 생가를 매입하고 보전하기로 결정하고 현재 괴산군과 괴산향토사연구회가 중심이 되어 2006년 완공을 목표로 복원 공사를 벌이고 있다.

제월리 마을 바로 앞에는 벽초가 은둔시절에 낚시를 하곤 했다는 아름다운 괴강이 흐르고 있다. 벽초가 강변에 앉아 낚시를 할 때면 곧은〔直〕 낚시를 사용해도 고기가 끊이지 않고 물렸다는 전설의 강이다. 괴강의 맑은 물은 충청북도의 3대(三臺) 중 하나로 꼽히는 제월대(霽月臺)를 가운데 두고 태극형을 이루며 아름다운 절경을 보여준다. 아침저녁으로 제월대의 고산정(孤山亭)을 오르내리며 기개와 맑은 심성을 닦았을 어린 시절의 벽초 모습을 떠올릴 수 있는 곳이다.

제월대 입구에 터를 조성하고 문학비를 세운 것은 지난 1998년 10월 이었다. 그런데 그 고장의 유지였고 또 현대사의 큰 인물임에도 불구하고 그에 대한 지역의 감정이 모두 긍정적인 것은 아니어서, 문학비를 세우는 과정에서 일어났던 해프닝은 좌익인사들에 대한 적의가 아직도 우리 사회에 깊숙히 남아 있다는 것을 말해준다. 즉 1998년 10월 제월대에 세워진 문학비를 재향군인회를 비롯한 보수 단체들이 강제 철거하겠다고 했고, 이에 '벽초문학비건립추진위원회'는 이들과 협의를 통해 문학비는 그

홍명희 문학비 월북 전력 등을 문제삼아 철거되었던 문학비를 2000년 '벽초문학비 건립추진위원회' 회원들이 충북 괴산군 괴산읍 제월리 '제월대에 재부착했다.

대로 두되 비문은 다시 쓰는 것으로 합의했다고 한다. 그렇지만 비문을 확정하는 과정이 수월치 않아 오랜 협의를 거친 끝에 2000년 6월 12일 최종적으로 비문을 확정했고, 2000년 가을 '제5회 벽초 홍명희문학제'에 맞춰 빗돌에 새기는 곡절을 겪었다. 그렇게 다듬어진 비문의 내용은 다음과 같다.

근대민족문학사의 큰 봉우리 벽초 홍명희(1888~1968)는 경술국치 때 순국한 홍범식 의사(義士)의 아들로 충북 괴산 인산리(동부리 450-1번지)에서 태어났다. (…) 그의 삶의 자취가 역력한 이곳 괴산은 민족정신이 살아 있는 역사의 고장이다. 삼가 옷깃을 여미고 민족이 진정 하나가 되는 날을 소망하면서 여기 그의 고향 땅에 작은 정성을 모아 이 비를 세운다.

이제 제월대는 벽초의 문학비를 중심으로 아담하게 조성된 공원이 되었다. 풍광이 뛰어나고 또 유서깊은 곳이어서 현재 많은 관광객이 찾고 있다. 더구나, 제월리에서 십여리 떨어진 곳에 김시민 장군의 사당인 '충민사'가 있다. 제월대와 괴강을 이어주는 경관 좋은 소로와 충민사와 산수동, 마치 하나의 잘 짜인 그림과도 같아서 문화유산 답사 코스로도 손색이 없을 정도이다. 벽초의 인산리 생가가 잘 복원되고 문화유적지로 다듬어진다면 괴산 일대는 하나의 훌륭한 역사교육, 문화교육의 현장이 될 것이다.

이기영의 중엄리와 조명희·조벽암의 진천

이기영의 출생지는 충남 아산시 배방면 회룡리. 천안에서 택시로 이십여분 거리에 있는 곳이다. 식민지 시대 대표적인 리얼리스트이자 북한 최고의 소설로 평가되는 『두만강』의 작가로 문학사에 기록되어 있는 작가지만, 남한의 고향에서는 그를 기리는 사람이 없는 탓인지, 필자가 방문했던 1996년 당시 누구를 잡고 물어도 이기영을 아는 사람이 없었다. 혹시 여든이 넘은 노인들이 알지 않을까 해서 물어보았으나 사정은 마찬가지였다. 생가 또한 흔적도 없이 사라진 상태였다.

이기영이 태어난 지 3년 뒤 이사해 살았다는 중엄리 역시 사정은 다르지 않았다. 1887년에 이기영은 천안군 북일면 중엄리(현재의 천안시 안서동)로 이사했고, 이곳에서 1914년 남도 일대를 방랑할 때까지 성장기를 보냈던 까닭에 일말의 흔적이라도 찾을 수 있으리라 기대했으나 도시의 급격한 팽창과 변화는 그마저 용납하지 않고 있었다. 방문 당시 이기영이 살았던 곳으로 추정되는 가옥 한 채를 찾을 수 있었으나, 단지 추정일 뿐 구체적으로 확인할 수는 없었다.

이러한 사정은 이기영의 집안이 극도로 빈궁했던 사실과도 관계된다. 이기영의 부친 이민창은 무과에 급제했으면서도 전혀 가계를 돌보지 않아서 살림이 극도로 궁핍했다고 한다. 중엄리는 제 땅마지기를 가지고 추수해 먹는 집이 없는 상민들이 모여사는 '민촌(民村)'으로 이기영 일가는 이곳에서 고모집의 마름 노릇을 하며 근근이 살았고, 이기영은 서당에 수업료도 낼 수 없을 정도의 빈궁한 유년기를 보냈다고 한다. 이런 곤궁한 가계와 지역 특성상 이기영 일가를 특별히 기억해줄 만한 사람이 아직까지 남아 있을 리 없다는 생각이 들었다. 물론 이기영은 뒷날 프로문학을 대표하는 작가로 일가를 이루기는 했지만, 해방과 더불어 평양으로 갔고 1957년에는 최고인민회의 부의장으로 선출될 정도로 북한에서 이름을 날렸던 까닭에 그나마 남한에서는 거론할 수조차 없는 인물이 된 것이다. 그의 소생으로 조혼한 아내 조병기 사이에 난 종원이 있으나 가장 없는 (그나마 그도 북으로 갔다) 생활이 매우 신산스러웠으리라는 것은 불을 보듯 뻔한 일이다. 생가가 남아 있고, 동호인들에 의해 기념비까지 세워

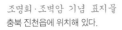

조명희·조벽암 기념 표지물
충북 진천읍에 위치해 있다.

진 벽초와는 달리 이기영은 남한 내에 기념비 하나 없는 것은 이러한 사정에 연유한 것이다. 1984년 북한에서 사망한 이기영은 현재 평양 신미리 애국열사릉에 묻혀 있는 것으로 알려져 있다.

이기영에 비하면 진천 출생의 조명희는 훨씬 좋은 대우를 받고 있는 셈이다. 진천 버스터미널에서 진천 관광호텔 쪽으로 난 길을 따라가다 조그만 인쇄소와 식당 사이에 난 골목 어귀에 서면 양측에 펼쳐진 벽암리 마을과 전답이 보이는데, 그 왼편 논 앞 한쪽 귀퉁이에 큰 바윗돌 하나가 놓여 있는 것을 볼 수 있다. 관심있게 보지 않으면 그냥 지나치기 십상인 그 바윗돌 앞에 서면 전면에 새겨진 문구가 눈에 들어온다.

'민족문학작가 포석 조명희 시인 조벽암 태어난 곳'

이 기념 표지물은 포석 탄생 100주년을 기념하여 동양일보사와 충북 문인협회가 1994년에 세운 것이었다. 생가는 오래전에 허물어지고 논이 되어버렸으니 기념물로 미루어 옛터임을 헤아려볼 뿐이다.

1894년 이곳에서 태어나 진천에서 소학교까지 다니다가 서울의 중앙

포석문학제 조명희 탄생 100주년을 기념하여 기념 표지물 제막식이 열렸다.

고등보통학교로 유학을 떠난 조명희는 일제치하 러시아로 망명해서 그곳에 망명문학을 전개한, 국문학 최초의 망명문학가로 꼽힌다. 홍명희, 이기영, 이태준 등과는 달리 포석은 일제의 마수를 피해 1928년에 소련으로 망명하였고, 1938년에 한인 강제이주정책의 와중에 간첩으로 몰려 처형된 뒤 나중에 복권된, 특이한 이력을 소유한 작가다. 그의 망명지가 소련이고, 작품의 색채 역시 좌익적이라는 이유로 한때 백안시되기도 했지만 어떤 의미에서는 일제하 저항문인 목록에 이육사 등과 같은 급으로 매겨져야 할 작가인지도 모른다.

조명희의 존재와 그의 대표작인 「낙동강」 등이 다시 학계와 일반의 조명을 받기 시작한 것은 역시 1980년대 말과 1990년대에 이르러서였다. 그러나 그의 존재는 국내보다는 러시아에서 더 우뚝하다. 러시아 문학계에서는 오래전에 그를 '러시아 조선문학의 아버지'로 꼽고 이미 1959년에 '조명희 문학유산위원회' 주관으로 『조명희 선집』을 펴낸 바 있다. 타슈켄트 '문학박물관'에는 '조명희 기념실'이 따로 있으며 따슈켄트 벡쩨미르 지역에는 '조명희 거리'라고 명명된 거리도 있다고 한다.

조명희 문학이 새롭게 조명되기 시작하면서 뒤늦게 그의 존재를 알게 된 고향 진천 사람들이 '포석회'를 만들었다고 한다. 초등학교 교장인 회장 봉원기씨를 비롯하여 대부분 교원, 지역유지, 문화에 관심을 가진 사람들로 구성된 '포석회'는, "우리 고장 출신인 포석의 문학세계를 뒤늦게라도 재조명하고 그의 업적을 기림으로써 지방문화 발전에도 기여하고 후학들에게 뭔가 유익함을 남겨주고자"하는 취지를 갖고 있었다. 포석회의 태동은 정지용의 '실개천 지용회'와 마찬가지로 토착민들이 자발적으로 기념단체를 꾸렸다는 데 의미가 있다. 이 '포석회'가 주관하여 해마다 '포석문학제'를 치르고 있는데, 지난 1994년에는 탄생 100주년 기념 문학제를 열고 '조명희표지비'를 세웠고 『조명희 전집』을 발간하였다. 특히 필자가 방문했던 지난 1996년 제3회 행사에서는 멀리 러시아에서 포석의 직계혈손이 참여한데다가 포석이 최초로 발표한 희곡「김영일의 사(死)」를 재연하기도 하였다. 기념표지석을 세웠으며 해마다 포석회와 함께 문학제를 주최하고 있는 청주『동양일보』사장 조철호씨는 조명희가 그의 작은 할아버지뻘이 된다고 했다. 그 자신 또한 시인이라는 점을 상기하면, 진천의 포석제는 적어도 이런 관계자들의 문화적 소양과 아낌없는 지원이 있었기에 가능한 일이었다.

조벽암(趙碧巖)은 조명희와 숙질지간이다. 조벽암은 본명이 중흡(重洽)으로 1990년대 중반까지만 하더라도 문학사에서 희미한 윤곽만을 확인할 수 있는 작가였다. 하지만 그후 본격적인 연구가 이루어지면서 그는 1930년대와 해방기에 적지 않은 활동을 했던 소설가이자 시인이며 평론가로 자리매김되고 있다. 그는 포석과 같은 터에서 태어나고 자란 관계로 포석에게 문학적 영향을 깊이 받았고, 1930년대 중반에는 한때 '구인회'에서 활동한 바도 있었다. 구인회 동인으로 활동하던 1930년대 중반부터 시와 소설을 왕성하게 발표해서「실직과 강아지」「구직과 고양이」「취직과 양」등의 단편을 통해 실업지식인과 전과자의 불우한 처지를 동물에 비유해서 표현한 바 있다.

그동안 조벽암의 존재가 널리 알려지지 않았던 것은 그가 해방 후 조선문학가동맹의 중앙집행위원을 지냈고 바로 월북했기 때문이다. 문제적인 작품을 쓰기보다는 당대 지식인들의 문제를 사실적으로 서술했던 관계로, 해금 이후에도 최고의 작가, 이론가만이 주목받는 현실에서 상대적으로 조망받지 못했던 것이다. 식민지시대의 조벽암은 프로 측에도 그렇다고 민족주의 진영에도 가담하지 않고 시종일관 양심적인 중간층의 입장을 견지하였다. 그는 조직이나 이념보다는 개인의 양심에 의거하여 작품활동을 했고 그러다가 해방 후의 급격한 사회변화 속에서 좌익에 가

제10회 포석문학제 매년 다채
로운 문학관련 행사들이 진천읍
에서 열린다.

담하고 월북한 것이다. 그런 점에서 그는 이태준, 박태원 등과 흡사한 외
양을 보여준다. 즉 그는 프로문학의 몰락과 함께 왕성하게 작품활동을 하
다가 해방 후 월북길에 오른 소설가군에 포함되며, 따라서 이 부류 작가
들의 문학적 특성을 해명하는 데 중요한 참고가 될 수 있을 것이다.

이육사의 유적지에서 육사의 아우인 이원조가 월북작가라는 이유로
거의 거명이 안되고 있는 현실에 비추자면 조벽암은 그나마 나은 경우라
할 수 있을 것이다. 그는 적어도 출생의 터를 갖고 있고, 조명희와 나란히
그의 이름 석 자를 새겨놓고 함께 기억해주는 사람들이 있기 때문이다.

진보진영의 문화적 관심을

지난 1996년 한국문인협회와 SBS 방송국이 중심이 되어 작가들의 생가 터에 기념표지석을 세운 적이 있었다. 어느 누구도 관심을 두지 않는 작가들의 업적을 돌보고 문학적 관심을 환기시켰다는 점에서 그 의의를 부정할 수는 없지만 그 과정에서도 월북작가들은 제외되었다. 이들은 친족이 없거나 친족이 있더라도 경제적인 사정 때문에 선조들의 유산을 기릴 만한 엄두조차 못 내는 경우가 많다. 같은 월북작가라도 대가 끊기면서 아무도 돌보지 않는 무연고 묘지로 전락한 경우도 있으며, 혹 연고자가 있어 간신히 흔적만을 보존하고 있는 경우도 있다. 그나마 문학비라도 세워져 있다면 행복한 편인데 이조차 개인 또는 문학을 사랑하는 단체가 사재를 털어서 한 것이지 국가의 지원을 받아서 한 일은 아니다. 관도 외면하고 문학단체마저 돌보지 않는다면 이들은 여전히 폐허 속에 방치될 수밖에 없을 것이다.

서고 속에 방치되었던 월북작가들의 유품을 발굴하고 복원시켜 온전한 문학사를 만들어낸 것은 민족문학 연구자들의 중요한 업적이었다. 그와 마찬가지로 월북작가들의 문학 산실에 온당한 빛을 쪼이게 해주는 일 또한 중요하다. 폐기물처럼 방치된 문학유산에 표지판을 세우고, 그 터에서 난 작가들을 기리는 일은 그들의 문학을 닦고 빛내는 일이자 동시에 연구 성과를 대중화하는 일이다. 그 일은 문화부나 문화재관리국만이 할 수 있는 것은 아니다. 문학을 사랑하고 문학에 대해서 조금은 더 알거나 또는 그를 아끼는 고향사람들이 먼저 터를 닦아야 한다. 분단의 장벽은 여전히 높고, 아직도 냉전의 굴레에서 완전히 벗어나지 못하고 있으나, 탈냉전 기류는 이제 돌이킬 수 없는 대세가 되었다. 오늘 우리들의 문화적 관심이 결실을 맺는 것은 미래이고, 그렇기 때문에 현재의 무관심은 결국 미래의 문화를 왜곡하는 결과를 가져올 것이다. 『나의 문화유산답사기』를 보고 그 답사지로 관광단의 행렬이 이어졌듯이, 우리의 문학유산도 무관심 속에서 벗어나 정당한 조명을 받아야 할 것이다. 민족문학 연구자들이 방치된 월북작가들을 복원해냈듯이 이제 이들의 문학유산을 복원하는 일에도 관심을 돌려야 할 것이다.

이 글이 처음 발표된 것은 1996년이다. 강산이 변한다는 10년 가까운 시간이 흐른 셈인데, 그 말처럼 필자가 답사하고 기록한 본문의 내용은 그동안 상당한 변화를 겪었다. 생가가 복원되고 문학비가 만들어졌으며, 심지어 특정 작가를 기리는 행사를 지방축제로 실시하는 경우도 있다. 어떤 지역에서는 월북작가라는 말조차 꺼내기 힘들었던 게 그 시절의 분위기였지만 이제는 그 고장을 대표하는 문화상품으로 격상되어 널리 유통되고 있으니 상전벽해와도 같은 거리감이 느껴진다. 이 글은 그러한 시대의 변화를 수용해서 다시 정리되었다.

‖ 강진호 ‖

한국 근현대사 현장으로서의 부산

『혈의 누』에서 『젊은날의 초상』까지

___

부산이 우리 소설의 무대가 된 것은 신소설에서부터이다. 개항장으로서의 부산은 문명 개화를 지향하는 신소설의 이념을 구체적으로 수용할 수 있는 적절한 공간일 수 있었기 때문이다. 일제강점기에 발표된 작품들에서도 부산은 일본을 오가는 길목으로 그려지면서 이 땅의 상징이 되기도 했다. 그리고 한국전쟁중에는 임시수도로서 한국 사회구조의 변화와 고달픈 피난살이의 현장을 거쳐 1960~70년대 개발의 시대로 접어들었다. 이 글에서는 그 시대와 공간을 네 가지 정도로 나누어 소설 속에 묘사된 부산을 살펴보기로 한다.

개항장──화륜선과 경부철도로 눈을 뜨다

부산 절영도 밖에 하늘 밑까지 툭 터진 듯한 망망대해에 시커먼 연

기를 무럭무럭 일으키며 부산항을 향하고 살같이 들어닫는 것은 화륜선
이다. 오륙도, 절영도 두 틈으로 두 좁은 어구로 들어오는데 반속력 배
질을 하며 화통에는 소리가 하늘 당나귀가 내려와 우는지, 웅장한 그 소
리 한 마디에 부산 초량이 들썩들썩 한다. 물건을 들이고 내는 운수회사
도 그 화통소리에 귀를 기울이고 (…) 부산 객주에 첫째나 둘째 집에는
최주사 집 서기보는 소년이…… (이인직 『혈의 누』)

신소설의 첫머리인 이인직의 소설부터 부산이 등장함은 한갓진 부산
포가 개항장으로 문을 열면서 바다 건너 해외로 나가는 관문이 되었기 때
문이다. 『혈의 누』(1906~1907)의 등장인물들 중 청일전쟁에 참전한 일본군
군의를 구원자로 만난 옥련을 제외한 나머지 가족들은 모두 부산을 통해
서 바깥 세계로 나간다. 가족들의 외국행을 가능케 하는 이는 부산 사는
옥련의 외조부 최항래인데 최주사와 부산의 관계는 역사사회학적으로
상당한 의미를 지니고 있다.

조선말 부산의 전경

최주사는 평양의 아전계급 출신으로 부산에 내려와 객주업으로 큰돈을 모은 인물로 파악될 수 있다. 최주사가 청일전쟁 10여년 전에 부산으로 왔다는 것으로 보아 그는 1884년쯤 부산으로 이주했다고 볼 수 있는데 그것은 1876년 개항으로부터 8년 정도 지난 시기이다. 개항에 따른 부산지역의 객주(客主)와 여각(旅閣) 등의 활발한 상행위를 감안한다면 평양 사람이 부산 와서 장사로 크게 성공할 수 있었다는 것은 단순한 허구적 설정만이 아니라, 개연성이 있는 이야기가 된다. 그런 의미에서 최주사는 시대변화를 읽을 줄 알아 성공한 신흥상인으로 볼 수 있으며 작품에 묘사된 활기찬 부산항과 그가 경영하는 초량 객주집의 모습은 역사적 사실의 문학적 재현이다.

지금도 부산역 건너편 동구 초량동 393번지에는 1900년경에 객주들이 세운 창고의 흔적이 남아 있는데 그곳은 원산에서 실어온 명태를 비롯한 여러 해산물을 보관하는 창고라 하여 일명 '초량 명태고방'으로 불리었다. 지금도 남선창고주식회사가 그 당시의 건물 모습을 지닌 채 유일하게 영업을 계속하고 있다. 이 부근에는 일찍이 청관이 자리하면서 중국사

1897년경 용미산 전경 해안
쪽으로 왜관 때부터 형성된 일인
들의 가옥이 들어차 있는 초량 풍
경이다.

람들이 많이 살았다. 일본인들은 지나사람들이 산다고 해서 '시나미찌'라고 불렀는데 화교소학교와 중학이 있는 이곳을 지금은 상해거리라고 부른다. 처음부터 외국인들이 모여살았던 지역이라 그런지 이 일대는 전쟁 이후로는 미군들과 외국선원들을 상대로 한 유흥업소가 밀집하여 '텍사스촌'으로 불리다 세월이 한참 지난 요즘은 러시아 선원들과 보따리장사들이 많이 찾고 있다.

한편, 이인직은 『귀의 성』(1907)에서도 부산을 소설공간으로 등장시키는데 이번에는 범죄자의 도피처로서이다. 처첩간의 갈등과 구한말 집권 양반층의 무능과 부패상을 복수극의 구조로 이끌어가는 이 작품에서 이인직은 시간과 공간에 대한 자연과학적 세계인식을 가능케 한 구체적 제도인 경부선 개통(1905)을 놓치지 않고 소설에 들여왔다. 신소설에 등장하는 인물들 가운데서도 가장 간악하면서 영리한 노복으로 꼽히는 살인자 점순이 내외를 부산으로 도망치게 한 설정은, 비단 서울에서 거리가 멀다는 점 외에도 철도를 이용한 독자층의 흥미유발과 개항 이후 부산의 인구 증가로 인한 익명성의 보장 등이 고려되었을 것이다. 그들이 부산에서 거처를 마련하는 곳은 '초량[2] 들어가는 어귀 산모퉁의 다 쓰러져가는 외딴 집인데 이곳은 일본인 조계지(租界地)로 들어가는 입구의 가난한 조선인 동리로 볼 수 있다.

점순이 내외는 범죄의 대가로 김승지 부인에게서 받은 돈의 절반을 하루 동안에 다 쓴다. 그들이 구경하며 다니는 곳은 일본인 거주지역, 정확하게는 지금의 중구 동광동과 광복동 일대이며, 그들의 이런 모습은 국치(國恥) 전에 이미 일본 상권이 부산에서 큰 힘을 발휘하고 있다는 사실을 보여주고 있다. 한편으로 늘어나는 일인들의 생활편의를 위한 제도들

로 해서 부산은 근대식 병원이 우리나라에서 제일 먼저 세워지고(1877), 수돗물을 가장 먼저 마시게 되었을 뿐 아니라(1895) 일반인들이 쓰는 전기(1902), 전화(1903) 가설에서도 첫번째를 차지하게 되었다.

'관부연락선'이라는 이름으로 한일간 정기선이 취항한 것은 경부선 완전 개통 후인 1905년 9월 25일이며 최초의 연락선은 일본과 한국 사이의 섬 이름을 딴 이끼마루(壹岐丸)였다. 그리고 같은 해 11월 5일에는 부산과 좀더 가까운 섬 이름인 쯔시마마루(對馬丸)의 취항으로 부산과 시모노세끼 양쪽에서 1회 출항이 가능해졌다. 이러한 교통제도를 통해 최초로 일본으로 건너간 소설 속의 인물은 최찬식의 『추월색』(1912)에 나오는 이정임이다. 이 작품은 철도와 여객선이 강력한 소설적 장치물로 떠오르게 됨을 보여준다.

구한말 양반관료의 딸인 정임은 어렸을 때 맺은 약혼자를 두고 다른 사람을 맞을 수 없다며 가출한다. 서울 남대문역에서 기차를 타고 부산에 도착한 그녀는 연락선 부두를 찾지 못해 인신매매범에게 붙잡혔다가 도망을 친다. 그러고는 조선사람으로 업신당하지 않기 위해 일본 옷을 사입고 머리까지 일본쪽을 찌고는 부두로 간다. "이때 마침 연락선 일기환이 떠나나는지라" 그녀는 배에 오른다.

연락선이라는 이름을 사용한 것은 철저히 일본중심적인, 일본과 조선의 철도를 연결한다는 뜻에서인데 연락선은 일본철도성 관할이었다. 정임이 부산에서 인신매매범에게 유인당한다는 설정은 유동인구의 폭발적 증가에 따른 부정적인 부산의 한 단면을 보여준다. 통계에 의하면 1916년 한 해 부산–시모노세끼 간 연락선 출입인원이 총 31만 8천여명에 달했으니[3] 부산은 그야말로 번잡스런 도시가 된 것이다.

이정임이 내린 철도역은 두 군데로 생각할 수 있는데 경부선 개통 당시의 시발점은 현재의 지하철 1호선이 지나는 초량에 위치한 초량역이었다. 현 중부경찰서 일대 해안에 산이 가로막고 있어 광복동 일대의 조계지까지 철로를 놓을 수 없었기 때문이다. 1909년부터 이 산들을 허물어 바다를 메우고 들어선 땅을 '새마당'으로 부르고 여기에 1910년 10월 부산역을 세웠다. 지금의 부산경남 본부세관 건너편 일대인데, 지하철 1호선 중앙동역 12번 출구로 나오면 매축지 표지석이 있다.

연락선 선착장은 1912년 전까지는 지금의 연안여객선 부두 안쪽이었다가 제1부두가 완공된 1913년부터는 이곳으로 옮겨 지금까지 국제여객선 터미널로 사용되고 있다.

도항증 검사로 정체되는 도시——부두 일대 그리고 해운대

염상섭의 『만세전』(1923)은 3·1운동이 일어나기 전 해인 1918년 겨울을 시간적 배경으로 식민지 지식인의 내면풍경을 보여주는 소설이다. 주인공 이인화는 아내가 위독하다는 전보를 받고 연락선을 타고 부산에 막 도착하였다. 그러나 누렇게 더러운 흰 바지저고리를 입은 조선노동자들을 보면서 고국에 돌아왔다는 감회도 잠시, 그를 기다리는 건 차가운 눈초리를 빛내는 순사와 육혈포를 찬 헌병보조원들이다.

일본에서는 유학생으로서의 긍지를 그런대로 유지할 수 있었지만 연락선을 타는 순간 그는 한갓 피지배민족의 한 사람에 지나지 않는다. 이인화가 형사에게 끌려가 심문받는 파출소는 지금의 부산경남 본부세관 부근에 자리한 제일잔교(棧橋) 순사파출소이다. 연락선 승하선 승객의 검문을 담당한 이 파출소는 1920년 신설된 수상경찰서에 편입되어 도항에 관련된 모든 업무를 수행했다. 판에 박힌 심문을 받고 이인화는 파출소를 나와 길 건너에 자리한 부산역에 짐을 맡겨두고 시가지로 나온다.

그러나 전차길이 놓인 큰길을 따라 아무리 가도 요기를 할 조선집은 보이지 않는다. 길에 늘어선 집들은 모두가 일본식 이층집들뿐이다. 전차길이 꺾이는 삼거리에서 한참을 둘러보다 지나가는 지게꾼에게 조선사람의 동리를 물어보자 지게꾼도 한참을 망설인 끝에 남쪽으로 뚫린 해변으로 나가는 길을 가리킨다.

이인화는 지금의 중앙동 부산우체국에서 대청동으로 굽어지는 지점에서 지게꾼에게 길을 묻고 있다. 그리고 지금의 동광동 쪽의 용두산공원 아랫길을 따라 남포동 해안가로 가지만 제대로 된 조선사람들의 동네는 찾지 못한다. 강점 기간 동안 부산의 요지는 모두 일본인 대지주의 소유였고 조선인들은 변두리로 밀려갈 수밖에 없었기 때문이다. 1920년 임시

호구조사결과에 따른 부산부의 총인구 중 일본인들이 차지하는 비율은 44.56퍼센트에 이르게 된다. 그러므로 이인화는 주막 대신 샤미센 소리가 들리는 유곽이 들어서고 전차가 놓이는 동안 "집문서는 식산은행의 금고로 돌아 들어가서 새 임자를" 만나게 되고 조선사람은 자기네들이 살던 거리에서 쫓겨난다고 탄식한다.

『만세전』에 이르러 부산은 더이상 신소설들이 보여주듯이 호기심만을 자극하는 얼치기 개화꾼들의 유학 통로가 아니다. 연락선부두와 부산역에서 경찰과 헌병이 눈을 부라리는 검문과 감시의 땅이며, 가장 첨예한 경제적 수탈의 현장이 되었다. 그러므로 이인화는 부산을 두고 조선을 축사한 것이라면서 부산 거리를 직접 걸어다녀보고서야 비로소 조선의 현실을 알게 되었다고 말한다.

도항문제는 강점 기간 동안 부산이라는 도시의 성격을 밝혀주는 구체

1930년 무렵의 부산항 부두와 관부연락선

적인 사회현상이다. 제주도 등 다른 항로가 개설된 후인 1932년 3월 한 달간의 경우에도 부산은 전국 승하선의 78퍼센트를 감당했다. 1924년을 작중시간으로 하는 이동구의 「도항노동자」(1933)는 길억이라는 중개 사기 꾼이 일본에만 가면 돈을 벌 수 있다는 허황된 바람을 일으키는 장면, 부 산 수상경찰서에서 도항증을 발급받는 구체적인 설명, 일본에서 목숨을 담보로 힘들게 일하는 모습 등을 별다른 기교 없이 순박한 목소리로 담아 내고 있다. 지금 우리가 사진으로 만나는 관부연락선이나 선착장 모습에 이들은 없다. "이웃집이나 가는 모양으로" 허술하게 입성한 그들은 배를 타는 순간, 3등칸에 짐짝처럼 부려지는 존재들이기 때문이다.

식민지 현실에서 일본으로 건너간다는 것은 앞에 놓인 열악한 노동조 건에도 불구하고 우선은 궁핍한 농촌현실을 벗어날 수 있는 유일한 대안 이었다. 그러나 일본 노동이민은 일본 국내의 정치경제 사정에 의해 조절 되었고 그 여파는 곧바로 부산에 영향을 미쳤다. 1923년 9월 관동대진재 이후 일본 국내의 불안한 사회형편 때문에 도일 제한조치가 내려졌는데, 이로 인해 1924년 부산에는 전국에서 몰려든 약 만여명의 도항대기자들 이 집단시위를 벌여 커다란 사회적 문제가 되기도 했다.[4] 일제강점 기간 동안 실업자 수에 있어 부산은 전국 평균을 웃돌았는데[5] 여기에는 토지조 사사업의 후유증으로 인한 남부지방의 일반적 형편과 더불어 누적된 도 항대기자들이나 포기자들의 숫자가 큰 영향을 미쳤다고 볼 수 있다.

일제말 유학생이 등장하는 이병주의 『관부연락선』(1970)에서 주인공 유태림은 부산 부두가 도항증 검사 때문에 체증이 일어나는 동시에 '내선 일체'가 절대 통하지 않는 곳이라고 했다. 그리고 그는 연락선 내의 고등 계 형사실이 3등실 옆에 따로 있어 거기서 고문당해 바다에 던져지는 이 들이 적지 않았다는 증언을 전하기도 한다. 그러면서 부산은 만주 봉 천—지금의 심양행 열차가 출발하는, 대륙의 관문이라는 목격이 나오기도 한다.

이 연락선부두와 부산역은 해방으로 다시 붐빈다. 엄흥섭의 「발전」(1947)은 일본으로 건너갔던 이들이 '전재(戰災)동포'로 고국땅을 밟는 모습을 그린 귀한 작품이다.

부산을 등장시킨 일제강점기에 발표된 작품들이 모두 연락선부두와 부산역 일대만을 묘사하고 있는 것은 아니다. 지금도 부산 하면 떠올릴 수 있는 이름 중의 하나인 해운대해수욕장과 온천을 다루기도 했다. 간도땅을 떠돌며 그 시절 민족의 궁핍을 소설화했던 최서해가 이곳을 배경으로 작품을 썼다는 사실은 다소 놀랍다.

이층 난간에 나 앉으면 바다와 산과 달을 바라보는 맛은 옛날 한시를 읽는 맛이다. 서산에 넘어가는 해를 기다리고 있는 듯이 바다 저편 동쪽 산 위에 높이 솟은 달은 물 같은 빛발을 바다와 육지에 던졌다. 저녁연기에 흐렸던 바다는 달빛에 잠겨서 전면에 은빛이 굼실거렸다. 그 위로 미끄러져 나가는 두어 개의 돛도 달지 않은 어선은 수묵을 찍은 것 같다. 두어 개의 어화가 해운대 아래 희미하였다. (최서해 「누이동생을 따라」, 『신민』, 1930)

이 작품에서 해운대는 봉건적 가족제도의 희생양인 남매가 한많은 이승을 맺음하는 장소로 선택되지만, 달맞이언덕 너머의 청사포 쪽에서 달이 뜬 해운대 밤바다는 물론, 풀밭이 그대로 사구로 이어진 백사장 일대와 밤바다에서 후리당기는 모습 등이 매우 세밀하게 그려져 있다.

1920년 무렵 일본인들에 의해 본격적으로 개발되기 시작한 해운대는 1937년에 개통된 동해남부선으로 해서 관부연락선을 타고 부산에 도착한 일본인이 골프도 치고 온천과 해수욕을 즐기며 며칠 묵은 뒤 경주

구경을 하는 여행코스로 자리잡았다. 이태준의 「석양」(1942)에는 온천과
겨울바다가 같이 나온다.

주인공 매헌은 꽤나 알려진 작가인데 경주 여행을 갔을 때 그곳 처녀
인 타옥을 만나 아는 사이가 되었다. 그는 출판사에 약속한 장편소설을
서울 집에서 탈고하지 못하고 해운대온천으로 가지고 온다. 해운대에 도
착한 매헌은 타옥에게 부산에 내려왔다는 것, 원고를 다 쓰면 알릴 터이
니 그때 오라는 편지를 쓴다. 그러나 그녀는 편지를 받고는 곧바로 내려
온다. 온천탕에 들렀다 나온 타옥은 그때까지도 원고지를 붙들고 앉은 매
헌의 손을 끌고 찬바람 부는 백사장으로 나와 앞서 뛰어간다.

뜨거운 온천물과 해변에 닿는 반복되는 파도의 이미지, 그리고 달리
기의 강한 운동성과 바꾸어 자는 이부자리 등은 섹스의 상징물로 읽기에
충분하지만, 물은 시간과 세대를 나타내면서 이별과 정화의 상징이 되기
도 한다. 다음 날 타옥은 자신이 최근에 약혼했으며 오늘 토오꾜오에서
관부연락선을 타고 오는 약혼자를 만나러 간다는 사실들을 편지로 알리

고 떠난다.

해운대에서 기차를 타고 바다를 옆에 두고 얼마간 달리면 일광역이 나오고, 거기서 바다를 보고 오른편으로 얼마간 가면 학리라는 마을이 있다. "서(西)로 멀리 기차소리를 바람결에 들으며, 어쩌면 동해 파도가 돌 각담 밑을 찰싹대는 H라는 갯마을이 있다"로 시작되는 오영수의 「갯마을」(1953)은 이곳을 무대로 했다. 보재기(해녀)의 딸로 태어나 그녀 역시 물질을 하며 자란 혜순이는 바다에 남편을 잃고 새서방을 따라 산골마을로 가지만 그마저 징용에 끌려간 뒤 그녀는 수숫대가 모두 미역밭으로 보일 만큼 떠나온 갯마을을 그린다. 매구 혼이 들렸다고 시가에서 무당을 불러 굿을 차리는 동안 그녀는 단걸음에 삼십리를 달려 갯마을로 돌아온다. 그리고 멸치떼를 발견한 후리막에서 쳐대는 꽹과리 소리를 듣고 모래밭을 맨발로 달려가는 그녀는 오장육부가 다 간지럽도록 시원해진다. 첫 남편을 앗아간 거친 바다지만 그녀에게 파도소리는 자신을 살아 있게 하는 생명의 소리다. 일광면이 속해 있는 기장군은 예로부터 멸치와 미역이 유명해서 지금도 봄에는 떠들썩하게 축제가 열리고 있다.

피난 수도──국제시장, 영도다리, 그리고 동래

부산이 대한민국의 중심이 된 시기가 있었다. 한국전쟁 동안 부산은 두 차례나 임시수도가 되었다. 따라서 이 기간 동안 부산은 문학에서도 그 중심 현장이 될 수밖에 없었다. 이때 발표된 작품들에는 급박한 시절에 휘둘리는 문화예술인들의 모습들이 뚜렷하게 그려져 있다. "얼른 보아 한 스무개나 됨직한 테이블을 에워싸고 왕왕거리는 꿀벌떼는 거의 모두가 알 만한 얼굴들이었다"라고 묘사된 찻집 이름을 제목으로 한 김동리의 「밀다원」(1955)은 그 대표적인 작품이다.

1·4후퇴로 뒤늦게 피난온 소설가 이중구가 '밀다원'에서 만나는 면면들은 평론가 조현식, 여류작가 길선득, 소설가 오정수 등이다. 그들은 여기서 급한 원고도 쓰고 빈대떡집이 있는 "남포동뱃머리라고 하는 선창가"로 몰려나가 대폿잔을 나누며 중공군이 어디까지 밀고 내려올 것인지를 걱정한다.

이중구에게 피난지 부산은 땅끝이자 허무의 공간이다. 그러므로 안정된 잠자리 구하는 게 급한 형편임에도 그는 부산사람 오정수 집보다 '밀다원'이 편안하다는 피난민의식에 묶여 있으려고 한다. 그리고 전쟁이 가져다주는 불안과 허무는 시인 박운삼의 자살로 표출된다. 그러면서 이중구를 김동리로, 조현식을 조연현으로 바꾸어 읽어도(길선득 여사는 김말봉이고 오정수는 오영수, 박운삼은 전봉래) 전혀 무리가 없는 이 작품에서는 해방공간부터 우익의 선두에 선 두 사람의 남다른 위기의식과 '중앙문단'의 자존심을 읽어낼 수도 있다.

앞서, 김동리가 남포동뱃머리라고 쓰고 있는 자갈치 일대는 정확하게 거제─통영─여수로 가던 선창, 여수뱃머리이다. 지금의 부산대학병원 앞 경남중학교 부근 변호사 집을 빌려사는 황순원은 방을 비우라는 주인집의 폭력적인 통보에 고민하면서 여기 목로주점에서 대폿술을 마시며(「곡예사」, 1952), 이호철의 『소시민』(1964~65)도 늦은 봄비가 질금질금 내려 엉망으로 질퍽해진 이곳에서 시작된다. 그리고 이들보다 앞서 일제 때, 이 뱃머리 시장바닥에서 박경리의 『김약국의 딸들』(1962)의 넷째 용옥은 남편 서기두를 만나지 못하고 통영으로 되돌아가는 배를 타기 직전에 눈물 섞인 국수를 먹기도 했다. 그녀가 탄 배는 낙동강이 바다와 만나 물결이 유난히 높은 가덕도 앞바다에서 침몰하고 만다. 활어시장으로 유명한 지금의 자갈치는 매립되기 전 자갈과 모래가 고운 부산 최초의 해수욕장

이기도 했다.

　그런 한편 지금 광복동 2가 38-2번지, 미화거리 71에 자리했던 '밀다
원'은 흥남서 LST(유엔군 상륙정)를 타고 단독으로 피난와서 어렵사리 국
수공장에 일자리를 얻은 문학청년 이호철에게는 앙드레 지드 1주기 행사
가 열리는 곳으로 매우 선명하게 기억된다.[6] 열아홉 나이로 달랑 혼자 낯
선 남한땅에 던져진 그는 그때의 체험을 장편 『소시민』에 담아냈다.

　전쟁으로 인한 사회구조의 변동을 그렸다는 평가와 1960년대의 근대
화 담론으로 읽히기도 하는 『소시민』은 전쟁중의 부산을 아주 세밀하게
그린 장편이다. 여기에는 부산의 다양한 공간이 묘사되고 있지만 특히 작
가가 의미를 두고 있는 곳은 자유시장[7]과 부두이다.

　이호철은 "부산 자유시장의 폭발적인 비대는 곧 우리 구조의 폭발적
인 해체와 양면을 이루는 일면이었다. 그러지 않아도 완만한 해체과정을
겪고 있던 이 땅의 전 구조는 자유시장의 비대와 더불어 그 소용돌이 속
에 휘어 감기고" 말았다고 적고 있다. 그렇다면 국제시장의 이러한 비정

상적 비대를 가져온 근원은 어디 있는가. 그것은 24시간 내내 깨어 있는 부두를 통해 부려지는 미국의 잉여물자가 비정상적으로 유통 소모되는 데 있다. 부두에서 막 부려진 군복더미가 차떼기로 실려오기에 매리엄마 같은 사람들에게 국제시장은 새로운 뜨내기 부유층으로 일어서는 기회를 제공하지만, 대부분의 피난민들에게는 고달픈 삶의 현장이다. 다다미 넉장 반을 지키기 위해 눈물겨운 사투를 벌이는 '황순원곡예단'의 아내처럼 옷가지를 팔러 나가거나(「곡예사」), "원산 굴지의 명문으로 경웅대학 출신" 지식인이 만년필 장사를 하는(김동리 「실존무」, 1955) 곳이 국제시장이다.

개항장으로 화륜선이 드나들고 관부연락선이 닿던 부두는 전쟁중에는 군수물자와 더불어 수많은 외국군들이 첫발을 딛는 곳이었다. 그리고 1965년 월남파병이 시작되자 이제 부두는 파월장병들의 들고남으로 분주해진다. 황석영의 「낙타누깔」(1972)은 귀국장병들의 부산 이야기이다. 정신신경성 노이로제로 전투 부적격자가 되어 조기 귀국한 주인공은 호송열차의 출발을 기다리며 몇시간 동안 부산거리를 헤맨다. 그러나 시내서 술을 취하토록 마셔도, 앞서 소개된 텍사스거리에서 여자를 사도 참혹한 전장의 기억에서 쉬 헤어나지 못한다. 부산은 죽음의 늪을 건너온 파월장병들이 돌아온 고국에서 처음 자신들을 '응시'하는 땅인 것이다.

한편 피난민들이 술 한 잔에 시름을 풀었던 남포동 바닷가에서 가까운 영도다리는 동광동 40계단과 같이 전쟁중 피난민들에게 기약 없는 만남을 약속한 곳이다. 1934년에 우리나라 최초의 도개교로 세워져 큰 구경거리가 된 이 다리를 두고 일찍이 임화는 「상륙」(1938)이라는 시에서 "벌렸다 다물고 다물었다 벌리는/강철 도개교 입발 새에 낡은 浦口의 이야기와 꿈은/이미 깨어진 지" 오래라고 식민지 근대화를 비판했었다. 그리고 전쟁중 이 다리는 이산과 생존의 고통을 이기지 못한 이들이 택하는 자살장소가 되기도 했다.

피난민들의 판자촌들이 마치 벌집처럼 들어섰던 영도는 대중소설로 인기를 끌었던 방인근의 장편『마도의 향불』(1932~33)에 등장한다. 통통배를 타고 건넌 그곳에서 주인공 애희는 석유회사와 사기회사, 그리고 여러 공장에서 쏟아져나온 직공들을 보고 놀란다. 사기회사란 1917년에 세워진 조선경질도자기회사를 말하는데 일본인들이 어항과 군사산업기지로 개발한 영도는 거대한 공장지대였다.

1950년 겨울, 평양에서 공산군에게 학살당한 12명의 목사와 살아남은 2명의 목사를 통해 인간의 실존문제를 다룬 김은국의『순교자』(1964)는 영도에서 끝난다. 고 군목이 이끄는 천막교회가 이곳에 세워졌기 때문이다. 부상을 입고 5육군병원에 누워 있던 주인공 이대위는 퇴원을 며칠 앞두고 나룻배를 타고 이 섬으로 가서 이글거리는 남한의 햇살 아래 먼지를 풀썩이며 뛰노는 북한 피난민 아이들을 본다. 이대위가 입원했던 5육군병원은 일제시대 백화점건물이었는데 부산시 청사가 옮겨가면서 같이 철거되었다.

노후로 철거논란이 있기도 했던 영도다리의 영도 쪽에는「굳세어라 금순아」를 부른 이곳 출신 가수 현인의 동상과 노래비가 서 있다. 그렇지만 서울 환도와 더불어 남인수가 불렀던「이별의 부산정거장」의 부산역(앞서의 유학생 이인화와 수많은 도항노동자들이 타고 내렸던)은 1953년의 대화재로 소실되었다.

앞서『소시민』에서 주인공이 일하는 '완월동 제면소'의 현장은 지금도 충무동 로터리 위쪽, 서구청 뒤편의 토성 1길 112번지의 4층짜리 건물로 남아 있다.

『소시민』에서 놓치지 말아야 할 곳이 남로당 출신 정씨의 여동생 정옥이 일하는 조선방직이다. 주인공은 그녀를 만나기 위해 전차를 타고 "범일동 너머 굴다리를 지나서 조방(朝紡) 위쪽에" 있는 정씨 집을 찾아간

다. 폐병을 얻어 죽는 정옥이가 근무한 조방은 한때 부산의 또다른 대명
사였다. 조선방직주식회사는 제1차 세계대전 직후의 호경기에 편승하여
설립된 대규모의 일본 회사로, 이후 부산을 방직공업의 중심으로 이끌었
다. 지금의 동구 범일동 시민회관부터 평화시장과 자유시장까지가 조방
옛터인데 지금도 부산사람들은 옛 지명을 유효하게 사용되고 있다.

　　손창섭의 「비 오는 날」(1953)은 "동래(東萊) 종점에서 전차를 내리자 동
욱이가 쪽지에 그려준 약도를 몇번이나 펴보며 진득진득 걷기 힘든 비탈
길을 원구는 조심히 걸어 올라갔다"는 단 한 문장으로, 장마가 계속되는
1953년 여름 동안 우울에 젖고 비에 젖은 세 젊은이의 '남루한 삶과 황폐
한 내면[8]'을 그려낸다. 당시에 동래 전차종점은 지금의 동래로터리 아래,

현대적인 부산 해안의 모습

동래경찰서 맞은편 명륜로 91번지, 현재의 한국전력 동래변전소 자리에 있었다. 그리고 원구가 동욱남매의 집을 찾아가는 "호박덩굴 우거진 철둑길"은 지금의 동래로터리에서 안락로터리로 가는 길 어디쯤이라고 짐작해볼 수 있다.

해운대와 더불어 온천관광지로 잘 알려진 동래는 개항 전만 하더라도 부산의 본 동리였다. 이곳 출신인 김정한은 1940년, 경남 남해에서의 교사생활을 접고 동아일보 동래지국을 잠시 맡았었다. 배달나간 아이들은 수시로 신문을 빼앗기고, 밤새 지국간판이 떼어져 없어지곤 한다. 그러다 결국 그는 신문대금을 독려하는 모임을 가졌다 해서 치안유지법 위반으로 체포되고 검사국으로 이송되면서 동아 조선의 폐간 소식을 듣는다. 이런 이야기를 김정한은 「위치」(1975)에서 하고 있다.

이주홍 역시 부산에서 오래 산 작가인데 그가 쓴 「지저깨비」(1966)는 1960년대 개발의 시대에 도시로 이주해온 나무부스러기 같은 지게꾼들의 고달픈 삶을 동래시장 부근을 배경으로 그리고 있다. 지금은 다 사라지고 없지만 동래 전차종점 일대는 온천천을 끼고 있는 저습지였기에 미나리밭과 연밭이 지천으로 열려 있었다. 1960년 4·19 때 중학생이었던 윤후명은 서면에서 경찰이 쏜 총에 귓볼을 맞아 붉은 피를 흘리는 청년을 목격하고 데모 군중에 섞여 동래까지 오게 된다. 그러나 어느새 군중들은 다 흩어지고 그는 혼자 연밭 앞에 서 있다. 감탕 속에서 뽑힌 하얀 연뿌리가 그의 눈에는 짚을 동여맨 살아 있는 제웅들로 보이고 그 팔다리는 흰 피를 흘린다. 군중과 개인, 삶은 혼자 감당해야 할 고행이다. 그는 그때 그곳에서 개인을 발견하고 시인이 되었다고 「모든 별들은 음악소리를 낸다」(1987)에서 말하고 있다.

낙동강——한국 근현대문학의 기념비적 공간,
그리고 안개와 갈대

강원도에서 발원된 낙동강은 부산에서 그 긴 여정을 끝낸다. 우리 근
대소설사에 이 강을 처음 등장시킨 조명희는 팔백리 길이길이 흐르는 물
은 이곳에 이르러 곁가지 강물을 한 몸에 뭉쳐서 바다를 향하여 아득하게
열려 있다고 하류 풍경을 크게 뜬 눈으로 그려내고 있다. '이곳'은 지금은
부산시 강서구 대저동과 가락동이 된 당시의 김해지역이다.

> 이른 겨울의 어두운 밤, 멀리 바다로 통한 낙동강 어귀에는 고기잡잇
> 불이 근심스러이 졸고 있고 강기슭에는 찬 물결이 울리는 소리가 높아질
> 때다. 방금 차에서 내린 일행은 배를 기다리느라고 강 언덕 위에 옹기종
> 기 등불에 얼비쳐 모여섰다. 그 가운데에는 청년회원, 형평사원, 여성동
> 맹원, 소작인조합 사람, 사회운동단체 사람들이 대부분을 차지하였다.
> 동저고릿바람에 헌 모자 비스듬히 쓰고 보따리 든 촌사람…… (조명희
> 「낙동강」, 『조선지광』, 1927)

방금 차에서 내린 일행의 주인공은 병보석으로 풀려난 박성운이다.
그를 마중나온 이들이 몸담고 있는 단체명을 길게 나열한 것은 당시 이
지역의 사회적 형편을 말하기 위해서이다. 식민지 대지주제로 인한 구조
적 모순이 집약된 이 일대는 그에 맞서는 소작운동 등의 움직임이 거센
곳이기도 했다. 또한 김해는 형평사운동의 주요 활동지로서 작품에서 백
정의 딸인 로사의 등장을 자연스럽게 한다. 3·1운동 뒤 감옥을 살다 중국
과 노령을 넘나들며 독립운동을 하는 동안 민족주의자에서 사회주의자
로 변신한 박성운은 자기 고향인 낙동강 하류 연안지방의 사회운동을 이

끈다. 경찰의 주목을 받던 그는 동척(東拓)에서 일본인 개인에게 불법 불하된 갈밭 문제로 체포되어 심한 고문으로 병든 몸이 되어 풀려나게 된 것이다.

작품에서 주인공은 구포 쪽에서 강서구 대저동 쪽으로 배를 건넌 것으로 읽어야 한다. 그는 검사국에서 병보석으로 나와 고향에 가기 위해 나룻배를 타는데 당시 지방법원에는 검사국이 병치되어 있었으며 김해는 부산지방법원 관할이었기 때문이다. 낙동강 위에 놓인 첫 구포다리는 1933년에 완공되었으므로 그 이전에 구포와 김해를 잇는 교통수단은 나룻배가 유일하였다. 구포는 경부선이 개통되기 전까지 물산의 집산지이자 교역지로서 특히 포목, 석유, 소금, 젓갈, 명태 등을 바닷배에 싣거나 육로로 실어와서 내륙 멀리 안동 왜관 상주까지 운송하였다.

소설은 첫눈이 날리는 어느 날 늦은 아침, "구포역(龜浦驛)에서 차가 떠나서 북으로 움직이어 나갈 때이다. 기차가 들녘을 다 지나갈 때까지, 객차 안 들창으로 하염없이 바깥을 내어다보고 앉은 여성이 하나 있었다. 그는 로사이다. 아마 그는 돌아간 애인의 밟던 길을 자기도 한번 밟아보려는 뜻인가 보다"로 끝난다. 로사가 북행열차를 타고 구포역을 떠나는 소설의 끝 장면은 매우 인상적이다. 소설에 등장하는 철도는 지금까지 『만세전』을 제외하고는 줄곧 부산으로 내려오는 하행선이었다(부산이 나오지 않고 삼랑진에서 멈추고 마는 『무정』까지). 이제 로사는 연인이자 이념의 지도자인 박성운이 못다 이룬 꿈을 이루기 위해 구포를 떠나는 것이다. 그리고 그 땅이 만주나 중국, 또는 소련이 될 거라는 짐작은 지리적 조건에서뿐만 아니라 작가 조명희의 비극적 생애를 통해서도 충분히 가능하다.

낙동강을 다시 현대소설사에 들여온 이가 김정한이다. 작품의 거의 모든 무대가 부산지역이었던 그에게서 낙동강 하류는 해방 뒤에도 여전히 청산하지 못한 이 땅의 역사사회적 모순을 고발하는 데 더할 수 없이 적절한 공간이었다. 그러므로 그는 해방 이후 좌파의 문학적 부활을 실현한 작가[9]가 될 수 있었다.

길바닥까지 몰려나왔던 갈게들이, 둔탁한 사람들의 발자국 소리에 놀라 이리저리 황급히 구멍을 찾아 흩어지는가 하면, 어느 하늘에선지 종달새가 재잘재잘 쉴 새 없이 재잘거리고 있었다. 잔등에 땀을 느낄 정도로 발을 재게 떼놓아, 건우가 사는 조마이섬에 닿았을 때는 해가 얼마만큼 기운 뒤였다. 섬의 생김새가 길쭉한 조마이 같다 해서 조마이섬이라고 불려온다는 건우의 고장에는, 보리가 거의 자랄 대로 자라 있었다. 강바람이 불어 올 때마다 푸른 물결이 제법 넘실거리곤 했다. (김정한 「모래톱 이야기」, 『김정한소설선집』, 창작과비평사 1974)

봄의 풍경이 평화롭게 그려져 있지만 실상 건우가 사는 이 섬의 내력과 현실은 그렇지 못하다. 건우할아버지 갈밭새영감의 입으로 고발되듯이 옛적부터 이 고장 사람들이 젖줄같이 믿어오는 낙동강이 만들어준 모래톱의 이 땅은 을사보호조약 이후 국유지로 편입되었다가 동척과 일인의 손에 넘어간다. 그리고 해방된 뒤에도 국회의원의 손을 거쳐 유력자의 소유가 된다. 권력자의 억압과 가진 자의 횡포는 나라를 되찾고도 계속되고 있다. 그 점을 항의하는 꺽꺽한 갈밭새영감의 목소리에는 저주와 원한이 묻어난다. 그러므로 그는 지식인들을 향해 제대로 된 글을 쓰라고 따끔하게 충고한다. 결국 그는 장마에 강물이 불어 섬이 위태로워졌을 때 섬을 들어먹기 위해 유력자가 쌓은 엉터리 둑을 허물다 살인자가 되고 만다. 좀처럼 끝나지 않는 민중의 고통을 작품에 담아낸 김정한은 「모래톱 이야기」 외에도 『수라도』(1969)와 「산서동 뒷이야기」(1971) 등을 통해 낙동

강 하류지역을 민족과 민중의 삶의 터전으로 형상화하였다.

건우네 가족이 살던 조마이섬은 을숙도이고 그곳을 거쳐 김해 명지로 가던 하단나루터는 지금 하단동 가락타운 아파트단지 앞에 있었다. 사하구 하단동과 강서구 명지동을 잇는 하구둑으로 을숙도는 이제 차로도 갈 수 있지만 갈대와 철새는 예전 같지 못하다.

강의 흐름은 시간의 흐름을 닮기도 한다. 조명희와 김정한의 한참 뒤 세대인 이문열도 이 강의 하류를 소설에 담았다. 고등학교를 중퇴하고 떠돌던 그는 1960년 중반 무렵 이곳에서 지치고 병든 청춘을 다스리며 대입 검정고시 공부를 했다. 3부작으로 이루어진 『젊은날의 초상』(1981)의 첫머리에 놓이는 「하구」는 그때의 체험을 바탕으로 했다.

낙동강이 다하여 남해와 합쳐지는 곳에 자리잡은 포구인 '강진(江津)'은 강이 다하는 곳을 이르는 말이라는 점에서 실제 지역명인 하단(下端)과 동의어이다. 강수면으로부터 피어올라 포구를 적시는 안개와, 손바닥만 한 논밭을 제하고는 어디든 한없이 갈대밭이 펼쳐진 이곳은 「모래톱 이야기」의 을숙도 맞은편 지역이다. 1960년 중반까지만 해도 이곳 사람들은 얼마 되지 않는 밭농사를 지으면서 강하류에서 거룻배를 타고 고기를 잡거나, 여자들이 마을 앞 개펄에 무진장 깔려 있는 재첩을 잡으면서 생활했다. 강하류이다보니 모래채취도 큰 일거리였는데 멀리는 구포까지 작업현장이 되었다.

주인공은 형이 운영하는 소규모 모래장사를 거들면서 이곳 사람들과 알게 된다. 같이 모랫배를 부리는 최광탁과 박용칠은 범죄 전력 때문에 이곳에 몸을 피했다가 강진 여자들과 결혼해서 현지인이 되었다. 그들은 물론, 그들 주위의 막일꾼들은 언제나 소주에 절어 산다. 그리고 이유는 물론 시작도 끝도 없는 싸움질로 자기 자신들을 파괴시킨다. 밀항선을 타기 위해 이곳에 숨어들었다가 이곳 사람이 된 인물도 있다. '나'에게 선생 노릇을 하는 이 동리의 유일한 대학생인 서동호의 부친이 그런 사람인데 그는 과거 좌익활동으로 쫓기다 토벌대에 죽은 것으로 오인되어 잠적한, 살았으되 죽은 자이다. 스스로 이곳을 유배지로 삼은 이들 중에 별장집 남매가 있다. 시내에서 이름난 주먹의 첩 생활로 폐병든 오빠를 뒷바라지하는 걸 숨기기 위해 돈 많은 아버지와 계모의 불화라는 싸구려 스토리를 만들고 있지만, 이들 모두는 안개 속에 스스로를 가두고 상처내면서 산다. 그들의 삶은 강이 다하는 하구에 어울리는 유적의 삶이다.

세월이 한참 지나 '내'가 다시 이곳에 왔을 때, 다른 것은 다 변해도 안개만은 남았을 법도 하지만 그마저도 한낮이라 볼 수가 없다. 하단이 부산시에 편입된 것은 오래전이지만 이 일대가 본격적으로 개발되기 시작한 것은 1971년 대티터널이 뚫리고부터이다. 소설 속의 그때 그 사람들은 모두 그곳을 떠났지만 부친의 야산이 금값이 된 토박이 친구만이 남아 '내'가 마음에 두었던 별장집 누이동생의 현재를 알려준다. 그녀는 강과 바다가 하나 되는, 지금도 부산서 풍광이 매우 아름다운 다대포에서 요정을 열고 있다.

광안대교 1994년 건립된 다리
로, 국내 최대 규모의 현수교이다.

　　우리의 인생도 강처럼 흘러가지만, 누구에게나 고통스럽고 힘들기에
빛나고 아름다운 청춘의 시절은 있다. 「하구」는 바로 그런 이야기를 1960
년대 중반 낙동강 하류의 갈대와 개, 재첩, 억센 모랫배 사람들의 소주냄
새를 통해 그려낸 작품이다.

　　19세기 말까지만 해도 동래읍을 제외하고는 푸른 해송이 심겨진 해안
을 향해 파도가 밀려드는 작은 어촌에 불과했던 부산은, 개항 이후 힘들
게 바삐 달려온 이 나라 근현대사의 현장 그대로 소설 속에서 살아 숨쉬
고 있다.

‖ 조갑상 ‖

주 |

1 1889년 실제 영업세 납부대상인 부산 객주는 44명으로 기록되어 있다. 부산 인근까지 합해 객주의 추산인원은 160명 정도이며 1890년 이후 60명 수준으로 줄었다. 그래도 이 숫자는 인천과 원산의 두 배에 해당한다. 이들은 특정 지역과 특정 상품을 독점하여 상거래를 하였다고 보여진다(홍순권 「근대개항기 부산의 무역과 상업」, 『항도부산』 11호 129면 참조).

2 억새나 갈대를 뜻하는 샛뛰(샛디)의 음을 딴 초량(草粱)은 조선초기부터 오랫동안 부산포의 별칭으로 사용되었다.

3 부산시사편찬위원회 『부산시사』 1권, 956면.

4 손정목 『일제강점기 도시화과정연구』, 일지사 1996, 519~20면.

5 강만길 『일제시대 빈민생활사연구』, 창작과비평사 1987, 348~51면.

6 이호철 『문단골 사람들』, 프리미엄북스 1997.

7 다른 작가들과 달리 이호철만이 고집스레 국제시장의 이전 이름인 '자유시장'을 쓰고 있다. 신창동 4가 83번지의 이 시장은 해방 직후 일본인들이 세운 부평시장에서 쏟아져나온 전시 통제물자들을 거래하던 난전에서 출발했다.

8 김윤식 외 『한국소설사』, 예하 1993, 329면.

9 최원식 「90년대에 다시 읽는 요산, 김정한」, 새미 2002, 40면.

개항과 근대, 식민과 분단 사이에서

근대문학의 기항지 인천

개항, 근대의 요람 인천

1876년 2월 2일 강화도에서 일본과 체결한 병자수호조약은 봉건 조선을 근대 세계의 역사 속으로 나아가게 하는 역사적 사건이었다. 그러나 강화도와 인천 앞바다는 이미 1866년과 1871년에 통상을 요구하는 프랑스와 미국 군함의 대포소리를 피의 항쟁으로 겪고 있었다. 병인양요와 신미양요의 실패를 거울삼아 치밀하게 각본을 준비한 일본이 다시 강화 앞바다에서 운양호 사건을 일으켰고, 이로 말미암아 강화도에서 일본과 수호조약을 맺기에 이르렀으며, 뒤이어 미국, 영국, 독일, 프랑스 등과도 통상을 시작함으로써 조선은 자본주의 열강이 각축하는 국제무대에 강제로 끌려나오게 되었다. 이로부터 조선은 새로운 근대문명을 섭취함과 동시에 제국주의 국가들의 침략에 저항해야 하는 역사적 과제에 직면하게 되었던 것이다.

이 격변의 시기를 가장 생생하게 경험했던 인천과 그 앞바다는 제국
주의 일본의 집요한 요구에 따라 1883년 1월 정식 개항을 하게 된다. 서울
의 인후(咽喉)인 탓에 인천항의 개항을 주저했던 조선 정부에서도 어쩔 수
없이 부산, 원산에 뒤이어 그 문호를 열어준 것이다. 이후 인천은 서구 신
문명이 들어오는 관문인 동시에 제국주의 국가들이 조계를 두고 침략의
발판을 삼는 거점도시로 성장하게 된다. 한국 근대사에 던져진 반외세 반
봉건의 과제가 인천을 무대로 각축하게 되었던 것이다. 그리고 이를 바탕
으로 인천 지역은 한국 근대문학의 주요한 무대이자 산실로 부상하였다.

한국 근대사의 여명을 수난 속에서 겪어내었던 인천 지역의 근대문학
적 형상을 우리는 신재효의 「괘씸한 서양 되놈」(1866)에서 처음 목도하게
된다.

> 괘심ᄒ다 西洋되놈
> 無君無父 天主學을 네 나라나 홀 것이지
> 단군기자 東方國의 忠孝倫理 받앗ᄂ듸
> 어이 감히 여어보자 興兵加海 나왓다가
> 防水城 불에 타고 鼎足山城 총에 죽고
> 나문 목심 도싱ᄒ자 밧삐밧삐 도망ᄒ다
>
> ──「괘씸한 서양 되놈」 전문

판소리 여섯마당을 개작하여 그 예술적 수준을 끌어올린 신재효가
1866년 병인양요에서 거둔 투쟁의 승리를 적극 찬양한 시가이다. 판소리
허두가(虛頭歌)의 운율을 빌려 표현한 반외세 정신이 선연하다. "괘심ᄒ
다 西洋되놈"이라는 일갈로 시작해서 강화도 방수성과 정족산성을 무대

제물포항 구한말 프랑스 식품회
사가 제작한 그림엽서이다.

로 쫓겨 도망치는 외세를 통쾌하게 그려내었다. 그러나 "무군무부 천주
학(無君無父 天主學)"에 대한 비판과 함께 "충효윤리(忠孝倫理)"를 내세우
는 유교적 전근대 의식 또한 완고하다. 한말의 대표적 의병장이었던 유인
석이 남긴 한시 「강화양란(江華洋亂)」에서도 이 작품에 보이는 강한 반외
세 의식과 척사사상을 엿볼 수 있다.

서구 제국 침략의 발판이자 반외세 항쟁의 깃발이 물결쳤던 인천 지
역은 동시에 비록 타율적일망정 조선이 근대 자본주의 사회로 나아가는
통로이자 박래품이 쏟아져 들어오는 관문이기도 하였다. 이러한 인천의
면모를 우리는 신소설에서 엿볼 수 있다. "〔봉건적인 구소설과—인용자〕
현대소설과의 사이를 점유하고 있는 문학사적 과도기의 소설"(임화)인 신
소설 최초의 작품 이인직의 『혈의 루』(『만세보』, 1906)에는 이미 윤선으로
가득한 축항 인천항의 모습이 나타나고 있다.

"그러면 오늘이라도 인천으로 보내서 어용선(御用船)을 타고 일본으

로 가게 할 것이니 내 집은 일본 대판(大阪)이
라 내 집에 가면 우리 마누라가 있는대 아들
도 없고 딸도 없으니 너를 보면 대단히 귀애
(貴愛)할 것이니 너희 어머니로 알고 가서 있
거라.”
하면서 귀국하는 병상병(病傷兵)에게 부탁하
여 일본 대판으로 보내니 옥련이가 교군 바탕

을 타고 인천까지 가서 인천서 윤선(輪船)을 타니 (…) 옥련의 눈에는 모
다 처음 보는 것이라. 〔대판—인용자〕 항구(港口)에는 배 돛대가 삼대 들어
서듯 하고 저자거리에는 이칭 삼칭집이 구름 속에 들어간 듯하고 지네같
이 기어가는 기차는 입으로 연기를 확확 뿜으면서 풍우(風雨)같이 달아
나고 넓고 곧은 길에 갔다왔다 하는 인력거(人力車) 바퀴소리에 정신이
얼떨떨한데······ (『혈의 루·은세계 외』, 정음사 1982, 30~32면)

“일청전쟁(日淸戰爭) 총소리에 평양성이 떠나가는 듯하더니······”로
시작하는 『혈의 루』의 여주인공 옥련은 전쟁 와중에 부모의 생사도 모른
채 다리를 다쳐 병원에서 치료를 받는다. 그러던 중 그녀의 처지를 불쌍
히 여긴 일본 군의관의 도움을 받아 일본으로 떠나게 되는데, 위의 인용
문은 옥련이 인천을 거쳐 일본에 닿는 상황을 보여준다. 이후 옥련이 온
갖 시련 속에서 구원자의 도움으로 개명한 일본과 미국으로 나아가 근대
학문을 공부하여 성공하고, 종국에는 헤어졌던 부모와 다시 만난다는
『혈의 루』의 서사구조는 다분히 구소설적이다. 그 위에 ‘문명개화’를 찬
양하는 표면적 주제가 분식되어 있는 것이다. 일본군 통역으로 한일합방
의 이면공작을 담당했던 급진개화파 이인직의 친일·매판적 성향이 잘
드러난 작품이거니와, 그러나 인용된 부분에서 옥련이 오오사까항에 도

착하여 본 "정신이 얼떨떨"한 근대 풍경과 그 매혹만큼은 당대적 현실성
에 충실한 것이다.

　인천과 오오사까를 잇는 윤선의 현해탄 뱃길. 인천은 개화파에게는
꿈의 항구인 동시에 좌절의 망명항이었다. 1882년 수신사 박영효, 서광범
일행이 일본으로 가는 뱃길에서 국기(國旗)인 태극기를 고안한 것도 인천
을 기항지로 나아간 행로에서였고, 1884년 갑신정변에 실패한 김옥균이
좌절 속에 일본으로 망명한 것도 인천을 통해서였다. 옥련의 뒤를 따라
인천에서 윤선을 타고 현해탄을 건넜던 유학생들에 의해 조선의 근대화
가 주체적으로 준비되기에 이르렀으니 인천은 한국 근대화의 기항지이
자 요람이었다.

황해의 서정과 낭만

두 차례의 양요와 개항을 겪으면서 한국 근대사의 중요한 역사적, 정치적 무대를 제공한 인천이지만 동시에 인천은 황해와 그 위에 떠 있는 크고 작은 섬들, 해변의 풍광과 뭍의 산천이 자연 그대로 어우러진 아름다움을 간직한 고장이기도 하였다. 고려시대 이규보(李奎報)로부터 조선시대의 많은 문사들이 인천의 아름다운 경치를 음미하며 여러 편의 한시를 남긴 바도 있다.[1] 빼어난 승경에 더하여 인천 지역은 바다가 주는 풍부한 수자원과 인근 평야지대의 물산이 만나는 곳이기도 해서 풍성한 삶의 터전을 이루었던 곳이다. 여기에 근대적 문물과 기술이 쏟아져 들어오면서 자연과 어울어진 근대적 항구도시의 서정과 낭만을 낳았다.

인천 제물포의 풍광이 근대적 정감으로 처음 읊조려진 것은 소월(素月) 시를 통해서였다. 스승 김억의 추천으로 1922년 『개벽』지로 등단하면서 발표한 시 「밤」에는, 소월 특유의 외로움과 그리움이 절절한 가락으로 형상화되었다.

구한말 인천에 정박중인 증기선

홀로 잠들기가 참말 외로와요
밤에는 사무치도록 그리워와요
이리도 무던히
아주 얼굴조차 잊힐 듯해요.

벌써 해가 지고 어둡는데요
이곳은 인천의 제물포, 이름난 곳,
부슬부슬 오는 비에 밤이 더디고
바닷바람이 춥기만 합니다.

—「밤」(『개벽』, 1922. 2) 부분

약관의 청년 소월이 잠 못 들며 묵었던 곳은 어디였을까. 빼어난 아름
다움으로 이름높았던 양관이었을까, 아니면 어부의 허름한 초가였을까.
그 어느 곳이든 소월에겐 부재하는 님에 대한 그리움이 간절했을 것이다.
여기에 인천이 아름답게 간직하였을 황해의 서정과 낭만이 소월의 님에
대한 애끓는 그리움을 고양시켰을 터이다. 그리하여 "하이얗게 밀어드는
봄밀물"처럼 다가왔다 밀려가는 님의 환영으로 그 밤도 소월은 시를 쓰고
있지 않았을까.

한국 고고사학계의 개척자로 개성박물관장을 지낸 고유섭이 1925년
『동아일보』에 발표한 연시조 「경인팔경」을 통해서도 우리는 인천 주변의
아름다운 풍광을 만나게 된다. 학이 날던 부평, 염전 물에 돛배가 어리던
주안, 인천의 북망산 문학산의 춘경, 종착 축현역(현재의 동인천역)의 겨
울 석양……[2]

소월의 단형 서정시와 달리 고유섭의 연작시조를 통해서 우리는 이
고장에서 낳고 자란 문인들에 의해서 보다 밀도 있는 인천의 문학적 형상

을 만나게 된다. 고유섭의 뒤를 이어 인천공립보통학교(현재의 창영초등
학교)를 나오고 인천상업학교(현재의 인천고등학교)에서 수학한 함세덕
과 김동석이 그 대표적 문인이다. 이들의 희곡과 수필에서 우리는 인천과
황해의 서정 그리고 그곳 삶의 격정과 낭만을 그득 맛볼 수 있다.

　1915년 인천부 화평리 출생인 함세덕은 1936년 『조선문학』에 단막희
곡 「山허구리」를 발표하면서 등단하였다. 서해안의 한촌(寒村)을 공간적
배경으로 하는 등단작부터 2막 희곡 「무의도기행」, 단막 희곡 「해연(海
燕)」 등이 모두 그 자신의 고향 체험을 바탕으로 한 어촌희곡들이다. 황량
한 겨울바닷가 뱃사람들의 암담한 현실을 고스란히 옮겨놓은 「무의도기
행」의 무대묘사에서 짐작할 수 있듯, 바다와 어촌을 배경으로 신산스런
삶을 살아가는 어민들의 삶을 비극적 서정성으로 갈무리한 것이 함세덕
초기 희곡의 특징이다. 그의 어촌희곡은 당대 최고의 극작가로 평가되는
유치진의 농촌희곡과 어깨를 견줄 만한 것이다. 이후 함세덕은 비단 어촌
희곡에 머무르지 않고 「서글픈 재능」 「감자와 쪽제비와 여교원」과 같은
농촌극, 「낙화암」 「기미년 3월 1일」과 같은 역사극, 「고목」과 같은 풍자
극까지 펼쳐 보인다.

극작가 함세덕과 함께 인천을 대표하는 문인이 평론가 김동석이다. 1913년 경기도 부천군 다주면 장의리(현재의 인천 남구 숭의동)에서 태어난 김동석은 수재들만 들어가던 경성제국대학 영문학과에서도 '수재'라는 찬사를 들으며 대학원에 진학하여 셰익스피어 문학을 연구한 지식인이었다. 문학연구와 함께 식민지시대 말기에 수필과 시의 습작을 도모하던 김동석의 문학활동이 만개한 것은 해방기에 집중적으로 전개된 평론을 통해서다. 정치와 문학이 혼효 상태에 있던 해방기에 지식인의 양심에 기초한 '상아탑 정신'으로 문학의 독자성을 지키면서 민족문학의 수립을 위해 날카로운 평필을 휘둘렀던 것이다. 그의 날카로운 비평감각은 오늘날에도 찬탄의 대상이 되기에 부족함이 없거니와, 그러나 이 명민한 비평가의 심중 밑바닥을 들여다보면 퍽이나 소박하고 순수하다.

첫여름 한나절 햇빛을 받고 월미도(月尾島) 조탕(潮湯)은 고흐의 그림인 양 명암이 선명했다. 이 풍경을 배경으로 하고 소복한 여인과 감색 양복에 노타이 셔츠를 입은 젊은이가 금빛 모래사장에다 나란히 발자국을 찍으면서 걸어간다. 바다와 하늘은 한빛으로 파랗고…… (…) 묘망(渺茫)한 바다를 바라볼 때 나의 어린 가슴속에 물결치던 낭만…… 나는 소년 때 갈매기와 백범(白帆)과 수평선을 바라보면서, "望美人兮天一方" 하였던 것이다. (…) 그 바다는 소년 때 바라보던 바다와 다름없는 바다였다. ―나와 내가 사는 거리[街]는 나날이 변해가지만 바다는 언제나 영원한 원시적 고동(鼓動)을 지속하고 있지 아니한가. (…) 사념(邪念) 없이 바라본 순수한 바다. 이야말로 바다의 '시(詩)'가 아니었을까.

(『해변의 시』, 범우사 1994, 85~89면)

휴일을 맞아 아내와 월미도 바닷가를 찾은 소회를 편안하게 옮겨놓은

수필 「해변의 시」이다. 당대의 지성인이자 비평가인 김동석의 내면에 소
년시절부터 간직했던 "영원한 원시적 고동(鼓動)"과 "사념(邪念) 없이 바라
본 순수한 바다"의 표상이 살아 있었기 때문에, 해방기 그의 비평활동은 끝
내 정치에 오염되지 않고 문학적 순수성을 지킬 수 있었던 것이 아닐까.

일제시대 인천의 중심가 혼
마찌

인천 지역 문단의 형성

고유섭, 함세덕, 김동석과 같은 훌륭한 문사들이 인천에서 성장한 것
은 결코 우연이 아니다. 개항과 더불어 축적된 근대적 기제와 훈련이 온
축되어 문화적 역량으로 발현된 결과이다. 그러나 고양된 인천의 문화적
활력은 비단 개별적 출향 문인의 활동에 그치지 않았다. 이미 1920년대
중반부터 동인지 문예운동의 형태로 활발하게 솟아올랐다.
1927년 2월 1일 발행된 월간잡지 『습작시대』는 인천 지역에서 발간된

최초의 순문예잡지로서 지역문단의 태동을 보여주는 것이다. 그러나 『습작시대』 이전이라고 인천에서 문학활동이 전혀 없지는 않았다. 기자 출신의 고일이 남긴 『인천석금(仁川昔今)』을 보면 다음과 같은 회고가 나온다.

인천에 있어서의 문화운동사의 제1페이지는 「경인기차통학생친목회」 문예부에서 발단했다. 한용단의 어머니격인 친목회는 인천의 문학청년을 아들로 탄생했으니 운동경기를 외피(外皮)로 한 그 핵심은 민족해방 정신을 내포한 문학운동으로 전개했다. 정노풍(鄭蘆風), 고유섭(高裕燮), 이상태(李相泰), 진종혁(秦宗爀), 임영균(林榮均), 조진만(趙鎭滿), 필자의 문학동호인은 습작이나마 등사판간행물을 발행했었고 (…) 진우촌이 「습작시대」를 인천에서 발행한 때 박아지(朴芽枝), 엄흥섭 등이 호응하였고 김도인이 그후 월미(月尾)를 편집했다.[3]

이미 1920년대 초반부터 서울로 통학하는 인천의 학생들 속에서 지역문화를 이끌어갈 중추가 길러지고 있었던 것이다. 그들이 발행했다는 등사판 간행물을 접할 수 없어 아쉽지만, 친목회의 회원이었던 고유섭, 정노풍, 진종혁 등은 이후 인천 문학의 선구자로 활약하면서 중앙문단에도 진출하여 활발하게 문학활동을 전개하였다.

그런데 위의 회고에서 보이는 박아지와 엄흥섭은 인천 출신이 아니다. 함북 명천군 출생의 박아지는 『습작시대』로 등단한 이후 프로시단의 대표적 시인으로 맹활약하였다. 충남 논산 출생의 엄흥섭은 인천 문단과 관련이 깊은 인물이다. 『습작시대』로 인천과 관련을 맺은 이후로 『월미』에도 참여하였고, 해방 후에는 인천에서 발간된 『대중일보』의 편집국장으로 있으면서 인천문학동맹의 서기장으로도 활약했다. 1930년 『조선지광』에 소설 「흘러간 마을」을 발표하면서 프로소설을 왕성하게 발표한 다

작의 작가 엄흥섭은 비록 출생지는 인천이 아니지만 인천에 정착하여 지
역문단을 일군 소설가로 특별히 기억해야 한다. 그가 남긴 문단 회고에
따르면,'『습작시대』에는 위의 문인들 외에도 김도인, 한형택, 염근수, 유
도순 등이 참여했다고 한다.

　인천부 용리(현재의 중구 용동) 60번지에서 발행한 것으로 되어 있는
반타블로이드판 20면 내외의 월간지 『습작시대』의 간행 비용은 대부분 한
형택이 제공하였고 편집은 진우촌이 맡았다고 한다. 당시에 엄흥섭은 진
주에 교원으로 있으면서 빈번히 인천을 내왕하며 동인활동에 열정적으로
참여하였고, 독자들의 반응도 상당하였다고 회고하였다. 4호까지 발간한
『습작시대』를 대신하여 공주에서 엄흥섭, 진우촌, 박아지 등이 『백웅(白
熊)』 창간호를 발간하였으나 1호로 그쳤고 그뒤 진주에서 엄흥섭이 주관
한 『신시단(新詩壇)』도 역시 1호로 그쳤다. 이로 보면 인천의 『습작시대』

만큼 지역에 뿌리를 내린 잡지도 당대에는 흔치 않았음을 알 수 있다.

모두 4호까지 발간된 『습작시대』 중 유일하게 남아 있는 창간호를 보면, 참가한 문인 대부분이 중앙문단에서 왕성하게 활약하고 있던 중량급 문인들임을 확인할 수 있다. 시인 주요한, 김동환, 박팔양, 유도순, 소설가 엄흥섭, 동요작가 한정동 등이 작품을 발표하였고, 「편집여언」에는 이광수, 최남선, 김팔봉 등이 글을 주기로 약속했다고 한다.[5]

이들의 작품 중 인천을 형상화한 것으로는 김동환의 시 「월미도해녀요(月眉島海女謠)」와 박팔양의 「인천항(仁川港)」이 있다.

朝鮮의 西便港口 濟物浦 埠頭.
稅關의 旗는 바닷바람에 퍼덕거린다.
잿빛 하늘, 푸른 물결, 潮水 내음새,
오오. 잊을 수 없는 이 港口의 情景이여.

上海로 가는 배가 떠난다.
低音의 汽笛, 그 餘韻을 길게 남기고
流浪과 追放과 亡命의
많은 목숨을 싣고 떠나는 배다.

어제는 Hongkong, 오늘은 Chemulpo, 또 내일은 Yokohama로,
世界를 流浪하는 코스모포리탄
帽子 빼딱하게 쓰고, 이 埠頭에 발을 나릴제

—「인천항」 부분

정지용과 함께 시 동인지 『요람』에서 활동했으며 카프 맹원으로도 활

약한 바 있는 박팔양의 이 시에는, 1883년의 개
항과 1910년 축항의 준공으로 조선 제일의 국
제항구가 된 식민 인천항의 여러 면모가 약여
하게 드러나고 있다. 시인은 이를 "放浪과 追放
과 亡命"으로 요약하였다. 홍콩, 요꼬하마와 어
깨를 견주며 수많은 "코스모포리탄"들을 모이
게 했던 제물포항엔 자연히 당대의 첨단 모더
니티가 가득했을 터이다.

인천항 전경 엽서

　중앙문인들의 대거 참여로 발행된 『습작시대』로 태동한 지역문단은
1937년 1월에 발행된 『월미』에서도 뚜렷하게 확인된다. 인천부 용강정
(龍岡町, 현재의 인현동) 24번지에서 사륙배판 50면의 문예지로 나온 『월
미』(발행인 김도인)의 창간사를 보면, "인구 10만을 算하는 인천에 이곳을 本
位로 삼은 출판물 한 개쯤 없을소냐? 미력이나마 공헌이 있고져 출생하였
으니"라 밝히고 있다. 지역문화에 대한 주체적 인식이 『월미』의 출현을
보게 된 것이다.

　시, 수필, 소설, 동요, 동화와 같은 문예물을 비롯하여 지역의 각종 소
식과 인물 소개로 가득한 『월미』 지면을 보면, 이기영, 송영, 엄흥섭, 박세
영, 김해강 같은 카프 출신 문단 중진들의 참여가 눈에 띈다. 그러나 『월
미』의 무게중심은 지역문인들에 놓여 있다. 창간 취지가 그렇거니와, 함
세덕이 시 「고개」를 발표하였고 배찬국과 김성희, 최수경 같은 인천의 신
진문인들도 대거 참여하고 있다. 인천을 소재로 한 작품으로는 엄흥섭의
수필 「해방항시 인천소감(解放港市 仁川小感)」과 '새봄을 맞으며 인천의
젊은 동무들께'란 부제를 단 김해강의 시 「천공(天空)을 머리에 이고」가
있다. 그러나 창간사의 커다란 포부와 달리 『월미』는 창간호만 내고 종간
하였다. 일본 군국주의의 중앙집권적 문화정책과 검열 탓에 어렵게 보듬

어온 지역문화의 싹은 일제 말기 한동안 숨죽이지 않을 수 없었다. 그러나『습작시대』와『월미』로 분출했던 인천의 문화적 역량은 해방기에 다시 개화한다.

한국 모더니즘 문학의 산실

인천이 이처럼 중앙과 지방의 경계를 넘나들면서 그 나름의 독자적 문단을 잉태할 수 있었던 것은 개항 이래 근대도시로의 성장과 맞물려 들어온 근대문화의 세례와 축적이 있었기 때문에 가능했다. 개항 이전인 1880년에 이미 해관(海關)이 세워지고 1883년 개항과 함께 각국조계가 설정되면서 온갖 근대적 문물과 제도가 들어왔다. 1897년 3월 22일 인천 우각동(牛角洞, 현재의 도원동)에서 기공식을 갖고 한국 최초로 경인간에 철도가 건설되기 시작하였다. 1906년부터 6년에 걸쳐 1만 8천여평의 해면을 매립하여 건설된 인천축항은 1911년부터 1918년까지 조수간만의 차이에 관계없이 선박 출입이 가능한 갑문식선거(閘門式船渠) 공사를 진

행하여 완공되기에 이르렀다. 이로 인하여 인천의 근대도시화는 한 절정
을 이루었으니 이를 발판으로 삼아 인천은 1930년대까지 숨가쁘게 근대
도시로 거듭났던 것이다.

일제에 의한 식민지적 근대화라는 한계가 있긴 하지만, 축항과 양관
으로 상징되는 근대도시 인천은 자연히 분망한 모더니티의 전시장이 되
지 않을 수 없었다. 때문에 시대적 감각에 민감한 많은 문인들이 인천으
로 찾아들게 된다. '도시시인'으로 통하던 박팔양의 시 「인천항」도 그러
한 산물이거니와, 모더니티의 전시장 인천에서 1930년대 한국 모더니즘
문학이 풍부한 자양분을 흡수하였던 것이다. 1933년 결성되어 1930년대
문학에 커다란 자취를 남긴 구인회(九人會)의 핵심 멤버들인 정지용, 김
기림, 이상, 이태준의 문학에서 우리는 이 점을 확인할 수 있다.

김기림에 의해 한국 "최초의 모더니스트" 시인이라 평가된 정지용은
모두 세 편의 인천 시편을 남겼다. 지용이 일본 도우시샤대학에 유학하던
1926~27년 사이에 발표한 「슬픈 인상화」「내 맘에 맞는 이」「오월소식(五
月消息)」 등이 그것이다. 감각적 이미지즘의 구사에 힘썼던 초기 지용시
의 면모가 느껴지는데, 지용의 빼어난 모더니즘 「바다」 시편들이 "築港의
汽笛소리"(「슬픈 인상화」)로 가득한 인천을 경유하면서 가다듬어졌음을 미
루어 짐작할 수 있다.

정지용이 세련된 이미지즘 계열의 모더니즘 시를 추구하였다면 김기
림은 새로운 시 창작기법과 이론 구축을 통하여 모더니즘 문학을 살찌운
문인이었다. 모더니즘을 '도회의 아들'이라 불렀던, 1930년대 한국 모더
니즘 시운동의 이론가요 실천가인 김기림이 근대적 풍광으로 가득한 인
천을 지나칠 수 없었음은 당연하다. 사상과 감정의 절제로 모아지는 그의
주지주의적 시론은 장시 「기상도」에서 본격 실험되었거니와, 연작시이
자 일종의 기행단시인 「길에서―제물포풍경」(『조광』, 1936. 3)에서도 그러한

시 창작의도를 엿볼 수 있다.

〈기차〉

모닥불 붉음을

죽음보다도 더 사랑하는 금벌레처럼

기차는

노을이 타는 서쪽 하눌 밑으로 빨려갑니다.

〈밤 항구〉

부끄럼 많은 보석장사 아가씨

어둠속에 숨어서야

루비 사파이어 에머랄드……

그의 보석 바구니를 살그머니 뒤집니다.

— 「길에서—제물포 풍경」 부분

경인선을 타고 내려와 바라본 붉은 노을의
인천 풍경을 어떠한 감정의 찌꺼기도 집어넣지
않고 신선한 비유와 회화적 기법으로만 묘사하
였다. 어둠에 물든 인천항을 "부끄럼 많은 보석
장사 아가씨"로 묘파하는 언어적 감각도 참신
하다. 보석 바구니의 흔들림처럼 불빛이 명멸
하는 인천항의 아름다움을 그는 광물적 감각의
언어로 점묘해놓았다.

인천세관 앞 거리

이미지즘 계열의 정지용, 김기림과 달리 다다이즘과 초현실주의에서
출발한 이상(李箱)은 또다른 모더니즘 글쓰기 전략을 보여주었다. 그의
단편소설 「지주회시」(『중앙』, 1936. 7)도 그 일환으로 쓴 기이한 작품이다.
합리적 세계에 대한 절망을 기존 서사문법의 해체를 통해 낯설게 보여주
려 한 일종의 심경소설(心境小說)로 볼 수 있다. 그와 절친한 친구이면서
같은 구인회의 회원으로 실험적 모더니즘 소설을 썼던 박태원 역시 독특
한 심경소설 「소설가 구보씨의 일일」(『조선중앙일보』, 1934)을 선보였으나 이
상은 박태원보다 더 파괴적이면서 알레고리의 요소까지 가미된 심경소
설 「지주회시」를 창작했다.[6] 이 소설에서 인천은 근대사회의 병리가 철저
하게 관철되는 공간의 하나로 제시되고 있다.

지난봄에뭇는인천에있었다.……오너라―내생활을보아라―이런뭇의
부름을빙그레웃으며그는인천에뭇를들렀다.44―벅적대는해안통―K취인
점사무실……밤이면뭇를따라양철조각같은바로얼마든지쏘다닌다음―
(시끼시마)―나날이축이가는몸을다스릴수없었건만이상스럽게뭇는여
섯시면깨어서는홰등잔같은눈알을이리굴리고저리굴리고빨간뺨이까딱
하지않고아홉시까지는해안통사무실에낙자없이있었다.……미닫이를열

면경인열차가가끔보인다.그는旼의털외투를걸치고월미도뒤를돌아드문 드문아직도덜진꽃나무사이잔디위에자리를잡고반드시누워서봄이오고 건강이아니온것을글탄하였다. 내다보이는바다-개홈밭위로바다가한벌 드나들더니날이저물고저물고하였다.……인생에대한끝없는주저를잔뜩 지니고인천서돌아온그의방에서는아내의자취를찾을길이없었다.부모를 배역한이런아들을아내는기어이이렇게잘뜅겨주는구나–(문학)(시)영구 히인생을망설거리기위하여길아닌길을내디뎠다.

자본주의 사회에서 돈을 중심으로 서로 빨고 빨리며 살아가는 인간 군상을 의미하는 '지주회시'(거미 한 쌍이 돼지를 만나다)라는 기괴한 제 목에 걸맞게 소설의 시공간은 해체되어 있고 띄어쓰기가 무시된 문장들 은 의식의 흐름으로 연속된다. 돈을 빌려가서 갚지 않는 친구 '旼'가 거주 하는 인천으로 따라 내려와, '해안통사무실'에서 '바'로 '월미도'로 배회하 는 주인공(예술가)의 지리한 절망의식이 끊기지 않는 문장 속에 답답하 게 계속된다. 아내와의 피를 말리는 서울생활을 피해 내려온 인천이언만 "인생에대한끝없는주저를잔뜩지니고인천"에서 돌아온 그의 방은 떠나 기 전과 다를 것이 전혀 없다. 오직 물신화된 근대 자본주의의 막다른 현 실뿐, "(문학)(시)영원히망설거리기위하여길아닌길을내디뎠다"는 마지 막 서술은 극단의 모더니스트 이상의 몸부림에 다름아닐 터이다.

이상과는 또다른 소설세계를 열어간 구인회의 작가 이태준도 단편 「밤길」(『문장』, 1940. 5~6)로 인천을 형상화하였다. "월미도(月尾島) 끝에 물에다 지어놓은, 용궁각인가 수궁각인가는 오늘도 운무에 잠겨 보이지 않는다. 벌써 열나흘째 줄곧 그치지 않는 비다"로 시작되어 "하늘은 그저 먹장이요, 빗소리 속에 개구리와 맹꽁이 소리뿐이다"는 수미상관의 암울한 분위기로 끝을 맺는 「밤길」은, 이상의 절망적인 위악과 달리 가난한 자들을 보듬으려는 작가의 애수에 찬 시선을 느끼게 한다.

프로문학에서 보았던 계급주의적 이념이나 섣부른 전망이 드러나지 않으면서도 「밤길」에는 가진자와 못가진자 사이에 존재하는 비정한 현실의 단면이 잘 그려져 있다. 그것은 특히 암울한 분위기 묘사와 함께 압축된 대화로 효과를 더한다. 한국 단편소설의 미학을 확립하였다는 이태준의 작가적 역량이 잘 드러난 작품이다.

여기까지 정지용, 김기림의 시와 이상, 이태준의 소설에 그려진 인천의 면모를 살펴보았다. 여기에 박팔양까지 놓고 본다면, 한국 모더니즘 문학을 대표하는 구인회의 핵심 멤버들이 모두 인천을 문학적 탐구의 대상으로 삼았다는 사실을 확인하게 된다. 이로 보건대 인천은 박태원이 지속적으로 탐구한 서울과 함께 한국 모더니즘 문학의 주요한 무대이자 산실이었음을 알 수 있다. 그러나 이상, 이태준의 소설에서 드러나듯, 인천이 가진 모더니티가 마냥 매혹적인 것만은 아니다. 자본의 이윤확대를 목표로 하는 근대성 자체의 물신적 성격도 문제거니와 인천의 도시화는 철저히 일제의 식민지 근대화 정책의 산물이기 때문이다.

식민지 근대화의 심장지대

　개항 이후 1930년대까지 급속하게 추진된 인천의 근대도시화는 많은 사회적 문제를 야기하게 된다. 인천은 전통적인 농업과 농촌의 토대에서 사회적 분업이 진전함에 따라 공업과 상업이 성장한 도시가 아니고 개항에 의한 상업거점도시로 갑자기 부상하여 외국인의 대거 유입과 함께 급속도로 인구가 증가하면서 조성된 도시였다. 일제의 경제력이 집중된 항구 지역을 중심으로 그 어느 지방보다도 일찍이 노동자 계층이 형성되었고, 1918년에 완공된 인천 축항은 수많은 부두노동자의 노동력을 지속적으로 요구하였다. 근대적 산업체제가 일본자본에 의해 급속 추진된 1920년대 이후에는 수많은 공장에서 노동쟁의가 끊이지 않았다. '식민지 근대화'로 요약할 수 있는 인천의 이러한 사회적, 경제적 변화를 작가들이 날카로운 현실인식으로 작품에 담아내고자 고투하였음은 물론이다.

　인천에서 진행된 식민지 근대화의 전면적 양상은 강경애의 장편소설 『인간문제(人間問題)』(『동아일보』, 1934. 8. 1~12. 22)에서 리얼리즘 미학으로 형상화되었다. 이 작품은 크게 두 공간 위에서 구성되었다. 황해도 장연군 용연의 피폐한 농촌을 배경으로 봉건적 지주계급의 횡포를 보여주는 전반부와, 근대도시 인천으로 내몰린 빈농 출신 주인공 첫째와 선비 등이 각성한 노동자로 변모하는 과정을 다룬 후반부가 마주보는 구성을 취하고 있다. 농촌수탈과 긴밀히 연관된 노동자 착취가 바로 식민지 근대화의 핵심임을 천착한 『인간문제』의 이 후반부에서, 인천은 일제 수탈의 교두보이자 동시에 수난 속에서 일어서는 노동자의 도시라는 양면적인 모습으로 작품의 곳곳에서 생생하게 그려지고 있다.

　조선의 심장지대인 인천의 이 축항은 전 조선에서 첫손가락에 꼽힐

만큼 그 규모가 크고 또 볼만한 것이었다. 축항에는 몇천 톤이나 되어 보이는 큰 기선이 뱃전을 부두에 가로 대고 열을 지어 들어서 있었다. 그리고 검은 연기는 뭉실뭉실 굵은 연돌 위로 피어 올라온다. 월미도 저편에 컴컴하게 솟은 섬에는 등대가 허옇게 바라보이고 그 뒤로 수평선이 멀리 그어 있었다.

　　노동자들이 무리를 지어 쓸어 나온다. 잠깐 동안에 수천 명이나 되어 보이는 노동자들이 축항을 둘러싸고 벌떼같이 와, 와, 하며 떠들었다. 그들은 지게꾼이 절반이나 넘고 그외에 손구루마를 끄는 사람, 창고로 쌀가마니를 메고 뛰어가는 사람, 몇 명씩 짝을 지어 목도로 짐을 나르는 사람, 늙은이, 젊은이, 어린애 할 것 없이 한 뭉치가 되어 서로 비비며 돌아가고 있다. (임헌영·오형주 편 『인간문제』, 열사람 1988, 192~93면)

작가가 "조선의 심장지대"라고 명명한 인천, 그러나 그 인천의 심장지대라 할 축항의 풍경은 을씨년스럽다. 제국주의 자본의 수탈을 위해 거대하게 축조된 공간이기 때문이다. 그러나 그 속에서 일하는 부두노동자들의 모습은 그와는 대조적으로 활기에 찬 생동감으로 그려졌다. 수천명 축항 부두노동자의 일원으로 굳세게 살아나가는 첫째를 비롯하여 대동방

직공장의 여성노동자로 살아가는 선비와 간난이, 인텔리에서 노동자로 전신하는 신철 등이 『인간문제』의 주인공들이다. 이들은 온갖 시련과 고난을 이겨내면서 노동자들의 조직운동에 가담하여 싸워나간다. "차츰 밝아오는 인천의 시가를 걸으면서, 그리고 저 영종섬 뒤로 부옇게 보이는 하늘에 닿는 수평선을 바라볼 때, 용기가 부쩍 나는 것을 깨달았다. (…) 나는 이젠 노동자다!" 이같은 노동자들의 각성과 지난한 투쟁을 통해서 인천은 오늘날에도 노동자의 도시로 그 변혁적 전통을 이어오고 있다.

인천을 무대로 식민지 근대화의 시련을 보고한 작품은 『인간문제』 말고도 여러 편이 있다. 1927년 『습작시대』에서부터 인천에서 문학활동을 해온 엄흥섭은 「새벽바다」 「고민」 『정열기』와 같은 소설을 통해서 지속적으로 인천을 형상화하였다. "부두의 공기를 흔든 대련환(大連丸)"이 석탄연기를 내뿜는 인천항 풍경으로 시작되는 「새벽바다」(1935)의 주인공 최서방도 축항 부두노동자이다. 최서방을 비롯한 토착민중의 삶은 일제에 의해 외형적으로만 비대해져가는 인천의 모습과 대조적으로 그려진다. 부두의 숨막히는 공기와는 유리된 빈민굴에서 인천의 민중들은 힘겨운 삶을 감내하고 있었다. 그런데 이 작품에는 부두와 빈민촌을 잇는 인천의 번화가 풍경을 보여주고 있어 흥미롭다.

　　삼봉이는 한 다리를 쩔룩쩔룩 절면서 최서방과 같이 부두에서 거리로 들어선다. 벌써 저녁들을 먹었는지 젊은 사내, 젊은 계집이 짝을 지어 바닷바람을 쏘이러 나온다./거리에는 어느 틈에 감빛 같은 전등불이 피었다./레코드 소리가 요란스럽게 들린다./극장 앞에는 벌써부터 기생, 여학생, 트레머리 들이 사각모, 양복쟁이 들 사이에 뒤섞이어 표들을 사느라고 야단이다. (…)
　　평평하고 대설대같이 곧은 상점가를 한참 지나고 난 뒤에는 바닷바람이 선선하게도 불어치는 숲이 우거진 낮은 언덕의 울긋불긋한 문화주택을 모조리 뒤에 두고 한참 만에야 시외로 나왔다./제법 어둑어둑하다./그들은 이 M항구의 가장 빈민굴인 K동으로 휘어들어갔다. (「새벽바다」, 『한국현대소설선』 4권, 창작과비평사 1996, 426면)

일본인 상가를 중심으로 "감빛 같은 전등불"을 밝히고 있는 인천의 중심 시가지와 그곳에서 노닥거리는 유한계급들의 모습이 잘 그려져 있다. '감빛 같은 전등불' '레코드 소리' '극장' '트레머리' '문화주택'과 같은 낯선 이름들이 발산하는 근대의 매혹이 1930년대 인천의 중심가에도 이처럼 널리 퍼져 있었다. 그러나 이 매혹의 공간은 부두노동자 최서방이나 삼봉이, 그리고 성냥공장의 어느 이름 모를 여공의 고된 노동을 헐값에 착취한 데서 가능했을 터이다.

인천부둣가 주변 도시빈민의 생태를 빼어나게 형상화한 작품으로 현덕의 「남생이」(1938) 또한 빼놓을 수 없다. '노마'라는 어린아이의 눈을 통해 인천 부둣가에서 힘겹게 살아가는 하층민의 생활세계를 다룬 등단작 「남생이」로 일약 "현문단의 최고수준"이라는 찬사를 들었던 현덕. 그에게 만약 어린 시절을 보낸 대부도와 인천에서의 체험이 없었다면 다음과 같은 묘사는 불가능했을 것이다.

호두형으로 조그만 항구 한쪽 끝을 향해 머리를 들고 앉은 언덕, 그 서남면 일대는 물미가 밋밋한 비탈을 감아내리며, 거적문 토담집이 악착스럽게 닥지닥지 붙었다. 거의 방 하나에 부엌이 한 간, 마당이랄 것이 곧 길이 되고, 대문이자 방문이다. 개미집 같은 길이 이리굽고 저리

굽은 군데군데 꺼먼 재더미가 쌓이고, 무시로 매캐한 가루를 날린다. 깨어진 사기요강이 굴러 있는 토담 양지짝에 누더기가 널려 한종일 퍼덕인다. (「남생이」, 『한국현대대표소설선』 6권, 창작과비평사 1996, 194면)

금방이라도 눅눅한 냄새가 끼칠 것 같은 「남생이」의 첫머리이다. 「새벽바다」에서 그려지다 만 인천 빈민가의 생태가 소름이 돋도록 묘사되어 있다. 이 속에서 소년 노마는 노동자로 일하다 병들어 누운 아버지와 부두에 나가 몸을 파는 들병장수 어머니와 함께 살고 있다. 찌들고 타락한 생활 때문에 아버지는 끝내 화병에 죽고 가정은 파괴되고 마는 민중들의 척박한 삶, 이를 천진한 어린이 노마의 시선을 통해 가감없이 잡아낸 것이 소설 「남생이」의 특징이다.

홍예문 위에서 바라본 인천 시가와 바다

근대도시 인천의 곳곳에 도사린 식민지적 질곡에 의해 절망의 나락으로 떨어지는 민중의 모습은 채만식의 희곡 「당랑의 전설」(『인문평론』, 1940. 10)에서도 거듭 형상화되었다. 인천 미두장, 인천 미두취인소(쌀 거래 시장)가 바로 그 질곡의 현장이다. 작품의 전3막 중 제2막에서 채만식은 인천 미두취인소 내부의 모습을 숨막히게 묘사해놓았다. 일제 식민지 수탈의 주요한 창구였던 미두취인소는 지방 소지주 박진사가 그나마 갖고 있던 전답과 세간마저 집어삼키고야 만다. 이에 분격한 박진사가 집달리의 강제 차압 처분에 도끼를 들고 저항하는데, 당랑거철(螳螂拒轍), 사마귀가 팔을 벌리고 수레바퀴를 막으려 해도 소용없는 노릇이라. 수탈의 검은 입을 벌리고 선 인천미두취인소의 실상과 이에 휩쓸려 들어가는 조선 민중의 안타까운 현실을 통절하게 고발한 희곡이다.

분단시대의 인천과 문학

식민지시대에 인천항을 보고 "부끄럼많은 寶石장사아가씨"라고 묘사했던 김기림이 해방 직후에 쓴 시 중에는 「파도소리 헤치고」(『신문예』, 1945)란 시가 있다. 1945년 9월 8일 인천항으로 진주하는 미군을 환영하면서 쓴 시이다. 이 시에서 인천은 더이상 "寶石장사아가씨"의 어여쁜 '보석 바구니'도 아니고 그렇다고 일제 "침략의 흡반"도 아니다. 기쁨과 감격의 파도가 약동하는 "꽃바다 기빨바다"로 눈부시게 부활한다. 해방의 비주체적 측면을 간과해버린 낭만적 시의식의 발로이지만, 인천항으로 들어오는 연합군의 모습에서 "잃어버렸던 祖國의 아츰"에 대한 열렬한 찬사를 읊조린 이가 비단 김기림뿐만은 아니었다.

일제하 인천의 미두취인소

　해방 직후 많은 문화예술인들이 해방항으로 열린 인천을 찾아 뜨거운 민족예술의 열기를 발산하였다. 1945년 말 잇따라 결성된 엄흥섭 중심의 인천문학동맹과 시인 배인철 중심의 인천신예술가협회의 활동으로 식민지 말기 잠시 주춤하였던 인천의 문화적 활력이 용솟음치기도 하였다. 그러나 해방기의 '의미 있는 혼란'이 외세의 개입과 단정의 수립으로 짧게 사라져버리고, 이로부터 고착화되기 시작한 분단체제와 전쟁으로 말미암아 인천은 한동안 문화적 활력을 잃고 만다.[7]

밤이 가까울수록
성조기가 퍼덕이는 숙사와
주둔소의 네온싸인은 붉고
짠그의 불빛은 푸르며
마치 유니온 작크가 날리든
식민지 향항의 야경을 닮어간다

조선의 해항 인천의 부두가

중일전쟁 때 일본이 지배했던
상해의 밤을 소리없이 닮어간다.
　　　　　　　　　—「인천항」(『신조선』 1947. 4) 부분

인천 상륙작전중인 미군

　분단이 가시화되기 직전인 1947년에 발표된
박인환의 시 「인천항」의 일절이다. 시인은 인천
항에 진주한 미군의 성조기를 보고 식민항 홍
콩의 서글픈 역사와 운명을 직관적으로 떠올렸
을 터이다. 그러나 "주둔소의 네온싸인은 붉고
/짠그의 불빛은 푸르"다는 차가운 묘사에서 오늘날의 우리는 분단시대에
살풍경한 모습으로 죽어갔던 인천항의 모습을 겹쳐보지 않을 수 없다.

　1950년 이후 파괴적으로 드리운 분단체제의 어둠 속에서 이후 오랫동
안 인천은 분단의 결절지대로 굳어갔다. 그러나 분단의 상처가 그 어느
곳보다도 극심하였기에 인천은 또한 분단극복을 지향하는 남한 민족문
학의 한 거점이 되기도 하였다. 남한체제를 떠나 북쪽으로, 분단체제를
떠나 제3국으로 정신적 망명을 선택하는 『광장』(1960)의 주인공 이명준,
그의 밀항지가 바로 인천이었던 것이다.[8]

　　　　　　　　　　　　　　　　　　　　　　‖ 이희환 ‖

주 |

1 이종묵 「조선시대 인천 지역의 勝景과 그 題詠」, 『인천권역의 문화전통과 한문학』, 한국한문학회 추
　계 학술대회 발표논문집 1998 참조.
2 연시조 「경인팔경」을 통해 경인선 철도의 상상적 복원을 시도한 최원식 「경인선의 역사문화지리」,
　『황해문화』 1996년 가을호 참조.
3 고일 『仁川昔今』, 선민출판사 1979, 95~96면.

4 엄흥섭 「나의 同人雜誌時代를 말함」, 『조선문학』, 1939. 1.

5 신연수 「인천문학의 어제와 오늘」, 『학산문학』 1992년 겨울호, 49~51면.

6 서준섭 「1930년대 한국 모더니즘 문학연구」(서울대 박사논문 1988) 참조.

7 해방기 인천의 문화적 상황에 대해서는 윤영천 「배인철의 흑인시에 대하여」, 『창작과비평』 1989년 봄호, 207~208면 참조.

8 분단시대 인천과 문학의 관련 양상에 대해서는 졸고 「분단시대의 인천과 문학」, 『인천문화를 찾아서』, 다인아트 2003 참조.

학살의 기억과 진정한 평화의 염원

제주 4·3문학

2003년 4월 2일 아침부터 4월 3일 아침까지

> 일변, 그러나 나는 마음이 문득 어두워지는 것이 있었다.
>
> '남조선이 북조선을 치는 날이면?'
>
> 혹은 북조선에서 남조선을 먼저 칠는지도 모르는 것인데, 한 번 사단이 이는 날 우리는 남북을 헤아리지 않고 대규모의 동족상잔, 골육상식이라는 피의 비극 속에 휩쓸려 들고라야 말 것이었다. 제주도의 사태가 전조선적인 규모로 확대가 되는 것이었었다.
>
> ─ 채만식 「낙조(落照)」(1948) 중에서

2003년 4월 2일 아침부터 저녁까지, 제주에서는 '학살·기억·평화: 4·3의 기억을 넘어'라는 명칭의 국제학술대회가 열렸다. 이 학술대회의 7명의 발표자 가운데에는 독일의 『디 짜이트(*Die Zeit*)』지의 대기자 크리

스티안 슈미트 호이어와 헝가리 태생의 독일인인 라이프찌히대학의 마리아 후버 교수, 그리고 히로시마대 히로시마평화연구소의 가즈미 미즈모또 교수 등 3명의 외국인들이 포함되어 있었다. '20세기 집단학살과 교훈' '냉전의 뿌리─히로시마에서 제주까지' '21세기 히로시마의 역할─파괴에서 부흥과 화해로'라는 이들의 발표 주제에서 짐작할 수 있듯, 제주 4·3은 이미 '제노싸이드'와 평화문제라는 인류적 관심의 한복판에 놓인 중대한 사건으로 자리매김되어 있다. 제주 4·3 문제가 어떤 방향으로 의미 규정되고 그 해결이 모색될지가 국제적이고도 세계사적인 의미를 갖는다는 것은 이런 맥락에서이다. 호이어 기자가 발표한 논문의 결론 부분에는 다음과 같은 내용이 있다.

유일한 초강대국으로서 세계를 지도하려고 애쓰는 부시 행정부가 국제법인 제노싸이드협약과 국제형사재판소를 지지하는 게 아니라 이를 비난하기로 결정하기로 했었던 것은 커다란 비극입니다.

'학살·기억·평화: 4·3의 기억을 넘어' 2003년 4월 제주도에서 열린 국제학술대회 장면이다.

이런 상황에 직면해 20세기처럼 우리 세기가 집단학살과 여타 가증스러운 범죄행위가 처벌을 받지 않고 저지를 수 있었던 시대로서 기억되어서는 안된다고 확신하기 위해 우리는 지금 무엇을 할 수 있을까요?[1]

그의 문제제기는, 9·11 테러가 있기 이미 1년 전 부시 행정부의 국방장관 럼스펠드가 한 다음과 같은 발언, 즉 "세계에서 미국의 지도력은 국제형사재판소의 최초의 희생자가 될 수 있을 것"[2]이라는 말의 함의와 함께 읽어야만 그 의미를 생생하게 이해할 수 있다.

유일 초강대국 '미국의 지도력'은 집단학살에 대한 어떤 국제 법률적·제도적·도덕적 책임도 초월한다는 것, 오늘날의 이 현실을 직시하지 않는 어떤 논의나 조치도 제주 4·3의 본질에 대한 근본적인 천착과 동떨어진 것일 수밖에 없다. 이는 결코 논리의 비약일 수 없는데, 55년 전 당시의 제주도민에 대한 무차별 학살, 특히 1948년 11월 이후의 이른바 '초토화작전'의 배후에서의 미 군사고문단의 '지도적 역할'은 오늘날 공공연한 사실로 인정되고 있기 때문이다. 이 '초토화작전' 직전의 시점에 채만식은 「낙조」라는 작품에서 이미, 제주 4·3이 한국전쟁의 전조라는 점뿐만 아니라 이 사건의 이후 전개과정에서 미국이 맡게 될 '부정적' 역할에 대해서도 또한 암암리에 예견하고 있어 주목된다.

그러나 진정 착잡한 것은 바로 오늘날의 '우리 내부'의 현실이다. 이미 제주 4·3은 특별법(1999)에 의해 구성된 '제주 4·3 중앙위원회'(위원장 고건 국무총리)라는 공식기구를 통해 그 진상조사보고서가 심의·확정(2003. 3. 29)되었고, 여기서 그것은 분명 국가폭력에 의한 양민학살로 규정된 바 있다. 4월 2일 국제학술대회 말미에서의 '제주도 4·3사건 희생자유족회' 회장이 낭독한 '특별성명서'에 나와 있듯이, 제주도민들이 바란 것은 오직, 대한민국 및 4·3사건의 직접 책임자인 이승만정권의 '법통'을 이은, 현

관덕정 광장에서의 제주 연
희패 공연

정권 최고책임자의 공식사과였다.[3] 그러나 대통령의 공식사과는—4·3
이 '너무도 중대한 사건'이라는 이유(?)로—'유보'되었고, 대통령을 대신
해 내려온 국무총리는 4월 3일 위령제의 연설에서 4·3이 "남로당원의 무
장봉기에 의해 촉발된 비극적인 양민학살"이라는 점만을 톤을 높여 강조
하면서 제주도민들을 '위로'하고 있었다. 2003년 4월 2일은 역사의 아이
러니가 무엇인지를 잘 보여준 날이기도 했는데, 바로 이라크 파병 동의안
이 대한민국 국회에서 통과된 것이다. 미국에 의해 수행되는, 21세기의
또 하나의 제노싸이드로 훗날 기록될 이라크 침략전쟁에의 동참 결정과
함께 남한 정권의 공식사과가 유보된 현실, 이것이 바로 제주 4·3이 처한
현실이자 오늘날 우리 현실의 축도이다.

　4월 2일 밤, 필자는 4·3과 제주의 풍경을 그려온 제주 출신의 강요배
화백의 화실에서, 강화백과 그의 친구인 지역 사진 작가 한 분, 그리고
'4·3문학'의 상징인 현기영 선생과 함께 술잔을 나눌 수 있는 기회를 얻
었다. 「순이 삼촌」 발표 당시 서른여덟 청년의 극도의 긴장감을 대신하여

『지상에 숟가락 하나』를 상재한 초로의 작가에게는 더없는 여유로움이 넘쳐흘렀다. 4·3의 문학적 대변자이자, 필자와 똑같이 오늘의 착잡한 상황을 함께 겪고 있는 백발의 작가의 저 경박하지 않은 여유로움의 근원은 과연 무엇일까? 또, 부모의 땅에서 벌어진 참혹한 사건에 대해 현해탄 저편에서 평생 천착해온 작가 김석범 선생은 4·3 55주년을 맞은 한국의 상황을 어떻게 보고 있을까? 4월 2일 심야, 필자는 취기 속에서 이런 상념에 빠져 있었다.

전날 밤부터 휘몰아친 전형적인 제주의 거센 바람이 여전히 가라앉지 않고 있던 4월 3일 이른 아침, 강화백의 화실 뒤뜰에 만발한 유채꽃들을 보면서 55년 전 제주의 땅을 뒤덮었을 선혈로 물들여진 꽃잎들의 이미지를 떠올렸다.

디아스포라에서 바라본 '4·3'──김석범의 『화산도』

재일 조선인 작가 김석범은 제주에서 태어나지 않았고 4·3 당시 현장에 있지도 않았다. 그러나 그의 고향은 제주가 아니라 일본이라고, 또 그는 4·3에 대해 국외자일 뿐이라고 말할 수 있을까? 정확하게 말해 그의 고향은 일본이기도 하고 제주이기도 하며, 또한 그는 제주 바깥에서 제주 4·3을 겪었다고 해야 할 것이다. 그가 태어난 곳 일본 오오사까는 일제시기 수많은 제주인들이 이주해간 그의 부모와 그의 디아스포라이며, 식민지민으로서 그가 일본에서 겪었을 정신적·육체적 고통들은 제주 4·3을 이중의 착잡한 심경으로 바라보게 만들었을 것이기 때문이다. 그의 필생의 역작 『화산도(火山島)』의 「서장」에서, 일본에서 귀향한 남승지가 처음으로 만나 대화를 나누게 되는 한 농부의 다음과 같은 말은, 곧 작가 자신

별도봉 일본군 진지동굴 제주
시 화북 1동에 위치해 있으며,
1948년 겨울, 토벌대에 의해 총
살이 집행·암장된 곳으로 추청된
다. ⓒ제주4·3연구소

시오름 주둔소 서귀포시 서호
동 고군산과 시오름의 중간쯤에
돌로 쌓은 조그만 성이다. 경찰주
둔소로 1950년대 초반에 설치된
듯하다. ⓒ제주4·3연구소

이 바라보는 4·3의 본질과 깊이 연관된 대목이다.

> 지금은 미국군대가 와 있지만, 그때는 왜놈군대가 이 좁은 섬에 10만
> 이나 있었다오. 많이 있기는 있었지만, 얼마나 많은지는 몰랐지. 하여간
> 그놈들이 우리를 강제로 부려먹은 거라오. 사라봉에만도 하루 수백명이
> 동원됐지. (…) 지금은 거기에 미국군대가 있지만, 당시는 일본군대가
> 있었지. (…) 이 세상은 이번엔 미국이 와서 점점 더 살기가 어려워졌지
> 만, 사람은 오래 살고 봐야 해. 사람의 목숨이 어떻게 될지 알 수 없는 세
> 상이 되어버렸지만, 그럴수록 더 오래 살아남아야지. (이호철, 김석희 옮김,
> 『화산도』 1권, 실천문학사 1988, 12~14면)

주지하는 바대로 일제 말기 제주도는 패색이 짙던 일본 제국군이 미
국과의 최후·최대의 일전을 준비한 전진기지였다. 김석범의 『화산도』가
일제 말기 일본 제국군대의 제주 양민에 대한 강제징용으로부터 4·3 이
야기를 풀어나가는 의미는 무엇일까? 4·3으로 인해 제주도민이 겪게 되
는 참혹한 고통은 그들이 일제시대에 겪은 상상하기 힘든 고통의 연장선
상에 있다는 것, 이것이 첫번째 메시지일 것이다. 이러한 관점의 근저에
는, 제주를 부모의 고향으로 둔 재일 조선인 작가의 심층의 자의식이 놓
여 있을 것이다. 일본군대가 있던 자리에 미국군대가 들어와 있다는 것,
이 또한 의미심장하다. 이것의 의미는, 36년 동안 일장기가 걸려 있던 도
청 '국기게양대'에 태극기가 아닌 성조기가 걸려 있는 것을 본 남승지의
'감각'에 의해 분명하게 드러난다. '해방' 이후 오히려 제주도민이 일본군
대보다 훨씬 강력한 점령군 치하에 놓이게 되었음에 대한 자각은 곧 4·3
의 본질을 바라보는 작가의 관점을 상징적으로 보여준다.

천천히 열리는 증오의 감정이 성조기를 바라보는 그의 감각을 신선하게 만들어주었다. 그리고 거기에서 생겨나는 분노가, 나는 왜 여기에 있는 걸까 하는 불안정하고 정서적인 감정을 죽이고, 그를 이 섬 어딘가에 붙잡아놓고 있는 게 확실했다. (『화산도』 1권, 29면)

4·3사건을 이 나라의 역사에 정착시키려면 아직도 오랜 세월이 필요하다. 1980년 5월의 광주학살 이래, 드디어 반미(反美) 기운이 한국에 뿌리를 내리기 시작했지만, 해방 직후 남조선에 있어서 미국 제국주의 정책의 본질이 다시금 조명될 날이 조만간 다가올 것이다…… (「작가후기」, 『화산도』 5권, 319면)

그런데, 김석범의 『화산도』에서 독특한 느낌을 받게 되는 것은 4·3의 이와같은 '극도로 정치적'인 본질이 시종일관 '감각적'으로 묘사되고 있기 때문이다. 이 작품이 문제적인 핵심적 이유는 여기에서 찾아져야 한다. 그것은 무엇보다, 이 작품 전체의 초점화자이자 중심인물이라 할 이방근의 독특한 성격과 주로 그를 통해 표현되는 빈번한 감각적 내면묘사에서 두드러진다. 이 이방근이라는 인물의 독특한 성격은 무엇보다도 그의 이력으로써 입증된다. 일제시대 제주도의 부잣집 아들로 태어났고, 소학교 5학년 때 '교육칙어'와 '어진영(御眞影, 천황과 황후의 사진)'을 모신 '봉안전' 담벼락에 기세좋게 오줌을 갈긴 사건으로 퇴학 처분을 받고 사흘간의 유치장 생활 후 목포 친척집에 맡겨져 학창생활을 보내고, 일본 유학중 오오사까에서 체포되어 서대문형무소에서 '전향'을 했으며, 해방 직후 서울의 좌익계열 출판사에 자금원조를 하기도 했지만, 지금은 주색에 빠진 채 부모의 유산——정확하게는 죽은 어머니 몫의 유산——으로 무위도식하면서 세상에 대한 뿌리깊은 환멸감에 빠져 있는 인물이 이방근이다. 이

러한 인물을 작중 중심인물로 설정한 동기에 대해 한 일본인 연구자는,
작가 자신의 조총련 조직 활동 이력을 근거로 하여 "혁명 운동과 당 조직,
당원이 수반하는 병폐를 들춰내는 것, 즉 '혁명 운동의 혁명적 비판'을 소
설을 통해 수행하는 것이 그의 과제"라 판단하는데, 이는 이 작품의 일면
만을 본 것이라 판단된다. 오히려 이 작품의 독특함의 본질을 읽어내는
열쇠는 위 일본인 연구자의 저서에 바쳐진 작가 김석범 자신의 발문 내용
중에서 역설적으로 찾아질 수 있을 것 같다.

　더욱이 개중에는 『화산도』를 '일본식 사소설(私小說)'이라고 보는 지
적도 있었는데, 이런 얼토당토않은 경우는 사정을 모르는 무지에서 오
는 것이었다. 한마디로 '재일 조선인 문학'이 일본의 문학 주류이자 전통
인 사소설의 영향을 받고 그 품안에서 성장·공존해온 것이라면, 유독
일본의 사소설에 거리를 두고 그 영향권 밖에서 문학세계를 구축해온
것이 '김석범'의 문학이었다. 대체로 당시〔『화산도』제1부가 한국에서 번역되

어 출간된 1988년 당시—인용자]의 『화산도』평은 나로 하여금 한국문학계에 『화산도』에 대한 문학적 수용력이 없지 않은가 하는 의문을 가지게 한 것이 사실이다.[5]

작가의 말을 있는 그대로 받아들이자면 『화산도』를 '일본식 사소설'로 읽은 한국 비평계의 감식안에 대한 탄식이 우선 눈에 들어온다. 그러나 '일본의 문학 주류이자 전통인 사소설'에 대해 작가 스스로 분명한 대타의식을 보이고 있다는 데에서, 역으로 그가 사소설이라는 일본문학의 주류·전통을 '무시하고서' 이 작품을 쓸 수 없었음을 짐작할 수 있다. 이러한 사정은, 이 작품이 누구보다도 일본인에게 읽히기 위해 일본말로 씌어졌음을[6] 상기한다면 더욱 분명해진다.[7] 일본 근대소설의 수필적 자전적 특성을 가장 잘 보여주는 '사소설'은, 극단적으로는 '도망노예'의 문학이라 정의되는 바에서 알 수 있듯이, 현세에서의 무기력함과 현실도피를 그 특징으로 한다. 따라서 '사소설'은 태생적으로 현실 허무적인, 독특한 일본적 소설 양식이다.[8] 김석범의 『화산도』 역시 이러한 사소설적 요소를 포함하고 있는데, 바로 이 소설의 중심인물인 이방근의 성격화에서 그러한 측면이 엿보인다.

이방근의 내면의식에서 나타나는바 성적 욕망에 대한 관능적이면서도 허무주의적인 묘사의 빈번함, 그리고 동시에 이러한 관능적 묘사와 함께 나타나는, 혁명운동에 동참하고 있지 않음에 대한 자의식과 그 병폐에 대한 복잡한 반감 등이 어우러져 적어도 이방근에 있어서만큼은 사소설의 허무주의적 색채가 짙게 배어난다. 그러나 정작 주목해야 할 것은, 이방근이라는 이 독특한 성격의 인물이 작품 전체의 주제의식을 압도해나가는 것이 아니라, 오히려 그로 인해 "남로당의 방침과 운동을 상대화시키고 총체적으로 파악"할 수 있을 뿐만 아니라 "이방근의 가족, 친족의 설정은 자본가 계층, 경찰 및 서북청년회, 친일파 등을 소설 세계에 도입시키는 것을 가능케 하였고, 거기에다 자유로운 연애를 끌어들이는 것 또한 가능하게"⁹ 되었다는 점이다. 즉, 이방근이라는 인물의 설정은 이중적인 의미에서 효과적이다. 사소설 또는 사소설적 기법에 익숙한 일본 독자들에게 이 작품이 친숙하게 다가갈 수 있었을 것이라는 점, 그러나 동시에 사소설적 기법을 활용하면서도 그것에 압도당하지 않으면서 작품 전체의 주제 의식을 전달하고 있다는 점이 바로 그것이다.

사소설적 기법을 활용하면서 사소설과 분명한 거리두기, 이것은 바로 '재일 조선인 작가' 김석범의 독특한 '균형감각'에서 비롯된 것이 아닐까. 이 균형 잡기의 한쪽 편에 이처럼 일본(문학)에 대한 분명한 대타의식이 있다면, 그 또다른 한편에는 한국문학 또는 문인에 대한 거리감각 또한 자리잡고 있는 것이 아닐까. 필자가 『화산도』를 읽으면서 떠올리게 된 작품은, 비슷한 시기의 역사적 상황을 그린 조정래의 『태백산맥』이었는데, 특히 『화산도』의 이방근과 그에 비견될 만한 인물인 『태백산맥』의 김범우라는 인물이 자연스럽게 연상작용을 불러일으켰다. 한마디로 말해, 이방근이라는 인물이 앞서 말한 바와 같은 독특하고도 복잡한 성격에 힘입어 작중 전반에 걸쳐 묘한 긴장감을 가져오는 데 비해, 김범우라는 인물은 지사적 민족주의자라는 상대적으로 단일한 이미지로 고정되어 있다는 인상을 지우기 힘들다. 후자의 경우, '중도적 인물'로서 소설 내적으로 '매개적' 역할을 수행하도록 성격화되지는 못했다는 것이다(물론 이러한 판단이 두 작품의 전체적 완성도를 비교, 평가하는 근거가 된다는 것은 아니다). 이방근이라는 인물의 독특함은, 염상섭의 『삼대』에 등장하는 조덕기라는 '중도적 인물'과의 대비를 통해서도 살필 수 있을 것 같다. 이미 오래전에 『삼대』의 인물 형상화와 관련하여, "뚜르게네프가 『부자(父子)』에서 바자로프와 아르까지의 사이에서 그 어느 쪽으로도 기울지 못하고 고민하고 있는 데 비해 염상섭은 분명히 조덕기의 입장에 치우쳐 있고 거기에 상당히 만족해 있는 것 같"으며, "약간의 고뇌와 회의를 품고 있지만 그 삶에 '님'이 있는지 없는지를 철저히 따지고 들 생각은 없"[10]다는 작품 평가가 있었지만, 이러한 사정은 이방근이라는 인물(과 작가 자신)의 복잡하고도 무게있는 자의식을 통해 여타의 다양한 인물들과 그들이 놓인 상황에 대한 천착이 심도있게 이루어지는 것과 대비해볼 때 더욱 잘 드러난다. 앞서 말한 바와 같이 그것은 특히, 당대의 복잡한 상황을 대변하고 상징하는 온갖 계층·부류의 인물들, 즉 학살의 주도자들인 서북청년회의 여러 인물과 경찰 간부 정세용, 일제시대에는 친일파였다가 해방 이후 남로당 핵심 비밀당원이 되는 전형적 기회주의자 유달현, 호방한 성격과 불굴의 활동력을 가진 전형적 혁명투사 강몽구, 자유주의적 성향의 진보적 인텔리에서 혁명투사로 변신하는 양준오와 김동진, 그리고 제주 민중의 상징이라 할 박산봉과 부엌이 및 정체불명의 떠돌이 목탁영감과 부스럼영감 등 작중의 거의 모든 주요인물들이, 이방근이라는 인물에 의해 직접적으로 매개되어 형상화되고 있음을 볼 때 더욱 분명하게 알 수 있는 사실이다.

학살의 기억에서, 그 대지의 탯줄로——현기영의 '4·3' 소설들

'4·3문학'의 대표자로서의 현기영을 말할 때 그 대표작으로 언급되곤 하는 작품은 「순이 삼촌」(1978)이고 이 작품으로써 그는 문명(文名)과 정치권력으로부터의 탄압의 고통을 동시에 얻었지만, 사실 그는 등단 당시부터 4·3을 제재로 한 작품을 썼다. 1975년 동아일보 신춘문예 당선작인 「아버지」가 그것이다. 4·3은 명실상부하게 그의 문학의 뿌리인 것이다.

첫 작품집 『순이 삼촌』(창작과비평사 1979)의 발문에서 지적되고 있는 바와 같이 이 작품은 "너무 조심성 있게 매만져 묘사나 수사력은 우수한 대신 긴장감의 탄력성이 마모되어 지루한 느낌"[11]을 주는 것이 사실이지만, 그 맥락의 모호함에도 불구하고 그 속에는 현기영 문학 전반을 이해할 수 있 게 해주는 하나의 중요한 실마리가 들어 있다.

> 죽어 있는 마을, 소등해버린 자정 이후의 먹칠 같은 어둠으로 지워
> 진 마을, 노형리(老衡里) 함박이굴이라는 지리상의 대견한 장소에서 조
> 그만 반점으로 응축되어 내 상상 속으로 옮아와버린 지금, 고향이란 게
> 대체 무얼까? (『순이 삼촌』 239면, 강조는 인용자)

4·3 당시 아버지가 '산폭도'였던 어린아이의 내면의식을 회상하는 이 작품은 하나의 허구인 동시에 작가 자신의 자전적 경험에 바탕을 두고 있 기도 하다. 작가 자신의 자전적 성장소설이라 할 『지상에 숟가락 하나』 (『지상에 숟가락 하나』, 실천문학사 1999)의 첫 대목에 밝혀져 있는 바와 같이 노 형리 함박이굴 마을은 작가가 태어난 곳이다. 그런 고향 마을이 '죽어 있 는 마을'이라는 것, 즉 1948년 토벌대의 방화로 "내가 태어나 그 탯줄을 묻은 함박이굴 마을은 지금 지도상에 존재하지 않는다"는 것, 이것은 곧 4·3을 탯줄로 하는 현기영 문학이 이후 4·3에 대해 천착하게 되는 이중 의 의미를 보여주는 것이다. 해방 이후 한국 현대사의 핵심부에 놓인 사 건으로서의 4·3이 갖는 의미가 그 하나라면, 4·3에 의해 강제된바 작가 자신의 태생의 시원으로서의 고향 찾기라는 의미가 그 또다른 하나이다. 이렇듯 작가에게 4·3은 역사적 의미와 자신의 존재(의 시원)의 의미 모 두에 연관되어 있다. 특히 4·3이 후자의 의미와 긴밀하게 연관되어 있다 는 것은, 『지상에 숟가락 하나』의 첫 절 소제목이 등단작 제목과 똑같은

'아버지'라는 것에서도 잘 알 수 있는 바이다(그 마지막 절의 내용도 아버지에 대한 회한을 담고 있다). 아버지 또는 아버지의 죽음에 대해 생각하기, 이것만큼 자신의 존재의 의미에 대한 물음과 깊이 연관된 것도 없을 것이기 때문이다.

'해방 이후 한국 현대사의 핵심부에 놓인 사건으로서의 4·3'의 의미를 최초로 본격적인 차원에서 다룬 작품은 잘 알려진 「순이 삼촌」이다. 무엇보다 이 작품은 4·3 자체와 4·3으로 상징되는 한국 현대사의 질곡과 폭압을, 그 망각의 강요에 맞서 세상에 널리 알리고 다시 상기시켰다는 점에서 오늘날의 관점에서 볼 때에도 실로 그 의의가 크다. 1948년 말 '초토화작전' 이후 벌어진 양민 집단학살 사건 중 하나인 '북촌사건'을 다루고 있는 이 작품은, 이 사건의 폭로 하나만으로도 엄청난 충격과 분노를 일으키기에 충분했다. 특히나 이 작품에서의 작가의 시각에 해당하는 바 '순이 삼촌'으로 상징되는 '도피자' 즉 "4·3 당시에 항쟁을 주도하였던 무장대와 이들을 진압한다는 명분으로 무고한 제주도 사람을 숱하게 탄압하였던 토벌대의 틈바구니 속에서 어디에도 가담하지 못하고 몰리다가 억울한 죽음을 맞이하였던 역사 속의 구체적인 사람들"[12]의 입장은, 4·3 당시의 대다수 제주 민중들뿐만 아니라 폭압의 한국 현대사 속에서 그와 유사한 일을 겪은 대다수 한국 민중들의 처지를 그대로 대변하는 것이었다. 이런 의미에서, 김석범의 『화산도』가 작중인물의 지식인적 고뇌와 자의식을 통해 손쉬운 '결론'을 애초부터 배제함으로써 하나의 보편적 시각을 향한 고투로 나아갔다면, 현기영의 「순이 삼촌」은 이처럼 4·3으로 인한 고통을 온몸으로 껴안고 살아온 대다수 민중들의 삶을 구체적이고도 생생하게 천착함으로써 또다른 의미의 보편성을 획득할 수 있게 된다. 『화산도』와 같은 장편 대하소설이 아닌 단편 「순이 삼촌」에서 오히려 민중들의 고난에 찬 삶의 과정이 더욱 생생하게 그려지고 있는 것은 하나의 아이러니처럼 보인다. 그러나 이는 후자가, 제주에서 태어나 그곳에서 유년기와 청소년기를 모두 보낸 토박이 제주 작가에 의해 씌어졌음을 상기할 때 오히려 자연스러운 일이다. 반면에, 토박이 작가에게는 그 특유의 벗어나기 힘든 업(業)의 고통이 따르게 마련인데, 「순이 삼촌」에서 역시 그러한 점이 여실히 고백되고 있다.

내게 고향이란 무엇이었나. 나에게 깊은 우울증과 찌든 가난밖에 남겨준 것이 없는 곳이었다. (…) 적어도 내 상상 속에서 나의 향리는 예나 제나 죽은 마을이었다. 말하자면 삼십년 전 군 소개작전에 따라 소각된 잿더미 모습 그대로 머리에 떠오르는 것이었다. 그래서 고향을 외면하여 살아오길 팔년, 그 유맹(流氓)의 십년 전으로 되찾아가려면 아무래도 조심스럽게 주저주저하며 다가가야 하리라. (『순이 삼촌』 32면, 강조는 인용자)

「아버지」에서 그랬던 것처럼 고향은 무엇보다도 '나'에게 외면하고

픈, 예의 죽음의 이미지로 존재했다. 그리하여 자신의 존재의 탯줄로서의 고향을 외면할 수밖에 없는 고통, 이 애증의 심리를 고통스럽게 헤치고 나와 자신의 존재의 뿌리를 애써 찾아가고자 하는 의지의 시발점에 「순이 삼촌」이 놓여 있다는 것, 어찌 보면 이것이 바로 이 작품에 포함된 더 깊은 차원의 보편적 의미망인 것이다. 이것이 바로,「순이 삼촌」이 4·3이라는 특정의 역사적으로 중대한 사건을 매개로 고향의 문제를 다루었다는 점과 어우러져 만들어지는 보편적인 의미이다. 그 누가 자신의 고향에 대해 아름다운 이미지만을 가질 수 있을 것인가? 오히려 자신의 존재를 만들어낸 고향에 대한 애정이 깊으면 깊을수록, 그래서 고향에 대해 정직하게 바라보면 바라볼수록 그 속에는 환멸감을 던져줄 기억과 현실이 더욱 뚜렷하게 다가올는지도 모른다. 작가 현기영의 고향 제주에 살고 있는 오늘날의 젊은이들이 50여년 전의 고통스러운 사건을 애써 외면하고 있다는 사회학적 조사·분석 자료,[13] 그리고 그것이 "집단기만을 통해서 긍정적 기억은 과장하고 고통스러운 기억은 망각하거나 왜곡시키려는 경향"[14]에 기인한 것이라는 판단 역시 이러한 보편적 인간정서를 반증하고 있지 않은가.

4·3 당시의 제주와 오늘날의 제주, 4·3 당시의 제주 민중의 삶과 오늘날의 그것을 인상적으로 오버랩시켜 그리고 있는 작품 「마지막 테우리」(1994)는 '4·3과 고향의 문제'를 더욱 원숙한 경지에서 바라보고 있다. 45년 전 "사태 때 이미 죽었을 목숨"을 여태껏 이어왔다는 점에서 이 작품 속 고순만 노인과 그의 친구 현태문 노인은, "30년 전의 해묵은 죽음"을 생물학적 죽음으로 확인했을 뿐인 「순이 삼촌」의 순이 삼촌과 다를 바 없이 기막힌 운명을 지닌 인물이다. 다른 점이 하나 있다면, 고순만 노인은 자신이 테우리로서 평생을 일터로 삼아온 고향 제주의 초원을 떠나지 않았다는, 아니 떠날 수 없었다는 사실 하나일 터이다. 왜였는가? 순이 삼촌과도 달리 그에게는 제주의 초원을 떠날 수 없었던 자기 자신의 한맺힌 업(業)이 있었기 때문이다. "토벌군들이 목장의 마소들을 그대로 놔두면 '폭도의 똥'이 된다고 보이는 대로 사살해서 고기를 가져가는 판국인데 그대로 두고만 볼 수는 없"어서 "소 돌보는 테우리가 소 잡는 백정으로 돌변"할 수밖에 없었던 사정, 즉 '소 죽은 넋'이 쐰 업이 그 하나이다. 학살의 광기는 사람에게만 향한 것이 아니었다. 그나마 이렇게 잡은 소들이, 중산간 마을들이 불탈 때 간신히 살아남아 산야로 쫓겨온 사람들의 목숨을 이어주는 귀중한 양식으로 쓰였다는 게 노인에게는 위로라면 위로가 됐을 것이다. 그러나 정작 고노인이 초원을 뜨지 못하는 데에는 더욱더 씻을 수 없는 기억이 있기 때문이다. 목숨을 부지하기 위해 토벌대에게 할 수 없이 발설한 조그만 굴에 예기치 않게도 예의 '도피자' 가족 세 사람이 있었던 것이다. "손주아이를 끌어안고 제발 이 아이만이라도 살려달라고 애걸하던 두 늙은 내외……"

동굴 천장에 매달려 겨울잠 자는 박쥐들과 함께 의식도 감각도 흐릿해지고 호흡도 맥박도 느려져 오직 잠자는 것만이 먹는 것이던 그들. 이따금 동굴 천장을 울리며 토벌군의 발자국 소리가 들리기도 했지만 그들은 무서워할 기력도 없었다. 그렇게 몽롱한 현기증 속에서 서서히 죽었던들 차라리 편안한 죽음이었을 것을. 그러나 무도한 자들은 그러한 죽음조차 허락하지 않았다. (『마지막 테우리』, 창작과비평사 1994, 19면)

고순만 노인에게 '사태 이후'의 삶은 '덤으로 주어진' 삶이자, 죽음과 더불어 살아온 그의 삶의 몫은 죽은 자들에 대한 기억을 고통스럽게 보듬고 살아가는 일이었다. 그러나, "세상은 초원의 과거를 더 이상 기억하지 않았다". 고순만 노인은 순이 삼촌이 놓였던 사정과도 다른 차원의 망각의 고통 속을 살아가고 있다. 이런즉, 「순이 삼촌」이 4·3에 대한 '강요된 망각'을 거부하는 작가의 의식적 투쟁의 소산이었다면, 「마지막 테우리」는 4·3에 대해 '자발적으로 망각'해가고 있는 세태에 대한 절망적 항변이

라 할 것이다. 그런데 문제는, 그런 삶조차 아스팔트 도로와 골프장 건설
의 폭력으로써 고노인에게는 더이상 가능하지 않게 되었다는 점이다. 45
년 전 학살의 광기가 휩쓸고 지나간 자리에 이제는 개발이라는 이름의 욕
망의 광기가 들어서 노인의 삶을 짓밟는다. 고노인은 이제 자신의 존재를
낳아준 모태로서의 초원으로 다시 돌아갈 준비를 한다. 마지막으로 살아
남은 친구 현태문 노인의 죽음이 현몽하는 잠이 모태로의 귀환의 이미지
로 상징되는 장면에서 이 작품의 비극성은 절정에 달한다.

> 발끝에서 차오르는 낯익은 어둠, 죽음 역시 그렇게 낯익은 모습으로
> 오리라. 분화구 안은 자궁 속처럼 포근했고 노인은 자궁 속의 태아로 돌
> 아가 몸을 조그맣게 움츠린 채 옛 무덤 옆에서 잠이 들었다. (『마지막 테우
> 리』 20면)

고순만 노인의 죽음이 비록 비극적일 것이라 할지라도, 자신을 낳아

준 초원으로 되돌아갈 채비를 하는 노인의 마지막 순간은 말 그대로 어머니 대지의 품으로 다시 돌아간다는 말이 무슨 의미인가를 보여준다. 죽음을 맞이하고자 하는 극도로 비극적인 고순만 노인의 모습이 동시에 포근한 서정성으로 채색될 수 있는 것은, 이처럼 그가 도달한 종국적인 자기긍정에 말미암은 것이다. 뒤집어 말하자면, 학살과 개발이라는 뒤틀린 욕망의 광기로 고순만 노인의 삶터를 앗은 자들이 죽어 돌아갈 곳은 과연 어디일까? 이런 의미에서, 고순만 노인은 "4·3 이후 현재까지의 삶을 현대의 자본주의적 현실 속에서 살지 않은, 지난 역사에 더 많이 연결된 인물일 뿐"[15]이라는 비판이 그 자체로 타당한 지적이라 할지라도, 그의 최후의 자기긍정은 '현대의 자본주의적 현실'이 낳는 본질적인 자기파괴성에 대한 역설적·발본적 비판의 의미를 띤다.

작가 자신의 유소년 시절에 대한 발랄한 상상의 기억인 『지상에 숟가락 하나』를 '4·3문학'의 범주 안에 넣는 것은 부적절하고도 불필요한 일일 것이다. 그러나 적어도 이 작품을 통해, 「마지막 테우리」를 포함한 자신의 '4·3문학' 전반을 작가가 어떻게 역규정하고자 하는지를 잘 살필 수 있다. 우선 이 작품에도 역시, "이제 4·3에 대한 더 이상의 언급은 자제해야 하겠다"(76면)는 발언을 하기까지는 물론, 그 이후 내용에서도 4·3의 실상과 직·간접적으로 관련된 생생한 묘사와 판단이 담겨 있다. 이는, 작가가 자신의 어린 시절을 회상하면서 자신이 체험한 4·3 이야기를 하지 않는다는 것 자체가 애초부터 가당치 않았기 때문이라 말할 수도 있을 것이다. 그러나 어린 시절 이야기를 하면서까지 참혹한 기억을 떠올리는 것이 결코 유쾌한 일은 아닐 터, 작가가 굳이 4·3 이야기를 피해가지 않은 것은 다른 이유에서이다.

그 엄청난 유혈은 생각만 해도 멀미가 솟구쳐 더 이상 쓸 기력이 없다. 그래, 그 이야기는 이제 그만 하자. 애당초 이 글은 한 아이의 성장 내력에 대한 이야기가 아닌가. (…) 그러나 아이들이란 자신의 성장에 해로운 것은 본능적으로 피해 가게 마련이다. 슬픔, 외로움이야말로 성장에 유해한 물질이 아닌가. 몸 가벼운 만큼이나 마음 또한 가벼워 울다가도 금방 웃을 줄 아는 것이 아이들이니, 어떠한 슬픔에도 기쁨의 양지를 향하여 새털처럼 가볍게 날아오르는 것이다. (『지상에 숟가락 하나』 76면)

학살과 유혈의 참혹한 기억을 정면으로 맞부딪치고 나왔을 때 비로소 어린 시절의 밝고 '가벼운' 기억을 건져올릴 수 있었다는 것, 이것이 바로 이 작품에 담긴 4·3 이야기의 또다른 의미이다. "생성 최초의 것, 그 섬고장의 풍토가 만들어놓은 깊은 속의 단단한 씨, 그 무엇으로도 변화시킬 수 없는 본질적인 것"(387면)을 온몸으로 간직했던 어린 시절의 기억, 이는 역설적으로 4·3의 참혹한 기억과의 정면 대결을 통해서만 건져올릴 수 있었던 것이다. 그렇다면, 『지상에 숟가락 하나』를 통해 이렇게 영육이 조화롭던 어린 시절 기억을 재구성해낸 작가를 두고, 지중해의 작은 섬 크레타의 수천년 식민과 저항의 역사가 낳은바 '모태인 대지에서 탯줄이 떨어지지 않은 사나이' 조르바를 발견했던 니코스 카잔차키스를 연상하는 것은 과연 억지일까? 자유로운 영혼 조르바를, 작가 현기영은 고향에서의 어린 시절에서 발견한 것은 아닐까? 조르바를 발견한 카잔차키스가 베르그송을 비롯하여 호머·부처·니체·레닌 등 자신이 직접 사사하거나 사숙한 인류 최고의 스승들을 마침내 '버렸듯이', 현기영 역시 이 (문학)작품의 말미에서 아이러니컬하게도 청소년 시절 자신에게 "문학과 독서가 끼친 악영향"에 대해 말한다. 오감(五感)을 열고 자연을 느낄 수 있었던 자만이, 영육의 조화를 깨뜨린 지리멸렬한 자신의 지식 또한 진정 부정할 수 있지 않았을까?

영모원 북제주군 애월읍에 위
치. 일제시대의 항일운동가와 4·
3 희생자, 그리고 한국전쟁을 전
후로 희생된 호국영령을 한 곳에
모셔 추모하는 장소이다.
ⓒ제주4·3연구소

다만, 자신의 어린 시절에 대한 작가의 이러한 깨달음이 자칫 4·3문
제와 관련된 어떤 퇴영적이거나 '도피'적인 태도를 반영하는 것은 아닐까
하는 기우가 있음직하여 한 가지 사족 같은 말을 덧보탤 필요는 있겠다.
이 글의 서두에서 소개한 국제학술대회에서 한 4·3 연구자는, 「제주 4·3
의 부흥과 화해—과거에서 미래로」라는 논문을 발표하면서, 「순이 삼
촌」에서 『지상에 숟가락 하나』로의 현기영 문학의 '발전'을 자신의 논문
의 부제 '과거에서 미래로'가 주장하는 바에 대한 중요한 논거로서 언급
했다. 즉 후자의 작품이야말로 4·3문제의 미래지향적 해결의 실마리를
보여주는 좋은 문학적 자료라는 것이었다. '과거 대 미래'라는 이분법이
암시하듯 만일 이 주장이 『지상에 숟가락 하나』에서 4·3 진실 규명의 종
결선언을 읽어낸 데 근거한 것이라면, 이는 적어도 필자의 독법과는 완전
히 동떨어진 것이다. 4·3이 지닌 진실의 의미는 변화하는 현실에 따라 끊

임없이 재조명되지 않을 수 없기 때문이다.

2003년 4월 3일 이후, 또는 기억을 딛고, 진정한 평화를 향하여

'4·3'에는 아직 그 '공식' 명칭이 없다. 이는 4·3이 학살의 의미와 항쟁의 의미를 모두 내포하고 있기 때문이기도 하지만, 그 명칭 부여를 통한 역사적 의미규정을 과감하게 공식화할 만큼 우리 시민사회의 집단적 역량이 강력하지 못함을 반증하는 것이기도 하다. 물론 이 속에는 이데올로기와 사상의 문제를 자유롭게 논의할 수 없는 우리 사회의 지적·제도적 경직성의 문제 또한 강력하게 도사리고 있다. 4·19에 '혁명'이라는 명칭이, 5·18에 '민주항쟁'이라는 명칭이 붙여져 있고, 대통령이 그 기념 추모행사에 공식 참여하고 있는 현실에 비춰볼 때에도, 4·3이 갖는 문제성이 얼마나 깊고 무거운 것인지를 잘 알 수가 있다.

관덕정 1947년 3·1절 기념식을 마치고 나오던 군중들에게 경찰이 발포하여 6명의 희생자를 낳았던 관덕정 앞 광장이다.
ⓒ 제주4·3연구소

그러나, 대통령은 참석하지 않았어도, 2003년 4월 3일 제주에서는 제주 민중들에 의해 갖가지 행사가 벌어지고 있었다. 제주시 외곽 중산간의 4·3 평화공원 부지에서 있은 위령제, 제주시 문예회관에서의 4·3 미술제, 그리고 제주시청에서 관덕정 광장까지 이어진 역사맞이 4·3 거리굿 등이 이날 필자가 참관한 행사들이었다. 관덕정 광장은, 4·3 항쟁의 직접적이고도 가장 중요한 원인이 된바 1947년 3·1절 도민 시위 때 경찰 발포로 인해 14명의 사상자(6명 사망)가 난 역사적 장소인데, 이날 저녁 이곳에서 4·3 당시를 재현하는 제주 연희패들의 연극 공연이 있었다. 그러나 필자는 그것을 그저 연극 공연으로 볼 수 없었다. 1980년대 초반 학창 시절 사복경찰 반, 학생 반인 캠퍼스 안에서 축제 때 보곤 했던 아슬아슬한 정치풍자극, 그것에서 느꼈던 것과 유사하면서도 또다른 전율과 가슴에 맺히는 어떤 느낌이 제주의 연희패 젊은이들의 몸동작에서 전해져왔다. 또 그들이 힘차게 내뱉는 진한 제주 사투리를 들으며, 적어도 그들은 이제 그들의 부모나 조부모 또는 증조부모 세대가 뿌리깊이 품어온 심층의

4·3평화공원 ⓒ제주4·3연구소

피해의식과 자기억압성에서 해방되고 있다는 느낌을 받았다. 어느 사회, 어느 지역이건 어린 세대, 젊은 세대가 아니고서 누구에게 미래의 희망을 걸 수 있겠는가? 특히나 4·3과 같은 특별한 역사를 지닌 제주에서 이 젊은이들이 아니고서 누가 미래의 희망을 보여줄 것인가?

2003년 4월 3일 밤 제주 국제공항에서, 비행기 탑승 시간을 기다리는 동안 대합실에 놓인 TV 화면에 눈길이 갔다. 마침 제주 KBS에서 주최한 4·3 기념 토론회가 열리고 있었다. 위령제와 미술제, 그리고 거리굿 행사에서도 모습이 보였던 현기영 선생이 토론 패널로 참석해 있었다. 토론은 막바지 시간을 지나고 있었다. 아마도 정부의 공식사과가 유보된 것을 놓고 집중적인 토론이 있었던 것 같았다. 각 패널들의 짤막한 결론적 말로써 토론회는 마감되었는데, 현기영 선생은 이런 맥락의 말을 했다. "4·3 정신은 세계적인 반전·평화운동으로 승화되어야 한다."

이 글을 쓰는 동안, 현선생의 발언을 상기케 하는 두 가지 소식이 들린다. 4·3의 피해자들이 "공권력에 의해 희생되었으므로 사과하라는 데는 반대한다"는 맥락의 발언을 우근민 현 제주도지사가 했다는 것, 그리고 럼스펠드를 비롯한 미국 정부 내 매파에 의해 '북폭' 계획이 준비되어 있다는 것이 그것들이다. 오늘의 4·3의 의미를 생각할 때 이 두 사안은 완전한 동전의 양면으로 보인다. 4·3은 단지 치유해야 할 참혹한 과거의 기억으로서만 존재하는 것은 아니며, 그 기억에서 오늘의 엄중한 역사적 현실을 읽어내지 못할 때 진정한 의미의 어떤 평화에도 이르지 못할 것이기 때문이다. 2004년 4월 3일까지의 또 한 번의 1년이라는 시간적 주기는 한반도 내의 변화가 세계 평화에 어떤 기여를 할 수 있을지를 가늠하는 시간 단위가 될 것이다.

2003년 4월 이후 2005년 지금까지의 변화, 그리고 4·3 및
4·3문학의 현재

사실 앞의 본 글을 쓸 때만 해도 4·3 진상규명과 관련된 상황이 그리
낙관적이지만은 않았다. 그러나 많은 우여곡절 끝에 2003년 10월 15일
'제주 4·3사건 진상조사보고서'가 최종 확정되었는데, 여기서 비로소 4·
3은 '국가 공권력에 의한 인권유린'으로 최종 규정됐고 '대규모 인명 희생
에 대한 책임은 이승만 대통령'으로 귀결됐다. 제주 4·3특별법이 제정된
2000년 1월 12일 이후 3년 9개월 만의 일이며, 2001년 1월 17일 제주 4·3
사건 진상보고서 작성기획단이 출범한 지 2년 9개월 만의 일이었다. 그러
나 이 보고서 역시 결코 '최종'의 것이 아님은 바로 그 서문에 명시되어 있
다. 즉 "(보고서가) 4·3특별법의 목적에 따라 사건의 진상규명과 희생자
명예회복에 중점을 둬 작성됐고 사건의 성격이나 역사적 평가는 차후 새
로운 사료나 증거가 나타나면 보완할 수 있다"는 내용을 삽입, 재수정의
길을 열어놓은 것이다. 이 보고서의 4·3 규정이 얼마나 불안정한 것인지
를 보고서 자체가 강조하고 있는 형편인 셈이다. 어쨌든 이 보고서 채택
에 따라 대통령의 공식사과 역시 발표되었다. 극우 반공이데올로기를 무
기로 무고한 자국 양민들을 학살한 대한민국 초대대통령 이승만의 죄업
을, 대한민국 민주주의 발전 도정의 한 매듭이라 할 1987년 6월항쟁이 낳
은 인물이 대속(代贖)하는 형국이었다. 2003년 10월 31일 '대통령 말씀'
중에는 이런 대목이 있다. "이제 우리는 4·3 사건의 소중한 교훈을 더욱
승화시킴으로써 '평화와 인권'이라는 인류 보편의 가치를 확산시켜야 하
겠습니다." 문제는 이와같은 뒤늦은 사과가 '평화와 인권'의 정신을 얼마
나 실질적으로 옹호하는 것이냐에 있다.

이와 같이 4·3의 진상규명 작업이 진전됨에 따라 그 긍정적 영향이

섯알오름 탄약고터 1950년 한
국전쟁이 발발한 후 전국적으로
보도연맹원들을 학살할 때, 모슬
포를 중심으로 132명이 학살된
장소이다. ⓒ제주4·3연구소

실제로 나타나고 있다. 우선 국방부 군사편찬연구소가 발행한 『6·25 전
쟁사』내용 중 사실과 다르거나 왜곡 기술된 4·3 관련 내용이 삭제되거
나 전면 수정됐다. 예컨대 '유격대가 제주읍을 급습해 도청에 불을 지르
고'라는 내용을 삭제하고, 인민유격대 창설 시기를 1947년 8월에서 1948
년 3월로, 그리고 김익렬 연대장의 4·28 협상에 대해서는 '남로당원 오일
균의 계략에 말려들어'라고 되어 있던 것을 '맨스필드 중령의 명령에 따
라'로 수정한 점 등이 그러하다. 또한 '제주 4·3 사건 진상규명 및 희생자
명예회복에 관한 특별법' 개정 작업을 곧바로 착수한 점 역시 변화된 분
위기를 잘 보여준다. 그 속에는 정부와 자치단체 차원에서 4·3 관련사업
을 지원하는 것을 명문화하고, 제주 4·3 희생자 및 유족에 대한 현실적인
지원 근거를 마련하는 내용이 포함되어 있다.

그러나 상황이 이렇게 긍정적인 것만은 아니다. 이런 어처구니없는

일도 여전히 벌어지고 있다. 즉 경찰대학 부설 공안문제연구소라는 곳에
서 그동안 4·3 관련단체의 활동에 대해 그 이적성 여부를 조사해왔다는
것이다. 구체적으로는 '현기영 한국문예진흥원장의 언론기고문' '제주
4·3연구소 2001년 제주 4·3 53주년 학술대회' '4·3 50주년 기념사업 추
진 범국민위원회' 등이 모두 조사대상이었다고 한다. 또 그 결과, 김성수
전 대한성공회 대주교 등이 고문으로 참여했고 김창국 상지대 총장과 강
만길 고려대 명예교수 등이 대표로 참여해 결성한 4·3범국민위원회에
대해서는 '좌익' 판정을, 그리고 현기영 원장의 기고문에 대해서는 '반정
부' 판정을 내렸다고 한다. 이런 무지막지한 이데올로기적 폭력성만 문제
되는 것은 아니다. 제주도의 4·3 평화공원 인근에서는 골프장 건설이 추
진되고 있어 말썽이 벌어지고 있기도 하다(이상 4·3 관련 소식은 『제민일보』 인
터넷 기사를 참조함).

　　무슨 다른 말이 필요하랴. 조금이라도 소용이나 될지 진정 알 수 없지
만, 이곳에 골프장을 건설하고자 하는 자들이나 그곳에서 골프를 꼭 쳐야겠

다는 자들에게 현기영의 「마지막 테우리」를 한번 읽어볼 것을 권할밖에.

4·3을 둘러싼 현실 상황이 이러한 한편, 오늘날의 4·3문학에 대해서
도 짚어야 할 일이 있다. 앞의 본 글에서 4·3문학의 큰 업적으로 언급했
던 김석범의 『화산도』에 대해서 중요한 사실 한 가지를 말하지 않고 넘어
간 것이 있다. 앞서 말한 바와 같이 이 『화산도』라는 작품은 일본에서 일
본말로 씌어져 출간된 작품이다. 그렇다면 이 작품은 일본문학 작품인가,
한국문학 작품인가? 과거 임화의 문학사 기술에서 중요한 문젯거리로 언
급된 이래 이것은 하나의 중요한 난제로서 여태까지 취급돼왔으나, '민족
문학'의 범주를 '확장'해서 볼 필요성에 대한 공감이 확산되고 있는 것만
은 분명한 듯하다. 당장에 이 『화산도』라는 작품을 '우리'가 '제대로' 읽을
수 없다는 사실이 그와같은 공감의 근거가 되고 있지 않은가. 그렇다면
이제까지 '우리'는 이 『화산도』라는 작품을 한국문학 또는 '민족문학'의
한 중요한 부분으로 여겨왔다고 말할 수 있을까? 앞의 본 글에서 언급한
바도 있는 일본인 학자 나까무라 후꾸지의 다음과 같은 지적을 '우리'는

터진목 남제주군 성산, 구좌면 주민들이 감자공장 창고에 수감되어 고문당하다 총살당한 학살터이다. ⓒ제주4·3연구소

아프게 받아들여야 하지 않을까?

  그러나 지금까지 그러한 시도는 일본과 한국 어느 나라에서도 보이지 않고 있다. 일본에서 『화산도』를 논한 글은 많지 않다. 그 글들을 읽어보고 내가 갖게 된 불만은 비평가들이 한국 현대사에 대한 이해가 부족하며 사회과학적 관점 또한 아주 희박하다는 점이었다. (…)

  다른 한편으로 한국에서는 1988년에 실천문학사에서 이 책의 제1부 3권이 다섯 권의 책으로 번역·출판(이호철·김석희 옮김)되었으며, 그와 때를 같이하여 이에 대한 몇편의 비평문이 나오기도 했다. 그러나 그것들은 소설을 내재적으로 독해하고 논평했다기보다는 오히려 이데올로기적인 비평에 치우쳐 있었다. 그후 김석범이 계속해서 쓴 나머지 네 권(제4권~제7권)은 아직 한국에서 출판되지 않고 있다. 따라서 한국에도 아직 본격적인 '『화산도』론'은 없는 형편이다. 최근 김재용이 새로운 시각에서 '『화산도』론'을 시도했지만, 그것 역시 실천문학사판을 텍스트로 했기 때문에 제약이 있지 않을 수 없다. (나까무라 후꾸지 『김석범 『화산도』 읽기』, 6면)

이 일본인 학자의 지적은 여전히 유효하다. 일본어로 씌어져 있는 『화산도』의 '나머지 네 권'은 아직도 한국말로 번역되어 있지 않기 때문이다. 따라서 필자를 포함한 그 어떤 한국인 연구자도 제대로 된 '『화산도』론'을 쓸 수가 없다. 나아가 이 문제를 좀더 확대해서 보자면, 이것은 바로 우리의 이산문학(離散文學)의 현실을 말해준다. 요컨대 『화산도』의 완역이 이루어져야 한다. 이 작품이 설사 '순수' 외국인이 쓴 작품이라 하더라도, 그 내용과 문제의식에 비춰볼 때 이미 완역이 됐어야 마땅했다. 하물며 이와같이 훌륭한 우리의 이산문학의 성과가 아직까지 이처럼 '방치'되어 있다는 것은 실로 부끄러운 일이 아닐 수 없다. 물론 이 작품으로 인해 한국어를 매개로 한 제주 4·3의 문학적 형상화 수준이 한 단계 더 상승하게 될 것은 말할 필요도 없다.

‖ 정홍섭 ‖

주 |

1 『제주 4·3 제55주년 기념 국제학술대회 자료집』, 40면.
2 같은 글.
3 주목할 것은, 집단학살의 피해 당사자인 제주도민들이 가해자 처벌과 금전적 보상을 애초부터 요구

하지 않았다는 사실이다. 그들은 단지 '반성과 사죄'만을 요구했다. 물론 이 속에는 실질적 책임자의 한 축인 미국에 대한 사죄의 요구는 들어 있지도 않다.

4 나까무라 후꾸지 『김석범 『화산도』 읽기―제주 4·3항쟁과 재일한국인 문학』, 삼인 2001, 66면.

5 나까무라 후꾸지, 앞의 책 269면.

6 이 작품은 아사히신문의 '오사라기 지로오상(大佛次郞賞)'을 수상하기도 했다. 오사라기 지로오는 일본 쇼오와 시대의 유명 대중문학 작가이다.

7 김석범은 일본말로 쓴 『화산도』 이전에 재일 조선문학예술가동맹의 기관지인 『문학예술』에 1965년부터 1967년에 걸쳐 한국어로 된 같은 제목의 장편소설을 연재하다가 중단한 바 있다(나까무라 후꾸지, 앞의 책 46~47면 참조).

8 이또 세이 「도망노예와 가면 신사」, 『일본 私小說의 이해』, 소화 1997 참조.

9 나까무라 후꾸지, 앞의 책 66면.

10 백낙청 「시민문학론」, 『민족문학과 세계문학』, 창작과비평사 1979, 54면.

11 김원일 「진실에의 치열성」, 현기영 『순이 삼촌』, 창작과비평사 1994, 262면.

12 김재용 「폭력과 권력, 그리고 민중―4·3문학, 그 안팎의 저항적 목소리」, 역사문제연구소·역사학연구소·제주 4·3연구소·한국역사연구회 편 『제주 4·3연구』, 역사비평사 1999, 272면.

13 권귀숙 「제주 4·3의 기억들과 변화」, 『제주 4·3 제55주년 기념 국제학술대회 자료집』 참조.

14 권귀숙, 앞의 글 103면.

15 신승엽 「시적 민중성의 높이와 산문적 현실분석의 깊이」, 『민족문학을 넘어서』, 소명출판 2000, 259면.

제3부

동아시아에서 한국문학의 흔적을 더듬다

光の中に

金　史　良

一

　私の話らうとする山田春雄は實に不思議な子供であつた。彼は他の子供たち
の仲間にはいらうとはしないで、いつもその傍を臆病さうにうろつき硬つてゐ
た。始終いぢめられてゐるが、自分でも陰では女の子や小さな子供たちを邪魔
してみる。又誰かが轉んだりすれば持糊へたやうにやんやと噂ぎ立てた。彼は
愛しようともしないし又愛されることともなかつた。見るから得髪の方で耳が大
きく、目が心持ち白味がかつて少々氣味が惡い。そして彼はこの界隈のどの子

1923년 9월 1일, 토오꾜오

토오꾜오와 한국인 작가(1)

문학사의 저류

매년 9월 1일, 토오꾜오에 있으면 잊을 수 없는 사건이 하나 있다. 혹시 그날 책상 위에 가만히 놓여 있던 볼펜이 귀신에 홀린 듯 절로 굴러가기라도 한다면, 80여년 전 그 사건, 특히 그 사건과 연결된 작가들을 떠올리지 않을 수 없다.

이 도시에 적지 않은 한국인 작가들이 거쳐갔다. 어떤 이는 이곳을 잠깐 여행지로 지나친 작가도 있다. 가령 불과 180일(1936. 10. 17~1937. 4. 17) 동안 토오꾜오에서 지냈던 이상(李箱)은 1937년 스물여덟의 일기로 여기서 생을 마감했다. 1년 이상 유학생활을 했던 작가도 적지 않다. 와세다대학 한 군데만 해도, 이광수와 최남선을 초기로 해서 적지 않은 한국인 작가들이 거쳐갔다.[1] 1940년대 이르면, 옥사한 윤동주와 그후에 재일한국인 제1세대를 보여주는 김사량을 포함하여, 재일한국인 작가 3세로 일컬어

지는 유미리(柳美里)에 이르기까지, '일본에서의 한국인 작가'라는 흐름은
하나의 문학사를 이루고 있다. 과연 일본 특히 토오꾜오는 한국 현대문학
사의 한 흐름을 짚을 수 있는 '근대문학사의 창고'라고 해도 과언이 아니
다. 그중에 매년 9월 1일이 되면 '그 사건' 때문에 조선으로 돌아간 작가
들을 생각하게 된다.

　1919년 3월 1일 만세운동이 좌절되고 나서 우리 문학은 이광수·최남
선의 이인(二人) 문학시대를 거쳐, 이른바 다양한 잡지들이 분출되는 시
대를 겪는다. 그런데 1920년대 한국문학사의 한 분기점을 이루는 한 가
지 사건이 더 있다. 그것은 흔히 '관동대진재'라 불리는 사건이다. 보다 정
확히 말하자면 당시 일본에 살고 있던 한국인들에게 이중의 대재앙으로
다가왔던 '조선인 학살사건'[2]이라고 할 수 있겠다. 먼저 이 사건이 약력에
기록되어 있는 작가의 이름을 나열해보기로 하자. 김동환·김소월·김영
랑·박용철·양주동·이장희·유엽·이기영·이상화·채만식 등이 있다. 이
들의 약력에는 "일본의 ○○학교를 다니다가, 관동대진재로 귀국했다"는

1907년 토오꾜오 시내 풍경

공통점이 있다. 위 작가들은 모두 1900년대 초기에 태어나 십대 말이나 이십대 초에 일본으로 건너가 유학생으로 있다가 '관동대진재로' 귀국했던 것이다.

그렇다면 과연 이들이 돌아가 한국문학사에 어떤 자극 혹은 충격을 주었을까? 이들이 한국문학에 끼친 영향이 무엇일까? 이 글에서 필자는 첫째, 관동대진재를 현장에서 직접 경험했던 이들, 특히 소설가 이기영, 시인 김동환, 김용제, 이상화 등이 그 사건을 어떻게 작품에 담아냈는지를 살펴보려 한다. 둘째, 그 작품과 관계 있는 혹은 배경이 되는 장소를 답사하여 작품의 배경을 살펴보려 한다. 그러나 단순한 작품 내용 요약이

1921년 일본 일본으로 수학여행을 갔던 기념사진. 일본 닛꼬오(日光)의 토오쇼오(東照) 궁이다.

나 단편적인 풍경 소개가 이 글의 목적이 아니다. 필자가 의도하는 것은 이 사건이 담은 작품을 통해, 우리 문학사 이면에 흐르고 있는 어떤 '문학사의 저류(底流)'를 짚어보고 싶은 것이다. 사실 우리 문학사의 중요한 과제는 근대를 실현하겠다는 의지였고, 그 의지 속에 토오꾜오라는 항목은 어떠한 형태로든 관련되어 있다. 특히 1920년 초의 이 사건은 1920년대 문화사를 보는 데 무척 중요하다. 그것은 유학생들이 집중적으로 증가했던 시기였고, 일본과 한국의 사회주의 운동사가 관계를 갖는 때이며, 이어서 재일한국인 문학의 시발이기도 하기 때문이다.

집 단 광 기

1923년 9월 1일, 그날 토오꾜오에 있었던 조선인 작가 중 상황을 가장 생생하게 살려낸 작가는 소설가 이기영(李箕永)이다. 충남 아산에서 태어난 그는 호서은행에 다니던 1922년 4월 토오꾜오로 가서, 사립 세이소꾸(正則) 영어학교에 입학한다. 그러나 한 달도 안되어 가지고 갔던 돈이 떨어지는 바람에 고학을 해야 했다. 그래서 대서소의 필생으로 취직해서 영어학교의 야학을 다니고, 상점과 회사의 광고봉투 쓰는 일을 했는데, 어떤 날은 열시간 이상 글씨를 쓰고 2층에서 내려오다가 졸도하여 계단에서 굴러 떨어지기도 했다. 같이 있던 친구는 노동판에 나갔다가 노동자들과 사귀어 마침내 직업적 사회운동가로 나섰다. 이기영은 이 친구로부터 처음 사회주의 서적을 접했고, 1923년 봄부터는 일본어로 번역된 서양 근대소설들을 읽기 시작했다.[3] 바로 이 무렵, 관동대진재를 만난다. 1946년에 월북한 그는 1960년 북한 인민문학상을 받은 소설 『두만강』(『조선지광』 1927)에서 그때의 상황을 제3부 제3장 전체에 묘사하고 있다.

주인공 한창복은 여름방학을 맞아 7월 하순 요꼬하마에 있는 동창생 나까무라 집에 한 달여를 묵었다. 가을학기 개학을 앞둔 8월 30일에 토오꾜오로 돌아왔다. 그는 이께부꾸로에서 하숙을 했다. 1923년 9월 1일, 그날은 마침 소학교나 대학 등이 개학식을 하는 날이었다. 주인공이 간다꾸(神田區)에 있는 음식점에서 점심을 먹고 있을 때였다.

별안간 땅〔地層〕이 들썩하더니만 상하동(上下動)으로 큰 지진이 시작되는데 창복이는 처음에는 그게 웬 영문인지도 몰랐다. 뒤미처 2층 집이 마구 흔들리며 삐걱삐걱 요란스런 소리를 내었다. 얼마나 강진이었든지 식탁 위에 올려놓았던 그릇들이 펄쩍 뛰어올랐다가 상 밑으로 떨어진다. 그 바람에 그릇들은 맞부딪쳐서 웽강 뎅강 소리를 내며 깨어졌다. 지진은 좌우동(左右動)으로 마치 매돌질하듯 뒤흔들었다.[4]

오전 11시 58분, 격진 후 칸또오(關東) 지방은 지진으로 붕괴되기 시작했다. "좌우동(左右動)으로 마치 매돌질하듯 뒤흔들었다"는 짧은 표현은 비극적 사태를 충분히 연상시킨다. 지진과 함께 폭풍이 불고 마침 점심 때라 밥 짓던 불이 번졌다. 게다가 땅이 갈라지면서 모든 수도시설이 끊어졌고, 도로마저 끊어져 소방차도 다닐 수 없었기 때문에, 나무로 지어진 집이 대부분이었던 토오꾜오는 금방 잿더미가 되었다. "그들은 이리 씰리고 저리 씰리고 하는 대로 예서 제서 비명을 질렀다" "콩나물 시루 같은 군중들이 떠박지르고 악머구리 끓듯 했다"는 이기영의 생생한 묘사는 현장을 그대로 체험했기에 가능했을 것이다.

9월 2일, "강진 후 대화재 토오꾜오 전시내를 불바다로 만듦(強震後の大火災東京全市火の海化す)"[5]이라는 첫 신문기사가 나고나서 곧 계엄령이 선포됐다. 이날 주인공은 '조선 사람들을 닥치는 대로 대학살한다'는 말

을 듣는다. 조선인들이 방화·강간·강도짓을 하면서 우물 안에 독약을 던지고 있다는 등 유언비어가 퍼지고, 각지에서 자경단이 조직되어 칸또오 일대에만 3,689개가 있었다. 이들은 엽총·피스톨·죽창·곤봉, 심지어 도끼까지 들고 나왔다.

　　"우리도 어제밤에 '조센징'을 죽였소. 어제 낮에는 조선 노동자들이 떼를 지어서 몰려다닌 것을 붙잡아다가 새끼줄로 한데 엮어서 타마까와(多摩川) 강물에다 집어 쳐넣었소. 그 놈들이 물 위로 떠서 헤엄쳐 나오려는 것을 손도끼를 들고 뛰어 들어서 놈들의 대갈통을 모조리 까 죽였소──강물이 시뻘겋게 피에 물들도록……" (…) "나는 어제 무까이시마(向島)에서 큰길거리를 지나 가는데 길 한가운데에 '조센징'의 시체가 널려 있는 것을 보았소. 무심히 그냥 시체 옆을 지나려니까 몽둥이를 들고 섰던 헌병 장교 한 사람이 나에게 몽둥이를 내주면서 '송장을 한 번씩 때려라!' 하겠지──나는 웬일인지 몰라서 잠시 덩둘해 있었더니 그 장교가 말하기를 '만일 시체를 아니 때리면 그 대신 당신이 맞아야 한다' 하기에 어찌할 수 없이 나도 시체를 한 번씩 때렸고" (…) "글세 '부정선인'들이 지진이 일어나자 즉시 저희들끼리 연락을 취하는 암호로써 분필로 표를 해놓고 있다가 지진이 일어 나자 일시에 각처에서 불을 질렀다 하고 우물에는 독약을 쳐넣었다 하니 그런 악독한 놈들이 어데 있어요. 지금 이 자리에도 '조센징'이 있다면 나는 이 철창대로 그 놈을 보기 좋게 때려 죽이겠고" (『두만강』 128~29면)

　　"조선인을 쳐 죽여라!"(『두만강』 124면)며 닥치는 대로 죽이기 시작했다. 집단 광기(集團狂氣)였다. 우물물에 표시를 보고 "조선인들이 우물에 독약을 넣는다"는 것이었다. 우물물의 표시에 대해 이기영은 "그것은 토오

꾜오 시내의 소제부들이 청결 검사를 하기 위하여 어느 집 벽이나 담모퉁이에다 표를 해둔 것이다"(『두만강』 135면)라고 썼다. 말도 안되는 일로 사람을, 그것도 실수로 일본인을 죽이는 일까지 있었다.[6] 일본의 박물관이나 교과서는 '유언비어'에 의해 조선인들이 학살되었다고 말한다.

예를 들어 지진 피해가 많았던 료꼬꾸(兩國)에 1993년에 세워진 에도(江戶) 토오꾜오박물관에는 '관동대진재'라는 코너가 있다. 주로 일본인 피해상황이 전시되어 있는데, '관동대진재와 유언비어'라는 부스에는 조선인들이 '유언비어'에 의해 학살되었다고 설명하고 있다. 또한 컴퓨터 모니터의 '외국인 학살, 조선인 학살'을 누르면 자료와 설명이 비교적 자세히 나온다. 그러나 ①죽은 조선인의 숫자, ②조직적인 국가폭력에 대해서는 나오지 않는다. 요즘 문제가 되고 있는 『새역사 교과서』는 "이 혼란 중에서, 조선인과 사회주의자의 사이에서 불온한 기도가 있다고 소문이 퍼져, 주민의 자경단 등이 사회주의자와 조선인·중국인을 살해하는 사건이 일어났다"[7]라고 쓰고 있다. 대학살의 책임이 마치 주민만의 책임인 것처럼 기술하고 있다. 이에 대해 와다 하루끼(和田春樹) 교수 외 일본 지식인 5명은 "실제로 사회주의자와 중국인을 학살했던 주체는 경찰과 헌병대였으며, 한국인 살해는 자경단, 경찰, 군대에 의해 이루어졌다. 조선인은 약 6천명이 학살되었으니, 적어도 '많은 조선인'이라고 당연히 표현되어야 한다. 이 책의 저자가 일본인의 죽음에 대해서는 그 숫자를 명시하면서도, 일본인이 외국인을 죽였을 때는 구체적으로 그 숫자를 적지 않는 것은, 떳떳하지 않다"[8]라고 지적하며 수정을 요구했다.

소위 '유언비어(流言蜚語)'란, 최초의 발화자가 누군지 불분명한 채 입에서 입으로 퍼지는 것이다. 그러나 당시 '조선인 방화'라는 거짓말은 일본 경치성이 의도적으로 퍼뜨렸다는 증거가 있으므로 유언비어라고 할 수 없다. 9월 2일 궁성 옆 미야께 사까(三宅坂) 참모본부 안에 관동계엄사령부가 차려졌다. 계엄령이 떨어지고 9월 2, 3일에 걸쳐 내무성의 경보국장은 각 지방장관에게 전보문을 발송했다.

> 토오꾜오 부근의 진재를 이용하여 쬬오오센진(朝鮮人)은 각지에서 방화하고 불령(不逞)의 목적을 수행하려 한다. 현재 토오꾜오 시내에서는 폭탄을 소지하고 석유를 뿌려 방화하는 자가 있다. 이미 토오꾜오부 일부에서는 계엄령을 시행하고 있기 때문에 각지에서는 면밀하게 시찰하고 조선인의 생동에 대해서는 엄밀하게 단속할 것.[9]

이것은 조선총독부와 대만총독부에도 타전되었다. 정부의 이런 전단이나 선전은 조직적인 학살의 기름불에 휘발유를 끼얹은 격이었다. 이어 동시에 2일 오후 3시경, 조선인의 '폭동'에 대한 엄중한 단속 및 조선인 '보호' 수용 방침을 결정한다. '후떼이센진(不逞鮮人)'에 대한 '단속과 보호'라는 이중적인 지시는 사실 학살령과 다름없었다.

주인공 한창복은, 주운 빈 상자로 요꼬하마에 사는 동창생 가족들 이름을 적은 성명패를 만들어, 그것을 어깨에 둘러메고 마치 그들을 찾는 척하면서 학살을 피해나간다. 당시 일본인들이 가장 많이 피난해 있던 곳은 우에노공원과 히비야공원이었다. 특히 히비야공원에서는 "관동대진재 후 히비야 옆 도서관 옆 신야외음악당에서는 피해당한 시민을 위한 위안공연"[10]이 열리기까지 했는데, 바로 『두만강』의 주인공은 "날마다 조마조마한 마음으로 히비야공원 속에서 일주일간 계속"(『두만강』 131면) 머물면서 일본인 행세를 한다. 주인공이 학살을 교묘하게 피하던 모습은 다름아닌 작가 자신의 체험이었을지도 모른다. 이기영 자신이 지진이 나자 시내 여기저기로 피해다녔고, 히비야공원에서 밤을 세웠는데 바로 이 경험이 소설에 표현된 것이다. 이 사건에 대해 에드워드 싸이덴스티커(Edward Seidensticker)는 이렇게 기록해놓았다.

묘한 소문이 시중에 떠돌았는데, 그것은 서양의 어떤 나라가 지진 발생기를 발명해서 일본에 실험해봤다는 것이다. 그럼에도 불구하고, '외인〔外國人—인용자〕'에 대해서, 곧 서양인에 대한 돌발사태는 발생하지 않았다. 그 대신 이 섬나라 외국인 경멸증(xenophobia)은 조선인에게 쏠렸다. (…) 특히 우물에 주의하도록 호소했던 경찰은 훗날 조선인에 대한 적의를 자극했다는 비난을 받게 되었지만, 아마도 그렇게 자극할 필요조차 없었는지도 모른다. 조선인에 대해 가장 나쁜 것을 상상하는 경향, 아니 경향이라기보다 소망은 근대 일본문화를 통해서 끊임없이 나타나는 주제이다. 어쨌든 대량학살이 분명히 자행되었다. 소극적이기는 하지만 공식 발표는 사상자 수를 비교적 낮게 세 자리 숫자 정도라고 했다. 그후 진보적인 학자 요시노 사꾸조우(吉野作造)는 열 배를 곱해서, 실제 2천명 이상이었다고 발표했다.[11] (강조는 인용자)

인간이 인간을 학살하는 야만(野蠻), 실로 "조선인에 대해 가장 나쁜 것을 상상하는 일본인의 경향"에 이기영은 질려버렸는지도 모른다. 이기영은 『두만강』에서 조선인 피살자 수가 '6천명'이라고 적고 있다. 그해 11월 28일 독립신문사 주검이 집중되었고, 지역에 따라 카나가와 4,106명·토오꾜오 1,347명·사이따마 588명이 가장 많았고, 굼마 37명·또찌기 8명·이바라끼 5명 등 순으로 조사되어, 전체 조선인 학살자 수를 6,661명으로 조사보고[12]하였다.

그러기에 이 사건은 단순한 지진이 아니다. 자연적인 재해가 아니라, 인간이 인간을 살육한 광기(狂氣)의 표상이었다. 그런 까닭에 이기영은 『두만강』의 제7장 전체를 '토오꾜오대진재(東京大震災)'라고 했다. '지진(地震)'이란 화산의 활동이나 단층·함몰 등 지구 내부의 급격한 변동으로 인해 땅이 일시적으로 흔들리는 현상을 말한다. 이에 비해, '진재(震災)'란 지진 이후에 일어나는 재난을 말한다. 지진 이상의 비극적인 일이 벌어졌기 때문에 그는 관동대'진재'라고 했을 것이다. 그런데 사실 관동대진재의 최고 불행은, 조선인 학살의 문제를 넘어, 그 책임이 누구에게도 없는 것처럼 애매모호하게 되어버렸다는 데에 있다.[13]

'나라시노'의 악몽과 내셔널 아이덴티티

팻말에 일본인 가족 이름을 써서 들고 다니며 가족을 찾는 양 일본인 행세를 하여 위기를 모면했던 이기영은 조선인 유학생 감독부에 수용되었다가 9월 30일 '『동아일보』 제1회 구조선 홍제환'을 타고 태평양을 떠다니던 중 폭풍까지 만나 일주일 만에 부산에 상륙한다.[14] 이기영도 그랬듯이, 조선인 대부분은 일단 수용소에 갇혀 있어야 했다. 가장 큰 수용소는 찌바현 나라시노(習志野) 기병 13연대가 있던 자리의 '나라시노 수용소'였다. 여기에는 조선인과 중국인이 강제수용되었다. 이 나라시노 수용소의 이야기를 작품에 담은 것이 김동환의 서사시 『승천하는 청춘』(이후로 『승천』으로 약칭함)이다.

이러케 캄캄한 밤중에

물결을 처 넘는 저 십리 白骨塚을 바라보노라면

춤 한번 삼키비안코 그 무덤만 가만히바라보노라면

금시에 관 뚜껑을 쓰고 수천 수백의 亡靈들이

줄광대 모양으로 가달춤추며 제각금 뛰여나와

코끼리 파먹고난것가튼 제무덤 꼭대기에 올나서서

무어라도 두팔을 저으며 인간세상을 향해 부르는 듯

그소리 마치 「여보게 이리옵세!」 하는 듯

그멍이 숭숭뚤닌 크다란 그 頭蓋骨이

남산 봉화택가지 쑥내밀어 너울 너울 춤치워질때

금박에 목숨부튼것가치 엉기 엉기 기어나와 손을 마조잡을것가튼 그 모양을 보고는

등골로 옷싹 소름이 끼침을깨닷으니[15]

제1부 「태양(太陽)을 등진 무리」는 음산한 가을 날씨를 배경으로 시구문 밖 공동묘지의 음울한 풍경을 그리는 데서 시작된다. 마치 귀신이 나올 듯한 장면을 연상시키는 긴 표현이 지루하기만 하다. 이어서 어린아이의 시체를 파묻고 울며 떠나는 여인과 그녀가 떠난 뒤 얼마 지나지 않아 그 시신을 파내어 품에 안은 여인의 뒷모습을 묘사한 것이 1부의 내용이다. 지루할 정도로 장황해져버려 극적 긴장감을 떨어뜨리는 대목이지만,

나라시노 수용소 위치 현재 자위대 본부가 자리하고 있는 위치로, 그림에서 점선 부분이 수용소 자리였다.

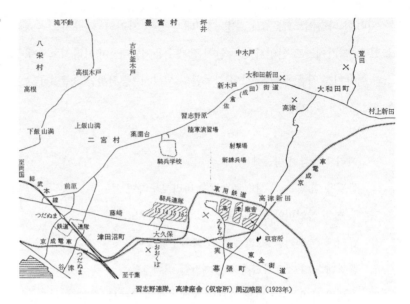

滝不動　　　豊富村　坪井
八栄村　　　古和釜木戸
高根木戸　　　　　　中木戸　　　　　　萱田
高根　　　　　　　　　大和田新田　×
　　　　　　　　新木戸　(成)街道　　大和田町　×
　　　　　　　　　倉佐
下飯山満　上飯山満　習志野原　　　高津　×　　　村上新田
二　宮　村　薬園台　　陸軍演習場
　　　　　　　　　　　　　　射撃場
至両国　　　　　　騎兵学校　　　新練兵場
総武本線　前原　　　　　軍用鉄道　高津新田
　　　　　藤崎　騎兵連隊　高津廠舎　　　　電車京成
つだぬま　　　　　13 14 15 16隊　×
鉄道連隊　　　大久保　みもみ　×　収容所
京成電車　津田沼町　おおくぼ　　軽実　東金街道
谷津　至千葉　　　　　　　　幕張町

習志野連隊, 高津廠舎(収容所) 周辺略図(1923年)

지겨울 정도의 암울한 묘사는 1923년의 사건을 경험했던 이들의 비극미를 극대화시키고 있다.

　여기서 어린아이의 죽음은 관동대진재 때 벌어진 비극을 증폭시키는 기재로 쓰이고 있다. 비슷한 경우로, 관동대진재가 나고 4년 후인 1927년 정월에 토오꾜오로 온 김용제의 시 「진재의 추억」에서도 아이의 죽음이 나온다. 아직 거리에 비극적 이야기가 화제가 되었던 시기였기에 김용제는 '~에게 들었다'는 식으로 시를 쓰고 있다. 이 시에는 조선인 남편을 찾다가 남편이 학살되었을 것으로 알고 자살하려고 하는 여인이 서정적 주인공으로 등장한다. 하지만 아이를 키워야 했고 게다가 임신중이라 자살하지 못하고 여인은 뒷골목으로 도망친다. 구단(九段)의 언덕길로 도망치다가 갑자기 달려드는 말에 탄 일본군에 밀려 여인과 아들은 돌계단 위에 머리를 부딪혀 넘어지고 만다. 머리가 깨져 아이와 여인의 옷은 피에 젖는다.

그때 그녀는 임신해 있었기 때문에

잡아 찢긴 배 속에서

아직 눈도 코도 없는 태아가 튕겨나왔습니다

그 토마토처럼 연약한 태아를

──이것도 조선의 종자다! 라며

군홧발 뒤꿈치로 심하게 밟아 뭉개버렸습니다.

옆에 있는 야스꾸니진쟈의 '신(神)'들은

나라를 위해서

이런 맛있는 봉납(奉納)은 없을 거야, 라고

틀림없이 기뻐했겠지요

──「진재(震災)의 추억」[16] 부분

끔찍한 묘사다. 아이의 죽음과 야스꾸니진쟈의 봉납(奉納)을 대비시켜 비극을 극대화시키고 있다. 이처럼 태아의 죽음은 비극적인 상황을 더욱 끔찍하게 강조한다. 『승천』에서도 제1부에 나오는 아이의 죽음은 끔찍한 비극을 성공적으로 증폭시킨다.

이어서 이 작품에서 가장 주목되는 부분은 제2부 「2년 전」이다. 이 대목의 주된 배경은 토오꾜오에서 얼마 떨어지지 않은 찌바현 해안의 나라시노 이재민 수용소이다. 『국경의 밤』과 함께 1925년 초에 발표된 『승천』은 김동환을 우리나라 초유의 근대적 장편 서사시인이라는 확고한 문단적 지위를 얻게 했다. 그런데 무엇보다도 『승천』의 제2부가 주목받아야 하는 이유는 관동대진재에 대한 탁월한 '문학적 보고서'이기 때문이다.

①
겨우 그 참혹한 惡夢에서 피한 것을 다행으로 여기면서

마당에는벌써 총끝에 칼 꽂은 여러 병정들이

억개에 찬 갈 바람을 껴 안고서

무뎍 무뎍 모여서 『人員檢查簿』를 뒤적거린다

(『승천』 29면)

②

화약고 곁에 모여선 第一營앗에선 그때

『귀착! 번호!』하는 송곳질하는 듯한 뾰족한 구령소리터지며

이내 한낫! 둘 하는 瀑竹가튼 소리뒤를 니는다

그래서 열 스물도 머지나 삼백!하고 겨우 끝나게 되면

史宦의 낫츤 또 찡그러지며 다싯! 하고 호령한다

한두놈의 도망한자 잇다고 융얼거리면서 ─

(『승천』 31면)

③

이것은 習志野震災民收容所 아침때 광경이랍니다얏

일본서울 서 한 五十里나 되는 千葉海岸의

조선인 수용서의 날마다 적는 아침때 광경이랍니다

(『승천』 32면)

1923년 가을 "이천명의 피란민이 이 習志野벌의 假兵營에 몰녀와/흰 온 입었다는 이름아래 이곳에 보호받고 있었다/……/이리굴니고 저리 몰니며 개딱지만한 이 兵營에 모이여"(『승천』 33면) 살던 모습을 김동환은 잘 묘사하고 있다. 비위생적인 수용소에서 조선인들은 새벽마다 나팔소리가 나면, 수천명의 할아버지·여인·아이 할 것 없이 연변장으로 뛰어나

가야 했고, 그들을 바라보면서 일본 군인은 인원검사표를 뒤적였다(①). 그래서 화약고 곁에서 매일 구령을 외치면서 검사당하는 풍경(②), 이것이 제2차 세계대전 당시 유대인 수용소를 연상시키는 나라시노 수용소의 아침 풍경(③)이다. 조선인들은 보호라는 미명 아래 인간 이하의 대우를 받아야 했다. 수용된 조선인은 잔혹하게 대우받았고, 곧 지진 지역의 노동봉사, 특히 시체처리에 동원되었다.[17] "모든 것이 棺 속 일 같다"(『승천』 89면)는 표현은 한마디로 수용소의 풍경을 압축해준다.

이런 수용소에서 두 주인공은 어떻게 사랑을 나누었을까. 대진재가 있기 전에 토오꾜오 기독교회관에서 열린 진보적인 회합에서 여주인공과 남주인공은 서로 호감을 느낀다. 그후 우연히 수용소에서 만난 그들은, 병든 처녀의 오빠와 함께 간호하면서 사랑을 나누게 된다. 그렇게 사랑했던 두 사람은 2부의 후반부에 이르면 헤어지게 된다. 헤어지는 이유는 불온사상을 가졌다는 죄목으로 청년이 수용소 밖으로 끌려나가는 사건 때문이다.

    그것은 리재민속에 언잔은 分子가 있다고
    그를 빼 버리기 위한 숨은계획이
    이날밤 쥐도새도 모르는 가운데 시행됨이엇다
    인제는 짐나팔로 불니라할 때
    난대없는 등불없는 자동차한대 兵쓸압문을 지킴이—

    얼마 뒤 靑年네명은 말없시 끄을너 나와
    그 자동차에 실니엇다

    자동차가 거이 떠나려할 때

수군거리는 것소리에 놀란 그녀자는

갑작놀나 밧갓흐로 나갓건만

차는 벌러 瀑音을 치고 이미 내다랏다

『아, 여보세요 선생님!』

그래도 여자는 失神하여 땅에 꺽구려져 운다

   (…)

그네사람 속에, 그 청년도 끼엿섯다

(『승천』 98~99면)

　　사랑하던 청년이 수용소에서 끌려나가자 여자는 "길게 밤내 울며" 괴
로워한다. 그녀는 이재민 수용소에서 불온한 사상을 지녔다는 이유로 일
본군에게 끌려간 청년이 죽은 줄 알고 고향으로 돌아간다. 필자는 이 대
목이 쉽게 이해되지 않았는데, 실제 비슷한 사건이 있었던 곳을 현장답사
하고나서야, 처녀가 청년의 죽음을 확신할 수밖에 없었던 당시 상황을 이
해하게 되었다. 수용서 밖은 곧 죽음을 의미하던 때였던 것이다.

　　나라시노 수용소가 있던 지금의 자위대 부대정문 앞에서, 자동차로
15분 정도 가면 타까쯔 이시바시(高津石橋)라는 곳에 400여년 된 고찰 관
음사(觀音寺)가 있다. 바로 이 절에 일본인 주지스님의 배려로 희생된 한
국인 5명과 한국으로 오인되어 죽은 오오사까 출신 일본인 1명의 넋이 안
치되어 있다. 필자는 2001년 10월 25일 와세다대학 오오무라 마스오 교
수의 안내로 고(故) 이성욱(문학평론가) 선생과 함께 매년 9월 1일 '관동
대진재 학살조선인 위령제'가 열리기로 유명한 그 절을 찾아갔다. 마침
주지인 세끼 코오센(關光禪, 72세) 스님을 만나 선조에게 들었다는 당시
이야기를 전해들을 수가 있었다.

　　"많은 조선인들이 이곳 나라시노로 끌려왔고, 9월 5일경 부대 밖으로

조선인 5명과 오오사까 출신 일본인 1명이 살해된 장소. 현재는 주택가의 공터이다.

버려지는 조선인들이 있었답니다. 그날도 수용소 부근의 타까쯔(高津) 농민들이 부대 밖으로 내쫓긴 조선인들을 인수받아 이 절에서 300미터 떨어진 나기노하라(ナギの原)라는 공유지로 그들을 끌고 가 조선인의 손을 뒤로 묶은 채, 눈을 감기고 일본칼로 베어 구덩이에 묻었답니다. 6명 중에 한 명은 오오사까 사람이었는데, 자신이 일본인이라고 주장해도, 흥분한 사람들이 듣지 않고 죽였답니다. (…) 비극적인 일이지요."

　인간의 죽음이 돼지의 도살과 다름없이 시행되던 날의 이야기다. 여기까지만 들어도 『승천』에서 청년이 수용소 밖으로 끌려나갔을 때 왜 여인이 그렇게 밤새 통곡했는가를 이해할 수 있게 된다. 우리 일행은 주지스님과 인터뷰를 끝내고 조선인이 학살되었다던 나기노하라를 찾아갔다. 몇번 길을 헤매다가 당도한 나기노하라는 지금도 여전히 공터였다. 아닌게아니라, 사람이 사람을 도살하고 매장한 그런 장소에다 누가 집을 짓고 살겠는가. 잡초 무성한 공터인 그곳은 당시의 비극적인 현장에 있었다던 큰 나무 한 그루만이 을씨년스럽게 버티고 있었다. 이 장소뿐만 아니라 나라시노 수용소 부근에서는 이와같은 방법으로 수많은 조선인들이 학살당했던 증언[18]이 지금도 전해진다. 나라시노 수용소에서 반항적으로 보였던 조선인은 9월 7일경 육군에서 자경단으로 넘겨져서 살해되었다는 기록도 남아 있다. 필자는 『승천』에서 갑자기 트럭에 실려나간 4명이 이렇게 죽어가지 않았을까, 관음사의 '관동대진재 조선인 희생자 추모비'와 을씨년한 공유지 앞에서 잠깐 묵념해본다.

이후 『승천』 제4~6부는 사랑하는 청년과 이별하고 난 뒤 고향에 돌아온 처녀의 생활과 그녀가 아이를 공동묘지에 묻게 되기까지의 사연이다. 이 작품에서 '승천'이란 주인공들의 자살을 암시하는 것으로 읽힌다. '지금 여기'가 아닌 또 다른 세계로의 탈출을 뜻하는 승천이 결국 죽음(자살) 이외의 다른 것을 뜻한다고 보기 힘들다. 식민지 현실, 게다가 인간이 동물처럼 다루어지던 수용소에서 정신적 지향과 육체적 욕망이 조화를 이루는 사랑이 가능할까? 작가가 이런 주제를 밀도있게 풀어나간다는 것은 쉽지 않다. 이에 대해 작가는 진지하게 천착하기를 포기하고 주인공들을 죽음으로 몰고 갔다. 아쉽게도 작품에서 세계의 변혁을 지향하는 운동과 자신들의 사랑을 어떻게 연결시킬지에 대한 고민의 흔적은 거의 나타나지 않는다. 이런 것은 주제의식에 철저하지 못했던 김동환의 한계라고 할 수 있다. 표현에 대한 열망은 있으나, 구체적인 사상이나 실천에 대한 작가적 역량이 갖추어지지 않았던 것이다. 그러나 이것은 동시에 1920년대 식민지 조선사회와 문단의 한계이기도 했다.[19] 결국 이 작품에서 주인공들의 돌연한 자살은 작가 스스로 선택한 서사적 긴장을 감당할 만한 역량을 갖추지 못한 데서 기인한 것이었다.

이쯤에서 짚어보고 싶은 문제가 있다. 과연 관동대진재 이후 조선인 학살이란 '집단적 광기'는 어떻게 가능했을까? 해답은 계엄군이 뿌렸던 "센진(鮮人)을 조심하라"고 써 있는 전단을 쉽게 받아들였던 이유를 찾는 데서 출발해야 한다. 즉 어떻게 '교육시켰기에' 그렇게 전단 한 장을 쉽게 받아들였는가 하는 문제이다. 우리는 여기서 세 가지 문제를 지적[20]할 수 있다. 첫째, 메이지(明治) 이래, 일본이 어떻게 아시아를 가르쳐왔는가 하는 교육 내용을 보면 알 수 있다. 당시 일본은, 중국과 조선은 아직 발전하지 못한 미개한 나라이고, 반대로 일본은 뛰어난 민족이라 가르쳐왔다. 이러한 교육으로 인해 일본인들은 무의식중에 조선인과 중국인을 인간 이하로 보게 되었던 것이다. 둘째, 관동대진재가 일어나기 3년 전에 있었던 3·1 운동에 대한 일본 신문의 보도 때문이다. 당시 신문 보도는 3·1 운동을 무자비한 폭동으로 보도해서 일본인들에게 '조선인들은 무자비한 존재다'라는 공포감을 심어주었던 것

관음사 찌바현에 있는 관음사의 조선인 위령탑. 한국식으로 지어진 종각이 있다.

이다. 셋째, 일본의 지배로 인해 경제적 기반을 잃고 일자리를 찾아 일본으로 건너온 조선인들이 낮은 임금으로 일했던 이유도 있다. 끊임없이 찾아오는 조선인 때문에 일자리를 잃은 일본 노동자들은 무심결에 조선에서 온 노동자에 대한 원망이 쌓였던 것이다. 이렇게 관동대진재 때 조선인 학살사건의 배후에는 국가주의 교육과 당시의 현실 논리가 있다. 그중 무엇보다도, 일본이란 국가만을 세계에서 뛰어난 국가로 강조해 교육해온 '일본판 오리엔탈리즘'이 문제일 것이다. 당시 일본의 군국주의는 국민들에게 '국가주의적 정체성'(National Identity)를 교육칙어 등을 통해 끊임없이 강요했다. 일본 '국가'에 종속되어 있는 개인들은 자신의 존재성을 잃고, 집단적 광기의 세계로 빠져들었던 것이다. '국가'라는 가치관

에 늘 세뇌되어온 '개(個)'의 인생윤리는 '국(國)'을 위해 투신하도록 훈련되어왔던 것이다. 군국주의 일본은, 구석구석까지 감시가 미치는 철저한 규율사회였다. 일본이란 폐쇄된 사회에서 천황 중심의 규율과 강제 속에서 교육받고 훈련받는 과정에 개인은 완전히 국가의 명령을 따르게 되었다. 일본의 오리엔탈리즘은 "치유되지 않은 정신적 외상인 서구의 지리적 폭력에서 벗어나, 다른 아시아 국가에 대해 오리엔탈리즘의 주도적인 힘을 행사하기 위해서 '어떻게 하면 좋을까'라는 동기에 의해 유지되어왔다. 그리고 아시아와의 권력문제, 지배관계 그리고 다양한 헤게모니 관계는, 19세기 이후의 구미 제국주의에서는 볼 수 없었던 전방위에 걸친 집약적인 방사형(放射型) 식민제국의 구조로 변해갔던 것이다."[21] 바로 일본판 오리엔탈리즘의 실험대, 말 그대로 내셔널 아이덴티티가 강요되는 전개과정에서 관동대진재 당시의 조선인 학살은 그 실험대였던 것이다. 지진사건이 진재사건으로 번지고, 조선인과 중국인 학살로 일시에 번지게 되는 사이에는, 계엄군에 의한 소문의 조작이 있다. 계엄군이란 국가의 통제에 따라 자경단이나 일본 국민은 기계처럼 폭력을 행사했던 것이다. 그러나 그것은 개인의 폭력 이전에, 국민들에게 내셔널 아이덴티티를 강요했던 '국가적 폭력'이었다.

하나의 선택, 계급운동

당시 사람들은 지진을 피해, 메이지시대 육군의 옷을 만들었던 육군피복창(被服廠)이 이전하고 공터로 남아 있던 곳으로 피했다. 바로 필자가 찾아갔던 거기까지 번진 불로 3만 8천명이 타 죽는 지옥 같은 사건이 있었다. 그 피복창 터에는 지금 스미다(墨田)구 요꼬아미쬬오(橫綱町) 공원인데, 공원 안에는 '토오꾜오도 위령당(東京都慰靈堂)'이라는 전형적인 일본풍 건물이 거창하게 서 있다. 부슬부슬 비가 내리던 2001년 11월, 필자는 거대한 '진재기념당' 앞에 한참을 서 있었다. 원래 관동대진재 위령당이었는데 쇼오와(昭和)전쟁의 위령을 모신다며 이름을 바꾼 것이다. 쇼오와전쟁이라는 것은 미국과의 전쟁, 즉 제2차 세계대전을 말하며 1944년 미군의 토오꾜오 대공습으로 죽은 민간인들을 합사(合祀)시킨 것이다. 여기에 지진으로 죽은 자 5만 8천명의 위패가 있다. 그중 약 2만명의 이름은 아직도 모른다. 2만명 중에 조선인이 몇명인지도 알 길이 없다. 이 위령당 오른쪽으로 학살된 조선인을 위령하는 검은 화강암 비석이 있다. 위령당에 향초 한 대를 피워올려 묵념하면서, 아비규환의 사건 이후 한국인 작가들이 어떻게 변모했는지를 생각해보았다.

(1)이기영의 경우

관동대진재가 한국사회에 어떤 영향을 미쳤는가를 보는 이기영의 평가는 주목할 만하다. 이기영은 관동대진재가 오히려 식민지 조선에 맑스-레닌주의를 공부하게끔 자극시켰다고 진술한다.

일제는 오히려 관동대진재의 손해를 조선에서 식민지적 착취 방법으로 찾으려고 하였다. 왜놈들은 일본의 공업을 더욱 발전시키기 위해서는 조선과 같은 노동 임금이 낮고 또한 원료를 헐값으로 얼마든지 얻을 수 있는 곳에다 직접 자본을 투입하는 것이 가장 상책이라고 타산하였던 것이다. 그리되면 조선 노동자들을 구태여 일본으로 끌어 들일 필요도 없다. (…) 그 바람에 조선 내에서는 노동자 대열이 급격히 장성되어 갔다. 한데 노동계급의 장성은 한편 놈들의 두통거리로 되었다. 왜냐하면 그들은 계급투쟁의 선봉대로서 맑스-레닌주의를 다른 누구보다

도 제일 빠르게 사상적으로 접수할 수 있었기 때문에— (『두만강』135면)

이기영은 관동대진재로 인해 한국사회에서는 프롤레타리아 운동이 확대되었다고 설명하고 있다. 한국사회뿐만 아니라, 한국문단 역시 유학 생활에서 귀국한 귀국생들에 의해 프롤레타리아 문학운동이 힘을 얻기 시작했다고 적고 있다. 자연적인 재해는 작가들의 영혼에 지진을 일으켰고, 그 절망 속에서 뭔가 주체적인 실천의 장을 필요로 했던 것이다. 그래서 선택한 것이 그들에게는 계급투쟁이었고, 맑스-레닌주의라는 것이다. 단지 소설의 주인공들뿐만 아니라, 이기영 작가 자신이 그런 길을 걸었다. 그는 귀국 후 카프에서 활동했으며 세태풍자적이고 사회주의적인 성향의 작품으로 두각을 나타내다가 1946년 월북했다.

(2)김동환의 경우

김동환 역시 관동대진재 이후 귀국하여 프롤레타리아 운동에 뛰어든다. 관동대진재가 일어나던 1923년 그는 동양대학 문화학과를 다니고 있었다. 공부와 생활에 쫓기기만 했다고 보기는 어렵다. 그는 실제 고학생들의 단체인 '갈돕회'에서 활동하기도 했고, 이를 중심으로 유학생들이 창립한 재일조선노동총연맹에서 9인의 중앙집행위원 중의 한 사람으로 일한 경력을 가지고 있다. 불과 2년 남짓한 짧은 유학생활 동안, 더구나 고학을 해야 했던 김동환이 어떤 사상을 체계적으로 깊게 공부했으리라고 기대하는 어렵다.[22] 김동환이 일본 유학에서 돌아온 때는 관동대진재 직후였다. 관동대진재의 참상을 목도한 그로서는 더이상 유학생활에 매력을 느낄 수 없었던 것이다. 귀국한 후 그는 함경북도 나남시에서 발간되던 『북선 일일신문』 조선문판 기자로 사회에 첫발을 내딛는다. 그는 이때 『동아일보』에 「민족개조론」을 발표한 이광수를 격렬하게 비판하면서 개인적으로 그의 장례식을 거행했을 정도로 기개넘치는 열혈기자였다. 이러한 기개로 그는 계급사상을 내용으로 하는 시를 발표하곤 한다.

> 우리 오빠는 서울로 공부 갔네
> 첫해에는 편지 한 장
> 둘째 해엔 때묻은 옷 한 벌
> 셋째 해엔 부세 한 장 왔네.
>
> 우리 오빠는 서울 가서
> 한해는 공부,
> 한해는 징역,
> 그리고는 무덤에 갔다오.
>
> ──「우리 오빠」(『3인시가집』, 1929) 전문

1920년대 초기에 갖게 되던 민요적 감수성을 토대로 식민지 지식인의 고뇌와 결단을 압축적으로 보여주는 수작이다. 분명 이러한 경향의식은 카프와의 관련 속에서 촉발된 것이다. 가령 『승천』의 주인공 남녀는 딱히 사회주의자라고 하기는 어렵지만, 일반적으로 아나키스트를 포함해서 현실의 변혁을 꿈꾸는 급진적 개혁주의자들을 뜻하는 '주의자'로 설정되어 있다. 이 서사시의 여주인공은, 청년과 헤어져 고향으로 돌아간 뒤 "초한 대면 로마를 불태울 수 있다"는 신념을 갖고 교사생활을 하며, 주인공 청년 또한 비밀결사에 가담하여 조선사회를 개혁하기 위애 애쓰는 것으로 설정되어 있다. 이런 인물 설정은 젊은 시절 한때 급진적인 개혁주의자 면모를 보여주었던 김동환 자신의 실제 경험과 긴밀하게 연관되어 있다고 해도 좋을 것이다. 그러나 그의 경향의식은 그렇게 뿌리깊지 않았다.

그의 계급사상은 체계화되고 체험한 것이 아니었다. 이런 지사적인 기개는 적어도 『삼천리』를 창간하는 1920년대 말까지는 지속된 것으로 보인다. 그러나 1930년대 대중적 취향의 잡지 발간을 기획하고 실천해서 출판인으로 성공을 거두었다는 것은 김동환이 시세의 변화를 민감하게 읽을 줄 아는 감수성을 지녔음을 보여준다. 일단 잡지의 세속적인 성공을 위해서 부단히 현실과 타협하지 않으면 안되었고, 급기야 그는 시국(時局)에 협조하는 길을 선택하지 않을 수 없었다. 그래서 그는 급진적이었던 이십대 초반의 몇년간을 제외하고는 나머지 생애의 대부분을 현실에 안주하면서 살았고, 친일에 나서는 오욕의 길로 들어섰다.

(3)이상화와 김용제의 경우

이 소용돌이 속에서 조선인을 비롯하여 중국인·노동자·사회주의자들이 학살되었다. 당시 일본에 살던 조선인들 대부분은 막노동자였고 그밖에는 유학생들이었다. 노동자들은 헐값에 노동력을 팔았고, 유학생들은 지금도 그렇지만 대부분 고학생들이었다. 그런 중에도 소수 사치스런 생활에 빠진 유학생 귀족들도 있었다. 와세다대학에 유학왔던 시인 리찬은 유학생들의 사치스런 생활을 한탄하다가 고국으로 돌아간다.[23] 이런 한탄은 토오꾜오에서 관동대진재를 경험했던 시인 이상화의 「토오꾜오에서」라는 시에서도 잘 나타난다.

토오꾜오의 밤이 밝기는 낮이다──그러나 내게 무엇이랴!
나의 記憶은 自然이 준 등불 海金剛의 달을 새로히손친다

色彩와音響이 生活의華麗로운 아롱紗를 짜는──
옙분日本의 서울에서도 나는 暗滅을 설웁게──달게 꿈꾸노라

아 진흙과 집풀로 얽멘움미테서 춧거가티벙어리로 사는 신령아

우리의 압헨 가느나마 한가닥길이 뵈느냐──어둠뿐이냐

──「토오꾜오에서」(『문예운동』 창간호, 1926. 1) 부분

관동대진재를 겪으면서 그의 시각은 확실하게 바뀐다. 1924년 봄에 귀국한 그는 이듬해인 1925년 1월 『개벽』에 「가장 비통한 기욕」 「빈촌의 밤」 「조소」 「어머니의 웃음」 등을 동시에 발표하여 이전과 전혀 다른 세계관을 보여주고 있다. 이렇게 볼 때 관동대진재가 이상화에게 준 충격은 대단한 것이었음을 알 수 있다. 그 역시 이기영처럼 더이상 일본에 머물지 않고 귀국해버린다.

하늘을 흘기니

울음이 터진다

해야 웃지 마라

달도 뜨지 마라

──「통곡」(『개벽』, 1926) 부분

이상화의 울음 속에는 복합적인 요인이 있을 것이다. 울음을 촉발시키는 복합적인 원인에는 관동대학살 사건도 포함되어 있을 것이다. 비극적인 운명 앞에서 울 수밖에 없는 울음이다. "사람아 미친 내 뒤를 따라만 오너라 나는/미친 홍에 겨워 죽음도 뵈줄 때다"(「선구자의 노래」)라는 울분은 비관적인 자탄과 항거하는 반항의 어쩔 수 없는 사이에 있다. 그의 우울은 전처럼 퇴폐적이고 세기말적인 방황에 이르지 않는다. "나의 신령─/우울을 헤칠 그 날이 왔다─/나의 목숨아─/발악을 해볼 그 때가 왔다"(「오늘의 노래」)처럼 무언가 발악하고 미친 홍에 겨워 다부진 결의를

토오꾜오 부근 강제 연행되고
있는 한국인들.

하는 것이다. 이런 결의는 사회를 개혁하고자 하는 의지와도 연결된다. 그리고 비판적 낭만주의라는 서로 어울리지 않을 것 같은 독특한 모습을 낳게 된다. 이렇게 이상화의 시에서 경향성이 강해지는 데에는 관동대진재의 경험을 빼놓을 수 없을 것이다. 그는 1925년에서 1926년 사이에 프롤레타리아적인 경향시를 발표했는데, "오ㅡ. 이런 날 이런 때에는/이 땅과 내 마음의 우울을 부실/동해에서 폭풍우나 쏟아져라ㅡ 빈다"(「폭풍우를 기다리는 마음」)는 표현은 그의 애절함과 혁명적인 기운을 기다리는 그의 혁명적 낭만주의와도 관계가 있을 것이다. 식민지사회를 엎어버릴 폭풍우를 기다렸던 것이 아닐까. '폭풍우'라는 표현으로 지진보다 더 강력한 혁명이 오기를 기다렸던 것은 아닐까.

시대를 뒤엎은 '폭풍우'에 대한 기대는 김용제의 시에 더욱 구체적으로 나타난다.

아아

많은 여인이여 딸들이여

아들과 딸을 죽임당한 어머니들이여

남편을 X당한 여인들이여

저 처참한 鮮X의 추억을

오늘 당신들의 삶과 연결시켜 생각해보세요……

증오에 목매어 우는 피를

프롤레타리아의 전열의 길에 살려냅시다

— 「진재의 추억」 부분[24]

　　김용제는 관동대진재를 직접 경험하지 못했다. 그가 고학을 목적으로
토오꾜오에 도착한 것이 1927년 정월 초하루였다. 그래서 그에게는 객관
적인 사실의 증언보다는 비극적 사실에 대한 증오가 증폭되어 나타난다.
그 증오는 어떤 구체적인 실천을 향한 선택을 생각하게 된다. 비극을 극
복하기 위한 바른 선택이 "프롤레타리의 전열의 길"로 나서는 것이라고
그는 직설적으로 주장한다. 관동대진재의 비극을 프롤레타리아 운동을
통해 극복하자는 주장은 그의 시 「선혈(鮮血)의 추억—9월 1일을 위하
여」(『戰旗』, 1931. 9)에 보다 명확하게 나타난다. 도로공사를 하는 중에, 관동
대진재 때 조선인 노동자의 것일지 모를 백골(白骨)이 나타나자 시인은
흥분하여 "오오 친애하는 일본의 노동자들이요! 이 백골의 차갑고/서늘
함은/살아있는 노동자의 철의 의지와 외줄기/같은 적에의 격렬한 증오
와 분노를 모아/피압박계급의 반역의 맹세를 아름답게 새겨넣읍시다
/ —프롤레타리아에는 국경이 없다!/민족의 특색을 파묻어 버립시다!"
라고 부르짖는다.
　　여기서 시인은 관동대진재의 조선인 학살사건을 단순한 개인의 광기
이전에, 그 집단적 광기 이면에 놓인 국가적 폭력을 직시하는 것을 알 수

있다. 그 국가적 폭력에 대응하기 위해서는 개인적인 항전이 아니라, 계급적인 운동에 의해서만이 가능하다고 역설하는 것이다.

시뿐만 아니라, 그의 삶 역시 이 시기엔 프롤레타리아 문학의 전사였다. 그는 적어도 1929년부터 조선으로 강제 송환되는 1937년 7월까지 십년 동안은 계급적이고 민족적인 입장에 섰던 문학전사(文學戰士)[25]였다.

(4)재일한국인과 일본인 작가의 경우

재일조선인 제1세대 작가 김달수의 「중산도(中山道)」 「위령제」가 있다. 「중산도」는 강제징용으로 끌려온 장만석이란 노동자의 체험적인 회고담으로 1923년 관동대진재 당시 사이따마 현의 한 마을에서 벌어진 조선 부녀자 학살사건을 고발하고 있다. 「위령제」 역시 땅값을 올려 팔아먹으려는 개발단지의 한 지주가 관동대진재 때 그의 땅에서 희생당한 조선인의 넋을 위로하는 위령제를 지낸다는 이야기로 위선적인 일본인들의 마음을 꼬집고 있다.

코마쓰 사쿄우(小松左京)의 해박한 지식이 돋보이는 일본 SF의 대표작 『일본 침몰(日本沈沒)』(光文社 1971)에서 주인공은 심해 잠수정 조종사로서, 일본열도 전체를 바다 속으로 가라앉힐 사상 초유의 거대한 지진을 예측하는 작업에 합류하게 된다. 일본 침몰 전에 몇차례의 강력한 지진이 일본 열도를 뒤흔들고, 그 와중에 재난에 대처하는 갖가지 인간군상들이 등장한다. 관동대진재 당시의 조선인 대량학살 등의 역사적 사실도 언급된다. 이외에도 많은 작품[26]에 1923년 9월 1일 사건이 아직 끝나지 않았음을 상기시키고 있다.

관동대진재의 조선인 학살을 정면으로 다룬 것으로 잘 알려진 두 작품이 있다. 먼저 1926년 천황의 암살사건이라는 대역죄를 내용으로, 사형판결을 받았던 이들의 이야기를 기록한 작품이다. 세또오찌 하루미(瀨戸

內晴美)의 『여백의 미(餘白の美)』는 관동대진재와 조선인 학살을 배경으로 주인공이 장렬하게 자살하기까지의 이야기를 다룬다.

조선인 학살에 대한 작품으로 무엇보다 잘 알려져 있는 것은 쯔보이 시게지(壺井繁治)의 「십오엔 오십전(十五円 五十錢)」이다. 이 시는, 지진이 있기 전날 밤, 비가 쏟아지는 심야를 배경으로 시작된다. 지진이 터진 뒤, 유언비어가 퍼지는 상황을 기록하면서, 아울러 그 유언비어의 진원지도 증언하고 있다. 그가 보았던 것은 "덕지덕지 붙어 있던" 계엄군의 벽보였다. "폭도가 있어 방화 약탈을 범하고 있으니 시민들은 당국에 협조해 이 것의 진압에 협조하라"는 벽보가 경찰서 게시판에 붙어 있었다. 이것을 보고 그는 "나는 그때 처음으로 확인했다／어디에서 어디까지 뿌려진 유언비어의 진원지가 어디였는지를" 증언한다. 그리고 조선인이 학살당하는 현장도 증언하고 있다.

구경꾼에게 둘러쌓여
소방용 손도끼(鳶口)를 등짝 한가운데 꽂은 채
핏물 웅덩이에 쓰러져 있는 조선인 노동자풍의 남자의 눈을 보았다
거기서 끝나지 않고
가는 곳마다 행해지는 테러였던 것이다
(…)
아아, 젊은 그 시루시반댕(印絆夫)이 조선인이었다면
그래서 "쥬우고엥 고쥬센"을
"츄추고엔 고츄센"이라고 발음했더라면
그는 그곳에서 곧 끌어내려졌을 것이다
　　　　　　—「십오엔 오십전(『신일본문학〔新日本文學〕』, 1948. 4)」부분[27]

정확히 일본어 발음을 할 수 없었던 조선인들이 집단 광기 앞에 학살당할 수밖에 없던 사건을 짧은 서정시 형태로는 도저히 담아낼 수 없었을 것이다. 그래서 시인은 204행에 이르는 형식을 택했을 것이다. 마지막에 시인은 "무참히 살해된 조선의 친구들이여/당신들 자신의 입으로/당신을 자신의 몸으로 겪은 잔학함을 이야기하지 않으면/당신들 대신 말할 자에게 전하시고/(…)/다시 탈취한/부모로부터 받은/순수한 조선어로"라고 하며 관동대진재의 조선인 학살과 함께, 언어까지 빼앗은 식민지 정책의 문제도 증언한다. 대동아전쟁을 찬양하는 시를 발표해서 비판받는 시기에 씌어진 이 시는 자기비판의 성찰을 보이기도 한다. 아무튼 이 시는 관동대진재의 조선인 학살을 문제시하는 평론이나 자료집에는 거의 인용되는 대표적인 시다.

국가 폭력의 기록과 그 추동력

이제 지금까지 확인한 점을 정리해보겠다. 첫째, 여기서 우리는 작품의 배경을 살펴볼 수 있었다. 이기영의 『두만강』에서 주인공의 피난장소로 언급되는 히비야공원에는 당시 일본인을 위한 대규모 피난처가 마련되어 있었다. 또한 여러 사례를 통해 이기영의 묘사는 그 자신의 체험과 역사적이고 실증적인 조사를 통해 이루어졌음을 확인할 수 있었다. 아울러 김동환의 서사시 『승천하는 청춘』의 정확한 장소를 확인할 수는 없었지만, 현재 나라시노의 자위대가 있던 자리라는 것을 알 수 있었고, 또한 1장에서 나오듯 사람들이 수용소에서 쫓겨날 때 죽음을 각오해야 하며, 또한 실제로 그런 사건이 있었음을 현장답사를 통해 확인할 수 있었다.

둘째, 이 사건으로 많은 조선인 작가들이 귀국했고, 이로 인해 한국문단은 문예전성기를 맞이한다. 이 글의 서두에서 잠깐 언급했으나 보다 자세하게 약력을 거론해본다.

김동환(1901~?): 일본 토오요오대학 영문학과에 진학했다가 관동대진재로 중퇴하고 귀국하였다.

김소월(1902~34): 1923년 오산학교 시절을 지나, 일본 토오꾜오 상과대학 전문부에 입학하였으나 9월 관동대진재로 중퇴하고 귀국했다.

김영랑(1903~50): 1920년 출옥 후 토오꾜오 청산학원 영문과에 수학하다 1923년 관동대진재로 귀국하여 '청구동인회'를 결성한다.

박용철(1904~38): 1923년 토오꾜오 외국어학교 독문과에 입학했으나 관동대진재로 학업을 중단하고 귀국하여 연희전문에 입학하여 위당(爲堂) 정인보에게 시조를 배운다.

양주동·이장희·유엽: 여름방학에 조선에 왔던 이들 와세다대학 유학생들은 관동대진재가 나서 일본으로 돌아가지 못하자 동인지 『금성(金星)』을 발행한다.

이기영(1895~1984): 1922년 토오꾜오의 세이소꾸 영어학교에 다니다가 관동대진재로 보따리를 싸들고 귀국했다.

이상화(1901~43): 1922년 『백조』 동인이 되어 문단에 데뷔한 그는 프랑스 유학을 목적으로 일본으로 건너가 프랑스어를 공부하였으나 관동대진재로 귀국한 후 박영희·김기진 등과 카프 활동을 한다.

채만식(1902~50): 와세다대학 부속 제일와세다고등학원 문과에 입학했지만 관동대진재와 가정형편으로 1년 6개월 만에 학업을 단념하고 1923년 동아일보 학예부 기자로 취직한다.

이들은 모두 관동대진재와 조선인 학살사건 때문에 충격을 받고 일본에서 돌아온 이들이다. 물론 안 돌아간 작가[28]도 있으나 대다수의 경우가 그랬다. 한국문학은 1919년 3·1운동을 기점으로 일대 전환을 이룬다. 1919년 1월 김동인과 주요한이 중심이 되어 창간한 『창조』는 '근대문예지' 운동의 시발점을 보여주고 있다. 흔히들 1920년대 문학은 이광수의 계몽주의에 반기를 든 김동인 유, 혹은 염상섭의 냉철한 리얼리즘을 상상하게 한다. 아울러 소위 신경향파(新傾向派)문학과 프롤레타리아 문학을 생각하게 만든다. 여기에 대표적인 작가가 임화·이기영·김남천이다. 이러한 1920년대 문학의 배경을 흔히들, 첫째 1919년 3·1운동의 실패, 둘째 때마침 유행하던 세기말적 풍조로 든다. 그런데 여기서 필자가 추가하고 싶은 항목은 '1923년 관동대진재의 영향'이라는 점이다. 하지만, 한국문학사 책들은 보면, 관동대진재로 인한 영향을 거의 언급하고 있지 않다.

이에 비해 호쇼 마사오 등이 쓴 『일본현대문학사』(고재석 옮김, 문학과지성사 1998)[29]는 메이지혁명의 발발 시점인 1868년을 기점으로 하는 근대와 구별하여, 현대는 관동대진재의 발발 시점인 1923년이나 쇼오와 천황 즉위 시점인 1926년 이후로 하고 있기도 하다. 관동대진재를 한국 현대문학의 출발점으로 볼 필요까지는 없을 것이다. 그렇지만 관동대진재의 영향이 전혀 없었다고 하는 것도 문제가 있다. 역설적으로 위에 언급한 일본 유학생들이 대거 조선으로 돌아왔기에 기존에 있었던 『창조』『폐허』(1920) 『백조』 등의 문예동인지의 필진이나 편집진이 보다 풍부해진 것이다. 또한 이들 중에 구체적으로 현실을 개혁하기 위해 프롤레타리아 문학에 참여한 작가들이 적지 않았다. 이른바 1923년 그 사건으로 인해 한국으로 돌아온 그들로 인해 '신문학운동의 개화기'가 꽃피웠던 것이 아닐까.

셋째, 이 작가들이 귀국해서 신경향파와 프롤레타리아 문학에 참여했다는 점이 중요하다. 필자가 확인해본 이기영·김동환·이상화·김용제는 관동대진재를 기점으로 그 이후 프롤레타리아 문학운동에 참여하게 된다. 진재가 일어난 뒤 어떤 구체적인 실천의 장을 모색하는 것은 일본의 1920년대 문학사도 마찬가지이다. 쇼오와 문학사는 관동대진재 뒤『문예전선』과 요꼬미쯔 리이찌(橫光利一), 카와바따 야스나리(川端康成) 등이 예술에 의한 개혁을 목표로 1924년『문예시대』를 창간한 뒤부터 시작한다. 프롤레타리아 문학과 신감각파는 기성문단에 대한 반항이라는 점에서는 방법을 같이하면서도, 일본의 1920년대 문학사는 저들의 교류와 배반 속에서 프롤레타리아 문학, 신감각파, 기성문단이 정립(鼎立)되었던 것이다. 이후 프롤레타리아 문학이 한때 전성기를 맞았으나 계속된 탄압으로 전향현상이 일어났고, 신감각파가 기성문단에 흡수되었던 것은 한국의 1920년 문학사와 어느정도 닮은 부분도 있다.

일본문학사와 비교컨대, 이기영은 대하 장편소설『두만강』에서 단지 지진의 비극성을 묘사한 것이 아니라, 지진을 계기로 해서 등장인물들이 어떻게 혁명적 인간으로 근대민족운동에 뛰어드는가에 관심을 기울이고 있다. 실제로 이상화와 리찬은 진재사건을 계기로 계급주의문학을 선택하는 확실한 입장변화를 보인다. 후에 명확한 입장을 못 보이고 친일문학에 참여하는 시인 김동환도 관동조선인 학살사건이 끝난 뒤, 카프에 참여하게 된다. 김용제는 보다 극명하게 프롤레타리아 운동에 참여하는 모습을 보여준다. 이외에도 관동대진재를 다룬 작품은 적지 않다. 가령, 박태원의 중편「반년간」(『동아일보』, 1933. 6. 15~8. 20)도 분석해야 하는데 이 글에서 다루지 못했다. 좀더 다양한 작품들을 심도 싶게 분석해볼 때, 관동대진재와 1920년대 한국문학사와 관계는 명확하게 드러나리라 본다. 다만 적어도 이 글에서 다룬 자료를 본다면, 관동대진재가 한국 프롤레타리아 문학에 어떤 기폭제가 되었음은 부인할 수 없다.

다시…… 매년 9월 1일이 되면, 이날 토오꼬오 재난방지훈련으로 떠들썩하기만 한데, 필자는 억울하게 죽어간 영혼들과 이 사건으로 조선으로 돌아간 조선인 작가들의 이름을 습관처럼 호명하게 된다. 동시에 당시의 조선인 학살을 "세계 무대에 얼굴을 돌릴 수 없는 대치욕(大恥辱)이 아닌가"[30]라며 일본 정부를 격렬하게 비판하며 독자적으로 조선인 학살을 조사했던 정치가 요시노 사꾸조오(吉野作造), 혹은 지금도 현장조사와 함께 자료집을 펴내며 조선인 학살사건을 조사하는 양심적인 시민운동단체의 일본인 회원분들, 그리고 이 문제를 갖고 심각하게 씨름하는 일본인 학생들의 푸른 이마도 떠오른다.

‖ 김응교 ‖

주 |

1 일제시대 언론인이 아닌 주요한 작가만 34명 이상이 와세다대학에서 공부한 것으로 조사되고 있다. 大村益夫「早稲田出身の朝鮮人文學者たさ」,『語研 ポォラム』14호 早稲田大學語學教育研究所 2001. 3.

2 今井清一「朝鮮人虐殺事件」,『朝鮮を知る事典』, 平凡社 1896, 287면.

3 이상경『이기영, 시대와 문학』, 풀빛 1994, 77면.

4 이기영 대하 역사소설『두만강』3부 상(사계절 1963), 조선문학예술총동맹 1989, 118면.

5『東京日日新聞』, 1923. 9. 2.

6 영화감독 쿠로사와 아끼라(黑澤明)의 자서전『두꺼비의 기름(蝦蟆の油)』(岩波書店 2001, 93~96면)엔 웃지 못할 회상까지 있다. 어린 쿠로사와는 조선인을 죽이려고 몰려다니는 자경단을 보았다. 그의 아버지는 수염을 길게 길렀다는 이유만으로 죽을 위협에 처했다. 순간 아버지가 "바보 자식들!" 하고 호통치자 그들은 순순히 사라졌다. 집집마다 보초를 내게 해서 어린 쿠로사와도 죽검(竹劍)을 들고 배치되었다. 그때 자경단은 동네 우물물을 먹지 못하게 지시했다. 우물 둘레에 이상한 부호가 적혀 있다는 것이다. 그 부호는 사실 어린 쿠로사와가 휘갈겨놓은 낙서였다. 이에 대해 쿠로사와는 "어른들의 행동에 나는 고개를 설레설레 흔들며, 도대체 인간이란 어떻게 된 존재인지 의아해하지 않을 수 없었다"고 회상하고 있다.

7 西尾二 외 13인『新しい歴史教科書』, 扶桑社 2001, 256면.

8「扶桑社中學校社會科學校書の近現代史部部分の誤りと問題點」(2001. 4. 25),『歴史教科書, 何が問題か』, 岩波書店 2001, 233면.

9 田崎公司・坂本 昇 編集『陸軍關係史料-關東大地震災と朝鮮人』2, 日本經濟評論社 1997, 29~34면.

10 槌田滿文『東京文學地名辭典』, 東京堂出版 1997, 283면.

11 Edward Seidensticker Low City, High City(New York: Alfred A. Knopf 1983), 7면. 1980년대에 '토오꾜오학'(Tokyo Strdies) 교재로 읽혔던 이 책은 일본의 현대가 시작된 시점을 1923년 9월 1일 사건으로 삼고 있다. 그래서 1장의 제목을 '종말 그리고 시작'(The end and The beginning)으로 삼고 있

는데, 위 사건을 현대문학의 출발점으로 보는 일본 '국문학사'의 시각과 닮아 있다.

12 姜德相, 琴秉洞 編 「關東大地震災と朝鮮人」, 『現代史資料』 6, みすず書房 1963. 10, 338~41면.

13 尹健次 『きみたちと朝鮮』, 岩波書店 1991, 122면.

14 이상경, 앞의 책 78면.

15 김동환 장편서사시 『昇天하는 靑春』, 경성 신문학사 1925, 11면.

16 김용제 「震災の追憶」, 『婦人戰』 1931. 9. 10 大村益夫, 『愛する大陸陸よ一詩人金龍濟研究』, 大和書房 1992, 220~22면에 재수록.

17 今井淸一, 앞의 책 288면.

18 千葉市 における 關東大震災と朝鮮人犧牲者追悼調査實行案員會 『關東大震災と朝鮮人-習志野騎兵聯隊とその周邊』에 채록되어 있다.

19 오성호 『김동환』, 건국대출판부 2001, 120~24면 참조.

20 高柳俊男 외 『東京のなかの朝鮮』, 明石書店 1996, 138면.

21 강상중 『オリエソタリズムの波方へ一 近代文化批判』, 岩波書店 1996, 86면.

22 오성호, 앞의 책 38~39면.

23 김웅교 「주관적 감상주의와 변방의식 — 리찬(李燦) 시 연구(1)」, 『1950년대 남북한문학』, 평민사 1991.

24 출전은 『婦人戰旗』(1931.9.10)이며, 大村益夫 앞의 책, 220~22면에 재수록되어 있다. 번역은 인용자.

25 大村益夫, 앞의 책 22~48면.

26 1988년 깐느 영화제에서 만화영화상을 수상했던 싸이버펑크 애니메이션 「아끼라」의 무대는 서기 2019년 네오 토오꾜오이다. 폐허 위에 다시 건설된 토오꾜오는 2020년 올림픽 개최를 앞두고 스타디움 건설과 올림픽 반대 데모, 테러단, 폭주족으로 혼란스럽기만 하다. 88년에 일본이 폐허가 된다는 섬뜩한 전제로 시작하는 이 애니메이션은 바로 관동대진재·핵폭발 등의 파괴적 이미지를 다시 살려내 낙관적 미래상을 조롱하고 있다. 다른 작품으로, 1998년 부산국제영화제에서 주목받은 오충공 감독의 다큐멘터리 「숨겨진 발톱자국」은 관동대진재 조선인 학살을 체험했던 생존자 조인승 할아버지가 증언하는 충격적인 실상을 담고 있다.

27 壺井繁治 「十五円 五十錢」, 『壺井繁治 全詩集』, 國文社 1970, 407~18. 번역은 인용자.

28 1920년 토오꾜오로 건너간 유치진은 관동대진재가 일어났을 때 잔인한 조선인 학살사건을 보았다. 그때 공포의 체험이 삶과 죽음의 문제를 파고들게 했으며, 그 문제를 풀기 위해 1926년 릿꾜대 영문과를 택했다고 한다(유치진 「나의 수학시대」, 『동아일보』, 1937. 7. 22).

29 『일본현대문학사』는 토오꾜오대 출신이 아닌 젊은 학자들이 '내부적 시각'에서 쓴 문학사이다. 『쇼오와문학전집』(전35권, 1990)의 별권으로 나온 이 책의 원제는 『쇼오와문학사』이다. 이때 쇼오와란 쇼오와 천황이 즉위한 1926년부터 그가 사망한 1989년까지의 63년간을 가리키기에, 옮긴이가 '일본현대문학사'라고 이름붙여도 무리는 아니다.

30 吉野作造 「朝鮮人虐殺事件について」, 『中央公論』, 1923년 11월호.

김사량 「빛 속으로」의 이름·지기미·도시유람

토오꾜오와 한국인 작가(2)

풍속과 일상

배경을 알고 책을 읽으면 실망하는 경우가 있다. 반대로 풍속(風俗)이나 배경을 알고 작품을 읽으면 훨씬 감동적인 경우가 있다.

작품의 풍속이나 배경을 안다는 것은 대상이 되는 공간의 생활, 곧 장소가 주는 일상생활 혹은 일상(Alltag)[1]과 친밀해진다는 뜻이다. 익숙한 장소가 작품에 나올 때 등장인물의 심리를 더 깊이 이해할 수도 있는데, 바로 김사량의 소설 「빛 속으로」가 그러한 경우이다. 이 작품에서 풍속이나 배경은 단순한 장치를 넘어, 등장인물의 심리에까지 깊이 관여하고 있다. 이를 설명하기 위해 배경이란 표현과 더불어 '풍속'이라는 단어를 쓰고자 한다.

풍속(manners, customs, popular morals)이란 말에서는 '일상생활'이 중요하게 부각된다. 이때 풍속은 사전적인 의미로, 예로부터 지켜 내려오는 생활에 관한 사회적 습관이라 할 수 있겠다. 예로부터 관례로 행해오던 전승적(傳承的) 행사인 '세시풍속'이 바로 그러한 예이다. 세시풍속도 인간의 일상에 주목하는 것이다. 가령 4세기에서 6세기 사이에 유행한 고구려 고분벽화의 풍속화를 통해, 우리는 그때의 일상생활을 추론해낼 수 있다. 이러한 태도는 일상생활의 각종 의식(儀式)으로 이해하는 방식이다. 소위 민속방법론(Ethnomethodology)[2]과도 연결될 수 있겠다.

한편, 좁은 의미로 특정 시대를 배경으로 하는 '풍속화'라는 장르적 개념이 있다. 대중의 탄생과 관계가 있는 풍속화(風俗畵, Genre Painting)라는 개념이 그것이다. 조선후기의 단원 김홍도나 혜원 신윤복, 긍재 김득신 등의 대표적인 풍속화가를 통해 우리는 당시의 일상생활을 그대로 상상해낼 수 있다. 곧 유교국가의 이상을 드러낸 조선시대 궁중과 관아 주변의 행사장면, 사대부의 격조있는 생활상이나 농민의 노동과 놀이장면, 그리고 소박한 민간신앙 등 '조선시대의 일상생활'[3]을 있는 그대로 만날 수 있다.

이제부터 연구할 문제는 '근대적 개성'의 문제이기에, 세시풍속보다는 '풍속화' 이후의 시대에 보이는 일상생활의 개념에 주의를 기울일 필요가 있다고 생각한다. 그래서 일본과 유럽에서의 풍속화의 의미를 조금 보충하고자 한다. 일상의 발견을 뜻하는 풍속화의 개념은 일본의 경우에도 마찬가지이다. 신흥도시가 크게 부각되는 에도시대(1615~1868)에 카부끼(歌舞伎)와 함께 풍속화인 우끼요에(浮世繪)가 유행하게 된다. 이 우끼요에의 핵심은 '대중의 일상성', 즉 대중들이 좋아하는 풍경과 더불어 스포츠·시장·거리·배우 얼굴·섹스 등을 그려내는 것이다. 경제적인 번영을 배경으로 하는 거리 풍경이나 유녀(遊女), 광대를 소재로 하는 야꾸샤에(役者繪)와 미인화(美人畵) 등이 원근법과 더불어 대량판매를 위해 목판화 형태로 발전하였다.[4] 한국이나 일본처럼 서양에서도, 서민과 시민의 일상생활을 주제로 한 풍속화가 유행하였다. 이전에 성서나 그리스 신화의 세계 혹은 왕족이나 귀족들을 그리던 네덜란드의 화가들은 17세기에 이르러 농부의 소박한 가정생활 등을 대상으로 풍속화를 그려내기 시작했다. 17세기의 네덜란드 미술가들은 그 수요자의 관심에 따라 도시 부르주아의 입장에서 바라본 농촌과 농민의 음주, 가무 등을 주제로 하는 풍속화를 형상화하였다.

한국과 일본 그리고 서양도 이른바 근대 시민사회 혹은 자본주의 과정에서 육체화(肉体化)된 일상성의 사물이나 풍경 등을 '풍속'이라 할 수 있을 것이다. 앞서 보았듯이 풍속화의 주제가 되는 당시 풍속들은 당시 생활을 증언하는 장치가 되면서 아울러 화가의 '근대적 개성'을 더욱 돋보이게 하는 기능을 하고 있다.

풍속과 일상에 대해 조금은 길게 설명한 이유는, 이제부터 우리가 보려는 「빛 속으로」를 당시의 풍속과 비교해볼 때 작가의 '근대적 개성'을 새롭게 볼 수 있기 때문이며, 그 풍속들이 작품의 주제의식에 크게 기여하기 때문이다. 우리가 만나려는 작가 김사량은 당시 공간·시간·풍물·풍속 따위를 거의 그대로 재현해내면서 주제의식을 부각시키는 사실주의 작가이다. 그래서 때로는 그의 철저한 기술이 역사적인 증언이 되기도 한다. 와다 하루끼(和田春樹)는, 마산이 지척에 보이는 서북산 700고지 진중에서 "바다가 보인다. 거제도가 보인다. 바로 이것이 남해 바다다"라고 했던 김사량의 증언을 한국전쟁 때 한국군과 미군이 낙동강 방어선 안으로 몰린 시기의 역사적 증언으로 인용하는 등, 김사량의 기록을 사료(史料)로 차용[5]하고 있다.

따라서, 당시 풍속과 작품의 관계를 검토하면서, 풍속의 일상성이 소설의 등장인물 또는 주제와 어떤 관계를 갖고 있는가 살펴보려는 것이 이 글의 목적이다. 특히 자본주의 사회의 일상성이란 어떠한 의미를 갖고 있는가에 대해, 우리는 앙리 르뻬브르(Henri Lefebvre)의 생각을 인용해볼 수 있겠다.

어떻든 간에 일상성의 비판적 분석은 역사에 대한 어떤 회고적 고찰을 요한다. 일상의 형성을 보여주기 위해 과거로 거슬러 올라가면서 일상의 역사성이 정립된 것 같다. 물론 우리는 언제나 먹고, 입고, 살고, 물품을 생산하고, 소비가 삼켜버린 부분을 재생산해야 한다. 그러나 19세기까지, 경쟁자본주의가 생겨날 때까지, 그리고 소위 '상품의 세계'가 전개되기 이전까지는 일상성의 지배가 없었다. 이 결정적인 관점을 우리는 강조해야만 한다. 여기에 역사의 한 패러독스가 있다. 옛날에는 빈곤과 억압(직접적) 속에서도 양식이 있었다. 시대가 아무리 바뀌어도 그 옛날에는 생산물이 아니라 작품이 있었다. 착취가 격렬한 억압의 자리에 대신 들어서는 동안 작품은 거의 사라지고, 그 대신 제품(상업화된)이 들어섰다.[6]

앙리 르뻬브르는 '상품의 세계'가 전개되면서 일상생활이 인간에게 더욱 중요한 개념이 된다고 한다. 흔히 옛 작품을 보고 그 의미를 판단할 때, 오늘의 일상생활에서 보았기 때문에 당시에는 신기했던 경험을 이해하지 못해 작품의 흐름을 넘겨짚는 경우가 적지 않다. 과거의 작품을 당시의 온갖 풍속, 르페브르의 말을 빌리자면 '과거의 일상에 대한 회고적 고찰'을 통해 작품의 의미를 다시 살펴볼 수 있을 것이다. 그리고 앙리 르페브르가 말한 '상품의 세계'가 「빛 속에서」의 후반부에 어떤 기능을 하는지 보게 될 것이다. 상품의 세계는 등장인물들의 심리를 지배하게 된다. 이러한 연구는 근대성에 대한 미시적이고 고현학(考現學)적인 탐색이 된다. 당연히 이 글의 목적은 과거의 풍속을 연구하는 사회학적 보고서가 아니다. 「빛 속에서」에 담겨 있는 창씨개명·수사끼·마쯔자까야 백화점·카레라이스·우에노공원 등 '과거 일상의 구성요소'들이 소설 속에서 어떻게 기능하는지를 통해 텍스트의 의미를 새롭게 파악하고자 한다.

원본과 카마꾸라의 김사량

「빛 속으로」는 여러 출판물[7]에 실려 있다. 그러나 일본어 『김사량전집(金史良全集) I』(김사량전집편집위원회 편, 河出書房新社 1983)에는 그의 문장에서 일본어답지 않은 문장을 바른 일본어 표현으로 고쳐놓은 대목도 있다. 이렇게 해서 서툰 일본어 표현이 없어졌는지 모르지만, 외국인이 썼기에 이중언어가 가지는 고유한 문제성은 사라지고 말았다. 한편 한국에서 출판된 두 권의 출판물은 뒤에서 지적하겠으나 오자나 잘못된 번역이 적지 않다. 이 글이 원본 확인 작업을 목적으로 하는 글은 아니지만 원본과 다르게 출판된 경우는 인용할 때마다 지적하려고 한다.

그의 산문이나 평전 자료를 볼 때, 작가 자신이 「빛 속으로」를 교정했을 가능성이 제일 높은 자료는, 제일 먼저 활자화된 『문예수도』(1939)에 실렸던 판본과 제1소설집 『빛 속으로』(小山書店 1940)의 판본이다. 아꾸따까와 문학상 후보작으로 뽑힌 『문예춘추』(1940. 3) 판본은 작가 자신이 교정을 보지 못했다. 왜냐하면 「빛 속으로」가 아꾸따까와 상 후보작에 뽑혔을 때 그는 그 사실을 전혀 모르고 고향 평양에 있었기 때문이다.[8] 어머니에게 보낸 그의 편지를 보면 『문예춘추』에 실린 자기의 작품을 보고 매우 놀라는 장면이 나온다.

역시 저의 소설 「빛 속으로」는 아꾸따까와 상 후보로서 『문예춘추』

에 실려 있었습니다. 그 살을 에는 듯한 2월의 찬 바람이 거칠게 부는 평양의 역두에서, 감기 기운이 있는 내 몸으로 여행이 가능할까 걱정하면서도, "빨리 타세요. 빨리 타세요"라는 소리에 쫓기듯 올라탄 오전 특급 '노조[のぞみ희망]'가 12시경 신막(新幕)에 잠깐 정차했을 때, 제가 산 오오사까 아사히(大阪朝日) 신문에 그 잡지의 광고가 실려 있었습니다. 저는 역시 그 광고를 일종의 흥분과 긴장으로 펼쳐들고, 드디어 내 소설이 실렸구나, 이렇게 마음속으로 외쳤습니다.[9] (강조는 인용자)

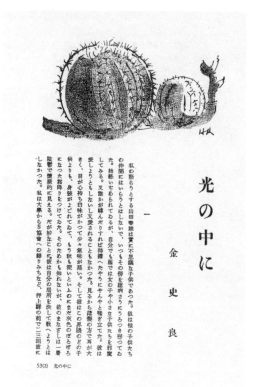

『문예수도』에 발표된 「빛 속으로」

갑작스런 수상 연락을 받고 토오꾜오로 돌아가면서 그의 마음은 흥분으로 가득 차 있었다. 전혀 기대하지 않았기에 흥분할 수밖에 없었을 것이다. 고향 평양으로 갔다가 갑자기 문학상 후보작으로 뽑혔다는 연락이 와서 일본으로 돌아가 본 것이 『문예춘추』 판본이었다. 그러므로 당시 나이 스물여섯의 김사량은 이미 출판된 작품을 읽었을 뿐이지 스스로 손대지는 못했던 것이다.

옛글을 연구하려 할 때, 작가가 제일 먼저 발표했던 지면과 이후 첫번째 단행본의 판본을 중요한 대상으로 여기는 것이 일반적인 원본 확정 작업의 순서이다. 당연히 연구자는 연구대상으로 맨 처음 발표되었던 지면 『문예수도』와 첫 소설집으로 출판된 『빛 속으로』의 판본에 주목하게 된다. 여유를 갖고 교정을 보고나서 책을 출판했을 것으로 추측되는 첫 소설집도 중요하지만, 여기서는 일단 가장 먼저 발표되었던 『문예수도』[10]

판본을 연구대상으로 삼는다.

「빛 속으로」와 그 작품이 실린 단행본까지 출판해 일본문단에 널리 알려진 김사량은 좀더 작품에 몰두하기 위해 당시 작가들이 밀집해서 작품을 썼던 카마꾸라(鎌倉) 지역에 간다. 절이 많고 조용하며 경치가 좋기로 유명한 카마꾸라는 수많은 문인들이 글을 쓰던 문사의 마을이다. 가령 쿠니끼다 돗뽀(國木田獨步)는 1903년 카마꾸라의 별장에서 10개월간 머물며 글을 썼다. 나쯔메 소오세끼(夏目漱石)는 1908년 카마꾸라에 와서 한 달간 선(禪)을 익히며 글을 썼다. 아꾸따까와 류우노스께(芥川龍之介)는 젊은 시절(1917~23)을 거기서 보냈고, 시인 나까하라 쮸우야(中原忠也)가 1937년 36세의 나이로 요양생활을 하다가 숨을 거둔 곳도 카마꾸라이다. 카와바따 야스나리(川端康成)는 카마꾸라의 집에서 1972년에 자살했는데, 현재 그 집은 그의 문학기념관으로 보존되어 있다. 또한 한국인임을 숨기고 일본인으로 살았던 타찌하라 마사아끼(立原正秋, 본명 김윤규〔金胤奎〕)도 오랫동안 머물며 글을 썼던 곳이다. 이외에 많은 작가들이 카

김사량이 카마꾸라에서 머물던 집

마꾸라[11]의 절이나 온천여관에서 작품을 쓰며 지냈다.

1941년 4월부터 1942년 2월까지 김사량은 '카마꾸라시 오기가야쓰(扇ヶ谷) 407번지 고메신떼(米新亭)'라는 온천여관에 하숙하며 지냈던 것으로 조사되고 있다.[12] 2002년 4월 9일, 필자는 오오무라 마스오(大村益夫) 교수의 안내로 김인환 교수, 호떼이 토시히로(布袋敏博) 선생과 함께 그 집을 방문할 수 있었다.

당시 건물은 없어지고 1984년 새 집이 들어섰지만, 김사량이 즐겼을 광천 온천 자리를 시멘트로 덮어놓은 흔적이 그대로 남아 있었다. 그때도 있었다던 백년 묵은 백목련, 자그마한 연못, 그리고 너구리 석상도 그대로 남아 있었다. 집 뒤쪽은 신록이 푸르러 글을 쓰다 휴식하기도 좋았을 듯싶었다. 온천여관에서 토오꾜오로 가려고 거치게 되는 카마꾸라역 가는 길은 나무숲 언덕길이었다.

"김사량씨가 저희 집에서 지내면서 글을 썼다는 것을 시어머니에게서 여러번 들었어요. 제 남편과 특히 남편의 여동생이 다섯살 무렵에 김사량씨가 놀아주곤 했대요. 그리고 어느 날인가 갑자기 헌병들한테 끌려가다시피 했기에 시어머니는 잊을 수 없다고 하셨어요."

여주인 요시하라 요우꼬(吉原洋子)의 말이다. 김사량이 끌려갔다는 말은, 1941년 12월 9일, 태평양전쟁이 시작된 다음 날, '사상범예방구금법'으로 김사량이 예비검속되었던 것을 뜻한다. 김사량은 거기서 50여일간 구류되면서 남방군의 종군작가가 될 것을 강요받았지만 거부했다고 한다. 그리고 쿠메 마사오(久米雅夫), 시마끼 켄사꾸(島木健作), 호다까 토꾸조오(保高德藏) 등 일본인 작가의 노력에 의해 석방되어 1942년 1월 29일 강제송환 형식으로 평양에 귀환된다. 이런 과정을 거쳐 그는 카마꾸라의 온천여관을 떠나게 된 것이다.

조선에서 왔던 한국인 작가들이 이렇게 살다간 장소들이 일본에 적지 않을 텐데, 아무도 모르게 묻혀가는 것이 안타까웠다. 작은 돌비석이라도 남겨야 하지 않을까. 60년 전, 어느 겨울날 갑자기 헌병대에 끌려갔던 한 조선인 작가, 일본어로 조국의 이야기를 써야 했던 한 나그네를 떠올리며 필자는 집앞 언덕길에서 멀거니 서 있었다. 일본어로 민족의 이야기를 써야 한다는 것은 그에게 얼마나 무거운 짐이었을까.

이름——창씨개명·이중언어

인간을 규정하는 데에 이름보다 더 일상적인 사슬이 있을까.

미나미·한베에·야마다 하루오 등 이 소설에는 당시 일상적으로 접할 수 있는 일본어 호칭들이 나온다. 첫째 이름은 '미나미(南)'라는 호칭이다. 「빛 속으로」는 토오꾜오제대의 사회복지운동을 하는 쎄틀먼트(Settlement) 운동의 하나인 S협회에서 빈민촌 교사를 맡고 있는 한국인인 '나'의 눈을 통해 일본인 아버지와 한국인 어머니 사이에 태어난 혼혈아 소년을 관찰한 '심리관찰소설'이다. '나'는 '남(南)'씨인데, 일본어 '미나미'로 발음된다. 소설에서 '나'는 내지인인 척하려는 의식과 본래 조선인으로의 정체성을 가지려 하는 의식 사이에서 조화되지 못하는 갈등을 겪는다. 5장으로 나뉘어 있는 이 소설은 1장 도입부부터 주인공 '나'의 내적 고민으로 시작된다.

그리고 보면 나는 이 협회[13] 안에서, 어느새 미나미선생으로 통하고 있었다. 내 성(姓)은 아시다시피 '남'으로 읽혀야 하지만 여러 가지 이유에서 일본식으로 불리고 있었다. 내 동료들이 그런 식으로 불러주기 시작했다. 나는 처음에는 그런 호칭이 매우 신경에 거슬렸다. (…) 나는 위선을 부리는 것도 아니고 또한 비굴한 것도 아니라고 스스로 몇번이고 타일러왔다. 그리고 말할 것도 없이 만약 이 아동부 중에 조선 아이라도 있었다면 나는 억지로라도 '남'이라고 부르도록 했을 것이라고 스스로 열심히 변명을 했다. (4면, 이후 인용은 『문예수도』의 면수임)

아이들이 "미나미선생님! 미나미선생님!"이라고 부를 때 갈등하곤 하는 '나'의 내면심리가 묘사되어 있다. "스스로 열심히 변명을 했다"는 표현을 보면, '나'가 얼마나 힘겨운 내적 투쟁을 하고 있는가 잘 볼 수 있다. 내선일체(內鮮一体)라는 이데올로기는 당시 조선인들에게 가장 일상적인 풍속의 하나였다. 내선일체의 계획에 따라, 신사참배(1937)→조선어 폐지(1938. 4)→창씨개명(1940. 2. 11)→징병제 실시(1943) 등으로 이른바 황민화(皇民化) 정책이 이어진다. 이때 조선어 폐지와 창씨개명 정책은 조선을 '차별적 이중언어(二重言語) 사회'로 몰아넣었다. 「빛 속으로」에서 가장 중요한 풍속은 '내선일체'라는 강요된 이념이었고, 그 핵심은 창씨개명이다.

김사량의 일본어 소설에는 창씨개명한 인물들이 적지 않게 나온다.[14] 창씨개명의 문제를 정면으로 다루고 있는 「천마(天馬)」의 주인공 현룡(玄の上龍之介)은 당시 작가 김문집의 창씨개명인 오오에 류우노스께(大江龍之介)에서 따온 말이다. 김사량은 주인공을 통해 창씨개명에 따른 분열적인 정신상황을 표현한다. 시바우라 노무자 합숙소의 정경이 묘사되는 마지막 일본어 소설인 「親方コブセ」(우리말로는 「십장꼽새」라고 발표됨)에는 카라하라(韓原), 사이모또(崔元), 리야마(李山), 보꾸사와(朴澤), 카네우미(金海) 등 조선의 성을 일본식으로 바꿔 일본어와도 다른 이질적인 이름들이 나온다. 이런 이름들은 조선인 노동자들의 처지와 어울려 묘한 분위기를 암시한다. 따라서 그의 많은 일본어 소설의 일상적인 풍속이 되는 창씨개명을 살펴보는 것은 그의 소설을 이해하는 데 꼭 필요하다.

국체명징(國体明徵)·내선일체(內鮮一体)·인고단련(忍苦鍛鍊)의 3대 강령을 기본으로 하여 "충량한 황국신민을 육성함에 힘을 기울여야 한다"라는 제3차 조선교육령(1938. 3)이 공포되면서 이른바 창씨개명이라고 하는 식민지 주민의 일본명화(日本名化)가 시작된다. 창씨개명은 일본의 건국기념일인 1940년 2월 11일부터 6개월 이내에 "조선인은 일본인의 우지(氏)를 만들어야 한다"고 하여 식민지 전지역에서 일괄적으로 실시되는데, 1930년대 후반의 핵심적인 문제로 떠오른다. 창씨개명이란 '성'을 일본식으로 바꾸는 것이다. 곧 일본인 쪽에서 보았을 때 조선인은 '성'은 있으나 '우지'가 없었던 것이다. 그래서 '씨를 만든다'는 의미에서 '창씨(創氏)'가 되었다. 이것은 조선인의 유교적 조상숭배 사상, 나아가 민족적 가치관을 파괴하는 정책이었다.

창씨개명을 시작했던 첫날인 2월 11일 48건의 창씨개명 신청이 있었는데, 그중 한 명이 이광수였다. 다음 날, 이광수의 창씨개명은 총독부의 어용지 『경성일보』에 대대적으로 보도되었다. 사실 이광수의 창씨개명은 1개월 전에 이미 예고되었던 것이다. 그는 자신의 창씨명을 '카야마 미쯔로오(香山光郎)'라 하면서, '향산(香山)'은 진무천황(神武天皇)이 직위한 곳에 있는 산의 이름이고, '광랑(光郎)'은 이광수의 '광'에 일본식의 '랑'자를 붙여 만들었다고 인터뷰한다.[15] 그의 영향은 적지 않았다. 와세다대학 유학중 「2·8 독립선언」을 기초했고, 임시정부의 기관지 『독립신문』을 주재했던 그가 첫날 창씨개명을 한 것은, 김문집의 창씨개명과 더불어 문인들이 자진해서 창씨개명에 나서는 계기가 되었다. 창씨개명이 시작된 열흘 뒤, "강하게 비난하는 익명인의 편지를 받았다"며 이광수는 수필 「創氏와 나」에서 자신의 생각을 담아낸다.

나는 天皇의 臣民이다. 내 子孫도 天皇의 臣民으로 살 것이다. 李光洙

라는 氏名으로도 天皇의 臣民이 못 될 것이 아니다. 그러나 香山光郎이 조곰 더 天皇의 臣民다움다고 나는 밋기 째문이다. (…) 압흐로 漸漸 우리 朝鮮人의 氏名이 國語로 불려질 機會가 만을 것이다. 그러할 째에 李光洙보다 香山光郎이 훨신 便할 것이다. 쏘 滿洲나 東京 大阪 等에 사는 同胞로는 日本式의 氏名을 가지는 것이 實生活 上에 만은 便宜를 가져올 것이다.[16]

창씨개명은 ①국가가 조선인에게 허락한 은총이고, ②실생활의 편의를 위한 선택이며, ③조선인과 내지인 사이에 차별을 없애는, ④민족적 선택을 위해 하나의 '정치적 운동'이라고, 이광수는 주장하고 있다. 이러한 그가 "조선 통치의 비약의 일대 시기를 획하기 위해, 조선에 온 인물"[17]로 평하는 이가 있다. 그 이름이 바로 미나미 지로오(南次郎)다.

미나미 지로오는 1931년 만주사변 때 육군대신이었고, 1936년 관동군 사령관을 거친 소위 '15년 전쟁' 최전선의 책임자였다. 이후 1936년 제7대 조선총독으로 부임해서 1942년까지 7년간 총독으로 일했다. 그의 목표는 조선을 황민화시키고, 징병제 실시를 위한 발판을 만드는 것[18]이었다. 당시는 창씨개명의 중요한 서류에는 미나미 총독의 도장이 찍혀야 했던 이른바 '미나미 시대'였다.

공교롭게도 「빛 속으로」의 주인공이 '미나미'라는 데에 어떤 정치적 풍자성이 있지 않나 하는 질문을 던질 수 있겠다. 읽는 이에 따라서는 정치적 이데올로기에 대한 비판적인 응시의 결과[19]로 볼 수도 있겠다. 그러나 텍스트에서는 '미나미'라는 이름이 정치적 풍자를 위한 장치로 읽히지는 않는다. 소설가가 가장 강조하고 싶었던 것은 주인공의 이름을 어떤 이름으로 해야 그 내적갈등을 보다 잘 드러낼 수 있는가 하는 문제가 아닐까. 창씨개명하지 않아도 일본식 성으로 읽힐 수 있는 한자로는 유(柳,

야나기), 임(林, 하야시) 등이 있다. 이런 이름들을 소설의 주인공으로 내세워도 소설의 주제의식은 별 차이가 없을 것이다. 이런 시각에서 본다면 주인공의 이름을 '미나미'로 정한 것은 크게는 창씨개명 아래 한 인간의 내적갈등을 제시하기 위해 창씨개명하지 않아도 될 성씨로 주인공 이름을 삼은 것이다. 혹시 당시 '미나미'라는 이름을 읽으면서 독자가 조선총독 미나미를 연상하고 시대의 무게를 느꼈을 가능성도 있을지 모른다. 그러나 텍스트에서 그런 정치적이거나 풍자적 의도는 나타나지 않는다. 따라서 이름을 어떻게 해석하는가 하는 선택은 독자의 몫으로 남는다.

둘째 이름은 '한베에(半兵衛)'라는 이름이다. 혼혈아 야마다 하루오의 아버지인 '한베에'를 '나'는 유치장에서 만난다. 쌀쌀했을 11월에 처음 만나 면식도 없는 '나'에게 옷을 달라고 하는 이기주의자가 한베에이다. 한베에는 "필요 이상으로 간수의 눈을 두려워하는 대신 신참자나 약한 자에 대해서는 난폭하기 그지없던" 치졸하고 "비겁한 폭군"이었다.

그의 허풍을 따르자면 그들은 아사꾸사를 구역으로 하는 타까다꾸미(高田組, 야쿠자 조직―인용자)로, 유명한 배우들을 공갈해서 목돈을 울궈먹었다는 것이다. 그중에서 자신은 제법 실력자인 것처럼 떠들어댔다. 그러므로 '모자라는 자'라는 의미의 한베에[20]라는 이름이 그의 무리에서 붙여진 것임을 금방 알 수 있었다. (18면)

본래 '한베에'라는 말은 "고의로 모르는 척하는 것"[21]를 말한다. 가령 자기 집 문앞을 청소해야 하는데 옆집 사람이 치우겠지, 하고 '모르는 척' 하거나 쓰레기를 옆집에 슬쩍 밀쳐놓는 얌체를 뜻한다. 어느 의미에서는 게으름뱅이이고 어떤 의미에서는 철면피이다.

보다 중요한 것은 그가 '모자라는 자'〔足らずもの〕를 뜻하는 한베에로

불리게 된 이유일 것이다. 그는 "난 남조선에서 태어났지"라는 말 그대로 '모자란 운명'을 타고났다. 게다가 "내 마누라도 조선 여자야"라는 넋두리에서 보이듯이 결혼마저도 '모자란 선택'을 했다. 그는 일본인뿐만 아니라, 조선인인 운전수 이씨에게도 "기껏해야 잡종인 주제에"라는 대접을 받아야 한다. "어머니가 나처럼 조선인이었죠"라는 말처럼 그는 섬나라에서 인정받기 힘든 혼혈아 처지였다. 이런 불우한 정체성(正体性)을 갖고 살아온 아버지 밑에서 자란 아들 하루오의 상처가 얼마나 심각하리란 것은 상상하기 어렵지 않다.

다음으로 두 인물의 내면심리에 주목해보자. 먼저 야마다 하루오의 심리를 살펴보자. 소년의 내면심리는 소설 전면에 걸쳐 나타난다. 하루오의 비극은 이중언어 이데올로기를 강요하는 사회에 있다. "조센진 따위가, 우리 어머니는 아냐! 아니라구요!"라는 그의 외침은 '어머니 것'에 대한 강한 거부가 돋아나 있다.

> 내지인의 피와 조선인의 피를 물려받은 한 소년의 내부에 조화되지 않은 이원적 분열의 비극을 생각했다. '아버지의 것'에 대한 무조건적인 헌신과 '어머니 것'에 대한 맹목적인 배척, 두 가지가 늘 상극하고 있을 것이다. (14면)

이러한 거부의식은 "난 조선인이 아냐, 난 조선인이 아니라구요. 그치요, 선생님?"이라는 항변으로도 나타난다. 1장 끝에 야마다 하루오가 선생에게 "조센진 바보!"라고 한 것은 주인공 '나'에게만 향한 것이 아니라, 바로 이원적 분열을 일으키는 당시 상황에 대한 항변이다. 이러한 분열중세는 「천마」에서 주인공 현룡이 "난 조선인이 아냐!"라고 외치는 대목과 마찬가지이다. 그러나 작가는 화해의 가능성을 곳곳에 남겨놓는다.

"분명히 가까운 시일 안에 하루오는 어머니에 대한 애정을 되찾을 겁니다. 하루오가 저랑 친해진 건 반드시 저에 대한 애정에서만이 아니라 실은 어머니에 대한 사랑의 다른 표현이라고 생각합니다." (23면)

이어서 주인공 나는 하루오의 애정결핍과 애정을 받고 싶어도 받아들일 수 없는 하루오의 심리를 설명한다. 그것은 외부의 차별에 의해, 스스로 '어머니 것'과 차별하려는 심리가 소년에게서 생겨났기 때문일 것이다. 이것은 단지 소설 속의 등장인물만이 갖고 있던 고통만이 아니라, 작가 김사량의 심리이기도 했을 것이다.

다음으로 소설 이면에 있는 작가의 내면의식을 보자. 김사량이 토오꾜오 언저리에서 지낸 기간은 1931년부터 1942년까지 약 12년이다. 일본에서 고등학교와 대학을 졸업하기까지 8년, 작가가 되고나서 4년간은 내선일체의 시대였다. 그는 억압적인 이중언어 사회에서 가장 혈기왕성한 시대를, 그것도 일본 한복판에서 지낸다.

현실의 중압감에 눌려, 내 눈은 아직 어두운 곳에만 쏠려 있는 것 같다. 하지만 내 마음은 언제나 명암(明暗) 속을 헤엄치고, 긍정과 부정을 누비며, 언제나 희미한 빛을 찾으려 기를 쓰고 있다. 그러나 빛을 바라기 위해서, 나는 혹시 아직 어둠 속에 몸을 움츠려 눈을 반짝이고 있지 않아야 할지도 모른다.[22]

그가 활동하던 시기는 일본어를 써야 했던 이중언어 사회였다. 그가 가장 활발히 일본어로 작품을 발표했던 1940년부터, 1945년 2월 국민총력조선연맹 병사후원부의 재지(在支) 조선출신 학도병 위문단 일원으로 중국에 갔다가 팔로군으로 탈출하는 사이에도 그는 끊임없이 이중언어의 어둠에서 벗어날 수 없었다. 그러한 어둠 속에서 '빛을 찾아 헤맨다'는 고백은 36세에 요절한 그의 문학이 겨냥한 탄착점이 무엇인지를 보여주고 있다. 그래서 작가는 "그러나 그건 조금씩 나아질 것"이라고 작은 빛을 남겨둔다.

지기미——오시아게역·수사끼

가볍게 지나치곤 하는 지명(地名)이 소설에서 중요한 몫을 하는 때가 있다. 작가 김사량이 백화점 주인의 아들이고, 군수의 동생이며, 토오꾜오제대 출신이기에 최고급 생활을 누리고, 화려한 삶에 대한 작품도 썼을 법하다. 그러나 이상하게도 그의 소설은 조선의 빈민(「토성랑」), 화전민(「덤불 헤치기」), 유치장의 죄수들, 걸레장사 하는 이들(「지기미」), 요꼬쯔까(橫塚) 부두의 노동자들(「곱사왕초」)의 삶 등 천한 이들을 대상으로 쓴 것이 대부분이다. 「빛 속으로」에 나오는 몇가지 지명도 소설의 주제와 밀접한 관계를 갖고 있다.

①내가 대학에서 S협회로 돌아오는 길인 오시아게역(押上驛) 앞에서 두세 번 그를 만난 적이 있었다. 그 아이가 걸어오는 방향을 보건대, 아마 그는 역 뒤 늪지 부근에 살고 있는 모양 같았다. (2면)

②그녀는 지금도 여전히 이런 노예 같은 감사의 마음에 의지해 살고 있단 말인가. (…) 언젠가 수사끼(洲崎)의 조선 요릿집에서 윽박질러 데리고 왔다고 했던 게, 바로 이 여자였던 것이다. 비겁하고 잔인한 반헤이로서는 이 의지할 데 없는 조선 여자가 어찌어찌 눈에 들어와 인수

해왔다는 이야기가 아닌가. (21면)

「빛 속으로」의 무대로 설정되어 있는 곳은 현재 구로다 구가 된 당시의 혼죠 구 일부 지역이다. 여기에 나오는 오시아게역은 지금도 남아 있다. 홍꼬(本鄕)의 토오꾜오대학 뒷문을 지나 우에노공원을 거쳐, 아사꾸사, 그리고 오시아게역으로 이어지는 코스는 지금도 버스 노선이 달리고 있다. 이 소설은 토오꾜오를 한 바퀴 도는 전차 야마노떼선(山手線)에서 동쪽 지역의 시따마찌(下町)의 가난한 지역을 주 배경으로 한다. 소설 속에서는 "고토(江東) 근처 공장 지대에서 배우러 오는 근로자들인만큼 두 시간 수업이라고 해도 무척 힘이 들었다"는 표현으로 보아 주인공이 만나는 이들이 대부분 조선인 노동자들과 빈민촌의 아이들이란 것을 알 수 있다.

당시 토오꾜오 변두리에 조선인들이 어떻게 늘어났는가는 장혁주의 소설 등에 상세히 나오고 있다. 김사량의 「지기미」라는 소설 제목처럼, 토오꾜오의 조선인들은 자신들 스스로 '걸레장수'라는 표현의 '토오꾜오 지기미'[23]라는 표현을 쓸 정도였다. 1919년에 일본에 와서 20년간 토오꾜오의 조선인에 대한 글을 보고한 김호영은 1939년 당시 토오꾜오에 사는 조선인의 삶을 이렇게 보고하고 있다.

借家稅(['월세'를 말한다—인용자)의 『長期滯納』도 力不及이며 榮養不良과 幼兒의 死亡率急增도 또한 不可避요 缺食兒童이 學校가기를 싫어하는 理由도 짐작할 수 있고 人間의 末子인 듯 한것도 할 수 없는 일이오 더러운 衣服을 입는 根據도 一目瞭然이 아닐가고 나는 생각한다.[24]

"영양불량과 유아의 사망률이 급증하고 결식아동이 학교 가기를 싫어하는" 그러한 상황에서 우리는 「빛 속으로」의 주인공 야마다 하루오가 어떤 환경에서 자라났는지 충분히 추론할 수 있겠다. 특히 「빛 속으로」가 발표될 무렵에는 토오꾜오에 조선인이 갑자기 증가했다. 재일조선인의 9할 정도가 가난한 농민 출신이었다. 식민지 경제의 파탄 속에서 일본으로 탈출하려 했고, 일본측에서는 저임금으로 고용할 수 있는 조선인을 선호했다. 자료에 따르면 1939년부터 재일조선인 수가 급속히 증가하여, 재일조선인 숫자가 1939년 961,591명에서 1940년 11,936,843명으로, 1년 사이에 228,853명이 증가했다. 이런 숫자는 유사 이래 없었던 일이다. 이유는 노동력 부족에 시달리던 일본 노동시장을 찾아간 이들과, 강제 연행되었던 노동자들이 급증했기 때문이다.[25] 바로 이 시기에 「빛 속으로」가, 일종의 사회복지관인 '쎄틀먼트'로 찾아오는 노동자나 운전사 이씨, 술집 출신인 하루오의 엄마 등 조선인들의 삶을 다룬 것은 의미있는 보고인 것이다.

또 하나 주목해야 할 지명은 수사끼라는 지명이다. 지금도 일본인들은 에도시대의 '수사끼'라는 지역 이름을 유곽이라는 단어와 동격으로 떠올리곤 한다. 유곽이 있던 자리는 '후까가와구(深川區) 수사끼(洲崎) 벤뗀쬬오(辯天町)·1, 2 쬬오메(丁目)'이다. 현재 지명지는 '江東區東場1丁目'으로 현재 토오꾜오에서 디즈니랜드로 가는 길목 아래쪽이며, 임해부심 도시의 위쪽에 있고, 지하철 토우자이센(東西線) 와세다역에서 이십분 정도면 도착하는 키바역(木場驛)에서 가까운 곳이다. 원래 바다였던 이곳은 1888년 5월에 매립되어 1889년 9월부터 유곽이 생겨났다. 태평양이 그대로 보이는 바닷가의 유곽 거리였다. 당시 기생과 즐기기 위해 빌릴 수 있는 방의 수는 103칸이었고, 유곽의 기생을 만나게 하는 장소로 쓰인 찻집이 45칸, 창기(娼妓) 974명이 있던 큰 유곽 거리였다. 쇼오와 시대 때 '수사끼 요시하라'라고 불리던 이곳은 전후 미군들이 '수사끼 파라다이스'라고 불렀다. 이 거리는 1958년 매춘방지법 실시에 의해 예전의 모습이 완전히 사라져버리고 지금은 주택지로 남아 있지만, 아직도 옛날 유곽의 모습을 그대로 갖고 있는 건물이 많이 남아 있다. 이곳은 문학 작품과 영화의 대상이 되어서 아직도 많은 이들의 답사기행지로 잘 알려져 있다.[26]

일본 풍속소설의 정점을 보여주는 나가이 카후우(永井荷風)의 「꿈의 여자」(1904)는 수사끼 지역의 창부를 대상으로 하고 있고, 「보꾸또우끼딴」(1937)은 수사끼에서 작가가 실제 만난 스물셋 정도의 어린 창부와 사랑을 소재로 썼다고 알려져 있다. 이외에도 닛까쯔(日活)가 1956년 영화로 만들어서 더 유명해진 시바끼 요시꼬(芝木好子)의 소설 「수사끼 파라다이스」(1954)도 바로 이곳을 소재로 한 작품이다.

앞서 말한 인용했던 김호영의 글에서는 "東京에 百世帶 以上 朝鮮사람이 密集해가지고 사는 곳"이 11군데 있으며 그중 대표적인 곳으로 가장 먼저 "수사끼 유곽근방"[27]을 보고하고 있다. 「빛 속으로」에서 하루오의 엄마인 조선 여자가 바로 이 수사끼 출신이라는 것은, 한베에가 "수사끼 조선 요릿집에서 윽박질러(おどかして) 데리고 왔다"(21면)라는 표현에서 알 수 있다. 'おどかして'라는 말은 '협박해서' 혹은 '놀라게 해서'라는 뜻이다. 그녀가 수사끼에서 어떤 처지의 생활을 하다가 한베에를 만났는지 지명만으로도 충분히 상상하게 된다. 따라서 "그 사람…… 나를 팔아버리겠다는 소리도 했지요. 그렇게 된다 해도…… 아무도 나 같은 여자 따위를 사주지도 않을 거예요"(24면)라는 그녀의 말은 유곽 언저리에서 일하다 겨우 탈출해온 여자의 항변으로 자연스럽게 이어진다.

지명에 얽힌 이런 이야기를 쓰던 김사량은 단순히 관찰자의 입장만은 아니었다. 부두 노동자들이 사는 곳에 가서 함께 지내기도 했던 그는 몇 번에 걸쳐 투옥되기도 했다. 1936년 10월부터 몇달 동안 일본 경찰서에 미결수로 구류되었는데, 연극으로 공연된 그의 작품 「토성랑(土城廊)」이 빈민을 소재로 했다는 이유 때문이었다. 1941년 12월 9일, 그는 또 치안

유지법에 걸려 50일 동안 예방 구금 당하는 고난을 겪기도 했다.

도시 유람——마쯔자까야·카레라이스·우에노

「빛 속으로」의 결말부로 가기 전에 주인공 '나'는 하루오가 자기를 애정의 눈으로 보고 있다고 믿는다. "그건 분명 나에 대한 애정이지 아닐까. '어머니의 것'에 대한 무의식적 그리움일 것이다"라는 자신감에서 하루오와 화해를 도모하게 된다. 이때 새로운 장소와 그 장소에서 만나는 당시 일상의 구성요소는 화해를 위한 결정적인 단초를 제공한다.

> 어느새 밀려오듯 마쯔자까야(松坂屋) 백화점 입구까지 왔기에 특별히 볼 일은 없었지만 그의 손을 끌고 들어갔다. 안에도 매우 붐비고 있었다. 하루오가 에스컬레이터를 타고 싶어해서 둘이 나란히 탔을 때는 그 역시 행복한 듯 표정이 환해져 있었다. 소년 하루오가 지금 모든 사람들 속에 있다는 생각이 나에게는 너무나 이상할 정도로 기뻐 어찌할 바를 몰랐다. (…) 둘은 나란히 3층으로 갔다. 거기서도 붐비는 사람들 사이를 누비고 다니면서 5층인가 6층까지 올라가 식당 한구석에 마주 앉았다. 그러나 사실 두 사람은 필요 이상의 말은 별로 주고받지 않았다. 하루오가 아이스크림과 카레라이스를 먹고 나는 소다수를 마셨다.
>
> (26면)

결말부에 이르러 소년 하루오와 남선생 사이에 갑작스레 친밀해지는 장면이 나온다. 소설에 나오는 당시 풍속을 살펴보면 그들이 서로 마음문을 열 수 있는 계기를 볼 수 있다.

먼저 그들은 우에노공원에 들어가기 전에, 공원 바로 앞에 있는 우에노 마쯔자까야 백화점으로 들어갔다. 우에노 마쯔자까야 백화점은 현재도 일본 내에 손가락 안에 드는 전국 규모의 백화점이다. 지금도 우에노공원 입구에서 보이고, 대략 2~300미터 떨어진 곳에 그 백화점이 있다. 1611년에 나고야(名古屋)에 본점이 생기고 현재에 이르기까지 400년 가까운 역사를 갖고 있는 이 마쯔자까야가 우에노에 진출한 것은 1768년이다. 엘리베이터를 갖춘 최초의 서양식 건축물로 그 백화점이 세워진 때는 1917년이다. 1923년 토오꾜오대진재 때 불에 타서, 1929년에 다시 지어진다. 이 건물은 "중앙입구에서 정면 계단에 이르기까지 대리석 원기둥이 있었고, 일본풍속화가 그려진 금속판 문으로 치장된 엘리베이터 8기가 손님을 맞이하는"[28] 이른바 관동대진재 이후 일본제국의 재부흥을 상징하는 건물이었다. 「빛 속으로」의 남선생과 하루오가 찾아가 카레라이스를 먹었다는 건물은 1929년에 지어진 이 건물이다. 토오꾜오의 백화점에 대해서, 1936년 10월부터 37년 4월까지 토오꾜오에 머물렀던 시인 이상(李箱)은 이렇게 묘사한다.

三越 松坂屋 伊東屋 白木屋 松屋 이 7層 집들이 요새는 밤에 자지 않는다. 그러나 우리는 그속에 들어가면 않된다. 왜? 속은 七層이 아니오 한層式인데다가 山積한 商品과 茂盛한 「숲결」 때문에 길을 잃어버리기 쉽다.[29]

이상이 보는 백화점은 "밤에 자지 않는" 곳이었다. 또한 "「숲결〔Shop Girl—인용자〕」 때문에 길을 잃어버리기" 쉬운 말 그대로 '딴세상'이었다. 당시 "각 산지에서 미인(美人)을 출장시켜 각지의 민요나 무용을"[30] 보여주는 마쯔자까야의 상술 때문에 손님들은 정신이 없었을 것이다. 이렇게 위낙 새로운 근대 문명이었기에 백화점에서 쓰는 "그 술어(術語)들은 자전(字典)에도 없다"고 이상은 쓰고 있다. 그가 토오꾜오의 백화점 중에 두번째로 지적한 엘리베이터가 8기 설치된 7층의 마쯔자까야의 우에노 백화점 건물과, 1937년에 완공된 서울의 화신백화점이 5층 건물에 4인승 엘리베이터 3대(1대는 직원용)였던 것[31]과 비교하면, 마쯔자까야의 규모를 짐작할 수 있겠다.

카레라이스도 소설에서 중요한 기능을 한다. 인도의 대표적인 요리인 카레(Curry)는 18세기 인도가 영국의 식민지였을 때 영국으로 전해지면서 유럽풍의 조리법으로 가공되어졌다. 단무지와 쌀 중심의 식생활권이었던 일본에 1910년경 수입되어 일본화되었다. 일본인은 국물을 숟가락 없이 마셨는데, 카레라이스가 전래되면서 메이지시대 이후 숟가락〔匙〕을 쓰게 되었다. 서양요리점에 들어가 카레라이스나 돈까스를 먹는 것은 당시 자랑할 만한 하나의 체험이었다.[32]

여기서 필자가 주목하고자 하는 것은 건물의 규모나 카레라이스의 역사가 아니다. 바로 이런 근대적인 풍속의 경험이 등장인물들의 심리에 어떤 영향을 미쳤느냐는 것이다. 당시에는 유람버스를 이용해서 백화점을 순례하는 것이 하나의 유행이었다. 마쯔자까야 백화점은 도시 유람버스가 방문하는 코스에 들어가 있었다.[33] 이런 곳에서 에스컬레이터를 타고, 카레라이스를 먹고, 옷을 사입는 행위는 단순한 소비가 아니라, 즐거운 일탈(逸脫)을 의미한다. 이렇게 도시유람을 만끽하게 된 하루오가 "행복한 듯 표정이 환해져" 있고, 남선생 역시 "넘칠 듯한 기쁨을 온몸으로 느꼈다"는 묘사가 가능한 것이고, 거꾸로 현재의 독자가 당시의 풍속을 알게 되면 인물들의 심리변화 과정도 아주 자연스럽게 이해된다.

마지막으로 등장인물들이 우에노공원으로 찾아가는 장면도 상징적이다. 그때나 지금이나 우에노공원이란 사방팔방 열려진 공간이다. 도시

유람의 일탈을 경험한 이들이 열린 공간으로 가서 화해하는 것은 당연한 결말이다. 여기서 "내 눈앞에는…… 한 소년이…… 여러 빛깔의 빛을 쫓으며 빛 속에서 춤추는 영상이 어른거렸다"는 기술이나, 소년이 '나'를 "남선생님이시죠"(29면)라고 부른 화해의 장면은 너무 자연스럽다. 물론 작가는 결론까지도 열어놓아 소설의 주제를 독자의 몫으로 던져놓는다.

세 가지 풍속과 물음표

「빛 속으로」는 이렇게 세 가지의 풍속을 배경으로 짜여져 있다. 다시 정리하자면, 첫째 풍속은, 창씨개명 시대에 일본식 이름이 갖고 있는 '이름의 일상성과 그 내면의식'이고, 둘째 풍속은 오시아게 지역 등 조선인 노동자의 삶과 수사끼 유곽 지역에 살고 있는 '재일조선인의 일상성'이며, 셋째 풍속은 마쯔자까야 백화점에서 카레라이스를 먹고 우에노공원을 찾아가는 '도시유람의 일탈을 통한 일상성'이다. 이렇게 이 작품은 이름의 일상성과 재일조선인의 삶, 그리고 도시유람의 일탈을 통해, 조금 도식적으로 말하자면 삼각 꼭지점을 거쳐 갈등에서 화해로 나아가는 소설이다. 이렇게 김사량은 시대적인 문제, 민족의 문제, 그리고 근대 대중성의 문제까지 다양하게 그리고도 정확하게 한 편의 소설에 담아내고 있다.

「빛 속으로」의 마지막 부분에서, 소년 야마다 하루오가 춤선생이 되고 싶다는 말을 듣고 주인공 남선생이 빛 속에서 춤추는 야마다 하루오를 상상하는 장면이 있다. 사실 빛 속에서 춤추고 싶어하는 욕망은 야마다 하루오만의 욕망이 아니라, 당시 조선인 전체의 욕망이요, 작가 자신의 희망이었을 것이다. 그는 그 빛을 찾아 항일전쟁에 뛰어들고, 중국군 팔로군을 거쳐 조선민주주의인민공화국을 택한다. 그리고 한국전쟁에도 참여하여 이 세상과 결별한다.

한국전쟁 중에 전사한 그의 최후에 대해 북한측은 장열하게 묘사하고 있다. "1950년말 36살의 한창 나이에 적의 포위를 더는 벗어날 수 없게 되자 마지막까지 결사전을 벌이던 끝에 수류탄을 안고"[34]를 수류탄의 '빛 속에서' 장열한 최후를 마친 영웅으로 묘사하고 있다. 하지만 한국이나 일본에서는 이런 표현과 그의 최후에 물음표를 단다. 단지 죽음에 대한 문제뿐만 아니라, 전기사적인 연구에서도 김사량이라는 작가에게 너무도 많은 물음표가 달려 있다. 먼저 한글과 일본어로 발표된 글들의 차이점에 대한 연구, 그리고 작품 원본에 대한 서지 정리작업부터 새로 시작되어야 할 것이다. 그는 분명 한국, 일본, 북한, 중국 등 국제적인 시각에서 다시 연구되어야 할 작가이다. 이 글을 통해 필자는 「빛 속으로」를 풍속을 통해 새롭게 이해하고자 시도해보았다. 이 시도가 텍스트가 실종된, 단지 사회풍속의 보고서로 읽히지 않기를 바란다.

많은 작품을 발표해야 좋은 작가가 되는 것은 아니다. 당시 풍속을 교묘(巧妙)히 직조해내면서 등장인물의 내면적 갈등을 예리하게 묘사하여, 독자의 영혼을 울리는 단 한 편의 명작을 남기기도 쉽지 않다. 그런 의미에서 필자는 「빛 속으로」라는 단 한 편만으로도 김사량의 문학사적 의의는 충분하다고 본다.

‖ 김응교 ‖

주 |

1 '일상' '일상생활' '비일상'의 개념에 대해서 강수택은 「일상생활의 개념과 일상생활론의 역사」(『일상생활의 패러다임』, 민음사 1998, 31~47면)에서, 비일상(Nicht-Alltag)이 '축일/특별한 사회 영역/고위직 사람들의 생활/국가적인 행위/직업적인 생활' 따위의 내용이라면, 일상(Alltag)이란 '평일/통상적인 사회 영역/노동자의 작업일/민중의 생활/매일의 생활/가족, 어린이 같은 사생활'의 내용을

갖고 있다는 엘리아스(Elias)의 대비표를 제시하고 있다.

2 일상에 대한 구체적 접근 양상을 박재환은 「일상생활에 대한 사회학적 조명」(『일상생활의 사회학』, 한울아카데미 1994, 27~30면)에서 다섯가지로 설명하고 있다. 첫째는 일상생활에 대한 인식론적 고찰(Michel Maffesoli)이고, 둘째는 하루 24시간에 대한 구체적인 분석 태도(1920년대 소련의 연구방법), 셋째는 일상생활의 각종 의식(儀式)에 대한 접근방법(Erving Goffman), 넷째는 일상을 단순히 미시적으로 다루지 않고 사회 전체의 일상적 구조까지 확대하는 접근방법(Lefebvre, H. Marcuse), 다섯째는 인간 존재의 내면적 반성과 결부지어 소외 등의 문제를 연구하는 태도(Lefebvre)이다.

3 이원복 「조선시대 풍속화 」, 국립중앙박물관 편 『朝鮮時代 風俗畵』, 한국박물관회 2002, 5~6면.

4 李孝德 『表象空間の近代』, 新曜社 1996, 37~66면.

5 和田春樹 『朝鮮戰爭全史』, 岩波書店 2002, 176, 201, 211면.

6 앙리 르뻬브르, 박정자 옮김 『현대세계의 일상성』, 세계일보 1990, 74면.

7 「빛 속으로」가 실린 중요 출판물은 시기순으로, 『文藝首都』(1939.4), 『文藝春秋』(1940.3), 제1소설집 『光の中に』(小山書店 1940), 김달수 편 『金史良作品集』(理論社 1954), 野間宏 編者代表 『日本プロレタリア文學大系』(三一書房 1955) 8권, 伊藤整 編輯 『日本現代文學全集·69-プロレタリア文學集』(講談社 1969), 『日本の文學·名作集』(中央公論社 1970) 3권, 金史良全集編輯委員會編 『金史良全集·Ⅰ』(河出書房新社 1983), 리명호 편집 『김사량 작품집』(문예출판사 1987) 등이 있다.

8 安宇植 『金史良―その抵抗の生涯』, 岩波新書 1972, 94면.

9 金史良 「母への手紙」(『문예수도』 1940. 4), 『金史良全集·Ⅳ』, 河出書房新社 1973, 104면.

10 『문예수도』에 실린 「光の中に」는 『近代朝鮮文學日本語作品集(1939~1945) 創作篇 1』(大村益夫, 布袋敏博編, 綠蔭書房 2001, 53~416면)에 실린 것으로 인용한다.

11 이에 대해서는 『鎌倉文學散步』, 鎌倉文學館 1999 참조.

12 大村益夫 「市井の哀歡描いた金史良」 『北海道新聞』, 2000. 9. 12. 김사량이 살던 곳을 가르쳐주신 오오무라 교수님께 감사드린다.

13 '협회(協會)'라는 단어에 여러 표현이 있다. 틀린 예로는 '협회'라는 단어가 '쿄오까이'로 발음되기에 '교회(敎會)'로 잘못 인쇄된 출판물(金達壽 編 『金史良作品集』, 理論社 1972, 120면)이다. 이런 실수로 주인공의 단체가 갑자기 기독교 단체가 되어버렸다. 한편 북한의 번역본은 '교실'(리명호 편집 『김사량 작품집』)로 되어 있는데, 이것은 지나친 의역이다. 주인공이 미나미로 불리는 곳은 교실뿐만 아니라, 다른 사람이나 봉사자들에게서도 그렇게 불렸기 때문이다. 그러므로 있는 그대로 '협회'로 번역하는 것이 타당하다. 이후 원문 인용은 기존의 번역을 검토하면서 필자가 한 것이다.

14 김윤식의 「內鮮一體 사상과 그 작품의 귀속 문제」(『한국근대문학사상사』, 한길사 1984)와 南富鎭의 「創氏改名の時代―金史良」(『近代文學の, 朝鮮, 體驗』, 2002)은 김사량의 작품을 창씨개명의 시각에서 깊게 연구한 논문이다.

15 「暴風 가튼 感激 속에 "氏"創設의 先驅들―指導的 諸氏의 選氏 苦心談」, 『매일신보』 1940. 1. 5.

16 「創氏와 나」, 『매일신보』 1940. 2. 20.

17 香山光郎 「內鮮一體と國民文學」, 『조선』 1940. 3.

18 宮田節子 「創氏改名と時代」 『創氏改名』, 明石書店 1992, 3~5면.

19 정백수 『한국 근대의 식민지 체험과 이중언어 문학』, 아세아문화사 2000, 322면.

20 '타따미(疊)'를 '첩'이라고 번역하면 이상하다. 좋은 번역은 문자의 번역이 아니라 '문화(文化)'의 번역이다. 지금도 고유명사로 쓰이는 '한베에(半兵衛)'라는 단어를 '반헤이'(『빛 속으로』, 소담출판사 2001, 35면)로 번역한 것, 지역 이름인 '수사끼(洲崎)'를 '스노사끼'(앞의 책 47면)라고 한 것도 틀린 번역이다.

21 新村出 編 『廣辭苑』, 岩波書店 1984, 1993면.

22 金史良「あとがき」,『光の中に』, 小山書店 1940, 347면.
23 金浩永「在東京朝鮮人의 現狀」,『조광』, 1939. 2, 288면.
24 金浩永, 앞의 글 291면.
25 이진희·강재언『日朝交流史』, 有斐閣 230~231면.
26 槌田滿文『東京文學地名事典』, 東京堂出版 1997, 178면.
27 金浩永, 앞의 글 291면.
28 松坂屋50年史編輯委員會『松坂屋50年史』, 松坂屋 1960, 58면.
29 이상「東京(遺稿)」,『문장』, 1939. 5, 141면.
30 松坂屋50年史編輯委員會, 앞의 책 58면.
31 김정동『근대건축기행』, 푸른역사 1999, 169~76면.
32 日本風俗學會『日本風俗史事典』, 弘文堂 1994, 353면.
33 初田亨『百貨店の誕生』, 筑摩書房 1999, 226면.
34『문예상식』, 문학예술종합출판사 1994, 245면.

칭파오 입은 조선선비

뻬이징의 단재

정양먼에 들어선 외로운 망명객

1914년 끝자락,[1] 신해혁명의 흥분도 잠시, 그 성과를 갈취하며 황제의 야망을 키우던 위안 스카이(袁世凱)의 집권으로 불안에 떨고 있던 뻬이징 성의 상징이자 정문인 정양먼(正陽門)은 초췌하되 고고함이 번뜩이는 칭파오(淸袍, 청나라식 도포)[2] 입은 낯선 선비를 맞았으니 그가 바로 단재 신채호였다.

사실 단재와 뻬이징의 인연은 일찍 1910년 여름에 시작되었다. 중국이 독립운동을 펼칠 수 있는 공간이 될 수 있을 것이라는 기대감에 국치를 바로 앞에 두고 칭따오(靑島)로 향하는 배에 몸을 실었던 단재는 칭따오회의 후 다른 동지들과 함께 블라지보스또끄로 가기 위해 뻬이징 러시아 영사관에 잠깐 들렀던 적이 있다.[2] 당시 블라지보스또끄는 북간도와 자유롭게 왕래할 수 있었기에 일본의 눈을 피하기 위한 책략으로, 그들은 독립군양성기지로 확정된 지린(吉林)성 미샨(密山)현으로 직접 가는 대신에 일차적으로 그곳을 목적지로 정했던 것이다. 뻬이징에서 러시아 입경 증명서를 기다리는 1개월 남짓한 기간 동안 단재는 무엇을 했을까? 현재로서는 어떠한 기록도 찾을 길이 없다. 그러나 류리챵(琉璃廠) 구석구석을 누비며 고서들을 뒤적이는 단재의 진지한 모습이 자꾸만 눈앞에 아른거린다. 물론 이 무렵의 단재는 앞으로 이 도시와 거의 15년에 가까운 긴 세월을 함께하리라고는 결코 예상하지 못했을 것이다.

블라지보스또끄를 거쳐 당시 독립운동가들의 활동 중심지였던 샹하이(上海)에 머무르던 단재의 뻬이징행을 부추긴 사람은 절친한 사이였던 이회영의 동생 이시영이었다. 당시 이시영은 뻬이징에 체류하면서 아버지 이유승과 위안 스카이의 친교를 빌려 독립운동을 전개하고 있었다.[3] 단재는 이광수를 만난 자리에서 뻬이징에 오게 된 이유를 이렇게 말했다. "거기서 얻어먹을 데도 없고 싸움질하는 꼴도 보기 싫고, 그래서 북경으로 뛰어왔지요. Y(이회영)씨네 형제분이 북경으로 오라고도 그리고……"[4] 결국 그는 생활여건도 좋은 편이 아닌데다가 파벌싸움에 대한 혐오감으로 고민하던 차라 이시영의 초청을 받아들여 뻬이징을 새로운 독립운동의 무대로 선택했던 것이다. 뻬이징에 점점 가까워지는 열차 안에서 단재는 또 얼마나 많은 미래의 그림을 그렸을까.

예전이나 지금이나 뻬이징역에 들어서면 가장 먼저 눈에 안겨오는 것이 화려함과 웅장함으로 중국 전통 건축예술의 극치를 자랑하는 정양먼이다. 명청시대 뻬이징 내성 정문[5]으로 속칭 첸먼(前門)이라고 불리기도 했던 정양먼 남쪽은 동인당 약방을 비롯한 수백년의 역사를 자랑하는 점포들로 붐비는 따자란(大柵欄) 상업거리, 북쪽은 톈안먼(天安門) 광장과 자금성, 서쪽은 이름난 문화거리 류리챵, 그리고 동쪽은 지금은 이미 백화점으로 변해버린 뻬이징역을 마주하고 있어 명실상부한 황성의 심장

부였다. 그런 까닭으로 1420년에 준공된 후로 수차례 수난을 겪는데 특히 1900년에는 8국 연합군에 의해 불타버림으로써 중국의 자존심이 여지없이 짓밟혔던 아픈 기억을 간직하고 있다. 현재의 정양먼은 1906년에 원래 모양대로 복원한 것이다. 그동안 강산이 수없이 바뀌었지만 손님을 맞이하고 바래는 것만은 줄곧 정양먼의 몫이었다.

수천년간 지속된 봉건 통치체계의 붕괴와 근대적 도시화를 향한 움직임이 느껴지는 당시 정양먼 지역 풍광을, 단재는 드래곤과 미리의 대결을 통해 민중폭력혁명의 승리를 그린 아나키즘 소설 「용과 용의 대격전」(1928)에서 상제를 찾아 떠난 천사의 발길을 따라 생생하게 보여주고 있다.

단재 신채호(1880~1936)

支那 北京에를 들어와 正陽門밖 十里許 잔나무밧속 天壇을 지나니 冕旒冠에 龍袍 잡수신 大淸國 大皇帝가 天祭를 올린다고 구경군이 모여든다. 「허어 그래도 中國 거룩한 나라여…… 復闢이 또 되야 祭天禮를 회복하였고나」하고 天使가 달이들어 上帝를 찾더니 웬 사람이 손바닥을 보기조케 쫙 펴들고 「이놈아 꿈꾸지 말어라 이것은 民衆 慶節의 演劇이다. 上帝가 무슨 똥쌀 上帝……」하고 또 천사의 뺨을 내갈긴다.

天使가 압흔뺨을 만지며 天橋(天壇西)를 向하야 나오니 길가에 머리를 쫏고 道巾을 쓰신 老道士가 占上을 바처노코 床위에는 「有問必答禮金十枚」의 八個 大漢字를 써부친 것을 보고 「하……저 老道士……참 稀貴한 老人이다. 오늘까지 머리도 깍지안코 伏義氏의 八卦를 신봉하는고나 「禮金十

枚」라니 不過銅錢 열닙이면 上帝의 게신곳을 물어보겠다」 하고 주머니를 뒤져본다.[6]

명청의 역대 황제들이 천자라는 권위를 과시하고 천하를 통솔하기 위해 제천의식을 거행하던 신성한 천단은 민중의 축제 장소로 변해버리고 천자들이 건너다니던 천교는 근대 도시경제문화의 발전과 시민계층의 확대에 따라 각양각색의 가난한 장사꾼들이 몰려들어 평민의 낙원으로 탈바꿈했다. 상제의 운명이 길거리의 하찮은 도사에 의해 예고되는, 지고무상의 권력이 사라지고 민중의 힘이 살아 숨쉬는 세상, 뻬이징의 거창한 변화의 흐름을 바라보는 단재의 머릿속에는 새로운 독립국가 상이 무르익기 시작했고 마침내 작품으로 형상화되었을 터이다.

나라 없는 망국민으로서의 서러움, 권력의 주변부 인물로서 느끼는 고립감과 소외감, 자신의 사상적 논리와 현실의 거리감으로 인한 고뇌, 그리고 이 모든 것을 넘어설 희망과 기대를 안고 정양먼에 들어선 단재, 뻬이징은 오직 국권회복의 일념으로 혼신을 불태우고 있는 이 외로운 이국의 독립운동가에게 과연 어떤 의미로 남을 것인지? 정양먼은 묵묵히 지켜보고 있었다.

고도의 옛 거리 진스팡졔의 기억

뻬이징의 중심거리 챵안따졔(長安大街)와 대칭으로 뻗어 있는 핑안따졔(平安大街)에는 다시 명청시대로 돌아간 듯한 착각을 불러올 정도로 고색고풍의 건축물들이 즐비하게 늘어서 있어 수백년 역사문화의 전시장이라 불린다. 뻬이징에 처음 도착한 단재는 한동안 그 서북쪽에 위치한 진스팡졔(錦仕坊街)에 거주하면서 이회영 가족 가까이에 살았다.[7] 명나라 이전부터 존재했다는 진스팡졔는 황성의 가장 오래된 옛 거리 중 하나로 부근의 대형나마탑 빠이타(百塔)와 꽝지쓰(廣濟寺), 역대 제왕묘 등 유명한 고적들이 그 문화적 정취를 더해주고 있다.

1919년 초봄, 임시정부 수립을 위하여 상하이로 떠나기 전까지 단재는 전통선비의 기질을 연상케 하는 이 옛 거리에서 그전과는 달리 조용히 역사, 문학 저술과 논설 집필에 전념했다. 그 결과 1910년대 후반기『꿈하늘』『일목대왕의 철추』「이해」「도덕」등의 작품들로 창작활동의 고조기를 맞으며『북경일보』등 당시 뻬이징의 쟁쟁한 언론지에 논설을 실어 문명을 떨치기도 했다.[8] 단재의 이와같은 행각은 당시의 현실상황과 관련이 있다. 이 시기 위안 스카이의 황제제도 실시와 실패(1916년 6월), 그뒤 뻬이징정부를 통제한 북양군벌 내 환계, 직계 두 파벌 간의 치열한 갈등 등으로 혼란에 혼란이 거듭되고 있었고 더욱이 막강한 세력을 가진 똰 치루이(段祺瑞, 1865~1936)가 일본의 지지를 받고 있었으므로 한인들이 어떤 조직이나 단체를 설립해 독립운동을 전개하기가 힘들었던 것이다. 이것은 또 뻬이징이 상하이나 만져우(滿洲) 지역에 비해 한국 독립운동가들이 상대적으로 적었던 원인이기도 하다.

그러나 그러한 암울한 여건은 단재의 실천 행동만 잠시 중단시켰을 뿐 모든 가능성을 동원하여 국권회복과 민족보존의 통로를 찾으려는 사상적 행보는 막지 못하였다. 티끌만치라도 나라에 유익하면 뭐든지 수용하겠다던 그는 당시 류 쇠이푸(劉師復)를 대표로 하는 열광적인 아나키스트들에 의해 한창 활기를 띠고 거세게 확산되고 있던 중국의 아나키즘 사상에 서서히 매료되기 시작한다. '무정부라는 것은 강권이 없는 것이다'는 끄로뽀뜨낀의 해석이 일제 통치로부터 국가를 되찾으려는 단재에게는 틀림없이 상당히 매력적인 이론이었을 것이다. 그가 아나키스트로 변해가는 과정은 이 시기 창작된 작품 곳곳에서 읽을 수 있다.

새로운 기상과 자세를 갖춘 '신국민' 상을 제시하고자 했던 『꿈하늘』(1916)에서 단재는 "强者를 制裁함에는 暗殺이 唯一神聖으로 깨다랐다"[9]며 '암살'이라는 파괴적인 단어를 처음 등장시키고 그것에 대한 긍정적 입장을 드러냈다. 이러한 아나키즘에 대한 단재의 관심과 이해는 1919년경의 작품 「이해」와 「도덕」에 와서 훨씬 더 깊어졌고 독보적이었다.

> 暴動暗殺로 先鋒을 삼어 敵의 治安을 흔들며 우리에게 利하거든 暴動暗殺로 일하며……

> 家族主義가 進步되어 國家主義로 나아갈지언정 國家主義를 넘어 世界主義에 밋치지 말며 크로포트킨의 相互扶助說보다 다윈의 生存競爭說을 더 輸入하여 道德의 制限을 定할지니라.[10]

'근대 국민국가' 건설이 전혀 불가능한 당시 상황에서 단재는 1910년부터 절규했던 '신국민'론이 이미 그 의미를 상실했음을 절감하고 '민중'이라는 또다른 역사 주체에 의해 민족사적 과제를 풀어가려 했던 것이다. 그러나 '상호부조설'보다는 '생존경쟁설'에 더 기울고 국가주의를 넘어 세계주의에 미치는 것을 경고한 데서 우리는 이 시기 단재의 아나키즘 수용은 사회진화론과의 이별이 아니며 어디까지나 국권회복을 위한 방책이었음을 알 수 있다. 일제에 대항하는 방법이 오직 민중폭력에 의한 혁명이라는 판단은 전통선비 단재로 하여금 아나키즘에 심취하고 '철저한 파괴자'의 길을 선택하게 했다.

이처럼 오랜만에 조용한 사색의 공간과 시간을 가진 단재는 전통과 근대를 넘나들면서 현실극복을 위한 가장 효과적인 이론 창출에 골몰했고 보다 실천적인 독립투사로 거듭날 정신적 준비를 갖추었다. 끝없는 혼돈과 치열한 경쟁이 지속되는 격변의 근대 사회질서 속에서 긴 정적은 결코 허용되지 않음을 그는 잘 알고 있었을 터이다. 마침내 1919년 5월 4일, 연초부터 새로운 혁명의 도래를 위한 준비로 들끓고 있던 베이징이 작열했다. 제국주의 침략을 반대하고 인간의 자유와 개성해방을 요구하는 5·4신문화운동의 거센 물결은 베이징을 중심으로 삽시간에 중국 전역으로 번져나갔고 서재에만 갇혀 있던 수많은 지식인들이 실천 행동의 무대로 뛰쳐나왔다. 진스팡졔의 외로운 이국 선비 단재도 오랜만에 화창한 봄날이 가져다준 따뜻한 햇살을 만끽했다.

중국근대사상 가장 찬란했던 순간과의 부딪침에서 커다란 힘을 얻은 단재는 5년 전 실망만 남기고 떠났던 샹하이로 뛰어가 임시정부 수립에 적극 참여했다. 샹하이의 낭만과 활력을 생전처음 가슴으로 느끼는 나날들이었을 것이다. 비록 얼마 뒤 임정에 걸었던 기대가 깨지고 베이징으로 다시 돌아왔어도 시대의 거창한 흐름이 가져다준 격정과 의욕은 그에게서 조금도 잦아들지 않았다. 그는 70명의 회원을 가진 학생단(일명 대한독립청년단) 단장에 이어 보합단(普合團)의 내임장으로 직접 군자금 모집에 나서는가 하면 박용만, 신숙과 함께 군사통일촉성회를 발기하는 등 그동안 진스팡졔에서 무르익은 착상들을 하나하나 실천에 옮기면서 적극적인 활약상을 보였다. 한진산과 같이 『진광신보』를 계획 또는 발간했던 시점도 이때였다. 당시 한진산은 학생단의 부단장 겸 총무, 통신사장을 담당하고 있었다. 현재로서는 이 신문에 대한 어떠한 정보도 찾을 길 없지만 단재가 1920년 3월까지 샹하이에 체류했고 그해 9월에 한진산이 베이징에서 검거된 점으로 미루어볼 때 계획만 하고 창간되지 않았거나 설사 발행되었다 하더라도 그 수명이 아주 짧았을 것으로 짐작된다. 사실 신문 명칭만 걸어놓고 발행을 못하는 경우는 격동기의 베이징에서 흔한

일이었다. 더욱이 남의 땅에서 하루하루 힘들게 살아가는 망명객들에게
신문 발행이란 어쩌면 조금은 사치스러운 욕심이었을지도 모른다.

이론과 현실의 괴리에서 오는 실망감 때문에 가끔 괴롭긴 했어도
1920년의 단재는 행복했다. 독립운동을 펼칠 수 있는 기회가 주어져서
행복했고 "안성맞춤한 뚝심한 대범함을 고루 갖춘" 신식여성 박자혜를
만나서 행복했다. 첫번째 결혼의 실패 후 10년 만에, 그것도 낯선 타국에
서 만난 박자혜는 단재에게 각별한 사랑이었을 것이고 위안이었을 것이다.
그들의 애틋한 사랑의 숨결과 속삭임이 진스팡졔의 어딘가에 아직도 남아
있지 않을까. 고도 옛 거리의 아득한 기억 속으로 들어가고 싶어진다.

꾸러우의 북소리를 들으며

정양먼과 자금성을 지나 곧게 북쪽으로 가노라면 꾸러우뚱따졔(鼓樓
東大街)와 띠안먼와이따졔(地安門外大街)의 교차점에서 원, 명, 청 시기 뻬
이징성 전체에 저녁을 알리던 꾸러우와 만나게 된다. 그 바로 북쪽에는
아침을 깨우던 종루가 대칭으로 마주하고 있다. '아침종 저녁북'으로 하
루를 움직이던 뻬이징의 일상 질서는 1924년에 깨졌고 오랫동안 잠자던
북과 종이 다시 울리기 시작한 것은 1990년 그믐날 축제의 밤이었다.
1900년 8국 연합군 침입으로 일본군의 칼에 상처투성이가 되어버린 꾸러
우의 큰북에서 울려나오는 북소리는 지금도 사람들에게 국치를 잊지 말
라는 메시지를 전해주고 있다. 그런 의미에서 꾸러우는 일명 밍츠러우(明
恥樓)라고 불리기도 한다.

일본에 대한 분노가 살아 있는 이 밍츠러우 부근에서 단재는 뻬이징
생활의 마지막 8년을 보냈다. 밤의 정적을 깨뜨리며 들려오는 북소리를

들으면서 단재는 이국땅에서의 서러움과 고독을 달래고 국권회복의 의지를 다졌을 것이다. 다행스럽게도 고층건물들이 우후죽순처럼 세워지며 놀랍게 변하고 있는 오늘의 뻬이징에서 도시의 중축선에 놓여 있는 꾸러우 주변은 여전히 백여년 전의 옛 모습 그대로를 고스란히 간직하고 있다. 각양각색의 이름을 가지고 옹기종기 뻗어 있는 후퉁(胡同)들, 그리고 그 좁은 골목들에 촘촘히 들어앉은 회색의 허름한 단층집들……. 세월의 풍상고초와 도시 하층민들의 고달픔이 서린 그곳은 허약한 몸과 지독한 가난을 딛고 자나깨나 구국대안 창출에 골몰하던 조선의 애국지사 단재의 자취가 남아 있어 더욱 소중하다.

1921년의 시작은 순조로웠다. 십여년의 방랑생활에 지친 단재에게 『천고』의 창간과 맏아들 수범의 출생은 크나큰 두 가지 기쁨이었다. 박자혜와의 사랑의 보금자리도 이미 진스팡제에서 꾸러우 동남쪽으로 옮겼다. 하나의 문화적 상징이 된 뻬이징의 수천개 작은 골목들이 후퉁으로 불린 것은 명나라 때부터이며 '호동(胡同)'이라는 두 글자는 몽골어 우물〔水井〕의 차용어라 한다. 후퉁에 대해 단재는 『대흑호의 일석담』에서 조선의 동과 같다고 특별히 주를 단 적이 있다.[11] 원, 명, 청, 삼대에 걸쳐 국가교육관리의 최고행정기구와 최고학부였던 국자감과 공자를 공양하던 장소인 공묘가 지척이라서 그런지 길이가 500미터 정도밖에 안되는 챠오떠우후퉁은 중국에서는 드물게 지금도 국경일이면 집집마다 국기를 내걸 정도로 애국의 정서가 깊이 스며 있는 곳이다. 어쩌면 그러한 분위기가 오직 나라 사랑 하나만으로 살아온 이국의 방랑객 단재의 발걸음을 멈추게 했을지도 모른다. 매일 밤 어김없이 울리는 꾸러우의 북소리를 들으면서 단재는 밝아올 새날에 대한 기대로 부풀어 있었을 것이다.

챠오떠우후퉁에서의 첫 일년, 단재는 갖가지 어려운 여건 속에서 거의 혼자 손으로 논설, 독립운동소식, 내국시문, 해외잡감 등 다양한 내용

으로 묶은 순한문(純漢文) 월간잡지『천고』를 집필하는 한편 군사통일주
비(軍事統一籌備)에 참석하고 임정 대통령 이승만에 대한 성토문을 기초
하고,「통일책진회발기취지서」를 작성 발표하는 등 여전히 왕성한 활동
을 펼쳤으며 그중에서도『천고』의 집필에는 각별한 정성을 쏟은 듯하다.
특히 잡지 곳곳에 보이는『신보』『익세보』『국보』『신조』등 격동기 뻬이
징을 대표하는 간행물들에서 우리는 신문화운동의 흐름을 주시하면서
적극적인 사상적 모색을 시도했던 그의 정신사적 체험을 어느정도 엿볼
수 있다.『천고』외에도 이 시기 단재는 군사통일주비의 결의에 따라『대
동』이라는 주간신문 발행을 맡았다고 하나 전해지지 않는 것으로 보아
『진광신보』와 비슷한 운명을 겪지 않았을까 한다. 사실 그 시점은 그가
동시에 너무나 많은 일을 하고 있던 때라 신문에 전념할 겨를이 없었을
것이다. 1919년 작품으로 알려졌던「백세노승의 미인담」에 표현된 몽고
장수 차손다다장군의 집에 대한 묘사를 보면 단재가 살았던 챠오떠우후
퉁에 위치한 몽골 커얼친군왕 성거린친의 승왕부를 떠올리게 하는 부분

이 많아서 역시 이 무렵에 창작된 소설이 아닐까 싶다. 단재의 유고시 「1월 28일」에는 정적이 깃든 깊은 밤, 희미한 등잔불 밑에서 쉼없이 사색을 펼쳐가던 당시의 정경이 실감나게 그려져 있다.

> 밤새도록 빨간 등불
> 밤새도록 우르릉하는 바람
> 밤새도록 출렁출렁하는 마음 물결
> 바람을 맞아 꺼질 듯 말 듯한 등불
> 바람을 따라 오르락내리락 하는 마음 물결
>
> —「1월 28일」(『유고집』 229면) 부분

그러나 신문화운동의 흥분이 차츰차츰 가시고 한국 독립운동도 초반의 생기를 점점 잃어가던 현실은 단재의 바람을 따르기엔 너무나 거리가 멀었다. 잃어버린 조국을 되찾는 꿈에 설레는 그의 마음은 수시로 냉혹한 현실이 가져다주는 실망과 번뇌에 시달려야 했고 울어야 했다.

> 바람보다 더 빨리 더 멀 리가[12]
> 하늘에 가 별도 따고 해도 잡아 오려 한다마는
> 네가 쫓아 오지 못 하니 나도 가지 못한다.
>
> 열 해를 갈고 가니
> 칼날은 푸르다마는
> 쓸 곳을 모르겠다
> 춥다 한덜 봄 추위니
> 그 추위가 며칠이랴

자지 않고 생각하면

긴 밤만 더 기니라

푸른 날이 쓸데 없으니

칼아 나는 너를 위하여 우노라

—「1월 28일」부분

망국의 아픔을 딛고 국권회복의 꿈을 안고 찾아온 땅이건만 십년이 흘러도 그에게 남은 것은 여전히 실망과 안타까움이었다. 그래서 마음이 더더욱 아프지 않았을까. 큰 바람이 이는 추운 밤, 어느 허름한 방에서 남몰래 흐느끼던 고독한 조선선비 단재를 챠오떠우후퉁은 잊지 못할 것이다.

이렇게 안타깝고 외로운 때에 단재에게 큰 위안이 되는 일이 있었으니 바로 유자명의 소개로 이루어진[13] 중국 최초의 아나키스트이며 유명한 생물학자인 리 스청(李石曾)과의 만남이었다. 청말 군기대신 리 훙짜오(李鴻藻)의 아들인 리 스청은 프랑스 유학 시절인 1907년, 아나키즘 잡지 『신세계』창간을 시작으로 줄곧 아나키즘 운동을 추진했던 인물로 일찍 1919년 파리평화회의에서 비슷한 운명에 있던 대한민국임시정부에 대해 아낌없는 성원을 보냈던 것을 계기로 한국 독립운동과 인연을 맺었다. 한국 독립운동에 대한 그의 태도는 사상뿐만 아니라 인간성에서도 단재를 감복케 하였고 그것이 그들 우정의 근간이 되었다. 그후 단재는 리 스청의 절친한 친구들인 우 즈후이(吳稚暉), 리 따쟈오(李大釗), 펑 위샹(馮玉祥) 등 그 시대를 주름잡던 쟁쟁한 인물들과의 교유를 통해 사상발전의 계기를 마련하는 한편, 한국 독립운동에 대한 중국집권층의 지지를 얻어내고자 애썼다. 최고의 민족주의자면서도 그것을 넘어 국제무대에서 세계적 인물로 활약했던 그의 이러한 모습에서 우리는 그 시대 선구자들의 고투를 읽을 수 있으며 그러한 의미에서 단재의 중국체험은 소중한 것이다.

빈곤이 깔린 따헤이후후퉁과 함께

이처럼 희망과 실망 속을 오가면서 조금씩 지쳐갈 무렵 단재는 또 이제 막 하나로 묶인 사랑하는 가정을 환국시킬 정도로 극심한 생활고에 시달렸다. 거주지도 챠오떠우후퉁에서 서쪽으로 2킬로미터쯤 떨어진 꾸러우 서북쪽의 따헤이후후퉁(大黑虎胡同)로 옮겨갔다. 길이 150미터도 되나마나하고 승용차 한 대도 들어가기 힘들 만큼 비좁은 골목에 지금은 외벽마저 군데군데 떨어져나가기 시작한 허름한 건물들, 그리고 1, 2평도 되나마나한 방들이 다닥다닥 붙어 있는 작은 울타리 안에 여러 가구가 북적이고 있는 따헤이후후퉁의 풍경은 그야말로 도시 최하층의 전형적인 삶의 현장이라 할 수 있다. 단재는 1924년 초, 절에 들어가기 전까지 이 열악한 환경 속에서 고달픈 하루하루를 보냈다. 따헤이후후퉁을 둘러보고 있으면 당시 단재의 생활이 얼마나 궁핍했는지가 온몸으로 느껴지면서 마음이 저려온다.

1921년 『천고』 발행 당시 단재의 거주지였던 챠오떠우후퉁 부근

혹독한 경제난은 힘든 나날 중에 그나마 단재에게 한줄기 빛과 즐거움을 주었던 『천고』마저 더이상 꾸려나갈 길이 없게 되었고 1921년부터 정열적으로 추진하던 국민대표대회도 파벌간 갈등으로 그때까지 개최도 못한 채 계속 진통을 겪고 있었다. 단재는 혹심한 좌절과 회의에 빠졌다. 1922년 가을에 리 따쟈오에게 도서열람을 요청하는 편지는 그의 이런 울적하고 갑갑한 심경의 고백이다.

저는 전후 十年間을 定處없이 放浪하여 支離한 歲月 지치고 시달리며 (…) 前日에는 또한 나라 運命의 切迫함을 痛哭하고 忿然히 일어나 붓을 내던지고 몇몇 烈士와 함께 나라를 위하여 죽음으로써 敵과 싸우기를 祈禱하였더니, 벌써 情勢는 더욱 틀려지고, 機會는 더욱 멀어져 안타깝게 부질없이 머리만 어루만지는 동안 어느덧 四十을 지났습니다 (…) 그러면 將次 이 몸이 나갈 곳은 어디일까?[14]

독립운동의 실천적 행동이 거의 중지된 상황에서 앞날에 대한 단재의 고민은 깊어갔고 항상 그랬듯이 이번에도 결론은 "역사사업(歷史事業)을 계속 진행(進行)하고 과거(過去)의 발견(見聞)을 정리편수(整理編修)하여 후진학자(後進學者)들로 하여금 나라의 전통(傳統)을 잊지 말게 하는"[15] 것이었다. 단재는 역시 힘들고 지칠 때면 조용한 서재로 돌아가는 타고난 선비였다. 그러나 역사학자로 돌아간 그는 시종 뜻을 펼 수 없는 허탈감에 빠져 있었고 그것이 고국에 대한 절절한 그리움과 망명객의 한없는 서러움으로 이어졌다. 단재는 자신의 시 「임술년 가을 밤에」(1922)를 통해 이와같은 내심을 숨김없이 보여주고 있어 더욱더 읽는 이의 눈시울을 적신다.

외로운 등불 가물가물 남의 시름 같이 하며

일편단심 다 태울 제 내 맘대로 못할러라

창 들고 달려 나가 나라 운명 못돌리고

모질러진 붓을 들고 청구 역사 그적이네

이역 방랑 십년이라 수염에 서리 치고

병석에 누운 깊은 밤에 달만 누각에 비쳐드네

고국의 농어 회 맛 좋다 이르지 마라

오늘은 땅이 없거늘 어디다 배를 맬고

— 「임술년 가을 밤에」(『북한본』 1922, 232면) 전문

아무도 돌봐주는 이 없이 혼자 병석에 누워 있는 단재에게 조국은 얼마나 큰 그리움이고 아픔이었을까. 어떠한 여유도 허락되지 않았던 따헤이후후퉁은 그 쓸쓸한 광경을 그저 측은히 바라만 보고 있었을 뿐 골목의 빈곤과 함께 하루하루 허약해가는 이 방랑객이 바로 명망 높은 한국 독립운동가 단재 신채호일 줄은 상상조차 하지 못했다.

그러나 국권회복의 불타는 의지는 단재를 역사저술로 소일하거나 병석에 누워서 개탄하게 놔둘 리가 없었고, 1922년 말부터 이상과 현실의 교차점을 찾기 위한 그의 활발한 움직임은 다시 시작되었다. 리 스청과의 지속적인 교류로 아나키즘 운동의 동태를 빠르게 관측할 수 있었던 그는 봄에 벌써 꾸러우 부근의 삥마귀후퉁(兵馬可胡同)에 개설되었던 에스페란토 강습반에 참가하여 에스페란토를 배우기 시작했고 12월에는 중국의 저명한 문학가이며 계몽선구자인 루 쉰(魯訊), 져우 쬐런(周作人) 형제와 러시아 시인이며 에스페란토 학자 예로쎈꼬, 대만 아나키스트 판 뻔량(範本梁) 등과 긴밀한 접촉을 가졌다.[16] 당시 뻬이징의 에스페란토 학습 열풍을 몰고온 예로쎈꼬는 루 쉰 형제네 집에 머물고 있었고 통역은 주로

에스페란토를 포함한 7, 8개 외국어에 능했던 저우 쭤런이 맡았으므로 단재는 같이 뻬이징대학 교수로 있으면서 저우 쭤런과 친하게 지내던 리 스청의 소개로 그들과 만날 수 있었을 터이다. 소중한 그 만남의 자리에서 어떤 대화가 오고 갔을까? 다시 들을 수도 확인할 수도 없지만 근대 격변기 위기와 수난에 직면한 한중지성인들의 사상적 공감대 위에 펼쳐진 열띤 논쟁의 장이었음은 분명하다.

이 무렵 단재는 또 항일폭력단체인 의열단의 투쟁강령 기초를 부탁하러 뻬이징으로 찾아온 약산 김원봉의 간청을 쾌락하고 함께 상하이로 향하며 1923년 1월 마침내 한국민족독립운동의 투쟁정신을 극명하고도 힘차게 천명한 역사적인 문서 「조선혁명선언」을 세상에 내놓는다. 수많은 애국투사들의 감동과 공감을 불러일으키며 일제에 대한 적개심과 투쟁정신을 한층 고양시켰던 이 선언문에서 단재는 억압받는 민중이 강권에 저항하는 방법은 오직 폭력에 의한 혁명뿐이라는 입장을 분명히 밝힘으로써 의열단의 이념과 행동지표를 합리화했다. 특히 민중 각성의 제일로(第一路)는 '민중(民衆)이여 각오(覺悟)하여라'는 식의 열규가 아닌 '선각(先覺)한 민중(民衆)이 민중(民衆)의 전체(全體)를 위(爲)하여 혁명적 선구(革命的 先驅)가 됨'[17]이라고 보았으며 이는 이 시기 그의 또 하나의 발전된 인식으로, 이런 사고는 후일 전통선비 단재로 하여금 무정부주의 활동 경비 마련을 위해 외국위체 입수라는 실천적 행동에 직접 투신할 수 있게 했을 것이다.

이어서 단재는 「문예계청년의 참고를 구함」 「대흑호의 일석담」 「인도주의의 가애」 등 작품을 통해 국문소설의 기능을 신화화하고 한문학 배제를 주장했던 애국계몽기 문학관을 시대적, 문화적 환경 변화와 사상적 요구에 맞추어 새롭게 정립했다. '예술은 예술로 존재'한다는 것은 진리이지만 거기에 반드시 '고상한 예술이라야 한다'는 조건을 붙여야 예술이 될 수 있으며 그렇지 않으면 예술로서의 존재의 여지가 없다는 취지 아래 비판의 대상이 한문학에서 국민들의 정신을 흐리게 하는 퇴폐적인 연애소설로 바뀌었다. 또 '자국문학의 독립국 건설'의 필요에 따라 국문학 범주도 소설뿐만 아니라 시, 시조, 희곡, 수필 등 다양한 장르를 포함시켜 크게 확장하였다. '문예혁명'의 목적 역시 주로 전통사상의 폐해를 규탄함으로써 사회진보를 달성하려던 전 시기와는 달리 피난 심리를 비난하고 현실의 압력에 선전하는 기개나 정신을 살려 국권회복을 도모하는 쪽으로 기울었다. 이는 국권상실의 시대에 "현재적 최대 압력(現在的 最大壓力)이 아닌 과거진적(過去陳跡)에 대한 선전(宣傳)"[18]은 '혁명'의 범주가 될 수 없으며 더이상 의미가 없다는 판단에 따른 결과였다. 문학의 상업적 가치에 주목하면서 그 폐해를 경계하고 비판했다는 점 또한 이 시기 단재 문학이론이 보여준 새로운 변화라 할 수 있다.

빈곤이 깔린 따헤이후후퉁은 단재를 잠시의 실망과 고통에 빠지게는 했어도 결코 무너뜨리지는 못했다. 뻬이징 중축로 개통공사로 2005년이면 이 골목도 수백년의 아픈 이야기들을 간직한 채 역사 속으로 사라져버리게 된다. 단재에 대한 기억만은 꽁꽁 잡아두고 싶다.

고찰·명산을 찾아 번뇌를 넘고

뻬이징의 혼잡한 사회정치적 상황으로 실천행동을 잠시 정지하고 저술활동에만 몰두하던 1918년, 단재는 자신만의 조용한 사색의 공간을 가지기 위해 한동안 진스팡제 근처에 있는 석등암(石燈庵)이라는 작은 암자에 우거하게 된다. 원나라 때 세워져서 처음에는 길상사(吉祥寺)라 불리다가 그 땅 밑에서 석등을 파낸 후로 석등암으로 이름이 바뀌었다는 이

의열단의 「조선혁명선언」 초
판 원고 일부. 1923년 1월 신채
호가 집필한 것이다.

암자는 경치 좋은 타이핑후(太平湖)를 끼고 있는데다 다른 암자들과는 달
리 줄곧 남승주지였던 관계로 한때는 『홍루몽』의 저자 차오 쉬에친(曹雪
芹)을 비롯한 많은 문인학사들의 발길을 끌었다 한다. 그러나 1910년대에
이르러 번화했던 고찰의 모습은 사라지고 찾는 사람도 갈수록 뜸해졌다.
그렇게 되자 당시의 주지였던 위에천(越塵)스님은 한가한 방들을 매달
40~50원에 임대하여 암자의 유지비를 마련했는데 그 때문에 단재도 쉽게
거기에 우거할 수 있었던 것 같다. 중국의 미술 대가 치 바이스(齊白石)도
1920년에 이 암자에 머물렀었다 하니 당시 얼마나 많은 지식인들이 그곳
을 거쳐갔을까.

세월이 흘러 암자는 빼곡하게 들어앉은 고층건물들 속에 묻히고 중
국 비극 작가 라오 서(老舍)가 몸을 던진 그 유명한 타이핑후마저 이젠 자
취를 감췄다. 모든 것이 기억 너머로 사라져버린 지금, 오로지 암자의 이
름을 딴 스떵후퉁(石燈胡同)만이 깊은 사색에 잠긴 단재의 그때 그 모습을

연상케 한다.

진스팡졔에 머무를 당시 단재는 또 유명한 상업거리 왕푸우찡의 삥
쟌후퉁(氷盞胡同)에 있는 현량사(賢良寺)를 돌아보고 그때의 감회를 자신
의 시 「현량사 불상을 보고」에 담았다. 이 시는 뻬이징에서의 단재의 행
적을 직접 전해주는 몇 안되는 작품 중 하나라는 점에서도 특별한 의미를
지닌다.

집주고 돈도 주니 퉁부처의 대가리에
이백년 청실(淸室) 은혜 산같이 쌓였어라
은혜를 못 갚을망정 눈물조차 없단 말가

— 「현량사 불상을 보고」(『북한본』 232면) 전문

현량사는 1734년, 옹정황제가 자신이 가장 사랑했던 동생 이친왕 윤
상을 기념하기 위해 원래의 이친왕부(怡親王府)를 개조하여 만든 절인데

건륭 20년(1747)에 슈이쟌후퉁으로 옮겨온 후 줄곧 뻬이징에 들어온 외성의 조정대신들이 머물면서 정무를 보는 장소로 활용되었고 리 훙쟝(李鴻章)을 포함한 청나라의 많은 고관대작들도 여기에 각별한 애정을 보였다 한다.[19] 그런 현량사의 불상이 청실의 몰락에 눈물 한 방울 흘리지 않는다. 그것을 바라보는 단재는 말 못할 분노가 치밀었다. 더욱이 청나라에 조공을 바치러 온 조선의 사절들도 이곳에 머물다 갔을 것이라는 생각은 당시 한국의 망국을 그저 덤덤하게 지켜보고 있던 중국집권층에 대한 분개로 이어졌을 것이다. 그러한 의미에서 현량사의 불상을 향한 단재의 비난이 가지는 함의는 깊다.

청대의 영욕이 밴 현량사는 1920년을 전후하여 왕푸우쩡거리에서 사라져버리고 지금은 매일 수많은 인파가 몰리는 대형쇼핑센터 싱뚱안(新東安)시장이 그 자리에 들어섰다. 어딘가에 파묻혔을 그 불상도 이제는 당시 단재의 마음을 헤아릴 수 있지 않을까.

이렇게 고민을 해소하고 사유를 정리하면서 고찰을 찾아다니던 단재에게 뜻밖의 기쁨이 있었으니 바로 까오리잉(高麗營)이라는 유적지를 발견한 것이었다. 단재가 "북경 동교" "안정문서 50리 되는 도회"[20]에 위치했다고 밝힌 까오리잉은 현재 뻬이징시 슌이취(順義區)이 관할이며 '경북제일중진'으로 널리 알려져 있다. 까오리잉이라는 명칭의 유래에 대해 중국 사료는 대부분 당나라 때 조선인들이 하나둘 모여와 정착한 데서 비롯되었다 하나 단재는 "고려 개소문이 당태종과 싸우던 곳인 고로 고려영이란 일홈이 전하야 왔다"[21]며 훨씬 더 깊은 의미를 부여했다. 그의 이런 견해는 1921년 이윤재와 만난 자리에서 "북경 동교에 훌륭한 조선 고적이 있건마는 누가 그것을 찾아볼 생각이나 둡니까"라고 한 것에서도 잘 드러난다. 어떻게 해서든지 민족의 자긍심을 불러일으키려고 애쓰던 단재가 까오리잉에 얼마나 큰 애착을 가졌는지는 그곳을 자신의 소설 「백세노승의

미인담」의 한 무대로 설치한 것에서 엿볼 수 있다. 한편 까오리잉 답사 후 바로 지은 시로 보이는 「고려영」에는 전성시대 선민의 유촉이 불러온 개탄도 녹아 있어 그곳을 둘러볼 당시 단재의 착잡한 심경이 느껴진다.

> 고려영 지나 가니 눈물이 가리워라
> 나는 서생이라 蓋蘇文을 그리랴만
> 가을 풀 우거진 곳에 古蹟을 설어하노라
>
> —「고려영」(『북한본』 232면) 전문

격동기 뻬이징의 분위기에 힘입어 왕성한 활약을 펼치던 단재가 다시 절을 찾은 것은 입산을 결심한 1924년 봄이었다. 그의 입산을 부추긴 가장 중요한 요인은 큰 기대를 걸고 지켜봤던 국민대표대회 실패가 가져다준 실망과 회심이었다.[22] 결국 오랜 방황과 고민 끝에 단재는 따헤이후후퉁 근처에 있는 관음사(觀音寺)에 들어가 약 6개월간 승려생활을 시작한다.

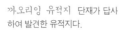

까오리잉 유적지 단재가 답사
하여 발견한 유적지다.

어지러운 속세를 떠나서 조용히 글을 쓰려고 절에 들어갔었다는 고백[23]에서 우리는 입산 전 그의 심경을 엿볼 수 있다. 지금의 신제커우(新街口) 뚱밍후퉁(東明胡同)에 있었던 관음사는 규모가 크지 않았어도 그 당시 꽤 많이 알려졌던 고찰이었다고 하나 현재는 그 흔적조차 찾아보기 힘들다. 그런데 단재는 왜 자신이 생활하던 곳 가까이에 있는 절을 선택했을까? 이것을 어쩌면 속세가 싫으면서도 거기에서 완전히 자유로울 수 없었던 당시 단재의 심적 갈등의 표현으로 볼 수 있지 않을까.

승려생활을 끝마치고 속세에 돌아온 단재는 얼마간 대외적인 활동을 접어두고 저술에 몰두하는 한편 틈틈이 뻬이징 근교 명산들을 돌아보면서 앞으로의 행동방향을 모색했다. 한기악에게 보낸 편지는 당시 그의 행적을 추적할 수 있는 소중한 자료다.

> 三月頃에 北京을 떠나 上方·紅螺 等 名山을 구경하고 數朔 만에 돌아
> 와 舊宮(法通寺 二十號)에 들른즉 그 사이에 兄의 便紙와 돈 五十圓이 弟
> 에게 왔다 합디다.[24]

절에 들어가면서 따헤이후후퉁을 떠난 단재는 1924년 가을부터는 후에 위체위조 사건의 공범으로 잡힌 젊은 아나키스트 이필현(일명 이지영)과 함께 법통사(法通寺) 20호의 파퉁꿍슈(法通公休)에 살았다.[25] 단재와 이지영은 유자명의 소개로 만났다 한다. 꾸러우 북쪽, 따헤이후후퉁과 초떠우후퉁 가운데 위치한 법통사 역시 골목이지만 당시는 특이하게 후퉁이라고 부르지 않다가 1949년 이후 화펑후퉁(華豊胡同)으로 이름이 바뀌었다. 초떠우후퉁보다도 훨씬 넓고 한결 더 정갈한 이 골목의 풍경은 단재가 가정을 환국시킬 당시의 극심한 궁핍에서는 최소한 벗어났음을 말해준다. 가끔씩 여행을 떠날 만큼의 여유도 생겼던 것 같다.

　베이징 서남쪽 팡샨취(房山區)이 남부에 위치한 상방산(上方山)은 "남
에는 쑤져우(蘇州)와 항져우(杭州)가 있고 북에는 샹팡(上方)이 있다" 할
정도로 절경이며 특히 석굴과 암자가 많아서 유명하다. 단재가 구경한 다
른 하나의 산인 홍라산(紅螺山)은 베이징 동북쪽 화이러우취(懷柔區) 북부
에 있으며 자연풍경도 아름답지만 그 위의 1600년 역사를 가진 홍라사
때문에 더욱 소문이 높다. 일명 대명사(大明寺), 호국사(護國寺)라고도 불
리는 이 절은 18세기 말 지싱쭈스(際醒祖師)가 여기에 정토도량를 창건하
면서 조선과 동남아지역 등의 중들이 모여들며 명성을 떨쳤다 한다. 단재
의 소설 「백세노승의 미인담」에서 노승이 찾아갔다는 "북경성 북짝백에
있는 대명산 대명사"[26]가 바로 이곳이다.
　이처럼 고찰과 명산을 찾아 번뇌를 극복한 단재는 이제 어떤 선택을
할까? 사실 절에 들어가기 직전에 씌어진 시 「계해 10월 초2일」은 명리를
뛰어넘어 초탈의 경지에 이른 그가 어떤 모습으로 다시 독립운동의 마당
에 나타날지 미리 예견케 하고 있다.

하늘과 바다가 넓고 넓구나

마음놓고 다녀도 거칠 것 없네

생사를 잊었는데 병이 무엇인가

명리를 떠났거늘 무얼 구하랴

—「계해 10월 초2일」(『전집』 별집 348면) 부분

1926년 여름 대만인 린 삥원(林炳文)의 소개로 무정부주의동방연맹에 입회하면서부터 본격적인 실천활동을 재개한 단재는 뻬이징의 아나키즘 운동에 적극적으로 투신하는 한편 국내항일사회운동단체인 신간회 발기에 참여했고 자신의 아나키즘 이론을 투영시킨 소설 「용과 용의 대격전」을 탈고했다. 뿐만 아니라 「조선의 지사」 「금전, 철포, 저주」 「선언」 등 작품에 필명이 아닌 '신채호'라는 본명을 써서 조금의 숨김이나 움츠림이 없이 당당하게 현실과 맞서 싸우겠다는 강력한 의지를 표현했다. 그리하여 단재는 폭력투쟁을 위한 자금마련에 서슴없이 나섰고 결국 차디찬 감방에서 장엄한 생을 마감했다. 천하의 고매한 선비 단재가 위체위조사건에 개입했다는 것은 어쩌면 역사의 아이러니일지도 모른다. 단재의 위대함도 비애도 여기에 있지 않을까.

"호(狐)가 죽을 제 머리를 구(丘)에 언고 고향(故鄉)을 사모(思慕)한다고 하거든 부앙건곤(俯仰乾坤)에 하물며 인(人)으로서이랴."[27] 천애에 표박했던 외로운 단재가 남긴 개탄이다. 식민지에서 사는 것을 철저히 거부하고 기나긴 세월 이국땅을 떠돌다 사라져간 비운의 천재 단재 신채호를 뻬이징은 기억할 것이다. 그리고 가끔은 작별인사도 못하고 떠나간 그 칭파오 입은 조선선비가 그리워지기도 할 터이다.

‖ 최옥산 ‖

주 |

1 단재의 북경 도착 시기가 지금까지의 통설과 달리 1915년이 아닌 1914년 말경이라는 것은 다음에서 입증한 바 있다. 최옥산 『문학자 단재 신채호론』, 인하대 박사논문 2003.

2 이강 「수기」, 주요한 『추정 이갑』, 대성문화사 1965, 55~56면.

3 박창화 『성재 이시영소전』, 을유문화사 1984, 49면 참조.

4 이광수 「그의 자서전」, 『단재신채호전집』 별집, 형설출판사 1995, 408면(이하 『전집』이라 약칭함).

5 뻬이징 성내에는 아홉개문이 있는데 통칭 찌응쓰으쥬우머언이라 한다.

6 신채호 「용과 용의 대격전」, 『신채호문학유고선집』, 연변대학출판사 1994, 134면(이하 『유고집』이라 약칭함).

7 1920년 봄 박자혜와 처음 결혼 생활을 시작한 곳(전집, 연보)과 보합단 조직에 관한 일경의 보고서에 적힌 주소지(김정명 편 『한국독립운동』 II, 국학자료원 1980, 460면)가 모두 진스팡졔로 되어 있다. 1919년 3월에 "집은 협소하고 식구는 많아 있을 수가 없어 진스방자얼안중이라는 곳으로 이사했다"(이은숙 『민족운동가 아내의 수기』, 정음사 1975, 38~39면 참조)는 이은숙(이회영 부인)의 증언은 단재가 당시 이회영 가족 가까이에 살았음을 말해준다.

8 당시 단재가 『중화보』에 논설을 실었다는 설은 재검토가 필요하다. 『중화보』는 1906년 9월 29일에 이미 폐간되었으므로 분명히 단재가 기고했던 신문은 아니다. 그 시기 뻬이징에서 발행되던 『중화신보』나 『중화』의 와전이 아닌가 한다.

9 『유고집』 60면.

10 『유고집』 141~55면

11 신채호 「대흑호의 일석담」, 『용과 용의 대격전』, 조선문학예술총동맹출판사 1966, 213면(이하 『북한본』이라 약칭함).

12 원문대로. '더 멀리 가'의 의미.

13 약간은 괴팍할 정도로 독보적이고 융통성이 부족한 단재와는 달리 굉장히 활동적인 성격을 가진 유자명은 당시 중국인들과의 교제 범위가 상당히 넓었던 것으로 보이며 이는 중국 최고의 문학대가 빠 진(巴金)과의 돈독한 우정에서도 알 수 있다. 당시 이미 아나키즘에 심취했던 유자명은 1921년 뻬이징 도착 후 임시정부 시절 의회비서로 있으면서 익히 들어왔던 리 스청을 찾아갔고 단재를 소개시켜주었던 것으로 보인다.

14 『전집』 별집 367~68면.

15 『전집』 별집 368면.

16 「이을규연보」, 끄로포뜨킨 지음, 이을규 옮김 『현대과학과 아나키즘』, 창문각 1973, 215면.

17 「조선혁명선언」, 『전집』 하, 41~42면.

18 「대흑호의 일석담」, 『유고집』 183면.

19 리후웅짜앙은 1901년 11월 7일 현량사에서 숨을 거뒀다.

20 이윤재 「북경시대의 단재」, 『전집』 하 480면. 단재는 「고려영」이라는 시의 제목 밑에 "북경 안정문서 50리 되는 도회"(『북한본』, 232면)라고 적어놓았는데 전집에는 이 부분이 탈락되었다.

21 「백세노승의 미인담」, 『유고집』 58면.

22 1923년 1월 3일부터 6월 17일까지 샹하이에서 열린 국민대표회의는 개조파와 창조파의 첨예한 대립과 갈등으로 그렇다 할 성과를 거두지 못한 채 결렬되고 만다.

23 안기 『훈장 단 농예가——유자명』, 중국농업출판사 1994, 11면.

24 「한기악에게」, 『전집』 별집 359면.

25 단재는 공관 시 김달하 사건 당시(1925년 3월) 이필현과 법통공휴에 함께 있었다고 진술했다(「공

　판기록」, 『전집』 하 429면).

26 『유고집』 87~88면.

27 「대한신민회 취지서」, 『전집』 별집 84면.

고운기(高雲基) 연세대 국학연구원 연구교수. 저서로『일연과 삼국유사의 시대』
『우리가 정말 알아야 할 삼국유사』『새로 읽는 한국고시가』 등이 있다.

심경호(沈慶昊) 고려대 한문학과 교수. 저서로『강화학파의 문학과 사상』『한시
로 엮은 한국사기행』『다산과 춘천』『김시습 평전』 등이 있고, 역서로『唐
詩읽기』 등이 있다.

김종철(金鍾澈) 서울대 국어교육과 교수. 저서로『판소리사 연구』『판소리의 정
서와 미학』 등이 있다.

이지양(李知洋) 성균관대 동아시아학술원 박사후 연구원. 역서로『조선후기 문
집의 음악사료』(공역)『조희룡 전집』(공역)『역주 이옥전집』(공역)『매천야
록』(공역)『이향견문록』(공역) 등이 있다.

신익철(申翼澈) 한국학중앙연구원 한국학대학원 교수. 저서로『유몽인 문학 연
구』 등이 있고, 역서로『나 홀로 가는 길』『매천야록』(공역) 등이 있다.

채호석(蔡淏晳) 한국외대 한국어교육과 조교수. 저서로『한국 근대문학과 계몽
의 서사』 등이 있다.

김만수(金挽秀) 인하대 문과대 부교수. 저서로『미디어와 콘텐츠의 이해』『문학
의 존재영역』 등이 있다.

임진영(林珍榮) 연세대 국어국문학과 박사과정 졸업. 저서로『민족문학사 강좌』
(공저)가 있다.

강진호(姜珍浩) 성신여대 국어국문학과 교수. 저서로『탈분단 시대의 문학논리』
『현대소설사와 근대성의 아포리아』 등이 있다.

조갑상(曺甲相) 경성대 국어국문학과 교수. 저서로『누구나 평행선 너머의 사랑
을 꿈꾼다』『한국소설에 나타난 부산의 의미』 등이 있다.

이희환(李羲煥) 인하대 국어국문학과 강사. 저서로『김동석 문학 연구』『인천문
화를 찾아서』 등이 있다.

정홍섭(鄭弘燮) 인하대 한국학연구소 전임연구원. 저서로『채만식 문학과 풍자
의 정신』이 있다.

김응교(金應敎) 와세다 대학 문학부 객원교수. 저서로『박두진의 상상력 연구』
『한국시와 사회적 상상력』, 시집으로『씨앗/통조림』 등이 있다.

최옥산(崔玉山) 중국 북경대외경제무역대 교수. 저서로『문학자 단재 신채호 신
론』 등이 있다.